BASTEI
LÜBBE

Von Beverley Harper sind bei Bastei Lübbe Taschenbücher lieferbar:

15 079 Sonne über dunklem Land
15 237 Sturm über verschlungenen Pfaden
15 325 Heller Mond in schwarzer Nacht
15 486 Im letzten Schein der Sterne
15 640 Das Flüstern des Windes

Über die Autorin:

Beverley Harper wurde in New South Wales, Australien geboren. Im Alter von 26 Jahren reiste sie nach Afrika, wo sie ein Jahr verbringen wollte – doch sie blieb fast 20 Jahre. Im englischsprachigen Raum sind ihre Bücher sehr erfolgreich. Weitere Romane der Autorin in der Verlagsgruppe Lübbe sind in Vorbereitung.

BEVERLEY HARPER

Im ersten Glanz der Sonne

Aus dem Englischen von
Barbara Ritterbach

BASTEI
LÜBBE

BASTEI LÜBBE TASCHENBUCH
Band 15779

1. Auflage: Dezember 2007

Der vorliegende Roman ist ein fiktionales Werk. Namen und Figuren sind das Ergebnis der Fantasie der Autorin oder sind fiktiv gebraucht. Jegliche Ähnlichkeit zu realen Personen, lebend oder verstorben, ist rein zufällig.

Vollständige Taschenbuchausgabe

Bastei Lübbe Taschenbücher in der Verlagsgruppe Lübbe

Deutsche Erstausgabe

Dieses Werk wurde vermittelt durch die Literarische Agentur
Thomas Schlück GmbH, 30827 Garbsen.
Titel der Originalausgabe: »The forgotten sea«

Titelillustration: mauritius-images / Hans-Peter Merten
Umschlaggestaltung: Gisela Kullowatz
Satz: hanseatenSatz-bremen, Bremen
Druck und Verarbeitung: GGP Media GmbH, Pößneck
Printed in Germany
ISBN 978-3-404-15779-2

Dieses Buch ist, wie immer,
für die vier Männer in meinem Leben,
Robert, Piers, Miles und Adam,
weil ich sie wie verrückt liebe.

Mein aufrichtiger Dank gilt Dr. Satish Boolell auf Mauritius, der sich trotz seines engen Terminplans die Zeit genommen hat, mich über die Abläufe einer Obduktion aufzuklären. Ich wünschte, ich könnte behaupten, dass ich es genossen habe!

Danke auch Dr. Arthur Beresford, Pathologe i. R., der die Obduktionsszenen überarbeitet und ihnen das gewisse Etwas gegeben hat.

Sayad Herro, mauritischer Taxifahrer, Fremdenführer, Informationsquelle und Literaturkritiker – danke.

Prolog

Sie war einmal sehr schön gewesen. Selbst jetzt, da ihr Körper von Gasen aufgebläht und von der gnadenlosen Sonne verbrannt war, aufgequollen vom Wasser, die Haare glanzlos und zerzaust, die Haut fahl und schuppig, konnte man noch immer erkennen, dass sie einst eine klassische Schönheit gewesen war. Der sandige Grund des Meeres hatte ihr vorübergehend Ruhe gegeben, bis ihr Körper so aufgedunsen war, dass er an die Oberfläche des türkisblauen Wassers zurückgetrieben worden war. Das war am Tag zuvor gewesen, weit draußen in der Schifffahrtsrinne, jenseits des Korallenriffs, gegen das die Brecher unaufhörlich mit großer Kraft anschlugen; dort wo die Touristenschiffe und die großen Yachten, die Tanker und Liniendampfer zur Musik des ruhelosen Ozeans tanzen.

Neugierig beäugt von den unentwegt hungrigen Seevögeln, hatte sich ihr Körper träge im Rhythmus von Ebbe und Flut bewegt, der den Indischen Ozean von der Westküste Australiens bis zur östlichen Meeresküste Afrikas beherrscht. Einer der Vögel hatte sich auf ihrem Kopf niedergelassen. Er war mutiger gewesen als die anderen, hatte eines ihrer Augen zerpickt und sich daran gütlich getan, bis ihr Körper durch die Bewegung des Meeres gedreht worden war. Die Möwe hatte noch eine Weile geduldig abgewartet, doch dann hatte sie sich in die Lüfte erhoben, um sich eine leichter zugängliche Mahlzeit zu suchen. Das einsame tote Ding war weitergetrieben worden, ohne sich um die Unendlichkeit, die Gleichgültigkeit und die Tücke des Meeres zu kümmern. Ein paar Fische hatten an der aufgequollenen

Haut geknabbert, aber bisher hatten die richtigen Meeresräuber der üppigen Mahlzeit noch keine Aufmerksamkeit geschenkt.

Zu irgendeinem Zeitpunkt in der Vollmondnacht war sie über das Riff getrieben, das die Insel umgab, und auf dem Höhepunkt der Flut über die schroffen Korallen geglitten. Im ruhigeren Wasser der Bucht war sie schließlich an das Land zurückgespült worden, wo sie früher einmal gelebt hatte – mit dem Gesicht nach unten im feinen weißen Sand. Es schien ein makaberer Beweis für die Gleichgültigkeit zu sein, die das Schicksal manchen Menschen gegenüber zeigt, und eine deutliche Mahnung, dass das Hier und Jetzt nicht ewig währt.

Die Behörden von Mauritius, beliebtes Touristenziel und Juwel eines idyllischen Inseltrios, einst bekannt unter der Bezeichnung Maskarenen, waren nicht erpicht darauf, das Bild, das sie bot, in der Öffentlichkeit zu verbreiten. Ihr sorgsam gepflegtes Image war das eines tiefblauen Meeres, smaragdgrüner Palmen an endlosen weißen Stränden und leichter Brisen, die unter einem azurblauen Himmel durch die Kasuarinen strichen. Dies hier war hässlich, schmutzig. Es zerstörte die Illusion von Frieden und Glück, Entspannung und Schönheit. Es war etwas, das man verborgen halten musste, ein schreckliches Geheimnis, das man am liebsten verschwieg und für immer an einen dunklen Ort verbannte.

Aber in Wirklichkeit gab es kein Entrinnen: Man musste sich damit auseinandersetzen. Rasch. Ohne viel Aufsehen zu erregen. Bevor man damit begann, die Wahrheit unter den Teppich zu kehren, mussten gewisse Prozesse durchlaufen werden, die garantiert Gerüchte zur Folge hatten. Gerüchte, die die entspannten Ohren der Touristen, die sicher in ihren Fünf-Sterne-Hotels untergebracht waren, vermutlich nicht erreichten, die aber dennoch bis in die entlegensten Winkel der Insel verbreitet wurden.

Sayad Asgarally fand sie. Es war ein Anblick, den der junge Fischer nie wieder vergessen würde. Er fand sie genau in dem Moment, als die Sonne auf der anderen Seite der Insel über den Horizont stieg und die ersten Lichtstrahlen die Wolken, das Meer und das Land in die sanften Farben eines neuen Tages tauchten.

Wie jeden Morgen war Sayad ganz leise aus dem Haus geschlichen, um seine Eltern nicht zu wecken. Genau wie die anderen Wellblechhütten in dem winzigen Dorf – insgesamt waren es fünf – war auch ihre auf einem mit Gras bewachsenen Hang gebaut, der von einer geteerten Straße zum Strand hin abfiel. Drei Stufen aus Zement waren alles, was die schmale, laute Straße von der Eingangstür trennte. Wenn Laster vorbeirumpelten, erzitterte die Hütte, das Besteck klapperte in den Küchenschubladen, die Möbel hüpften auf und ab, und Staub rieselte vom Dach. Eine hölzerne Veranda an der Rückseite, auf zwei Meter hohen Pfählen errichtet, bot einen traumhaften Blick auf den Strand, die Bucht und die nahe gelegene Stadt Tamarin. Tropisches Paradies auf der einen Seite, urbaner Albtraum auf der anderen. Sayad registrierte weder das eine noch das andere, schon lange nicht mehr.

Angestrengt starrte er im Zwielicht des Sonnenaufgangs an die ein paar Hundert Meter entfernte Stelle jenseits des schwarzen Basaltauswurfs, wo er und sein Bruder ihren Einbaum auf den Strand gezogen hatten. Das war etwas, was er automatisch jeden Morgen tat, eine kurze Kontrolle, um sicherzugehen, dass das Boot noch da war. Ohne das Boot wäre sein Lebensunterhalt und der seines verheirateten Bruders zerstört. Nachdem er festgestellt hatte, dass alles noch so war, wie sie es am Vorabend verlassen hatten, stieg Sayad die hölzernen Stufen zum Strand hinab, um das Feuer an der Kochstelle der Familie anzuzünden. Ein paar kleine Stöcke waren alles, was er benötigte, um den rußigen Kessel zum Kochen zu bringen. Dann setzte er sich auf die unterste Stufe und trank den heißen, sehr süßen Tee aus einer bunten Blechtasse.

Seine Gedanken drehten sich um nichts Besonderes. Es war ein Tag wie jeder andere. Früh aufstehen, zum Fischen hinausfahren, bis der Magen vor Hunger knurrte, zurück zum Strand von Tamarin, wo der morgendliche Fang verkauft werden würde, dann nach Hause zu einer heißen Mahlzeit, die seine Mutter zubereitete. Danach ein paar Stunden Arbeit am Einbaum oder an den Fischernetzen, dann noch einmal zurück zum Riff, um nachzusehen, was es am späten Nachmittag im Angebot gab. Es war ein eintöniges Leben, aber Sayad kannte kein anderes und war mit seinem Schicksal durchaus zufrieden.

In der süßen Stille des frühen Morgens schienen die Geräusche, die er um sich herum wahrnahm, besonders laut. Nebenan krähte kurz ein Baby, ehe es die weiche Brust seiner Mutter fand. Im Haus dahinter machte der alte Asgarally, Sayads Großvater, gerade seine frühmorgendlichen Turnübungen. Sayad grinste, als er sein Ächzen und Stöhnen und das Quietschen der Bettfedern hörte. Der alte Mann war einfach unglaublich, das sagten alle. Mit großer Energie und Lebensfreude begrüßte der Zweiundachtzigjährige, der bereits zwei Ehefrauen überlebt hatte, jeden neuen Tag – und seine dritte Frau.

Sayad fantasierte häufig über das, was sich zwischen Männern und Frauen abspielte – und wenn er bisher nichts davon geahnt hatte, hatte ihm spätestens die feurige Leidenschaft seines Großvaters die Augen geöffnet –, aber bisher war er selber auf diesem Gebiet noch nicht weiter vorgedrungen als bis zu den mächtigen Brüsten von Bella auf dem Markt von Tamarin.

Als er seinen Tee ausgetrunken hatte, nahm Sayad seine Gummisandalen und lief durch den Sand bis dorthin, wo das Wasser, das sich inzwischen wieder zurückzog, leckte und schäumte. Es wurde nun rasch heller. Im Osten stand die Sonne knapp unter dem Horizont. Es würde noch weitere dreißig Minuten dauern, ehe sie über die zerklüfteten, siebenhundert Meter hohen Gipfel der Trois-Manelles-Berge gestiegen sein würde, um die Westküste zu erwärmen. Aber wie jeden Morgen schien das schattige westliche Morgengrauen schon zum Leben zu erwachen, sobald auf der anderen Seite der Insel die ersten Strahlen auftauchten.

Sayad bemerkte ein großes Stück Treibholz, das wohl mit der Flut angeschwemmt worden war, es war ein ziemlicher Klotz. Er würde es ein Stück höher auf den Strand ziehen und dann später mit nach Hause nehmen. Wenn es getrocknet war, würde es gutes Feuerholz abgeben.

Auf halbem Weg zwischen der Hütte und dem willkommenen Fund wurden Sayads Schritte auf einmal langsamer. Treibholz flatterte nicht im Wind. Er kniff die Augen zusammen, weil ihn das Licht des Sonnenaufgangs blendete. Ein Bündel alter Kleidung vielleicht? Eine böse Vorahnung überkam ihn. Er ging langsam näher. Das warme Meerwasser, das plätschernd seine Zehen umspülte, nahm er gar nicht wahr. Sayad wurde plötzlich bewusst, dass das, was er entdeckt hatte, mehr war als ein Bündel Kleidung.

Plötzlich fürchtete er sich. Er war erst siebzehn und wollte nichts mit dem zu tun haben, was dort am Strand lag. Er beschloss so zu tun, als hätte er nichts gesehen, aber im gleichen Moment siegte seine Vernunft. Er würde seine Fußspuren nicht vertuschen können, die direkt vom Haus zu dem Mädchen führten. Der Körper würde gefunden werden. Es herrschte Ebbe. Schon bald würden Leute an dieser Stelle vorbeikommen. Er holte tief Luft und blieb in fünf Metern Entfernung zu dem Körper stehen, unwillig, noch näher zu treten. Dann schloss er beide Augen und schickte ein knappes Gebet zu seinem Hindu-Gott, eher um für sich selber Kraft zu erflehen, als für die Seele des Dings, das da vor ihm im Sand lag. Entschlossen drehte er sich um und ging den Weg zurück, den er gekommen war. Sein Cousin, ein Polizist, der in Tamarin arbeitete, wohnte gleich nebenan. Sollte er sich doch damit beschäftigen.

François Prost hatte einen unglaublichen Traum. Die Frau war jung, hübsch und zum Greifen nah. Sie schien sich nicht daran zu stören, dass François übergewichtig war, eine Glatze bekam und seine Blütezeit entschieden überschritten hatte. Ihre Lippen öffneten sich, die Augen glänzten vor Leidenschaft, als sie sich zu ihm herabbeugte, mit einer klaren und eindeutigen Botschaft. François wusste – schließlich war es sein Traum –, dass sie ihn liebte und ihn anflehen würde, sie zu nehmen, dass er mit ihr tun und lassen konnte, was er wollte. Und, oh Gott, er wollte eine Menge mit ihr tun. Ihre Stimme war ein melodisches Flüstern, bebend vor Verlangen, aber statt der Worte, nach denen er sich sehnte, drangen plötzlich fremdartige Laute an seine Ohren. Seufzend rollte er sich auf die andere Seite. Der Traum löste sich in Nichts auf, und François blieb mit den Unannehmlichkeiten einer frühmorgendlichen Erektion und der frustrierenden Realität eines klingelnden Telefons zurück.

Er fluchte kurz und heftig, streckte die Hand aus und riss den Hörer ans Ohr. »Prost!« Bei der überraschenden Beanspruchung seiner noch immer schlaftrunkenen Stimme verschluckte er sich fast. Das hysterische Geplapper in kreolisch gefärbtem Französisch, das dann folgte, traf ihn völlig unvorbereitet – es tat ihm in den Ohren weh. Als gebürtiger Pariser wünschte François sich, man würde sich auf Mauritius ans Englische halten.

Offenbar war an einer Bucht an der Westküste eine Leiche an Land gespült worden, und die Polizei bat ihn, unverzüglich an den Ort des Geschehens zu kommen.

François stolperte aus dem Bett ins Bad, entleerte seine schmerzhaft volle Blase und blickte bedauernd auf den daraus folgenden Verlust der Demonstration seiner Männlichkeit. Er war ziemlich übler Laune. Erst gestern war er wegen einer anderen Leiche empfindlich im Schlaf gestört worden. Irgendwo im Busch hatte man einen Mann tot aufgefunden, der die Welt schon zwei Wochen zuvor verlassen hatte. Und nun das!

Als François' langjähriger Freund Dr. Satish Boolell, der Polizeiarzt, der auf Mauritius bei mysteriösen Todesfällen normalerweise die Autopsien vornahm, ihn angerufen und gefragt hatte, ob er Lust hätte, eine sechswöchige Vertretung für ihn zu übernehmen, hatte François freudig zugestimmt. Paris war um diese Zeit feucht und kalt. Er war gerade in den Ruhestand versetzt worden und langweilte sich. Seiner Frau ging er ganz offensichtlich auf die Nerven, seine Geliebte hatte sich einem neuen Wohltäter zugewandt, da war ihm ein Aufenthalt auf einer tropischen Insel sehr gelegen gekommen. Mit seiner juristischen und medizinischen Ausbildung sowie einer fünfundzwanzigjährigen Erfahrung als Polizeiarzt in Paris war François hinreichend qualifiziert, seinen Freund zu vertreten, solange der seinen dringend benötigten Urlaub nahm. Er war bereit, die Ärmel hochzukrempeln und über den Hinweisen zu grübeln, die ein Mensch unweigerlich zurückließ, wenn er unentschuldigt aus dieser Welt schied.

Inzwischen war François zwei Wochen im Dienst, und ihm war längst klar geworden, dass ihm kein Ferienaufenthalt mit gelegentlichen Besuchen im Leichenschauhaus bevorstand. Auf Mauritius gab es nur einen einzigen Polizeiarzt, und das war er. Gestern war es besonders schlimm gewesen. Nach der Autopsie der zwei Wochen alten Leiche am Morgen hatte er eine Kreolin und ihre dreizehnjährige Tochter untersuchen müssen. Die Frau hatte behauptet, ihr Ehemann hätte sie beide regelmäßig zum Analverkehr gezwungen. Wie sich herausstellte, war das eine glatte Lüge gewesen; die Anklägerin hatte schließlich zugegeben, dass sie ihren Mann loswerden wollte, mit einer Anschuldigung, die, wie sie in ihrer Naivität geglaubt hatte, weder bewiesen noch widerlegt werden könnte. François hatte sie jedoch sogleich einer Untersuchung unterzogen, bei der er nicht zimperlich vorgegangen war, hatte ihr danach einen eindringlichen Vortrag über Schließmuskeln gehalten, die ihre eigene Geschichte erzählten, und ihr zum Schluss klargemacht, dass sie mit einem Bußgeld wegen Verschwendung wertvoller Beamtenzeit zu rechnen habe.

Die Tochter war, nachdem er die Mutter aus dem Raum geschickt hatte, sofort zusammengebrochen. Sie hatte zugegeben, dass sie bereits siebzehn und nicht erst dreizehn war und ihre Mutter von ihr verlangte, Dinge über ihren Vater zu sagen, die sie eigentlich gar nicht verstand. Im Laufe des Verhörs hatte Prost dann festgestellt, dass das Mädchen zudem in erheblichem Umfang geistig zurückgeblieben war. Er hatte sie nach Hause zu ihrem Vater geschickt, der, wie Prost traurig überlegte, sich vermutlich ihres mageren jungen Körpers bedienen würde, solange der magere alte seiner Frau im Gefängnis schmorte. Prost hatte von den Armen noch nie viel Gutes gehalten.

Nachmittags hatte er drei Stunden darauf gewartet, dass ein Mann aus Bombay seinen Darm entleerte. Der Inder war am Flughafen von Plaisance aufgegriffen worden und stand im Verdacht, Drogen bei sich zu haben. Die sorgfältige Inspektion von Gepäck, Kleidung und After des Mannes hatte nichts ergeben, aber die Zollbeamten waren hartnäckig geblieben und hatten eine Röntgenaufnahme angeordnet. François teilte ihren Verdacht. An der Unterlippe des Mannes hatte er innen ein winziges, grob tätowiertes Kreuz entdeckt – ein Zeichen, mit dem sich der Drogenkurier seinem Kontaktmann auf Mauritius gegenüber identifizieren konnte. François wollte den Mann laufen lassen, um die Kontaktperson ebenfalls schnappen zu können, aber die Zollbeamten waren dagegen. Vermutlich war das ihre Art gewesen, sich an ihm zu rächen, weil er so lange gebraucht hatte, um zum Flughafen zu kommen.

François hatte eine ärgerliche Bemerkung heruntergeschluckt und dafür gesorgt, dass man den Inder im Krankenhaus von Quatre Bornes einer Röntgenuntersuchung unterzog. Und tatsächlich zeigten sich dabei im Magen des Mannes Päckchen, die eine nicht identifizierbare Substanz enthielten. François rechnete kurz nach. Er wusste, dass man häufig Kondome benutzte, um Drogen auf diese Art und Weise zu schmuggeln. Die Päckchen waren ungefähr zwei mal drei Zentimeter groß, also nicht leicht zu schlucken. Der Inder musste sie bereits im Körper gehabt haben, ehe er am Bombay Airport eingecheckt hatte, und es hatte sicher mehrere Stunden gedauert, bis er eine derart große Menge geschluckt hatte. In Indien betrug die Abfertigungszeit bei internationalen Flügen ungefähr drei Stunden. Die Reise selbst dauerte sieben Stunden. Weitere drei hatte der Mann auf dem Flughafen von Mauritius verbracht. Damit befanden sich die Päckchen seit ungefähr sechzehn Stunden in seinem Magen und würden sich inzwischen je nach Material, aus dem sie bestanden, aufzulösen beginnen. Der Körper würde über kurz oder lang versuchen, die unverdaulichen fremden Objekte abzustoßen. Leider hatte François nicht die Möglichkeit, die Injektion eines Abführmittels anzuordnen, um den Prozess zu beschleunigen, denn wenn eines der Päckchen aufging, ganz gleich ob aufgrund des Medikamentes oder nicht, würden die Gedärme des Unglücklichen vermutlich mit drei bis vier Gramm etwa vierzig bis fünfzig Prozent reinem Heroin verseucht werden. Und eine Klage von der Familie des Dahingeschiedenen war so ziemlich das Letzte, was er brauchen konnte.

Die Gesetze verfluchend, die ehrliche Männer wie ihn daran hinderten, jedes zur Verfügung stehende Mittel zu nutzen, um ihren Job zu erledigen, blätterte François in einer medizinischen Fachzeitschrift herum, während eine Krankenschwester den widerborstigen Inder mit Bananen fütterte. Die faserige Konsistenz der Frucht wirkte genauso gut wie jede Injektion. Am Ende des Tages waren siebenundfünfzig mit Heroin gefüllte Kondome in eine Bettpfanne entleert worden. Eine abschließende Röntgenaufnahme zeigte, dass der Mann seine tödliche Ladung Schmuggelware vollständig abgegeben hatte.

Alles in allem war es ein höllischer Tag gewesen, ganz sicher einer der anstrengendsten, seit er seinen Dienst auf Mauritius angetreten hatte. Nach dem Gesetz der Wahrscheinlichkeit hätte es heute ruhig sein müssen, aber nein, diese blöde kleine Schlampe musste tot an Land geschwemmt werden. François nahm das persönlich. Er schrubbte sich die Zähne, als wären die an allem schuld, spuckte aus, schlug sich eine Handvoll Wasser in den Mund, spülte, bis sein Kiefer schmerzte, warf den Kopf in den Nacken und gurgelte kurz.

Rasch noch ein Schwall ins Gesicht, und der Aufwachprozess war beendet.

Als er ins Schlafzimmer zurückkehrte, warf er einen Blick auf den kleinen Reisewecker neben seinem Bett. Der Streifenwagen würde ihn in einer Viertelstunde abholen. Dusche oder Kaffee? Für beides blieb keine Zeit. Er entschied sich für Letzteres, zog sich alte Shorts und ein T-Shirt an und schlüpfte in ein Paar bequeme Segelschuhe, ehe er sich mühsam in Richtung Küche schleppte. François hatte zweiundzwanzig Kilo Übergewicht. In Momenten wie diesen, wenn er sehr gereizt war, bereitete es ihm ein beinahe masochistisches Vergnügen – oder war es eine Form märtyrerhaften Selbstmitleids, er wusste es selbst nicht –, sich besonders schwerfällig zu bewegen. Es war noch früh, und die Frau, die ihm den Haushalt machte, war noch nicht da, also musste er sich selber Kaffee kochen. Er entlockte dem elektrischen Wasserkessel, der nur sporadisch funktionierte, ein summendes Geräusch, verjagte ein paar Ameisen von der Zuckerdose, über die sie jede Nacht aufs Neue herfielen, häufte sich drei volle Teelöffel Instantkaffee, den er eigentlich verabscheute, in einen Becher, danach zwei Löffel Zucker, und gab einen großzügigen Schuss Milch hinzu. In einem Fach im Kühlschrank fand er ein kleines Stück Käse und einen Apfel. Er aß beides. Der Kessel begann zu pfeifen, als der Siedepunkt erreicht war. Im Wasser waren Ameisen gewesen. François hatte gelernt, ihre winzigen schwarzen Körper zu ignorieren, aber er hasste es, wenn sein Kaffee so schmeckte, wie zerquetschte Ameisen rochen.

Sein Arztkoffer befand sich im Krankenhaus in Quatres Bornes. Er konnte ihn jederzeit holen lassen, falls er ihn benötigte. Die Patienten von François Prost hatten es selten eilig. Alles, was er heute zu tun hatte, war zu überprüfen, ob er etwas Außergewöhnliches an der Leiche feststellen konnte – Schusswunden, Messerstiche, Spuren eines Kampfes. Das konnte die Polizei genauso gut wie er – jeder Idiot konnte das. François hatte es längst aufgegeben, sich darüber zu beklagen, dass er hinzugerufen wurde, wenn eine Leiche entdeckt wurde. Vor Gericht war es wichtig, dass ein entsprechend qualifizierter Beamter die Untersuchung vorgenommen hatte … Ja, Euer Ehren. In meiner Eigenschaft als Arzt und unter Berücksichtigung aller teuren akademischen Grade, die ich errungen habe, kann ich bezeugen, dass die Leiche mausetot war. Ich konnte es ganz leicht daran feststellen, Euer Ehren, dass sie nicht mehr atmete. Schließlich besitze ich ein wahrhaft großartiges juristisches und medizinisches Gespür! Ich kann jetzt gehen? Danke, Euer Ehren. Es war mir ein Vergnügen, vier Stunden meines kostbaren Tages im Interesse der Justiz zu vergeuden …

François fluchte, als der Kaffee in seinen Mund schwappte. Er kippte ein wenig aus und goss kaltes Wasser aus dem Wasserhahn hinzu. Zu spät fiel ihm wieder ein, dass man ihm geraten hatte, kein unabgekochtes Leitungswasser zu trinken. Jetzt war es zu spät. Ein Polizeiwagen bog gerade in die Einfahrt. François kippte den Kaffee hastig herunter, griff sich einen Notizblock und einen Bleistift vom Esszimmertisch und einen weißen Kittel aus dem Schlafzimmerschrank. Dann kontrollierte er rasch, ob sich der Kassettenrecorder noch in seiner Tasche befand. Dort war er nicht. François machte sich hastig auf die Suche.

Er hatte das Gerät aus unerfindlichen Gründen auf dem Kühlschrank liegen gelassen, und als er es endlich dort fand, war er mehr als geneigt, der Reinigungsfrau die Schuld daran zu geben. Völlig entnervt verließ er das Haus. Er ignorierte den missbilligenden Blick, den ihm der Sergeant zuwarf, und schleppte sich zum Auto.

»Guten Mor …« Der Sergeant versuchte sich an einem Gruß, aber es war noch zu früh. »Lassen Sie uns fahren«, brummte François und stieg in den Wagen.

Ein Hund, einer von einer Viertel Million Streunern, die sich auf der Insel herumtrieben, kam auf das Auto zugelaufen. »Verpiss dich«, schimpfte François auf Französisch. Der Hund gehorchte, indem er sein Bein hob und seine Blase am Vorderreifen des Polizeifahrzeugs entleerte. Als er fertig war, schnüffelte er an seiner eigenen Körperabsonderung und trat mit steifen Hinterbeinen nach hinten aus. Sand wirbelte auf, und die glänzend polierten Schuhe des Sergeants waren ruiniert. Im gleichen Moment schnellte ein Fuß vor und verpasste dem Streuner eine klare Botschaft. Der Hund trottete davon, ohne Zeichen von Reue oder Angst zu zeigen.

Die Fahrt zu der kleinen Bucht an der Westküste verlief in völligem Schweigen. Prost erreichte den Ort des Geschehens eine Stunde nach Sonnenaufgang und dreißig Minuten nachdem die Polizei von Tamarin und die komplette Einwohnerschaft des Ortes – eine unglaubliche Menge Menschen angesichts der Tatsache, dass es nur fünf Hütten gab – sämtliche möglicherweise existierenden Spuren niedergetrampelt hatten. François registrierte Letzteres sarkastisch, ehe er auf die Stelle zuging, wo der Körper lag, noch unbedeckt und inzwischen ein ganzes Stück vom sich zurückziehenden Wasser entfernt.

»Morgen.« Sein Gruß galt einem Mann – Detective Sham vom Polizeihauptquartier der Inselhauptstadt Port Louis –, dem Einzigen, dem Prost zutraute, auch nur einen Hauch von Verständnis für Forensische Medizin zu besitzen. Er blieb neben dem toten Mädchen stehen, zog den weißen Kittel über Shorts und T-Shirt und sah ohne jedes Zeichen äußerer Emotion auf die Leiche hinab. »Wurde sie bewegt?«

»Nein, Sir.« Detective Sham trat zu ihm.

»Wo ist die Küstenwache?« François kümmerte es nicht im Geringsten, wo sie war. Er wollte lediglich die übliche Routine eingehalten wissen.

»Unterwegs, Sir. Das Benzin ist ihnen ausgegangen.«

François verzog den Mund, sagte aber nichts. Er bückte sich, wünschte sich jedoch im nächsten Moment, er hätte es nicht getan. Sein beträchtlicher Bauch machte eine solche Stellung fast unmöglich, und er musste die Hände ausstrecken, um nicht aus dem Gleichgewicht zu geraten. »Vier Tage«, schätzte er aufgrund des Zustandes ihrer Haut. Er erhob sich mühsam und rieb sich den Sand von den

Händen. »Drei Tage, um an die Oberfläche zu kommen, vielleicht ein Tag auf dem Wasser getrieben. Ich vermute, sie ist vorletzte Nacht nach oben geschwemmt worden.«

Sham nickte. »Das habe ich auch vermutet, Sir.«

»Gibt es irgendwelche vermisst gemeldeten Touristen?«

»Nein, Sir.«

»Inselbewohner?«

»Ein paar. Aber nichts, was zu ihrer Beschreibung passen würde.«

François fragte nicht, woher er wusste, wie sie aussah, schließlich lag sie mit dem Gesicht nach unten und war Sham zufolge nicht bewegt worden. Ihm war klar, was der Detective meinte. Auf Mauritius gab es eine hohe Selbstmordquote, hauptsächlich Frauen, hauptsächlich Inderinnen, hauptsächlich in Zusammenhang mit nicht erwiderter Liebe. Diese kleine Blondine war durch und durch Kaukasierin. Gut, dachte François abwesend. Das macht meinen Job einfacher.

Polizisten durchkämmten den Strand, in der Hoffnung, irgendein Hinweis auf ihre Identität könnte in den Sand gespült worden sein. Andere befragten ein paar Ortsansässige. Niemand, so schien es, wusste, wer das Mädchen sein könnte. Keiner der Fischer erinnerte sich daran, in den letzten vier oder fünf Tagen oder überhaupt eine blonde Frau in einem der Boote gesehen zu haben.

»Wer hat sie gefunden?«, bellte Prost.

Sham schob einen ängstlich aussehenden Teenager nach vorn. »Sayad Asgarally.«

»Haben Sie irgendetwas berührt?«

»Nein, Sir.« Der Junge schüttelte heftig den Kopf. Er hatte Respekt vor dem großen, mürrischen Pathologen.

Prost ließ seinen Blick eine Weile auf dem Gesicht des Jungen ruhen. Dann wandte er sich wieder an Sham. »Haben Sie seine Aussage?«

»Ja, Sir.«

»Okay. Dann lassen Sie ihn laufen.« Er blickte auf die Leiche. »Dreht sie um.«

Das Mädchen wurde auf den Rücken gedreht. Zwei in der Nähe stehende Polizisten gaben deutlich vernehmbare Laute von sich, als sie das entstellte Gesicht sahen. Detective Sham wurde blass, demonstrierte aber weiter professionelles Interesse. Prosts Blick glitt über den leblosen Körper. »Nichts Offensichtliches«, brummte er.

Als die Küstenwache endlich erschien, hatte François bereits alles erledigt, was er an Ort und Stelle erledigen konnte. Es gab keinen ersichtlichen Hinweis darauf, warum das Mädchen getötet worden war. Sie war nicht als vermisst gemeldet, was ziemlich merkwürdig war, weil sie bereits seit mindestens vier Tagen tot war. Das Einzige, was er bisher sicher sagen konnte, war, dass die Ursache ihres Todes alle Möglichkeiten offen ließ – Unfall, Selbstmord oder Mord.

»Schafft sie in die Gerichtsmedizin.« Prost wandte sich zum Gehen, drehte sich dann jedoch noch einmal nach Sham um. »Und lasst niemanden an sie heran.«

»Nein, Sir.« Sham verzog das Gesicht, beleidigt. Schließlich beherrschte er seinen Job.

Prost war eine ganze Weile vor der Leiche im Gerichtsmedizinischen Institut. Unterwegs hatte er angehalten, um einen anständigen Kaffee zu trinken und ein Croissant zu essen. Er fühlte sich ein wenig besser, als er das winzige Gebäude durch den Hintereingang betrat. Wieder fiel ihm das kleine Schild, das dort hing, ins Auge:

WIR MÖCHTEN UNSERE VEREHRTEN PATIENTEN DARAUF HINWEISEN, DASS GERICHTSMEDIZINISCHE UNTERSUCHUNGEN NICHT IN RECHNUNG GESTELLT WERDEN. Er hatte eine der Angestellten darauf angesprochen, als er zum ersten Mal hier gewesen war.

»Glauben Sie nicht auch, dass unsere Patienten das nicht mehr kümmert, wenn sie erst einmal bei uns sind?«

»Es ist nicht für sie, Sir«, hatte sie ihn daraufhin aufgeklärt. »Ein paar Kollegen hatten einen netten kleinen Nebenerwerb. Sie haben … eh … den Angehörigen Rechnungen geschickt.«

Verdammt noch mal!, hatte Prost gedacht und war fast ein bisschen amüsiert gewesen. Nirgends ist der Humor schwärzer und nirgends sind die Menschen primitiver als in einem Leichenschauhaus.

Erst in der vergangenen Woche hatte sich diese Tatsache noch einmal anschaulich bewahrheitet. Eine Inderin war hergebracht worden, um die Leiche ihres Ehemannes zu identifizieren, der bei einem Autounfall gestorben war. Sie war auf die Leiche zugelaufen, jammernd und schluchzend, tränenüberströmt und an ihren Kleidern zerrend. Sie hatte sich an die Brust des toten Mannes geworfen und geweint: »Oh, mein Mann, mein Mann, warum hast du mich verlassen?« Wenig später war ihr Sohn hinzugekommen, der ebenso erschüttert war. »Oh, mein Vater, warum hast du uns nicht Adieu gesagt? Warum hast du uns verlassen?«, hatte er geschluchzt.

Ihre Trauer war sehr beeindruckend gewesen. Ein emotionsgeladener Ausbruch unvorstellbaren Leids. Prost war ungerührt geblieben – er hatte so etwas schon viel zu häufig erlebt. Und dann war einer der Angestellten auf Zehenspitzen zu der Frau gegangen und hatte ihr auf die Schulter getippt. »Entschuldigen Sie bitte, Madame«, hatte er leise gesagt und auf eine zweite Leiche gezeigt. »Das da drüben ist Ihr Mann.«

Prost hatte den Raum so schnell er konnte verlassen. Die Situation war einfach zu absurd gewesen und seine Reaktion eine wesentliche Voraussetzung für seine Arbeit. Die meisten Pathologen, die er kannte, hatten einen makabren Humor entwickelt, um mit einer Tatsache umzugehen, die einfach nicht zu leugnen war – der Tod besaß keine Würde. Die Toten waren auf die Barmherzigkeit der Lebenden angewiesen. Pathologen waren nur Menschen. Die Arbeit mit Toten erforderte ein Ausgleichsventil, und Humor, ganz gleich wie makaber, half ihnen über die sichere Gewissheit hinweg, dass auch sie eines Tages an die Reihe kommen würden.

Die Gerichtsmedizin bestand aus zwei Räumen: einem Arbeitsraum, in dem die eigentlichen Autopsien durchgeführt wurden, und einem angrenzenden Raum, wo die Leichen untergebracht wurden, bis die Vorkehrungen für ihre Bestattung getroffen waren. Heute Morgen war der durchdringende Geruch von Phenol und Formalin besonders stark, eine Folge der Putzaktion, mit der der Geruch des verwesenden Körpers des letzten Toten beseitigt werden sollte. Der Autopsiebereich war klein und schlicht. Auf einem Schild an der Tür stand BITTE NICHT EINTRETEN – AUTOPSIE, was unsinnig war, das wusste jeder. Die meiste Zeit war der Raum leer, daher ignorierten die meisten die Warnung. Hin und wieder führte das dazu, dass ein argloser junger Beamter seinen gesamten Mageninhalt wieder hinaufbeförderte. Aber das kam wirklich selten vor.

Der Untersuchungstisch befand sich in der Mitte des Raumes. Es handelte sich um einen Betontisch mit einem Holzblock an einem Ende, der in der Mitte gewölbt war, um den Schädel der Leiche aufzunehmen. An allen vier Seiten befanden sich Ablagen mit allen möglichen Instrumenten. In einer Ecke war ein Waschbecken angebracht. Als François zum ersten Mal hier gewesen war, hatte ihn die Kargheit des Raumes ein wenig irritiert. Er war eine größere, sauberere und angenehmere Umgebung gewöhnt. Aber es war schließlich nur für sechs Wochen, und er wusste, dass es den Patienten gleichgültig war.

Normalerweise verblieb eine Leiche im gefrorenen Zustand, bis sie identifiziert wurde. Erst nachdem die trauernden und schockierten Angehörigen den Körper gesehen hatten, wurde mit der Autopsie begonnen, damit der Pathologe ungehindert arbeiten konnte und ohne Rücksicht darauf, dass der Anblick eines skalpierten, aufgeschnittenen und möglicherweise amputierten geliebten Menschen für die Angehörigen eine schwierige Belastung darstellen konnte. Doch der Platz im angrenzenden Kühlraum war begrenzt. Ein inzwischen drei Tage zurückliegender Busunfall hatte alle Kapazitäten ausgeschöpft – einige der Opfer waren noch immer nicht identifiziert. Und das ließ

Prost keine andere Wahl, als die Autopsie sofort durchzuführen und darauf zu hoffen, dass es nicht allzu lange dauern würde, bis die Identität des Mädchens feststand.

Nun meine Kleine, ich bin gespannt, was du uns alles zu erzählen hast, dachte er, als die Leiche schließlich angeliefert wurde. Welche Geheimnisse verbirgst du, und wie gut verbirgst du sie? Dies war der Teil seines Jobs, der ihm am meisten Spaß machte. Eine anonyme Leiche war, wenn man wusste, worauf man zu achten hatte, eine wahre Fundgrube an Informationen.

Sie lag mit dem Gesicht nach oben. Der aufgedunsene, sich häutende Überrest einer einstigen Schönheit. Blondes Haar klebte an ihrem Gesicht. So sehr Prost versucht war, es zur Seite zu streichen, er ließ es bleiben. Hautschüppchen konnten sich mit ablösen, und das würde unter Umständen einen aufschlussreichen Hinweis zerstören. Sand klebte an ihrer Haut und Kleidung, feine weiße Körnchen, die durch das Salzwasser fest verbacken waren. Er musste erst einmal dort bleiben. Prost würde nur die Bereiche vorsichtig säubern, von denen er Proben benötigte. Später, wenn er fertig war, konnte sie gewaschen werden, um das Gröbste zu entfernen.

Er legte seine Instrumente zurecht – Skalpelle, Scheren, Pinzetten, Sonden, eine Säge mit einer oszillierenden Klinge, um hartes Gewebe und Knochen zu zertrennen, und einen guten altmodischen Dessertlöffel. Wie in allen Gerichtsmedizinischen Instituten auf der ganzen Welt stammte sein Werkzeug hauptsächlich aus dem Operationssaal. Die Skalpelle und Scheren waren stumpf, und die Pinzette ließ sich nicht mehr richtig schließen. So frustrierend das war, Prost war so sehr an diesen Zustand gewöhnt, dass er vermutlich gar nicht gewusst hätte, wie man mit einer neuen Ausrüstung umging. Er war zufrieden, dass alles bereitlag, und beugte sich voller Tatendrang über den Körper des Mädchens.

Ihre Kleidung begann zu trocknen, sie war vom Salzwasser ganz hart geworden. François setzte die Schere am Bund ihrer ausgeblichenen Khakishorts an und schnitt mit roher Gewalt in den Stoff. Er säbelte an einem Bein entlang, dann quer durch den Schritt und anschließend auf der anderen Seite wieder hinauf, bis sich das Kleidungsstück komplett abstreifen ließ. Ein Spitzenslip folgte, und er gestattete sich eine Sekunde, die gute Qualität zu bewundern. Sie war nicht arm, dachte er und zog ihr die Schuhe aus. Laufschuhe von Nike. Auch recht teuer. Weiße Sneakersocken wurden entfernt, wobei sich ein wenig Haut löste. Sie trug ein weißes Tankshirt, darüber einen pinkfarbenen dünnen Cardigan. Er schnitt das Top in der Mitte auf und entfernte es gleichzeitig mit dem Cardigan.

Jedes Kleidungsstück wurde sorgfältig zur Seite gelegt. »Jeet!«, bellte er. Der Assistent erschien, eine Zigarette im Mundwinkel. »Machen Sie das verfluchte Ding aus, und kommen Sie her!« Er war nicht ernstlich verärgert, sondern einfach nur in seiner normalen Arbeitsstimmung.

Jeet kannte das. Er trat seine Zigarette aus und machte sich schweigend an die Arbeit. Jedes Kleidungsstück kam in eine eigene Plastiktüte, die sorgfältig beschriftet wurde. Unter anderem sah François sich dazu die Label genau an. Die Shorts waren von Wrangler, der Slip Christian Dior, die Socken und Schuhe von Nike, in dem Top war das Etikett einer Marke, die er nicht kannte, aber es sah teuer aus, und der Cardigan stammte von Pringle. Beeindruckend, wenn man, wie Prost, nicht wusste, dass alle diese Kleidungsstücke in Lizenz auf Mauritius angefertigt wurden. Das Mädchen musste also nicht unbedingt weit gereist sein, um sie zu kaufen. Es genügte, zu den oberen fünf Prozent der mauritischen Gesellschaft zu gehören, um sie sich leisten zu können. Die Taschen ihrer Shorts waren leer, bis auf eine durchweichte, in Zellophan eingewickelte blassblaue Süßigkeit.

»Ich möchte die Süßigkeit analysiert haben«, verlangte François.

Jeet nickte, steckte sie in einen Behälter, kritzelte etwas auf das Etikett und stellte ihn zur Seite.

François sah sich die Hände des Mädchens an. Kein Ring. Kein Abdruck, kein Streifen hellerer Haut, der darauf deutete, dass sie einen getragen hatte. Keine Halskette. Kleine goldene Stecker in den Ohren, die er vorsichtig herausnahm und Jeet reichte. Da er wusste, dass es modern war, an den obskursten Körperstellen Schmuck zu tragen, untersuchte er Nasenlöcher, Lippen, Bauchnabel, Brustwarzen und Schamlippen auf Piercings, fand jedoch nichts. Sie hatte lediglich ein winziges Bärentattoo im Leistenbereich. Was kümmert mich das, dachte er übel gelaunt, aber er wunderte sich, wie schon so oft, über diese Vorgehensweise – der Körper wurde bewusst verunstaltet, gleichzeitig legten die jungen Dinger aber Wert darauf, es verborgen zu halten.

Am linken Arm, direkt unter dem Ellbogen, fand er ein blasses braunes Muttermal, das entfernt an die Umrisse von Afrika erinnerte. Jeet notierte alles, was François ihm diktierte, und nahm schließlich auf das ungeduldige Fingerschnippen des Pathologen hin eine Kamera zur Hand, um sowohl das Tattoo als auch das Muttermal zu fotografieren. Das blasse Grau des verbliebenen einen Auges des Mädchens war wohl einst ein leuchtendes Blau gewesen. Ihr offensichtlich rasiertes Schamhaar war goldfarben, daher vermutete François, dass das Blond der Kopfhaare natürlich war. Blinddarmnarbe – ziemlich alt.

Prost drehte sie auf die Seite und entdeckte Schürfwunden an ihrem Rücken. Er nahm ein Skalpell und kratzte leicht an der Oberfläche. Die Haut, die so lange im Wasser gewesen war, ließ sich leicht ablösen. Darunter zeigte sich eine leichte Prellung. Er runzelte die Stirn, beugte sich vor und betrachtete die Stelle genauer. Das war keine gewöhnliche Hautabschürfung. Er reichte Jeet die Hautprobe, um sie für ein späteres histologisches Gutachten in Formalinlösung zu legen. Eine nähere Untersuchung konnte lohnend sein.

Mit scharfem Blick suchte Prost jeden Zentimeter ihres Körpers ab. Die Beine und Füße waren makellos, abgesehen von ein paar Moskitostichen. François war von Natur aus ein misstrauischer Mensch. Außerdem war er sehr ordentlich. Er hasste ungeklärte Fragen und verabscheute Rätsel. Daher untersuchte er jeden einzelnen Stich ganz genau, bis er sicher war, das sie entweder durch Moskitos verursacht worden waren oder durch Sandflöhe. Es gab bisher noch keinerlei Hinweis darauf, aber irgendwie wurde er den Verdacht nicht los, dass das Mädchen ermordet worden war.

Selbstmorde führten in der Regel zu hysterischen Nachforschungen irgendwelcher Angehöriger. Dasselbe galt für einen Unfalltod. Wenn sie eine Touristin war, hatte sie vielleicht noch niemand vermisst. Aber Touristen neigten dazu, entweder mit einer Gruppe nach Mauritius zu kommen oder zumindest mit einer weiteren Begleitperson. Eine romantische Tropeninsel war kein Ort, um allein dort zu sein. Irgendwer hätte sie als vermisst melden müssen. Die Tatsache, dass es nicht so war, war zumindest seltsam.

Ein Mord – nun, das war etwas anderes. Ein Mord im Affekt erfolgte spontan, aber einem vorsätzlichen Mord gingen sorgfältige Vorbereitung und von langer Hand eingefädelte Tarnmanöver voraus. Es war erstaunlich, wie häufig es vorkam, dass ein völlig normaler Mensch, der Freunde besaß, Familie und Arbeitskollegen, tagelang, manchmal auch wochenlang verschwunden sein konnte, ehe es jemand bemerkte. Ein intelligenter kaltblütiger Mörder verließ sich auf diese Tatsache und machte sich sogar Dinge wie einen geplanten Urlaub zunutze, um die lange Abwesenheit des Opfers zunächst zu vertuschen.

Vor sich hin summend ließ François den Blick über den Torso schweifen. Kleine Brüste, leicht hervorstehende Rippen. Das hatte er bei jungen Mädchen schon häufig gesehen. Diese hier musste um die zwanzig sein. Wahrscheinlich hatte sie sich für zu dick gehalten. An beiden Oberarmen waren leichte Prellungen zu erkennen, es schienen Fingerabdrücke zu sein. Er nahm erneut das Skalpell zur Hand und kratzte geduldig die oberste Hautschicht ab. Die Prellungen gingen tiefer. Perfekte Abdrücke von einem Daumen und drei Fingern an beiden Armen. François war froh, dass das Mädchen eine Weiße war. Auf dunkler Haut konnte man Prellungen leicht übersehen.

Die Abdrücke an sich konnten von Bedeutung sein, mussten aber nicht. Ebenso wie die Hautabschürfungen im unteren Wirbelbereich konnten sie beim Geschlechtsverkehr entstanden sein. François brauchte noch mehr. Und dann fand er es. In ihrer rechten Armbeuge war die Hauptvene tief und grob durchstochen worden. Die Suche nach anderen Einstichstellen blieb erfolglos. Das war gut. Eine einzelne Einstichstelle war ein exzellenter Hinweis auf ein Gewaltverbrechen. Nachdem er die Haut von Sand gereinigt hatte, begann er vorsichtig zu schneiden. Er achtete darauf, ein Stück des Muskels mit einzuschließen, und registrierte dabei, dass die Gegend stark gerötet war – ein deutliches Zeichen dafür, dass die Injektion kurz vor dem Tod verabreicht worden war. Jeet legte die Probe in ein Gefäß, das er beschriftete und dann in eine kleine Styroporbox gab. Alle Körperproben würden in diesem luftdichten Behälter in das forensische Labor der Polizei gebracht werden. Dort würden Wissenschaftler jede einzelne von ihnen ganz genau unter die Lupe nehmen.

»Okay, Kleine. Jetzt wird es ernst.«

François arbeitete rasch und effizient. Er nahm Haarproben von Kopf, Achseln, Schambereich, Augenwimpern und -brauen. Dann kratzte er unter jedem Fingernagel, ehe er von einigen Proben entnahm. Vaginale und rektale Abstriche wurden ebenfalls vorgenommen. Als er damit fertig war, machte er sich an Gesicht und Hals und untersuchte beides auf Verletzungen. »Frenulum intakt, Zähne in gutem Zustand, keine Prellungen. Niemand hat dir ins Gesicht geschlagen, nicht wahr, meine Schöne?« François redete hauptsächlich mit sich selbst. »Die Lippen sind ein wenig angeschwollen. Hm. Mal sehen.« Er kratzte an der Haut ihrer Lippen und entfernte ein paar Fetzen im Kieferbereich. »Heftige Knutscherei mit einem Mann, der dringend eine Rasur nötig hatte«, bemerkte er.

Jeet sah ihn höflich an.

»Hinweise auf leidenschaftliche Küsse. Daran ist nichts ungewöhnlich.« Prost fuhr mit seiner Arbeit fort.

Jeet sah ihm zu.

»Schreiben Sie das auf, Mann.«

Der Assistent grinste und schrieb eifrig.

François untersuchte die Zähne des Mädchens genauer. »Alles ihre eigenen und gut gepflegt.« Gewissenhaft notierte Jeet seine Beobachtungen. Beide Männer wussten, dass das vermutlich Zeitverschwendung war, wenn dieses Mädchen von der Insel stammte. Eine forensische Überprüfung der Zähne war nicht möglich, da mauritische Zahnärzte ihre Arbeit nicht protokollierten. Und ihre Kleidung machte Prost ziemlich sicher, dass sie von hier war. Er richtete seine Aufmerksamkeit auf ihren Hals. Keine Prellungen. Er hätte wetten können, dass das Zungenbein noch intakt war. Er zerschnitt Haut und Gewebe, um es zu untersuchen. Absolut in Ordnung. Kein Hinweis auf eine Strangulierung.

Prost ging weiter zur Schädeldecke. Erst die Haut. Er schnitt von Ohr zu Ohr, quer über den Kopf. Bei einer frischen Leiche war es nicht schwierig, die vordere Hälfte der Kopfhaut nach vorn über das Gesicht zu ziehen und die andere nach hinten. Die Haut war noch fest genug, um einigem Druck standzuhalten. Doch nach vier Tagen im Meer wurde Haut brüchig. Es dauerte sehr lange, bis der Schädel so weit freigelegt war, dass man ihn öffnen konnte.

Als er so weit war, nahm François die Motorsäge zur Hand. Er sägte knapp über der einen Augenbraue und stoppte erst, als er den Hinterkopf erreicht hatte. Auf der anderen Seite wiederholte er die ganze Prozedur. Dann legte er die Säge fort, schob den Löffelstiel in die Spalte und drehte den Schädel auf. Das sah einfach aus, erforderte jedoch großes Geschick und jahrelange Praxis, denn man musste genau wissen, wo man schnitt und wie man das Gehirn freilegte, ohne irgendwelche Spuren zu zerstören. Wie erwartet war das Gehirn geschwollen und begann sich zu verflüssigen. Kein Blut in einer der beiden cerebralen Hemisphären, keine Anzeichen für innere Verletzungen. »Ante-mortem-Verletzungen null«, bellte er Jeet zu und überprüfte den Schädel mit Augen und Fingern. »Und post mortem ebenfalls Fehlanzeige. Okay, Kleine. Dann lass uns jetzt mal einen Blick in dich hineinwerfen.«

Jeet rückte seine Gesichtsmaske zurecht. Ihn störten weder der Anblick noch die Geräusche der tiefen Schnitte, mit denen das Mädchen vom Bauch bis zum Brustbein aufgetrennt wurde, damit der Pathologe ungehindert untersuchen konnte. Es kümmerte ihn auch nicht, dass das Brustbein aufgesägt und auseinandergebrochen wurde. Worauf er jedoch nicht besonders scharf war, war der Geruch. Selbst frische Leichen gaben einen penetranten Gestank von sich, wenn ihre Innereien freigelegt wurden.

François beachtete das nicht weiter. Für ihn war es ebenso Teil seines alltäglichen Lebens wie das Aroma aufgehender Brötchen für einen Bäcker. Konzentriert nahm er sich als Erstes die Fortpflanzungsorgane des Mädchens vor.

Sie war nicht schwanger und es auch in der letzten Zeit nicht gewesen. François kontrollierte das sehr gewissenhaft. Hinterzimmerabtreibungen kamen häufig genug vor, und manchmal, wenn sie schiefgingen, warf man die Spuren eines solchen Unfalls einfach ins Meer, wo die Natur und die immer hungrigen Haie sich darum kümmerten.

Zufrieden, dass eine ungewollte Schwangerschaft nicht für den Tod des Mädchens verantwortlich gewesen war, begann er weiter zu forschen. Kein Wasser in den Lungen. Sie war schon tot, bevor sie ins Wasser gekommen war. Herz okay. Leber schien in Ordnung zu sein. Keine Spuren von Hepatitis. Kein Hinweis auf gewohnheitsmäßigen Drogenmissbrauch irgendwelcher Art.

Als Nächstes kam der Mageninhalt an die Reihe. Manchmal, wenn er voll war, favorisierte Prost die Methode, ihn oben und unten zuzubinden und das Ganze in einen Behälter zu kippen. Der Magen des

Mädchens war jedoch praktisch leer und der Inhalt nicht sofort erkennbar. Die vom Labor würden das Wenige, das sich darin befand, analysieren müssen. Mit seinem Teelöffel kratzte Prost den Inhalt heraus und füllte ihn in ein Glas. Dann widmete er sich den anderen Organen. Bauchspeicheldrüse, Dünn- und Dickdarm, Nieren, Blase, Uterus und Eierstöcke waren gesund. »Der Lebenswandel der Kleinen war einwandfrei«, sagte er zu niemand Speziellem.

Jeet schüttelte bloß den Kopf. Als einer von drei Assistenten war er an die Arbeitsweise von Pathologen gewöhnt. Sein eigentlicher Boss, Dr. Boolell, redete bei der Arbeit ununterbrochen vor sich hin und überließ es Jeet zu entscheiden, was er davon mitschrieb und was er ignorierte. Dr. Prost ging mit seinen Worten sparsamer um, aber er arbeitete genauso. Blut-, Galle- und Urinproben würden als Nächstes folgen, daher machte er sich bereit, sie in Empfang zu nehmen.

Als er fast fertig war, richtete François sich auf und streckte sich. Er hatte sich fast zwei Stunden über die Leiche gebeugt, sein Rücken schmerzte. In diesem Moment öffnete sich die Tür, und Detective Sham betrat den Raum. Er bemühte sich, nicht hinzuschauen. »Fertig?«

»Noch nicht ganz.«

»Dann warte ich draußen.«

»Wie Sie möchten.« François grinste sadistisch. »Ich dachte, Sie würden vielleicht noch etwas entdecken, das ich übersehen habe.«

Sham kannte Prost nicht gut genug, um sicher sein zu können, dass er bloß scherzte. Und er hatte nicht vor, lange genug zu bleiben, um es herauszufinden. »Sie finden mich vor der Tür.« Schnell verließ der Detective den Raum.

François beugte sich wieder über seine Arbeit. Leber-, Hirn- und Nierenproben, um eventuelle Ödeme oder Nierenversagen auszuschließen, und eine paar Tropfen Gallenflüssigkeit aus der Gallenblase, die vor allem auf Drogenmissbrauch untersucht werden würden.

»So, das war es.« Er streifte seine Handschuhe ab. »Mal sehen, was wir noch herausfinden können.« Er öffnete die Tür und machte sich auf die Suche nach dem Detective, der verschwunden war, um eine Zigarette zu rauchen. François fand ihn draußen, wo er mit einstudierter Lässigkeit an der Hauswand lehnte.

Sham blickte auf, als er Prost auf ihn zukommen sah, ließ die Zigarette fallen, trat sie mit dem Schuh aus und löste sich von der Wand.

»Fertig«, rief François fröhlich.

»Haben Sie etwas für mich?«

»Dazu ist es noch ein bisschen zu früh.«

Sham verdrehte die Augen. Dr. Boolell war an dieser Stelle meist bereit, ein wenig zu spekulieren.

»Aber ich kann Ihnen sagen, dass es sich wahrscheinlich um eine Ortsansässige handelt, dass sie nicht schwanger war, dass sie bereits tot war, als sie ins Wasser kam und dass sie eine interessante Einstichwunde am Arm hat. Reicht das?«

Sham nickte kurz. »Danke.«

»War mir ein Vergnügen«, antwortete François. »Ich muss sie noch zunähen. Bis später.« Er kehrte ins Institut zurück, um den Teil seines Jobs zu erledigen, den er überhaupt nicht mochte. Es war kein Problem, Körper aufzuschneiden, das war aufregend, aber die Notwendigkeit, sie ihrer Angehörigen zuliebe wieder nett herzurichten, war nervend. Bei der Beschaffenheit der Haut dieses Mädchens würden die Stiche wahrscheinlich nicht halten und wieder aufreißen. Und was das fehlende Auge anging, das konnte er bestenfalls mit ein wenig Mull vertuschen. Wer auch immer das Pech hatte, die Kleine identifizieren zu müssen, würde einen ziemlichen Schock bekommen.

Detective Sham kehrte zur Polizeistation zurück. Noch bevor er das Gebäude betrat, sah er, dass sich an der Anmeldung irgendein Drama abspielte. Eine böse Vorahnung beschlich ihn, dass er in dieses Drama einbezogen würde. Mit geducktem Kopf lief er rasch am Schreibtisch vorbei, wo eine große dunkelhaarige, gut gekleidete Frau einem offensichtlich genervten Beamten tränenreich vorwarf, sie nicht ernst zu nehmen.

»Sir.«

Verdammt! Warum konnte der Mann das nicht allein regeln? Sham seufzte und drehte sich um.

»Sir, das hier ist Mrs. Vitry. Sie möchte unbedingt mit einem leitenden Beamten sprechen.« Hinter ihrem Rücken zog der Sergeant ein Gesicht, das deutlich sagte: Besser du als ich.

Sham zwang sich zu einem Lächeln. »Bitte kommen Sie hier entlang, Mrs. Vitry.«

In seinem Büro, einem kleinen viereckigen, stickigen Raum, zeigte er auf einen Stuhl. »Setzen Sie sich, Madame.« Er ging um den mit Akten überladenen Schreibtisch herum und setzte sich ebenfalls. Dann wartete er höflich, während Mrs. Vitry versuchte die Fassung wiederzuerlangen. Als klar wurde, dass sie sich vermutlich nicht so bald beruhigen würde, fragte Sham betont professionell. »Nun, wie kann ich Ihnen helfen?«

Zwei Minuten später wusste der Detective, dass die Identität ihrer Leiche feststand.

»Warum haben Sie fünf Tage lang gewartet?«, fragte er die Frau und wehrte das Mitleid ab, das sich in ihm regte. Mrs. Vitry schien eine nette Person zu sein – intelligent, aufrichtig und fürchterlich besorgt. Mitleid würde ihr nicht helfen, wenn sie die Nachricht erfuhr. Nach Shams Erfahrung brauchten die Empfänger schlechter Nachrichten vor allem Freundlichkeit und Ruhe, um über die ersten schrecklichen Minuten zu kommen.

»Sie … wir … sie hat sich oft lange Zeit nicht gemeldet. Wir haben uns in letzter Zeit nicht sehr gut verstanden. Corrine hat eine eigene Wohnung. Ich habe versucht sie anzurufen, aber sie hat sich nicht gemeldet. Als ich heute Morgen bei ihr war, sagte mir ihr Vermieter, er hätte sie seit einer ganzen Weile nicht mehr gesehen. Und Georges, das ist ihr Freund, meinte, sie hätten sich gestritten und seit einer Woche nicht gesehen. Sie war auch nicht an ihrer Arbeitsstelle. Dort hatten sie vermutet, sie sei krank, und haben sich nichts dabei gedacht. Ich … ich weiß, dass irgendetwas nicht in Ordnung ist. Vielleicht ist es nichts Dramatisches, aber …« Sie brach mitten im Satz ab, wollte ihre Befürchtungen nicht aussprechen.

Sham notierte die üblichen Details: Name, Adresse, Arbeitsplatz, Namen von Freunden, Name des Partners und so weiter, während Mrs. Vitry nervös hin und her rutschte und ihr Taschentuch verknotete. Er wusste, dass er ihr kein einziges vernünftiges Wort mehr entlocken konnte, wenn sie erst von der Entdeckung an diesem Morgen erfuhr.

»Besitzen Sie ein aktuelles Foto von Ihrer Tochter, Madame?«

Mrs. Vitry kramte mehrere hervor. Shams Gesicht verriet nichts von dem Ärger, der ihn überkam, als er das junge unschuldige Gesicht des hübschen Mädchens sah, das fröhlich in die Kamera lachte.

»Wann sind die entstanden?«

»Vor zwei Monaten.« Tränen traten in die Augen der Frau. »Sie wissen etwas, nicht wahr? Corrine ist etwas passiert. Was ist es? Um Himmels willen, was ist es?«

Es gab keine andere Möglichkeit. »Es tut mir sehr leid, Madame, aber heute Morgen ist ein Mädchen, das dem auf den Fotos ähnelt, tot am Strand aufgefunden worden. Ich fürchte, ich muss Sie oder ein anderes enges Familienmitglied bitten, mich ins Gerichtsmedizinische Institut zu begleiten.«

Die Frau brach zusammen. Sham konnte nur hoffen, dass Dr. Prost bei seinen Bemühungen, die Leiche einigermaßen herzurichten, genügend Voraussicht und Sensibilität besessen hatte.

Kapitel Eins

Ein grauer, wenig verlockender Morgen war hinter den beschlagenen Fenstern der Wohnung des Apartmentkomplexes Cremorne Point auszumachen, die Holly Jones ihr Zuhause nannte. Es war eine unruhige Nacht gewesen. Ein heftiger Sturm, wie es ihn normalerweise nur im Sommer gab, hatte in einigen Vororten Sydneys gewütet und dort für erhebliche Zerstörung und Verwüstung gesorgt. Bäume waren umgekippt, elektrische Leitungen beschädigt, Dächer von umherfliegendem Unrat zerschmettert worden. Die Erde war übersät mit herabgefallenen Ästen, deren nasses Laub im Regen glänzte.

Der dampfende Kaffeebecher, den Holly in den Händen hielt, beruhigte sie ein wenig, dennoch starrte sie düster in die Kälte hinaus. Der Spätwinter war ohnehin langweilig genug, doch heute Morgen war der Blick aus ihrem Wohnzimmer über das trübe, schmuddelig graue Wasser des Hafens von Sydney geradezu deprimierend. An den meisten Tagen brachen sich die Strahlen der gleißenden Sonne auf den hüpfenden Wellen und sandten ihr Licht nach Point Piper auf die gegenüberliegende Seite. An diesem Tag wirkte das Wasser kalt und bedrohlich.

Langsam trank Holly ihren Kaffee. Sie wusste, wenn sie fertig war, würde sie sich dem Unwetter stellen müssen, das da draußen tobte. Es war früh am Sonntagmorgen, die meisten vernünftigen Menschen kuschelten sich noch in ihren warmen Betten. Verflucht, Quinn, dachte sie missmutig. Wieso kannst du nicht wie jeder normale Mensch sonntags frei haben und ausschlafen? Wie üblich hatte er sich geweigert, am Telefon mit ihr über das zu sprechen, was ihm im Kopf herumspukte.

»Komm morgen früh in mein Büro. Da können wir uns in Ruhe unterhalten.«

»Wann?«, hatte sie gefragt und gewusst, dass es absurd früh sein würde.

»Halb acht.« In seiner Stimme hatte kein bisschen Mitleid gelegen.

»Morgen ist Sonntag«, hatte sie trotzig geantwortet.

»Das ist richtig. Bis dann also.«

Seufzend stellte Holly ihren Kaffeebecher neben die Spüle und ging zum Telefon. Es wurde Zeit. Sie würde sich den Luxus eines Taxis gönnen anstatt zu versuchen, ihren alten MG wiederzubeleben, der unzuverlässig war und frühe Kaltstarts ebenso sehr hasste wie seine Besitzerin. Sie wählte, nahm den Hörer ans Ohr und fluchte, als die Leitung tot war. So weit zu Plan A.

Obwohl sie nun schon seit drei Monaten in ihrer neuen Wohnung lebte, hatte sie noch immer nicht alles ausgepackt. Aus einem Karton im Schlafzimmer kramte Holly eine Wollmütze und einen flauschigen Mohairschal in einem schrecklichen Violett. Sie hatte ihn in ihrer Schulzeit bei einer Handarbeitslehrerin stricken müssen, die schließlich aufgegeben hatte, ihr irgendetwas beizubringen, was über das Annähen eines einfachen Knopfes hinausging. Holly hatte den Schal immer aufbewahrt; sie trug ihn mit Stolz. Er war der Beweis ihres ersten und einzigen Ausflugs in das Reich der Handarbeiten. »Zu dünn«, bescheinigte sie ihrem Bild in dem kleinen gerahmten Spiegel. Das Gesicht, das zu ihr zurückblickte, wirkte sehr verletzlich. Große graue Augen, geschwungene Brauen, hohe Wangenknochen, volle Lippen und eine Nase, die sie zu groß fand, dabei war sie es, die ihr Gesicht vor langweiliger Schönheit bewahrte.

Holly war nicht besonders sonntäglich gekleidet. Jeans, Sneakers und ein zu weiter Pulli, der ihr fast bis zu den Knien reichte und ihren schlanken, jungenhaften Körper verbarg. Fröstelnd zog sie sich die Mütze über die kurzen blonden Haare und zog ein paar Strähnen darunter hervor. Sie gefiel sich überhaupt nicht, also zog sie die Mütze wieder aus. Mit ihren schlanken Fingern fuhr sie sich durch das widerspenstige Haar, dann versuchte sie es erneut. Auch beim zweiten Mal funktionierte es nicht besser. Sie gab auf. Nichts schien an diesem Tag zu funktionieren.

Als Holly sich vor dem Spiegel den Schal um den Hals schlang und in eine wachsbeschichtete Wetterjacke schlüpfte, sah sie eine junge Frau vor sich, die von Schmerz und Verbitterung gezeichnet war. »Ach verdammt«, murmelte sie ihrem Spiegelbild zu. »Wen kümmert das schon!«

Energisch griff sie nach ihrem Autoschlüssel, verließ das Haus und ging vorsichtig die dreiunddreißig nassen, laubbedeckten Steinstufen zur Straße hinauf, wo ihr MG geparkt war. Sie besaß keinen Schirm. Der letzte war bei ähnlichen Wetterbedingungen auseinandergebrochen. Die Stufen waren sehr glitschig. Regen prasselte auf sie herab, und schon auf halbem Weg waren Mütze und Jeans durchnässt. Das Wasser rann an ihrer Jacke herab, der Wind blies ihr seinen eisigen Atem ins Gesicht. Wenigstens war die Jacke wasserundurchlässig.

Direkt gegenüber der Garage lag ein Baum quer auf der Straße, aber Holly schätzte, dass sie mit dem MG daran vorbeikommen würde. Ein Stück weiter die Straße hinauf war ein Feuerwehrteam bereits mit Kettensägen im Einsatz, um den Stamm und die dickeren Äste in Stücke zu zerlegen, die dann abtransportiert wurden. Mindestens zwei Häuser in der Nähe hatten beschädigte Dächer.

Hollys Finger waren taub vor Kälte und Nässe. Sie fummelte an ihrem Schlüsselbund herum, dann gelang es ihr schließlich, das Garagentor zu öffnen. Es war ein altmodisches Holztor, das nach außen aufschwang und den Gehweg blockierte. Sie legte je einen schweren Ziegelstein vor die beiden Flügel, damit sie nicht vom Wind zugeweht wurden, und ging auf ihren MG zu. »Tu mir einen Gefallen«, murmelte sie. »Mach jetzt keine Zicken.«

Aber das Auto machte Zicken, und als sie endlich rückwärts auf die Straße schoss, wurde sie von einem verständlicherweise übellaunigen Zeitungsjungen auf einem Fahrrad böse beschimpft. »Tschuldigung«, rief Holly und sprang aus dem Wagen, der daraufhin sofort wieder ausging. Missmutig trat sie die Ziegelsteine zur Seite. Irgendwie schaffte sie es, das Tor wieder zuzubekommen.

»Blöde alte Kuh!«, schimpfte der Zeitungsjunge hinter ihr her und fuhr über den Gehweg davon, wütend die in Zellophan verpackten Zeitungen vor die benachbarten Häuser werfend.

Holly setzte sich wieder ans Steuer, stellte den Rückspiegel ein und wappnete sich. Den Kampf zwischen mentaler und mechanischer Kraft, den sie in letzter Zeit häufig verlor, war sie mehr als leid. Der Motor des alten Autos hustete ein paarmal, stöhnte auf, erwachte ratternd zum Leben und pustete seine Abgase mit ungebremster Heftigkeit durch den Auspuff. Aus jahrelanger Erfahrung wusste Holly, dass dies ihre einzige Chance war. Sie rammte den Gang hinein, und mit einem Satz fuhr der Wagen los.

Zu dieser Stunde herrschte nur wenig Verkehr. Der strömende Regen, der mit unveränderter Heftigkeit vom Himmel fiel, drang bald ins Auto ein. Die Heizung kannte nur zwei Einstellungen – zu heiß oder nicht heiß genug. Holly drehte sie hoch und richtete die Düse auf ihre Füße, in der Gewissheit, mit gerösteten Beinen und eingefrorener Nase die City zu erreichen.

Sie fuhr in Richtung Market Street, wo die Redaktionsräume des monatlich erscheinenden Magazins *Out of Focus* auf zwei Etagen eines hohen Gebäudekomplexes untergebracht waren. *Out of Focus* war 1983 zum ersten Mal erschienen – eine etwas eigensinnige Publikation, die eine Form des investigativen Journalismus widerspiegelte, der einen leichten Hang zum Bizarren hatte. Mainstream-Journalismus überließ man konventionellen Wochenzeitschriften wie *Time*,

Newsweek oder *Bulletin*. Erklärtes verlegerisches Ziel von *Out of Focus* war es, Berichte über das Ungewöhnliche zu bringen, über Beinahe- und Exberühmtheiten, über Entlegenes und Weithergeholtes. Leser des Magazins konnten sich einer Sache sicher sein: Wenn es einen Preis gäbe für nutzlose, aber durch und durch unterhaltsame Information, dann hätte *Out of Focus* ihn verdient.

Das Magazin verdankte seine Existenz einer Laune seines exzentrischen Verlegers, dem überaus wohlhabenden Sir Richard Aitken, und war zunächst nur alle zwei Monate und mit einer Auflage von sechshundert Exemplaren erschienen. Zur Überraschung aller und zum Verdruss von Sir Richard, der die Redaktion klein und überschaubar halten wollte, hatte es rasch an Popularität gewonnen und erschien inzwischen in einer Auflage von beinahe zweihunderttausend, wovon dreißig Prozent außerhalb Australiens verkauft wurden. Trotz aller Bemühungen, sich aus dem öffentlichen Medientrubel herauszuhalten, hatte *Out of Focus* einige viel beachtete Artikel veröffentlicht, unter anderem eine erst kürzlich ausgezeichnete Story über einen Kinderpornoring, dessen Machenschaften sich über den gesamten Globus erstreckten.

Holly hatte schon häufig als freie Redakteurin für den *Out of Focus* gearbeitet. Ihr Vater, Quinn Longford-Jones, war der Chefredakteur. Nicht dass er seine Tochter bevorzugt behandelte – das tat er nicht. Im Gegenteil, häufig schob er Aufträge, die eigentlich an Holly hätten gehen müssen, anderen zu, damit es kein böses Blut gab.

In typischer Quinn-Manier fanden die Briefings – und Holly ging davon aus, dass es das war, was sie heute Morgen erwartete – immer zu seinen Bedingungen statt, ob es den anderen passte oder nicht. Und obwohl sie das nervte, war sie jedes Mal aufgeregt, wenn sie einen Termin bei ihrem Vater hatte. Die Aufträge, die er vergab, waren nie langweilig. Sie hatte über Landminen berichtet, lange bevor das Thema durch Prinzessin Diana so richtig populär geworden war. Sie hatte einen ironischen Bericht darüber geschrieben, was aus ehemaligen Werbefrauen und -männern geworden war, und war zu dem Schluss gekommen, dass die Industrie offenbar von Kindern beherrscht wurde, die gerade aus den Windeln waren, weshalb all denen über dreißig, die kein Angebot erhielten, sich mit einem ihrer Kunden zusammenzutun, nichts anderes übrig blieb, als entweder ihre Memoiren zu schreiben oder im Extremfall zu erwägen, ihre Körper einem Schredder zur Verfügung zu stellen.

Sie war durch ganz Mexiko getrampt, mit einem exzentrischen britischen Schauspieler, der auf der Suche nach einem Achat besetzten, inkrustierten Amethyst gewesen war, der seine Sammlung vervollständigen sollte. Seine Begeisterung für die geologischen Wunder dieser Erde wurde nur noch von einer anderen Leidenschaft übertroffen: Er hatte eine Vorliebe für fremde Männer, die er in Bars traf. Holly hatte einen Großteil ihrer Zeit damit verbracht, Kaffee zu trinken oder Tequila, je nach Tages- oder Nachtzeit, während sie darauf gewartet hatte, dass er sich wieder entliebte. Glücklicherweise tat er das in derselben Geschwindigkeit, mit der er sein Herz verlor, sonst hätte der Artikel niemals das Licht der Welt erblickt.

Out of Focus schien auf einen unendlichen Fundus an Verrückten zurückgreifen zu können, die sich mit Dingen beschäftigten, die interessant genug waren, um anders zu sein, und anders genug, um interessant zu sein. Anfang des Jahres war Holly in Japan gewesen, in Begleitung zweier Wissenschaftler, die das Leben des Maki oder Schneeaffen erforschten. Nichts Ungewöhnliches bis dahin, nur dass die beiden eifrigen Forscher eine umstrittene Schrift veröffentlichen wollten, in der sie vor ihrer Abreise medienwirksam behauptet hatten, DNS-Analysen hätten bewiesen, dass der Maki der engste Verwandte des Menschen sei.

Die Reise war schließlich abgebrochen worden, weil die beiden Männer sich nicht auf den Wortlaut ihrer Schlussfolgerungen hatten einigen können. Der eine wollte einen akademischen Aufsatz haben, der sich exklusiv an Wissenschaftler wandte, der andere war dafür gewesen, den Bericht so zu verfassen, dass er eine breite Leserschaft erreichte, zumal, so wusste man sicher, die Ergebnisse erhebliches Medieninteresse auslösen würden. Keiner von ihnen hatte eingelenkt, und in einer Demonstration erstaunlich kindischen Trotzverhaltens hatten sie die ganze Sache kurzerhand abgeblasen.

Holly war zwei Tage früher als erwartet nach Sydney zurückgekehrt und hatte ihren Mann in mehr als einer Hinsicht überrascht. Dennis war mit einer ihrer besten Freundinnen ins Bett gegangen. Holly hatte eine Menge Freundinnen. Sie wollte nicht auf eine davon verzichten. Aber sie hatte nur einen einzigen Mann, und die Trennung von ihm war sehr schmerzhaft gewesen.

Sie fuhr nun über die Harbour Bridge, und der kleine MG kämpfte tapfer darum, dorthin zu fahren, wo der Wind ihn hinzupusten versuchte. Holly kämpfte ebenso tapfer, ihn daran zu hindern. Ihre Beine glühten, und ihre Hände waren halb erfroren. Die Fenster waren beschlagen, sie musste immer wieder das Kondenswasser wegwischen, um zu sehen, wohin sie eigentlich fuhr.

Sie dachte darüber nach, ob Dennis noch im Bett lag und mit wem. Der Schmerz und der Schock über seine Untreue nagten an ihr. Er hatte sie angefleht, ihm noch eine Chance zu geben, aber sie war nicht in der Lage gewesen, weiter mit ihm unter einem Dach zu leben. Sie war in eine eigene Wohnung gezogen, um sich Zeit zum Nachdenken zu verschaffen. Und erst da war ihr das ganze Ausmaß seiner Betrügereien bewusst geworden. Freunde, die bisher immer geschwiegen hatten, berichteten ihr von seinen ständigen Seitensprüngen. Er war ihr von Anfang an untreu gewesen, sogar als sie noch nicht verheiratet gewesen waren.

Holly wusste nicht, was mehr wehtat: sein Vertrauensbruch oder ihre eigene Blindheit.

Die Scheidung war rasch vonstatten gegangen. Als Dennis klar wurde, wie weh er ihr getan hatte, wusste er, dass er sie nie zurückgewinnen konnte. Holly kaufte eine kleine Wohnung in Cremorne

Point und zog ein. Sie hatte eine Menge Arbeit und stürzte sich hinein, was ihr keine oder nur wenig Zeit ließ, über Vergangenes nachzudenken. Wenn sie nicht arbeitete, renovierte sie. Die Zeit verging rasch, aber Hollys Wunden heilten nicht.

Die Straßen Sydneys waren praktisch ausgestorben, eine nette Abwechslung, denn sonst waren sie meist hoffnungslos verstopft. Holly fuhr in die Tiefgarage, ignorierte alle freien Parkplätze und stellte sich direkt neben den BMW ihres Vaters. An der Seite der silbergrauen schnittigen, luxuriösen Limousine bot der tropfende MG ein ziemlich trauriges Bild.

Ein Aufzug brachte Holly in Windeseile in den zweiundzwanzigsten Stock. Die Rezeption war verlassen. Quinn Longford-Jones nahm einen Teil der Etage in Beschlag, von dem man einen gigantischen Blick über die Stadt, über Pyrmont Bridge und Darling Harbour hatte. Sein Büro war ebenso beeindruckend wie sein Auto und wie er selber. Hollys Vater war groß und hatte dickes silbergraues Haar. Er hielt sich mit regelmäßigem Golf- und Tennisspielen fit und gebräunt. Sein einziges Kind hatte die grauen Augen und vollen Lippen von ihm geerbt und wünschte, es hätte auch seine aristokratische Nase. Quinns Stimme war dröhnend, und sein Lachen einfach ansteckend. Während man Hollys Gefühlslage immer an ihren Augen ablesen konnte, funkelten die von Quinn ständig vor Vergnügen, ganz unabhängig von seinem seelischen Zustand. Holly und ihre Mutter beteten ihn an.

Sie klopfte kurz und öffnete die Tür. Er telefonierte gerade und zeigte auf einen Stuhl. Holly hörte zu, wie er einen abgebrühten und erfahrenen Journalisten, den auch sie flüchtig kannte, davon zu überzeugen versuchte, seiner Story über Bosnien, an der er gerade schrieb, ein wenig die politische Schärfe zu nehmen und sich stattdessen auf die Auswirkungen der Unruhen auf die dortige Kunstszene zu konzentrieren. Sie fragte sich, wie es ihr angesichts eines solchen Vaters eigentlich möglich gewesen war, eine Ratte wie Dennis zu heiraten.

Holly hatte nicht bis zu ihrer Scheidung gewartet, um ihren Mädchennamen wieder anzunehmen. Anders als Quinn, der seinen Doppelnamen liebte, hatte er Holly nie behagt. Mit vierzehn, als ihr die Meinung von Altersgenossen wichtiger gewesen war als jegliche später entwickelte Unabhängigkeit, hatte sie sich als Zeichen ihres Antisnobismus angewöhnt, sich Holly Bindestrich zu nennen. Heute ließ sie das Longford meist weg, aber nur weil es den meisten leichter fiel, sich Jones zu merken.

»Hi, Starreporterin. Häng deine nasse Jacke auf.« Er legte auf und zog eine Grimasse. »Dieser verdammte Idiot hört mir nie richtig zu.«

»Wie lange bist du schon hier?«

Er schaute auf seine Uhr. »Ein paar Stunden, schätze ich. Wieso?«

Sie schüttelte den Kopf. »Ich weiß nicht, wie Mummy das aushält.«

Quinn lachte. »Gar nicht. Als ich das Haus verlassen habe, lag sie noch im Bett und hat tief und fest geschlafen.«

Holly lächelte.

»Wie geht es dir?«

»Gut.«

»Unsinn. Du siehst grauenhaft aus.«

»Danke.«

»Und zieh endlich diese lächerliche Mütze aus. Damit siehst du aus wie eine Zehnjährige.«

Sie riss sie vom Kopf und schüttelte ihre kurzen Haare.

»Das ist viel besser. Jetzt siehst du wenigstens aus wie fünfzehn.«

»Was hast du denn plötzlich mit meinem Alter?«

»Du wirst nächsten Monat neunundzwanzig. Ich tue alles, um dich aufzuheitern.«

»Ich habe nicht das geringste Problem mit meinem Alter.«

Graue Augen musterten sie aufmerksam. »Und ansonsten?«

»Es ist … immer noch schwer.«

Quinn nickte. »Was hältst du von einem Job, nach dem sich jeder unserer Journalisten die Finger lecken würde?«

»Vorzugsbehandlung?«

»Nur zu deinem Besten.«

»Du wirst deinen Prinzipien untreu.«

»Na und? Du bist schließlich meine Tochter.« Er stand ganz abrupt auf und streckte die Arme aus.

Holly ließ sich hineinfallen. Sie spürte, wie er die Wange an ihren Kopf legte. So blieben sie eine ganze Weile stehen.

Dann zog Quinn sich wieder zurück. »Deine Mutter hat gesagt, ich soll dich zum Mittagessen einladen.«

Holly setzte sich wieder. »Ich vermute, du bist nicht auf die Idee gekommen, mich zu Hause zu briefen?«

Er schien überrascht. »Du liebe Güte, nein! Mir das Mittagessen zu versauen!« Er grinste. »Außerdem weißt du doch, wie deine Mutter reagiert, wenn ich meine Arbeit mit nach Hause bringe.« Er setzte sich wieder und beugte sich zu ihr herüber. »Also. Du hast meine Frage noch nicht beantwortet.«

»Wegen des Jobs? Gut.«

»Weißt du, was ich an dir mag, Süße?« Er wartete ihre Antwort gar nicht erst ab. »Du weißt verdammt genau, was du willst.«

Jetzt musste Holly doch noch lachen. Quinn schaffte es immer wieder, sie zu entwaffnen.

Mit vor Freude und Zufriedenheit funkelnden Augen begann Quinn, ihr die Aufgabe zu erklären. »Hast du je von Connor Maguire gehört?«

»Australiens Antwort auf Richard Branson? Klar.«

»Höre ich da etwa Kritik heraus?«

»Tja, also …« Holly sah ihren Vater an. »Der Typ ist in eine superreiche Familie hineingeboren, bildet sich ein, Unternehmer zu sein, hat überall seine Hände im Spiel und scheint dabei absolut sauber zu sein.«

»Warum auch nicht? Er hat bisher keinem etwas getan.«

Holly nickte zustimmend.

»Er engagiert sich sehr für eine Vielzahl karitativer Einrichtungen.«

»Klar. Und jedes Mal wenn er das tut, sorgt er dafür, dass er dabei genügend Publicity hat. Erinnerst du dich, als er vor ein paar Jahren auf dem Pferd durch Australien geritten ist, um Spenden für Krebskinder zu sammeln? Okay, ich muss zugeben, dass er eine Menge Geld zusammengekriegt hat, aber er soll doch auch zugeben, dass er im Grunde ein publicitygeiler Abenteurer ist.«

»Was ist daran verkehrt?«

Holly dachte kurz nach. »Nichts.«

»Du scheinst ihn eher aus Prinzip abzulehnen als aus irgendwelchen handfesten Gründen.«

»Welches Prinzip meinst du?«

»Zum Beispiel, dass er für seinen Lebensunterhalt keinen Finger krumm machen muss.«

»Nein, das ist es nicht. Es ist eher … ach, ich finde ihn einfach frivol.«

Quinn drohte ihr lächelnd mit dem Finger. »Willst du diesen Auftrag nun oder nicht? Ich kann dich die Story nicht schreiben lassen, wenn du solche Vorbehalte hast.«

Holly seufzte. »Was hat er dieses Mal vor?«

»Eine Schatzsuche in der Zanjsee.«

Hollys Augen leuchteten interessiert auf.

»Weißt du, wo das ist?« Es machte Quinn Spaß, ihr Allgemeinwissen zu testen. Sie spielten dieses Spiel häufig und versuchten sich gegenseitig zu überlisten.

»Ungefähr.« Holly wusste, dass er vage Antworten verabscheute. Offenbar hatte er vergessen, wie sie als Kind Geschichten aus *Tausendundeiner Nacht* verschlungen hatte.

»Wo?«

»Eh … irgendwo zwischen dem Wendekreis des Steinbocks und dem Äquator, in der Nähe der afrikanischen Küste … lauter Inseln,

Korallenriffe und Atolle … Madagaskar, Seychellen, Mauritius, ungefähr in dieser Gegend.«

Quinn lachte. »Braves Mädchen. Du darfst in die nächste Klasse. Aber deine Bücher kannst du hier lassen, weil du bald wieder zurückkommen wirst.«

»Es ist ein Teil des Indischen Ozeans. Die Araber haben ihn Zanjsee genannt, oder um ganz genau zu sein Bahr-el-Zanj, was so viel heißt wie Meer der Schwarzen. Aber so wird er seit Jahrhunderten nicht mehr genannt.«

»Okay, du darfst deine Bücher mitnehmen.« Er sah Holly anerkennend an, aber sie konnte förmlich hören, wie sich die Räder in seinem Kopf in Bewegung setzten, um sich etwas Neues auszudenken und ihr doch noch ein Schnippchen zu schlagen.

»Was zum Teufel hat Connor Maguire dieses Mal im Sinn?«

»Ich habe es dir doch gesagt. Er sucht einen Schatz.« Quinn sah sie gespannt an.

»Piraten«, sagte sie schließlich. »In dieser Gegend wimmelte es früher von Piraten. Da ist es natürlich durchaus möglich …«

Quinn neigte den Kopf zur Seite. Diese Runde ging an seine Tochter. »Maguire ist fest davon überzeugt.«

»Und wo ist er jetzt?«

»Mauritius.«

»Hm. Klingt interessant. Da wollte ich schon immer mal hin.«

»Na wunderbar. Eh … noch eines. Dieses Mal will er keine Publicity.«

Holly verschränkte die Arme und lehnte sich zurück. »Super. Ein versponnener Philanthrop ist eine Sache. Ein zickiger versponnener philanthropischer Spinner eine ganz andere.«

»Die Organisation, die davon profitieren wird, wenn er etwas findet, hat uns gebeten, über die Sache zu berichten.«

»So so. Welche karitative Einrichtung ist es denn dieses Mal?«

»Gar keine. Die Gelder gehen an die Aidsforschung.«

Holly lachte zynisch. »Connor Maguire und Elizabeth Taylor. Wahrscheinlich will er mit ihr zusammentreffen. Das verschafft ihm erst so richtig viel Aufsehen.«

Quinn legte einige Papiere zusammen. »Er ist bereits mit ihr zusammengetroffen.«

»Okay, okay. Der Typ ist ein moderner Ritter in glänzender Rüstung. Er braucht das Geld nicht. Er tut das alles aus reiner Menschenfreundlichkeit. Und zur Abwechslung will er einmal keine Publicity. Wieso?«

Quinn beantwortete diese Frage nicht. »Weißt du eigentlich, dass ich ihm ein paarmal begegnet bin?«

»Wann?« Sie war überrascht. Ihr Vater brüstete sich doch sonst so gern mit den Leuten, die er traf.

»Letztes Jahr, als er diese Geschichte mit den Blumen in Gang gebracht hat. Du weißt schon welche. In Konkurrenz zur Interflora. Es läuft sehr gut.«

»Alles, was er anfängt, läuft sehr gut.«

»Nicht alles. Ich habe ihn vor ein paar Monaten noch einmal wiedergesehen. Da hat er mir erzählt, dass irgendein Frachtgeschäft ganz fürchterlich danebengegangen war. Ich glaube, er hat Unsummen verloren.«

»Er kann es verschmerzen.«

»Er hat nie danach verlangt, im Rampenlicht zu stehen. Die Medien scheinen ihn einfach zu verfolgen.«

»Okay, Quinn. Okay. Er ist ein richtig netter Typ. Wo finde ich ihn also?«

»Mit ein bisschen Glück hält er sich immer noch auf Mauritius auf. Wenn nicht, wird er vermutlich in Richtung Rodrigues unterwegs sein. Du wirst ihn sicher finden.«

»Da hast du dir aber ein ziemlich großes Gebiet ausgesucht.«

»Ach was.« Quinn grinste. »Hast du übrigens Hunger? Hier unten im Haus bekommt man ein großes kontinentales Frühstück.«

Bei Croissants und Kaffee informierte Quinn sie über die Einzelheiten. »Anfang des 18. Jahrhunderts zogen sich die Holländer von Mauritius zurück. Abgesehen von der Besatzungstruppe und ein paar Vertretern der Holländischen Ostindiengesellschaft gab es ungefähr dreihundert Siedler auf der Insel, hauptsächlich Piraten. Sie waren nicht sonderlich begeistert, dass sie dort zurückgelassen wurden. Die einheimischen Kreolen waren Halsabschneider, und die Piraten fürchteten sich vor ihnen. Viele flüchteten in ihre Heimatländer, um dort um Gnade zu ersuchen. Einige kehrten nie wieder zurück. Die Engländer zum Beispiel kannten kein Pardon, und die angeblich reumütigen Piraten, die so dumm waren, ihren Fuß erneut auf britischen Boden zu setzen, fanden sich ziemlich rasch am Galgen wieder. Es ist eine bekannte Tatsache, dass die meisten dieser Männer ihr Vermögen versteckt hatten, vergraben oder in irgendwelchen Höhlen verborgen, bevor sie sich auf den Weg in ihre Heimat machten.

Ein paar Jahre später gewährten die Franzosen jedem Piraten, der sich ergab, Amnestie. Die Piraten waren misstrauisch. Nur wenige ergriffen die Gelegenheit, die meisten hielten es für einen Trick. Aber diejenigen, die das Angebot annahmen, vergruben ebenfalls ihr Hab und Gut, bevor sie nach Frankreich segelten und dort jeden, der ihnen zuhörte, davon zu überzeugen versuchten, dass sie in Wirklichkeit nette Jungs waren. Es ist gut möglich, dass viele von ihnen niemals wieder zurückkehrten, um es auszugraben. Stell dir vor, dreihundert ängstliche Piraten mit unermesslichen Reichtümern! Die ganze Insel steht vermutlich knietief in vergrabenen Schätzen!«

Holly lachte. Ihr Vater geriet leicht in einen Zustand wilder Euphorie, wenn er von einer Sache überzeugt war. »Du bist ja Feuer und Flamme!«

»Hat Connor Maguire je etwas angefangen, ohne vorher gründlich zu recherchieren?«, fragte Quinn.

Holly nahm ihr Croissant und biss ein Stück ab.

»Sei doch nicht so voreingenommen. Er ist im Grunde ein anständiger Kerl. Das Leben war ihm nicht immer wohlgesonnen. Vor ein paar Jahren hat er seinen Halbbruder verloren, das hat ihn ganz schön aus dem Gleichgewicht gebracht.«

»Das habe ich nicht gewusst.«

Quinn nickte. »Ich glaube, er hieß Brian. Er wurde bei einem Anschlag auf den Seychellen getötet. Vermutlich war er zur falschen Zeit am falschen Ort. So etwas passiert. Auf jeden Fall hat Maguire lange gebraucht, um über seinen Tod hinwegzukommen.«

»Woher weißt du das?«

»Es stand in den Zeitungen. Ungefähr sechs Monate später habe ich Connor zum ersten Mal getroffen. Als ich ihm mein Beileid aussprach, habe ich sofort gemerkt, dass er noch immer nicht damit zurechtkommt.«

Bilder des attraktiven, abenteuerlustigen Playboys tauchten vor Hollys geistigem Auge auf. Sie konnte sich schlecht vorstellen, dass er traurig sein konnte. »Er war zweimal verheiratet, stimmt's?«, fragte sie zynischer, als sie beabsichtigt hatte.

»Du warst auch einmal verheiratet«, erinnerte Quinn sie vorsichtig.

»Ja … aber …«

»Nichts aber. Woher weißt du, dass er Schuld hatte?«

Holly wechselte das Thema. »Wann soll es denn losgehen?«

»Du fliegst noch heute Abend nach Melbourne. Der Flug nach Mauritius geht um 23:30 Uhr.«

»Das ist ein bisschen schnell. Ich muss vorher noch ein paar Dinge organisieren.«

»Es geht nicht anders. Es gibt nur einen Flug in der Woche, es sei denn, du möchtest lieber über Singapur fliegen oder erst nach Südafrika und vorn dort nach Mauritius.«

»Nein.« Sie entschied sich sofort. »Ich fliege über Melbourne.« Sie warf einen Blick auf den Teller ihres Vaters. »Fertig? Wir haben noch eine Menge Arbeit vor uns.«

»Es ist im Grunde ganz einfach«, murmelte Quinn mit vollem Mund. Er schluckte, wischte sich den Mund ab und warf die Serviette auf den Tisch. »Begleite Maguire bei seiner Schatzsuche. Die ultimative Herausforderung für den australischen Abenteurer. Sieh zu, dass das Ganze schön spannend wird – Haie, Zyklone, korrupte Politiker, du weißt schon, was ich meine.« Er machte eine vage Handbewegung. »Das ist im Grunde alles.«

»Danke, Quinny«, antwortete sie trocken. »Wie üblich bin ich genauestens informiert. Wie viele Seiten willst du haben?«

»So viele wie nötig. Wenn die Sache hergibt, was ich erhoffe, werden wir eine Serie daraus machen.« Er stand auf. »Fertig?«

Sie war noch nicht mit dem Frühstücken fertig.

»Gut. Dann bringe ich dich jetzt zu deinem Auto«, sagte Quinn ungeduldig, ohne ihre Antwort abzuwarten.

Aus jahrelanger Erfahrung wusste Holly, dass ihr Vater auf Hochtouren lief und es wie immer nicht erwarten konnte, in sein Büro zurückzukommen. Um die Nebensächlichkeiten wie Flugtickets, Spesen, eine Unterkunft auf Mauritius und genaue Angaben, wo sie Connor Maguire finden würde, hatte sich seine Sekretärin zweifellos längst gekümmert. »Hast du Unterlagen für mich?«

Er griff in seine Jackenasche und zog ein dickes Päckchen heraus.

Es gab keinen Grund, es zu kontrollieren. Quinns Sekretärin war perfekt. Holly würde alles darin finden, was sie brauchte, einschließlich einer vollständigen Auftragsbeschreibung.

»Wann wirst du dir endlich einen Neuen zulegen?« Abwesend trat Quinn gegen eine der Sportfelgen des MG.

»Vorsichtig. Sonst kracht er noch unter deinen Füßen zusammen.«

Er hatte den typischen Vaterblick im Gesicht, voller Stolz, aber zugleich auch voller Sorge. »Du bist verückt! Ich liebe dich, Süße. Wir sehen uns zum Mittagessen.«

Sie sah ihm nach, als er davonging, und wusste, dass es ihm wehtat, sie so leiden zu sehen. Als sie ihren Eltern damals unter Tränen von Dennis' Seitensprüngen erzählt hatte, hatte sie Quinn nur mit Mühe davon abhalten können, Dennis »den Kopf gründlich zurechtzurücken«, wie er es nannte. Erst nachdem Holly ihn besänftigt und davon überzeugt hatte, dass Dennis diese Mühe nicht wert sei, hatte er von einem Mordversuch abgesehen.

Seufzend stieg Holly in ihren Wagen. »Spring an!«, befahl sie. »Schließlich bist du jetzt nicht mehr kalt.«

Aber der MG stotterte und würgte, hustete und ächzte ein halbes Dutzend Mal, ehe er endlich in einen gleichmäßigen Rhythmus fiel. »Quinn hat recht«, schimpfte Holly. »Du gehörst auf den Schrottplatz.« Derart gewarnt, benahm sich ihr Auto seltsamerweise auf der gesamten Heimfahrt vorbildlich.

Quinn und Delia Longford-Jones wohnten in Castlecrag, oberhalb der Sugarloaf Bay. Ihr Haus lag an einem Hang, war umgeben von üppiger Vegetation und von der Straße praktisch nicht zu sehen. Von außen wirkte es schlicht und bescheiden, aber es hatte vier Stockwerke und mündete unten in eine Terrasse, die bis ans Meer reichte. Innen war das Haus warm und hell, mit kostbaren Antiquitäten möbliert und in perfekt aufeinander abgestimmten Honig- und Cremetönen dekoriert. Es wirkte sehr großzügig und behaglich, und auch wenn mit einigen der Möbelstücke auf Auktionen ein kleines Vermögen zu erzielen wäre, war nichts übertrieben oder protzig.

Holly hatte gepackt und war reisefertig. Sie stellte ihren Koffer auf den Beifahrersitz und befestigte ihn mit dem Sicherheitsgurt. Sie würde den MG in Castlecrag stehen lassen und nach dem Essen direkt zum Flughafen fahren. Wenn ihre Eltern auf etwas Wert legten, dann darauf, perfekte Gastgeber zu sein. Eine spontane Einladung zum Lunch bedeutete wahrscheinlich ein Dutzend oder mehr Gäste, alle handverlesen. Das Essen würde absolut köstlich sein und, wie meist, sehr ungewöhnlich – ein Gesprächsthema für sich. Ein Mittagessen konnte sich von mittags um zwölf bis fünf Uhr nachmittags hinstrecken. Die Weine waren immer ganz ausgezeichnet und stammten häufig von kaum bekannten Weingütern. Sie wurden mit Hingabe und Begeisterung gekostet, und Quinn drängte seine Gäste häufig, den einen oder anderen jungen, aber »absolut spitzenmäßigen«, wie er sich auszudrücken pflegte, zu probieren. Mehr als ein Gast würde anschließend mit dem Taxi nach Hause fahren – viele von denen, die wussten, was sie erwartete, kamen bereits in einem.

Holly erschien absichtlich etwas früher, für den Fall, dass ihre Mutter noch Hilfe benötigte.

»Hallo, Liebes.« Delia Longford-Jones war eine ungewöhnliche Frau, elegant und weltgewandt. Die grauen Locken, die sie mit einem Seidentuch zusammenhielt, reichten ihr bis auf die Schultern herab. Sie trug kein Make-up, bis auf einen Hauch Lidschatten und Lippenstift, die geschickt aufgetragen waren. Ihre frühere Schönheit war verblichen, aber an ihrer makellosen und nahezu faltenfreien Haut noch immer ersichtlich. Sie trug einen lässigen roséfarbenen Hosenanzug aus reinem Leinen, dazu eine violette Seidenbluse.

Holly fühlte sich in ihrem Reiseoutfit fast ein bisschen schäbig. »Hallo, Mum.« Sie schnüffelte. »Hm, hier riecht es aber gut.«

»Griechisch«, informierte sie ihre Mutter. Sie dachte sich fast immer ein Thema aus, ganz gleich ob es sich um ein offizielles Essen handelte oder nicht.

Holly küsste ihre Mutter auf die Wange. »Ich frage nicht, wer sonst noch kommt. Lieber lasse ich mich überraschen.«

Aber sie erfuhr es trotzdem. Insgesamt vierzehn Personen. Darunter zwei bekannte Schauspieler, ein Fernsehmoderator, mehrere Journalisten und ein Schriftsteller. »Nimmst du den Job auf Mauritius an?«, fragte sie schließlich.

»Mein Koffer ist im Auto.«

»Das freut mich. Es wird dir gut tun.«

Holly verzog das Gesicht.

»Ach, komm schon, Liebes. Überleg doch mal. Mauritius. Ein tropisches Paradies. Da kommst du wenigstens mal raus aus diesem entsetzlichen Wetter. Auch wenn der Wind sich endlich ein bisschen gelegt hat, es gießt immer noch in Strömen. Ich wünschte, ich könnte mitkommen.«

»Aha.« Holly lächelte. »Wahrscheinlich war es deine Idee, mich dorthin zu schicken.«

»Keineswegs. Dein Vater fand ... Wie auch immer, wie geht es dir?«

»Gut«, antwortete Holly knapp.

»Dir geht es nicht gut. Sieh dich doch an. Ich könnte diesen verfluchten Mann umbringen für das, was er dir angetan hat.«

Holly spürte plötzlich, dass ihr die Tränen in die Augen stiegen. Sie schluckte. »Ich brauche einfach noch etwas Zeit, Mum, das ist alles. Ich werde schon darüber hinwegkommen.«

Die Augen ihrer Mutter waren voller Liebe und Sorge. »Lass dich bloß dadurch nicht für immer von den Männern abschrecken. Schau dir Daddy an.«

»Mum, hast du Dennis eigentlich je gemocht?«

»Nein.« Eine von Delias herausragenden Eigenschaften war ihre gnadenlose Offenheit.

»Hättest du mir das gesagt, wenn er nicht ...?«

»Nein.«

Holly umarmte sie. »Ich liebe dich, Mum. Bitte, bleib immer so, wie du bist.«

Aufmerksam betrachtete Delia das Gesicht ihrer Tochter. Die feinen Linien der Bitterkeit und der Enttäuschung, die über Nacht gekommen waren und jetzt einfach nicht mehr fortgingen, gefielen ihr ganz und gar nicht. »Ich wünschte, ich könnte dir dasselbe sagen. Du hast dich früher für so vieles begeistert. Das war eines deiner kostbarsten Talente. Aber es wird wiederkommen, da bin ich mir ganz sicher.«

Holly konnte sich das nicht vorstellen.

Sie standen in der Eingangshalle und gingen auf die sechsstufige Treppe zu, die in die nächsthöhere Ebene führte. Dort befanden sich eine gemütliche Landhausküche, der Salon und ein elegantes Speisezimmer.

»Kann ich dir noch etwas helfen?«, fragte Holly, die das Gespräch gern von sich ablenken wollte.

»Es ist alles fertig. Wir benutzen heute den unteren Speiseraum. Die Getränke stehen alle bereit. Komm, wir verschaffen uns einen kleinen Vorsprung, ehe die anderen kommen.«

Holly lächelte. Ihre Mutter trank ausschließlich Mineralwasser, in das sie gelegentlich ein wenig Zitronen- oder Limonensaft gab. Der Grund dafür, so hatte sie Holly einmal anvertraut, war eine unvergessene Begegnung mit Alkohol im unschuldigen Alter von achtzehn. Der anschließende Kater war noch unerträglicher geworden, weil ihr Vater ihr verboten hatte, Wasser gegen den schrecklichen Nachdurst zu trinken. »Das musst du jetzt aushalten, junge Dame«, hatte er gesagt. »Es geschieht dir recht.« Seither hatte Delia keinen Alkohol mehr angerührt.

Eine halbe Stunde später kamen die ersten Gäste. Mit ihrem Lachen und ihrer lautstarken Unterhaltung verwandelten sie das Mittagessen rasch in eine Party. Holly ließ sich mit ihnen treiben. Geschickt wich sie allzu persönlichen Gesprächen aus und wehrte zwei Fragen nach ihrer Telefonnummer ab. Quinn kam wie immer zu spät, aber alle verziehen es ihm. Er stürmte herein, küsste Delia und wurde sofort zum Mittelpunkt.

Am frühen Abend rief Holly ein Taxi an, das sie zum Flughafen bringen sollte. Quinn brachte sie hinunter. »Nimm dir so viel Zeit, wie du brauchst. Amüsier dich. Der Verlag kann es sich leisten.«

»Danke, Daddy.« So nannte sie ihn nur selten. »Aber ich bin zum Arbeiten dort. Denk daran, das, was du mir zugestehst, musst du auch den anderen zugestehen.«

Er ignorierte ihren Einwand. »Kümmert sich jemand um deine Post?«

»Ja.« Wenn sie unterwegs war, sammelte eine Nachbarin ihre Post ein, und Delia kam hin und wieder, um sie abzuholen und gegebenenfalls an sie weiterzuleiten.

Quinn küsste sie auf die Wange. »Ich liebe dich, meine Süße. Bis in ein paar Wochen.«

Sie stieg ins Taxi.

»Und vergiss nicht, etwas Spaß zu haben«, rief er, bevor er die Tür schloss.

Spaß!, dachte Holly wenige Minuten später und starrte durch den Regen, der an den Fensterscheiben des Taxis herabfloss, auf die verschwommenen Lichter der Stadt. Was ist das?

Kapitel Zwei

Der Flug mit Air Mauritius zeichnete sich durch einen freundlichen Service aus, eine exzellente Bordküche, Pünktlichkeit und die härtesten Sitze aller Airlines, mit denen Holly je geflogen war. Flüge waren für sie etwas, was sie weder besonders genoss noch verabscheute, sie waren ihr lediglich Mittel zum Zweck und Gelegenheit, lange vernachlässigten Lesestoff nachzuholen. Sie landeten in Perth zwischen, wo die neu hinzukommenden Passagiere auch die allerletzten Plätze einnahmen, dann ging es in die endlose Nacht. Ganz langsam kam die Morgendämmerung, und beinahe dreizehn Stunden nach dem Start in Melbourne näherten sie sich im Landeanflug einer tropisch grünen Insel, die sich aus dem Indischen Ozean erhob. Holly war davon überzeugt, dass sich ihr schmerzendes Hinterteil nie wieder erholen würde.

In Plaisance zu landen war ein Genuss. Der Flugplatz lag an der Südostküste, aber da sie von Westen her landeten, hatte Holly von ihrem Fensterplatz aus einen wunderbaren Blick auf die gesamte Insel unter ihnen. Zerklüftete Berge, teilweise mit dichter Vegetation und spektakulären Felsenformationen – ein Relikt der vulkanischen Vergangenheit des Landes – ragten in den Himmel. Dazwischen war das Land sanft und flach, und wohin man auch schaute, sah man Zuckerrohrfelder. Ein schmaler Streifen aus weißem Sand trennte die vorwiegend landwirtschaftlich genutzte Küstenregion von einer türkisblauen Lagune. Um die Insel herum lag das Riff, das einen nahezu ununterbrochenen Korallenring bildete. Unaufhörlich donnerten die

Wellen gegen diesen uralten Schutzwall. Hinter dem Riff wurde der Ozean tiefblau und verschwand am Horizont. Eine tropische Insel wie aus dem Bilderbuch.

Das Flughafengebäude – ein lang gestreckter, zweistöckiger, weiß gestrichener Quader – schien sich in einer Identitätskrise zu befinden. Auf zwei verschiedenen Schildern standen unterschiedliche Namen – WILLKOMMEN AUF MAURITIUS stand in der Mitte und daneben auf einer Seite PLAISANCE AIRPORT und auf der anderen SIR SEEWOOSAGUR INTERNATIONAL AIRPORT. Zum Standort des Flughafengebäudes gab es eine interessante Geschichte. Holly, die während des Fluges einiges über Mauritius gelesen hatte, hatte unter anderem erfahren, dass ein englischer Lehrer an dieser Stelle Knochen des ausgestorbenen Dodos gefunden hatte, eines taubenähnlichen Vogels, der aber die ungefähre Größe eines Truthahns gehabt hatte.

Das Innere des Flughafengebäudes war hell und freundlich, was gut war, denn sowohl die Deckenventilatoren als auch die Mühlen der Einwanderungsbehörde drehten sich sehr langsam. Endlich kam Holly an die Reihe.

»Darf ich bitte Ihr Ticket sehen.« Der Beamte sah sie gleichgültig an.

Als erfahrene Reisende verbat Holly sich die Frage nach dem Warum.

»Sie haben keinen Rückflug gebucht?«

»Nein.«

»Wieso nicht?«

»Weil ich noch nicht weiß, wann ich zurückfliege. Ich habe nur ein Ticket für den Hinflug.«

»Das ist höchst ungewöhnlich.« Er sah sie stirnrunzelnd an.

»Wirklich?« Holly hatte die Erfahrung gemacht, dass ein schüchternes »Bitte-helfen-Sie-mir«-Gesicht in solchen Fällen fast immer hilfreich war. Aber bei diesem Mann war dies offenbar anders.

»Sie haben nicht vor, für immer hier zu bleiben?«

»Nein. Nur ein paar Wochen, vielleicht einen Monat.«

»Sie sind mit einer Reisegruppe unterwegs?« Seine Fähigkeit, aus einer Aussage eine Frage zu machen, war eine Kunst für sich.

»Nein.«

»Hm.« Jetzt betrachtete er stirnrunzelnd ihr Ticket. Der Strich an der Stelle, wo normalerweise das Rückflugdatum hingehörte, schien ihm ganz und gar nicht zu gefallen. »Sie wollen nicht jetzt gleich einen Rückflug buchen?«

»Nein.«

»Wo werden Sie wohnen?«

Das stand auf dem Einreiseformular, aber sie sagte es ihm trotzdem »Im *Merville Beach Hotel.*«

»Sie haben keine Freunde oder Verwandte auf Mauritius?«

»Leider nicht.«

Er verzog den Mund, nachdenklich. »Und Sie werden die Frist Ihres Visums nicht überschreiten?«

»Ich habe kein Visum. Man hat mir gesagt, ich bräuchte keins.«

»Ich werde Ihnen eines ausstellen.« Er reichte ihr das Ticket zurück. »Den Reisepass, bitte.«

Er lag bereits vor ihm, und Holly zeigte darauf.

Sorgfältig studierte er das Dokument. »Sie sind also Journalistin, Mrs. Longford-Jones.«

»Ja.«

»Warum sind Sie hierhergekommen?« Ein einfaches Flugticket *und* eine Journalistin. Höchst verdächtig. »Worüber möchten Sie denn schreiben?«

»Wir Australier interessieren uns für Mauritius, wissen aber viel zu wenig über die Insel. Die Zeitschrift, für die ich arbeite, möchte einen informativen Bericht bringen … etwas, das Touristen ermuntert, hierherzukommen.« Holly sah dem Mann direkt in die Augen, während sie ihn anlog. »Ihr Amt für Tourismus war bisher äußerst hilfreich«, fügte sie hinzu, in der Hoffnung, dass die Erwähnung einer weiteren Behörde die ansonsten wohl ziemlich langwierige Diskussion verkürzen würde. Es funktionierte.

»Wie lange beabsichtigen Sie zu bleiben?«

»Dreißig Tage?« Sie lächelte gewinnend.

»Aha!« Ihr Pass war abgestempelt. »Wenn Sie Ihren Aufenthalt verlängern möchten, müssen Sie sich an die Einwanderungsbehörde wenden. Die finden Sie im Polizeihauptquartier in Port Louis.« Er gab ihr den Pass zurück. »Aber sorgen Sie dafür, dass Sie Ihren Rückflug so bald wie möglich buchen. Und bestätigen Sie die Reservierung mindestens drei Tage vor dem Abflugtermin. Angenehmen Aufenthalt.«

Holly bedankte sich und wandte sich zum Gehen.

»Noch etwas.« Er lächelte nun.

Sie drehte sich um.

»Wenn Sie über Mauritius berichten, vergessen Sie nicht, unsere Gastfreundschaft zu erwähnen.«

»Natürlich nicht.« Sie bemühte sich um einen möglichst ernsten Gesichtsausdruck.

»Ah! C'est bon.« Er entließ sie mit einem wichtigtuerischen Kopfnicken und wandte sich seinem nächsten Opfer in der Warteschlange zu.

Das Gepäckband funktionierte nicht, daher mussten die Koffer von schwitzendem Flughafenpersonal in die Ankunftshalle geschleppt werden. Als Holly endlich durch die Zollabsperrung kam, befand sie sich bereits seit über einer Stunde auf mauritischem Boden. Sie rechnete fest damit, dass als Nächstes eine Horde eifriger Jugendlicher auf sie zustürmen würde, um ihre Tasche zu tragen oder ihr ein Taxi zu besorgen, war jedoch angenehm überrascht, dass dies ganz und gar nicht so war.

Holly löste einen Reisescheck ein und machte sich dann auf den Weg zu den Schaltern der Autovermieter. Auch während des unerwartet komplizierten Vorgangs einer so simplen Sache wie des Mietens eines Autos schaffte sie es, ihr Lächeln zu bewahren. Es dauerte eine weitere halbe Stunde, ehe sie hinter dem Steuer eines Mini Moke saß, des einzigen Fahrzeugs, das verfügbar gewesen war. Der Wagen wirkte wenig vertrauenerweckend, und Holly hätte schwören können, dass der Ersatzreifen zu einem komplett anderen Fahrzeug gehörte, doch dann stellte sie überrascht fest, dass das Auto beim ersten Versuch ansprang.

Nach den Informationen von Audrey Hammond, Quinns Sekretärin, würde sie Connor Maguire am ehesten irgendwo im Norden finden, in der Nähe von Grand Baie. Sie fand den Ort auf der Straßenkarte, die sie sich zusammen mit einigen anderen Broschüren besorgt hatte, während sie auf ihren Koffer warten musste. Am besten, ich fange mit den Tophotels an, sagte sie sich. Und an der Spitze steht zweifellos das *Royal Palm*. Die perfekte Mrs. Hammond hatte ihr nützliche Informationen gegeben, wo man auf Mauritius wohnte, und Holly hatte sich während des Fluges damit vertraut gemacht. Im *Royal Palm* stiegen angeblich Könige und Königinnen ab, der Jet Set und die, die Geld ohne Ende hatten. Maguire würde von so einem Ort angezogen werden wie die Motte vom Licht. Mit den Spesen, die *Out of Focus* zahlte, ließen sich die atemberaubenden Preise nicht bezahlen, daher war für Holly ein Zimmer in einem Mittelklassehotel reserviert worden, das unmittelbar in der Nähe lag.

Sie musste sich sehr darauf konzentrieren, ein unbekanntes Auto auf fremdem Terrain zu fahren, deshalb beschränkten sich Hollys erste Eindrücke von Mauritius auf das, was sie bereits vom Flugzeug aus gesehen hatte. In erster Linie endlose Zuckerrohrfelder gleich neben der Straße. Auf den Feldern standen Steinpyramiden, einige von ihnen waren recht groß und absolut symmetrisch. Sie sahen aus wie eine Art Schrein. Holly nahm sich vor, sich danach zu erkundigen. Die neu gebaute Schnellstraße führte vom Flughafen aus in Richtung Nordwesten, dann stieg sie leicht an, führte nach Curepipe und Quatre Bornes, die Orte im Central Highland, und fiel schließlich wieder ab, zur Hauptstadt Port Louis. Die Straße war gut ausgeschildert und im Großen und Ganzen in gutem Zustand. Hinter Port Louis war das schimmernde blaue Meer nie fern, und das Land wurde flacher und noch tropischer. In dem offenen Mini Moke war es im mittleren Teil der Insel fast ein wenig zu kühl gewesen, aber nachdem die letzten Bergpässe überwunden waren, stieg die Temperatur, und Holly genoss die milde Luft, die ihr ins Gesicht wehte. Sie hatte fast das Gefühl, im Urlaub zu sein.

Das *Merville Beach Hotel* lag inmitten eines großzügigen Palmengartens, ein Stück abseits der Küstenstraße nördlich von Grand Baie. Der Standard der Zimmer reichte von der Luxussuite zum einfachen Zimmer, doch die übrigen Einrichtungen des Hotels standen allen Gästen zur Verfügung. Um das Hotel herum gab es noch einige schlichte Häuschen, die sich in Privatbesitz fanden, aber viele von ihnen waren bereits an Investoren verkauft, die sich um das Geld der Touristen bemühten. Genau in der Mitte des Hotelgeländes stand eines der alten Cottages. Es wirkte ein wenig heruntergekommen, schien jedoch von seinen kommerziellen Nachbarn nicht im Mindesten eingeschüchtert.

Zu Hollys Zimmer – die wunderbare Mrs. Hammond hatte eine Luxussuite gebucht – gehörte ein Balkon, von dem aus man einen Blick auf die weite Lagune hatte. Holly packte den Koffer aus, stellte ihre Uhr sechs Stunden zurück und stellte fest, dass sie hungrig war.

Der Duft der exotischen Gewürze der traditionellen kreolischen Küche lockten Holly ins *The Badamier*. An eine unter einem Strohdach gelegene Bar oberhalb des Pools schloss sich eine große Terrasse mit Tischen und bunten Sonnenschirmen an. Sie lag direkt am Strand, und man konnte sich des Gefühls nicht erwehren, dass diese Hotelanlage ein wahrhaft tropisches Paradies war, die nur ein einziges Ziel kannte: dafür zu sorgen, dass sich ihre Gäste entspannten. Überall, wo Holly hinschaute, taten die Leute genau das – sie faulenzten am Pool, lachten und plauderten am Strand, einige surften, während die Abenteuerlustigeren sich mit Paragliding vergnügten. Ein wunderbarer Ort für Verliebte, dachte Holly, und ein plötzliches Gefühl von Einsamkeit überkam sie.

Sie suchte sich einen Platz in der Sonne mit Blick auf das offene Meer. Wegen der Zeitumstellung befand sie sich, was die Mahlzeiten betraf, im Niemandsland – irgendwo zwischen Frühstück und Mittagessen. Nach kurzem Überlegen bestellte sie sich ein getoastetes Sandwich. Holly lehnte sich zurück und genoss den überwältigenden Blick, ohne auch nur den Hauch von Mitleid für die frierenden nassen Seelen zu Hause zu empfinden.

»Entschuldigen Sie bitte«, sagte eine männliche Stimme in ihre Gedanken hinein.

Holly schaute auf. Er war groß, blond, sehr schlank und hatte von der Sonne leicht gerötete Haut. Anfang dreißig vielleicht, mit einem sympathischen Lächeln. Die blauen Augen wirkten ein kleines bisschen unsicher. Holly sah ihn erstaunt an. »Ja?«

»Ich habe gehört, dass Sie Englisch sprechen, und da dachte ich … hätten Sie etwas dagegen, wenn ich mich ein wenig zu Ihnen setze?« Er sprach ein sehr gepflegtes Englisch. »Das heißt, natürlich nur, wenn Sie allein sind.« Er wirkte seltsam nervös.

Sicher ist er einsam, dachte Holly und zeigte großzügig auf einen freien Stuhl. »Bitte.«

Der Mann setzte sich, rief nach der Bedienung und bestellte sich ein Bier. »Ein bisschen früh, aber was soll's? Haben Sie schon etwas bestellt?«

»Ein Sandwich.«

»Darf ich Sie zu einem Drink einladen?«

Sie überlegte einen Moment. Nach ihrer inneren Uhr war jetzt der perfekte Zeitpunkt für einen Drink. »Aber nur wenn die nächste Runde auf mich geht.«

»Einverstanden. Was hätten Sie gerne?«

Holly entschied sich für ein Glas Weißwein.

Der Fremde lächelte schüchtern. »Justin. Justin Parker. So heiße ich. Ich hoffe, Sie nehmen mir das nicht übel. Aber es ist auf Dauer schrecklich, allein zu essen.«

»Ich verstehe, was Sie meinen. Mein Name ist Holly Jones.«

Er ließ den Blick über die fast leere Terrasse gleiten. »Wohnen Sie hier?«

Sie nickte. »Ich bin gerade erst angekommen. Und Sie?«

»Ich bin schon fast eine Woche hier. Ich habe noch nie so viele Hochzeitsreisende auf einmal gesehen. Als ich Sie so allein gesehen und dann auch noch Englisch sprechen gehört habe ... also ... ich hoffe, Sie denken nicht, ich würde versuchen, Sie auf billige Art anzumachen.«

Holly war sich nicht sicher. Wenn er es tat, dann war er verdammt geschickt. Dennoch entschloss sie sich vorsorglich zu einem verbalen Abwehrmanöver. »Wenn ich das dächte, würden Sie jetzt nicht hier sitzen.«

Er schien erstaunt über ihre Offenheit, fragte jedoch nur: »Machen Sie hier Urlaub?«

»Nein. Ich bin Journalistin. Ich arbeite hier.«

»Du meine Güte! Was für ein Job!« Erneut ein schüchternes Lächeln. »Na ja, irgendwer muss ihn ja schließlich machen.«

Holly lachte. Er war ihr sympathisch. »Es ist nicht immer so toll, wie es sich anhört. Man verbringt sehr viel Zeit allein.«

»Ich dachte, Journalisten und Fotografen würden immer im Duo reisen.«

»Das stimmt, aber dieses Mal bin ich beides gleichzeitig.« Sie erwähnte nicht, dass es bei *Out of Focus* zu den Grundvoraussetzungen gehörte, dass die Journalisten auch mit einer Kamera umgehen konnten. Quinn vertrat die Theorie, dass Worte und Bilder in einem Guss entstehen mussten, um beides perfekt aufeinander abzustimmen. Man merkt sofort, pflegte er zu sagen, wenn zwei verschiedene Egos eine einzige Geschichte erzählen.

Holly war sich nicht sicher, ob er recht hatte. Es hatte schon erstaunliche Ergebnisse gegeben, wenn verschiedene Künstlerseelen ein gemeinsames Projekt geschaffen hatten, auch wenn sie zugeben musste, dass es häufig so war, dass Worte die Fotos zerstörten oder umgekehrt.

»Kommen Sie aus Australien oder Südafrika?«, wollte Justin wissen.

»Australien.«

»Verzeihen Sie. Es ist Ihr Akzent. Er klingt gar nicht so schrecklich australisch.«

»Lag die Betonung gerade auf *schrecklich*?«

»Oh nein. Ich wollte nicht … Nun ja, ich schätze, ich wollte … Es ist nur so, dass viele Leute aus Down Under sehr schlecht zu verstehen sind.«

Er schien sich um Kopf und Kragen reden zu wollen. Holly wechselte einfach das Thema. »Sie sind Engländer?«

»Ja. Aus Bath. Das heißt, eigentlich aus Claverton.«

»Das liegt ganz in der Nähe, nicht wahr?«

»Ja.« Sein Gesicht leuchtete auf. »Kennen Sie Bath?«

»Erraten.« Sie lächelte. »Machen Sie hier Ferien?«

Er zögerte, ehe er antwortete. »Gewissermaßen. Ich wollte schon immer mal hierherkommen.« Er zögerte wieder, als wolle er nicht mehr sagen. Dann tat er es doch. »Aber eigentlich bin ich auf der Suche nach Dodo-Eiern.«

Interessiert zog Holly die Augenbrauen in die Höhe.

»Ich weiß, was Sie jetzt denken. Aber ich wäre schon mit einem Stück eines Eis zufrieden.«

»Sind Sie Anthropologe oder so etwas?«

»Ich bin Biologe.«

Hollys Verstand arbeitete auf Hochtouren. Dieser Typ konnte ihr eine interessante Geschichte liefern, sozusagen als Zugabe zu dem, was sie eigentlich schreiben sollte. Es war genau der Stoff, für den die *Out of Focus* bekannt war, und sie sah die Überschrift im Geiste schon vor sich: DODO-EIERN AUF DER SPUR. *Ehrgeiziger Biologe forscht auf Mauritius.*

In diesem Moment wurden die Drinks serviert. »Cheers!« Justin hob sein Glas. »Aaah. Das Bier ist ausgezeichnet. Wie ist der Wein?«

Holly trank einen Schluck. »Genau wie zu Hause.«

»Dann ist es südafrikanischer.« Er schaute zur Bar. »Sie verlangen dafür so viel wie für französischen. Sehen Sie sich vor!« Aber er unternahm keine Anstalten, den Ober herbeizuwinken.

Das gefiel Holly. Sie mochte Männer nicht, die sich aufspielten, weil sie glaubten, sich beweisen zu müssen. Dennis war so einer. Er hätte den Ober an den Tisch zitiert, ihm vorgeworfen, sie betrogen zu haben, und entweder ein neues Glas französischen Wein oder sein Geld zurückgefordert. Und das alles mit so lauter Stimme, dass alle um ihn herum auch ja mitbekamen, dass er ein Mann von Welt war.

»Worüber werden Sie denn schreiben?«

Jetzt zögerte Holly. Sie wusste, bis sie Connor Maguire traf und herausfand, wie kooperativ er war, sollte sie einem Fremden gegenüber gar nichts verlauten lassen. »Ach, die übliche Touristenstory.«

Justin war ihr Zaudern nicht entgangen. Sie hatte so erstaunt ausgesehen, als hätte er sie mit seiner Frage auf dem falschen Fuß erwischt. Aber er nickte bloß und fragte: »Ist Reisejournalismus Ihr Fachgebiet?«

»Wenn es mein Chef von mir verlangt.«

»Dann sind Sie also eine Art Allround-Talent?«

»Ja. Das könnte man sagen.«

Da war es wieder. Dieses Flackern in den Augen. Es verschwand so plötzlich, wie es gekommen war. »Sie geben nicht viel von sich preis, oder?« Er lächelte sie an.

»Es gibt nichts preiszugeben«, antwortete Holly ungezwungen. »Ich schreibe einen Reisebericht – über Strände, Hotels, Restaurants, Kultur, das Übliche eben.«

»Ich war neugierig. Tut mir leid. Das ist eine dumme Angewohnheit.« Er zuckte entschuldigend mit den Schultern.

Holly lächelte und wechselte das Thema. »Wie lange bleiben Sie hier?«

»Mein Visum läuft in dreißig Tagen aus. Ich hoffe, dass das reicht.«

»Und können Sie es verlängern lassen?« Sie erklärte ihm wo.

»Tatsächlich? Das hat man mir bei meiner Ankunft gar nicht gesagt.« Er riss plötzlich die Augen auf. »Wow!«, rief er atemlos.

Holly bemerkte, dass er aufgeregt über ihre Schulter hinwegstarrte, und drehte sich um. Die schönste chinesische junge Frau, die sie je gesehen hatte, kam direkt auf sie zu. Sie bewegte sich wie ein Model auf dem Laufsteg, schaute weder rechts noch links und hatte ein geschickt eingesetztes Lächeln auf den Lippen. Sie war sich bewusst, dass alle Blicke auf ihr ruhten. Alle – bis auf einen. Holly interessierte sich mehr für den Mann hinter ihr. Die Fotos wurden ihm nicht gerecht. Groß, dunkel und attraktiv trafen es nicht annähernd. Sein Aussehen übertraf alle ihre Erwartungen. Und er bewegte sich mit unglaublicher Eleganz. Der Anblick von Connor Maguire raubte Holly den Atem. Es war ihr Job, über die Aktivitäten Connors zu berichten. Sein Aussehen war ein zusätzlicher Bonus.

»Entschuldigen Sie.« Justin war rot geworden. »Sie ist schön, nicht wahr?«

»Sehr«, stimmte Holly ihm zu. Und so hart und kalt wie Packeis, fügte sie in Gedanken hinzu. Ihr Instinkt sagte ihr, dass das exquisite Äußere des Mädchens nicht alles verriet. Ihr Lächeln war zu gekünstelt, ihre Augen wirkten zu berechnend. Aus der Art, wie sie sich bewegte, sprach Arroganz. Holly dachte kurz nach. Connor Maguire würde in diesem Moment nicht mit einem Angriff rechnen, und sie würde davon profitieren, wenn sie ihn so unerwartet ansprach. Sie stand vom Tisch auf. »Würden Sie mich bitte einen Moment entschuldigen, Justin? Ich möchte ihrem Begleiter kurz Guten Tag sagen.«

Das schöne Paar saß gerade, als Holly sich näherte. »Verzeihung, Sie sind Connor Maguire, nicht wahr?«

Erstaunt löste er den Blick von dem chinesischen Mädchen. »Wer möchte das wissen?«

»Holly Jones. Ich glaube, Sie kennen meinen Vater. Quinn Longford-Jones.«

Dunkle Augen musterten sie kritisch. »Und was wollen Sie von mir?« Er zeigte ihr mehr als deutlich, dass sie ihm so willkommen war wie ein Schwarm aufgebrachter Bienen.

Holly ignorierte seine Zurückweisung. »Ich soll über Ihre Suche nach …«

»Keine Publicity«, unterbrach er sie scharf.

Unbeirrt drängte sie weiter. »Die Organisation, die davon profitieren könnte, möchte …«

»Ich sagte, keine Publicity.«

»Dummerweise …«

»Sie sind die Dumme, Miss Jones. Sie sind völlig vergeblich so weit gereist. Wenn Sie uns jetzt bitte entschuldigen würden.«

Holly hielt stand. Die Chinesin beobachtete sie amüsiert, was sie mehr als irritierte. »Mir gefällt das ebenso wenig wie Ihnen, Mr. Maguire, aber leider kann ich mir meine Aufträge nicht aussuchen. Sie können sich kooperativ zeigen, Sie können es auch bleiben lassen, aber ich werde meine Story schreiben. Sie haben die Wahl.« Sie drehte sich um, ohne eine Antwort abzuwarten, dabei brannten ihre Wangen vor Wut und Verlegenheit.

Ihr Sandwich wurde serviert, eine willkommene Ablenkung. Justin merkte sofort, dass Holly aufgebracht war, und hielt klugerweise den Mund.

Holly machte sich über ihr Essen her, als sei es verantwortlich für Maguires arrogante Art. Als Journalistin, die häufig mit Reichen und Berühmten zu tun hatte, war sie an Arroganz gewöhnt, daher verstand sie nicht, wie dieser Mann sie in Sekundenschnelle derart hatte in Rage bringen können. Sie spürte, dass Justin sie neugierig anschaute, und war froh, dass er keine Fragen stellte. Holly trank den letzten Schluck ihres inzwischen warm gewordenen Weins, bedankte sich für seine Gesellschaft und entschuldigte sich unter dem Vorwand, ein dringendes Telefongespräch führen zu müssen. Dabei vermied sie es absichtlich, an Maguires Tisch vorbeizugehen.

Erst im Foyer wurde ihr klar, dass sie Justin auf der Rechnung sitzen lassen hatte. In ihrem Zimmer rief sie Quinn an, ohne den Zeitunterschied von sechs Stunden zu bedenken. Auf Mauritius war es Viertel nach elf morgens, während es in Sydney bereits Viertel nach fünf nachmittags war. Aber ihr Vater saß noch an seinem Schreibtisch.

»Hallo, Süße! Wie ist Mauritius?«

»Immer mit der Ruhe. Ich bin doch gerade erst hier angekommen.« Sie sank auf ihr Bett und massierte sich die Schläfen.

»Hast du Maguire schon getroffen?«

»Deshalb rufe ich an. Er ist nicht interessiert.«

»Dann sorg dafür, dass er sich interessiert. Das ist dein Job.«

»Danke, Quinn. Ich wusste, dass ich mich auf dich verlassen kann.«

»Was willst du also von mir? Soll ich ein wenig nachhelfen?«

»Das wäre vielleicht nicht schlecht.« Ihr Vater hatte fast immer den einen oder anderen Joker im Ärmel.

»Wie wäre es mit ein paar kostenlosen Anzeigenschaltungen für eines seiner Unternehmen?«

»Das reicht nicht.«

»Vielleicht bringen wir einen Artikel über das Aidsforschungsprojekt, zusätzlich zu der Story über ihn. Er wird das zu schätzen wissen, wenn wir dem Projekt zu mehr Aufmerksamkeit verhelfen. Vielleicht beißt er ja an.«

»Ja, das könnte eine gute Idee sein.«

»Okay, dann sieh zu, was du tun kannst. Übrigens, wie findest du ihn?«

Holly war nicht zimperlich. »Er ist ein arrogantes Arschloch.«

Ihr Vater lachte. »Ich wusste, dass er dir gefallen würde, Süße.«

Das Gespräch mit Quinn beruhigte sie. Maguire war ein Problem. Probleme ließen sich lösen. Sie hatte ihn schon früher nicht besonders gemocht, und ihre kurze Begegnung hatte daran nichts geändert. Zur Hölle mit ihm, dachte Holly und erinnerte sich wieder an Justin und seine seltsame Mission. »Kannst du etwas mit einer Story über einen Biologen anfangen, der auf der Suche nach Dodo-Eiern ist?«, fragte sie, in der Gewissheit, dass ihr Vater Ja sagen würde. Die Geschichte war genau so abstrus, wie er es gern hatte.

Quinn enttäuschte sie nicht. »Super! Eine irre Sache! Ist er berühmt?«

»Keine Ahnung.«

»Das wäre natürlich noch besser. Ist er ein bisschen verrückt?«

»Ich habe nicht den Eindruck.«

»Was will er denn mit den Dodo-Eiern? Braucht er sie für irgendwelche Gentests oder was? Finde es heraus, es könnte interessant sein. Hör zu, ich habe eine Idee. Sieh zu, was du über Robert Surcouf in Erfahrung bringen kannst, du weißt schon, diesen Piratenkönig. Spätes 18. Jahrhundert, glaube ich. Versuch das mit Maguires Schatz zu verknüpfen. Das schaffst du. Ich weiß das. Okay, jetzt muss ich Schluss machen, ich habe noch zwei Anrufe in der Leitung. Wir reden bald wieder miteinander. Bis dann.«

Die Verbindung wurde unterbrochen, und Holly hatte das Gefühl, nur die Hälfte von dem gesagt zu haben, was sie eigentlich hatte sagen wollen, während ihr Vater munter von einem Thema zum nächsten gesprungen war – ein sicheres Zeichen, dass er das, was sie vorhatte, ihm zu erzählen, eigentlich gar nicht hören wollte. Wenn es ihm in den Kram passte, neigte Quinn dazu, seine Gesprächspartner einfach an die Wand zu reden. Er beherrschte diese Taktik perfekt, und obwohl Holly längst daran gewöhnt war, hatte sie anschließend immer das Gefühl, über den Tisch gezogen worden zu sein.

Holly ging ins *The Badamier* zurück, um Connor Maguire einen kleinen Anreiz für seine Kooperation zu bieten. Er war verschwunden und Justin ebenso. Also beschloss sie, ein wenig am Strand spazieren zu gehen und sich das exklusive *Royal Palm Hotel* einmal näher anzuschauen. Wenn Maguire auch dort nicht zu finden war, konnte sie ihm wenigstens eine Nachricht hinterlassen.

Kurze Zeit später stellte Holly fest, dass man die Beweglichkeit einer Bergziege benötigte, um zu Fuß von einer Bucht zur nächsten zu gelangen. Die Ablagerungen aus schwarzem vulkanischem Basalt, die sie überwinden musste, waren zwar nicht hoch, aber sie schienen sich endlos hinzuziehen. Es wäre schneller und leichter gewesen, einfach über die Straße zu laufen.

Das Foyer des *Royal Palm* war so edel und so kostbar möbliert und ausgestattet, dass Holly sich absolut fehl am Platz fühlte. Wahrscheinlich wurde man hier schon für das Atmen zur Kasse gebeten.

»Wenn ich recht informiert bin, wohnt bei Ihnen ein Mr. Connor Maguire.«

Die Dame an der Rezeption schaute auf ihren Bildschirm und stutzte. »Wie war der Name bitte?«

»Maguire. Connor Maguire.«

»Wir haben keinen Gast mit diesem Namen«, sagte sie sie schließlich.

»Sind Sie sicher?«

»Ja, Madame.«

Überrascht spazierte Holly zurück zu ihrem eigenen Hotel. Sie hätte wetten können, dass Maguire im *Royal Palm* residierte. Vielleicht tat er das ja auch. Es war ein riesiges Hotel. Möglicherweise verstieß es gegen die Gepflogenheiten des Hauses, irgendwelche Informationen preiszugeben. Sie würde später noch einmal dort anrufen und so tun, als sei sie ganz sicher, dass er dort wohne. Aber bis dahin? Sie blickte auf ihre Uhr. Halb eins. Das kristallklare blaue Wasser der Lagune sah verdammt verlockend aus. Zeit für ein erfrischendes Bad.

Eine sauber zusammengefaltete Nachricht erwartete sie in ihrem Schlüsselfach an der Rezeption.

»Ein Mr. Maguire wird versuchen, Sie morgen Vormittag zu erreichen.«

Aha. Eine kleine Meinungsänderung vielleicht? Eine Entschuldigung? Nein, das war nicht sein Stil. Es hatte keinen Sinn zu spekulieren. Sie würde einfach abwarten müssen. Sie konnte nichts tun, bis er anrief. Also schlüpfte sie in einen Badeanzug, bewaffnete sich mit Handtuch, Sonnenbrille, Sonnenöl und Buch und machte sich auf den Weg, um den Nachmittag am Strand zu verbringen.

»Mrs. Longford-Jones. Hier spricht Connor Maguire.«

Eine Entschuldigung schloss Holly sofort aus, an seiner Stimme war davon nichts zu erkennen. »Jones ist völlig ausreichend.«

»Ich bin bereit, mit Ihnen zu sprechen.«

Sie verkniff sich eine sarkastische Antwort. »Wo wohnen Sie? Im *Royal Palm*, vermute ich.«

»Was um alles in der Welt verleitet Sie zu dieser Vermutung?« Er schien überrascht. »Ich habe mir privat ein Zimmer bei einer Familie gemietet.«

Jetzt war Holly erstaunt. Wenn er schon nicht im besten Hotel der Insel residierte, dann doch zumindest in einem mit vier Sternen. »Wo?«

»Ein Stück die Straße hinunter, in Grand Baie. Warum treffen wir uns nicht zum Mittagessen?«

»Bitte. Was schlagen Sie vor?«

»Das *Sunset Café*. Es liegt an der neuen Uferpromenade, dort wo die Tiefseefischer festmachen.«

»Ich werde es finden.«

Sie vereinbarten eine Zeit und verabschiedeten sich. Holly hängte ein. Sie fragte sich, was Maguires Stimmungsumschwung herbeigeführt haben mochte.

Obwohl es als Adresse Grand Baie angab, lag das *Merville Hotel* nicht wirklich in der Bucht, sondern ein Stück außerhalb. Um die Haupteinkaufsstraße zu erreichen, war ein zwanzigminütiger Fußmarsch entlang der verstopften, schmalen Royal Road erforderlich. An manchen Stellen gab es einen Gehweg, an anderen nicht. Das Wort Selbsterhaltungstrieb bekam eine ganz neue Bedeutung für Holly, die zum wiederholten Mal rückwärts in eine Hecke flüchtete, um nicht von einem vorbeibrausenden Bus überrollt zu werden. Aber das Wetter war traumhaft, exotische Blumen blühten in ihrer ganzen Pracht, und würzige Düfte erfüllten die Luft. Und die Menschen waren freundlich. Im Vorbeigehen wurde sie von jedem Einzelnen mit einem netten »Bonjour« begrüßt.

Das Zentrum von Grand Baie war den Touristen vorbehalten. Holly stöberte ein bisschen in den Souvenir- und Kunsthandwerksläden und den Boutiquen. Es gab eine erstaunliche Auswahl an Dingen, die man kaufen konnte, aber das Interessanteste war ein Geschäft für Modellschiffe. Der Besitzer nahm Holly mit in die Werkstatt. Fasziniert sah sie zu, wie alte Segelschiffe in Miniaturausgabe nachgebaut wurden; jedes noch so kleine Detail wurde unter den geschickten Händen der Modellbauer zum Leben erweckt. Erst als Holly auf die Uhr schaute und erschrocken feststellte, wie spät es war, brach sie widerstrebend auf, um Connor Maguire zu treffen.

Er wartete bereits auf sie und sprang sofort auf, als sie kam. »Miss Jones. Eine Frau, die pünktlich ist. Was für eine Seltenheit.«

»Ein Mann, der zu früh ist. Eine noch viel größere Seltenheit. Bitte nennen Sie mich Holly.«

»Connor.« Er zeigte auf einen Stuhl. »Bitte.«

Holly setzte sich und kam sofort zur Sache. »Ihre gestrige Weigerung, mit mir zu sprechen, grenzte fast an Feindseligkeit. Heute laden Sie mich zum Lunch ein. Wieso haben Sie Ihre Meinung geändert?«

Er sah sie mit seinen dunklen Augen durchdringend an, als suchten sie Halt. Holly starrte zurück und wartete. Er wirkte müde, beinahe abwesend. Seine Entschuldigung überraschte sie völlig.

»Das war unhöflich von mir. Bitte entschuldigen Sie.«

Holly entspannte sich und beugte sich vor. »Ich bin an ein solches Verhalten gewöhnt, das bringt mein Job so mit sich.«

Seine Augen wurden etwas weicher. »Sie sehen gar nicht hartherzig genug aus für eine Journalistin.«

»Ich wusste nicht, dass das eine Voraussetzung ist, aber ich bin hartherziger, als ich aussehe.«

Er lächelte, dann wurde er wieder ernst. »Wissen Sie viel über mich?«

Die Frage erstaunte sie. »Nur das, was ich gelesen habe.«

Er verzog das Gesicht. »Dann hat mein Benehmen gestern Ihren Eindruck sicher bestätigt.«

»Welchen Eindruck hatte ich denn?«

Er antwortete nicht, sondern blickte auf seine Hände und sagte: »Ich möchte dieses Mal wirklich keine Publicity. Nicht auf privater Ebene.«

»Ach, kommen Sie! Alles, was Sie tun, erregt Aufmerksamkeit, ob Sie es wollen oder nicht. Wenn Sie das ausschließen möchten, sollten Sie einfach mal etwas ganz Gewöhnliches tun.«

Holly bemerkte irritiert, wie dicht seine Wimpern waren. Sie lehnte sich zurück und sah ihn an, bis er aufschaute. Das, was auf den ersten Blick perfekt auf sie gewirkt hatte, entpuppte sich bei näherem Hinsehen als nicht ganz makellos. Ein Auge lag ein ganz kleines bisschen höher als das andere. Oberhalb der linken Augenbraue hatte er eine winzige Narbe, am Kinn eine weitere. Sie erinnerte sich daran, etwas über einen Wasserskiunfall gelesen zu haben, vielleicht stammten sie daher. Seine beiden Vorderzähne standen minimal übereinander, aber wenn er lächelte, lenkten zwei Grübchen auf seinen Wangen von dieser Unregelmäßigkeit ab. »Etwas Gewöhnliches?«, fragte er amüsiert.

Holly lächelte zurück. »Auf jeden Fall etwas weniger Spektakuläres.«

Connor zuckte mit den Schultern. »Ich bin so, wie ich bin.«

»Warum geben Sie sich dann dieses Mal so publikumsscheu? Das passt gar nicht zu Ihnen.«

Er antwortete nicht sofort, sondern schien sich genau zu überlegen, wie viel er preisgeben wollte. Schließlich kam er zu einer Entscheidung. »Wenn Sie mir zusichern, dass Sie Ihr Interesse nur auf die Schatzsuche beschränken, werde ich mich kooperationswillig zeigen.«

»Dazu bin ich hier. Die Schatzsuche, das Aidsforschungsprojekt, über das Quinn übrigens selber berichten will, Piraten im Allgemeinen, all diese Dinge.«

»Nichts über mich?«

So weit wollte Holy nicht gehen. »Alles, was ich schreibe, wird erst von Ihnen abgesegnet. Wie wäre es damit?«

Er nickte zögernd. »Also gut«, antwortete er schließlich. »Dann werde ich Ihnen jetzt als Erstes eine Geschichte erzählen.«

Sie hatte es geschafft! »Soll ich das Tonband einschalten?«

»Wenn Sie möchten.«

Ein Ober lauerte bereits in ihrer Nähe, und sie bestellten ein leichtes Mittagessen und Kaffee.

»Vor hundert Jahren«, begann Connor, »wimmelte es in dieser Gegend von Räubern und Halsabschneidern von beinahe jeder Seefahrernation auf dieser Welt.«

»Ich weiß.«

Die Unterbrechung bewirkte ein kurzes Stirnrunzeln. »Meine Geschichte dreht sich um einen von ihnen. Um einen meiner Vorfahren, Captain William Maguire.« Er machte eine Pause, wartete auf ihre Reaktion. Da Holly schwieg, fuhr Connor fort. »Er wurde in der zweiten Hälfte des 17. Jahrhunderts als Sohn einer irischen Aristokratenfamilie geboren, aber da er der jüngste Sohn war, stand ihm lediglich ein Dach über dem Kopf und eine kleine finanzielle Unterstützung zu. Wie in jener Zeit üblich, erwartete man von William, dass er einem Orden beitrat und Priester wurde. Ich schätze, diese Aussicht hat ihm nicht besonders gefallen. Jedenfalls lief der junge Mann von zu Hause fort und ging zur See. Er muss ein wilder Bursche gewesen sein, denn innerhalb kürzester Zeit verwandelte er sich von einem gesetzestreuen Seemann in einen Piraten.«

»Woher wissen Sie das alles?«

»Darauf komme ich noch. William begann mit seinen Raubzügen in der Karibik, aber sobald er das Kommando über ein eigenes Schiff besaß, segelte er in Richtung afrikanische Westküste. Er hatte offensichtlich großen Erfolg und wurde bald außerordentlich reich.«

»War das der Ursprung Ihres Familienvermögens?«

»Einige haben ganz sicher von seinen Aktivitäten in diesem Teil der Welt profitiert.«

»Ich nehme an, diese Information wollen Sie nicht unbedingt verbreitet wissen.«

Connor zuckte mit den Schultern. »Das ist mir gleichgültig. Ich war schließlich nicht dabei. Außerdem glaube ich, dass nur wenige Familien einer genauen Untersuchung über den Ursprung ihres Vermögens standhalten könnten.«

»Ist Ihnen das denn nicht unangenehm? Ich meine, Sie haben es doch selber gesagt, Räuber und Halsabschneider. Die haben es nicht beim bloßen Diebstahl belassen. Sie mordeten und vergewaltigten auch.«

Holly hatte das Gefühl, einen wunden Punkt getroffen zu haben. »Wie ich bereits sagte, brach William Maguire in die wärmeren Gefilde des Indischen Ozeans auf und errichtete eine Art Stützpunkt hier auf dieser Insel, die damals Maurice genannt wurde.«

»Die Zanjsee.«

»Sie haben davon gehört, nicht wahr?«

»Ich hatte früher eine Vorliebe für die *Geschichten aus Tausendundeiner Nacht.*«

Er grinste.

Es kostete Holly einige Mühe, ihn nicht die ganze Zeit anzustarren. »Wieso erzählen Sie mir das?«

»Weil es interessant ist. Viel interessanter, als mir einfach nur die ganze Zeit über die Insel zu folgen.«

Sie schwieg. Er hatte recht, es war tatsächlich interessant. »Bitte, reden Sie weiter.«

»Zur britischen Ostindiengesellschaft gehörte Captain Mackra, der eines ihrer Schiffe, die *Cassandra*, befehligte. Als William Maguire anfing, jeden Händler zu plündern, der seinen Weg kreuzte, errichtete die Gesellschaft eine Flotte und unterstellte sie Captain Mackra. Nachdem er seinen Verfolgern ein paarmal knapp entronnen war, beschloss William, sich für eine Weile nach Madagaskar zurückzuziehen. Aber Mackra konnte ihn ausfindig machen, und die Jagd begann von neuem. Maguire verdankte es nur seinen außerordentlichen Fähigkeiten als Seefahrer, dass er seiner Gefangennahme erneut entgehen konnte. Schließlich ließ er sich hier nieder, mehr oder weniger dauerhaft.«

»Um seine Beutezüge von hier aus fortzusetzen, nehme ich an?«

»Nein, um Handel zu treiben und Reparaturarbeiten vorzunehmen.«

Holly sah ihn mit hochgezogenen Augenbrauen an.

»Von welchem Jahr reden wir eigentlich? Mauritius war damals noch in niederländischer Hand, oder?«

»Nein. Die Niederländer zogen sich 1710 zurück. 1715 kamen die Franzosen. William hat sich ungefähr fünf Jahre später hier niedergelassen. Es dauerte weitere zwei Jahre, ehe englische Kolonialisten in großer Anzahl hierherkamen.«

»Ich habe auf dem Flug ein wenig über die Geschichte von Mauritius gelesen. Die Insel scheint ziemlich viel herumgereicht worden zu sein.«

»Das ist richtig. Es gab hier viele Kolonialherren. Und jedes Mal, wenn die Insel in andere Hände kam, änderte sich ihr Name.«

»Können Sie sich an die Namen erinnern? Das wäre gutes Material für meinen Artikel.«

Er nickte. »Arabische Seeleute entdeckten die Insel im 10. Jahrhundert. Sie nannten sie Dinarobin, machten jedoch keine Versuche, sich hier anzusiedeln. Dann kamen die Portugiesen und gaben ihr den Namen Ilha do Cerne.«

»Schwaneninsel. Das gefällt mir.«

»Sprechen Sie Portugiesisch?«

»Nein. Aber es ist so ähnlich wie Spanisch.«

»Dann sprechen Sie also Spanisch?«

»Ich radebreche mich so durch.«

Er zog anerkennend die Augenbrauen hoch. »Eine Frau mit vielen Talenten.«

»Was ist danach geschehen?«

»Nicht viel. Hier lebte praktisch niemand. Ungefähr hundert Jahre nachdem die Portugiesen die Insel entdeckt hatten, kamen die Holländer und erhoben Anspruch darauf. Sie benannten sie nach ihrem Statthalter Moritz von Nassau. Den Portugiesen schien das alles gleichgültig gewesen zu sein, sie erhoben keinen Besitzanspruch, und die Niederländer errichteten hier einen Stützpunkt für die Handelsflotte der Niederländischen Ostindiengesellschaft.«

»Sie brachten auch Sklaven aus Afrika mit«, ergänzte Holly.

»Ja. Zum Arbeiten. Die Holländer haben als Erste Zuckerrohr und Tabak hier angebaut.«

»Und sie waren schuld daran, dass der Dodo schließlich ausstarb.«

»Nein. Es waren nicht nur die Holländer, die das zu verantworten hatten. Die Portugiesen hatten festgestellt, dass die Dodos nahezu zahm waren. Das war kein Wunder, denn schließlich lebten sie ungestört auf einer Insel, auf der sie keine natürlichen Feinde hatten. Und da sie vor niemandem flüchten mussten, hatten sie, ebenso wie viele andere Vogelarten, ihre Flugfähigkeit praktisch verloren.«

»Der Dodo war eine Art Taube, oder?«, fragte Holly und dachte an den Artikel, den sie über Justin Parker schreiben wollte.

Connor nickte. »Etwa in der Größe eines Truthahns. Die Vögel wurden wegen ihres Fleisches und zum Sport getötet. Die Portugiesen haben sogar versucht, sie nach Europa zu bringen, aber keiner von ihnen überlebte die lange Reise. Ziegen und Schweine, die man auf der Insel aussetzte, um sich eine ständige Nahrungsquelle zu verschaffen, fraßen mit Vorliebe Dodo-Eier. Das galt auch für die Ratten, die von den Schiffen geflohen waren. Die armen Vögel hatten letztendlich keine Chance.«

»Aber der Dodo starb doch während der holländischen Besatzungszeit aus, oder?«

»Ja. Aber nur, weil auch die Holländer nichts taten, um ihn zu schützen.« Connor Maguire sah Holly anerkennend an. »Sie haben Ihre Hausaufgaben wirklich gründlich gemacht.«

»Ich bin Journalistin. Was haben Sie denn von mir erwartet?«

»Ich habe schon ganz andere Angehörige Ihres Berufsstandes kennen gelernt.«

Holly konnte ein Grinsen nicht unterdrücken. Das hatte sie auch.

Connor fuhr fort. »Die Gegend hier war nicht sehr ertragreich, die Holländer verloren irgendwann das Interesse und zogen sich wieder zurück. Als William Maguire eintraf, fand er die Insel verlassen vor, bis auf ein paar andere Piraten, die hier lebten, einige Siedler, die sich nicht unterkriegen ließen, und die Sklaven. So verwegen die einstigen Seeleute auch waren, sie hatten fürchterliche Angst vor den Maronen …«

»Den Sklaven also?«

»Ja.« Er zog eine Schachtel Zigaretten aus der Hemdtasche. »Rauchen Sie?«

»Nur wenn ich brenne.«

Er steckte die Schachtel wieder zurück, ohne sich eine anzuzünden. »Dann kamen die Franzosen. Wieder einmal erlebte die Insel einen Namenswechsel. Île de France. Dieses Mal wurde sie als Wegstation der Französischen Ostindiengesellschaft genutzt. Ungefähr zehn Jahre später kamen die ersten Einwanderer aus Frankreich hierher. Sie führten die bestehenden Zuckerrohr- und Tabakplantagen weiter, bauten eine Zuckermühle, schufen eine Infrastruktur mit Straßen, Häfen, medizinischer Versorgung und all das.«

»Die Französische Ostindiengesellschaft ist irgendwann zusammengebrochen, habe ich recht?«

»Ende des 18. Jahrhunderts.« Connor nickte. »Die britische Marine beanspruchte mehrere Inseln im Indischen Ozean, aber bis dahin hatten sie sich um diese hier nicht sonderlich gekümmert.«

»Aber Ihr Vorfahre, William, muss doch da schon tot gewesen sein. Hat er bis zu seinem Tod hier gelebt?«

»Ihm gefiel die Gegend um Grand Port, er ist auch dort beerdigt. Er hat ein hohes Alter erreicht.«

Holly erinnerte sich an das Gespräch, das sie mit Quinn geführt hatte. »Wissen Sie etwas über einen selbst ernannten Piratenkönig von Port Louis?«

»Aber ja. Er lebte nach Williams Zeit, sein Name war Robert Surcouf. Er schuf eine Art Zufluchtsstätte für die Piraten. Hunderte von ihnen ließen sich auf der Île de France nieder. Es muss hier ziemlich übel zugegangen sein. Sie befreiten die Sklaven und setzten dann Bluthunde aus, um sie zu jagen, nur so zum Spaß. Die armen Teufel hatten keine Chance. Nur ein paar von ihnen schafften es irgendwie bis ins Inselinnere, wo sie einigermaßen sicher waren. Dort pflanzten sie ihr eigenes Getreide an, lebten jedoch hauptsächlich als Jäger und Sammler. Ein paar der Frauen heirateten Piraten, möglicherweise um ihre eigene Haut zu retten. Das war damals eine gängige Praxis. Auch William hatte sich eine Sklavenfrau genommen. Aber die Tatsache, dass er verheiratet war und Kinder hatte, hat ihn nicht zahmer gemacht. Er überfiel weiterhin jedes vorbeikommende Schiff. Erst fünfzig Jahre nach seinem Tod reichte es der Britischen Ostindiengesellschaft, und sie entsandte die Königliche Marine.«

»Moment mal.« Stirnrunzelnd versuchte Holly sich zu erinnern. »Mit dem 1814 in Paris geschlossenen Friedensvertrag bekam Großbritannien die Île de France, Rodrigues und die Seychellen zugesprochen. Habe ich recht?«

»Hundertprozentig.«

»Gut. Ich muss mich nur orientieren, weil wir anscheinend ein paar Jahrhunderte übersprungen haben. Dann haben die Briten also wieder den Namen geändert?«

»Die Insel hieß nun erneut Maurice. Obwohl sie darauf bestanden, sie Mauritius zu nennen. Viele der französischen Siedler wurden zurück nach Frankreich deportiert. Dazu gehörten auch die Piraten. Die meisten wurden hingerichtet, ein paar von ihnen allerdings auch begnadigt.«

»Und viele vergruben ihre Besitztümer, ehe sie die Insel verließen.«

»Alle taten das, ganz gleich ob sie fortgeschafft wurden oder nicht. Sie trauten weder den Maronen noch den Briten oder sonst jemandem. Und ihre Reichtümer mitzunehmen stand nicht zur Diskussion.«

»Dann glauben Sie also, dass es noch immer Stellen gibt, wo Schätze vergraben ...« Sie brach ab. »Das klingt sehr abwegig. Es muss doch inzwischen längst alles gefunden worden sein.«

»Wahrscheinlich. Da ist nur eine Sache ...«

»Nämlich?«

»William Maguire hat ein Tagebuch geführt. Es sollte kurz vor seinem Tod in seine Heimat nach Irland geschickt werden, an seine Schwester, der einzigen Person, der er offenbar vertraute. Unglücklicherweise hatte das Schicksal es nicht besonders gut mit ihr gemeint. Sie besaß zwar ein gutes Auskommen und lebte auf dem Familienbesitz, aber sie war – wie soll ich es formulieren – geistig und emotional ...«

»Ein bisschen verrückt?«, schlug Holly hilfreich vor.

Er lächelte. »Das ist nicht sehr diplomatisch ausgedrückt.«

»Und?« Sie zuckte mit den Schultern. »Aber es trifft die Sache doch auf den Punkt und ist besser als dieses Herumgerede.«

Der Ober erschien mit ihrem Essen. Als er wieder gegangen war, fragte Holly: »Dieses Tagebuch. Ich nehme an, es ist nun in Ihrem Besitz?«

»So ist es.«

»Wie haben Sie es gefunden? Oder besser gesagt, wo haben Sie es gefunden?«

Connor spießte mit der Gabel ein Stück Tomate auf. »In unserer Familie gibt es ein paar Geschichtsfanatiker. Unser Familienstammbaum geht sehr weit zurück und befindet sich auf dem neuesten Stand. Meine Mutter hält Kontakt zu Dutzenden entfernten Verwandten meines Vaters, auch wenn sie die meisten nie persönlich kennen gelernt hat. Aber sie ist besessen von der Idee, die Geschichte des australischen Maguire-Clans zu protokollieren. Es ist wie eine Krankheit.« Die Tomate landete in seinem Mund, und er kaute eine Weile nachdenklich. Dann fuhr er fort: »Ich habe mir Anfang des Jahres ein paar Tage Urlaub genommen …«

»Als Ihre zweite Ehe kaputt ging.«

Er schaute kurz auf, sagte jedoch nichts dazu. »Ich bin nach Irland gefahren, um das Familienanwesen zu besuchen.« Sein Lächeln war ironisch. »Es war ein ganz spezielles Erlebnis.«

»Klingt so, als wäre es nicht nur schön gewesen.«

»Manches schon. Die Iren sind loyale Freunde und erbitterte Feinde.«

Ihr Blick verlangte nach einer Erklärung.

»Eine Seite der Familie hat mich mit offenen Armen empfangen, aber die andere ist ihren australischen Verwandten gegenüber zutiefst misstrauisch, auch wenn sie alles taten, um mir das nicht zu zeigen.«

»Wieso? Woher diese Feindseligkeit?«

»Sie geht zurück bis zu William und einem Cousin von ihm namens Kavanagh. Ja«, fügte er hinzu, als er ihr ungläubiges Gesicht sah. »Bis ins 18. Jahrhundert. Die Maguires sind eine sehr starrsinnige Sippe. Kein einziger von ihnen kennt so richtig die Wahrheit, aber sie halten den Zwist seit Generationen aufrecht. Erst vor siebzig Jahren hat sich ein Mädchen von der einen Seite unglücklicherweise in einen Cousin von der anderen Seite verliebt. Ihre Eltern waren darüber so empört, dass sie sie sofort in ein Heim gesteckt haben, wo die Ärmste schließlich verrückt geworden ist.«

»Das ist ja wahnsinnig«, stieß Holly hervor.

Er grinste. »Sie haben nicht richtig zugehört. Das Mädchen ist wahnsinnig geworden.«

»Das hört sich an wie die Story eines drittklassigen Films.«

»Gibt es noch andere?«

Sie kamen vom Thema ab, und Holly führte das Gespräch zurück. »Von welcher Seite der Maguires stammen Sie?«

»Das ist ein wenig kompliziert, aber ich bin ein direkter Nachfahre von Williams Seite.«

»Von William selbst?«

»Nein. Von seinem Bruder, dem ältesten Sohn, Gilchrist.«

»Oh.«

»Das klingt so enttäuscht.«

Holly zuckte mit den Schultern. »Es wäre spannend gewesen, Sie mit einem Piraten in Verbindung bringen zu können. Ein interessanter Ansatzpunkt für meine Story.«

»Das tut mir leid. Soweit ich weiß, gehörte Gilchrist dem Landadel an. Also todlangweilig.«

»Wo haben Sie das Tagebuch gefunden?«

»In einer Dachkammer.«

Holly wartete.

»Das Haus gehörte der falschen Seite, nämlich Kavanaghs Familie.«

»Aha. Und denen haben Sie natürlich nichts von Ihrem Fund erzählt.«

»Nein.« Er sah sie herausfordernd an. »Ich wusste damals nicht, was es war, außerdem mochte ich sie nicht.«

Sie stutzte, die Gabel auf halbem Weg zum Mund. »Sie *mochten* sie nicht?«, wiederholte sie langsam.

»Ich bin ein Maguire«, entschuldigte er sich.

Holly schüttelte ungläubig den Kopf. »Das ist alles? Sie rechtfertigen einen Diebstahl damit, dass sie zu den falschen Maguires gehören?«

»Sie haben es Williams Familie gestohlen.« Connor schien gemerkt zu haben, dass seine Entschuldigung ziemlich dürftig klang. »Okay«, fügte er hinzu, »das Tagebuch war jemandem anvertraut worden, der es weitergeben sollte, und er hat es aus Versehen bei der falschen Familie abgeliefert. Sie hätten es zurückgeben müssen. Es gehört zu Williams Geschichte, nicht zu ihrer.«

»Sie sagten vorhin, dass William das Tagebuch zurück nach Irland schicken wollte. Ich schließe daraus, dass er es nicht getan hat.«

»Er konnte es nicht getan haben. Er hätte es doch kaum an die falsche Familie geschickt. Außerdem steckte vorne eine Notiz darin, die von einer Frau namens Aroon stammte. Sie schrieb, dass sie das Tagebuch zur sicheren Aufbewahrung nach Irland zurückschicken würde. Diese Mitteilung stammte von 1873, das war mehr als hundertzwanzig Jahre nach Williams Tod.«

»Und wer war Aroon?«

Er zuckte mit den Schultern. »Keine Ahnung.«

»Ich dachte, Ihr Familienstammbaum wäre auf dem neuesten Stand.«

»Nicht die mauritische Seite, also nicht die Seite von Williams Nachfahren.«

»Okay, dann war das Tagebuch also bis Mitte des letzten Jahrhunderts hier und wurde dann der falschen Seite der Familie überbracht?«

»Ich kann nur mutmaßen, aber es scheint so zu sein. Und ich vermute weiter, dass derjenige, der das Tagebuch erhielt, es las und dann versteckte, ohne irgendwem ein Wort davon zu sagen.«

»Was verleitet Sie zu dieser Annahme?«

»Die Geschichten, die sie mir erzählt haben, als ich dort war. Sie waren offenbar von Generation zu Generation weitergereicht worden und hatten keinerlei Ähnlichkeit mit dem, was William in seinem Tagebuch geschrieben hatte.«

»Wie kamen Sie dazu, in ihrer Dachkammer herumzuschnüffeln?«

»Als meine Mutter erfuhr, dass ich nach Irland fahren wollte, bat sie mich, bei beiden Seiten der Familie Informationen zusammenzutragen, die ihr womöglich helfen könnten, die Lücken in ihrem Stammbaum zu schließen. Niemand fand das merkwürdig. Sie waren wahrscheinlich froh, dass ich beschäftigt war und sich niemand um mich kümmern und mich unterhalten musste. Sie brachten mich in diese Dachkammer und forderten mich auf, mich in aller Ruhe umzusehen. Ich glaube nicht, dass die jetzige Generation irgendein Interesse an dem hat, was sich da oben befindet. Nach den Spinnweben und Staubschichten zu urteilen, war seit Jahrzehnten keiner mehr da oben gewesen. Ich bin mir ziemlich sicher, dass niemand von dem Tagebuch wusste.«

»Aber warum mögen Sie diese Leute nicht? Es muss doch mehr dahinter stecken als eine alte Familienfehde.«

Connor dachte eine Weile nach, ehe er antwortete. »Im Grunde habe ich beide Seiten noch nie besonders gemocht. Die ganze verdammte Sippe ist ein arroganter, selbstsüchtiger Haufen.«

Holly zog die Augenbrauen hoch.

»Das stimmt. Keiner von ihnen verliert je ein nettes Wort über den anderen. Nicht einmal über die Familienmitglieder der eigenen Seite. Ich weiß nicht, wie sie sich gegenseitig überhaupt ertragen können.«

»Trotzdem haben Sie sich etwas genommen, was Ihnen nicht zusteht.«

»Sie brauchen das Geld nicht. Hören Sie, Sie können jetzt über mich denken, was Sie wollen, aber die Vorstellung, ihnen Williams Schatz vor der Nase wegzuschnappen, macht mir einfach Spaß.«

Holly war ziemlich irritiert. Connor Maguire würde zweifellos eine riesige Publicity zuteil werden, wenn er den Schatz fand und ihn an Wohltätigkeitsorganisationen verteilte. Die Öffentlichkeit würde niemals erfahren, dass hinter seiner Großzügigkeit nichts anderes stand als der Wunsch, seinen irischen Verwandten ein Schnippchen zu schlagen. Sie zwang sich dazu, sich wieder auf das Interview zu konzentrieren.

»Geht denn aus Williams Tagebuch hervor, was sich tatsächlich zwischen ihm und Kanavagh abgespielt hat?«

»Oh ja. Als William sich damals auf Mauritius niederließ, war Kanavagh bereits hier. Kanavagh stahl Williams Schiff und segelte nach Bourbon. William und zwei andere Männer ließ er einfach hier zurück. Die Niederländer hatten sich bereits zurückgezogen, und die Franzosen waren noch nicht da. Das Leben muss damals sehr hart gewesen sein.«

»Moment.« Holly hob den Finger. »Lassen Sie uns noch einmal ein Stück zurückgehen. Wo genau ist Bourbon?«

»Das ist der Name, den die Piraten der Insel Réunion gegeben haben.«

»Okay.«

»Kavanagh führte auf Bourbon ein gutes Leben. Als er Anfang vierzig war, gab er die Piraterie auf und kehrte nach Irland zurück. Er besaß ein so großes Vermögen, dass auch künftige Generationen noch gut versorgt waren. Der Familie erzählte er, William sei getötet worden.«

»Und dann tauchte hundertzwanzig Jahre später Williams Tagebuch auf.«

»Ja.«

»Moment mal. Aber das ergibt doch alles keinen Sinn. Vor dreihundert Jahren, plus oder minus ein paar Jahrzehnte, lässt ein Cousin den anderen im Stich. Daraus erwächst ein Familienzwist, auch wenn am Ende niemand weiß wieso. Als schließlich eine Erklärung ans Tageslicht kommt, erfährt eine Seite der Familie die Wahrheit und behält sie für sich. Aber warum zum Teufel streitet sich dann die jetzige Generation noch? Ich habe das Gefühl, keine der beiden Seiten hat auch nur den blassesten Schimmer.«

»Wessen Version bevorzugen Sie?«

»Beide.«

»Also gut. Die Kavanagh-Sippe beruft sich darauf, dass Williams Familie Kavanagh des Verrats bezichtigt hat, als er damals mit ungezählten Reichtümern nach Hause kehrte. Das an sich sei schon Grund genug für einen Streit. Dazu kam noch, dass Kavanagh sich in eine von Williams Schwestern verliebte. Die beiden brannten durch. Sie wurde von beiden Seiten unter Druck gesetzt und beging schließlich Selbstmord.«

Holly nickte. »Das dürfte genügen.«

»Williams Familie erzählt eine ähnliche Geschichte, nur dass sie behaupten, Kavanagh habe die Schwester entführt und gefangen gehalten, bis sich das arme Mädchen aus Verzweiflung das Leben nahm. Sie hinterließ ihren Eltern einen Brief, in dem sie schrieb, Kavanagh habe sich damit gebrüstet, William ausgetrickst zu haben.«

»Aber Kavanaghs Familie muss doch die Wahrheit erfahren haben, als ihr das Tagebuch in die Hände fiel.«

»Das war auch sicher der Fall. Aber bedenken Sie, dass der Familienstreit damals schon so lange währte, dass sie gar nicht mehr eingestehen konnten, einen Fehler gemacht zu haben. Und denken Sie auch daran, dass sie Iren sind.« Connor zuckte mit den Schultern. »Und dann war da schließlich noch die Geschichte mit Williams Schwester. Kavanaghs Familie bezichtigte sie der Lüge.«

Holly tupfte sich den Mund mit der Serviette ab und kontrollierte, ob das Aufnahmegerät noch lief. »Warum machen Sie sich die Mühe, Williams Schatz zu suchen, der möglicherweise nicht einmal mehr existiert? Sie brauchen das Geld doch auch nicht. Wäre es nicht viel einfacher, einen Scheck für die Aidsforschung auszustellen und fertig?«

Connor sah sie an. »Wie romantisch«, antwortete er schließlich. »Ich erfülle mir einen Jungentraum, und Sie schlagen mir vor, einfach einen Scheck auszustellen.«

»Ist es das wirklich? Nichts als pure Abenteuerlust?«

»Natürlich.«

»Nun«, meinte Holly knapp, »Irgendwer muss ja etwas davon haben.«

»Ich habe den Eindruck, Sie glauben mir nicht. Was ist Ihr Problem?«

Seine Augen flackerten kurz auf, und Holly wusste nicht, ob er amüsiert oder ärgerlich war. Aber es war ihr gleichgültig. Sie war viel zu durcheinander. Sie hatte Quinn gegenüber geäußert, Maguire sei frivol, und nun wusste sie, dass es nicht so war. Er war durch und durch kindisch. Sie schüttelte ungläubig den Kopf, und ihre Worte kamen sehr zögerlich. »Etwas so Wichtiges wie die Aidsforschung ist kein Spiel. Sie könnten… könnten … es sich leisten zu helfen …«

»Es schadet doch nichts, beim Helfen ein wenig Spaß zu haben.« Seine Stimme klang ruhig, er lächelte sogar, doch dann veränderte sich sein Blick.

Holly hielt ihm stand, unberührt von seinem wachsenden Unmut. »Stellen Sie sich einmal vor«, sagte sie mit scharfer Stimme, »während Sie unterwegs sind und Spaß haben, sterben Leute an Aids. Ihr Scheck würde einen erheblichen Unterschied machen. Sie spielen mit Menschenleben.«

Seine Stimme war nun unerbittlich. »Überlegen Sie sich, was Sie sagen. Sie sind nicht in der Position, Urteile zu fällen, und ich bin es nicht gewohnt, mich von Leuten kritisieren zu lassen, die keine Ahnung haben, wovon sie reden.«

»Sie sind es überhaupt nicht gewohnt, kritisiert zu werden. Das ist der Punkt.«

Er zuckte mit den Achseln und signalisierte ihr deutlich, dass ihre Meinung ihn nicht interessierte.

Holly warf die Serviette auf den Tisch und stand auf. »Es tut mir leid, Mr. Maguire. Ich bin gerade zu dem Schluss gekommen, dass Ihre billige Story kein Stoff für eine seriöse Zeitschrift ist.« Sie stolzierte aus dem Restaurant. Den Kassettenrekorder ließ sie einfach stehen.

Kapitel Drei

Holly lief Justin Parker geradewegs in die Arme. Er kam von der Rezeption, und Holly, die sich wegen ihres unprofessionellen Verhaltens Connor Maguire gegenüber am liebsten in den Hintern getreten hätte, kochte vor Wut. »Passen Sie doch gefälligst auf«, wollte sie gerade fauchen, als sie ihn erkannte. Stattdessen sagte sie. »Tut mir leid. Das war meine Schuld.«

»Ich habe gerade versucht, Sie in Ihrem Zimmer anzurufen. Ich dachte, Sie hätten vielleicht Lust, mit schwimmen zu gehen.«

Er hatte schon jetzt zu viel Sonne abbekommen. Seine Nase und seine Wangen waren feuerrot, und seine Lippen waren cremeverschmiert. Mit seinen Sandalen, den braunen Shorts und dem rotweiß gestreiften Hemd wirkte Justin unverkennbar englisch und auf absurde Weise fehl am Platz. »Ich finde wirklich, dass Sie sich nicht noch mehr der Sonne aussetzen sollten.«

Justin blickte auf seine Arme. »Verrückte Hunde und Engländer ...« Er lachte unsicher.

Ihre schlechte Laune legte sich etwas, und sie lächelte. Es war schließlich nicht Justins Schuld, dass Connor Maguire ein hohler Abenteuersüchtiger war, der keineswegs der großherzige Wohltäter war, als der er sich in der Öffentlichkeit gern darstellte, sondern in Wahrheit ein egozentrischer, arroganter Kapitalist, der sich ständig auf der Suche nach neuer Selbstbefriedigung befand. »Ich habe nichts dagegen, schwimmen zu gehen, aber ich muss erst noch ein Telefonat führen. Wir können uns in einer Viertelstunde am Pool treffen.«

Von ihrem Zimmer aus rief sie Quinn zu Hause an. Als er sich meldete, kam sie sofort zur Sache. »Es läuft nicht gut. Mir ist völlig schleierhaft, wie du diesen Mann ernst nehmen kannst.«

»Immer mit der Ruhe. Was ist denn passiert?«

Holly erklärte es ihm. »Die Story ist natürlich interessant«, musste sie eingestehen. »Ich könnte ihn sicher dazu bringen, seine Meinung zu ändern und mich über die Schatzsuche schreiben zu lassen. Ich war ziemlich unhöflich ihm gegenüber, aber er hat so ein dickes Fell, dass er das vermutlich gar nicht gemerkt hat. Mein Problem ist, dass ich nicht sicher bin, ob ich ihm diese Publicity überhaupt verschaffen will. Er verdient es ganz einfach nicht. Er ist ein Arschloch, Quinn. Er spielt den Herrgott über das Leben anderer Menschen, und es kümmert ihn nicht mal, ob es jemand merkt. Ich kann diesen Typen nicht ausstehen.«

Die Stille in der Leitung war unerträglich. Quinn verarbeitete den Ausbruch seiner Tochter, dann sagte er schließlich: »Du irrst dich. Er verdient diese Publicity durchaus.«

»Dann musst du etwas wissen, was du mir bisher verschwiegen hast.«

Erneutes Schweigen. Quinn war normalerweise nicht so zögerlich. Holly wappnete sich innerlich.

»Hör zu, dieses Mal muss ich darauf bestehen. Geh wieder zu ihm. Streng dich an. Egal, wie du es machst, aber besorg mir diese Story.«

»Warum? Warum ist das so wichtig?«

Die Leitung blieb gute zehn Sekunden still. Unheilvoll still. »Ich kann es dir nicht sagen.«

Holly fuhr sich mit der Hand durch Haar. »Du hast mir nicht zugehört, Quinn.«

»Ich habe dich klar und deutlich verstanden.«

Sie bezweifelte es, und das sagte sie ihm auch.

»Ich meine es ernst, Holly. Bleib an dem Mann dran, ganz gleich wie. Hefte dich an seine Fersen. Ich fürchte, ich muss darauf bestehen, Süße.«

Verdammt!, fluchte Holly in sich hinein. Sie nahm den Hörer vom Ohr und starrte ihn an. Dieses Mal hatte Quinn sich echt festgebissen. Und ihr Verstand sagte ihr, dass er recht hatte. Was war bloß los mit ihr? Sie hatte doch schon viele Storys über Leute geschrieben, die sie nicht hatte leiden können. Und von diesem Maguire ließ sie sich plötzlich aus der Ruhe bringen. Das ärgerte sie.

»Bist du noch da?«

»Also gut. Ich werde meine persönliche Abneigung überwinden und die Story machen. Ich bin mir ziemlich sicher, dass er lügt, wenn er behauptet, er wolle keine Öffentlichkeit. Denn er hat mir sofort bereitwillig erzählt, wie er von dem Schatz erfahren hat. Ich habe ein ganz komisches Gefühl, Quinn. Maguire benutzt uns Journalisten. Ich glaube, er treibt irgendein Spiel mit uns.«

Quinn gab keine Antwort. Ihr Vater wusste irgendetwas, was er ihr nicht sagen wollte. Holly war sich da ganz sicher. Aber sie würde es nie aus ihm herauskriegen. Quinns Verschwiegenheit konnte völlig entnervend sein. Am besten, sie vergaß es, zumindest für den Moment, und konzentrierte sich stattdessen darauf zu überlegen, wie sie Maguires vermeintlichem Wunsch entsprechen konnten. Sie hatte eine Idee. »Ich sehe da eine Möglichkeit.«

»Nämlich?«

»Versprich ihm, dass du die Story erst bringst, wenn er bereit dazu ist.«

»Das wäre einen Versuch wert.«

»Hältst du dich auch an diese Abmachung?« Sie hatte schon häufig genug erlebt, dass ihr Vater seine Versprechen ganz einfach vergessen hatte, wenn es ihm in den Kram passte.

»Natürlich.« Jetzt schien er empört. »Was denkst du eigentlich von mir?«

»Frag lieber nicht, sonst sage ich es dir noch.«

Quinn lachte und wechselte das Thema. »Wie ist das Wetter?«

»Perfekt.«

»Du Glückliche. In Sydney gießt es immer noch in Strömen.«

Sie schaute auf die Uhr. »Ich muss jetzt los. In fünf Minuten treffe ich mich mit dem Dodo-Menschen.«

»Verschwende damit nicht zu viel Zeit«, riet Quinn ihr. »Kümmere dich lieber um Maguire.«

»Das tue ich ja. Aber ich muss mich erst noch ein bisschen beruhigen.«

Sie verabschiedeten sich, und Holly legte auf. Sie fragte sich, was Quinn ihr verschwieg – und warum.

Justin Parker saß im tiefsten Schatten, ein Stück vom Pool entfernt. Er unterhielt sich angeregt mit der chinesischen jungen Frau, die am Vortag mit Connor Maguire zusammen gewesen war. Holly breitete ihr Handtuch auf einer Liege aus und sprang in den Pool. Sie schwamm zehn Bahnen, dann kletterte sie wieder heraus. Justin sah ihr entgegen. Die Chinesin war nicht mehr bei ihm.

»Sehr professionell«, rief er.

»Ich habe das mal trainiert«, gab sie zu. Sie trocknete sich die Haare und ging auf ihn zu. »Aber dann fehlte mir der nötige Ehrgeiz, um weiterzumachen.« Sie setzte sich zu ihm. Ob er mir etwas über die Frau erzählen wird?, überlegte sie.

»Ich habe Ihnen etwas zu trinken bestellt. Frischen Limonensaft mit Soda. Ist das okay?«

»Prima. Danke.«

»Wie geht es Ihnen heute?«

Holly verzog das Gesicht. »Fragen Sie lieber nicht.«

Er sah sie überrascht an. »Probleme? Das kann doch nicht sein. Das, was Sie vorhaben, bringt den Tourismus sicher nach vorn.«

Holly erinnerte sich daran, dass sie Justin erzählt hatte, sie würde einen Reisebericht schreiben.« Wissen Sie, als freie Journalistin beschäftigt man sich nicht nur mit einer Sache. Ich würde auch gern etwas über Ihre Dodo-Forschung schreiben, wenn Sie nichts dagegen haben. Diese Reisereportage ist im Grunde unspektakulär, aber ich muss auch noch ein paar Zeilen über so einen Spinner schreiben, der nach irgendeinem vergrabenen Schatz sucht. Und dieser Typ wehrt sich mit Leibeskräften dagegen, dass irgendetwas davon an die Öffentlichkeit dringt. Der Verleger dagegen, in dessen Auftrag ich unterwegs bin, ist mit einem Nein nicht zufrieden. Er verlangt von mir, die Story zu bringen, koste es was es, wolle.«

Auf Justins Gesicht erschien ganz plötzlich ein Ausdruck des Unbehagens, den er trotz aller Bemühungen nicht verbergen konnte. »Ein vergrabener Schatz?«, fragte er schließlich spöttisch. »Wie witzig.«

Im Stillen verfluchte Holly sich. Sie wollte Maguire doch Stillschweigen zusichern, bis er ihr grünes Licht zur Veröffentlichung gab. »Aber an einem Ort wie Mauritius kursieren ja immer Gerüchte«, fügte sie daher hinzu. Bedauerlicherweise klang es nicht sehr überzeugend.

»Bestimmt.« Er lachte plötzlich. »Dann kann ich Ihnen bei Ihren Bemühungen nur viel Glück wünschen.«

»Oh, das wird schon. Schließlich ist es mein Job.« Holly wechselte das Thema. »Was ist mit Ihnen? Hatten Sie mehr Glück?«

»Heute nicht.«

»Ich habe das vorhin übrigens ernst gemeint. Ein Bericht über Ihre Arbeit und über die möglichen Folgen wäre sicher spannend. Hätten Sie etwas dagegen?«

Justin antwortete den Bruchteil einer Sekunde zu langsam. »Nein. Natürlich nicht.«

Sein Zögern weckte Hollys journalistischen Instinkt. »Sind Ihre Forschungen geheim?«

»Eigentlich nicht.« Er sah weg. »Nicht mehr als andere wissenschaftliche Bemühungen auch. Es ist …«, er suchte nach den richtigen Worten, »es ist bloß so, dass vieles von dem, was wir tun, am

Ende keine sichtbaren Ergebnisse bringt. Und die Presse wirft uns dann gerne Verschwendung von Steuergeldern vor für etwas, das ihr völlig sinnlos erscheint.« Er zuckte mit den Schultern. »Ihr Journalisten versteht offenbar nicht, dass es für jeden Forschungserfolg, jeden größeren Durchbruch erst Hunderte, ja Tausende von Versagern geben muss. So funktioniert das nun einmal.«

»Nicht zu vergessen die Konkurrenz in Ihrem Job«, dachte Holly laut. »Sie geben doch lieber ein Ergebnis preis, wenn es ordentlich abgesichert ist.«

Justin nickte. »Das ist wohl so.«

»Wieso sind Sie also so zurückhaltend? Die Wissenschaft beschäftigt sich doch schon seit Jahrzehnten mit dem Transfer genetischen Materials. Ich vermute, Sie arbeiten an irgendwelchen DNS-Experimenten, oder? Bitte korrigieren Sie mich, wenn ich mich irre.«

Er antwortete nicht, sondern sah sie nur an.

»Ach, du meine Güte!« Endlich verstand sie. »Sie versuchen, mithilfe der Helixkette einer Taube zu klonen, habe ich recht? Das geht ja noch viel weiter als die Sache mit dem Schaf Dolly. Sie wollen den Dodo neu erschaffen.«

Er runzelte die Stirn. »So einfach ist es nicht.«

»Das glaube ich Ihnen, aber genau das ist das Reizvolle daran, oder?«

»Ja«, gab er zu. »Offen gestanden ist es genau das, was wir zu erreichen versuchen.« Ganz plötzlich wirkte er wieder entspannt. »Okay, ich werde Ihnen alles erklären, wenn Sie versprechen, mir in Ruhe zuzuhören und unsere Arbeit nicht zu verurteilen. Es ist schon viel zu viel Negatives über die Kosten wissenschaftlicher Forschung geschrieben worden.«

Holly schüttelte den Kopf. »Der Inhalt eines Artikels wird von der Person bestimmt, die ihn verfasst, Justin. Überzeugen Sie mich von der Wichtigkeit Ihrer Arbeit, und ich werde genau das schreiben.«

Das gefiel ihm nicht, und er zeigte es ihr.

Holly fuhr unbeirrt fort. »Es ist eine Chance, die Sie nutzen müssen.«

»Dann vergessen wir die Sache besser«, antwortete er mit gepresster Stimme. »Das Risiko, dass falsche Informationen an die Öffentlichkeit dringen, ist mir einfach zu hoch. Dazu ist unsere Forschungsarbeit zu bedeutend.«

Das hatte Holly nicht erwartet.

»Außerdem«, fügte er hinzu, »müsste ich das erst mit meinen Kollegen abklären.«

»Wie Sie möchten«, antwortete Holly. Sie musste sich eingestehen, dass sie gereizt reagierte. Aber die Katze war ohnehin aus dem Sack. Sie hatte ihre Story. Damals, als sie wegen des Schneeaffen-Projektes in Japan gewesen war, hatte sie genug gut recherchiertes und bisher unveröffentlichtes Material über die DNS-Forschung und ihre möglichen Folgen gesammelt. Alles, was sie noch benötigte, waren ein paar Hintergrundinformationen über den Dodo und ein Interview mit einem namhaften Biologen zu Hause, dann würde sich ihr Artikel quasi von selber schreiben. Von Justin brauchte sie lediglich den Namen des Forschungsinstituts oder der Universität, die das Projekt finanzierte. Aber das hatte noch Zeit. Er würde es ihr ohnehin nicht verraten, wenn sie ihn *jetzt* danach fragte.

Das Schweigen zwischen ihnen begann, unangenehm zu werden. Holly ergriff als Erste das Wort. »Ich habe Sie gestern Abend auf der Rechnung sitzen lassen. Das tut mir leid. Darf ich mich mit einer Einladung zum Abendessen revanchieren?«

»Ich weiß nicht, ob ich Zeit habe.«

Holly fragte sich, ob er deshalb so abweisend war, weil er ahnte, dass sie ihre Story auch ohne ihn schreiben würde. »Okay, dann vielleicht bis später. Ich muss jetzt gehen. Ich drehe noch eine Runde im Pool, dann mache ich mich wieder an meine Arbeit.« Als sie wenig später aus dem Wasser stieg, war Justin verschwunden.

Jetzt galt es, Maguire zu finden. Er hatte gesagt, er würde in einem

Privatquartier ein Stück weiter die Straße herunter wohnen. Aber wo sollte sie beginnen? Holly dachte nach. Sie konnte ja schlecht an jede Tür klopfen. Gerade als sie ihr Zimmer verlassen wollte, klingelte das Telefon.

»Holly Jones.«

»Werden Sie jetzt nicht böse, legen Sie nicht sofort auf. Hier ist Connor Maguire.«

Holly verlor keine Zeit. »Wenn wir Ihnen garantieren, die Geschichte erst dann zu veröffentlichen, wenn Sie dazu bereit sind, würden Sie mir dann erlauben, sie zu schreiben?«

Auch Maguire schien nicht die Absicht zu haben, sich mit langen Vorreden aufzuhalten. »Sie haben Ihren Kassettenrekorder auf dem Tisch liegen lassen.«

Sie ignorierte seine Worte. »Eine ganz klare Story. Das Aidsforschungsprojekt, ein hochkarätiger Abenteurer und ein versteckter Schatz. Nichts Privates. Kein Wort über das Tagebuch und darüber, wie es in Ihre Hände gelangt ist.«

»Sie wollen ihn sicher wiederhaben. Ich bringe ihn vorbei, wenn Sie möchten.«

»Hören Sie mir zu, Maguire? Hören Sie, es tut mir leid. Ich bin manchmal etwas vorlaut. Ich war beim Mittagessen ein wenig zu unverschämt.«

»Okay, dann steht es jetzt 1:1.«

Sie wusste, was er damit meinte. »Wie wäre es damit?«

»Sie geben mir Ihr Wort? Nichts wird veröffentlicht, bevor ich es sage?«

»Mein Wort und das meines Vaters.«

»Das wird ja immer schlimmer.«

Holly lächelte. Er konnte richtig sympathisch sein. »Vertrauen Sie mir.«

»Okay.« Eines musste sie ihm zugestehen, er konnte sich rasch entscheiden. »Und ja, ich hätte ihn gern zurück.«

»Dann essen Sie mit mir zu Abend. Ich bringe das Tagebuch mit, vielleicht haben Sie Lust, ein wenig darin zu blättern. Ich habe nichts dagegen, wenn Sie es in Ihrem Artikel erwähnen.«

»Zweimal ja. Danke.«

»Keine Ursache. Ich werde Sie in Ihrem Hotel abholen. Wir treffen uns um halb acht an der Bar.«

Connor saß an der Bar und unterhielt sich mit einem Mann, den Holly nicht kannte. Er war groß und attraktiv, braun gebrannt und von prägnantem Aussehen. Sein Haar war auf interessante Weise grau meliert. Es war lang und mit einem Lederband zu einem Pferdeschwanz zusammengebunden. Zu einem schneeweißen Hemd und verwaschenen Jeans trug er ein rotweißes Halstuch. Connor sah sie kommen und winkte. »Holly Jones, darf ich Ihnen Raoul Dulac vorstellen? Raoul, das ist Holly Jones. Raoul ist ein Farmer aus der Gegend hier«, fügte er hinzu.

Der Franko-Mauritier beugte sich tief zu ihr herunter und küsste ihre Hand. »Charmant«, murmelte er. »Woher kommen Sie, ma chérie?«

Sie zog ihre Hand zurück und schaute in hellblaue Augen, die sie mit mehr als nur flüchtigem Interesse musterten. »Australien.«

»Sind Sie etwa eine Freundin von diesem Taugenichts?«, fragte er spöttisch.

»Nicht wirklich.« Sein Blick war ihr unangenehm.

»Holly begleitet mich auf meiner Reise, um einen Zeitungsartikel zu schreiben«, erklärte Connor. Sein Blick machte ihr deutlich, dass es ihm lieber war, wenn der wahre Grund für seinen Mauritiusaufenthalt an dieser Stelle nicht erwähnt würde.

»Aha, eine Journalistin.«

»So ist es.«

»Für wen arbeiten Sie denn?«

»Ich arbeite frei. Im Moment bin ich im Auftrag der *Out of Focus* unterwegs.«

»Hm. Wie schade. Ein Artikel über unsere schöne Insel wird für das Blatt gar nicht von Interesse sein.«

Holly war überrascht, dass er *Out of Focus* kannte, auch wenn sie eine bemerkenswert hohe Verbreitung in Übersee hatten. Trotzdem hatte sie angenommen, Mauritius sei zu weit abgelegen. »Ich schreibe auch einen Bericht über tropische Urlaubsparadiese. Es gibt bei uns eine große Nachfrage nach Reisereportagen. Ich kann sie jederzeit an eine Sonntagszeitung verkaufen.«

»Dann sollten Sie unbedingt ein paar echte Franko-Mauritier kennen lernen. Ich werde einen Lunch oder ein Dinner organisieren. Sie müssen auch kommen, Connor, darauf bestehe ich.«

Connor schien wenig erfreut. »Danke. Sehr gern«, sagte er aber dennoch.

»Ich werde mich morgen oder übermorgen bei Ihnen melden«, rief Raoul ihnen zu, winkte noch einmal, und dann war er verschwunden.

»Ein ziemlich hartnäckiger Bursche«, bemerkte Holly. »Ich habe den Eindruck, dass er sich nicht so leicht mit einem Nein abspeisen lässt.«

Connor lachte. »Da kenne ich noch jemanden. Aber Sie haben recht, es gehört nicht zu seinem Wortschatz. Wahrscheinlich hat er es sogar noch nie gehört. Er ist gewohnt, seinen Willen zu bekommen – wie die meisten Franko-Mauritier. Sie haben hier auf der Insel lange das Sagen gehabt.«

»Und immer auf Kosten von Menschen, die weniger Glück hatten.«

»So war das eben damals.«

»Ist es immer noch, soweit ich das beurteilen kann.«

»Höre ich da eine leise Kritik heraus?«

Sie überlegte sehr genau, was sie darauf erwidern sollte. »Weiß ich nicht«, sagte sie schließlich vorsichtig. »Dazu müsste ich einfach mehr darüber wissen.«

Der sehr beschäftigte Barkeeper fragte sie endlich, was sie trinken wollten. »Wie wäre es mit einer Flasche Champagner?«, schlug Connor vor. »Wir können sie uns an den Tisch bringen lassen. Ich finde, hier wird es allmählich ein bisschen voll.«

»Klingt gut.«

Holly entging nicht, dass die Frauen Connor interessiert anschauten, als sie sich setzten. Wenn ihm das bewusst war, ließ er es sich nicht anmerken. Er zog ihr Aufnahmegerät aus der Tasche und reichte es ihr quer über den Tisch. »Das werden Sie sicher brauchen.«

»Danke.« Holly steckte das Gerät in ihre Handtasche.

»Nehmen Sie denn heute Abend gar nichts auf?«

»Nein. Es sei denn, Sie haben noch mehr Informationen über William.«

»Ich habe sein Tagebuch dabei.« Er reichte es ihr herüber. »Das sollte die meisten Ihrer Fragen beantworten.«

Das Buch war nicht besonders dick. »Scheint nicht sehr umfangreich zu sein«, stellte Holly fest.

»Er war kein Mann vieler Worte, unser William.« Dann wechselte Connor das Thema. Er erzählte ihr von der Familie, bei der er wohnte.

Holly beobachtete sein Gesicht im flackernden Kerzenschein. Sie bemerkte ein gewisses Maß an Unsicherheit an ihm, die ihr zuvor nicht aufgefallen war. Aber was sie darüber hinaus registrierte, war die Tatsache, dass seine ruhige Stimme und seine lockere Art ihre weiblichen Instinkte geweckt hatten – und das war nicht ganz einfach angesichts der Tatsache, dass sie erst kürzlich so böse hintergangen worden war und den Männern seither mit äußerstem Misstrauen begegnete.

Connor hatte einen 68er Dom Pérignon bestellt. Als der Champagner gebracht wurde, kontrollierte er das Etikett, überprüfte mit dem Handrücken die Temperatur der Flasche und ließ sie erst dann vom Ober öffnen. »Auf die Geheimnisse des Lebens«, sagte er und hob sein Glas.

Holly spürte, wie er sie ansah. Sie fragte sich, was er wohl gerade dachte. Seine Worte überraschten sie. »Verstecken Sie sich eigentlich immer unter Ihrer Kleidung?«

Holly hatte kein großes Aufheben um ihr äußeres Erscheinungsbild gemacht. Sie hatte das erstbeste Oberteil aus dem Schrank gezogen, das ihr in die Hände gefallen war – eine lässige blaue Baumwollbluse, die ihr bis an die Oberschenkel reichte –, und dazu eine weiße Leinenhose angezogen. Außer ein wenig Lipgloss trug sie kein Make-up, und sie war sich nur kurz mit den Fingern durch die Haare gegangen. »Wie bitte?« Die Bemerkung war Holly entschieden zu persönlich.

Er wirkte plötzlich verlegen. »Uups!«

Holly stellte ihr Glas vorsichtig ab, musste aber insgeheim lächeln.

Connor fuhr sich mit der Hand übers Kinn und verzog sein Gesicht. »Das ist ein besonderes Talent von mir. Sag, was du denkst, und lebe dann mit den Folgen. Habe ich Sie jetzt beleidigt?«

Sie sah ihn nur an.

»Wissen Sie, jedes Mal wenn ich Sie sehe, tragen Sie Klamotten, die Ihnen mindestens zwei Nummern zu groß sind. Daher frage ich mich, was Sie verstecken wollen. Und …«, er hob die Hand, als sie protestieren wollte, »… und Sie sehen darin einfach so aus, als bräuchten Sie dringend mal eine anständige Umarmung.«

Holly setzte zu einer Antwort an, aber alles was aus ihrem Mund kam, war ein stummes »Oh«.

»Wie bin ich?« Der jungenhafte Gesichtsausdruck war zweifellos überrumpelnd.

Sie schluckte mühsam. Wie machte er das? Angestrengt suchte Holly nach einer schlagfertigen Antwort, die ihn von ihren privaten

Dämonen ablenkte. Er hatte sie gerade ihrer Rüstung beraubt. Das irritierte sie zutiefst. Das Einzige, was ihr blieb, war die Flucht in eine Ausrede. »Wenn ich arbeite, habe ich es gern bequem. Ich bin schließlich nicht hier, um einen Modewettbewerb zu gewinnen.«

Das Lächelnd verschwand. In seinen dunklen Augen lag plötzlich ein Ausdruck des Bedauerns. »Wenn Sie meinen.«

Holly zog es vor, das Thema zu wechseln. »Wie lange beabsichtigen Sie, hier zu bleiben, um nach Williams Schatz zu suchen?«

»Einen Monat vielleicht.«

»Und dann? Was ist, wenn Sie ihn nicht finden?«

»Dann fahre ich nach Hause, stelle einen weiteren Scheck aus und vergesse die ganze Sache.«

»Stelle einen weiteren … aber ich dachte …« Er tat es schon wieder. Erneut brachte er sie aus dem Konzept. »Sie haben doch gesagt …«

»Nein. Sie haben vermutet.«

Holly zog den Kopf ein. Als sie wieder aufschaute, grinste er.

»Wie ich bereits am Telefon sagte, steht es 1:1.«

»Das ist sehr edelmütig.« Ein wenig Sarkasmus schwang in ihrer Stimme mit.

»So bin ich eben.«

Sie musste sich wohl bei ihm entschuldigen. »Es tut mir leid.« Es fiel ihr schwer, das zu sagen.

»Schon vergeben. Noch etwas Champagner?«

Holly hatte alle Mühe, ihre Emotionen unter Kontrolle zu behalten. Sie war sauer, weil er sich über sie lustig machte, verlegen, weil sie voreilig falsche Schlüsse gezogen hatte, und überrascht, dass sie seine Gesellschaft trotz alledem genoss. Er brachte sie dazu, die Dinge weniger ernst zu sehen, und das gelang ihr allein nie. »Ich habe es so gemeint.« Dieses Mal kam ihr der Satz wesentlich leichter über die Lippen. »Es tut mir wirklich leid.«

»Sie sagen, was Sie denken. Das ist schon in Ordnung.«

Quinn hatte vielleicht doch recht. Connor Maguire war ein netter Mann. »Darf ich Ihnen eine persönliche Frage stellen?«

»Bitte, natürlich. Sie sind die Journalistin.« Er verzog das Gesicht. »Gerade habe ich angefangen, Sie zu mögen.«

»Diese Chinesin, mit der Sie gestern zusammensaßen … wer ist sie?«

»Warum wollen Sie das wissen?«

»Ich habe sie heute Nachmittag wiedergesehen. Sie war mit jemandem zusammen, den ich hier kennen gelernt habe.«

»Und Sie haben eine Nase für Spektakuläres.«

»Ich hasse meine Nase. Nein, es ist bloß so, sie hat etwas, das …«

Connor wurde ganz plötzlich ernst. »Halten Sie sich von ihr fern, Holly. Ihr Name ist Madame Liang Song. Sie besitzt unglaublich viel Macht und ist in etwa so umgänglich wie ein in die Enge getriebenes Kaninchen.« Als Holly ihn überrascht ansah, fügte er hinzu. »Ich meine es ernst. Versuchen Sie nicht, hinter ihr herzuschnüffeln. Sie wird Sie bei lebendigem Leib verspeisen.«

Er hatte ja keine Ahnung, dass seine Worte Holly nur noch neugieriger machten.

»Ich werde nächste Woche auf Rodrigues sein«, sagte Connor plötzlich. »Wenn Sie Lust haben, können Sie mitkommen.«

»Fliegen Sie?«, fragte Holly.

»Wahrscheinlich, obwohl Raoul mir angeboten hat, mich in seinem Boot hinzubringen.«

»Das macht sicher Spaß.«

»Kostet aber zu viel Zeit.«

»Ist Raoul ein alter Freund von Ihnen?«

»Eigentlich nicht. Eher ein Geschäftskollege.«

Er schien nicht mehr preisgeben zu wollen, also bedrängte sie ihn auch nicht weiter. »Wieso Rodrigues?«

»William hat eine Weile dort gelebt. Das steht alles in dem Tagebuch. Ich will mir die Insel einmal ansehen.«

»Wie ist er denn dort hingekommen? Er ist doch angeblich hier gestrandet. Und Rodrigues liegt … Moment … sechshundert Kilometer nordöstlich.«

»Er hat sich ein Boot besorgt. Das werden Sie wissen, wenn Sie es lesen.«

Holly schüttelte verwundert den Kopf.

»Was?« Er sah sie an. »Sie glauben mir nicht?«

»Nein, das ist es nicht. Ich habe nur gerade überlegt, wie anders das Leben früher war. Man möchte etwas, man tut es. Rodrigues? Kein Problem. Man nehme ein klappriges altes Floß und setze die Segel – irgendwo da oben muss es ja sein. Was für ein Leben! Keine Bestimmungen, keine Anträge ausfüllen, keine Bürokratie.« Sie schüttelte erneut den Kopf. »Ich weiß nicht, ob die früher verrückt waren oder wir heute.« Sie zögerte. »Gar keine üble Betrachtungsweise. Irgendwie schafft das eine Verbindung zwischen William und Ihnen.«

»Was?« Connor sah sie verständnislos an.

»Sie machen es genau so. Packen sich das Leben und ziehen mit aller Kraft daran.«

»Und manchmal bricht alles um mich herum zusammen.«

»So ist das Leben eben«, entgegnete Holly schlicht.

Er zog eine Augenbraue hoch, sagte aber nichts.

Holly steuerte die Unterhaltung geschickt fort vom Leben und seinen Unwägbarkeiten. »Diese Story entwickelt sich ganz anders, als ich es eigentlich geplant hatte.«

»William, meinen Sie?«

»Klingt, als gäbe das Tagebuch eine Menge Stoff her.«

»Ziehen Sie sich daraus, was immer Sie brauchen. Quinn mag so etwas.«

»Sie scheinen ihn gut zu kennen.«

Er verzog den Mund zu einem Lächeln. »Ich habe ihn ein paarmal getroffen. Er ist eine erstaunliche Persönlichkeit.«

»In unserer Zeitschrift wurde schon mehrfach über Sie berichtetet. Inzwischen ist es fast zur Gewohnheit geworden.«

Er nahm ihre Bemerkung ernst. »Ich weiß, was Sie von mir denken. Dass ich nichts weiter bin als ein gelangweilter, reicher Abenteurer.« Er zuckte mit den Schultern. »Was soll ich dagegen sagen? Die Medien scheinen mich jedenfalls zu mögen. Außerdem tue ich alles für einen guten Zweck.«

»So etwas Ähnliches hat Quinn auch gesagt.«

»Das Leben sollte aufregend sein. Es ist nicht verboten, ab und zu etwas Spaß zu haben.«

»Spaß«, wiederholte sie und erinnerte sich plötzlich an Quinns Worte. Sie hatte keine Ahnung, wie bedrückt sie klang.

»Haben Sie keinen Spaß, Holly?«

Sie hatten sich für das Hauptmenü entschieden. Zwei dampfende Teller Haifischflossensuppe wurden serviert. Holly war froh über die Ablenkung, und die Frage blieb unbeantwortet.

Connor schien ihr Unbehagen zu spüren, er hielt die Unterhaltung während des Essens einigermaßen unpersönlich. Holly erfuhr nur wenig über Connor Maguire, weil er es außergewöhnlich geschickt verstand, nichts zu seiner Person zu sagen. Selbst direkte Fragen wehrte er geschickt ab.

Manchmal hatte Holly das Gefühl, *er* sei derjenige, der *sie* interviewe. Bei Kaffee und Digestif sagte sie ihm das und erklärte ihm, dass er ihr die Arbeit sehr würde erleichtern können, wenn er nicht jede ihrer Fragen mit einer Gegenfrage beantwortete.

»Typische Sitzungssaaltaktik. Ich werde mir ab sofort Mühe geben. Aber es wird mir nicht leicht fallen«, fügte er hinzu. »Ich interessiere mich für Menschen. Übrigens haben Sie mir immer noch nicht gesagt, ob Sie mitkommen nach Rodrigues.«

»Ja. Ja, ich komme mit. Wenn ich Sie bei Ihrer Suche nach William Maguires Schatz begleiten soll, dann müssen Sie mich bedauerlicherweise so lange in Ihrer Nähe ertragen, bis ich die Story habe.«

»Gut. Ich werde mich um alles kümmern.«

Seltsam, dachte Holly, als sie sich eine gute Nacht gewünscht hatten und sie auf dem Weg in ihr Zimmer war. Interessiert er sich tatsächlich für Menschen? Oder weicht er nur meinen Fragen aus?

Das Tagebuch von William Maguire war im Wesentlichen eine Art Beuteliste, aber es enthielt auch ein paar zusammenhanglose Notizen über seine Piratenzeit, eine halbherzige Entschuldigung für vergangene Untaten und einen hitzigen Angriff auf seinen Cousin Kavanagh. Die verblichene braune Schrift war noch überraschend gut lesbar. Angesichts seines ungewöhnlichen und interessanten Lebens war das, was er in blumenreichen Worten schrieb, enttäuschend kurz, und es gab lange Abstände zwischen den einzelnen Einträgen, die manchmal sogar Jahre betrugen. Auf der inneren Umschlagseite gab es eine formelle Einleitung, die offenbar nachträglich hinzugefügt worden war:

Grand Port, Île de France, 25. November im Jahre Unseres Herrn 1746.
Mein Name ist William Makepeace Maguire, ich wurde geboren in County Cork, am zwölften Tag des Juni im Jahre Unseres Herrn 1679 als dritter Sohn von George und Kathleen Maguire. Mein ältester Bruder, Gilchrist, benannt nach unserem Großvater väterlicherseits, war der Alleinerbe des Maguire-Vermögens. George, der zweite Sohn, erlangte ein Königliches Offizierspatent bei der Irischen Dragonerwache. So fiel es mir zu, der Kirche zu dienen, aber diese Erwartung erfüllte ich nicht. Ich fuhr stattdessen zur See, auf dem getakelten Handelsschiff Isabella, fiel dann jedoch in der Nähe der Straße von Bab-el-Maneb spanischen Korsaren in die Hände. Im Laufe der Zeit brachten mir meine Verdienste so viel Respekt ein, dass ich mit einem eigenen Schiff, der Serpent, in die Freiheit

entlassen wurde. Die Aufzeichnungen, die nun folgen, sind meine persönliche Sicht der Ereignisse und Abenteuer, die ich in den darauf folgenden Jahren erlebt habe.

Es folgte eine penible Auflistung der zahlreichen erfolgreichen Überfälle vor der westafrikanischen Küste und der Schiffsplünderungen auf dem Weg nach Süden, um das Kap der Guten Hoffnung herum, zur Zanjsee. Die Liste der erworbenen Reichtümer schien endlos – Goldmünzen und Pesos, spanische Silberdukaten, persönlicher Schmuck von unglückseligen Passagieren, Perlen, Bernstein und Jade, Porzellan aus der Ming-Dynastie, mit Emaille und Gold verziertes Kang Hsi-Porzellan, Delfter Porzellan und Töpferkunst –, und jedes Stück war sorgfältig beschrieben: Herkunftsland, Name des gekaperten Schiffs und das Jahr, in dem es erbeutet worden war. Holly bemerkte, dass William Maguire in manchen Fällen ein Sternchen hinzugefügt hatte. Sollte das die Diebesware kennzeichnen, die er für sich selbst behalten hatte? Wenn es so war und vorausgesetzt, alles war noch intakt, würden die Schätze heute weit über zehn Millionen Dollar wert sein.

Nach den Daten in dem Tagebuch zu urteilen, hatte sich Williams Piratenleben über einen Zeitraum von fast vierzig Jahren erstreckt, von 1703 bis 1739. Und was für ein Leben musste das gewesen sein, voller Aufregungen und Gefahren! Welch ein Jammer, dass er seine Erlebnisse nicht detaillierter geschildert hatte. Die wenigen Einblicke waren faszinierend, aber es war unmöglich, in der Gänze zu verstehen, was sich damals zugetragen hatte. Als sie das Tagebuch las, kam es Holly vor, als könnte sie durch ein Fenster in die Vergangenheit schauen, aber nur für einen ganz kurzen Augenblick.

Nachdem sie die kalten, harten Fakten aufgenommen hatte – Seite um Seite mit Schilderungen der erbeuteten Reichtümer –, erfuhr sie nun ein wenig mehr über den Mann selber. William begann seine Aufzeichnungen mit einer Erklärung, wo genau sich die Zanjsee befand, und der Schilderung einiger seiner Eigenschaften.

Sindbad kannte dieses Meer. Bahr-el-Zanj, das Meer der Schwarzen, die Zanjsee, erstreckt sich von der Küste Afrikas bis zum 80. Längengrad und liegt zwischen dem Äquator und dem Wendekreis des Steinbocks. Innerhalb ihrer warmen Gewässer liegen viele Inselgruppen – die Maskarenen, Madagaskar, die Seychellen, die Komoren, die Aldabra-Inseln, Amirante, Galega, um nur einige zu nennen. Es ist ein Meer mit tückischen Strömungen und Riffen, Passatwinden und Zyklonen, aber zugleich ein Meer von bemerkenswerter Schönheit und mit einer großen Fülle an Meereslebewesen. Es ist ein Meer der Magie und der Legenden, seltsamer Landlebewesen und noch seltsamerer Menschen. Es ist das vergessene Meer.

Nachdem William sich das von der Seele geschrieben hatte, ließ er erneut seine Beuteliste für sich sprechen. Der nächste Eintrag handelte von dem unerwarteten Auftauchen eines Captain Mackra und einer von der Britischen Ostindiengesellschaft ausgerüsteten Flotte, die die Zanjsee von sämtlichen Piraten säubern sollte. William war ihnen überraschend in die Hände gefallen und hätte fast sein Leben verloren. Der Vorfall war so Besorgnis erregend, dass er ihn zu einer Umsegelung der Westküste Madagaskars durchs offene Meer in Richtung der relativ sicheren Île de France zwang. Nach einer kurzen und nicht sehr freundlich gesonnenen Beschreibung von Captain Mackra schrieb William weiter:

28. Juli 1720, vor der St. Augustin's Bay.
Drei Tage unter Segeln seit Aufbruch von den Komoren. Habe von Mackra seit fast sechzehn Stunden nichts gesehen. Gott hat uns in seiner unendlichen Güte gute Winde gegeben. Alle Lecks sind abgedichtet, und unser Notruder hält gut. Der Vorfall hat uns fünf Tote eingebracht und vierzehn Verwundete, von denen zwei den Hafen wohl nicht mehr erreichen werden. Eine Musketenkugel, die mich

am Kopf getroffen hat, beeinträchtigt mich ein wenig, aber es hätte leicht schlimmer ausgehen können. Mackra ist ein Teufel. Wie hat er mich bloß gefunden?

Das war alles. Keine Beschreibung des Kampfes oder des Schadens, den William möglicherweise Captain Mackra zugefügt hatte. Kein Wort über andere Schiffe, kein Wort darüber, ob Mackra allein gewesen war oder in Begleitung seiner Flotte. Vermutlich verlief die Weiterreise ohne besondere Vorkommnisse, denn es gab keine weiteren Aufzeichnungen, bis William seinen Stützpunkt in der Nähe der kleinen französischen Wegestation Grand Port erreichte, wo ihn neue Probleme in Gestalt seines Cousins Kavanagh Maguire erwarteten. Mit Williams eigenen Worten:

Zu meiner großen Überraschung lag ein baufälliges britisches Kriegsschiff in der Warwyck Bay vor Anker. Ich befürchtete schon, wir seien erneut entdeckt worden, aber die Besatzung zeigte keinerlei Feindseligkeit und entsandte einen Kutter in unsere Richtung. Der Captain entpuppte sich als kein anderer als mein junger Cousin Kavanagh, der mich freundlich empfing und mir an Bord seines Schiffs, der Dancing Queen, eine Erfrischung anbot. Es war einst mit vierunddreißig Kanonen bestückt gewesen, von denen die meisten jedoch während eines Sturms über Bord gegangen waren. Der Hauptmast lag zersplittert am Boden, und das Schiff war stark reparaturbedürftig.

Das Tagebuch beschrieb weiter, dass die Männer sich zusammenschlossen, um erst die beschädigte *Serpent* und dann die *Dancing Queen* instandzusetzen. Williams Männer halfen, den zerborstenen Mast wieder aufzurichten, und die Mannschaften beider Schiffe verbrachten mehrere Monate an Land, lebten am Strand, mischten sich frei unter die Einheimischen und schwängerten fröhlich jede Frau, die sich willig zeigte oder auch nicht. William war in der Beschreibung der Frauen ziemlich drastisch. Er betonte, dass die kleine französische Garnison die Augen zudrückte, solange die Piraten unter sich blieben. Von Mackra bekamen sie kein Lebenszeichen mehr zu sehen, und sowohl die *Serpent* als auch die *Dancing Queen* waren bald wieder seetüchtig. Nach den Tagebucheintragungen zu urteilen, gaben William und Kanavagh ein Furcht einflößendes Paar ab, aber irgendwann begann William an der Gesinnung seines Cousins zu zweifeln. Der nächste Eintrag las sich ohne jegliche Vorrede so:

> Heute Nacht, lange nachdem die Mannschaft ausbezahlt worden war oder sich sinnlos betrunken hatte, suchte ich mir drei meiner vertrautesten Männer, ruderte mit ihnen zur Serpent und brachte in insgesamt sieben Fahrten unseren Anteil an den Schätzen, die sich noch an Bord befanden, zu einem sicheren Platz an der Küste. Wenn Kanavagh in See sticht, was er ganz sicher tun wird, wird er feststellen, dass die begehrten Beutestücke ziemlich dezimiert sind. Von heute an wird immer einer von uns Wache stehen.
> *Es ist in der Tat ein trauriger und bedauernswerter Tag, an dem ein Mann seinem eigenen Blutsverwandten nicht mehr trauen kann.*

Das Telefon klingelte plötzlich, und Holly erschrak. Sie ging ran, ungeduldig, denn sie wollte unbedingt weiterlesen.

»Habe ich Sie geweckt?«

»Justin. Nein, ich habe noch nicht geschlafen.«

»Es tut mir leid, dass ich es nicht zum Abendessen geschafft habe. Es ist etwas dazwischengekommen.«

»Ist schon okay. Ich hatte selbst etwas anderes vor.«

»Dann vielleicht ein anderes Mal?«

»Natürlich.«

»Hätten Sie Lust auf einen Schlaftrunk?«

»Danke, nein, Justin. Ich muss morgen früh raus.« Das war nicht gelogen. Sie hatte mit Connor vereinbart, am nächsten Tag das Historical and Naval Museum in Mahébourg zu besuchen.

Er klang enttäuscht. »Okay. Dann auf ein anderes Mal.«

»Gute Na …«

Er unterbrach die Verbindung, ehe sie das Wort zu Ende gesprochen hatte.

Sie kehrte zu ihrem Tagebuch zurück. Der nächste Eintrag bestätigte Williams Verdacht:

> Kavanaghs rascher Angriff traf uns beinahe überraschend. Mein lieber Cousin war nicht zufrieden damit, die Serpent mitzunehmen und alles, was er darin untergebracht glaubte, er wollte uns für immer zum Schweigen bringen. Thomas Capstick war derjenige, der Alarm schlug, als die Halunken über den Strand auf uns zukamen. Wir vier flohen landeinwärts in Richtung Berge und ließen unsere wertvollen Schätze denjenigen zurück, die sich auf die Suche nach ihnen machen würden. Der junge Capstick wurde von einer Musketenkugel in den Hals getroffen und war auf der Stelle tot. Wir konnten nichts mehr für den armen Teufel tun, denn wir rannten um unser eigenes Leben. Kavanagh und seine Halsabschneider verfolgten uns zwei Tage und zwei Nächte, bis wir vor Erschöpfung dem Tod nahe waren. Offenbar war er besessen von dem Wunsch, seinen schmachvollen Verrat zu vertuschen.

Es folgten mehrere Seiten, auf denen die Strapazen der Flucht vor Kavanagh und seinen Männern geschildert wurden. William beschrieb zudem frühe Erinnerungen an seinen Cousin, in denen er deutlich machte, dass Kavanagh schon als Kind – er war zehn Jahre jünger als er selber – falsch und hinterlistig gewesen war. Möglicherweise hatte Kavanaghs Betrug Williams Erinnerungen getrübt, denn mehrere

Seiten lang waren Gegenwart und Vergangenheit zu einem verwirrenden Durcheinander zusammenhangloser Schilderungen verwoben. Zwischen den Zeilen konnte Holly lesen, dass die fehlende Loyalität zwischen den Familienmitgliedern William am meisten erzürnt hatte. Eine Kluft war entstanden, die nicht mehr zu überbrücken war.

Aus dem Tagebuch ging nicht hervor, wie lange die Männer sich in den Bergen versteckt hielten. Der nächste Eintrag schilderte lediglich ihre Rückkehr an den Strand:

> Als wir mit größter Vorsicht nach Grand Port zurückkehrten, stellten wir erleichtert fest, dass unsere Beute unangetastet war. Von der Dancing Queen, der Serpent und der Mannschaft beider Schiffe war weit und breit nichts mehr zu sehen. Wir hätten die Kräfte des jungen Capsticks gut gebrauchen können, stattdessen nahmen wir unsere eigenen zusammen, um den armen Wicht zu begraben, eine Aufgabe, der mein lieber Cousin nicht nachgekommen war.
> *Da wir nun so unerwartet auf der Insel gestrandet waren, blieb uns nichts anderes übrig, als uns mit der französischen Garnison zusammenzutun und ihr bei den Vorbereitungen zu helfen, die ersten Siedler aus Frankreich zu empfangen. Die Ankunft ihrer Schiffe bot uns schließlich die Gelegenheit, auf die wir so lange gewartet hatten. 1725 wurde uns auf Befehl von König Ludwig XV. selbst ein prächtiges Schiff mitsamt Besatzung bereitgestellt, und wir stachen als rechtmäßige Korsaren unter der französischen Flagge begeistert in See.*

Danach gab es nur noch sehr wenige Einträge. Sie waren so gut wie nie datiert, und Holly konnte die zeitlichen Abstände zwischen ihnen nur vermuten. Der Schatz, den die Männer von der *Serpent* geborgen hatten, war vom Strand in ein sichereres Versteck geschafft worden, das sich offenbar mehrere Meilen weiter landeinwärts befand. Dann folgte eine detaillierte Beschreibung der Insel Rodrigues:

Rodrigues ähnelt einem kleinen Wunder. Unfruchtbar, aber leicht begrünt, zerklüftet, aber zugleich lieblich. Bedeckt mit Farnen und Blumen, Gräsern und Bäumen, wie ich sie noch nie zuvor gesehen habe. Buchten und Einschnitte in den Klippen. Fremdartige Seevögel, die sich durch unsere Anwesenheit in diesem Paradies nicht stören lassen. Korallenriffe in den prächtigsten Farben, unendlich schön, wie funkelnde Sterne oder ein Sonnenstrahl auf einem Haufen schönster Edelsteine. Höhlen in großer Zahl, tief und dunkel und somit für unsere Zwecke perfekt geschaffen. Hier haben wir das Paradies gefunden, so viel ist sicher. Ich werde mein Haus auf einer der kleineren Inseln errichten, die bei Ebbe zu Fuß erreichbar sind, denn ich habe genug vom Leben auf See.

Nachdem William mit zwei seiner Kameraden auf Rodrigues sesshaft geworden war, schien er noch weniger als zuvor geneigt, täglich etwas in sein Tagebuch zu schreiben und zu erklären, wie und warum er dorthin gekommen war und weshalb er sich zur Ruhe gesetzt hatte. Die Eintragungen waren sporadisch und handelten hauptsächlich von Katastrophen. Nur noch zwei Ereignisse waren datiert – man konnte meinen, William sei jegliches Gefühl für Zeit abhanden gekommen. Der erste dieser Einträge trug die Jahreszahl 1745, als William sechsundsechzig Jahre alt gewesen sein musste.

16. Februar 1745
Ein schrecklicher Zyklon hat die Insel verwüstet. Er tobte vier Tage lang. Ich habe viel Arbeit vor mir, um meine Behausung zu reparieren. Ein traurigerer Anblick ist kaum möglich. Umgestürzte Bäume, Äste und Laub überall. Der Anblick ist deprimierend. Es ist Gottes Wille zu verdanken, dass meine verbliebenen Wasserfässer noch heil sind.

2. Oktober 1745
Ich leide seit einigen Tagen an Fieber. Dieser verfluchte Ort – überall wimmelt es vor Ratten und Spinnen, kein Wasser. Was nutzt einem Mann hier sein Reichtum? Wie sehr sehne ich mich nach meiner Heimat.

Die Einsamkeit setzte ihm sehr zu. Einer der beiden anderen Männer war eines unnatürlichen Todes gestorben, womit nur William und ein Mann namens Tim Ainsley zurückblieben. Ainsley wurde in dem Tagebuch selten erwähnt, daraus schloss Holly, dass die beiden sich nicht sehr nahe waren. William schien den Dodo faszinierender zu finden. Er bezeichnete ihn als Solitär:

Ich habe beobachtet, dass der Solitär Intelligenz besitzt, wie sie bei anderen Vögeln nicht üblich ist. Aber er kann nicht fliegen. Wenn er gefangen genommen wird, bedeutet das seinen sicheren Tod. Irgendetwas führt dazu, dass er jegliche Form der Nahrung verweigert, sodass er eher an Hunger stirbt als die Gefangenschaft erträgt. Er gibt jedoch ein feines Mahl ab, trotz seines seltsamen Erscheinungsbildes. Plump, mit Füßen und Schnabel, die an einen Truthahn erinnern, und kaum einer Feder an seinem Rumpf. Heute habe ich eine Eheschließung beobachtet. Ein flügge gewordener Vogel kam mit seinen Eltern und wurde einem anderen vorgestellt. Mindestens dreißig begleiteten sie und ließen die beiden Jungen nach einer Weile allein.

Und dann war William plötzlich wieder auf der Île de France. Auch dieses Mal wurde nicht deutlich, wie die Reise zustande gekommen war. Er erwähnte lediglich einige Schwierigkeiten unterwegs.

Île de France
Die Reise dauerte acht Tage, und ich war noch nie so erleichtert, endlich Land zu sehen. Wir hatten extrem schlechtes Wetter, und unsere Nahrungsvorräte waren bald vom Seewasser verdorben. Durch den Wind wurden wir zu weit nördlich an Land getrieben und wären fast auf ein Riff aufgelaufen, ehe wir den Hafen erreichten. Der Anblick dieser Gegend, die so lange mein Zuhause war, weckte in mir die Sehnsucht nach Irland. Ich habe sieben lange Jahre anständig gegenüber anderen Menschen gelebt. Eine Amnestie wird mir sicher gewährt werden.

Ob er je wirklich um Amnestie bat, blieb unklar. William sprach nie wieder davon. Tim Ainsley ertrank, ein Ereignis, über das er leidenschaftslos berichtete. Ebenso wie über die Tatsache, dass eine Hochzeit stattfand zwischen ihm und einer Frau, die er nur »meine Frau« nannte. Nach Hollys Schätzung war William schon über sechzig, als er heiratete. Es folgte die Geburt zweier Töchter – deren Namen ebenso ignoriert wurden wie der seiner Frau – und dann die eines Sohnes namens Thomas. Nur in einem einzigen Nebensatz gibt William einen Hinweis auf die Identität seiner Frau: *Ich hatte geglaubt, dass wenigstens Thomas das Blut der Maguires in sich haben würde, aber nein, er ist ebenso dunkelhäutig wie die beiden anderen.*

William war völlig fasziniert von den Entwicklungen, die auf Mauritius stattgefunden hatten. Besonders von einem sichereren Hafen an der Westküste der Insel bei Port Louis. Die Franzosen hatten 1729 beschlossen, die Hauptstadt von Grand Port nach Port Louis zu verlegen. Nach sieben Jahren auf Rodrigues war William offenbar erstaunt über jeglichen Fortschritt. Ausführlich beschrieb er eine Festung, die auf Coopers Island errichtet wurde, und geriet in Verzückung über den Bau eines brandneuen Krankenhauses. Doch die neue Hauptstadt schien ihn nicht lange zu fesseln. Die Tagebucheintragungen beschränkten sich auf kurze Kommentare. Schließlich gab es noch einen letzten undatierten Eintrag:

Mein Ende naht. Die letzten drei Jahre waren recht gut. Jedes Schiff bringt mehr französische Siedler hierher, und ich genieße nette Gesellschaft, sooft es mir gefällt. Mir ist zu Ohren gekommen, dass Kavanagh nach Irland zurückgekehrt ist. Ich werde meiner Schwester dieses Tagebuch schicken, damit sie von seinem üblen Verrat erfährt. Der Plan, den ich gezeichnet habe, wird ihr ein nicht unerhebliches Erbe bescheren. Falls meine Erläuterungen in falsche Hände fallen sollten, soll derjenige, der mein Hab und Gut unrechtmäßig in Besitz nimmt, einen ganz schrecklichen Tod erleiden und für alle Ewigkeiten verflucht sein.

Eine krakelige Unterschrift folgte diesem letzten Eintrag. Offenbar hatte William Maguire, nachdem er seine Angelegenheiten geregelt hatte, den Atem ausgehaucht. Holly blätterte um. Die letzte Seite des Tagebuchs, auf die William wohl seinen Plan gezeichnet hatte, war sorgfältig herausgetrennt worden.

Holly klappte das Buch zu und legte es auf ihren Nachttisch. Was für ein Mann war William Maguire gewesen? Freundlich, grausam, ganz sicher nicht nachsichtig. Seine vagen Formulierungen gaben keinen rechten Hinweis auf seine Persönlichkeit. Er schien ein wenig kalt zu sein, aber vielleicht waren das damals alle Männer. Nachdem Holly die Aufzeichnungen gelesen hatte, konnte sie jedenfalls verstehen, dass jemand wie Connor Maguire der Verlockung nicht widerstehen konnte, Williams Schatz zu finden.

Ist das wirklich alles, was hinter Connor Maguire steckt?, fragte sie sich. Irgendwie erschien ihr das unwahrscheinlich.

Kapitel Vier

Am nächsten Morgen telefonierte Holly nach dem Frühstück mit der Mietwagenfirma und bat darum, den Mini Moke abzuholen. Sie hinterlegte den Schlüssel an der Rezeption und ging hinaus, um dort auf Connor zu warten. Da es ihn nicht zu stören schien, sie mitzunehmen, war es nicht nötig, den Wagen noch länger zu behalten. Auf Mauritius gab es ein gutes öffentliches Verkehrsnetz, und Taxen standen an jeder Ecke.

Holly trug eine lässige Khakihose, ein weißes Tanktop, darüber eine ärmellose Weste mit vier großen Taschen und Wanderstiefel. Die Kamera hatte sie über die Schulter gehängt, das Aufnahmegerät schaute aus einer der Brusttaschen hervor, in der anderen hatte sie ein Notizbuch. Auf dem Kopf trug sie eine hellblaue Baseballkappe. Eine Sonnenbrille mit einem Metallgestell und kleinen runden Gläsern klemmte oben auf ihrer Kappe.

Sie sah aus wie eine Auslandskorrespondentin, die in irgendeinem vom Krieg gezeichneten Dritte-Welt-Land gestrandet war, aber es kümmerte sie nicht. Sie stieg zu Connor ins Auto, zog ihren Notizblock hervor und sagte: »Danke für das Essen gestern Abend. Wie alt sind Sie eigentlich?«

»Zweiunddreißig.« Er warf ihr einen amüsierten Blick zu.

Holly wusste nur zu gut, dass er daran gewöhnt war, sich ausschließlich mit elegant gekleideten Frauen zu umgeben. Und genau aus diesem Grund hatte sie das Outfit gewählt, das sie trug. Da sie ohnehin nicht konkurrieren konnte, konnte sie ebenso gut eine ganze andere Richtung einschlagen. »Wie alt waren Sie, als Sie Ihre erste Million verdienten?«

Sie benahm sich ganz professionell, notierte seine Antworten sorgfältig neben ihren vorbereiteten Fragen.

»Sechsundzwanzig.« Er bog auf die Straße und beschleunigte, um einen Bus zu überholen.

Holly wartete, bis er wieder langsamer wurde, schrieb seine Antwort auf und fuhr dann fort: »Sie waren zweimal verheiratet. Haben Sie Kinder?«

»Nein.«

»Glauben Sie, dass Sie es ein drittes Mal probieren werden?«

»Vielleicht.«

»Haben Sie bereits jemand Bestimmtes im Auge?«

»Ja!« Er sah in den Rückspiegel, schaltete einen Gang zurück und überholte einen wild hin und her schaukelnden Lastwagen. Sobald er wieder sicher auf seiner Fahrspur angekommen war, fügte er hinzu: »Am liebsten wäre mir eine Mischung aus Heiliger, Engel und Erdenmutter.«

»Das heißt, Sie suchen sich die Frauen mit dem Verstand, nicht mit den Augen aus?« Seine beiden Exfrauen waren außergewöhnlich attraktiv.

»So ähnlich. Das nächste Mal – wenn es ein nächstes Mal gibt – werde ich vorher genau prüfen, ob es keine versteckten Mängel gibt.«

Sie hörte Bedauern, aber keine Verbitterung aus seiner Stimme. »War es das, was damals schiefgelaufen ist?«

»Ist das wirklich wichtig?« Connor klang immer noch locker, aber ein gewisser Unmut war ihm nun deutlich anzumerken.

»Ich versuche nur, ein wenig an Ihre Persönlichkeit heranzukommen.«

»Dann fragen Sie mich, welchen Sport ich treibe und was für Bücher oder Filme ich mag.«

»Darauf komme ich noch.«

Er seufzte. »Meine letzte Frau hat so viel ausgeplaudert, dass Sie Ihr komplettes Notizbuch damit füllen könnten. Ich brauche wohl nichts mehr hinzuzufügen.«

»Wie wäre es mit Ihrer Sicht der Angelegenheit?«

»Ich bin ein selbstsüchtiger Schurke. Genügt das?«

Er schien genervt zu sein. Gut. Genervte Menschen waren häufig unvorsichtig. Holly ließ sich nicht abwimmeln. »Das kann nicht alles gewesen sein. Was war es noch? Stress? Ihr außergewöhnlicher Lebensstil?«

Connor fuhr an die Straßenseite und blieb stehen. Der Lastwagen und der Bus fuhren vorbei. »Verdammt!« Er stützte die Ellbogen auf das Lenkrad und sah sie entschlossen an. »Ich werde kein Wort dazu sagen, weil es niemanden etwas angeht. Besorgen Sie sich *ihre* Interviews. Lesen Sie zwischen den Zeilen. Erwarten Sie nur von mir keine Entschuldigungen oder Vorwürfe, okay?« Er schaute rasch über die Schulter, dann fädelte er sich wieder in den fließenden Verkehr ein.

Meine Güte! Sie hatte ihn wirklich ganz schön verärgert. Als Holly darüber nachdachte, wurde ihr klar, dass Connor bei beiden Scheidungen geschwiegen hatte. Sie erinnerte sich auch daran, dass seine zweite Frau wenige Monate später erneut geheiratet hatte. Hatte sie ihn nur für irgendetwas benutzt? War alles nur eine Frage von Geld gewesen? Holly schaute zu Connor hinüber. Nach der Art zu urteilen, mit der er das Lenkrad umklammerte, würde er keine Fragen mehr in diese Richtung dulden. Holly beschloss, dass es klüger war, die persönlichen Themen zunächst zurückzustellen. »Was ist mit dem Plan aus dem Tagebuch geschehen?«

»Das weiß ich ebenso wenig wie Sie. Haben Sie es mitgebracht?«

»Es ist in der Kameratasche.«

Sie fuhren von Grand Baie nach Süden, in Richtung der Hauptstadt Port Louis. Holly hatte sich am Vorabend eine Karte von Mauritius angesehen und versucht, die Orte zu lokalisieren, die in dem Tagebuch erwähnt worden waren. Mahébourg befand sich in der Nähe von Grand Port. Es gab zwei Möglichkeiten, in den Süden der Insel zu gelangen. Sie konnten auf dem National Highway bleiben, der durch die Highlands im Innern der Insel und schließlich in der Nähe des Flughafens wieder zurück auf Meereshöhe führte. Von Plaisance aus waren es dann nur noch acht Kilometer bis Mahébourg. Oder sie konnten auf einer kleineren Straße weiter nördlich quer auf die andere Seite fahren und dann der Küste in Richtung Süden folgen. Sie entschieden sich für die direktere Route, die Fahrtzeit würde etwa eine Stunde betragen. Fasziniert betrachtete Holly die zerklüfteten Bergspitzen, die sich beinahe senkrecht aus dem üppigen Grün der Zuckerrohrfelder zu erheben schienen.

In Curepipe, der Hauptstadt des Teeanbaus auf Mauritius, zwang eine große Menschenmenge auf der Straße sie dazu, langsam zu fahren. Nach einer Weile kurbelte Connor sein Fenster herunter und fragte einen Kreolen, der in der Nähe stand, was los sei.

»Ah!« Der Mann schüttelte den Kopf. »Es ist ein Begräbnis.«

»Muss sich um jemand Wichtiges handeln«, meinte Connor. Eine Wand aus Menschen schob sich über die Straße.

»Ein junges Mädchen. Sie wurde ermordet.« Der Mann stand sichtlich unter Schock.

»Kannten Sie sie?«, fragte Connor mitfühlend.

Er schüttelte den Kopf. »Es war eine Weiße. Ein paar von hier kannten sie, aber nicht viele.« Die Worte sprudelten bereitwillig aus ihm heraus. »Trotzdem ist die ganze Stadt gekommen. Es ist eine schreckliche Geschichte. Sie war erst neunzehn. Wir alle wollen der Familie unser Mitgefühl zeigen.« Er machte eine ausladende Handbewegung. »Der Friedhof liegt nur ein kleines Stück entfernt. Wir werden Ihnen nicht mehr lange im Weg sein.«

Ein schlanker Inder in einem dunkelblauen Anzug ging an ihrem Auto vorbei. Mit gerunzelter Stirn suchte er die Menge ab. Detective Sham nahm ebenfalls an der Beerdigung von Corrine Vitry teil, er wollte sehen, wer sonst noch da war. Er wusste, dass Mörder häufig zum Begräbnis ihrer Opfer kamen. Sham war überrascht, wie viele Menschen Corrine auf ihrer letzten Reise begleiteten. Sicher hatte viele die Neugier hergelockt und die zahlreichen Gerüchte, die um den Tod des jungen Mädchen kursierten. Sham persönlich hatte einen Verdacht, wer Corrine Vitry ermordet haben konnte, aber selbst wenn er hier auftauchte, waren seine Chancen, ihn in dieser Menschenmenge zu beobachten, nicht sonderlich hoch.

Tatsächlich bog die Prozession bald von der Hauptstraße ab, und Connor und Holly konnten weiter in Richtung Süden fahren.

Mahébourg sah man sein Alter an. Holly hatte ihrem Reiseführer entnommen, dass es sich bei der Stadt, die man auf Englisch »Mayberg« aussprach, um die erste Siedlung handelte, die auf Mauritius gegründet worden war. Diese Tatsache spiegelte sich in den schwarzen Basaltgebäuden und der altmodischen Architektur wider. Sie fanden das Historical and Naval Museum ohne Probleme, und Connor parkte vor dem imposanten schmiedeeisernen Tor.

»Sieht geschlossen aus«, stellte Holly fest.

Connor stieg aus, um nachzusehen. Mehrere Fußgänger blieben stehen und sprachen mit ihm. »Wegen Renovierungsarbeiten vorübergehend geschlossen«, verkündete er wenig später und stieg wieder ein. Er startete den Motor. »Schade, aber daran können wir nichts ändern.«

»Und was nun?«

»Was halten Sie von einem Mittagessen?«

Holly warf ihm einen nachdenklichen Blick zu.

Er schaute zurück, fragend.

Sie zuckte mit den Schultern und drehte den Kopf zur Seite.

»Was ist? Was habe ich verbrochen? Es ist doch nicht meine Schuld, dass das Museum geschlossen ist.«

Sie schaute ihn wieder an. »Wie haben Sie es eigentlich geschafft, so erfolgreich zu sein?«

»Was soll das heißen?«

»Sie sind den ganzen Weg hierher gefahren, und nur weil das Museum geschlossen ist, geben Sie auf.« Sie sah auf die Uhr. »Für ein Mittagessen ist es noch viel zu früh.«

»Okay. Was schlagen Sie also vor?«

»Was ist mit Geburts-, Todes- und Eheschließungsregistern?«

»Habe ich alles überprüft. Ich habe nichts über William gefunden, aber es gab eine Menge Maguires in dieser Gegend. Hauptsächlich tote.«

Sie hätte es wissen müssen. Connor Maguire konnte man nichts vormachen. Die Sache mit dem Scheck für die Aidsforschung war der Beweis. Maguire mochte manchmal wie ein verantwortungsloser Schuljunge erscheinen, aber das war er ganz und gar nicht. Holly wusste, dass auch ihre nächste Frage überflüssig war, aber sie stellte sie trotzdem. »Was ist mit dem Telefonbuch?«

»Auch schon erledigt. Ich bin fündig geworden.«

Connor schien ziellos an der Uferpromenade entlangzufahren. Er hielt an. »Lassen Sie uns ein Stück zu Fuß gehen. Ein wenig Bewegung und frische Luft tun uns gut.«

»Haben Sie etwas Spezielles im Sinn?« Holly vermutete, dass er genauere Pläne hatte, als er zugab. Die Connor Maguires dieser Welt überließen nichts dem Zufall, das hatte sie längst gelernt.

»Dort drüben das Restaurant sieht nach einem geeigneten Ort zum Mittagessen aus.« Er zeigte auf die andere Straßenseite. »Wir kommen später wieder zurück.«

Das Restaurant *Le Phare* sah tatsächlich gut aus. Holly bemerkte, wie genau er es sich ansah, als sie daran vorbeigingen. Es war etwas … sie konnte es nicht genau sagen … etwas Merkwürdiges an Connors Verhalten an diesem Tag. »Stört es Sie, wenn ich unsere Unterhaltung mitschneide?«

Während ihres Spaziergangs stellte Holly ein paar Fragen, private Themen sorgsam vermeidend. Sie machten einen Rundgang durch die Stadt, ohne jedoch allzu viel davon zu sehen. Connor war im Gegensatz zu vielen Leuten, die sie bisher interviewt hatte, sehr zuvorkommend. Es gefiel ihr, wie präzise er seine Antworten formulierte. Das bedeutete, dass sie sich später nicht stundenlang durch Unmengen überflüssigen Materials wühlen musste.

Sie standen nun erneut vor dem Restaurant.

»Heute lade ich Sie ein«, kündigte Holly an, als sie die Terrasse betraten. Ein Ober eilte auf sie zu. »Einen Tisch für zwei bitte.«

»Selbstverständlich, Mademoiselle, Monsieur. Sitzen Sie lieber draußen oder drinnen?«

»Drau…«, begann Holly.

»Drinnen«, unterbrach Connor sie entschlossen.

Sie wollte gerade widersprechen, doch als sie einen raschen Blick nach innen warf, erkannte sie den Grund sofort. Die schöne Madame Liang Song saß mit zwei Chinesen an einem der Tische.

Der Ober steuerte einen Fensterplatz an, aber Connor entschied sich für einen an der Wand, der sich nur einen knappen Meter von dem Tisch befand, an dem Liang Song mit ihren Begleitern saß. Die beiden ließen sich nicht anmerken, dass sie sich kannten.

Was ist das für ein Spiel?, dachte Holly. Sie kam sich vor wie ein Bauer, der auf einem Schachbrett herumgeschoben wurde, zumal Connor auch noch den Platz wählte, der den Blick zur Terrassentür und die Bucht bot. Damit blieb Holly ein wunderbarer Blick gegen die Wand. Wie unhöflich! Wenn ihm dieser Verstoß gegen die Etikette bewusst war, und, so dachte sie, das sollte es ihm verdammt noch mal sein, dann zeigte er es mit keiner Miene.

Connor schien die Unterhaltung am Nebentisch, die auf Chinesisch geführt wurde, intensiv zu belauschen. Er fragte Holly betont laut, welche Informationen sie für ihre Story noch benötige.

Da sie ihm längst erklärt hatte, worum es ihr ging, folgerte Holly, dass er ihr in Wahrheit gar nicht zuhörte. Also gut, Mr. Maguire, beschloss sie, Sie haben es so gewollt.

»... und wenn wir dann die Frage Ihrer sexuellen Vorlieben mit ein oder zwei pikanten Anekdoten abschließen, könnten wir uns danach Ihrer Suche nach dem Piratenschatz zuwenden.« Sie lächelte zuckersüß.

Er nickte abwesend. »Natürlich.« Dann begriff er langsam den Sinn ihrer Worte. Er kniff die Augen zusammen und schüttelte verwirrt den Kopf. »Wie bitte?«

Sie hätte viel darum gegeben, seinen Gesichtsausdruck fotografieren zu können. Connor Maguire mit fassungsloser Miene, vollkommen sprachlos. Ein entzückender Anblick. »Ich wollte Sie lediglich testen.«

Er schluckte schwer. Holly hatte ihm allen Wind aus den Segeln genommen.

»Sagen Sie mir eins.« Sie beugte sich vor und senkte die Stimme. »Wie viele Sprachen sprechen Sie?«

»Nicht viele.«

In seinen Augen spiegelten sich Emotionen, die Holly nicht einschätzen konnte – Belustigung, Aufregung, Ärger? Sie beobachtete ihn genau. Hinter diesem Mann steckte auf jeden Fall mehr, als sie zunächst angenommen hatte. Sie hatte das Gefühl, dass sich das, was sich unter der Oberfläche befand, zunächst nicht zeigte. Holly hätte wetten mögen, dass er ganz andere Gründe für seinen Aufenthalt auf Mauritius hatte, als er ihr gegenüber behauptete.

»Was denken Sie gerade?«, fragte er plötzlich.

»Nichts Besonderes. Auf jeden Fall aber, dass ich diese Frage hasse.«

Wieder erschienen diese verdammten Grübchen auf seinem Gesicht. Ohne ein weiteres Wort reichte er ihr die Speisekarte.

Am Tisch nebenan schien sich ein Streit zu entspinnen. Die Stimmen wurden lauter, einer der Männer gestikulierte aufgeregt, während er sprach. Nur Liang Song blieb ruhig und gefasst, ihre Augen waren ausdruckslos, ein Lächeln umspielte ihre Lippen. Ganz plötzlich sprang der aufgebrachte Mann auf, warf seine Serviette auf den Tisch und marschierte aus dem Restaurant. Sein Nachbar folgte ihm mit einem kurzen Schulterzucken und ließ Madame Liang allein zurück. Sie schien über den plötzlichen Aufbruch nicht sonderlich erstaunt, verlangte die Rechnung, zahlte und verschwand ebenfalls.

Connors Blicke folgten ihr bis auf die Straße. Sobald sie außer Sicht war, sagte er: »Sie wundern sich sicher …«

»Ja das tue ich. Und wie ich mich wundere.«

Er lächelte. »Die Chinesen auf Mauritius sind eine eingeschworene Gemeinschaft. Sie betreiben hier eine Menge Geschäfte und verhalten sich nach dem Motto: Eine Hand wäscht die andere. Die Familie von Madame Liang Song besitzt auf der ganzen Insel Supermärkte und Großhandelsunternehmen. Als Sie uns vor ein paar Tagen zusammen im Hotel gesehen haben, haben wir gerade ein mögliches Joint Venture in Australien besprochen. Der Grund, weshalb wir uns nicht anmerken ließen, dass wir uns kennen, ist im Grunde ganz einfach. Sie ist daran interessiert zu expandieren – auch über die Grenzen Mauritius hinaus. Ihre Familie ist dieser Idee nicht unbedingt abgeneigt, aber sie würde mit einem aus dem Westen niemals Geschäfte machen. Die beiden Männer, die bei Madame Liang saßen, sind verwandt mit ihr, es sind ihre Onkel, soweit ich weiß. Wenn einer von ihnen herausfände, dass sie mit jemandem verhandelt, der nicht zu ihnen gehört, dann, nun … Sie haben sicher von der Triade gehört.«

»Von der chinesischen Mafia? Ja, natürlich.« Sie fragte sich, wie lange die Farce noch andauern würde, und verspürte eine ihr inzwischen schon vertraute Gereiztheit. Für wie blöd hielt Connor sie eigentlich?

Er spürte ihre Zweifel sofort. »Ich meine es ernst. Einige Mitglieder des Liang-Clans sind skrupellos. Sie würde bedroht werden oder gar Schlimmeres.«

Holly kannte den Ruf der Triade und fragte sich, warum Liang Song unter diesen Umständen überhaupt ein Risiko einging. »Dann war es also nicht ungefährlich für sie, sich mit Ihnen in der Öffentlichkeit zu treffen?«

»So ist es. Auch wenn es manchmal einfacher ist, etwas zu verbergen, wenn man es den entsprechenden Leuten direkt unter die Nase hält.«

»Da stimme ich Ihnen zu. Aber wenn ihre Familie etwas von Ihrer Verabredung wusste, dann müsste sie sich doch wundern, dass Sie jetzt so tun, als würden Sie sich nicht kennen.«

»Sie weiß es nicht. Wenn es anders wäre, hätte Madame Liang mich gegrüßt.«

»Was macht Sie so sicher?«

»Ich mache keine Geschäfte mit Leuten, solange ich nicht sicher bin, dass ich keine böse Überraschung erlebe.«

Holly kniff die Augen zusammen. »Worüber haben die drei vorhin gestritten?«

»Soweit ich verstanden habe, über die Verteilung der Gewinne.«

Er wich ihr aus, aber Holly ließ es durchgehen. »Wenn das, was Sie sagen, stimmt, geht diese Frau ein unglaubliches Risiko ein, wenn sie sich außerhalb ihrer Familie bewegt. Wieso tut sie das?«

»Wer weiß? Sie ist kalt und ehrgeizig. Vielleicht muss sie etwas beweisen. Sie ist gerade Geschäftsführerin der Muttergesellschaft geworden. Vielleicht will sie jemanden beeindrucken.«

Holly erkannte die glatte Lüge sofort. Sie verstand nur nicht, wieso sie nötig war. »Es gibt einen Aberglauben der Suahelis in Ostafrika, der besagt, dass derjenige, dem beim Aufstehen die Kleidung zwischen den Hinterbacken klemmt, ein notorischer Lügner ist.«

Connors Augen funkelten. »Vielleicht hat er auch nur einen schlechten Schneider.«

Sie wartete, aber es folgte keine weitere Erklärung. Alles, was er sagte, war: »Sollte der Ober kommen, solange ich weg bin, ich nehme die Seezunge. Entschuldigen Sie mich bitte einen Augenblick.« Dann stand er auf und ging in Richtung Toilette. Holly registrierte, dass seine Hose perfekt saß.

Sie trank an ihrem Bier und dachte über das Gespräch nach, um ihm irgendeinen Sinn abzuringen. Connor Maguire war ihr ein Rätsel. Ein reicher Abenteurer, ein harter und kluger Geschäftsmann, aber da war noch etwas. Gehörte er einfach nur zu den Menschen, die einen gewissen Kitzel im Leben brauchten? Oder gab es eine dunkle Seite an ihm? Diese Geschichte über die Triade. Hatte er ihr die nur erzählt, um sie einzuschüchtern? Oder um sie zu warnen?

Sie rief den Ober und bestellte für sie beide. Dann grübelte sie weiter.

Die chinesische Organisation hatte einen fürchterlichen Ruf. Zwischen der Vorgehensweise der Triade und der Mafia gab es bemerkenswerte Parallelen. Die Triade war vor über zweitausend Jahren gegründet worden mit dem einzigen Ziel, China von der verhassten Manchu-Herrschaft zu befreien. Erst in jüngerer Zeit hatten sich innerhalb der Vereinigung kriminelle Gruppierungen entwickelt. Kleine, aber gut organisierte Banden hatten mit ihrem Hang zu Drogen, Glücksspiel, Prostitution und Mord den Namen Triade in Verruf gebracht, obwohl die meisten Mitglieder ehrliche, aufrechte Bürger waren. Diese Randgruppen trieben ihre Machenschaften inzwischen auf der ganzen Welt, überall dort, wo es chinesische Gemeinden gab.

Dass die Triade einen so raschen Machtzuwachs erlebt hatte, lag am chinesischen Volk selbst. Holly erinnerte sich, irgendwo gelesen zu haben, dass eine natürliche und durchaus gerechtfertigte Angst vor Vergeltung sowie ein enges Clansystem half, die Identität der Triade-Mitglieder zu schützen. In einer Bevölkerung, die die Bezeichnung *lao-pai-hsing* – die Alten Hundert Namen – trug, ging man allgemein davon aus, dass die meisten Chinesen auf irgendeine Weise miteinander verwandt waren. Sie würden eher freiwillig in den Tod gehen als sich gegen ein Familienmitglied zu wenden.

Holly sah auf die Uhr. Connor war nun schon seit mindestens zehn Minuten fort. Was um alles in der Welt machte er? Nach fünfzehn Minuten begann sie ungeduldig zu werden. Der Ober brachte das Essen. Holly bat ihn, es zu servieren.

»Ich kann den Teller des Gentleman in der Küche warm stellen, Mademoiselle.«

»Machen Sie sich keine Mühe. Er wird sicher gleich hier sein.« Und wenn nicht, muss er seinen Fisch eben kalt essen, fügte sie in Gedanken zynisch hinzu.

Der Ober stellte die Teller auf den Tisch, kam jedoch wieder und bot an, Connors Seezunge in die Küche zurückzubringen. Holly, die inzwischen völlig entnervt war, bestand darauf, dass er sie stehen ließ. Nach einer geschlagenen halben Stunde – sie war mit ihrem Essen längst fertig – rief sie den Ober. »Hat mein Begleiter vielleicht das Restaurant verlassen?«

»Nein, Mademoiselle.«

»Würden Sie bitte einmal auf der Toilette nachsehen? Vielleicht ist ihm schlecht geworden.«

Der Ober kam rasch zurück. »Nein, Mademoiselle. Auf der Toilette ist niemand.«

»Gibt es eine Hintertür?«

»Ja, in der Küche. Aber da ist keiner durchgekommen.«

»Das Toilettenfenster?« Holly kam sich allmählich lächerlich vor.

»Es ist vergittert.« Der Ober sah sie misstrauisch an. »Möchten Mademoiselle vielleicht die Rechnung?«

Sie nickte knapp. »Und nehmen Sie den hier mit.« Wenn Connor Maguire wieder auftauchte, würde er feststellen, dass der Tisch geräumt war. Das geschah ihm recht.«

Holly zahlte und verließ das Restaurant. Sie konnte nicht fassen, dass Connor sich einfach aus dem Staub gemacht hatte. Was für ein Widerling! Wie konnte er nur? Was bildete er sich eigentlich ein? Und wie hatte er sich davongestohlen?

Das Auto war verschwunden. Holly lief die Straße entlang, bis sie an eine Bushaltestelle kam. Eine ganze Reihe Leute warteten dort. Sie nahm einen Bus nach Curepipe, danach einen nach Port Louis und schließlich noch einen dritten, der sie nach Grand Baie brachte. Die beiden ersten waren trotz der offenen Fenster stickig und überfüllt, nur der letzte war mit einer Klimaanlage ausgestattet. Die Zeit zwischen den einzelnen Stopps erschien Holly unendlich lang. Als sie schließlich nach einer scheinbaren Ewigkeit ihr Hotel erreicht hatte, kochte sie vor Wut. Sie verspürte plötzlich ein überwältigendes Verlangen, sich in die türkisblauen Fluten des Indischen Ozeans zu stürzen. Genau das tat sie dann auch.

Entspannt und erfrischt kehrte sie in ihr Zimmer zurück, wo sie eine Nachricht auf dem Anrufbeantworter erwartete. Sie rief an der Rezeption an und rechnete fest mit neuen Lügen von Maguire, aber die Nachricht stammte von Raoul Dulac. Er hatte eine Telefonnummer hinterlassen, unter der sie ihn zurückrufen konnte. Eine Frau kam an den Apparat. »Solange Dulac.« Der französische Akzent war nicht zu überhören.

»Hier spricht Holly Jones. Ich sollte Mr. Dulac zurückrufen.«

»Ich bin Raouls Frau, Miss Jones. Mein Mann musste noch einmal weg. Sie haben ihn leider verpasst.«

Holly vernahm das Klirren von Eiswürfeln in einem Glas.

»Wir geben am Sonntagmittag eine kleine Party. Raoul und ich würden uns freuen, wenn Sie auch kommen könnten.«

»Das ist sehr nett von Ihnen. Sind Sie sicher, dass das kein Problem ist?«

Solange Dulac lachte, aber es klang seltsam gezwungen. Erneut klirrten Einwürfel. »Ein Problem? Natürlich nicht.«

Trotz ihrer Worte gewann Holly den Eindruck, als sei es Raouls Frau völlig gleichgültig, ob sie kam oder nicht. Eine Männerstimme war plötzlich im Hintergrund zu hören, dann murmelte Solange Dulac: »Einen Moment bitte«, und Raoul kam ans Telefon. Holly fragte sich, ob Solange mit Absicht so getan hatte, als sei ihr Mann nicht da.

»Holly. Danke für Ihren Rückruf. Hat Solange Sie zu unserer Party am Sonntag eingeladen? Gut. Die Einladung gilt auch für Connor.«

»Das ist sehr nett von Ihnen.«

»Wir freuen uns.« Er beschrieb ihr einen komplizierten Weg, um zu seinem Anwesen zu gelangen, das sich nach Hollys eilig gekritzelten Notizen irgendwo in der Mitte der Insel befinden musste. »Sie können es nicht verfehlen«, schloss er mit wesentlich mehr Optimismus, als sie selber empfand. »Wir erwarten Sie dann gegen Mittag.«

»Danke. Ich freue mich.«

»Würden Sie so freundlich sein, auch Connor Maguire Bescheid zu geben?«

»Natürlich.« Es hatte keinen Sinn, ihm zu erklären, dass sie nicht den leisesten Schimmer hatte, wo er war.

»Gut. Bis Sonnt…«

Ein lautes Krachen und der Schrei einer Frau ließen sie mitten in ihrem Abschiedsgruß innehalten.

»Entschuldigen Sie mich bitte«, rief Raoul hastig, dann war die Verbindung unterbrochen.

Nachdenklich legte Holly den Hörer auf. Raoul Dulac war keiner, dem sie so ohne Weiteres traute, dazu war er viel zu affektiert. In seinem Haus spielte sich offenbar gerade irgendeine Art Drama ab. Holly zuckte mit den Schultern. Es ging sie nichts an.

Es war kurz nach halb acht, und Holly wollte gerade zum Abendessen gehen, als es leise an ihrer Tür klopfte. Als sie öffnete, sah sie sich völlig überrascht Liang Song gegenüber, die sie herablassend musterte. »Madame Liang!« Holly bat die Chinesin ins Zimmer.

»Dann kennen Sie also schon meinen Namen.« Sie sah sich rasch um. »Wo ist er?«

»Wer?«

»Connor Maguire.«

Das war eine wirklich gute Frage. »Wie Sie unschwer erkennen können, ist er nicht hier.«

Liang Songs stechender Blick glitt geringschätzig über Hollys weite Hose und das schlichte blaue T-Shirt, um dann wieder zu ihrem Gesicht zurückzukehren. »Beantworten Sie meine Frage!«, fuhr sie Holly an.

So hatte seit ihrer Schulzeit niemand mehr mit Holly gesprochen, aber sie gemahnte sich zur Ruhe. »Ich habe keine Ahnung.«

»Warum sind Sie mir heute gefolgt?«

Jetzt war Vorsicht geboten. »Warum hätte ich Ihnen folgen sollen?«

Liang Song holte tief Luft, offenbar wollte sie ihren Unmut über Hollys Dummheit unterstreichen. »Ich meine natürlich Maguire, nicht Sie.«

Mit Arroganz konnte Holly umgehen. Sie hatte das bei den Reichen und Mächtigen schon häufig erlebt. Was sie jedoch nicht ertragen konnte, war der verächtliche Unterton in Madame Liangs Stimme. »Das werden Sie ihn wohl selber fragen müssen.« Nur mühsam beherrschte sie sich. Liang Songs nächste Worte trafen sie völlig überraschend.

»Was will dieser Mann?«, flüsterte sie verzweifelt. Plötzlich wirkte die Chinesin verletzlich, sie schien den Tränen nahe. Aber sie hatte sich schnell wieder unter Kontrolle. »Sagen Sie Maguire, er soll mich in Ruhe lassen«, zischte sie.

»Ich bin nicht seine Sekretärin«, antwortete Holly bestimmt, »und Ihre auch nicht. Sagen Sie es ihm doch selbst.«

Madame Liang war von Hollys Ton unbeeindruckt. »Ich nehme an, Sie sind Journalistin. Für wen arbeiten Sie?«

»Für mich. Ich bin selbstständig«, erklärte Holly.

»Ah.« Madame Liang drehte sich langsam um, dann ging sie auf den Schreibtisch zu, auf dem Hollys Laptop stand. Wortlos öffnete sie das Gerät.

Holly sah ihr fassungslos zu. Diese Frau hatte die Arroganz offenbar mit der Muttermilch aufgesogen. Sie schien beherrscht von dem unerschütterlichen Glauben, einfach das tun zu können, wozu sie Lust hatte. Die Privatsphäre eines anderen zu achten schien für sie nicht relevant. Sie fühlte sich absolut überlegen.

Gleichgültig klappte sie dann den Laptop wieder zu. »Persönliche Fragen. Typisch für euch Westler!« Die Chinesin schüttelte den Kopf. »Ständig vermischt ihr die Realität mit der Schwäche menschlicher Emotionen. Für wen ist dieser Artikel?«

Holly sah sie an. Es gab keinen Grund, es ihr zu verschweigen. »Für die *Out of Focus*.«

Madame Liang schien erleichtert. »Sie schreiben über diese Schatzsuche? Der Mann ist ein Idiot. Es gibt keinen Schatz. Die ganze Insel spottet über ihn.«

»Das ist sein Problem.« Diese arrogante Ziege ging ihr allmählich auf die Nerven. »Warum interessieren Sie sich so für Connor Maguire?«

Holly lehnte an der Wand. Langsam kam Liang Song auf sie zu. »Er versteht unsere Art nicht«, sagte sie. Ihr schönes Gesicht glich einer ausdruckslosen Maske. »Wenn er sich um etwas kümmert, dann tut er das nur für sich selbst. Das gilt auch für Sie. Aber Sie scheinen ja dumm genug zu sein, sich auf ihn einzulassen.«

»Ich lasse mir nicht gern drohen, Madame Liang.«

»Drohen?« Sie schien überrascht. »Das war keine Drohung. Ich sage nur, was ich denke.«

Holly wurde allmählich ungeduldig. »Ich schreibe einen Zeitungsartikel. Wenn Sie damit Probleme haben, müssen Sie etwas zu verbergen versuchen.« Sie sah Liang Song eindringlich an. »Und ich frage mich, was das sein könnte.«

In Liang Songs Augen flackerte ganz kurz etwas auf, das Holly an Angst erinnerte. Dann lächelte die Chinesin. »Das Netzwerk meiner Familie ist im Laufe vieler Jahre durch gegenseitigen Respekt, Vertrauen und aufgrund unserer einzigartigen Kultur entstanden. Wir machen unsere Geschäfte anders als Sie. Maguire versteht das nicht. Einige meiner Leute könnten das, nun, sagen wir einmal, in den falschen Hals bekommen.«

Die Tatsache, dass Madame Liang Song davon ausging, eine derart lapidare Erklärung würde von jedem akzeptiert werden, zeugte von ihrer unglaublichen Überheblichkeit. Holly war jedoch hellwach. Die Chinesin war sekundenlang aus dem Takt geraten, eine Gelegenheit, die sie sich nicht entgehen lassen würde.

»Das ist ein sehr guter Hinweis, Madame Liang. Missverständnisse führen häufig zu Missinterpretationen. Ich schreibe nicht nur über Connor Maguire, ich möchte auch über Mauritius berichten. Mich interessieren vor allem die zahlreichen ethnischen Gruppierungen, die hier leben. Vielleicht …« Sie ließ den Rest unausgesprochen, aber ihr Lächeln war das Endergebnis jahrelanger Praxis – hoffnungsvoll, ein wenig demütig und äußerst interessiert.

Madame Liang konnte da kaum widerstehen. Sie griff in ihre Tasche und zog eine Visitenkarte hervor. »Wenn Sie etwas über die Sino-Mauritier auf Mauritius erfahren möchten, werde ich mich gern mit Ihnen unterhalten. Vereinbaren Sie einen Termin mit meiner Sekretärin.« Damit ging sie aus dem Zimmer und ließ eine zufrieden lächelnde Holly zurück. Sie sah sich die Karte an.

MADAME LIANG SONG
GESCHÄFTSFÜHRERIN
LIANG & PARTNER – IMPORTE

Holly steckte die Karte in ein kleines Seitenfach ihrer Kameratasche und machte sich auf den Weg ins *The Badamier*.

Justin Parker aß allein zu Abend. Als er Holly sah, sprang er auf und winkte ihr zu. »Kommen Sie, setzen Sie sich zu mir.« Holly setzte sich auf den freien Platz ihm gegenüber.

»Macht es Ihnen etwas aus, wenn ich das schnell aufesse? Wie war Ihr Tag?« Er schnitt sein Steak, während er sprach.

»Nein und ungewöhnlich, in dieser Reihenfolge. Und bei Ihnen?«

»Ziemlich frustrierend.« Er schob sich ein Stück Fleisch in den Mund, kaute verbissen, schluckte und fügte dann hinzu: »Mir rennt allmählich die Zeit davon. Typisch Oxford. Sie hätten ein Team vorausschicken sollen. Ich bin schließlich Biologe und nicht Archäologe, verdammt.«

Holly speicherte Oxford für ihren Artikel ab. »Sie sollten es einmal auf Rodrigues versuchen. Dort scheint der Solitär in großer Zahl vorgekommen zu sein.«

»Solitär?« Er sah sie verwundert an.

»Der Dodo.«

»Oh! Ja, natürlich.«

Ein Ober kam an ihren Tisch. Holly bestellte sich ebenfalls etwas zu essen und ein Glas Wein. Sie fand es außerordentlich merkwürdig, dass Justin den Namen, den die französischen Seeleute dem Dodo gegeben hatten, offenbar nicht kannte. Er wechselte das Thema. »Sie müssen unbedingt den Botanischen Garten in Pamplemousses besuchen. Dort wachsen ungefähr achtzig verschiedene Palmenarten, und dann gibt es da noch diese Riesenschildkröten, von denen einige mehr als hundert Jahre alt sind. Wenn Sie Zeit haben, könnte ich morgen mit Ihnen hinfahren.«

Sie würde wahrscheinlich Zeit haben, denn der verdammte Mr. Maguire war verschwunden. Er musste durch einen Spalt im Boden der Herrentoilette gerutscht sein und sich dann komplett in Luft aufgelöst haben. »Gern. Klingt interessant.«

Nach dem Essen schlug Justin einen Spaziergang am Strand vor. Es war ein wunderbarer Abend, mild und windstill. Sie zogen sich die Schuhe aus und liefen schweigend durch den Sand, begleitet vom Plätschern des Wassers und den dagegen fast unangenehm lauten Rhythmen des *Segas*, den die Bands überall in den Hotelanlagen an der Küste spielten. Es gefiel Holly, dass Justin nicht versuchte, die Stille mit bedeutungslosen Worten zu füllen, sondern den Abend und ihren Spaziergang einfach nur genoss.

Hinter den zusammengeklappten Liegestühlen und Sonnenschirmen erstreckte sich der Strand endlos in die Dunkelheit. Bis auf drei schienen die privaten Bungalows verlassen zu sein. Holly ertappte sich plötzlich dabei, dass sie sich vorzustellen versuchte, wie es hier zu William Maguires Zeiten zugegangen war. Monate fern der Heimat, ohne Straßen, ohne Elektrizität, ohne fließendes Wasser, ohne Vertrautes. Mauritius mochte vielen als sicherer Hafen erschienen sein, aber Vorraussetzung für das Überleben in jener Zeit waren Mut und Vertrauen in die Kraft des eigenen Körpers. Das Gefühl der Einsamkeit musste sehr stark gewesen sein. Wenn William Maguire die Insel heute sähe, was würde er denken? Hotels, grelle Lichter, glückliche Touristen, und die Heimat nur noch ein paar Flugstunden entfernt.

Holly war so versunken in ihre Gedanken, dass sie plötzlich erschauerte. Aus unerklärlichen Gründen fühlte sie sich auf einmal unsicher. Sie versuchte, ihre Ängste abzuschütteln, aber es gelang ihr nicht. »Ich finde, wir sollten wieder zurückgehen, Justin. Es ist so dunkel hier. Wir sehen ja kaum noch, wo wir hinlaufen.«

»Nur noch bis zu den Felsen dort.«

Nicht weit entfernt war ein Schatten auszumachen, das war alles, was Holly erkennen konnte. Sie gingen langsam weiter. Der Schatten entpuppte sich als eine Mauer, hinter der Privateigentum lag.

»Also gut«, stimmte Justin ihr zu. »Gehen wir zurück.«

Es war beruhigend, sich der Hotelanlage mit ihren freundlichen bunten Lichtern wieder zu nähern. Als Holly gerade begann, etwas zu entspannen, blieb Justin plötzlich stehen. Jäh hielt auch sie inne. Ein Geräusch drang an ihre Ohren, das sie nicht direkt lokalisieren konnte. Angestrengt horchte sie in die Dunkelheit. Schritte. Jetzt war es unverkennbar, Schritte, die von irgendwoher hinter ihnen kammen, sehr schnelle Schritte. Sekundenbruchteile später spürte sie einen Schlag gegen die Schulter und wurde zu Boden gestoßen. Sie hörte Justin schreien und dann die Geräusche eines Kampfes. Holly versuchte aufzustehen, aber ein Fuß traf sie mit voller Wucht in der Rippengegend. Sie verspürte einen scharfen Schmerz und sank keuchend in den feuchten Sand. Fremde Stimmen drangen an ihr Ohr, die von Justin war nicht dabei. Dann wurde es still. Holly hörte Justin stöhnen. Sie versuchte sich aufzusetzen, aber der Schmerz in der Rippengegend war zu heftig.

»Diese Schweine!«, stieß Justin hervor. »Holly. Sind Sie okay?«

»Meine Rippen«, keuchte sie. »Ich glaube, da ist etwas gebrochen.«

Schemenhaft erkannte sie Justin, der schwankend auf sie zukam. Er kniete sich neben sie. »Können Sie aufstehen?«

Das war das Letzte, wonach ihr zumute war. »Ich werde es versuchen.«

»Welche Seite tut Ihnen weh?«

»Die linke.«

Obwohl sie die Zähne fest zusammenbiss, entfuhr ihr ein Schmerzenslaut, als er ihr hochhalf. »Es tut mir leid. Ist das besser so?« Er legte einen Arm um ihre Schulter.

Es war besser, aber nur ein wenig. »Lassen Sie uns von hier verschwinden.« Sie mussten weg. Jeder Schatten schien plötzlich bedrohlich auf sie zuzukommen. Hollys Seite schmerzte fürchterlich, und sie wusste nicht, ob eine innere Verletzung oder ein Knochenbruch dahinter steckte. Gemeinsam stolperten sie den Strand entlang. Als sie die Lichter erreichten, sah Holly, dass Justins Gesicht blutverschmiert war. »Sie sind ja verletzt!«, stieß sie entsetzt aus.

Vorsichtig hob er die Hand. »Es ist nicht so schlimm, glaube ich. Kommen Sie, mein Zimmer liegt gleich im Erdgeschoss. Ich habe den Schlüssel bei mir.«

Sie liefen quer durch den hell erleuchteten Garten, in dem sie durch Sträucher und Bäume geschützt waren. Die Tür zu Justins Zimmer stand weit offen. »O Jesus!«, stöhnte er, als das Licht ins Zimmer schien. Der Raum war völlig verwüstet. Überall lag Bettwäsche, die Matratze war vom Bett gerissen und zerschnitten worden, Schubladen und Schränke standen offen, ein Koffer war zerbeult, eine Kulturtasche lag zerschnitten auf dem Badezimmerboden. Selbst vor Justins Kleidung hatte das Messer nicht Halt gemacht. Sie hing in Fetzen an den Kleiderbügeln, die Absätze der Schuhe waren abgebrochen worden.

»Mein Gott, Justin!«, brachte Holly mühsam hervor, als sie das Ausmaß der Zerstörung sah. »Das ist ja fürchterlich. Irgendwer scheint nach etwas gesucht zu haben.«

»Darum kümmere ich mich später. Lassen Sie uns jetzt als Erstes den Hotelmanager verständigen.«

»Was ist mit der Polizei?«

»Ja, die vielleicht auch.« Er klang zweifelnd. »Aber was soll die Polizei schon machen? Wir haben die Täter ja nicht mal richtig gesehen.«

»Die? Ich dachte, es wäre nur einer gewesen.«

»Nein. Ich habe zwei Gestalten erkannt.« Justin hob das Telefon vom Boden auf und rief die Rezeption an. Mit fester, ruhiger Stimme nannte er seinen Namen und seine Zimmernummer, fragte nach einem Arzt, berichtete über den Einbruch und bat, jemanden zu schicken, der sich den Schaden ansehen konnte.

Der Arzt erschien als Erster. Ohne Mitleidsbekundungen und ohne mit einer einzigen Bemerkung auf das Chaos im Zimmer einzugehen, betastete er Hollys Rippen und stellte fest, dass zwei möglicherweise angeknackst, wahrscheinlich jedoch nicht gebrochen waren. Er legte Holly einen festen Verband um die Rippen. »Tragen Sie den, solange es geht«, riet er ihr. »Ich stelle Ihnen sicherheitshalber eine Überweisung zu einem Radiologen aus.«

Holly bewegte sich vorsichtig. »Es geht schon viel besser.« Sie war sich nicht sicher, ob sie die Röntgenuntersuchung wirklich in Anspruch nehmen würde. Von früheren Auslandserfahrungen wusste sie, dass die medizinische Betreuung in manchen Ländern häufig mehr Umstände brachte, als sie am Ende wert war.

Der Arzt, ein Indo-Mauritier, nickte. »Es müsste eigentlich rasch verheilen. Wie ist das passiert?«, fragte er jetzt Justin. Aufmerksam untersuchte er Justins Gesicht. Ein Auge schwoll langsam zu, darunter hatte er eine hässliche Prellung, außerdem waren seine Lippen aufgeplatzt. »Haben Sie Kopfschmerzen?«

»Ein bisschen.«

Der Arzt hielt zwei Finger hoch. »Wie viele sind das?«

»Zwei.«

»Gut. Nichts wirklich Besorgniserregendes. Ein paar Tage, dann sind Sie wieder fit. Wo hat man Sie überfallen?« Der Arzt goss eine Flüssigkeit auf einen Wattebausch.

»Am Strand«, murmelte Justin. Er verzog das Gesicht, als die antiseptische Lösung an seinen Lippen zu brennen begann. »Wir haben einen Spaziergang gemacht.«

Der Arzt schüttelte den Kopf. »Eine Schande. Ich entschuldige mich für meine Landsleute. So etwas passiert hier glücklicherweise nicht sehr oft.« Er sah Holly an. »Und das Zimmer?«

Sie zuckte mit den Schultern. Im nächsten Moment wünschte sie, sie hätte es nicht getan. Ein scharfer Schmerz fuhr durch ihren Oberkörper. »Wir haben es so vorgefunden, als wir zurückkamen. Irgendwer scheint hier eingebrochen zu sein.«

»Das tut mir leid. Früher war diese Insel noch sicher, aber in letzter Zeit geschehen immer mehr Verbrechen. Das ist sehr schade, aber so ist nun mal der Lauf der Welt, fürchte ich. Nicht einmal Mauritius bleibt davon verschont. Halten Sie still, junger Mann.«

Justin zuckte zusammen, als der Arzt sich seine Prellung näher ansah. »Autsch!«

In diesem Moment klopfte es an der Tür, und der Hotelmanager betrat das Zimmer. »Mon Dieu!« Entsetzt schlug er die Hände zusammen und betrachtete den verwüsteten Raum. »Das ist ja grauenvoll. Es tut mir so leid, Monsieur. Wir werden Ihnen sofort ein neues Zimmer besorgen. Wie sind die Einbrecher denn hereingekommen? Haben Sie die Tür nicht richtig zugeschlossen?«

Der Arzt schüttelte den Kopf. »Ich glaube doch, Monsieur. Sehen Sie, das Schloss ist beschädigt.«

Der Hotelangestellte war fassungslos. »So etwas ist hier noch nie passiert.« Er drehte sich zu Justin um, dessen Auge immer mehr zuschwoll. Inzwischen war es blau angelaufen. »Gäste, die in ihrem Hotelzimmer überfallen werden! Man sollte die Verantwortlichen erhängen.«

Holly fühlte sich plötzlich unendlich erschöpft. Sie rieb sich die Augen. »Wir waren gar nicht im Zimmer, als es passiert ist. Wir waren unten am Strand.«

Der Manager wirkte erleichtert. Der Strand schien offenbar nicht zu seinem Verantwortungsgebiet zu gehören. »Möchten Sie den Einbruch der Polizei melden, Monsieur?«

Justin schüttelte den Kopf. »Soweit ich erkennen kann, ist nichts gestohlen worden. Vielleicht handelte es sich um Vandalen, die nur etwas zerstören wollten.«

»Vielleicht.« Der Mann schien beruhigt zu sein. Holly vermutete, dass sowohl Justins Entscheidung, die Polizei nicht einzuschalten, als auch die Erleichterung des Hotelmanagers, etwas mit dem lächerlichen Aufwand an Bürokratie zu tun hatten, das ein Verbrechen in einem ehemals unter britischer Verwaltung stehenden Gebiet nach sich zog. Holly, die dies in der Vergangenheit schon mehrfach erlebt hatte, war der Ansicht, dass ein Land, das die Unabhängigkeit erlangte, gut beraten war, diese typisch britische Unsitte als Erstes abzuschaffen.

»Ich werde dem Hoteldirektor einen vollständigen Bericht liefern«, erklärte der Manager. »Wenn Sie morgen früh zu ihm gehen, Monsieur, wird er Ihnen auch Auskunft erteilen können, wie der Ihnen entstandene Schaden beglichen werden kann.«

»Danke«, antwortete Justin.

»Wenn Sie nichts dagegen haben«, schaltete Holly sich ein, »würde ich jetzt gern in mein Zimmer gehen.« Sie brauchte dringend einen anständigen Whisky. Außerdem sehnte sie sich danach, ihre vom Schock zitternden Beine hochlegen zu können.

Der Arzt verließ das Zimmer mit ihr zusammen. »Mademoiselle, ich werde Sie begleiten.«

»Das ist nicht nötig«, wehrte Holly ab. »Ich hole nur schnell meinen Schlüssel und ...«

»Ich bestehe darauf, Mademoiselle.«

Sein Ton ließ keinen weiteren Widerspruch zu. Und wenn sie ehrlich war, war Holly froh, dass er bei ihr war. Denn auch wenn alle Lichter brannten, war sie nicht erpicht, ihre Zimmertür allein zu öffnen. Der Arzt kontrollierte ihre Schränke, sah unter dem Bett nach, auf dem Balkon und im Bad. »Alles in Ordnung«, verkündete er schließlich.

Holly lehnte eine Schlaftablette ab und verschloss sorgfältig die Tür, als er gegangen war. Sie goss sich aus einer Flasche Whiskey, die sie am Flughafen in Melbourne im Dutyfreeshop erstanden hatte, einen großen Schluck ein, gab drei Eiswürfel hinzu und einen Schuss kaltes Wasser. Dann ließ sie sich auf ihr Bett fallen. Als das Telefon klingelte, zuckte sie zusammen.

»Ja.« Sie konnte nicht verhindern, dass es gereizt klang.

»Ich bin es. Habe ich Sie geweckt?«

Sie trank einen großen Schluck, dann stellte sie das Glas auf dem Nachttisch ab. »Ihre Sorge ist wirklich rührend. Danke für den heutigen Tag, Maguire. Ich habe die aussichtsreiche Rückfahrt mit dem Bus überaus genossen«, bellte sie ins Telefon. Als er nicht direkt antwortete, fügte sie hinzu: »Wohin zum Teufel sind Sie verschwunden?«

»Reicht es, wenn ich Ihnen sage, dass ich von kleinen grünen Männchen gekidnappt worden bin?«

Seine Späße ließen sie kalt. Dieses Mal gab Holly keine Antwort.

Sie hörte ihn seufzen. »Ich habe zufällig eine Person getroffen, mit der ich unbedingt reden musste.«

»Unfug, Maguire. Sie wussten doch genau, dass Liang Song da sein würde. Sie haben die ganze Sache absichtlich inszeniert.«

»Ja«, gab er zu.

»Das erklärt aber nicht, wieso Sie verschwunden sind. Wie sind Sie aus dem Restaurant entwischt?«

»Zu Fuß.«

»Maguire! Erinnern Sie sich an mich? Ich habe Ihnen am Tisch gegenübergesessen.«

»Es gibt einen schmalen Gang, der aus dem Speisesaal hinausführt. Er ist von den Tischen aus nicht gut zu sehen.«

»Sie sind also hinausgeschlichen und der chinesischen Eiskönigin hinterhergerannt. Es scheint mir gar nicht Madame Liangs Stil zu sein, vor Herrentoiletten herumzulungern.«

»Madame Liang?« Er klang ernstlich überrascht. »Sie war es gar nicht. Es tut mir leid, aber mehr kann ich Ihnen nicht sagen.« Die Stille in der Leitung war ohrenbetäubend. Dann ergriff Connor erneut das Wort. »Ich möchte mich in aller Form entschuldigen.«

»Das reicht mir nicht, Maguire. Was führen Sie im Schilde? Diese Geschichte mit der Schatzsuche ist doch an den Haaren herbeigezogen. Sie führen mich an der Nase herum, und das finde ich nicht komisch. Vielleicht ist es höchste Zeit, dass ich ein paar eigene Nachforschungen anstelle.«

»Nein!« Er schrie das Wort fast heraus. »Tun Sie das nicht, Holly.«

»Passen Sie auf, Maguire. Ich brauche eine Story. Dazu bin ich hier. Kooperieren Sie, oder ich beschaffe sie mir selber.«

»Du lieber Gott!«

»Der wird Ihnen sicher nicht helfen.«

»Hören Sie … okay … welche Zimmernummer haben Sie?«

Holly nannte sie ihm.

»Ich bin in zehn Minuten bei Ihnen.« Die Verbindung war unterbrochen, bevor sie Luft holen konnte.

Er brauchte nur sieben.

»Kommen Sie herein.« Holly sah Maguire an. Er wirkte ehrlich besorgt.

»Wie wäre es mit einem Spaziergang?«

Sie verschränkte die Arme vor der Brust. »Nein danke.«

»Und einem Drink?«

»Wir können hier etwas trinken. Ich habe eine Flasche Scotch.«

»Ich würde lieber in die Bar gehen.« Er beugte sich zu ihr herab und flüsterte: »Es könnte sein, dass Ihr Zimmer verwanzt ist.«

»Oh, bitte.« Sie hatte keine Lust auf eine lange Diskussion.

»Kommen Sie nun mit oder nicht?«

Holly warf ihm einen genervten Blick zu, nahm ihren Zimmerschlüssel, und dann gingen sie an die Bar.

Zu dieser Zeit war es dort noch ziemlich ruhig, aber Connor wählte trotzdem einen Platz, der abseits lag, bestellte zwei Scotch und starrte schweigend vor sich hin, bis die Drinks gebracht wurden. Sobald der Kellner sich entfernt hatte, beugte er sich zu Holly herunter. Er sprach leise. »Ich kann Ihnen nicht sehr viel sagen.«

»Können Sie nicht oder wollen Sie nicht?« Sie merkte plötzlich, dass er ärgerlich war.

»Verflucht! Was hat Quinn sich nur dabei gedacht, Sie hierher zu schicken?« Seine Augen blitzten. »Sie sind mir im Weg.«

»Danke.« Sie funkelte ihn an. »Genau wie ich es mir gedacht habe. Weiß mein Vater, was Sie hier treiben?«

»Ja und nein.«

Connor setzte sich zurück. Seine Gesichtsmuskeln zuckten. Er schien kurz nachzudenken, dann begann er wieder zu sprechen. »Ich bin auf der Suche nach Williams Schatz. Solche Abenteuer machen mir Spaß. Aber es geht noch um etwas anderes. Quinn glaubt zu wissen, was es ist. Er irrt sich. Dennoch hätte die Story, die ich ihm erzählt habe, ausreichen müssen, Sie aus dieser Sache herauszuhalten.«

»Maguire«, antwortete Holly ungeduldig. »Mein Vater hat längst erkannt, was Sie auch endlich akzeptieren sollten: Ich bin ein großes Mädchen. Würden Sie also bitte aufhören, um den heißen Brei herumzureden? Wie ich Ihnen bereits am Telefon sagte, ich wittere eine heiße Story. Und wenn ich die mit Ihrer Hilfe nicht kriegen kann …«

»Erinnern Sie sich noch an das, was ich Ihnen beim Mittagessen erzählt habe?«, unterbrach er sie plötzlich. »Über die Triade?«

Er wollte sie also warnen.

»Halten Sie sich da heraus, Holly. Die Sache ist gefährlich.«

»Sie haben mir gar nichts erzählt, Maguire. Sie haben mir ein paar Krümel vorgeworfen, das ist alles. Aber das reicht mir nicht.«

»Drogen.« Connor stieß das Wort widerstrebend und wütend hervor. »Mehr sage ich Ihnen nicht.«

»Ist das die Version für Quinn oder Ihre eigene?«

»Es ist die Wahrheit.« Er sah sie durchdringend an, aber sie hielt seinem Blick stand. »Quinn weiß nichts davon.«

Holly nickte. »Okay«, sagte sie schließlich. Sie spürte, dass er dieses Mal die Wahrheit sagte. »Aber über die Schatzsuche werde ich trotzdem schreiben.«

Er wirkte erleichtert. »Versprechen Sie mir das? Sie stecken Ihre Nase in nichts anderes?«

Sie lächelte. »Eine Drogenstory ist eine heiße Sache, auch für Journalisten. Ehe man irgendwelche Fragen stellt, die gefährlich werden können, müssen erst gewisse Voraussetzungen geschaffen werden. Es muss Leute geben, die wissen, wo man sich aufhält und zu welchem Zweck, Kameraleute, die jeden Schritt begleiten, Kontakte zur australischen Botschaft oder wenigstens zur britischen. Ich wäre wahnsinnig, wenn ich das allein riskieren würde. Und ich bin weder dumm noch eine Heldin, da gebe ich Ihnen mein Wort.«

»Gott sei Dank!«

»Wenn ich Sie also darum bitten dürfte, Maguire, künftig ein wenig kommunikativer zu sein. Dann werde ich Ihnen auch nicht ins Gehege kommen. Liang Song hat mir übrigens ein Interview zugesagt. Jetzt weiß ich, welches Thema ich dabei nicht ansprechen werde.«

»Liang Song hat was?«

»Das haben Sie doch gehört.«

»Tun Sie das nicht, Holly.«

»Es geht um die Rolle der Sino-Mauritier; ich würde den Aspekt der ethnischen Vielfalt auf dieser Insel gern in meinem Reisebericht unterbringen. Was spricht dagegen?«

»Wann haben Sie mit ihr gesprochen?«

»Heute Abend. Sie war hier, weil sie auf der Suche nach Ihnen war.« Holly lächelte boshaft. »Ach ja. Sie bat mich, Ihnen zu sagen, Sie sollen sie künftig in Ruhe lassen.«

Connor schloss die Augen. »Sie hat Sie überprüfen wollen.«

»Allerdings. Sie hat sogar an meinem Laptop herumgeschnüffelt.«

Er sah sie eindringlich an. »Versprechen Sie mir bitte eines, Holly. Halten Sie sich zurück, wenn Sie das Interview mit ihr führen.«

»Ich habe Ihnen doch mein Wort gegeben.« Sie erinnerte sich plötzlich an Raoul Dulacs Anruf. »Übrigens, am Sonntag ist das Mittagessen bei Dulacs. Ich habe eine genaue Wegbeschreibung.«

»Gut.« Er nickte abwesend. »Ich werde morgen noch einmal nach Mahébourg fahren. Kommen Sie mit?«

Holly dachte kurz nach. Sie brauchte noch ein wenig Material über Justin Parker und die Dodo-Geschichte, um sich dann voll und ganz auf Connor Maguire konzentrieren zu können.« Nein danke. Ein gebranntes Kind scheut das Feuer.«

Er wirkte überrascht, sagte aber lediglich: »Dann vielleicht ein anderes Mal.« Sein Blick fiel auf ihr leeres Glas. »Möchten Sie noch etwas trinken?«

»Nein.« Ihre Seite schmerzte höllisch.

Connor leerte sein Glas ebenfalls, stand auf und streckte die Hand aus, um ihr aufzuhelfen. Mit schmerzverzerrtem Gesicht kam Holly auf die Beine. »Was ist los?«, fragte er.

»Nichts.« Sie war müde, hatte Schmerzen und wünschte sich sehnlichst, endlich ins Bett zu können. »Nur eine Verspannung.«

Er sah sie aufmerksam an. »Ich habe das Gefühl, dass es Ihnen nicht gut geht. Was ist passiert? Sie sind so blass.«

Sie wollte es ihm erst erzählen, änderte dann jedoch ihre Meinung. Seine Besorgnis brachte sie den Tränen gefährlich nahe. Und sie war viel zu stolz, um in Gegenwart von jemandem zu weinen, den sie kaum kannte. »Ich hatte einen anstrengenden Tag, das ist alles.« Glücklicherweise blieb ihre Stimme fest.

»Das tut mir leid.« Er entschuldigte sich noch einmal, offenbar glaubte er, sie spräche von der Busfahrt. »Ich werde das wiedergutmachen.«

Sie gingen zusammen bis zu ihrer Zimmertür. »Gute Nacht.« Er beugte sich vor und küsste sie auf die Wange. »Schlafen Sie gut.« Mit einem kleinen Lächeln drehte er sich um und ging davon.

Kapitel Fünf

Holly verbrachte eine unruhige Nacht. Jedes Mal wenn sie versuchte, sich auf die andere Seite zu drehen, wachte sie vor Schmerz auf. Nebulöse Gestalten mit bösen Absichten tauchten in ihren Träumen auf. Irgendwann fand sie schließlich eine halbwegs angenehme Position – flach auf dem Rücken liegend – und fiel in einen tiefen und traumlosen Schlaf. Als das Telefon klingelte, kam es ihr vor, als habe sie nur zehn Minuten geschlafen, dabei stand die Sonne bereits am Himmel.

»Hier ist Justin. Habe ich Sie geweckt?«

»Hm«, murmelte sie schlaftrunken. Sie wunderte sich, warum sie sich so eingeengt fühlte, dann fiel ihr der Verband wieder ein. Ein Blick auf die Uhr sagte ihr, dass es noch nicht einmal halb acht war.

»Tut mir leid, aber die Polizei hat gerade angerufen. Der Hotelmanager hat den Einbruch gemeldet. Es geht um den Versicherungsanspruch des Hotels. Ich hatte eigentlich gehofft, dies alles vermeiden zu können, aber es ging leider nicht. Die Polizei schickt einen Wagen. Ich habe keine Ahnung, wie lange es dauert, aber ich fürchte, wir müssen unseren Ausflug nach Pamplemousses auf einen anderen Tag verschieben.«

Sie hätte sich denken können, dass so etwas geschehen würde, und ärgerte sich, dass sie Connors Einladung abgelehnt hatte. »Ist schon okay. Vielleicht tut mir ein Ruhetag sogar ganz gut.«

»Wie geht es Ihren Rippen?«

»Sie tun noch ein bisschen weh. Und wie geht es Ihnen?«

»Es geht. Es sieht schlimmer aus, als es ist. Ich muss jetzt Schluss machen. Bis später vielleicht.«

Holly starrte an die Zimmerdecke. Na wunderbar! Was sollte sie jetzt tun? Madame Liang vielleicht? Ein Versuch, sie anzurufen, konnte nicht schaden, aber vielleicht ließ sie sich nicht gern so kurzfristig interviewen. Holly überlegte kurz. Sie würde heute mit den Chinesen auf Mauritius beginnen und ihren Bericht am Sonntag mit den Franzosen fortsetzen. Damit blieben dann noch die indische und die kreolische Bevölkerung. Einige Verwandte von Connor kamen vielleicht ganz gelegen, und dann war da noch der nette Doktor, der ihre Rippen verarztet hatte. Nichts allzu Tiefschürfendes, aber der Blick in den multikulturellen Schmelztiegel Mauritius würde die Australier faszinieren. Ein bisschen Geschichte, ein paar Anekdoten. Das würde ihrem Artikel über die Insel sicher ein wenig Würze geben. Vielleicht konnte sie etwas Ähnliches auch über Rodrigues schreiben. Es gab in Australien eine Reihe von Magazinen, an die sie so etwas verkaufen konnte. Und möglicherweise hatte sie im Anschluss an ihre Arbeit hier sogar noch die Gelegenheit, Réunion und Madagaskar zu bereisen. Dann konnte sie gleich einen Vierteiler über die Zanjsee daraus machen.

Der Tag sah schon viel hoffnungsvoller aus. Doch zunächst galt es, das Problem Waschen zu erledigen. Holly bezweifelte, dass sie es lange mit der Bandage aushielt, zumal sie sie jetzt schon nervte. Aber sie hatte gelesen, dass die Mediziner in Australien es vorzogen, Rippenbrüche ohne Verband heilen zu lassen. Ich bin in meinen Bewegungen aufgrund der Schmerzen sowieso eingeschränkt, dachte sie.

Sie hatte noch gerade genug Instantpulver, um sich eine Tasse Kaffee zu machen. Während sie darauf wartete, dass er ein wenig abkühlte, kramte Holly die Visitenkarte hervor, die Madame Liang ihr gegeben hatte. Die Adresse war Port Louis. Sie sah auf die Uhr, ehe sie wählte. Es war kurz vor halb neun. Sie beschloss, ihr Glück zu probieren.

»Liang und Co.« Die Telefonistin klang professionell, gut ausgebildet, aber gelangweilt.

Liang Song hatte Holly gebeten, den Termin mit ihrer Sekretärin abzustimmen. Zum Teufel damit! »Ich möchte gern Madame Liang sprechen.«

»Welche Madame Liang?«

»Madame Liang Song.«

»Wen darf ich bitte melden?«

»Holly Jones.«

»Moment bitte.«

Ein Musikband unterhielt sie fast eine ganze Minute lang.

»Miss Jones.« Holly wusste nicht, wie es kam, aber Madame Liangs Telefonstimme war das perfekte Spiegelbild ihres Gesichts – hart und kalt.

»Sie hatten sich bereit erklärt, mir ein Interview zu geben.« Holly verschwendete keine Zeit. »Ich würde gern einen Termin vereinbaren.«

»Wann?«

»Heute.«

»Heute!« Madame Liangs Stimme klang amüsiert.

»Ich weiß, dass das sehr kurzfristig ist.«

Schweigen. Ein gutes Zeichen. Sie dachte darüber nach. Dann: »Ich habe heute Vormittag mehrere Meetings. Wenn Sie bitte einen Moment am Apparat bleiben, werde ich mich kurz mit meiner Sekretärin absprechen. Vielleicht können wir uns zum Lunch treffen.«

Haha! Holly war sich ziemlich sicher, dass die Chinesin längst wusste, ob sie mittags Zeit hatte.

Nach einiger Zeit war Liang Song wieder in der Leitung. »Es ist möglich, ein paar Termine zu verlegen. Wir können uns zum Lunch treffen.«

Holly grinste in sich hinein. Okay, dachte sie, ich weiß, wie wichtig du bist. »Unter einer Bedingung«, sagte sie.

»Bedingung?« Liang Song machte sich gar nicht erst die Mühe, ihren Unwillen zu verbergen. Bedingungen stellte sie anderen und nicht umgekehrt.

»Ich lade Sie ein.« Holly grinste immer noch. Ihrer Erfahrung nach hatte man bei Menschen wie Liang Song viel eher Erfolg, wenn man sie zumindest kurzzeitig ihrer Kontrolle beraubte. Aus einem Holly nicht verständlichen Grund galt die Regel, je arroganter und selbstbewusster eine Person war, desto wichtiger war es, sie aus dem Gleichgewicht zu bringen. Denn solange sie die Oberhand behielten, schienen sich einige von ihnen moralisch verpflichtet zu fühlen, unkooperativ zu sein.

»Das ist nicht nötig.« Liang Song schien das nicht zu gefallen. Powerplay war alles. Selbst etwas so Lapidares wie eine Einladung zum Essen untergrub ihre Autorität.

»Aber ich bestehe darauf«, meinte Holly fröhlich. »Übrigens möchte ich das Interview gern aufnehmen. Sie haben doch nichts dagegen, oder?«

»Wenn es unbedingt sein muss.«

Es funktionierte. Ein kleines Zugeständnis, aber Holly hatte den Eindruck, sie hätte Madame Liang gebeten, ihr gesamtes persönliches Vermögen herzugeben. »Möchten Sie ein Restaurant vorschlagen?« Jetzt gab Holly ihr wieder ein Stück Kontrolle zurück.

Das gefiel der Chinesin schon besser. »Das *Labourdonnais Hotel*. Es liegt am Hafen. Wir treffen uns im Foyer.«

»In Port Louis, vermute ich?«

»Natürlich. Ihr Taxifahrer wird wissen, wo es ist. Ich werde einen Tisch reservieren, Sie würden dort nie hineinkommen. Um ein Uhr.«

Holly willigte ein. Ohne weiteren Kommentar legte Liang Song auf.

Holly brauchte fast den ganzen Vormittag, um ihre Fragen vorzubereiten. Um halb zwölf nahm sie sich ein Taxi in die Hauptstadt.

Die Straße, an der das Hotel lag, war ganz neu. Sie lag direkt am

Hafen und war durch eine Fußgängerunterführung mit dem lebhaften Stadtzentrum verbunden. Die Boulevards waren autofrei und relativ leer. In großen Einkaufszentren gab es Boutiquen, Kunsthandwerksmärkte, Kunstgalerien, Dutyfreeshops, Hotels, Restaurants und ein Kino. Holly hatte viel Zeit, sich alles anzusehen, ehe sie sich auf den Weg in das eindrucksvolle *Labourdonnais Hotel* machte. Sie suchte sich einen Platz, von dem aus sie den Eingang beobachten konnte, und machte es sich bequem.

Liang Song kam nur zwanzig Minuten zu spät. Holly hatte mit mindestens dreißig gerechnet. Sie schwebte herein wie ein schlecht gelaunter Filmstar – mit hoch erhobenem Kopf, kaltem Blick und eingefrorenem Lächeln.

»Tut mir leid, dass ich mich verspätet habe.« Ihrem Ton hörte man deutlich an, dass es nicht so war.

»Sie haben Lippenstift auf Ihren Zähnen.« Hollys Retourkutsche klang nicht besonders elegant, aber das war eigentlich genau das, was sie beabsichtigt hatte. Natürlich stimmte es nicht, aber Liang Song brauchte das nicht zu wissen. In Wahrheit sah sie atemberaubend aus in ihrem seegrünen Cheongsam aus Satin, der an einer Seite hoch geschlitzt war und viel Bein zeigte. Das glänzende schwarze Haar fiel der Chinesin bis auf die Schultern. Sie hatte helle, makellose Haut, ihre Lippen waren perfekt geschminkt. Die Schuhe, die exakt zum Kleid passten, mussten ein Vermögen gekostet haben. Eine weiße Unterarmtasche vollendete das elegante Erscheinungsbild. Holly kam sich neben ihr schäbig vor.

Madame Liang fuhr sich unauffällig mit dem Zeigefinger über die Zähne. Für den Bruchteil einer Sekunde wirkte sie verunsichert, dann hatte sie sich wieder gefasst. Holly empfand nicht den Hauch von schlechtem Gewissen. Jetzt konnte das Spiel beginnen.

Mit einem verächtlichen Blick auf Hollys Leinenanzug fragte Liang Song mit gespielter Besorgnis: »Ist Ihnen in dieser Jacke nicht warm?«

»Überhaupt nicht. Ich bin die Hitze gewohnt.« In Wahrheit wirkten Hollys Verbände wie eine Thermoweste, zumal auch noch die Klimaanlage des Hotels ausgefallen zu sein schien. Sie erstickte fast, hätte sich aber eher die Zunge abgeschnitten, als es zuzugeben.

Holly folgte der Chinesin in das Restaurant; irgendwie war es ihr gelungen, einen Tisch zu bekommen.

Der Maître d'hôtel, der sofort erschienen war, als sie am Tisch saßen, umschwirrte Madame Liang, als sei sie eine Göttin. Die Chinesin bestellte für sie beide und beendete das alberne Schauspiel mit einer ungeduldigen Handbewegung. Der Maître zog sich sofort zurück.

Liang Song sah Holly erwartungsvoll an, und Holly beschloss, sofort zur Sache zu kommen. Das Aufnahmegerät lag zwischen ihnen auf dem Tisch. Sie schaltete es ein. »Wie alt sind Sie?«

Madame Liang wirkte überrascht, sicher hatte sie eine so gezielt persönliche Frage nicht erwartet. Dennoch antwortete sie ohne zu zögern. »Achtundzwanzig.«

»Das ist ziemlich jung für die Geschäftsführerin eines großen Unternehmens.«

»Es ist ein Familienunternehmen.«

»Das dachte ich mir. Was genau importieren Sie?«

Die Chinesin machte eine wegwerfende Handbewegung. »Nahrungsmittel aus der ganzen Welt, Möbel, Haushaltsgeräte, Autos, Baustoffe, landwirtschaftliche Geräte, Alkohol – hauptsächlich Wein. Textilien.« Sie machte eine Pause. »Also so gut wie alles.«

»Würden Sie sagen, Sie sind der größte Importeur Mauritius'?«

»Nein.«

Holly zog die Augenbrauen hoch. »Aber einer der größten?«

Madame Liang lächelte kaum merkbar. »Wenn Sie so wollen.«

Holly versuchte es mit einem anderen Ansatz. »Wie ist Ihre Familie nach Mauritius gekommen?«

Die Antwort kam ohne Zögern. »Arbeitsverpflichtung, wie bei den meisten Chinesen hier.«

»Bedauern Sie das manchmal?«

»Warum sollte ich?«

Holly ließ nicht locker. »Sind alle Sino-Mauritier praktizierende Christen?«

»Nicht alle. Aber die meisten.«

»Sie sind Christin?«

»Ja. Römisch-katholisch.«

Ein Ober brachte Madame Liang den aromatisierten Tee, den sie bestellt hatte. Als er ging, fuhr Holly fort. »Was tun Sie, wenn Sie nicht arbeiten?«

Liang Song wirkte überrascht. »Ins Kino gehen. Außerdem gibt es viele Partys. Und ich treffe mich mit meinen Freunden.«

»Sind Ihnen diese Fragen zu intim?«

»Nein.« Die Antwort kam zögerlich.

»Aber Sie haben mit der einen oder anderen Probleme«, bohrte Holly weiter. »Warum?«

»Ich dachte, Sie seien nur an allgemeinen Informationen über Mauritius interessiert.« Liang Song kniff die Augen zusammen. »Ich verstehe nicht, welche Bedeutung mein Alter oder meine privaten Interessen in diesem Zusammenhang haben könnten.«

»Erlauben Sie mir, das selbst zu beurteilen«, antwortete Holly kalt. »Sie haben gestern selber darauf hingewiesen, wie sehr sich Sino-Mauritier von den Westlern unterscheiden. Ich schreibe einen Artikel für Australier. Ich schätze, ich bin durchaus qualifiziert zu entscheiden, was sie gern lesen.«

Holly spürte, dass ihrer Gesprächspartnerin diese Antwort nicht gefiel, aber sie sagte nichts. Sie wusste, dass der Chinesin ihre nächste Frage noch weniger behagte.

»Haben Sie einen Liebhaber?«

»Nein.«

Sie zögerte keine Sekunde, das musste Holly anerkennend zugestehen. Und so drängte sie noch weiter. »Hatten Sie je einen?«

»Nein.«

»Woran liegt das?«

»Mein Mann wäre darüber nicht sehr erfreut.«

Holly wollte erst lachen, aber das Lachen blieb ihr im Hals stecken, als sie sah, dass Liang Song ganz und gar nicht versuchte, witzig zu sein. Ihr Blick fiel auf die Hände der Chinesin. Sie trug keinen Ehering.

Madame Liang war der Blick nicht entgangen.

»Sicher ist Ihr Französisch gut genug«, meinte sie knapp, »um den Unterschied zwischen Madame und Mademoiselle zu kennen.«

»Sie tragen keinen Ehering«, sagte Holly zu ihrer Verteidigung.

»Das werde ich, wenn die Zeit reif dazu ist.«

Das ergab keinen Sinn für Holly. »Wie meinen Sie das?«

Liang Song schien sich plötzlich unbehaglich zu fühlen. Schließlich antwortete sie: »Das ist für eine Frau aus dem Westen schwer zu verstehen. Meine Familie gehört einer bestimmten Gesellschaftsschicht an. Es ist unmöglich, außerhalb dieser Schicht zu heiraten. Auf Mauritius gibt es nicht viele Familien, die in diese Kategorie passen. Mein Mann wird einziger Nutznießer des nicht unbeträchtlichen Vermögens der Liangs sein. Das ist ein Geschäft. Er ist jung. Wir leben noch nicht als Mann und Frau zusammen.«

»Wie lange sind Sie denn verheiratet?«

»Beinahe zwei Jahre.«

»Und wie alt ist er?« Holly vermutete, dass er erst Anfang zwanzig war.

»Das ist wirklich nicht von Interesse.«

»Ich versichere Ihnen, das ist es.«

»Warum?«

»Weil es unserer australischen Lebensweise völlig fremd ist.«

Madame Liang warf Holly einen verächtlichen Blick zu, dann beantwortete sie die Frage. »Sechzehn.«

Holly konnte ihre Überraschung kaum verbergen. Sechzehn! Der

Arme war also bereits mit vierzehn Jahren an diese kalte Person gefesselt worden. Du meine Güte!, fuhr Holly durch den Kopf. Es muss doch ein Gesetz geben, das so etwas verhindert.

Madame Liang nippte an ihrem Tee und wartete auf die nächste Frage.

Holly wechselte erneut das Thema, mit voller Absicht. »Warum haben Sie mich gebeten, Connor Maguire zu sagen, er solle Sie in Ruhe lassen?«

Die Antwort kam erneut ohne ein Zögern. »Ich dachte, darüber hätten wir gestern Abend bereits gesprochen. Auf jeden Fall hat es ganz und gar nichts mit Ihrem Artikel zu tun.«

»Okay. Dann beantworten Sie mir meine nächste Frage. Warum sind die Chinesen auf Mauritius so eine verschworene Gemeinschaft?«

»Wir unterscheiden uns da nicht von den anderen ethnischen Gruppen. Auf Mauritius hat sich eine abgeschlossene Gemeinschaft entwickelt, und niemand hat einen Grund, daran etwas zu ändern. Die Chinesen sind sehr familienorientiert.«

»Aber ab und zu versucht doch bestimmt mal jemand, von außen einzudringen. Das ist doch unvermeidlich.«

Madame Liang zuckte mit den Schultern. »Es passiert auch. Aber nicht sehr häufig.«

»Und was passiert dann? Lassen Sie uns ein mögliches Szenario durchspielen. Eine schöne Chinesin wie Sie trifft einen Franzosen und verliebt sich in ihn. Was würde passieren?«

»Wie ich bereits sagte«, antwortete Madame Liang mit zusammengepressten Lippen, »das kann passieren. Sie würde vermutlich aus ihrer eigenen Familie ausgestoßen.«

»Und auf der französischen Seite?«

»Die Franzosen würden sie akzeptieren, aber erst nach einer ganzen Weile.«

»Und was wäre, wenn sie Französin und er Chinese wäre?«

»Das würde gar nicht funktionieren.«

»Warum nicht?«

Liang Song schien unbewegt. »Das ist schwer zu erklären. Jede der ethnischen Gruppen hier hat ihre eigenen Traditionen. Wenn ein Mitglied aus meiner Familie, ganz gleich ob männlich oder weiblich, versuchen würde auszubrechen, würde es verstoßen. Das ist nun einmal so.« »Und die Franzosen?« Ein Schulterzucken. »Das Wort der Männer ist dort Gesetz. Ihnen wird auch ein Mord nachgesehen. Aber die Frauen müssen sich anpassen.«

Holly nickte, dann bezog sie sich wieder auf ihre Notizen. »Wie hoch ist die Inflationsrate auf Mauritius?«

Die Antwort kam so schnell, dass Holly sich fragte, ob Liang Song die Zahl gerade irgendwo gelesen hatte. »Knapp unter sieben Prozent.«

»Sie haben das Klassensystem angesprochen. Gibt es hier große Armut?«

»Es gibt Armut, aber wir haben zugleich hohe Beschäftigungsquoten.«

»Was exportiert Mauritius?«

Wieder kam die Antwort prompt und sicher. »Hauptsächlich Zucker. Außerdem Tee, Tabak, Obst und Gemüse. Wir können wegen der jahreszeitlichen Unterschiede im Wettbewerb mit Europa gut bestehen.«

»Ich habe gesehen, dass einige bekannte Modedesigner ihre Textilien offenbar hier anfertigen lassen. Wie läuft das?«

»Die Regierung bietet den Unternehmen, die sich hier niederlassen, Steuererleichterungen. Die Arbeitslöhne sind niedrig, und unsere Leute arbeiten hart. Die Textil- und Strickwarenindustrie ist besonders erfolgreich. Das meiste geht in den Export, aber es wird auch viel an Touristen verkauft.«

»Südafrika hat stark in die Tourismusbranche investiert.«

Madame Liang nickte. »Das haben andere auch, auch wenn die

meisten Besucher vom afrikanischen Festland kommen. Viele der großen Hotels sind aber tatsächlich in südafrikanischer Hand.«

»Bruttoinlandsprodukt?«

Madame Liang zuckte mit den Schultern. »Ich bin nicht sicher. Die Reserve Bank kann Ihnen die aktuellen Wirtschaftsdaten nennen.«

»Okay. Dann würden Sie also sagen, dass Mauritius im Augenblick boomt.«

Das Lächeln von Madame Liang war nun fast echt. »So ist es. Wir arbeiten jedenfalls alle hart dafür.«

Der erste Gang wurde serviert, und Holly schaltete das Aufnahmegerät aus. »Danke. Nach dem Essen würde ich Ihnen gern noch ein paar weitere Fragen stellen, wenn es Ihre Zeit erlaubt.«

Madame Liangs Gesicht blieb unbewegt. »Natürlich.«

Holly richtete ihre Aufmerksamkeit auf das Essen. Madame Liang hatte Filets de Sole Marguery für sie beide bestellt – Seezungenfilets, dekoriert mit Muscheln und Shrimps in Weißweinsauce. Es schmeckte köstlich. Das Hauptgericht war Selle d'Agneau Armenonville – gegrillter Lammrücken mit grünen Bohnen, Rosmarinkartoffeln und Artischockenherzen. Die Flasche Petit Chablis, die sie dazu tranken, ließ hingegen eher zu wünschen übrig. Der Wein war fünf Jahre alt und hatte seinen Höhepunkt deutlich überschritten. Madame Liang schien das nicht zu bemerken, allerdings rührte sie ihr Glas auch kaum an. Sie zog ihren Tee vor, den der Ober immer wieder nachfüllte.

»Dessert?«, fragte sie knapp.

»Für mich nicht.«

»Wie Sie möchten.« Genussvoll aß Madame Liang eine Portion Crêpes Suzette. Holly fragte sich, wie sie ihre Figur hielt.

Anschließend setzten sie das Interview fort. Holly erkundigte sich nach den Auswirkungen des Tourismus, wollte wissen, wie Mauritius sich zur globalen Klimaerwärmung und der schwindenden Ozonschicht verhielt, was zum Schutz der einzigartigen Flora und Fauna getan würde und wie man der Kriminalitätsrate begegnete. Ganz zum Schluss kam sie auf die Drogenprobleme zu sprechen. Bis hierher hatte Madame Liang jede einzelne Frage geduldig und ausführlich beantwortet.

»Es gibt hier keine Drogenprobleme«, sagte sie scharf.

»Ich habe gehört, Drogen seien hier frei erhältlich.«

»Das sind Einzelfälle. Wir können das Zeug natürlich nicht gänzlich von unserer Insel fernhalten. Ab und zu liest man in der Zeitung einen Bericht über jemanden, der Drogen nach Mauritius gebracht hat. Man vermutet, dass Mauritius als eine Art Übergangsstation benutzt wird, dass Drogen hier zwischengelagert werden, ehe sie dann nach Europa weitergeschafft werden. Ich schätze, Miss Jones, Sie werden feststellen, dass Mauritius, was die Drogenproblematik angeht, ziemlich sauber ist.«

»Was Sie nicht sagen.«

Liang Songs Gesicht blieb ausdruckslos.

Holly kehrte zu Themen zurück, die die Chinesen auf Mauritius betrafen. Nach einer Weile sah Madame Liang auf ihre Uhr. »Es tut mir leid, aber ich muss jetzt gehen.«

Holly stellte das Band ab. »Ich danke Ihnen für Ihre Zeit.«

»Werden Sie noch mit anderen Chinesen von hier sprechen?«

»Wenn es die Zeit zulässt. Mein Artikel muss einen möglichst hohen Informationsgehalt für potenzielle Touristen haben. Das, was ich sammele, ist hauptsächlich Hintergrundmaterial.«

»Gibt es in Ihrem Land viele Chinesen?«

Die Frage überraschte Holly. Es war das erste Mal, dass ihre Gesprächspartnerin auch nur das geringste Interesse an etwas anderem als sich selbst zeigte. »Ja, wir haben eine recht große chinesische Population. Waren Sie schon einmal in Australien?«

Liang Song schüttelte den Kopf.

Holly zog eine Visitenkarte aus ihrer Tasche. »Sollten Sie je dort hinkommen, können Sie mich hier erreichen.« Sie schob die Karte quer über den Tisch.

Langsam stand Madame Liang auf. Mit ihren Mandelaugen fixierte sie Holly, dann nahm sie die Karte vom Tisch und zerriss sie in zwei Hälften. »Warum sollte ich das tun wollen?«, fragte sie. Mit einem knappen Nicken ließ sie Holly allein am Tisch zurück.

Holly musste sich die Hand auf den Mund pressen, um nicht laut zu lachen. Sie konnte nicht anders, als diesen außergewöhnlichen Abgang zu bewundern. Als sie um die Rechnung bat, stellte sie fest, dass Liang Song die Fäden wirklich fest in der Hand hielt. Die Rechnung war bereits bezahlt.

Da sie einmal in Port Louis war, beschloss Holly, die alte Stadt noch ein wenig mehr zu erkunden. Der Zentralmarkt, der nur wenige Fußminuten vom Hotel entfernt lag, wimmelte von Menschen. An zahlreichen Einkaufsständen wurde von Lebensmitteln bis zu Kuriositäten alles nur Erdenkliche feilgeboten. Beim Herumstöbern fand Holly eine wunderschöne handgearbeitete Tischdecke für ihre Mutter.

Das Bummeln durch die engen gepflasterten Straßen kam ihr vor wie eine Zeitreise. Port Louis war im Schachbrettmuster angelegt, und die Geschäfte nutzten auch die Gehwege, um ihre Waren anzubieten, sodass die zahlreichen Fußgänger kaum Platz hatten. Sie mussten sich auf der Straße zwischen dem Verkehr hindurchschlängeln. Man konnte leicht die Orientierung verlieren, doch mithilfe eines Stadtplanes gelang es Holly, sich einigermaßen zurechtzufinden. Sie befand sich auf der Jummah Mosque Street, die mitten durch das laute, überfüllte Stadtzentrum führte. Als die Bebauung schließlich spärlicher wurde und Holly gerade wieder umkehren wollte, registrierte sie eine alte Treppe. Sie führte einen grasbewachsenen Hügel hinauf zu einer kleinen dunklen Festung, die einsam hoch oben über der Stadt thronte. In der Hoffnung, einen schönen Blick über die Stadt zu erhaschen, marschierte Holly hinauf.

Durch die Anstrengung begannen ihre Rippen erneut zu schmerzen, und es dauerte eine Weile, ehe sie atemlos ihr Ziel erreicht hatte.

Ein Schild über dem Eingang informierte darüber, dass sich die Ruine Fort Adelaide nannte und während der Herrschaft von William IV. von der britischen Garnison errichtet worden war. Innerhalb der Mauern waren einige der alten Räume renoviert und zu kleinen Kunsthandwerkslädchen umgewandelt worden, ansonsten machte der Ort einen verlassenen Eindruck. Eine freundliche Verkäuferin in einem der Shops erzählte Holly, dass die Festung normalerweise als Zitadelle bezeichnet wurde und durch Tunnel – die für die Öffentlichkeit gesperrt waren – mit weiteren Festungen unten am Hafen verbunden war, die Fort Victoria, Fort William und Fort George hießen. Dreißig Jahre zuvor seien zwei Kinder hier kaltblütig ermordet worden.

Die Treppen zur Brustwehr waren gesperrt, daher ging Holly wieder hinaus. Als sie über Port Louis blickte, verstand sie, warum in der Stadt eine solch drangvolle Enge herrschte. Sie lag in einer Art Becken, war an drei Seiten von Bergen umgeben und öffnete sich an der vierten Seite zum Hafen, sodass eine weitere Ausdehnung unmöglich war. Stahl und Beton ragten in den Himmel und erstickten andere Gebäude aus Holz und Schmiedeeisen. Dem Stadtrand mit seinen quadratischen, dicht an dicht gebauten Häusern sah man an, dass dort die Arbeiterklasse lebte. Nirgends gab es Schatten spendende Bäume oder farbenfrohe Gärten. Im Gegensatz dazu stand Champ de Mars – die älteste Pferderennbahn auf der südlichen Halbkugel. Die Anlage stellte die Spielleidenschaft der Mauritier unter Beweis. Von hier oben wirkte die Straße, an der das Hotel lag, winzig; der Hafen, während eines Zyklons für Schiffe der einzig sichere Ort der Insel, war so eng, dass nicht einmal eine Fähre in ihm wenden konnte.

Der offizielle Weg zur Zitadelle schien über eine Straße zu führen, die sich an einer Seite den Hügel hinabwand, was erklärte, weshalb die Treppe in einem so schlechten Zustand war. Ein paar Kinder wichen scheu vor Holly zurück, aber ihre Augen suchten aufmerksam nach Hinweisen, ob sich das Betteln eventuell lohnte. Ein Jogger, der die Treppe mit Leichtigkeit hinaufgelaufen war, setzte sein Training über die Straße fort.

Auf der obersten Treppenstufe standen zwei Männer, Chinesen, die Hände auf die Knie gestützt, sichtlich angestrengt vom Aufstieg. Holly sah ihnen eine Weile in Gedanken versunken zu, dann ließ sie noch einmal ihren Blick über die Stadt unter ihr schweifen. Plötzlich stutzte sie. Es dauerte nur einen kurzen Moment, ehe sie sich daran erinnerte, wo sie die Männer schon einmal gesehen hatte. In Mahébourg. Sie hatten in dem kleinen Restaurant mit Liang Song an einem Tisch gesessen. Einer von ihnen fing ihren Blick auf. Er schaute weg und sagte etwas zu seinem Begleiter, dessen Blick dann ebenfalls kurz zu Holly herüberschweifte.

Was hatte Connor gesagt? Sie seien verwandt mit Madame Liang. Holly tat, als sähe sie sich die Aussicht an, aber ihre Gedanken rasten; sie wurde jäh von einer undefinierbaren Angst erfasst. Blitzschnell versuchte sie, die Situation abzuschätzen. Die Kinder waren immer noch da. Ein Pärchen genoss die Aussicht auf den Hafen. Ein Taxi kam herangefahren, und ein Mann und eine Frau mittleren Alters stiegen aus. Sie machten einige Fotos, dann stiegen sie zurück in den Wagen, der mit ihnen den Berg hinabbrauste.

Die beiden Männer blieben an der obersten Treppenstufe stehen. Holly zwang sich zur Ruhe. Es war heller Tag, und es waren zu viele Menschen um sie herum, um ernsthaft Gefahr zu fürchten. Am besten, so überlegte sie, stieg sie die Treppe ganz einfach wieder hinab. Holly richtete den Blick starr geradeaus und schob sich an dem Paar vorbei.

Keine Panik, sagte sie sich still, bleib ganz ruhig. Holly bemühte sich, langsam zu gehen. Eine Gruppe Schulkinder quälte sich mit ihrer Lehrerin die Treppe hinauf. Du bist sicher, sprach sie sich Mut zu. Keine Panik!

Sie schwitzte vor Angst. Leinenanzug und Seidenbluse klebten ihr am Körper, unter ihrem Verband juckte es unerträglich. Die Hitze und die hohe Luftfeuchtigkeit machten ihr ohnehin schon zu schaffen. Holly wagte nicht, sich umzuschauen. Als sie die Straße erreichte, musste sie noch zwei Blocks laufen, ehe sie wieder unter Menschen war. Vier Taxen standen hintereinander vor einem schäbigen Hotel, und Holly sprang fast kopfüber in das erste von ihnen. »*Merville Beach Hotel*, Grand Baie«, stieß sie atemlos aus.

Als das Taxi anfuhr, schaute sie sich vorsichtig um. Die beiden Chinesen liefen auf den Wagen hinter ihnen zu.

Es herrschte ein unglaublicher Verkehr. Der Taxifahrer, ein Inder, schimpfte und fluchte und entschuldigte sich bei ihr für die Verspätung.

»Das ist ja nicht Ihre Schuld.« Holly war froh über das Chaos, denn sie war davon überzeugt, dass ihre Verfolger sie in diesem Durcheinander aus den Augen verlieren würden. Doch als sie sich wenig später auf der Hauptstraße befanden und sie sich erneut umdrehte, stellte sie zu ihrem Entsetzen fest, dass das zweite Taxi dicht hinter ihnen war.

Ihr Fahrer schaute stirnrunzelnd in den Rückspiegel. »Sie werden verfolgt, Mademoiselle.«

»Ich weiß.«

»Der Fahrer ist ein Freund von mir. Er ist nicht sehr ortskundig. Seine Passagiere scheinen genau zu wissen, wo Sie hinwollen.«

Natürlich! Madame Liang wusste ja, in welchem Hotel sie wohnte.

»Möchten Sie, dass ich an der Polizeistation anhalte?«

Im Hotel können sie mir nichts tun, dachte Holly, aber dann erinnerte sie sich an das, was Justin und ihr am Vorabend zugestoßen war. »Ich glaube nicht, dass das nötig ist«, sagte sie dennoch.

Der Fahrer zuckte mit den Schultern.

Warum sollte Madame Liang sie verfolgen lassen? Um zu sehen, wo sie hinfuhr, mit wem sie sprach? Aber wieso? Was befürchtete die Chinesin? Holly konnte sich nicht vorstellen, dass Liang Song ernsthaft vorhatte, ihr etwas anzutun. Das war vermutlich der Grund dafür, dass sie sie mit Absicht so auffällig verfolgen ließ. Wollte sie Holly auf diese Weise warnen?

Mit einigen Zweifeln an der Zuverlässigkeit ihrer Schlussfolgerungen bezahlte Holly den Taxifahrer und ging ins Hotel. Einige Zeit hielt sie sich im Foyer in der Nähe einer Touristengruppe auf. Dann sah sich vorsichtig um. Die Chinesen waren ihr nicht weiter gefolgt.

An der Rezeption lag eine Notiz von Justin für sie: WOHNE JETZT IN ZIMMER 24. RUFEN SIE MICH AN, WENN SIE ZURÜCKKOMMEN.

Ehe sie das tat, gab es noch eine andere Sache zu erledigen. Der Verband musste weg. In der Hoffnung, dass das Entfernen keinen weiteren Schaden anrichtete, wickelte Holly die Bandage ab. Ohne diese Unterstützung tat ihr das Atmen etwas mehr weh, und auch plötzliche Bewegungen. Aber sie fühlte sich trotzdem um einiges besser!

Sie duschte, dann wählte sie Justins Nummer. Er war beim ersten Klingelton am Apparat. »Holly! Wohin waren Sie denn so plötzlich verschwunden? Ist alles in Ordnung?«

»Bestens.«

»Hätten Sie Lust, mit mir an den Strand zu gehen und den Sonnenuntergang anzuschauen?«

»Klingt perfekt. Jegliche Form von Anstrengung könnte nämlich den Pakt gefährden, den ich gerade mit meinen Rippen geschlossen habe.«

»Haben Sie immer noch Schmerzen?« Er klang besorgt. »Ein vorsichtiges Bad im Meer wäre vielleicht genau das Richtige für Sie. Wir sehen uns dann unten.«

Als sie ihren Badeanzug anzog, dachte Holly über Justin nach. Warum war in sein Zimmer eingebrochen worden? Das war kein normaler Einbruch gewesen. Er hatte sofort behauptet, es würde nichts fehlen, dabei hatte er nicht einmal richtig nachgesehen. Vielleicht hatte er genau gewusst, wonach der oder die Eindringlinge gesucht hatten. Wenn es so war, was war es, und hatte man es gefunden? Im Nachhinein wurde ihr bewusst, dass Justin angesichts des entstandenen Schadens ein wenig zu ruhig gewesen war. War Justin Parker tatsächlich derjenige, für den er sich ausgab? Holly überlegte kurz, ob ein rivalisierendes Forschungsinstitut vielleicht für den Einbruch verantwortlich gewesen sein konnte, aber diese Möglichkeit erschien ihr zu weit hergeholt. Hatte der Einbruch in irgendeiner Weise mit dem Überfall am Strand zu tun?

Verunsichert verließ sie das Zimmer. Auf den ersten Blick war Justin ein netter Mann, aber wer war er wirklich? Irgendetwas an ihm kam ihr unheimlich vor.

Er wartete im Foyer auf sie, wo sein Gesicht neugierige Blicke auf sich zog. Sein Auge war inzwischen vollständig zugeschwollen und leuchtete in allen Blau- und Grüntönen. Die verletzte Lippe hatte ihre normale Größe wieder, aber die Wunde war noch gut zu erkennen. Gemeinsam gingen sie zum Strand herunter. »Ich war heute Mittag wieder zurück«, sagte Justin. »Ich hatte gehofft, wir könnten vielleicht doch noch nach Pamplemousses fahren, aber ich konnte Sie nirgends finden.«

»Ich war in Port Louis. Ich habe dort ein Interview mit einer chinesischen Geschäftsfrau namens Madame Liang Song führen können.«

»Ich kenne sie. Eine ziemlich eindrucksvolle Persönlichkeit. In jeder Beziehung.«

Holly sah ihn an. Seine Stimme klang offen und unverstellt, sein Gesicht war unbewegt. »Sie ist erst achtundzwanzig. Ziemlich jung für eine Geschäftsführerin.«

»Wirklich?« Justin zuckte mit den Schultern. »Ich hätte sie für älter gehalten.«

»Sie hat mir interessante Einzelheiten über die Chinesen hier auf Mauritius erzählt. Die Informationen kann ich gut gebrauchen.«

»Sollen wir hier bleiben?« Justin blieb stehen, zog sich sein T-Shirt über den Kopf und ließ es zusammen mit seinem Handtuch in den Sand fallen.

Holly wickelte den Sarong auf, den sie über ihrem Bikini trug, und warf ihre Sachen auf seine.

»Was ist mit Ihrem Verband passiert?«

»Ich habe ihn entfernt. Er hat mich halb wahnsinnig gemacht.«

»Meinen Sie, das war eine gute Idee?« Er sah sie aufmerksam an. »Wenn Sie vorhaben zu schwimmen, sollten Sie vorsichtig sein. Sie haben böse Blutergüsse.«

»Es ist doch bloß Wasser. Was soll da schon passieren?«

Die Bucht war traumhaft schön, das Wasser kristallklar, aber überraschend kalt. Da Holly sich nicht richtig bewegen konnte, wurde es nach einer Weile zu unangenehm. Sie gab auf und verließ das Wasser. Als sie ihr Handtuch aus dem Wäschestapel hervorzog, den sie achtlos im Sand hatten liegen lassen, fiel etwas aus der Brusttasche von Justins T-Shirt. Es sah aus wie eine Landkarte. Holly steckte das Papier wieder in die Tasche. Sie dachte einen Moment nach und vermutete, dass es etwas mit seiner Untersuchung zu tun hatte.

Wenige Minuten später kam auch Justin aus dem Wasser. »Man würde nie auf die Idee kommen, dass eigentlich Winter ist. In Großbritannien wird das Meer nicht mal im Sommer so warm. Und sehen Sie sich diesen Sonnenuntergang an.«

Er war in der Tat beeindruckend. Gewitterwolken ballten sich am Horizont über dem Meer zusammen, während in Landnähe zerklüftete Kumuluswolken über den Himmel jagten – eine ungewöhnliche Mischung meteorologischer Erscheinungen, denn die einen ließen Regen erwarten, während die anderen Sonnenschein versprachen. Alles war in ein intensives orangefarbenes Licht getaucht, das das Blau des Himmels auflöste und in ein silbernes Grau verwandelte. Dieselbe

Farbe spiegelte sich im Wasser der Lagune, auf dem nur noch wenige Boote zu sehen waren, die sich auf dem Rückweg zu ihren Liegeplätzen in Grand Baie befanden.

Holly setzte sich in den Sand. Der Anblick war fantastisch, aber ihre Gedanken kreisten um andere Dinge. »Wie ist es Ihnen mit der Polizei ergangen?«

»Es war eine ziemlich langwierige Angelegenheit.«

»Haben Sie ihnen erzählt, dass wir am Strand überfallen worden sind?«

»Nein.«

»Warum nicht? Sie müssen sich doch über Ihren Anblick gewundert haben.«

»Wenn es so war, haben sie nichts darüber verlauten lassen. Sie waren ja nicht dabei. Die Sache mit dem Zimmer war schlimm genug. Es hat Stunden gedauert. Am Ende habe ich nur schnell eine Aussage gemacht und alles aufgelistet, was beschädigt worden ist.«

»Ist denn nichts entwendet worden?«

»Nicht aus meinem Zimmer, nein.«

»Wie meinen Sie das?«

»Ich glaube, dass mir etwas aus der Tasche gestohlen wurde, als ich niedergeschlagen wurde.«

»Sie glauben?«

»Es war nur ein Stück Papier. Vielleicht habe ich es irgendwo verloren, ohne es zu merken.«

»Und wie kommen Sie auf die Idee, dass es Ihnen gestohlen worden sein könnte?«

»Konkurrenten. Eine andere Forschungsgruppe, die ebenfalls an diesem Projekt arbeitet.« Er zuckte mit den Schultern. »Es ist ja nur eine Vermutung.«

»Was war das für ein Papier?«

»Eine Karte, auf der mögliche Dodo-Brutstätten verzeichnet sind. Aber es ist kein Problem, ich besitze eine Kopie davon.«

Ob er die Karte meinte, die sie in seiner Hemdtasche gesehen hatte? Ihres Erachtens war es eine laminierte Farbkopie gewesen, aber vielleicht auch nicht. Die Karte hatte sehr alt ausgesehen, da war Holly sich ganz sicher.

»Es wird dunkel. Seien Sie mir nicht böse, Justin, aber ich habe genug von diesem Strand in der Dunkelheit.«

»Wir haben noch eine halbe Stunde. Außerdem sind Leute in unserer Nähe.«

Sie befanden sich ganz in der Nähe des Hotels, aber das gab Holly auch kein sichereres Gefühl. Als sie über die Terrasse der Bar zurückgingen, wurde ihr klar, dass der Überfall am Vorabend sie mehr aus dem Gleichgewicht gebracht hatte, als ihr bewusst gewesen war.

Den angebotenen Schlaftrunk lehnte Holly ab. Sie wollte sich das Interview mit Madame Liang noch einmal anhören und vielleicht mit dem Artikel beginnen. Das war zumindest ihr Plan für den Moment. In ihrem Zimmer beschloss sie dann, sich erst noch ein wenig hinzulegen.

Als das Telefon Holly weckte, war es draußen stockfinster. Sie streckte die Hand aus, um das schrille Klingeln endlich abzustellen, und zuckte vor Schmerz zusammen. Vorsichtig setzte sie sich auf, hob die Beine aus dem Bett und nahm den Hörer ab. »Holly Jones.«

»Hier ist Connor. Ich habe tolle Neuigkeiten. Haben Sie heute Abend schon etwas vor?«

»Also, ich …«

»Okay, in einer halben Stunde bin ich da.«

So viel zu ihrem Artikel! Nach einer raschen Dusche durchwühlte sie ihren Schrank nach einem passenden Outfit. Sie hatte keine allzu große Auswahl, aber die taubenblaue Leinenhose sah zu ihrer weißen Bluse nicht schlecht aus. Kritisch betrachtete sie sich im Spiegel. Sie hatte schon ein wenig Farbe bekommen. Es schadete nicht, noch etwas hinzuzufügen. Rouge und Lippenstift, nichts Besonderes. Ein Spritzer Parfum hinter die Ohren. Der Föhn funktionierte gut, und ihre kurzen Haare waren unkompliziert. Zufrieden betrachtete sie sich danach erneut im Spiegel. Die Falten um ihren Mund schienen gar nicht mehr so auffällig. Wahrscheinlich lächle ich häufiger, überlegte Holly. Wenn sie darüber nachdachte, fühlte sie sich trotz der Ereignisse vom Vorabend glücklicher. Quinn hatte recht. Vielleicht war es die Atmosphäre in diesem Ferienparadies, vielleicht war es auch die tropische Umgebung oder einfach nur das Wetter. Woran immer es lag, dieser Auftrag war genau richtig für sie.

Connors Ziel war ein schlichtes Lokal am Cap Malheureux, nordöstlich von Grand Baie. Kreolisches Curry schien dort die Spezialität zu sein. Aber Holly dachte an ihr reichhaltiges Mittagessen und bestellte nur eine Vorspeise.

Connor schien es nicht eilig zu haben, ihr seine Neuigkeiten mitzuteilen. Stattdessen erzählte er ihr enthusiastisch von seinen Plänen. Holly fand es faszinierend, ihm zuzuhören. Er hatte ganz klare Vorstellungen von dem, was machbar war und was nicht, und beschäftigte Leute, die über die nötigen Kenntnisse und Fähigkeiten verfügten, um seine Visionen umzusetzen. Beiläufig erwähnte er, dass er viel Wert auf langjährige, erprobte Mitarbeiter legte und sie jungen und hoch qualifizierten, aber unerfahrenen Leuten vorzog. Seine Strategie ging offenbar auf. Dazu kam, dass er die täglichen Entscheidungen delegierte, anstatt sich immer und überall selbst einzumischen. Connor schien an seine Mitarbeiter zu glauben und ihnen zu vertrauen.

»Ich halte das für selbstverständlich«, erklärte er. »Es ist gut für mich, und es ist gut für die Leute, mit denen ich zusammenarbeite. Am Ende erreichen wir gemeinsam das Ziel.«

Holly nickte. »Diese Einstellung sollten mehr Menschen haben. Die meisten Entscheidungsträger sind leider viel zu egozentrisch. Sie verfolgen nur ihre persönlichen Ziele.«

Connor lächelte. »Was für eine Energieverschwendung.«

»Ich stimme Ihnen zu, aber ich könnte Ihnen mindestens eine Person nennen, die nie für etwas kämpfen musste.«

Wieder dieses kleine Lächeln. Und die verfluchten Grübchen. »Okay, ich bin vielleicht mit einem Silberlöffel im Mund geboren. Aber ist das ein Verbrechen?«

Holly lächelte ebenfalls. »Wohl nicht. Also, erzählen Sie mir nun endlich von Ihrer großen Neuigkeit?«

Seine Augen leuchteten vor Aufregung. »Erinnern Sie sich, dass ich einen Maguire im Telefonbuch gefunden hatte? Er entpuppte sich als ein gewisser Thomas Maguire. Nachdem ich ihm meinen Namen genannt hatte, bestand er darauf, dass ich ihn einmal besuche. Er ist wirklich ein netter Typ. Als ich ihm erklärte, wonach ich suche …«

»Sie haben ihm von dem Schatz erzählt?«

»Was glauben Sie? Sie sind kein bisschen geduldig. Informationen über William wollte ich. Zur Stammbaumforschung.«

Holly verzog das Gesicht.

»Moment mal. Ich konnte ihm doch nicht einfach sagen, dass ich hier bin, weil ich nach dem Schatz seiner Vorfahren suche.«

»Tut mir leid.«

»Als ich ihm also erklärte, woran ich interessiert bin, schlug Thomas vor, ich solle mich einmal mit seiner Schwester unterhalten. Er rief sie sofort an, und eine halbe Stunde später war sie da. Sie ist Ordensschwester und arbeitet in einer Klosterschule in Mahébourg. Ihr Name ist Kathleen. Wie ihr Bruder war sie ganz begeistert, einen weiteren Maguire kennenzulernen. Sie war äußerst hilfreich und konnte mir viele fehlende Informationen geben. Sie bot mir sogar an, mir Williams Haus zu zeigen. Wir sind gleich heute Nachmittag hingefahren. Es steht oberhalb von Grand Port. Allein hätte ich es niemals gefunden. Es gibt dort nicht viel zu sehen, aber die Atmosphäre ist ganz besonders.«

»Und haben Sie …?«

»Holly, wofür halten Sie mich? Natürlich habe ich ihr von dem Tagebuch erzählt.«

»Und was hat sie dazu gesagt?«

»Sie wusste bereits davon. Und mein Interesse daran störte sie nicht im Geringsten.«

»Es muss merkwürdig gewesen sein, mit ihr zusammen gewesen zu sein.«

»Das war es auch. Generationen zuvor waren ihre und meine Vorfahren Brüder.« Connor schüttelte den Kopf. »Und nun?«

»Was für Empfindungen hatten Sie dabei? Fühlten Sie sich zu dieser Frau hingezogen?«

»Nein. Ich glaube, wir haben uns beide darüber Gedanken gemacht, aber es war nicht so.«

»Das ist nicht besonders überraschend.«

»Wir haben vielleicht sonst nichts gemeinsam, aber mein Verstand sagte mir, dass ich mit Kathleen verwandt bin und deshalb ein inniges Verhältnis zu ihr haben müsste.«

»Aber das hatten Sie nicht?«

»Ich mag sie. Aber etwas Intensiveres? Nein.« Er lachte, dann wechselte er plötzlich das Thema. »Und wie war Ihr Tag?«

Wahrscheinlich würde er erst zur Sache kommen, wenn er Lust dazu hatte. Holly räusperte sich. »Ich war eigentlich zu einer Fahrt nach Pamplemousses verabredet. Aber der Ausflug wurde kurzfristig abgesagt, deshalb habe ich ein Interview mit Madame Liang Song vereinbart.«

Sie sah Connor an, dass er darüber erstaunt war. »Tatsächlich. Ich wundere mich, dass sie dem zugestimmt hat.«

»Sie hatte gar keine Chance, Nein zu sagen.«

»So«, meinte er mit seltsam veränderter Stimme, »dann gibt es also doch eine harte Seite an Ihnen.«

»Knallhart.«

Er sah sie nachdenklich an. »Wirklich?«

Es wäre Holly lieber gewesen, das Gespräch möglichst unpersönlich zu belassen. »Das muss ich in meinem Job manchmal sein.«

»Äußerlichkeiten, Holly. Was wirklich zählt, ist das, was sich dahinter verbirgt.« Er spürte ihr Unbehagen und fügte hinzu: »Und wie war die Lady?«

»Makellos.«

Er lachte. »Das ist sie in der Tat.«

»Unergründlich.«

»Madame Liang? Niemals.«

»Es kam mir ein bisschen so vor, als würde ich eine Aufziehpuppe interviewen.«

»Na, na. Haben Sie denn die Informationen bekommen, die Sie haben wollten?«

»Ein paar gute Zitate, einige Informationen über ihr Unternehmen, einen knappen Einblick in ihr Privatleben und ein verdammt gutes Mittagessen. Danach habe ich mir Port Louis ein wenig angeschaut und hatte ein Erlebnis der ganz speziellen Art. Die zwei Chinesen, deren Unterhaltung Sie gestern so faszinierend fanden, sind mir auf meinem kleinen Ausflug wiederbegegnet. Sie wussten, dass ich sie bemerkt hatte, aber das schien sie nicht zu stören. Sie sind mir den ganzen Weg bis zurück zum Hotel gefolgt.«

Connor schien besorgt. »Seien Sie vorsichtig, Holly. Sie haben versprochen, nichts zu riskieren. Bringen Sie sich bloß für eine Story nicht in Gefahr.«

»Aber warum sind sie mir gefolgt? Ich bin Journalistin. Da ist es doch logisch, dass ich viele Fragen stelle. Warum machen sie so einen Wirbel um eine Reisereportage? Ich bin mir ganz sicher, dass Madame Liang sie losgeschickt hat, um auszuspionieren, was ich nach dem Essen vorhatte, aber ich verstehe den Grund einfach nicht. Es sei denn, sie hat mich mit Ihnen zusammen gesehen.« Holly wartete, aber Connor sagte nichts dazu. Sie seufzte sarkastisch. »Nein, bitte, ich bestehe darauf, dass Sie mir nichts verraten.«

»Holly, es tut mir leid, aber ich kann Ihnen einfach nicht mehr sagen.«

Sie zuckte mit den Schultern. »Wahrscheinlich werde ich von allein dahinter kommen. Mal sehen. Ich kann doch sicher davon ausgehen, dass Ihre außerordentlichen Geschäftsbeziehungen weltumspannend sind. Mit anderen Worten, man kennt Sie in den Sitzungssälen von Kapstadt bis Kairo, von Marrakesch bis Michigan, von Leningrad bis Lightning Ridge, und an allen Orten dazwischen auch. Sie sind unglaublich erfolgreich, Maguire, und was noch wichtiger ist, Sie haben gute Beziehungen. Ich durchschaue Ihre Motive nicht so recht, da Sie in meinen Augen nicht der Typ sind, der eine Dummheit begeht, die ihn ins Gefängnis bringen könnte, aber meine Fantasie bringt mich auf die interessantesten Möglichkeiten.«

»Zum Beispiel?« Sein Blick war ausdruckslos.

»Sie sagten es selbst. Drogen. Mauritius liegt mitten in einem verdammt großen Ozean. Es ist also davon auszugehen, dass es hier Boote und Yachten jeder Größenordnung und Bestimmung gibt. Außerdem haben wir Direktflüge von und nach Afrika, Europa, Indien und Australien. Verstehen Sie, worauf ich hinauswill, Maguire? Diese Insel bietet sich geradezu an als Umschlagplatz, um Drogen aus dem Osten nach Afrika, Europa und die Westküste Australiens zu schaffen. Eine indische Verbindung macht Sinn, da ungefähr siebzig Prozent der Mauritier aus diesem Teil der Welt stammen. Die chinesische Verbindung ist nicht unmittelbar ersichtlich, aber ich gehe jede Wette ein, dass Madame Liang bis zu ihren hübschen chinesischen Haarspitzen mit in der Sache drin hängt. Wie bin ich?«

»Sie liegen Lichtjahre daneben.«

»Dann helfen Sie mir auf die Sprünge, Maguire.«

Er packte ihren Arm, nicht schmerzhaft, aber fest genug, um ihr zu zeigen, dass er es ernst meinte. »Hören Sie auf, Holly.«

Sie riss ihren Arm zurück. Ein Ober kam mit zwei Gläsern Bier, und Holly nutzte die kurze Pause, um ihre Fassung wiederzuerlangen. Als der Ober wieder gegangen war, sagte sie: »Wir sprachen über Ihren Tag. Irgendwie scheinen wir vom Thema abgekommen zu sein.« Sie hatte keine Ahnung, wie wütend ihre Augen blitzten.

Connor versuchte die Sache abzutun. »Es tut mir leid.« Er lachte. »Ich habe das Gefühl, mich ständig bei Ihnen zu entschuldigen.«

Überraschenderweise nahm sie seine Enschuldigung an. »Vergessen Sie es. Ich hasse Geheimnisse, das ist alles. Erzählen Sie mir von Kathleen.«

Connor räusperte sich. »Wie ich bereits sagte, sie ist eine Nonne. Was ich bisher nicht erwähnt habe, ist ihr großes Interesse an Genealogie – das muss eine Familienkrankheit sein.« Connor zog einige Papiere aus seiner Tasche und breitete sie vor sich aus. »Sind Sie bereit?«

Ein Wirrwarr von Namen und Pfeilen war alles, was Holly ausmachen konnte.

»Ich habe mein Aufnahmegerät dabei. Hätten Sie etwas dagegen, wenn ich es laufen lasse?«

»Das sollten Sie auf jeden Fall tun. Ich habe keine Lust, Ihnen das alles ein zweites Mal zu erklären.«

Holly schaltete das Gerät ein.

»Als William Maguire starb, hinterließ er unter anderem einen kleinen Sohn.«

»Das steht auch im Tagebuch. Thomas, wenn ich mich recht erinnere. Er war der Jüngste von drei Kindern.«

»Genau. Aber Kathleen hatte noch weitere Informationen.« Connor trank einen Schluck Bier und schaute dann angestrengt auf die Notizen vor sich. »Thomas ist offenbar Fischer geworden. Was mit den anderen Kindern passiert ist, weiß Kathleen nicht.«

»Und wieso weiß sie über Thomas Bescheid?«

»Darauf komme ich noch. Thomas heiratete und bekam vier Kinder. Sein einziger Sohn, Sean, wurde um 1770 geboren. Als Teenager trat Sean in die Fußstapfen seines Großvaters – er schloss sich dem selbst ernannten Piratenkönig Robert Surcouf an. Sie haben ihn neulich erwähnt. Er hatte seinen Stützpunkt damals in Port Louis.«

»Was ist dann aus Sean geworden?«

»Er wurde in einem Scharmützel mit den Briten getötet.«

»Hatte er Familie?«

»Im Grunde ja. Er hat von hier bis zu den Seychellen mehrere Kinder in die Welt gesetzt. Ungefähr drei Jahre nach seinem Tod kam eine Frau mit einem Kind zu Thomas und behauptete, es wäre von Sean. Er taufte diesen Jungen William und zog ihn zehn Jahre lang wie sein eigenes Kind auf.«

Holly schwirrte der Kopf.

Connor sah auf. »Kommen Sie noch mit?«

»Vielleicht können wir noch einmal kurz zusammenfassen. Also, der erste William Maguire hatte einen Sohn namens Thomas. Dessen Sohn hieß Sean, und Seans Sohn war William. Okay, das ist so weit klar.«

»Es wird noch besser. Es gibt einen dritten William, einen weiteren Sean und einen zweiten Thomas.«

Holly grinste. »Die Maguires scheinen bei der Namensgebung nicht sehr erfindungsreich gewesen zu sein.«

»Ich mache es kurz. Als Thomas starb, fiel das Tagebuch William zu. Offenbar hatte Thomas geglaubt, er könne dem jungen Mann vertrauen. Seinem eigenen Sohn, Sean, war er wohl nicht sehr nahe.«

»Okay. Was ist dann passiert?«

»Als William 1847 starb – ich meine jetzt William II. –, bekam sein Sohn George das Tagebuch, und danach dessen Sohn Gilchrist. Gilchrist ist nicht sehr alt geworden, etwa fünfunddreißig. Er ertrank.«

»Gab es noch mehr Piraten?«

»Nein. Nach Sean wurde die Familie sesshaft. Die Männer arbeiteten als Fischer.«

»Ehe Sie weitersprechen – hat Kathleen Ihnen gesagt, warum bisher niemand dem Plan gefolgt ist und nach Williams Schatz gesucht hat?«

»Ich vermute, dass das einige getan haben, aber es wird nicht einfach gewesen sein. Wir haben heute den Vorteil, über genaues Kartenmaterial zu verfügen, über eine ausgezeichnete technische Ausrüstung wie zum Beispiel Metalldetektoren, und natürlich über gute Straßen und schnelle Autos. Das Tagebuch verrät nicht, wo der Schatz vergraben ist. Er könnte sich sogar auf Rodrigues befinden.«

»Okay. Wo waren wir stehen geblieben?«

»Bei Gilchrist, der ertrunken ist.«

»Ich vermute, er hatte ebenfalls einen Sohn?«

»Mehrere offenbar. Der Einzige, über den Kathleen etwas wusste, ist Sean. Er war erst vier, als sein Vater ertrank.«

»Über welches Jahr sprechen wir nun ungefähr?«

»Hm.« Connor schaute auf seine Aufzeichnungen. »Gilchrist ist 1873 gestorben.«

»Das heißt, Mauritius war zu dieser Zeit ganz und gar britisch?«

Connor nickte. »Seit dem Pariser Abkommen von 1814. Gilchrists Frau war diejenige, die das Tagebuch nach Irland geschickt hat. Aroon. Ich habe Ihnen von ihr erzählt, sie hat auch diese Notiz beigefügt.«

»Und dann ist es bei der falschen Familie gelandet. Wer hat es dort abgeliefert?«

»Aroon gab es einem Missionar mit, der aus gesundheitlichen Gründen nach Irland zurückkehren musste. Er starb an Bord des Schiffes, das ihn nach Hause bringen sollte, und vertraute das Tagebuch vorher einem Mitpassagier an, der es weiterbefördern sollte.«

»Ich frage mich, warum Aroon es für nötig hielt, das Tagebuch nach Hause zu schicken. Was könnte sie nur dazu veranlasst haben?«

»Kathleen vermutet, dass es etwas mit der Abschaffung der Sklaverei im Jahre 1835 zu tun hatte. Damals waren nur wenige Arbeiter auf den Zuckerrohrplantagen geblieben, und die Großgrundbesitzer mussten sich woanders nach Hilfskräften umsehen. Zwischen Mauritius und Indien wurde ein Einwanderungsabkommen getroffen, und Tagelöhner waren weit verbreitet, aber die Bedingungen waren schrecklich.

Die Löhne wurden nach einem System gezahlt, bei dem die Arbeitgeber für jeden Tag, an dem ihre Arbeiter nicht da waren, zwei Tage Lohn kürzen konnten. Zahlreiche Krankheiten führten dazu, dass die meisten Tagelöhner bis zum Hals in Schulden steckten. Also kam es zu Unruhen. Die Kreolen hatten Angst, dass man sie erneut zur Zwangsarbeit verpflichtete. Unter all diesen Umständen fand Aroon es wahrscheinlich sicherer, das Tagebuch nach Irland zu schicken.«

»Und dort blieb es, bis es gefunden wurde?«

»Richtig.«

»Und wo kommt Kathleen ins Spiel?«

»Der zweite Sean hatte einen Sohn, William III. Er wurde 1917 im Kampf gegen den Deutschen von Lettow in Tanganyika getötet. Sein Sohn war George II., und Georges Sohn war Thomas II.«

Holly schwirrte der Kopf. »Gut, dass ich das alles mitgeschnitten habe.«

Connor grinste. »Die Einzelheiten sind nicht so wichtig. Wichtig ist nur, dass Kathleen eine Schwester des zweiten Thomas ist.«

»Und eine Art Familienhistorikerin.«

»Nur was den Sohn des ersten William, Thomas, angeht. Sie hat keine Ahnung, was aus seinen Schwestern wurde. Sie hat ihre Nachforschungen auf die direkte Verbindung zum ersten William Maguire beschränkt.«

»Das ist alles sehr interessant …« Holly machte eine kurze Pause, als ihr Essen serviert wurde, »… zumindest was die Geschichte betrifft. Über den Schatz selbst scheinen Sie nicht viel mehr zu wissen.«

»Doch, das tue ich.« Connor hielt ein vergilbtes Stück Papier hoch. »Ich habe einen Plan.«

Sorgfältig breitete er ihn auf dem Tisch aus. Holly stockte der Atem. Entsetzt starrte sie auf das Stück Papier, das da vor ihr lag. Es war das Original zu der Kopie, die sie in Justins Hemdtasche gefunden hatte.

Kapitel Sechs

Hollys Gedanken überschlugen sich. Sie war sich ganz sicher, dass dieser Plan und die Karte, die aus Justins Tasche gerutscht war, identisch waren. Obwohl sie nur einen kurzen Blick darauf geworfen hatte, hatte sie sich einige Einzelheiten gut eingeprägt. Die abgerissene Ecke, Knitterfalten, Wasserspuren fast genau in der Mitte. Wie war die Karte in Justins Hände gefallen und warum? Er hatte gesagt, das Original sei während des Überfalls gestohlen worden oder aus seiner Tasche gefallen. War die Geschichte über die Dodo-Forschung genau das – eine Geschichte?

Oder war Connor für den Überfall und für Justins verwüstetes Zimmer verantwortlich? »Woher haben Sie den Plan?«, stieß Holly aus.

Er steckte die Karte zurück in seine Tasche. »Kathleen hat ihn mir gegeben.«

»Hatten Sie nicht gesagt, sie wäre verschwunden?«

»Das war sie auch.« Connor nahm seine Gabel zur Hand. »Essen Sie, bevor alles kalt wird.«

»Das ist alles? Sie sind meiner Frage schon wieder ausgewichen.«

Er blickte kurz von seinem Teller auf. »Nein, bin ich nicht. Aber ich habe den ganzen Tag noch nichts gegessen und sterbe fast vor Hunger.«

Holly hatte das Gefühl, dass er sie absichtlich zappeln ließ. Entweder das oder er versuchte, Zeit zu gewinnen. Sie wollte ihm gern glauben, war aber plötzlich verunsichert. Hatte er den Überfall organisiert, oder stimmte es, dass Kathleen ihm den Plan gegeben hatte? Aber wie war er dann in Kathleens Hände geraten? Sie konnte ihn unmöglich gestohlen haben, schließlich war sie eine Ordensschwester. Holly dachte kurz nach. Sollte sie Connor von der Kopie erzählen? Sie entschied sich dagegen. Nicht, bevor er ihr ein paar glaubwürdige Antworten geliefert hatte.

Als ihre leeren Teller schließlich abgeräumt waren, wartete Holly ungeduldig darauf, was Connor ihr als Nächstes zu sagen hatte. Er bestellte noch zwei Bier.

»Ich möchte gern, dass Sie Kathleen kennenlernen.«

»Warum?«

»Sie glauben mir nicht. Das kann ich Ihnen ansehen.«

Holly wich seinem Blick aus. »Wie ist Kathleen in den Besitz des Plans gekommen?«

»Sie hat ihn gefunden.«

Hollys Zweifel wuchsen. Sie fühlte sich gezwungen, wieder aufzublicken. »Wo?«

Irritiert zog Connor die Augenbrauen hoch. »Ich habe Ihnen doch erklärt, dass Kathleen großes Interesse an unserem Familienstammbaum hat. Sie betritt das Grundstück, auf dem einst William Maguires Haus gestanden hat, um der Vergangenheit nachzuspüren. Leider ist nicht mehr viel übrig. Ein paar Fundamentteile, ein Stück Steinboden, ein halber Schornstein, ein paar Treppenstufen. Aber die Atmosphäre ist einfach unglaublich. Kathleen hat einen siebten Sinn. Sie kann die Dinge regelrecht spüren.«

»Sie meinen, sie ist eine Art Hellseherin?«

»Nicht direkt.« Er lächelte, als er Hollys ungläubiges Gesicht sah. »Ich würde es eher abergläubisch nennen. Sie ist sehr empfänglich für alles Übernatürliche, aber sie läuft nicht mit einer Kristallkugel durch die Gegend. Sie müssen Sie kennenlernen, um zu verstehen, was ich meine. Ich werde morgen wieder zu ihr fahren. Kommen Sie doch einfach mit, wenn Sie Lust haben.«

»Wollen Sie mir ernsthaft weismachen, dass sie mit ihren übersinnlichen Kräften diesen Plan in den Ruinen von Williams Haus gefunden hat?«

»So könnte man es sagen.«

»Und?«, drängte Holly weiter. »Kommen Sie, Maguire. Es muss doch noch mehr geben.«

»Okay.« Er griff in die Tasche und zog Zigaretten und Feuerzeug hervor. »Haben Sie etwas dagegen, wenn ich rauche? Ich versuche schon länger, damit aufzuhören, aber …«

»Von mir aus können Sie in Flammen aufgehen.«

Connor grinste und zündete sich eine Zigarette an. »Kathleen begann sich für ihre Familiengeschichte zu interessieren, nachdem ihre Eltern vor einigen Jahren bei einem Busunglück umkamen. Ihren Bruder Thomas stürzte der Verlust in tiefe Depressionen, daher war Kathleen diejenige, die sich um sämtliche Formalitäten kümmern musste und schließlich auch das Elternhaus zum Verkauf anbot. Da sie als Ordensschwester Verpflichtungen hat und ihre Aufgabe sehr ernst nahm, dauerte es Monate.«

Holly hatte fünf Jahre zuvor aufgehört zu rauchen, aber manchmal empfand sie den Geruch als so anregend, dass sie gern selbst noch einmal einen Zug nahm. Ohne nachzudenken, streckte sie die Hand aus, und Connor reichte ihr die Zigarette. Sie zog daran, blies den Rauch aus und gab ihm die Zigarette zurück. Kein Wort. Kein Blick. Es war, als würden sie sich schon ewig kennen. Holly sah verlegen auf ihre Hände, Connor schaute verwundert auf seine Zigarette. Er brauchte einige Sekunden, ehe er weiterredete.

»Sie stieß auf einige alte Briefe, Liebesbriefe, um genau zu sein, die Gilchrist und Aroon sich geschrieben hatten. Außerdem fand sie ein Tagebuch, das Aroon offenbar nach Gilchrists Ertrinkungstod begonnen hatte. Aber die aufregendste Entdeckung war eine Schachtel mit alten Papieren. Sie entpuppten sich als Geburts-, Todes- und Heiratsurkunden. Und dann gab es Notizen, aus denen hervorging, dass jemand versucht hatte, einen Familienstammbaum zu entwerfen. Daraufhin beschloss Kathleen, sich ebenfalls damit zu beschäftigen.«

»Ein toller Fund. Wenn man sich vorstellt, dass dieses ganze Zeug so lange überlebt hat.«

»Das ist noch nicht alles. Einige der alten Unterlagen waren per Post an die Familie geschickt worden. Ich habe Kathleen geraten, die Umschläge genau durchzusehen. Einige der alten Briefmarken sind heute Millionen wert, vorausgesetzt sie befinden sich noch in einem guten Zustand. Wer weiß, vielleicht sitzt sie auf einem Vermögen an Briefmarken.«

»Erst der Schatz, jetzt die Briefmarken. Sicher hält Kathleen Sie für den Weihnachtsmann.« Holly lächelte. In einem feuerroten Umhang konnte sie sich Connor Maguire nicht so recht vorstellen. »Wird in Aroons Tagebuch das Tagebuch von William erwähnt?«

»Nein. Das einzig Interessante daran war eine Beschreibung ihres Hauses mit Hinweisen auf die umgebenden Gesteinsformationen, auf Bäume und den Ausblick, den man von dort aus hatte. Kathleen hat sich die Ruine näher angeschaut und entdeckt, dass das Haus einmal dem ursprünglichen William gehörte.«

»Wie um alles in der Welt hat sie das feststellen können?«

»Seine Initialen WMM und das Datum, 1726, sind in die Steine des Kamins gehauen.«

»Dann lebten Gilchrist und Aroon also in dem Haus, das William erbaut hat?«

»Wir sind uns nicht hundertprozentig sicher, aber es ist ziemlich wahrscheinlich. Ich vermute schon, dass sie bis zu ihrem Tod dort lebte.«

»Wann war das?«

»Ungefähr alle fünfundzwanzig Jahre wird Mauritius von einem schweren Zyklon heimgesucht. Vier Jahre nach Gilchrists Ertrinkungstod war das Unwetter ganz besonders schlimm. Kathleen geht davon aus, dass Aroon dabei umkam. Es gibt keine Beweise, allerdings stimmt das Datum auf ihrem Grabstein, 1877, damit überein.«

»Helfen Sie meinem Gedächtnis noch einmal auf die Sprünge. Ich bin ein wenig durcheinandergeraten. Wie viele Kinder hatten Gilchrist und Aroon?«

»Vier. Aber Kathleen konnte nur über einen von ihnen etwas finden. Es war ein Sohn – Sean. Er muss ungefähr acht gewesen sein, als seine Mutter starb. Viel mehr wissen wir leider nicht über ihn. Mit Aroon starb auch unsere Kenntnis über den Verbleib des Tagebuchs und des Plans, zumindest was die mauritische Seite der Familie betrifft.«

Connor drückte seine Zigarette aus. »Wie auch immer, Kathleen besucht die Ruine nun regelmäßig. Sie sagt, sie habe das Gefühl, dort willkommen zu sein.«

»Und der Plan?«

»Den hat sie ziemlich zu Anfang gefunden.« Er sah Holly an. »Vielleicht gehört viel Vorstellungskraft dazu, aber sie hat mir gesagt, sie sei regelrecht hingeführt worden.«

Zu ihrer eigenen und zu Connors Überraschung fing Holly an zu lachen. Ihre Rippen schmerzten heftig, aber sie konnte einfach nicht mehr aufhören.

»Sagen Sie mir, was daran so lustig ist«, fragte Connor schließlich, »oder wollen Sie sich lieber alleine amüsieren?«

Holly, die nicht wusste, was in sie gefahren war, fand langsam die Beherrschung wieder.

»Bitte, lassen Sie sich von mir nicht stören!«, fügte Connor hinzu.

»Es war gar nicht so witzig«, gab sie zu. »Ich hatte nur gerade ein Bild von einem unsichtbaren Geist vor Augen, der eine Nonne einen steinigen Hügel hinaufführt.« Sie sah Connor an. »Tut mir leid«, murmelte sie. »Soll nicht wieder vorkommen.«

Connor grinste. »Sie haben wirklich ein nettes Lachen. Sie sollten häufiger so albern sein.«

Wenn Sie wüssten, wie selten ich lache, dachte Holly. Aber sie spürte, wie gut es ihr tat. »Ich habe Sie unterbrochen. Bitte, reden Sie weiter.«

»Sie mögen persönliche Bemerkungen nicht, habe ich Recht?«

Holly hatte ziemlich lange dazu gebraucht, einen Schutzwall um sich herum zu errichten. Viele hatten in den vergangenen Monaten versucht, ihn zu durchdringen, aber niemand hatte sich ihr nähern können. Und nun kam dieser Mann, bei dem sie sich nicht einmal sicher war, ob sie ihm trauen konnte, und kam ihr mühelos so nahe. Sie hatte keine Ahnung, wie das hatte geschehen können, es war ihr unheimlich. Ihre häufig praktizierten Abwehrmechanismen, die in der Regel für eine rasche und deutliche Abfuhr sorgten, ließen sie plötzlich im Stich. »Eh ... nein«, stammelte sie und biss sich auf die Lippe. Wo war nur ihr verdammter Verstand geblieben?

Vermutlich aus Angst vor einer mentalen, wenn nicht gar physikalischen Embolie schüttelte der derart beschuldigte Verstand seine Lethargie ab und begann zu arbeiten. Nicht eine Sekunde zu früh, wie Holly fand. »Ehrlich gesagt stören sie mich nicht im Geringsten.« Das war nicht gerade hochklassig gewesen, aber es war besser als gar nichts.

Connor schwieg, aber sein Blick war vielsagend. Er fuhr fort. »Kathleen war auch dort, wo einmal der Garten gewesen sein musste. Er ist inzwischen völlig verwildert, aber man kann immer noch erkennen, dass es einmal ein Garten war. Bäume, wild gewachsene Sträucher und so weiter. Und sie fand einen Brunnen. Sie sagte, sie sei direkt darauf zugegangen und habe genau gewusst, dass sie dort fündig werden würde. Sie hat mir den Brunnen gezeigt. Man kann ihn nur dann erkennen, wenn man genau darüber steht.«

»Und da befand sich der Plan?«

»Er war in ein Stück Öltuch gewickelt und hinter einem Steinvorsprung versteckt. Kathleen sagte, er habe auf sie gewartet. Bei dem Plan befand sich ein kurzer Brief, der von Aroon zu stammen scheint.

Kathleen hat die Handschrift mit der des Tagebuchs verglichen. Ich möchte sie gern noch mit Aroons Notiz in Williams Tagebuch vergleichen.«

»Haben Sie den Brief bei sich?«

»Nein. Das Papier ist sehr fadenscheinig. Ich wollte nicht riskieren, dass es beschädigt wird.«

»Was steht darin?«

»Ich habe eine Kopie.« Connor reichte Holly ein Stück Papier, und sie begann zu lesen:

Ich habe das getan, was offenbar Williams Wunsch war, und sein Tagebuch nach Irland zurückgesandt. Ich habe es Pater Lynch anvertraut, der es dort abliefern wird. Da die Zeiten jedoch sehr unsicher sind und Williams Schwester schon so lange tot ist, habe ich den Plan vorsichtshalber herausgenommen, damit er nicht in falsche Hände gelangt. Ich bete zu Gott, dass ich das Richtige getan habe.

»Sie scheint sehr besorgt gewesen zu sein.«

»Eine einfache, aber besorgte Frau, so hat Kathleen sie auch bezeichnet.« Connor beugte sich vor. »Erinnern Sie sich noch an das, was William hinten in sein Tagebuch geschrieben hatte?«

»Meinen Sie diesen Fluch? Kommen Sie, Maguire. Damals haben die Katholiken ständig den Zorn Gottes heraufbeschworen. Das bedeutete doch nicht, dass tatsächlich etwas passieren würde.«

Connor lehnte sich zurück und verschränkte die Arme. »In Ihnen ist nicht der Funke einer Irländerin, oder? Kathleen sagt, der Plan würde ihr irgendetwas sagen. Es sei eine Art Warnung, meint sie.«

»Erzählen Sie mir nicht, dass Sie diesen Unsinn glauben.«

Er sah sie durchdringend an.

»Das ist ein bisschen weit hergeholt, finden Sie nicht auch?«, verteidigte sie sich.

»Insofern nicht, als Kathleen den Schatz nicht mit der Feuerzange anfassen würde. Sie will weder damit noch mit dem Plan irgendetwas zu tun haben.«

»Aber sie hat nichts dagegen, wenn *Sie* dieses Risiko eingehen?« Holly verdrehte die Augen. »Sie scheint mir eine komische Heilige zu sein.«

»Es hat keinen Sinn, weiter mit Ihnen darüber zu sprechen.«

»Probieren Sie es.«

»Kathleen hat es merkwürdig formuliert, aber sie glaubt, dass Williams Schatz gefunden werden wird.«

»Wenn sie über derart hellseherische Fähigkeiten verfügt, wieso weiß sie dann nicht, wo er versteckt ist?«

»Sie sagt, das sei nicht ihr Ziel.«

»Hat sie etwas darüber gesagt, wie er zu finden sein könnte?«

»Er würde sich der richtigen Person von selbst zeigen.«

Connors Gesichtsausdruck verbat jede spöttische Bemerkung. Er war aufgeregt. Er meinte es ernst. Und er war bereit, die Herausforderung anzunehmen. Holly begriff ganz plötzlich, was genau Connor Maguire antrieb. Er war klug, raffiniert, wahrscheinlich ziemlich mutig und abenteuerlustig – all diese Eigenschaften vereinten sich in ihm. Er verfügte über eine ganz schlichte jungenhafte Begeisterungsfähigkeit. Und er bat sie mitzuspielen.

Holly schluckte. Es war unmöglich. Sie war durch und durch Realistin. »Ich …«

Er nahm ihre Hand und hielt sie fest. »Denken Sie nicht, Holly, fühlen Sie. Ihr Verstand mag voreingenommen sein, aber Ihr Herz ist es nicht. Vertrauen Sie auf das, was Sie fühlen, nicht auf das, was Ihr Verstand Ihnen sagt.«

Sie hätte es so gern getan. Mit dem Traum fliegen, jene lange vergessene Freiheit kindlicher Unbeschwertheit erleben. Holly zog ihre Hand zurück. Hoffnungslos! Wie sollte ihr das gelingen? Das Kind in ihr existierte nicht mehr. »Werden Sie endlich erwachsen, Maguire«, sagte sie ungehalten. Sie nahm es ihm übel, dass er sie so in Versuchung führte, nahm es sich selbst übel, dass sie sich in Versuchung führen ließ.

Connor seufzte enttäuscht. »Einen Moment lang …« Er ließ den Satz in der Luft hängen.

Sie bereute den Ausbruch, aber es war zu spät. Sie konnte nichts mehr zurücknehmen. Holly kam sich vor, als hätte sie gerade einem Fünfjährigen erzählt, dass die Zahnfee gar nicht existiere.

Der Augenblick ging vorüber. »Ich treffe Kathleen morgen, um elf Uhr an Williams früherem Haus. Warum kommen Sie nicht mit? Ich hole sie um neun ab. Wir könnten die Küstenstraße entlangfahren. Sie werden begeistert sein.«

»Klingt gut.« Holly war froh, dass sich das Gespräch nun wieder um praktische Dinge drehte, und setzte sich zurück. Mit den Fingern fuhr sie über den Rand des Bierglases, das vor ihr auf dem Tisch stand. »Ich werde an der Rezeption auf Sie warten.«

Connor blickte plötzlich auf ihre Hände. »Eine Frage muss ich Ihnen noch stellen.« Er grinste. »Ihr Vater sagte, Sie seien verheiratet, aber Sie tragen gar keinen Ring. Ich will nicht persönlich werden, ich bin nur neugierig. Sind Sie verheiratet?«

»Ich war verheiratet«, antwortete Holly knapp.

Seine dunklen Augen waren unergründlich. »Möchten Sie nicht darüber sprechen?«

»Nein.«

»Also gut. Aber es erklärt einiges.«

»Maguire«, sagte Holly langsam, »Sie tun alles, um meinen Job hier zu einem der schwierigsten zu machen, den ich je zu erledigen hatte. Wann hören Sie endlich auf damit?«

»Schwierig?« Er schien ernstlich überrascht zu sein.

Sie nickte. »Widerstände, falsche Fährten, plötzliches Verschwinden. Sie drehen jede Frage so, dass sie zu ihrer eigenen wird, und jetzt scheinen Sie auch noch alles daranzusetzen, sich in mein Privatleben einzumischen.« Noch während sie das sagte, wusste Holly, dass dieser letzte Satz gegen sie verwendet werden würde.

»Also gut. Führen Sie das Gespräch!«

»Ich bin die Journalistin, vergessen Sie das nicht.« Sehr schlecht, Jones, dachte sie. Fällt dir nichts Besseres ein? »Was ist mit dem Plan? Kann man darauf erkennen, wo William sein unrechtmäßig erworbenes Vermögen versteckt hat?«

»Nicht unbedingt.« Connor schien der plötzliche Themawechsel nicht sonderlich zu stören.

»Ist er überhaupt eine Hilfe?«

»William hat die Küste gezeichnet. Außerdem ist ein Berg angegeben und ein paar Richtungsanweisungen.«

»Fünfzig Schritte nach Norden, zwanzig nach Osten?«

»In der Art.«

»Dann müsste es doch ganz einfach sein.«

»Leider nicht. Es gibt keinerlei Hinweise auf Längen- oder Breitengrade. Ich habe den Plan mit einer Karte von Mauritius verglichen. Das passt nicht überein.«

»Rodrigues?«

»Auf Rodrigues gibt es eine Stelle, die ähnlich aussieht, aber nur mit viel Fantasie.«

»Was ist mit den kleineren unbewohnten Inseln?«

»Nichts. Es wird ein Leichtes sein, Williams spezifischen Anweisungen zu folgen, wenn wir herausgefunden haben, wo ungefähr wir suchen müssen.«

»Wissen Sie, was ich glaube, Maguire?«

Er zog die Augenbrauen hoch.

»Ich glaube, Sie werden diesen Scheck doch noch ausstellen.«

»Sie Kleingläubige«, antwortete er nur.

Plötzlich begannen ihre Rippen wieder zu schmerzen. Sie mutete sich wohl zu viel zu. Unwillkürlich verzog Holly das Gesicht.

»Was ist los?«, fragte Connor im gleichen Moment besorgt.

Sie zögerte. Connor hätte ihr sicher nicht vorgeschlagen, Kathleen kennen zu lernen, wenn er nicht so in den Besitz der Karte gekommen wäre, wie er es geschildert hatte. Das wiederum ließ Justin Parkers Erklärung fragwürdig erscheinen. Sie konnte nur einem von ihnen trauen. Holly traf ihre Entscheidung spontan.

»Gestern Abend bin ich mit einem der Hotelgäste am Strand spazieren gegangen. Wir sind überfallen worden. Seither tun mir meine Rippen verdammt weh.«

»Holly, warum haben Sie mir das nicht schon vorher erzählt?«

»Das ist nicht alles. Als wir ins Hotel zurückkamen, stellten wir fest, dass jemand in sein Zimmer eingedrungen war und es systematisch verwüstet hatte. Es war kein normaler Einbruch, irgendwer hat da ganz klar nach etwas gesucht. Sein Zimmer ist gründlich auf den Kopf gestellt worden.« Sie beobachtete ihn genau, forschte nach Anzeichen eines schlechten Gewissens. Alles, was sie sah, waren Ungläubigkeit und Sorge.

»Heute Nachmittag waren wir schwimmen. Ich kam als Erste aus dem Wasser, und als ich mein Handtuch hochhob, fiel etwas aus seiner Hemdtasche. Ich konnte es nicht genau erkennen, aber ich bin mir ziemlich sicher, dass es eine Kopie Ihres Plans war.«

Connor runzelte die Stirn. »Wer ist diese Person?«

»Sein Name ist Justin Parker. Er ist Engländer, Biologe, zumindest behauptet er das. Er sagt, er sei für ein Forschungsprojekt unterwegs, um nach Dodo-Überresten für ein Klonexperiment zu suchen. Merkwürdig ist nur, dass er nicht wusste, dass der Dodo auf Rodrigues Solitär genannt wurde. Und noch interessanter finde ich, dass er Madame Liang zu kennen scheint. Als ich ihn fragte, ob etwas aus seinem Zimmer gestohlen worden sei, antwortete er, es fehle nichts außer einer Karte mit Dodo-Brutplätzen, die er jedoch ebenso gut bei dem Überfall verloren haben könne. Er sagte, es sei nicht weiter schlimm, da er noch eine Kopie der Karte besäße.« Holly holte tief Luft. »Jetzt habe ich folgendes Problem, Maguire. Wer von Ihnen beiden lügt?«

Er nickte. »Verstehe. Zigarettenpause.« Connor zündete sich eine Zigarette an, dann legte er das Feuerzeug auf den Tisch und spielte nachdenklich damit herum. Dabei ließ er die Augen nicht von ihr. »Ich jedenfalls nicht«, erklärte er schließlich.

»Ich dachte mir, dass Sie das sagen würden.« Holly stellte überrascht fest, dass sie ihm glaubte. »Aber Sie scheinen nicht sehr erstaunt zu sein, dass jemand eine Kopie dieses Plans besitzt.«

»Vielleicht ist es ja gar nicht derselbe.«

»Ich wette, dass es so ist.«

»Wenn es so ist, dann ja, dann bin ich überrascht. Es könnte interessant sein, sich diesen Justin Parker einmal vorzunehmen. Es könnte etwas erklären, was Kathleen heute sagte.«

»Und was war das?«

»Ich weiß, dass Sie an ihren übersinnlichen Fähigkeiten zweifeln, aber sie hat mir erzählt, sie spürt, dass sich die Gedanken von ein oder sogar zwei weiteren Personen auf diesen Plan konzentrieren. Ich dachte, damit seien Sie gemeint.«

»Meine Gedanken konzentrieren sich auf Sie, Maguire, nicht auf den Plan.« Sie war froh über das gedämpfte Licht, denn als er grinste, wurde ihr klar, was sie da gerade gesagt hatte. Sie konnte nicht verhindern, dass sie rot wurde.

Connor bemerkte ihre Verlegenheit. Er richtete seine Aufmerksamkeit auf den davonschwebenden Zigarettenrauch. »Waren Sie beim Arzt?«

Holly brauchte eine Weile, ehe sie begriff, wovon er sprach. »Gestern Abend wurde einer ins Hotel gerufen. Es ist alles in Ordnung. Ich habe nichts gebrochen. Nur ein paar Hämatome.«

»Trotzdem.« Er winkte dem Ober zu und signalisierte ihm, dass er gern zahlen würde. »Ich bin mir sicher, dass es nicht schadet, wenn Sie früh ins Bett kommen.«

Als sie das Restaurant verließen, hörten sie plötzlich eine Stimme hinter sich. Holly drehte sich um und erkannte Raoul Dulac, der mit großen Schritten auf sie zukam. »Was für ein Zufall. Ich habe gerade an Sie beide gedacht.«

Die beiden Männer schüttelten sich die Hand, Holly küsste Raoul dreimal auf die Wangen, wie es auf Mauritius Brauch war. »Ich nehme an, Sie haben ihm bereits von meiner Einladung erzählt?«

»Ja«, antwortete Connor an ihrer Stelle. »Danke.«

»Kommen Sie ruhig etwas früher. Dann können wir noch einen Rundgang über die Farm machen.« Raoul schien es plötzlich eilig zu haben, denn er schaute auf eine riesige Uhr an seinem Handgelenk. »Entschuldigung, ich möchte Sie nicht aufhalten. Wir sehen uns am Sonntag.«

Connor blieb einen Moment stehen und sah Raoul nachdenklich hinterher. Erst als der Mauritier in der Dunkelheit verschwunden war, kam wieder Leben in ihn. »Gehen wir«, sagte er knapp.

Rasch überquerten sie die Straße und setzten sich in den Wagen. Aber Connor fuhr nicht los. Sie hatten auf einer freien Fläche zwischen einer kleinen Kirche und einem größeren Gebäude geparkt. FISCHERKOOPERATIVE MAURITIUS stand auf einem großen Schild über der Eingangstür. Dahinter lag der Strand, wo Raoul von der Dunkelheit geschluckt worden war. Die stark belaubten Äste eines großen Feigenbaums schirmten das Auto vom Licht einer nahen Straßenlaterne ab. Holly folgte Connors aufmerksamem Blick dorthin, wo Raoul verschwunden war. Sie sah ein aufflackerndes Feuerzeug, das erst eine Zigarette anzündete, dann eine weitere.

»Er hat jemanden getroffen«, bemerkte Connor leise.

»Vielleicht ist er es gar nicht.«

»Er ist es.«

Holly warf einen Seitenblick auf Connor. Es war zu dunkel im Wagen, um sein Gesicht zu sehen, aber er machte einen sehr angespannten Eindruck. Das schwache Glimmen einer Zigarette bewegte sich auf sie zu. »Er kommt zurück«, zischte Connor und klang überrascht. »Tut mir leid«, flüsterte er, dann beugte er sich plötzlich über sie und küsste sie. Seine Arme umschlangen sie, er rutschte näher und presste sie behutsam an sich. Sie begriff, dass er das inszenierte, für den Fall, dass Raoul – und sie musste annehmen, dass es sich bei der Gestalt, die auf das Auto zukam, um Raoul handelte – sie erkannte und sich wunderte, wieso sie hier im Auto saßen. Holly umfasste Connors Gesicht und spielte mit. Sie hatte nicht viel Zeit nachzudenken, aber sie wunderte sich, wieso sie nicht furchtbar in Wut geriet.

Die Gestalt draußen ging auf das dunkle Gebäude der Kooperative zu. Connor entspannte sich etwas und rückte von Holly weg. Flüchtig, fast ein wenig belustigt, dachte sie, dass dieser Kuss ungefähr so leidenschaftlich gewesen war wie ein Schlag ins Gesicht. Wichtig war nur gewesen, dass es echt aussah. So sehr es Holly überraschte, dass ihr keine ärgerliche oder wenigstens sarkastische Reaktion auf Connors Verhalten entfuhr, wurde ihr noch etwas anderes bewusst. Er hatte spontan und instinktiv reagiert, aber trotz allem hatte er an ihre Rippen gedacht.

Es war tatsächlich Raoul gewesen. Sie sahen zu, wie er sich einer Seitentür der Kooperative näherte, aufschloss und hineinging. Schweigend warteten sie, was als Nächstes geschehen würde. Es dauerte nicht lange, bis er wieder herauskam.

Connor flüsterte: »Wer immer es war, den Raoul am Strand getroffen hat, hat ihm einen Schlüssel gegeben. Jetzt muss er ihn zurückgeben.«

Also noch einmal von vorn, dachte Holly, als Connor die Arme um sie legte. Dieses Mal war sie darauf vorbereitet. Sie bemühte sich, so zurückhaltend zu sein, wie die Situation es erlaubte. Es fiel ihr schwerer, als sie erwartet hatte.

»Er muss zu seinem Auto zurückkommen«, mahnte Connor.

Erst als Raoul zum dritten Mal an ihnen vorbeikam, fragte Holly sich, wieso Connor eigentlich nicht davongefahren war, während Raoul am Strand war, um den Schlüssel zurückzugeben.

Im Auto war es fürchterlich still. Endlich brach Holly das Schweigen. »Warten Sie darauf, dass ich frage?«

Sie hörte ihn seufzen. »Er ist nicht der, der er zu sein scheint.« Der

Sitz quietschte, als Connor sich bewegte. »Das ist alles, was ich sagen kann.«

Holly vermutete, dass sie nun ins *Merville* zurückkehren würden, aber Connor fuhr am Hoteleingang vorbei und weiter durch Grand Baie. Einige Kilometer später bog er auf eine kleinere Straße, die um die Bucht herumführte. Er blieb auf dem Seitenstreifen stehen. Erst schaltete er den Motor ab, dann die Schweinwerfer aus. Er blickte über die dunkle Wasserfläche, kurbelte das Fenster herunter und wartete. »Sehen Sie das *Royal Palm* dort drüben?«

Sie schaute hin. Das Luxushotel lag über einer eigenen kleinen Bucht. Zwei gleißend helle Scheinwerfer erhellten die Peripherie.

»Folgen Sie der direkten Linie vom Hotel zu uns. Nach etwa einem Drittel kommt die Stelle, die ich mir ansehe.«

»Es ist stockdunkel.«

»Seien Sie geduldig, Schauen Sie weiter.«

Von der Anstrengung, ins schwarze Nichts zu starren, begannen Hollys Augen zu tränen.

»Da«, sagte Connor plötzlich.

Sie hätte es verpasst. Ein winziges Licht dort, wo vorher nichts gewesen war.

»Das muss er sein«, murmelte Connor. Kurze Zeit später begann sich das Licht zu bewegen.

»Wo könnte ein Boot um diese Zeit hinwollen?«

»Genau das«, antwortete Connor mit ernster Stimme, »wüsste ich auch gern.«

Sie beobachteten das Licht so lange, bis sie es nicht mehr erkennen konnten. Es bewegte sich durch einen Spalt im Riff aus der Bucht hinaus aufs offene Meer.

Anstatt den Motor zu starten, wandte Connor sich an Holly. »Das vorhin, es tut mir LEID.«

»Ist schon okay«, antwortete sie rasch. »Mir war sofort klar, wieso das nötig war.« Sie starrte in die Dunkelheit. »Zumindest weiß ich jetzt, warum Sie ein Abendessen am Cap Malheureux vorgeschlagen habe.«

»Hören Sie, dass wir Dulac getroffen haben, war absoluter Zufall. Es wäre mir lieber, wenn Sie nicht dabei gewesen wären.« Es war eine Sekunde ganz still, dann fügte er leise lachend hinzu. »Gut gemacht, Maguire. Das war vermutlich der diplomatischste Spruch des Jahrzehnts.«

Holly lachte. »Ich verzeihe Ihnen. Können wir nun fahren?« Sie hatte plötzlich das Bedürfnis, allein zu sein.

Ohne ein weiteres Wort fuhren sie ins *Merville Hotel.* Connor sagte nichts weiter als: »Wir sehen uns morgen um neun. Bringen Sie das Tagebuch mit. Kathleen möchte es gern sehen.«

Holly stieg aus und beugte sich dann noch einmal zu ihm. »Okay. Danke für das Abendessen. Schlafen Sie gut.«

Als sie allein in ihrem Zimmer war, goss sie sich einen anständigen Scotch ein, dann kuschelte sie sich in einen Sessel und starrte ins Nichts.

Connor Maguire. Sie hatte ihm geglaubt, als er ihr erzählt hatte, er hätte den Plan von Kathleen bekommen. An diesem Abend hatte sie zwei Seiten an ihm wahrgenommen, die sie nicht für möglich gehalten hätte. Eine jungenhafte Begeisterungsfähigkeit für Dinge, die den meisten Menschen langweilig erschienen, und Besonnenheit, als plötzliches Handeln verlangt war. Und sie hatte gedacht, er sei ein hart arbeitender, hart verhandelnder und ansonsten hohler Typ. Wie man sich täuschen konnte! Ein paarmal hatte er bereits ihre Schutzmauern durchbrochen und noch dazu auf sensible Art. Aber was war mit der anderen Geschichte? Die Drogensache machte ihr Sorgen. War Connor Maguire ein ehrlicher Geschäftsmann, der lediglich Spaß an Abenteuern hatte? Oder war alles ganz anders? Log er? Konnte es sein, dass er in den Drogenhandel verstrickt war? Er hatte gesagt, dass Raoul ein Geschäftsfreund von ihm sei. War der Mauritier auch in die Drogengeschichte verwickelt? Und dann war da noch die Chinesin.

Holly nahm einen Schluck von ihrem Scotch. Quinn schien Maguire zu respektieren, und sie wiederum respektierte die Meinung ihres Vaters. Vielleicht sollte sie noch einmal mit ihm reden.

Was war mit Justin Parker? Er war nett auf eine seltsame Art, die jedoch einfach nur an einer gewissen Distanz der Engländer liegen konnte. Zwei Dinge machten ihr Gedanken: die Kopie von Williams Plan und seine Beziehung zu Madame Liang. Sie würde Quinn am nächsten Morgen anrufen.

Holly trank ihr Glas leer. Als sie wenig später im Bett lag und auf den Schlaf wartete, kam sie zu dem Schluss, dass die Entscheidung, ihren Vater anzurufen, das einzig positive Ergebnis ihrer Grübeleien gewesen war.

Als Holly am frühen Morgen aufwachte, rief sie als Erstes bei Quinn an. In Sydney musste es jetzt um die Mittagszeit sein. Sie hoffte, dass er sich nicht auf einem seiner zahlreichen Geschäftsessen befand, die häufig von mittags bis spät in den Nacht herein dauerten, und es war nicht umsonst. Er war bereits beim zweiten Klingeln am Apparat.

»Longford-Jones.«

»Ich bin es.«

»Hallo, Süße. Wie geht es dir?«

»Ich kriege die Story, wenn du das meinst.«

»Gut. Bleib dran.«

»Ich brauche noch ein paar Informationen.«

»Welcher Art?« Quinn klang misstrauisch.

»Meine Güte, Quinn. Ich werde dich schon nicht darum bitten, Staatsgeheimnisse auszuplaudern.«

Die Stille in der Leitung war erstaunlich. Quinn sagte kein einziges

Wort, dennoch konnte Holly ihn laut und deutlich hören. »Komm schon, Quinn. Erwarte von mir nicht zu glauben, dass Maguire in geheimdienstliche Angelegenheiten involviert ist. Dazu ist er viel zu prominent.«

»Zieh keine voreiligen Schlüsse, Süße.«

Holly hatte jetzt keine Zeit für die Späße ihres Vaters. Mit knappen Worten berichtete sie ihm von dem geheimnisvollen Plan. »Dieses verdammte Ding war über hundert Jahre verschwunden, und nun hat dein Freund Maguire das Original, und irgend so ein englischer Spinner kommt mit der Kopie. Deshalb muss ich wissen, Quinn, natürlich nur, wenn es nicht zu viel verlangt ist, wie vorsichtig muss ich bei Connor Maguire sein?«

Erneutes Schweigen. Quinn war normalerweise nicht so wortkarg. Dann: »Du brauchst bei Connor Maguire nicht vorsichtig zu sein. Vertrau mir.«

»Ist das alles, was du mir sagen kannst?«

»Ist es nicht das, wonach du gefragt hast?«

»Verdammt, Quinn …«

»Warum beschäftigt dich das so?«

Also erzählte sie ihm auch von dem Überfall. »Ein ziemlich blöder Zufall, findest du nicht auch?«

Aber er hörte ihr gar nicht mehr zu. »Meine Güte, ist dir auch nichts Ernstes passiert, Süße?«

»Mach dir keine Sorgen, ich bin nur ein wenig angeschlagen. Aber ich werde es überleben.«

»Holly!« Quinn klang plötzlich ernstlich besorgt, was bei ihm sehr selten vorkam. »Soll ich jemand anders schicken, der die Sache da unten übernimmt?«

»Nur über meine Leiche«, antwortete sie wie aus der Pistole geschossen.

»Bitte, Holly. Mach darüber keine Witze.«

»Du bist mir keine große Hilfe«, schimpfte sie. »Du weißt etwas,

was ich nicht weiß. Connor Maguire benimmt sich wie eine schlechte James-Bond-Kopie, und alles, was ich von dir höre, ist, dass ich ihm vertrauen soll.«

Quinn war nur selten ein strenger Vater gewesen. Er hatte Hollys Entscheidungen immer respektiert. »Du bist auf Mauritius, um eine Reportage über eine Schatzsuche zu schreiben. Lass dich unter keinen Umständen in irgendetwas anderes verwickeln. Habe ich mich da ganz klar ausgedrückt?«

Der Ausbruch überraschte Holly. »Ja, Daddy.«

»Ich meine es ernst, Holly.« Er atmete heftig, ein sicheres Zeichen für seine Erregung. »Deine Mutter würde mich umbringen, wenn dir etwas zustieße.«

Holly konnte nicht anders – sie lachte. Er war so ernst, dass er schon wieder komisch wirkte. Sie versprach, sich zurückzuhalten. Glücklicherweise konnte er nicht sehen, dass sie die Finger dabei über Kreuz hielt. »Könnte einer deiner Redakteure bitte etwas für mich recherchieren?«

»Nämlich?«

»Ich brauche ein paar Informationen über einen gewissen Justin Parker. Er stammt aus Claverton in der Nähe von London. Und versucht bitte herauszufinden, ob an der Oxford University im Moment ein Forschungsprojekt über DNS-Verdopplung stattfindet. Ich bin mir nicht sicher, ob mein Dodo-Mann tatsächlich derjenige ist, für den er sich ausgibt. Bitte Mrs. Hammond, mir alles zu mailen, was ihr herausfinden könnt. Sie soll es unter keinen Umständen per Fax schicken. Parker wohnt im selben Hotel wie ich.«

»Hat dieser Parker Verbindungen zur Universität?«

»Ich nehme es an. Zumindest hat er Oxford irgendwann einmal erwähnt.«

»Danke. Ich werde jemanden dransetzen.«

»Danke, Quinn. Wie geht es Mum?«

Sie sprachen noch ein paar Minuten über Privates. Nach seinem autoritären Gebaren zu Anfang schien Quinn nun besänftigter. Sie wusste, dass er sie vergötterte und sie nie bewusst in Gefahr bringen würde. Er akzeptierte, so wie alle Verleger, die Journalisten in der Welt herumschickten, um dort ihre Reportagen und Berichte zu schreiben, dass es hin und wieder Unfälle gab. Ein Reporter konnte immer mal zum falschen Zeitpunkt am falschen Ort sein. Das passierte viel häufiger, als es den meisten Menschen bewusst war. Journalisten wurden beschossen, verprügelt oder gefangen genommen. Sie starben bei Flugzeugabstürzen. Sie infizierten sich mit exotischen Krankheiten oder mit dem breiten Spektrum an Erregern, die der gnadenlose Killer Moskito übertrug. Nachrichtenkorrespondenten wurden immer wieder verschleppt oder als Geiseln genommen. Erst im Jahr zuvor waren in China zwei bekannte Reporter hingerichtet worden.

Auch Holly hatte schon sechs Tage mit Schwarzwasserfieber in einem Krankenhaus in Guatemala verbracht. Sie hatte eine äußerst gefährliche Begegnung mit einem bewaffneten Elefantenwilderer in Sambia hinter sich, war an Bord eines Hubschraubers gewesen, als dieser auf einer sturmumtosten Bohrinsel in der Nordsee notlanden musste, und war zu Anfang dieses Jahres, als ihr nach der schmerzhaften Trennung von Dennis ohnehin alles gleichgültig gewesen war, knapp einem Lawinenunglück entkommen. Die Gefahr war Teil ihrer täglichen Arbeit. Journalisten auf der ganzen Welt neigten dazu, ihre persönliche Sicherheit hintenanzustellen, sobald es darum ging, die bestmögliche Story zu bekommen.

Was immer Quinn von Connor Maguire erwartete und so spektakulär seine wahren Absichten auch sein mochten, ihr Auftrag war klar. Konzentration auf die Schatzsuche. Und so lange Maguire zumindest einen Teil seiner Zeit für diese Sache verwendete, würde Holly gehorchen. Sollte ihr jedoch irgendetwas anderes in den Weg kommen und ihr dabei keine unmittelbare Gefahr drohen … nun … was Quinn nicht wusste, ehe sie ihm die fertige Story präsentierte, würde ihn auch nicht heiß machen.

Sie warf einen Blick auf die Uhr neben ihrem Bett. Kurz nach sieben. Connor holte sie um neun ab. Eine kurze Dusche, ein Stündchen am Computer, dann ging es zu dieser seltsamen Nonne. Das allein wäre für die meisten Menschen schon aufregend genug gewesen.

Connor kam zu spät. Er wirkte zerstreut und hatte einen unschönen Kratzer auf der Wange. »Ich muss mich schon wieder entschuldigen.«

»Was ist mit Ihnen passiert?«

Er fuhr sich mit der Hand durchs Haar. Sie war auch zerkratzt, ebenso sein Arm. »Wussten Sie schon, dass mit einer Bougainvillea nicht zu spaßen ist?« Er grinste. »Vor allem, wenn man versucht, durch sie hindurchzulaufen.«

»Gab es einen besonderen Grund, warum Sie das versucht haben?«

»Sie war mir im Weg. Kommen Sie, steigen Sie ein, wir sind furchtbar spät dran.«

»Was Sie nicht sagen!«

Connor ignorierte ihren Sarkasmus, konnte sich jedoch eine spitze Bemerkung nicht verkneifen. »Wissen Sie, ich gewöhne mich langsam an das Outfit, das Sie tragen.«

Holly war ähnlich gekleidet wie zwei Tage zuvor in Mahébourg. »Gut«, antwortete sie trocken. »Dann können wir ja beide zufrieden sein.«

Sie lachten.

»Wollen Sie mir etwas erzählen?«

Er warf ihr einen kurzen Blick zu. »Gestern Abend war ein Mann in meinem Zimmer.«

»Oh.« Holly grinste. »Und das hat Sie angetörnt?«

»Wenn Sie wollen, dass ich Ihnen etwas erzähle, hören Sie auf, mich zu unterbrechen.«

»Ich schätze, die Episode werde ich in meinem Artikel weglassen«, fuhr Holly fort, bemüht, nicht zu lachen. »Irgendwie würde das, glaube ich, Ihr Image ruinieren.«

Jetzt musste er doch grinsen. »Sind Sie endlich fertig?« Als sie nickte, sprach er weiter: »Er ist durchs Fenster hereingekommen. Ich bin mir nicht sicher, ob er einfach nur eine Gelegenheit witterte und sie ausnutzte, oder ob er etwas Bestimmtes suchte.«

»Den Plan.«

»Vielleicht, aber nur Sie und Kathleen wissen, dass ich ihn habe. Meine Kamera, ein goldener Füllhalter und ein paar andere Kleinigkeiten befanden sich im Kopfkissenbezug auf meinem Bett. Als ich hereinkam, riss er gerade das Futter aus meinem Koffer.«

»Klingt ziemlich wie das, was bei uns im Hotel passiert ist.«

»Der Gedanke ist mir auch schon gekommen. Der Typ zeigte keine Zeichen von Panik. Er ist einfach ganz gelassen durchs Fenster hinausgestiegen und verschwunden.«

»Sind Sie ihm gefolgt?«

Connor zuckte mit den Schultern. »Das habe ich versucht. Aber die blöde Bougainvillea war mir im Weg.«

»Haben Sie ihn gesehen?«

»Nur für den Bruchteil einer Sekunde. Er war Afrikaner, das ist alles, was ich mit Sicherheit sagen kann.«

»Afrikaner oder Kreole?«

»Ganz bestimmt Afrikaner.«

»Er muss nach dem Plan gesucht haben. Was für ein Glück, dass Sie ihn bei sich hatten.« Holly dachte an Aroons Notiz.

Connor schien ihre Gedanken erraten zu haben. »Er hat die Notiz nicht gefunden.«

Ihre Gedanken gingen in eine andere Richtung. »Was, wenn Ihr ungebetener Gast etwas ganz anderes im Sinn hatte? Zum Beispiel Ihren kleinen Ausflug auf die dunkle Seite des Lebens. Vielleicht wollte jemand wissen, für wen Sie arbeiten?«

Connor antwortete nicht sofort. Als er es tat, klang seine Stimme barsch. »Vergessen Sie es.«

Holly gehorchte sofort. Offenbar war das keine sehr gute Idee gewesen.

Ein gutes Stück nördlich von Port Louis fuhren sie quer in Richtung Osten, durch ein Zuckerrohranbaugebiet, in dem große Plantagenvillen, Relikte eines luxuriösen Koloniallebens, inmitten wunderbar gepflegter tropischer Gärten standen. »Ich hätte nicht gedacht, dass es Leute gibt, die immer noch so leben«, bemerkte Holly.

»Sie werden sehen, dass auch Raoul zu ihnen gehört.«

Immer wieder ragten die Säulen, die aussahen wie unfertige Steinpyramiden und die sie bereits auf ihrem Weg vom Flughafen gesehen hatte, in die Landschaft. »Mauritius ist eine Vulkaninsel«, erklärte Connor. »Der Vulkan ist nicht mehr aktiv, aber es dringen immer noch Steine an die Oberfläche. So hat man sie früher entsorgt, als es auf den Anwesen noch viele Arbeitskräfte gab.«

In dem Dorf Poudre d'Or hielten sie an. Es war ein kaum touristisch erschlossener stiller kleiner Ort, der von Zuckerrohrplantagen umgeben war. Die Häuser hatten schon bessere Tage gesehen. »Hier war es sicher einmal schön«, bemerkte Holly. »Haben wir genug Zeit, uns die Kirche anzusehen?«

»Wenn Sie mögen.«

»Bitte.«

Sie überquerten einen verschmutzten Fluss und parkten neben einem alten, aber gut erhaltenen Friedhof. »1847 gegründet«, las Holly laut vor.

»Dieser Friedhof ist das Hauptziel für alle, die auf der Suche nach Piratenschätzen sind«, erklärte Connor. »Es geht das Gerücht, dass Burschen wie Olivier le Vasseur und Butin Nageon de L'Estang ihr gesamtes Vermögen hier vergraben haben.«

»Ist denn je etwas gefunden worden?«

»Soweit ich weiß nicht. Aber es gibt trotzdem Leute, die nicht von dieser Meinung ablassen. Haben Sie das Flussbett gesehen, das wir gerade überquert haben?«

»Die Stellen, an denen gegraben wurde, ja. Es sieht so aus, als hätte dort jemand versucht, den Sand auszuschaufeln.«

»Man sagt, man müsse vom Altar der Kirche ungefähr zweihundersechzig Meter in nordöstliche Richtung gehen, dann käme man zu einer Vertiefung im Flussbett. Das soll angeblich die Stelle sein, wo der Schatz vergraben liegt.«

»Quinn meinte, Mauritius stünde knietief in vergrabenen Schätzen. Vielleicht hat er ja recht.«

»Möglich.« Connor klang skeptisch. »Obwohl man mit der Ausrüstung und den Metalldetektoren, die es heute gibt, eigentlich inzwischen etwas hätte finden müssen.«

Von Poudre d'Or fuhren sie die Küste entlang in Richtung Grand Port. Es war ein herrlicher windstiller Tag, der Indische Ozean funkelte türkisblau in der Sonne. Nachdem sie den Zuckerrohrgürtel hinter sich gelassen hatten, führte eine kurvenreiche Straße sie an mehreren Hotelanlagen vorbei in ein unebenes und fruchtbares Tal zu Füßen der Bamboo Mountains. Hier gab es keine Fünf-Sterne-Hotels. Stattdessen lagen kleine Dörfer am Weg, die sich in schmale Einbuchtungen schmiegten. Es waren alles eigenständige Gemeinden, die, knapp über dem Meeresspiegel gelegen, jeden Quadratzentimeter halbwegs ebenen Bodens nutzten.

»Für so eine kleine Insel ist die Landschaft erstaunlich abwechslungsreich«, bemerkte Holly, nachdem sie lange Zeit geschwiegen hatten. »Da denkt man, man kennt die Insel inzwischen, und schon kommt wieder etwas ganz Neues.«

»Ich verstehe, was Sie meinen. Aber das gilt nicht nur für die Landschaft, sondern auch für die Menschen hier.«

Weiter südlich umrundeten sie den Lion Mountain, dessen Form tatsächlich an eine Katze erinnerte. »Dort hat William sich vor Kavanagh versteckt«, erklärte Connor. »Es gibt viele Stellen, wo er seinen Schatz versteckt haben könnte, aber die Küstenlinie hat keinerlei Ähnlichkeit mit seiner Zeichnung.«

Wenige Minuten später bog er von der Straße ab auf ein Gebiet, das etwa die Größe eines Tennisplatzes hatte. Geschwärzte Steinmauern trennten es vom dahinter liegenden Meer. »Das alte Grand Port«, erklärte Connor und parkte neben einer alten Kanone. »Hier entlang.«

Holly blieb keine Zeit, die Aussicht zu genießen. Sie folgte Connor, der die Straße überquerte und behände einen steilen Hang hinaufkletterte. Als er merkte, dass ihre schmerzenden Rippen sie daran hinderten, es ihm nachzumachen, blieb er stehen, um ihr zu helfen. Oben angekommen, machten sie eine kurze Pause. Überall um sie herum gab es Spuren einer ehemaligen Festung, die in den Tagen, als Franzosen und Briten um den Besitz der Insel stritten, von großer strategischer Bedeutung gewesen sein musste.

Connor führte Holly von der Ruine fort und blieb an einer Stelle stehen, an der einst ein einzelnes Haus gestanden zu haben schien. »Das ist der Grund, auf dem William sein Haus gebaut hatte. Hier treffen wir Kathleen. Dort drüben ist die Warwyck Bay, die William in seinem Tagebuch erwähnt hat.«

Die Küste führte in einem Bogen nach Mahébourg, dann wurde sie flacher und ging über in eine ruhige, von einem Riff geschützte Lagune. Dahinter schienen Meer und Himmel zusammenzustoßen.

Von Hand gehauene Steinstufen hatten früher einmal zu Williams Haus geführt, nur noch wenige waren intakt. Das Haus war ungefähr zehn Meter lang und vier Meter breit gewesen, das konnte man noch deutlich erkennen. Ein Schornstein ragte schräg in den Himmel. Der Rest hatte irgendwann der Schwerkraft nachgegeben.

Hinter dem Haupthaus erinnerte nur noch ein Steinboden daran, dass hier einst auch ein Nebengebäude gestanden haben musste, vermutlich die Küche. Gras wurzelte zwischen den Steinen, eine Kletterrose hielt stur am Leben fest. Wann sie gepflanzt worden war, blieb der Fantasie überlassen, aber ihr Stamm war wie ein Baum, verholzte Äste wuchsen in alle Richtungen nach oben, nur die Enden zeigten noch Spuren von Leben. Die spärlichen Blätter waren dürr und welk. Irgendwer hatte versucht, eine Reihe Bäume zu pflanzen. Die meisten waren von Klettergewächsen überzogen und hatten ihr Leben längst ausgehaucht. Andere schienen von Zyklonen entwurzelt worden zu sein. Sie warteten darauf, dass die Zeit und die Elemente sämtliche Hinweise auf ihre Existenz zunichte machten. Holly fragte sich, ob William sie gepflanzt hatte. Was mochten sie alles erlebt haben, wie viele Geschichten konnten sie erzählen, welche Leben hatten begonnen und waren erloschen, während sie ihrem eigenen Ende entgegengewachsen waren?

Eine zierliche Gestalt, gekleidet in die traditionelle schwarzweiße Tracht einer Ordensschwester, kam langsam auf sie zu. Holly betrachtete sie genau. Von ihrer irischen Herkunft sah man kaum noch etwas. Nur eine ganz leichte Hakennase und den Hauch von Rot auf den Wangen. Die wenige Haut, die man sah, schimmerte wie poliertes Gold, glatt und weich – die Haut eines Mädchens. Den vollen, dunklen Lippen sah man ihre afrikanischen Herkunft an, auch ihren tiefbraunen Augen. Sie trug eine kleine runde Nickelbrille, die ihr ein lebhaftes, beinahe lustiges Aussehen verlieh.

»Willkommen, Connor Maguire, willkommen zurück«, sagte sie mit einer interessanten Mischung aus französischem und afrikanischem Akzent. »Und Sie müssen Holly Jones sein.« Ihr strahlendes Lächeln ließ sie um Jahre jünger aussehen, als sie eigentlich sein musste.

»Schwester.« Da Holly nicht katholisch war, war sie sich nicht sicher, wie sie eine Nonne ansprechen musste.

»Nennen Sie mich bitte Kathleen.« Sie umfasste Hollys Hände. »Was für eine hübsche junge Frau Sie sind.«

»Danke.« Unvorbereitete Komplimente stürzten Holly normalerweise in Verlegenheit, aber Kathleens Offenheit war so erfrischend, dass es ihr kein bisschen unangenehm war. Die kleinen braunen Augen der Schwester musterten sie unverwandt. »Ein loyales Herz«, murmelte Kathleen. »Da tut ein Treuebruch sehr, sehr weh. Wer kann so grausam sein?«

Holly wagte nicht, Connor anzuschauen. Sie ärgerte sich, dass sie rot wurde, doch zu ihrer Erleichterung fragte er bloß: »Hast du etwas dagegen, wenn Holly unser Gespräch aufzeichnet?«

»Keineswegs. Kommen Sie. Setzen wir uns hierher.« Sie führte sie zu einem flachen, von der Witterung blank polierten Felsen. »Ich spüre deutlich, dass William hier immer saß und die ankommenden und davonfahrenden Schiffe beobachtete.« Kathleen ließ sich anmutig nieder. »Was ist denn mit dir passiert, Connor?«

Er betastete seine zerkratzte Wange. »Ich habe mit einem dornigen Strauch gekämpft.«

Kathleen zog die Augenbrauen in die Höhe, sagte jedoch nichts. Sie wandte sich an Holly. »Sie haben Fragen an mich, meine Liebe?«

Holly nickte. »Über Ihre Familie, Sie selber und das, was Sie über Williams Schatz denken. Aber vorher habe ich noch eine Bitte. Würde es Ihnen etwas ausmachen, mir von Ihren besonderen Fähigkeiten zu erzählen?« Holly schaltete das Aufnahmegerät ein.

Kathleen lächelte. »Überhaupt nicht. Die meisten Menschen finden das faszinierend.«

»Was passiert genau, wenn Sie etwas Übersinnliches empfinden?«

»Ich nehme im Geiste Bruchstücke wahr. Gefühle. Geräusche. Gerüche.«

»Und die müssen Sie dann zusammensetzen? Haben Sie kein klares Bild einer ganzen Szene?«

»Manchmal schon. Es gibt Zeiten, meist wenn ich schlafe, da ist die Botschaft so stark, als würde ich einen Film anschauen. Bei anderen Gelegenheiten ist es eher ein flüchtiges Gefühl, als würde ich ein Gespräch belauschen. Und ganz häufig sind es nur Fetzen.«

»Besaßen Sie diese übersinnlichen Fähigkeiten schon immer?«

»Ja, obwohl ich als Kind nie verstanden habe, was da mit mir geschah. Erst als ich in den Orden eintrat, lernte ich die Informationen zu interpretieren.«

»Passt das denn überhaupt zusammen? Ich meine, als Ordensschwester braucht man doch einen unbeugsamen Glauben. Und Ihre Gabe erfordert sicher ein eher flexibles …«, Holly zögerte, »… spontanes Denken.«

Kathleen lachte. »Heutzutage ist auch die Kirche überraschend flexibel geworden.« Sie richtete ihren Kragen, sodass er ihr gerade über beide Schultern fiel. »Außerdem sind Botschaften aus dem Jenseits nur eine Erweiterung der Doktrin vom Leben nach dem Tod. Ich gebe zu, dass die katholische Kirche zu diesen Phänomenen bis vor kurzem ein sehr zwiespältiges Verhältnis hatte, aber sie hat ihre Existenz nie geleugnet. Nein, meine Liebe, es passt eigentlich hervorragend zusammen.«

Einen Augenblick lang war Holly fast ein wenig neidisch auf das ruhige, ausgeglichene Wesen der Frau. »Ist Ihnen diese Fähigkeit auch manchmal lästig?«

Kathleen lächelte. »Nein.«

Holly blickte an ihr vorbei über Grand Port. »Dann müssen Sie sehr glücklich sein.«

Sie spürte, wie Kathleen ihre Hand auf ihren Arm legte. »Sie glauben, wenn Sie ebenfalls über diese Gabe verfügten, könnten Sie es vermeiden, Fehler zu machen? So funktioniert es leider nicht, meine Liebe. Ich habe selber viele Fehler gemacht.«

»Aber Sie können doch sicher einiges kommen sehen und sind dann wenigstens vorgewarnt?«

»Meine Gabe bezieht sich nur sehr selten auf Dinge, die mich persönlich betreffen. Nimm dein Leben in die Hand! Das ist es, was ich meinen Mitmenschen mitgeben will. Such dir den Weg aus, der dir richtig erscheint, und verfolge ihn.« Ihre Augen funkelten. »Wenn Sie sich an vergangene Trauer klammern, werden Sie eines Tages aufwachen und entdecken, dass Sie Ihr Leben vergeudet haben. Und auch Gott würde das vermutlich als schreckliche Verschwendung seines kostbarsten Geschenks ansehen.«

Holly zwang ihren Blick von der weiten Bucht zurück zu Kathleen. Sie wollte diese Unterhaltung nicht führen, schon gar nicht im Beisein des auffallend schweigsamen Connor. Derart intime Themen schnitt man in ihren Augen nur in Gegenwart von Familienangehörigen oder ganz engen Freunden an. Aber die braunen Augen der Schwester schienen ihr bis ins Herz zu blicken. »Woher weiß man, wann man auf dem richtigen Weg ist?«

»Das weiß man nie.« Kathleen lächelte. »Ich glaube, Gott ist ein Spieler. Ein unbeugsamerer Gott würde unseren Weg gerader gestalten, meinen Sie nicht auch?«

Es wurde höchste Zeit, das Thema zu wechseln. »Als Sie den Plan und Aroons Notiz fanden, muss Ihnen die Bedeutung doch sofort klar gewesen sein. Haben Sie irgendeinen Versuch unternommen, Williams Schatz zu finden? Und was ist mit Ihrem Bruder? Ist er vielleicht daran interessiert? Schließlich ist der Schatz, falls er tatsächlich existiert, vermutlich ein Vermögen wert.«

»Wir konnten beide einem Versuch nicht widerstehen. Wir haben Williams Zeichnung mit einer Karte von Mauritius verglichen. Nichts stimmte überein, was allerdings nicht überraschend war. Zu Williams Zeiten gab es in der gesamten Zanjsee Piraten. Die Stelle kann überall sein.« Kathleen warf einen Blick in Connors Richtung. »Ich habe gespürt, dass ich nicht dafür ausersehen bin, den Schatz zu finden. Und was Thomas angeht, er ist ein ziemlicher Träumer. Die Idee gefällt ihm, aber ihm fehlt einfach der Elan. Und als dieser Mann dann aus dem Nichts auftauchte, fielen alle Puzzleteile plötzlich an ihren Platz.« Lächelnd sah sie Connor an.

»Wollen Sie damit sagen, dass Connor Erfolg haben wird?« Holly warf ihm einen raschen Blick zu, aber er schien sich mehr für die Aussicht zu interessieren als für ihre Unterhaltung.

»Es gibt verschiedene Formen des Erfolgs. Er wird den Schatz finden, ja, aber dann feststellen, dass vieles dafür spricht, ihn dort zu belassen, wo er ist. Das sind nur Empfindungen, wissen Sie, aber ich habe das starke Gefühl, dass das Schicksal es will, dass es zu einer Begegnung zwischen irgendjemandem und dem Schatz kommt.«

Das war eine merkwürdige Art, es zu formulieren.

Kathleen fuhr fort: »Ich bekomme kein richtig klares Bild. Was ich mit Sicherheit sagen kann, ist, dass Gefahr besteht.«

Holly war froh, dass sie den Fluch erwähnt hatte. Sie fragte danach. Kathleens Antwort überraschte sie.

»Williams Warnung, ja, davon hat Connor mir erzählt.« Sie schüttelte den Kopf. »Ein bisschen melodramatisch, fürchte ich.«

»Aber ich dachte, Sie …«

Kathleen blickte nach unten. »Irgendetwas ist mit dem Plan, ganz sicher«, unterbrach sie Holly und berührte mit der Hand das Kruzifix, das sie am Hals trug. »Das Böse kann angerufen und es kann benutzt werden. Manche Flüche schlummern seit Jahrhunderten vor sich hin. Denken Sie an die außergewöhnlichen Ereignisse, die diejenigen heimsuchten, die das Grab Tutenchamuns beschädigt haben. Ein Fluch? Oder einfach nur Zufall? Die Wissenschaft glaubt an Letzteres, aber wissen wir das wirklich so genau? Ich glaube, dass es mehr war. Bei Williams Karte habe ich dieses Gefühl nicht. Es besteht eine gewisse Gefahr, aber sie geht nicht von übernatürlichen Kräften aus.«

»Ich habe das Tagebuch bei mir. Möchten Sie es gern einmal sehen?«

»Oh ja. Vielleicht werden die Botschaften, die ich erhalten habe, dadurch klarer.«

Holly reichte ihr das Tagebuch herüber. Kathleen saß eine Weile schweigend da, ihre Augen waren geschlossen, die Finger glitten über den Umschlag. Dann seufzte sie. »Nichts. Zumindest nichts Neues. Ganz sicher kein Fluch, nur ein Gefühl von Gefahr.«

»Was für eine Gefahr?«

»Wie ich bereits zu Connor sagte, der Geist von einer, vielleicht auch zwei Personen konzentriert sich ebenfalls auf den Schatz. Eine von ihnen wird alles tun, um ihn zu finden.«

Justin!, schoss Holly durch den Kopf. »Kathleen, war der Plan jemals im Besitz einer anderen Person?«

Der verständnislose Blick der Ordensschwester forderte eine Erklärung.

Holly reagierte sofort. »Es ist so, dass ich glaube, eine Kopie davon gesehen zu haben.«

Kathleen schaute rasch zu Connor. Aber der hob bloß die Hände und zuckte mit den Schultern. Dann wandte sie sich wieder Holly zu. »Wo?«

Holly berichtete es ihr.

Kathleens fröhliches Gesicht wirkte jäh besorgt. »Seien Sie vorsichtig, meine Liebe. Jeder, der im Besitz dieses Plans ist, ist, abgesehen von Connor natürlich, nicht vertrauenswürdig. Er ist letztes Jahr gestohlen worden.«

»Aber wie haben Sie ihn zurückbekommen?«

Wieder blickte Kathleen erst zu Connor, ehe sie antwortete. »Ich habe ihn zurückgestohlen.«

Holly sah die Schwester erstaunt an. »Sie haben was?« Aus den Augenwinkeln konnte sie erkennen, dass Connor lächelte.

Kathleen lächelte nun ebenfalls. »Einer der Vorteile meiner Berufung ist es, dass ich für die meisten Menschen unsichtbar bin. Ich wusste, wer den Plan hatte. Also habe ich ganz einfach gewartet, bis er mit seiner Familie in die Ferien fuhr, was er mindestens zweimal im Jahr tut. Dann bin ich in sein Haus eingebrochen und habe den Plan dort im Safe gefunden.«

»Für den Sie ganz zufällig den Schlüssel besaßen«, dachte Holly laut zu Ende.

»Natürlich nicht, meine Liebe. Ich habe das Schloss aufgebrochen.« Die Erinnerung schien Kathleen zu gefallen. »Es war kein besonders gutes.«

Holly konnte kaum glauben, was sie da hörte. »Aber als der Betreffende nach Hause kam und feststellte, dass der Plan verschwunden war, musste ihm doch sofort klar gewesen sein, dass nur Sie oder jemand aus Ihrer Familie ihn genommen haben konnte.«

»Oh nein. Ich habe den gesamten Safe ausgeräumt.« Sie fingerte an ihrem Kruzifix herum. Ihr Blick war nicht zu deuten. »Damit es aussah wie ein richtiger Einbruch, wissen Sie. Der … eh … Schmuck … hat ein anständiges Sümmchen eingebracht. Natürlich kam alles dem Kloster zugute. Ich bete nur, dass unser Herr mir verziehen hat.«

Holly schüttelte fassungslos den Kopf. »Und wer hat den Plan dann Ihnen gestohlen?«

Zum ersten Mal, seit sie sich gesetzt hatten, sprach Connor: »Raoul Dulac.«

Kathleens Miene bestätigte Connors Worte. »Ich fürchte, Monsieur Dulac ist nicht der, für den er sich ausgibt.« Sie schloss ganz kurz die Augen. »Ich kenne ihn, seit er ein Baby war. Er wurde von Anfang an verhätschelt und verwöhnt. Raoul hat schnell gelernt, dass er nur etwas zu fordern brauchte – er bekam es sofort. Das Einzige, was ihm seine Mutter leider beharrlich verweigerte, war ihre Aufmerksamkeit. Hungrig nach Zuneigung wuchs er heran. Ich erzähle Ihnen das, weil es vieles von dem erklärt, was den Mann heute ausmacht.« Kathleen blickte zurück in die Vergangenheit, und das Lächeln auf ihrem Gesicht trug Spuren von Bitterkeit.

»Raouls Mutter war eine Schönheit. Auf den ersten Blick hatte sie alles, was man sich nur wünschen kann – einen attraktiven und wohlhabenden Ehemann, ein schönes Zuhause, ein glamouröses Leben, Reisen, Schmuck, eine gute Ausbildung und einen eigenen aristokratischen Hintergrund. Aber sie war emotional anfällig und versteckte ihre Unsicherheit hinter einer Maske aus Arroganz. Ich vermute, sie war eine zutiefst unglückliche Frau. Die Liebe zu ihrem Mann war von ihm erstickt worden – wahrscheinlich von Beginn an. Ich habe keine Zweifel, dass sie ihren Sohn liebte, sie schien einfach nur unwillig oder unfähig, es zu zeigen.«

Holly dachte an ihre eigene Mutter. Delias Liebe, Zuneigung und Unterstützung waren bedingungslos gewesen und hatten ihr zur Verfügung gestanden, wann immer sie es brauchte. Sie hatten ihr das Gefühl von Sicherheit und Stärke gegeben. Es war einfach unvorstellbar für sie, dies nicht gehabt zu haben.

Kathleen sprach weiter. »Raouls Vater war ein Teufel. Er nahm sich, was er wollte, und gab nie etwas zurück. Er hatte einen schlechten Charakter. Andere kontrollierte er, indem er ihnen Angst machte. Auch Raoul behandelte er nicht anders. Er erwartete viel von seinem Sohn und bestrafte ihn für das geringste Vergehen. Ich erinnere mich, dass er einmal sagte: ›Du bist ein Dulac. Ein Dulac zeigt keine Schwäche.‹ Mit zehn Jahren hatte Raoul so große Angst, seinen Vater zu enttäuschen, dass er log, betrog und stahl, nur um ihm zu gefallen.«

»Was für absolut grässliche Eltern«, entfuhr es Holly.

»Das waren sie tatsächlich, und dafür mussten sie teuer bezahlen. Sie starben bei einem Brand, der ihren Besitz zerstört hat.« Kathleens Blick fiel auf die gefalteten Hände der Nonne. »Ich versuche sehr, ihnen zu vergeben, aber ich muss gestehen, dass meine ersten Gedanken, als ich von der Tragödie erfuhr, nicht sehr wohlwollend waren.«

Sie sah auf. »Als Raoul vierzehn wurde, war sein Leben bereits vorherbestimmt. Er zeigte anderen gegenüber keinerlei Rücksicht. Der Mangel an Mutterliebe machte ihn selber unfähig, Gefühle zu zeigen. Von anderen verlangte er in der Hinsicht aber alles. In seiner Vorstellung ist Aufmerksamkeit gleichzusetzen mit Zuneigung, und aus dem, was ich so höre, schließe ich, dass sich das bis heute nicht geändert hat. Wenn er mit seinem Verhalten und seiner Art, sich zu kleiden, keine Anerkennung findet, besorgt er sie sich auf anderem

Weg, notfalls mit Geld. Da unehrenhaftes Verhalten ihm die Anerkennung seines Vaters einbrachte, sieht er keinen Grund, daran etwas zu ändern. Ein Dulac gewinnt um jeden Preis. Man kann ihm nicht vertrauen. Der Mann hat kein Gewissen. Er ist arrogant und hält sich für unantastbar und über den Gesetzen stehend. Eigentlich kann er einem leid tun, im Grunde ist er ein sehr schwacher Mensch.«

Kathleen verstummte. Holly sah, dass sie sich bemühte, ihre persönliche Abneigung gegen Raoul Dulac zu beherrschen und dennoch das Gute in ihm zu sehen, aber es gelang ihr nicht.

»Woher kommt es, dass Sie ihn so gut kennen? Verzeihen Sie mir, wenn ich das sage, aber ich habe bisher noch nicht erlebt, dass Franzosen und Kreolen freundschaftlich miteinander verbunden wären.«

Kathleen schien über die Ablenkung froh zu sein. »Meine Mutter hat in dem großen Haus gearbeitet. Mein Bruder und ich haben mit ihr zusammen dort gewohnt.«

»Sie war Hausmädchen?«

»Ja. Sie stand fast fünfzehn Jahre in den Diensten der Dulacs. Thomas und ich sind quasi in den Bedienstetenunterkünften aufgewachsen.«

Connor beugte sich vor und legte den Arm um Kathleens Schulter. »Du brauchst nicht weiter zu sprechen, wenn dir die Erinnerungen unangenehm sind«, sagte er leise.

Kathleen lächelte, straffte die Schultern und wandte sich dann an Holly. »Ich habe versprochen, ihm meine Geschichte zu erzählen. Es ist höchste Zeit, dass sie erzählt wird.« Sie blickte auf das Aufnahmegerät. »Es wäre mir lieb, wenn Sie das weder aufnehmen noch darüber schreiben würden. Das Ganze hat nichts mit Williams Schatz zu tun.«

Holly stoppte das Band. »Das werde ich selbstverständlich respektieren.«

»Danke.« Kathleen sah nun wieder zu Connor. »Du bist auf irgendeine Weise mit Raoul Dulac verbunden, das spüre ich. Sei vorsichtig, er ist ein gefährlicher Mann.«

Connor wollte etwas sagen, schüttelte dann jedoch den Kopf und schwieg.

»Ich verstehe.« Kathleen nickte. »Du kannst nicht darüber sprechen.« Sie sah in die Ferne, und es kam Holly vor, als sei der Wind plötzlich verstummt. »Ich habe nie mit jemandem darüber gesprochen außer mit meiner eigenen Mutter. Nicht einmal meine Äbtissin kennt die ganze Geschichte. Aber es gibt etwas …«, Kathleen zögerte, »… etwas, das mich dazu zwingt, es nun zu tun. Ich kann kein klares Bild vor mir sehen, aber die Botschaft, die immer wieder zu mir zurückkommt, ist sehr stark. Es ist wichtig, dass Sie und Connor die Wahrheit erfahren. Die Vergangenheit ist es, die uns vor der Zukunft warnt. Vielleicht ist das der Grund, weshalb Sie alles wissen müssen, damit Sie geschützt sind.« Sie lächelte. »Wir müssen Gottes Weisheit nicht verstehen, um sie zu akzeptieren. Ich stelle seine Absicht nicht in Frage, auch wenn die Gründe im Dunkeln liegen.«

Kapitel Sieben

Kathleen holte tief Luft, dann begann sie zu sprechen. »Ich war damals fünf und mein Bruder drei, als unsere Mutter als Hausmädchen bei Raouls Vater angestellt wurde. Thomas und ich gingen mit ihr. Mein Vater war immer Fischer gewesen. Einige Jahre waren besser als die anderen, aber wir hatten nie viel Geld. Als sich für meine Mutter die Gelegenheit bot, bei den Dulacs zu arbeiten, sahen meine Eltern darin eine Möglichkeit, uns ein sichereres Einkommen zu verschaffen. Meine Mutter arbeitete sechs Tage in der Woche. Sonntags fuhren wir drei gewöhnlich mit dem Bus zu unserem Vater. Diese Besuche waren wunderbar. Ich glaube, wir haben die ganze Zeit nur gelacht. Meine Eltern waren sich immer sehr nahe, und ich glaube die Trennung verband sie nur noch enger. Da wir nur den einen gemeinsamen Tag in der Woche hatten, zählte jede Minute. Thomas und ich wurden nach draußen zum Spielen geschickt, während sie … eh … nun, sie sagten immer, sie müssten das Haus in Ordnung bringen.« Kathleen lächelte. »An den Nachmittagen machten wir ein Picknick, besuchten Freunde, schwammen oder gingen in die Kirche. Manchmal, wenn mein Vater während der Woche einen guten Fang gemacht hatte, führte er uns alle zum Essen aus. Danach nahmen wir einen Bus in Richtung Norden und kehrten auf das Anwesen der Dulacs zurück. Es war nicht so, als hätte es uns dort nicht gefallen, wir haben nur unseren Vater vermisst. Die ersten acht Jahre verliefen gut.« Nachdenklich blickte Kathleen auf die Zeit zurück.

»Zusammen mit den Kindern der anderen Hausangestellten besuchten mein Bruder und ich eine kleine Schule, die zum Anwesen gehörte. Wir hatten sehr viel Glück. Unser Lehrer war ein Chinese – ein Mr. Po, ein wahrhaft talentierter Mann. Er begnügte sich nicht damit, uns einfach nur mit Wissen zu füttern, nein, er tat dies auf eine Art und Weise, die uns geradezu dazu drängte, mehr zu erfahren. Dabei war Mr. Po gar kein qualifizierter Lehrer, er hatte nicht einmal eine anständige Ausbildung. In gewisser Weise lernte er selber noch. Und genau das hat er uns vermittelt, seine eigene Begeisterung, sich Dinge anzueignen. Acht Jahre lang kam uns Kindern – Kreolen, Chinesen und Indern – sein Engagement zugute.« Sie lachte leise. »Auch wenn er das R und das L nicht richtig aussprechen konnte. Er sagte zum Beispiel immer Flucht statt Frucht, aber das spielte keine Rolle, denn wir wussten ja, was er meinte.«

Kathleen zögerte, als fiele es ihr schwer, die glücklichen Erinnerungen hinter sich zu lassen. »Ich würde sagen, ich hatte eine schöne Kindheit. Wir hatten ein sicheres Dach über dem Kopf, etwas zu essen im Bauch und Kleidung am Körper. Damit waren wir begünstigter als viele andere. Auf dem Anwesen gab es sogar eine eigene Kapelle. Es war ein ganz besonderer Ort, still und friedlich, wo ich Gott für seinen Segen danken konnte. Es war der Ort, der den Dulacs und ihren gesamten Angestellten gemeinsam war. Jeden Sonntag versammelten sich dort fast alle, es war eine Art Ritual. Niemand durfte herein, ehe die Dulacs kamen. Sie kamen in ihrer besten Sonntagskleidung und unterhielten sich mit uns allen. Mir hat das nie besonders gefallen. Für mich sah es immer so aus, als wäre Gott für sie bloß ein Vorwand, sich zu präsentieren. Glücklicherweise war der Sonntag immer Mutters freier Tag, deshalb gingen wir nicht allzu häufig hin. Ich zog es vor, allein in die Kapelle zu gehen.«

Ein Schatten fiel auf Kathleens Gesicht. »Ich war dreizehn, als unser Lehrer das Anwesen verlassen musste. Wir wurden nicht darauf vorbereitet. An einem Tag war er noch da, am nächsten war er verschwunden, und an seiner Stelle unterrichtete uns eine Inderin, die kaum Französisch oder Englisch sprach. Monsieur Dulac kam ins Schulhaus und sagte uns, Mr. Po habe uns Flausen in den Kopf gesetzt. Wir seien dazu geboren, auf den Feldern oder im Haus zu arbeiten, und einige von uns könnten ebenso gut gleich damit anfangen. Ich war eine der Auserwählten; ich musste von dem Tag an in der Küche helfen. Abends setzte ich bei Kerzenschein meine Studien fort, aber es war sehr schwierig. Die Küchenpflichten waren hart, die Arbeitszeit lang, und ich schlief häufig über meinen Büchern ein. Aber Mr. Po hatte eines für mich getan: Er hatte mir Lesen und Schreiben beigebracht. Daher beschloss ich, mich selbst zu erziehen.« Kathleen schaute Holly an. »Motivation ist der beste Verbündete des Schülers. Denken Sie daran, wenn Sie einmal Kinder haben, auch du, Connor.«

Holly riskierte einen kurzen Blick in seine Richtung. Er wirkte verlegen, schaute jedoch nicht weg.

»Ich habe zwei Jahre lang in der Küche gearbeitet. Dann ließ Madame Dulac mich eines Tages wissen, dass ich ab sofort am Tisch servieren solle. Ich wollte das nicht. Mir waren Gerüchte zu Ohren gekommen … nun, in der Küche fühlte ich mich sicher … Monsieur Dulac …« Kathleen stockte und schlug die Augen nieder. Dann holte sie tief Luft. »Es tut mir LEID, es fällt mir schwer, es zu erzählen.«

»Lass dir Zeit«, antwortete Connor leise. In seiner Stimme lag so viel Verständnis und Mitgefühl, dass Holly erschauerte.

Kathleen warf ihm einen dankbaren Blick zu. Als sie sich wieder gefasst hatte, sprach sie mit fester Stimme. »Sie veranstalteten ein großes Dinner. Ich war unglaublich nervös und verschüttete Suppe auf das Tischtuch. Madame Dulac wurde sehr böse. Sie schlug mir vor allen Gästen ins Gesicht. Einer von ihnen lachte. Ich war schrecklich verlegen, was alles nur verschlimmerte, denn ich machte noch mehr Fehler. Ein grausames Spiel begann. Madame Dulac rief ständig: ›Achtung, da kommt sie wieder. Seid alle vorsichtig!‹ Sie zog absichtlich die Aufmerksamkeit auf mich. Heute weiß ich warum, aber damals kam es mir vor, als würde sie sich auf meine Kosten amüsieren. Monsieur Dulac saß lächelnd am Kopf des Tisches. Als ich seinen Teller abräumen wollte, legte er mir eine Hand auf den Hintern und zwickte mich fest. Ich merkte, dass er betrunken war, wie alle anderen auch. Alle sahen, dass er mich berührte, aber niemand störte sich daran.«

Wütend ballte Holly die Hände zu Fäusten zusammen. Dieses Schwein!, dachte sie. Wie kann man ein fünfzehnjähriges Mädchen, das keine Chance hat, sich zu wehren, derartig erniedrigen?

Dann sprach Kathleen weiter: »Es war ein Sonntag. Meine Mutter und mein Bruder waren zu Besuch bei meinem Vater. Ich hatte ungefähr zwei Stunden Pause zwischen meinen Arbeitsschichten und wollte eigentlich in mein Zimmer gehen. Aber ich hatte die Kirche versäumt. Die Familie und ihre Gäste waren noch im Haus beschäftigt. Ich hielt es für am sichersten, mich in die Kapelle zurückzuziehen.«

Connor warf Holly über Kathleens Kopf hinweg einen Blick zu. Beide wussten, was nun kommen würde.

»Monsieur Dulac fand mich dort«, sagte Kathleen schlicht. »Er vergewaltigte mich.« Sie zuckte mit den Schultern. »Das war auch anderen passiert. Wir alle lebten in der ständigen Angst, eines Tages die Nächste zu sein. Wir waren wie Tiere, die er nach Belieben benutzte. Monsieur Dulac verhielt sich, als stünden ihm die jungen Mädchen jederzeit zur Verfügung. Als es vorüber war, war mein einziger Gedanke, dass er heiligen Boden entweiht hatte.« Einen kurzen Moment geriet ihre Stimme ins Stocken. Holly wurde klar, dass für diese zutiefst religiöse Frau weniger die Vergewaltigung die Schandtat gewesen war als vielmehr der Ort, an dem sie stattgefunden hatte.

»Das war der Anfang von allem.« Kathleen schwieg erneut und versank in Erinnerungen. Dann sprach sie weiter. »Sicher fragen Sie sich nun, warum ich geblieben bin. Aber ich war damals fünfzehn, wo hätte ich also hingehen sollen? Meine Mutter war sich der drohenden

Gefahr immer bewusst gewesen. Sie hatte sich geschworen, mich sofort fortzuschicken, sollte Monsieur Dulac sich mir je in unzüchtiger Weise nähern. Sie hat sich nie verziehen, dass sie mich nicht vor ihm hatte schützen können.«

»Aber sie hat doch sicher …« Holly hielt die Hände immer noch zu Fäusten geballt.

»Geheimnisse«, flüsterte Kathleen. »So viele Geheimnisse.«

Ein heftiger Windstoß zerstörte den Augenblick. Ebenso schnell wie er gekommen war, legte der Wind sich wieder. »Seltsam«, bemerkte Kathleen. »Es ist die falsche Richtung für Passatwinde zu dieser Jahreszeit.« Sie sahen zu, wie der weiterziehende Wind die glatte Wasseroberfläche tief unter ihnen kräuselte. Dann fuhr Kathleen mit ihrer Geschichte fort.

»Sie wollten sicher fragen, wieso meine Mutter mich nach diesem Ereignis nicht weggeschickt hat. Sie konnte es nicht. Monsieur Dulac hat es ihr unmöglich gemacht. Sie war durchaus bereit, auch ihren Job aufzugeben, aber er drohte meinem Vater zu erzählen, sie sei Jahre lang seine Geliebte gewesen. Meine Mutter konnte nicht riskieren …«

»Das ist ja unglaublich«, stieß Holly hervor.

Kathleen ignorierte die Unterbrechung. »Es stimmte natürlich nicht. Aber sie war viele Jahre zuvor unter ähnlichen Umständen wie ich von ihm vergewaltigt worden. Meine Mutter hatte ein Muttermal auf der Innenseite ihres Oberschenkels. Dieses Wissen nutzte er, um sie zu erpressen. Sie liebte meinen Vater sehr und hat es ihm deshalb nie erzählt.«

»Sie wurden also geopfert«, flüsterte Holly voller Entsetzen.

Kathleens Gesichtsausdruck war ganz nüchtern, als sie antwortete. »Geopfert? Nein. Das Leben besteht aus vielen Kompromissen, finden Sie nicht auch? Meine Mutter war viele eingegangen, um Thomas und mir eine Zukunft geben zu können. Das, was geschah, war damals nicht ungewöhnlich. Meine Mutter wird um die Risiken gewusst haben, vielleicht schon bevor sie ihre Stelle bei den Dulacs antrat, auf jeden Fall aber kurze Zeit danach. Sie hat die Gelegenheit genutzt – zum Wohle ihrer Kinder.« Kathleen seufzte. »Die Verantwortung für die eigene Familie ist häufig das schwerste Kreuz, das wir zu tragen haben. Heutzutage sehen die Menschen das anders, aber damals … Wie auch immer, es war letztlich meine Entscheidung zu bleiben. Ich kannte die Gefahr und hatte die Ängste meiner Mutter erlebt. Es war zu spät, um mich zu schützen. Auch ich liebte meinen Vater. Monsieur Dulac verlor immer rasch das Interesse an jedem Mädchen, ich wusste also, dass es nur eine kurze Weile dauern würde. Meine Mutter war so außer sich, dass sie zustimmte.« Kathleen lächelte Holly an. »Ich betrachte es nicht als Opfer.«

»Oh, Sie Ärmste«, murmelte Holly. »Was für eine grässliche Geschichte.«

»Das ist nicht das Ende von allem«, sagte Kathleen leise. »Es ist erst der Anfang.«

Connor legte erneut den Arm um sie.

»Wenigstens konnten wir Thomas aus dem Weg schaffen, ehe er alles erfuhr. Er war damals erst dreizehn und ein paar weitere Ausbildungsjahre hätten ihm sicher gut getan, aber wir nutzten den Vorwand, sein Vater würde seine Hilfe benötigen. Er war glücklich, dass er zu ihm durfte, denn er hatte sich sein Leben lang gewünscht, Fischer zu werden.« Kathleen beugte sich vor und berührte Holly am Knie. »Man behauptet immer, wir seien das schwache Geschlecht«, sagte sie leise. »Dabei wissen wir es viel besser, nicht wahr, meine Liebe?«

»Wovor hatte deine Mutter Angst?«, fragte Connor, dessen Stimme vor Zorn über das, was Kathleen durchgemacht hatte, bebte. »Dass dein Vater ihr die Schuld an allem geben könnte?«

»Nein. Sie hatte Angst davor, wie er reagieren würde. Er war zwar ein sanftmütiger und liebevoller Mann, aber er lebte nach dem Kodex eines Fischers. Ehrlichkeit, Aufrichtigkeit und Respekt vor anderen, aber wehe dem, der diese ehernen Regeln verletzte. Wenn er erfahren hätte, wie sehr seine Frau und seine Tochter erniedrigt worden waren, hätte er sich schrecklich gerächt. Und was wäre dann aus ihm geworden? Oder aus uns anderen? Er wäre an den Galgen gekommen. Und das war das Letzte, was meine Mutter gewollt hätte.«

»Kathleen hat recht«, stimmte Holly zu. »Welcher Mann hätte es nicht als seine Pflicht angesehen, Vergeltung zu üben? Es hätte keinen Sinn gehabt, den Hauptverdiener der Familie zu verlieren.«

»Ich vermute, man hätte bei ihm den Grundsatz ›Im Zweifel für den Angeklagten‹ gelten lassen«, warf Connor ein. »Nicht alle Männer …«

»Der Newage-Typ existierte damals aber noch nicht«, antwortete Holly knapp. »Außerdem kennt eine Frau ihren Mann meist sehr genau.«

Kathleen warf ihnen beiden einen vorwurfsvollen Blick zu.

»Verzeihung«, meinte Holly erschrocken.

»Ja, wir haben dich unterbrochen. Bitte fahr fort«, meinte Connor.

»Der Missbrauch dauerte vier Jahre. Monsieur Dulac hat mich völlig unter Druck gesetzt. Ich befand mich in einer Zwangslage und hatte viel zu viel Angst, irgendetwas anderes zu tun, als mich zu fügen. Es war gar nicht so sehr seine Drohung, meinem Vater alles zu erzählen, als vielmehr meine Unfähigkeit, rational zu denken. Ich fürchtete mich so sehr vor ihm, dass mich, jedes Mal wenn ich daran dachte, mich zu verweigern oder fortzulaufen, diese schreckliche Drohung völlig lähmte. Klingt das albern?«

Holly schüttelte den Kopf. Vor einigen Jahren hatte sie einmal einen Bericht über geschlagene Frauen geschrieben und erinnerte sich nun wieder daran, welchen Grund sie angegeben hatten, weshalb sie bei ihren gewalttätigen Männern blieben. Die meisten hatten zugegeben, dass sie ganz einfach viel zu viel Angst hatten zu gehen. Für Kathleen musste dies besonders schwer gewesen sein – ein junges

Mädchen in der Rolle einer Untergebenen, beherrscht von einer unüberwindbaren Furcht um sich selbst und ihre Mutter. »Nein, es ist keineswegs albern. Je länger man von jemandem beherrscht wird, desto schwerer ist es auszubrechen, vor allem wenn man auch noch Angst hat.«

Kathleen nickte. »Das Dumme ist nur, sobald man diesen Ausbruch geschafft hat, wird einem klar, dass er nicht halb so schwierig war, wie einen die Angst hatte glauben machen.« Sie holte tief Luft und fuhr fort. »Das einzige Positive an allem war, dass ich nicht schwanger geworden bin. Es schien wie ein Wunder – keines der Mädchen erlitt dieses Schicksal. Keines, bis Raoul …« Mit zitternden Händen umklammerte Kathleen das Kruzifix an ihrem Hals.

»Mit neunzehn hat sich mein Leben für immer verändert. Raoul war vierzehn. Er war ein großer stämmiger junger Mann und bereits in Schwierigkeiten gewesen, weil er eines der jungen Mädchen aus der Küche misshandelt hatte. Sie war damals ebenfalls erst vierzehn, und wir haben sie halb tot aufgefunden. Sie war verprügelt, vergewaltigt und zum Analverkehr gezwungen worden. Es gab ein großes Theater, sogar die Polizei kam, aber sie konnten nichts tun. Die Hälfte von ihnen stand in Monsieur Dulacs Schuld – Geld hier, ein Gefallen dort –, und die anderen hatten einfach viel zu viel Angst vor ihm. Die Dulacs haben ihrem Sohn ein Alibi verschafft, und damit war die Sache erledigt. Raoul kam ungeschoren davon. Neun Monate später gebar das Mädchen einen Sohn.« Kathleen nahm ihre Brille ab und rieb sich heftig die Augen. »Es war eine Totgeburt.«

Sie schien sich innerlich für den nächsten Teil zu wappnen. »Die Dulacs hatten einen heftigen Streit wegen Raoul. Monsieur Dulac wollte ihn nach Frankreich in ein Internat schicken, aber davon wollte seine Frau nichts hören. Kurze Zeit nach dem Streit ließ Madame Dulac mich wissen, dass sie mich im Speisezimmer zu sehen wünsche. Ich dachte, ich hätte etwas falsch gemacht, aber sie lächelte und sagte mir, ich solle mich setzen. Sie redete nicht lange um den heißen Brei herum, sondern kam gleich zur Sache. Raoul sei nun erwachsen und entwickle männliche Bedürfnisse, sagte sie, und es sei ihre Aufgabe als Mutter, ihm die passenden Partnerinnen zu beschaffen. Das war das Wort, das sie benutzte. Partnerinnen!«

Wieder trafen sich Connors und Hollys Blicke.

»Sie müssen verstehen, wie das damals war. Ich galt als verbraucht. Kein anständiger junger Mann, das wusste ich, würde mich mehr ansehen. Die Leute redeten. Die Dinge, die sich ereigneten, waren allgemein bekannt. Ich war noch jung, abhängig von der Familie Dulac und in keiner Position, die es mir erlaubt hätte, mich zu verweigern. Madame Dulac machte mir unmissverständlich klar, dass mein Job von meiner Kooperation abhängig war. Dann verließ sie den Raum. Raoul kam durch eine andere Tür herein. Ich wurde mit ihm dort eingesperrt, für Stunden, wie es mir schien.« Kathleen schüttelte heftig den Kopf. »Ich habe kaum noch Erinnerungen daran.«

Sie blinzelte, so als ob sie versuchte, ihre Tränen zurückzuhalten. »Drei Monate später stellte ich fest, dass ich schwanger war. Madame Dulac ertappte mich eines Morgens, als ich mich übergeben musste. Ich rechnete damit, dass sie böse würde. Stattdessen schien sie erfreut … nein, nicht erfreut, eher erleichtert. Sie tat zwar so, als sei sie schockiert, aber das war alles vorgespielt. Sie machte ihrem Mann Vorwürfe, beschimpfte ihn, dass es schlimm genug sei, dass er sie vor ihren Augen betrüge, und nun habe er mich auch noch geschwängert. Es sei eine Schande, und warum er denn nicht besser aufgepasst hätte, und was sie nun mit diesem Bastard tun sollten. Monsieur Dulac antwortete ihr, sie solle den Mund halten, und wenn sie ihn ab und zu in ihr Bett lassen würde, müsse er sich nicht anderswo umsehen. Es war ihm alles kein bisschen peinlich, im Gegenteil, er schien fast ein bisschen stolz zu sein, dass ich schwanger war.«

Diese Erinnerungen mussten für Kathleen mehr als schmerzhaft sein. Holly spürte, dass ihrer zerbrechlichen Seele ebenso sehr Gewalt angetan worden war wie ihrem Körper.

»Sie sagten, ich könne bleiben, und boten mir sogar an, sämtliche Arztkosten zu übernehmen. Nach einigen Wochen wurde mir klar, dass mein Zustand weder Monsieur Dulac noch Raoul davon abhielt, sich mir ständig zu nähern. Ich konnte es keinen Tag länger ertragen. Nach Hause zu gehen stand nicht zur Diskussion. Ich ging zu meiner Mutter und erzählte ihr alles. Monsieur Dulacs Interesse an mir war ihr nicht entgangen, aber sie hatte keine Ahnung von Raoul und davon, dass ich schwanger war. Das hatte ich vor ihr verborgen gehalten. Wir kamen zu der Übereinkunft, dass wir unmöglich bleiben konnten. Daher beschloss sie, Monsieur Dulac anzusprechen. Er sprach alle möglichen Drohungen aus, aber meine Mutter blieb standhaft. Es funktionierte. Mein Vater hat nie etwas erfahren.«

Aus der Art, wie sie von ihm sprach, hatte Holly längst geschlossen, dass Kathleen ihrem Vater sehr nahe gewesen war. Ebenso klar war, dass die Gefühle der kleinen Nonne für ihre Mutter nicht annähernd so intensiv gewesen waren. Jetzt glaubte sie zu wissen warum. Ob sie dem zustimmte oder nicht, Kathleens Glück war von der einzigen Person aufs Spiel gesetzt worden, der sie vertraut hatte.

»Aber wo sind Sie dann hingegangen?«

»Wir warteten bis zum nächsten Sonntag, und als alle in der Kirche waren, verschwanden wir heimlich. In der Nähe von Port Louis gab es ein kleines Kloster, die Nonnen willigten ein, mich aufzunehmen. Meine Mutter erzählte meinem Vater, ich hätte beschlossen, Ordensschwester zu werden, und mir sei der Kontakt mit Familie und Freunden zwölf Monate lang untersagt.« Kathleen lächelte bitter. »Merkwürdig, wie das Schicksal einem mitspielen kann. Als junges Mädchen hatte ich immer von einem Mann und einer Familie geträumt. Das Kloster bot mir Schutz. Ich fühlte mich dort sicher. Die Welt draußen war hart und grausam. Vielleicht bin ich ein kleines bisschen verrückt geworden, aber eine Zeit lang war ich davon überzeugt, alle Männer wären wie Raoul und sein Vater. Es tat gut, mich in die Geborgenheit des Klosters zu hüllen. Ehe ich mich versah, wurde es zu meinem neuen Leben.«

»Jahre später erfuhr ich, dass Monsieur Dulac unfähig gewesen war, Kinder zu zeugen. Raoul war offenbar nicht sein Sohn, und je älter er wurde, desto deutlicher sah man dies.«

»Und das Baby?«, fragte Holly vorsichtig.

»Meine Tochter war wunderschön.« Kathleens Lippen zitterten. »Die Dulacs haben mich irgendwann aufgespürt. Sie boten mir Geld. Als ich mich weigerte, sagte Madame Dulac, da das Baby von ihrem Mann sei – sie hat nie zugegeben, dass es von Raoul war –, würden sie vor Gericht das Sorgerecht erstreiten. Ich wusste nicht, was ich tun sollte, es war eine unmögliche Situation. Die Schwestern drängten mich, das Angebot anzunehmen und ich … ich unterschrieb einen Vertrag, mit dem ich mein Baby den Dulacs anvertraute. Eine Bedingung war, mich dem Kind nie wieder zu nähern. Es durfte für mich nicht länger existieren.« Kathleen zuckte resigniert mit den Schultern. »Ich habe das Kloster nie mehr verlassen. Ich habe meine Ausbildung beendet, meine Gelübde abgelegt und bin Ordensschwester geworden. Mein Traum von einem Mann und einer Familie hat sich nicht erfüllt. Unser Herr hatte andere Pläne mit mir. Manchmal frage ich mich, was wohl geschehen wäre, wenn man nicht von mir verlangt hätte, sonntags zu arbeiten … wenn meine Mutter mich rechtzeitig fortgeschickt hätte.« Kathleen lächelte. »Ich hoffe nur«, sagte sie leise, »dass da oben jemand eine befriedigende Erklärung für mich hat. Wenn meine Zeit gekommen ist, werde ich ganz bestimmt danach fragen.«

Connors Blick war unergründlich.

»Ich habe meinen Teil der Abmachung eingehalten. Mit den Jahren tauchte meine Tochter in den Klatschspalten der Zeitungen auf. Sie hatten sie Anne-Marie genannt. So war ich in der Lage, ihr Heranwachsen ein wenig mitzuverfolgen. Sie genoss ein Leben, das ich ihr nie hätte bieten können. Dennoch sorgte ich mich um sie, weil sie zwischen diesen grausamen und arroganten Menschen leben musste. Ich hatte Angst, sie könnte genauso werden wie sie.«

Kathleen schaute über die Bucht und zeigte auf eine Stelle im Meer. »Dann, 1997, wurden meine Eltern genau dort drüben getötet. Der Bus, in dem sie fuhren, kam von der Straße ab und stürzte ins Wasser. Sie waren unterwegs zur Île aux Cerfs, um dort Freunde zu besuchen. Erst als ich ihre privaten Papiere sortierte, erfuhr ich etwas über unsere Familiengeschichte. Bis ich Aroons Tagebuch las und das Haus fand, in dem sie mit Gilchrist gelebt hatte, hatte ich nie etwas von William dem Piraten gehört. Williams Plan brachte mich auf eine Idee. Nur ein einziges Mal wollte ich meine Tochter sehen, ihre Hand berühren, ihre Stimme hören. Plötzlich besaß ich etwas, womit ich handeln konnte.«

Tränen rollten über Kathleens Wangen. »Aber es war zu spät. Anne-Marie war erwachsen. Sie war durch und durch eine Dulac und weigerte sich, mich zu sehen.«

»Aber du hattest ihnen längst Williams Plan gezeigt«, vermutete Connor.

»Ja.« Kathleen zuckte mit den Schultern. »Ich habe ihnen den Plan im Tausch für ein Treffen mit Anne-Marie geboten. Es war sinnlos. Sie sagten, ich sei dumm und naiv.« Kathleen runzelte die Stirn. »Vielleicht hatten sie recht.«

»Und Raoul?«, fragte Connor.

»Ich weiß es nicht. Seine Eltern haben ihm wahrscheinlich davon erzählt.«

»Daraufhin hat er den Plan gestohlen?«

»Ja. Das heißt, es war nicht Raoul selbst, er hat jemanden engagiert, der es für ihn getan hat. Der Plan lag sicher in einem Banksafe. Raoul kam, um mich zu besuchen. Er sagte, er würde versuchen, Anne-Marie mit einem Trick zu einem Treffen mit mir zu bewegen, wenn ich ihm den Plan gäbe. Es war sehr verlockend, aber ich traute ihm nicht und wollte Anne-Marie nicht täuschen. Ich lehnte ab. Raoul wurde sehr böse. Er drohte, mir den Plan einfach wegzunehmen.

Ich zweifelte nicht daran, dass ihm das gelingen würde. Also brachte ich ihn zur Bank. Als ich einen Monat später dort hinkam, war der Plan verschwunden. Der Bankmanager sagte, so etwas sei unmöglich, aber …«, Kathleen zuckte mit den Schultern, »Raoul hat viele Kontakte. Normale Regeln gelten für die Dulacs nicht.« Ihr Blick glitt von Holly zu Connor. »Und genau das müssen Sie begreifen. Er ist teuflisch, korrupt, gewissenlos, und vor allem ist er sehr, sehr gefährlich. Seien Sie ihm gegenüber vorsichtig, Sie beide.«

Holly nahm eine von Kathleens kleinen Händen. »Wo ist Anne-Marie jetzt?«

»Sie lebt die meiste Zeit in Frankreich. Sie haben noch eine weitere Frage. Was möchten Sie wissen?«

»Haben Sie das alles nicht kommen sehen? Ich meine, mit Ihrer … Ihrer besonderen Fähigkeit, konnten Sie denn nicht wenigstens einen Teil von dem, was passiert ist, abwenden?«

»Denken Sie dran, ich habe ja erst als Ordensschwester gelernt, diese Fähigkeiten zu nutzen. Ich begann Dinge zu sehen, ja, aber ich war noch viel zu jung, um zu begreifen, was das alles bedeutete. Außerdem müssen Sie wissen, dass niemand von uns seinem Schicksal entgehen kann.« Kathleen lächelte plötzlich, es sah beinahe spitzbübisch aus. »Karma, so könnte man es auch nennen.«

Holly lachte. »Eine Hindu-Doktrin von einer römisch-katholischen Ordensschwester. Ist das erlaubt?«

Kathleen wurde wieder ernst. »Aber es macht Sinn. Denken Sie einmal darüber nach.«

»Wenn man davon ausgeht, dass Schicksal in jedem Glauben Schicksal bedeutet, könnte man die Idee noch weiterspinnen.« Holly waren alle Religionen zutiefst suspekt. Nicht nur weil ihre Geschichten meist voller Gewalt und Betrug waren, sondern weil auch heute noch viel Leid, Intoleranz und Unruhen ihre Quelle in der Religion hatten. »Ein Gott, ein Glaube, ein heiliger Tag, ein Regelwerk.«

In spielerischer Drohung erhob Kathleen den Finger in Hollys

Richtung. »Diese Diskussion würde ich bei Gelegenheit gern einmal mit Ihnen weiterführen, meine Liebe. Leider habe ich jetzt keine Zeit mehr dazu. Aber ich möchte Ihnen Folgendes sagen: Sie verfügen über eine bemerkenswerte Sensibilität.« Sie wandte sich an Connor. »Im Grunde trifft das auch auf dich zu.«

Holly runzelte die Stirn, sie verstand nicht so recht, was Kathleen meinte.

Die Erklärung folgte prompt. »Sie und Connor verstecken alte Verletzungen unter der Fassade, die Sie nach außen tragen. Das ist es, was Sie mir gegenüber so mitfühlend macht. Die meisten Menschen würden nicht verstehen, wie ich Licht in Dinge bringen kann ... Dinge, die sie zweifellos viel ernster nehmen würden.« Sie lächelte. »Wir lösen unsere Probleme alle auf eine ganz eigene Weise, nicht wahr?«

Connor lachte leise. »Lösen? Ich wünschte es wäre so.«

Eine Weile saßen sie noch zusammen und unterhielten sich. Holly nutzte die Zeit, um Kathleen ein paar allgemeine Fragen zu stellen. Sie erfuhr, dass der Anteil der kreolischen Bevölkerung auf Mauritius – jene, die sich auf afrikanisches Blut beriefen, ganz gleich wie viel oder wenig es war – erstaunlich gering war: Etwa siebenundzwanzig Prozent der knapp über eine Million Einwohner von Mauritius waren Kreolen. Innerhalb dieser ethnischen Mischung wurden diejenigen mit typisch afrikanischen Zügen *mazambic* genannt, während die Menschen mit hellerer Haut *milat* hießen. Die beiden Gruppierungen hielten sich meist voneinander entfernt. Gemeinsam war ihnen jedoch eine Liebe zu Partys, die die ganze Nacht dauerten, zu gutem Essen und Trinken, und eine generelle Unfähigkeit, ihr Vermögen und ihren Besitz zu vermehren. Die meisten Kreolen genossen ihr Leben in vollen Zügen. Sie kümmerten sich nicht um das, was am nächsten Tag geschehen würde. Wenn sie etwas ernst nahmen, dann die Religion. Die meisten von ihnen waren römisch-katholisch und besaßen einen schlichten Glauben an Gott, an dem sie nicht im Traume zweifelten.

Schließlich schaltete Holly das Aufnahmegerät aus. »Vielen Dank.«

Kathleen lächelte. »Das habe ich noch nie gemacht. Ich komme mir vor wie eine Prominente.«

»Sie waren viel besser. Die meisten Prominenten sorgen sich doch bloß darum, auch ja ins rechte Licht gesetzt zu werden.« Holly warf einen raschen Blick auf Connor. »Aber den meisten von ihnen bleibt wohl auch keine andere Wahl.«

Er zog eine Grimasse und streckte ihr wortlos die Zunge heraus.

Kathleen schaute auf ihre Uhr. »Ich muss bald gehen. Aber vorher müssen Sie mir noch von der Person erzählen, die Ihrer Meinung nach den Plan jetzt hat.«

»Ich weiß nicht sehr viel über ihn. Er wohnt in meinem Hotel. Ein Engländer, ich schätze, so um die dreißig. Ich habe ihn gleich am ersten Tag kennengelernt.« Rasch berichtete Holly alles, was geschehen war. »Ich habe die Zeitschrift, für die ich arbeite, gebeten, ein paar Informationen über ihn zusammenzutragen.«

Connor nickte. »Ich habe meine Leute ebenfalls aufgefordert, das zu tun.«

»Gute Idee«, stimmte Holly ihr zu. »Dieser Monsieur Parker ist äußerst suspekt. Und vergessen wir seine Bekannte, Madame Liang, nicht.«

»Liang Song!« Kathleen schien überrascht.

»Ja.« Holly war neugierig, worüber die Nonne so erstaunt war.

»Was für ein Glück!« Kathleen lachte plötzlich leise. »Sieht so aus, als wäre Raoul doch nicht so klug, wie er glaubt.«

»Wie meinst du das?« Connor sah sie gespannt an.

»Madame Liang ist seine aktuelle Geliebte.«

»Ja, das weiß ich. Aber wieso sollte ihre Bekanntschaft mit Parker von Bedeutung sein?«

»Raoul hat die Karte gestohlen. Dieser Justin Parker besitzt eine Kopie. Das heißt, dass sie irgendetwas miteinander zu tun haben könnten. Liang Song könnte ein Doppelspiel treiben. Ich würde das bei ihr nicht ausschließen.«

»Scheiße«, entfuhr es Holly.

Kathleen und Connor sahen sich an.

»Entschuldigung. Es ist nur so, dass ich ihr bei unserem Interview eine hypothetische Frage gestellt habe, nämlich, wie die Chinesen darauf reagieren würden, wenn ein Mädchen wie sie eine Beziehung zu einem Franko-Mauritier hätte.«

»Oje.« Connor lachte. »Ich wette, das ist nicht gut angekommen.«

»Die Frage hat ihr nicht gefallen, aber sie hat ziemlich geradeheraus geantwortet. Ich hatte den Eindruck, dass sie die Möglichkeit, dass so etwas passieren könnte, für dermaßen abwegig hielt, dass ihr eine Antwort völlig überflüssig erschien. Dieses verlogene Biest!«

»Nun«, fuhr Connor immer noch grinsend fort, »in Wahrheit fragt sie sich sicher längst, wie viel Sie tatsächlich wissen. Interessant. Ich bin gespannt, ob sie am Sonntag da sein wird.«

»Raoul wird nicht wagen, sie einzuladen«, meinte Holly. »Seine Frau ist doch dabei.«

Kathleen erhob sich und strich sich die Tracht glatt. »Und ob er das wagt. Wahrscheinlich würde er es schon allein deshalb tun, um Solange zu verletzen. So ist er nämlich.« Sie sah sie einen Augenblick schweigend an, dann lächelte sie, schüttelte den Kopf und fragte: »Werde ich Sie wiedersehen, Holly?«

»Das weißt du doch viel besser, Kathleen«, neckte Connor sie.

»Ja, ich werde Sie wiedersehen.« Sie wartete, bis auch Connor und Holly aufgestanden waren. »Aber seien Sie gewarnt. Wenn irgendwer Raoul standhalten kann, dann ist es Madame Liang. Die beiden haben einen spannenden Interessenskonflikt. Lassen Sie sich nicht da hineinziehen. Kommen Sie, Holly. Ich zeige Ihnen noch schnell den Brunnen, dann muss ich los.«

Nachdem Kathleen fort war, ließen Holly und Connor sich Zeit. Sie wollten beide noch nicht gehen. Das Grundstück, auf dem einst Williams Haus gestanden hatte, hatte etwas Faszinierendes.

Aber Holly beschäftigte noch etwas anderes. Die Geschichte von Kathleen rückte ihre eigenen Probleme in eine völlig neue Perspektive. Sie musste darüber sprechen. »Eine gescheiterte Ehe ist ein Klacks gegen das, was Kathleen erlebt hat.«

Connor sah sie an. »Auch zwei gescheiterte Ehen.«

»Haben Sie sich deshalb je Vorwürfe gemacht?« Sie hielt das Aufnahmegerät hoch. »Es ist ausgeschaltet.«

»Eine Zeit lang ja.«

»Wie sind Sie darüber hinweggekommen?«

»Das Leben geht weiter, Holly. Irgendwann.«

»Irgendwann«, wiederholte sie leise. »Wann wird das bloß sein?«

Er wollte sie berühren, hielt sich jedoch im letzten Moment zurück. Er wandte sich um. Sein Blick strich über die Lagune. »Versuchen Sie sich immer wieder zu sagen, dass es Ihnen ohne ihn besser geht«, sagte er schließlich.

»Das tue ich ja. Ständig. Aber es funktioniert nicht.«

»Lieben Sie ihn noch?«

Sie wollte Nein sagen, hielt jedoch einen Moment inne und dachte ehrlich darüber nach. Ja, es war Liebe gewesen. Sie hatte Dennis ihr Glück anvertraut. Die ersten Wochen nachdem sie ausgezogen war, waren schrecklich gewesen. Es war so verlockend gewesen, sein Flehen zu erhören und zu ihm zurückzugehen. Aber dann erzählte eine Freundin nach der anderen ihr von seinen unzähligen Seitensprüngen, und mit jedem enthüllten Betrug wurde ihre Liebe ein Stück mehr zerstört. Dennis erschien ihr auf einmal in einem ganz neuen Licht. Sie liebte ihn nicht mehr, sie mochte ihn nicht einmal mehr. »Nein.« Holly hatte keine Ahnung, wie überrascht sie klang.

Ein Lächeln umspielte seine Lippen. »Kommen Sie, Holly Jones. Zeit zu gehen.«

»Wohin?«

»Heute ist Freitag. Am Sonntag sind wir bei Raoul eingeladen. In diesem Land geht man keiner Einladung nach, ohne ein kleines Geschenk mitzubringen. Lassen Sie uns in dem Restaurant in der Nähe des Lion Mountain eine Kleinigkeit zu Mittag essen und dann nach Grand Baie zurückfahren, um zu sehen, ob wir dort etwas finden.« Er hielt ihr die Hand hin.

Nach kurzem Zögern ergriff Holly sie.

Nur, weil sie so erschöpft war, redete sie sich ein.

Sie kamen überein, dass eine gute Flasche französischer Wein und Konfekt ein ideales Geschenk für die Dulacs sei. Und Connor wusste genau, wo man beides bekam. Nach einem kurzen Mittagsimbiss fuhren sie in nördliche Richtung nach Grand Baie. Als Connor vor dem *Merville Hotel* hielt, war es fast halb fünf. »Legen Sie das Konfekt in den Kühlschrank. Ich hole Sie am Sonntag gegen elf ab.«

Damit blieben Holly der Freitagabend und der ganze Samstag zum Arbeiten. Sie transkribierte das Band vom Vormittag und arbeitete die Informationen über die Kreolen in das bisherige Gerüst ihres Artikels über Mauritius ein. Außerdem schrieb sie alles auf, was sie über Justin Parker und seine Suche nach den Dodo-Eiern wusste. Aus irgendeinem Grund vermied es Holly, sich die aufgezeichnete Unterhaltung mit Connor noch einmal anzuhören. Das Tagebuch und einige weitere Notizen lieferten ihr Material für einen spannenden Bericht über das Leben und Wirken von William Maguire. Und in dem kleinen hoteleigenen Souvenirshop fand sie ein Buch über eine Reihe interessanter Inselbewohner, zu denen auch der Piratenkönig Robert Surcouf gehörte. Über ihn ließ Holly einige Anekdoten in ihre Story einfließen.

Am Samstagnachmittag war sie des Alleinseins absolut überdrüssig. Sie überprüfte ihre eingegangenen E-Mails. Nichts. Trotz ihrer

Vorbehalte wählte sie Zimmer 24 an, um zu hören, ob Justin Lust hatte, mit ihr schwimmen zu gehen. Niemand ging ans Telefon. Holly beschloss, an der Rezeption eine Nachricht für ihn zu hinterlassen, und erfuhr zu ihrer völligen Überraschung, dass er schon am Morgen ausgecheckt hatte. Sie wandte sich gerade zum Gehen, als ein Hotelangestellter ihren Namen rief.

»Für Sie ist gerade ein Fax angekommen«, sagte er. »Möchten Sie, dass es in Ihr Zimmer geschickt wird?«

»Nein danke. Ich nehme es gleich mit.« Sie warf einen Blick auf das Blatt. Es trug den Briefkopf des *Out of Focus*. Holly faltete das Blatt in der Mitte und machte sich auf den Weg ins Freie.

Seit ihrer Ankunft war das Wetter perfekt gewesen. Auch heute war es wieder schön, ein leichter Wind wehte vom Meer. Doch als Holly sich auszog, stellte sie fest, dass es zu kühl war, um entspannt am Strand zu liegen. Sie änderte ihren Entschluss, kehrte zurück zu einem windgeschützten Platz am Pool und bestellte sich ein Glas Wein.

Das Fax stammte von Audrey Hammond, Quinns Sekretärin. Holly las es rasch durch und stellte zufrieden fest, dass Mrs. Hammond sorgfältig und außerordentlich geschickt vorgegangen war. Das Schreiben begann mit einer Erklärung, dass sie versucht hatte, eine E-Mail zu schicken, jedoch nicht durchgekommen sei, und klang, für den Fall, dass jemand einen Blick darauf warf, wie eine Auftragsbestätigung. Doch unter allgemeinen Vertragsbedingungen versteckt und manchmal so geschickt verborgen, dass Holly zweimal hinsehen musste, um sie zu erkennen, standen die Informationen, um die sie gebeten hatte: Justins Geburtsdatum, Einzelheiten über seine Schullaufbahn, die Namen seiner Eltern, alte und aktuelle Adressen, Universitätsabschlüsse, Arbeitgeber, Führerschein- und sogar Krankenversicherungsnummer. Der Mann war tatsächlich Biologe, wie er behauptet hatte, und arbeitete für ein kleines Labor in Oxford – daher sein Bezug zu jenem Teil der Welt. Es gab keine Verbindung zur

Universität. Er hatte eine zwei Jahre ältere Schwester, die verheiratet war und drei Kinder hatte. Sein Vater war Industriechemiker, seine Mutter Bibliothekarin. Es gab nur ein einziges Detail, das die gründliche Audrey Hammond nicht hatte verbergen können, auch wenn sie es so formuliert hatte, als beziehe es sich auf Hollys gegenwärtigen Auftrag. Justin Parkers Mutter war eine geborene Maguire. »Interessant«, murmelte Holly. »Höchst interessant.«

»Miss Jones? Ein Anruf für Sie.« Der Kellner reichte ihr das Telefon.

Sie nahm den Apparat, ohne den Blick von ihrem Fax zu lösen. »Holly Jones.«

»Hi, ich bin es.«

»Telepathie«, sagte sie, sie hatte Connors Stimme sofort erkannt.

»Bitte?«

»Ich habe gerade an Sie gedacht.«

»Was haben Sie denn gedacht? Was für ein liebenswerter, umarmungswürdiger Typ ich bin?«

Holly grinste. »Ich habe Neuigkeiten für Sie.«

»Ich auch.«

»Ich verrate Ihnen meine, wenn Sie mir Ihre erzählen.«

»Ladies first.«

»Also gut. Wie finden Sie das? Justin Parkers Mutter war eine Maguire. Kann das ein Zufall sein?«

»Ich finde, es klingt wie ein Zufall«, antwortete er trocken.

»Maguire!«

»Okay, okay. Es ist in der Tat interessant.«

»Das ist nicht alles.«

»Sie waren offenbar sehr fleißig.«

»Nein, eigentlich nicht. Justin Parker hat heute Morgen das Hotel verlassen hat, ohne eine neue Adresse zu hinterlassen.«

»Da kann ich Ihnen weiterhelfen.«

»Wie meinen Sie das?«

»Meine Neuigkeit lautet, dass Justin Parker heute Morgen das Hotel verlassen hat.«

»Danke, Maguire.« Jetzt kam die trockene Antwort von Holly.

Er lachte. »Aber ich kenne seine neue Adresse. Meine Spione haben mir berichtet, dass er ein Flugzeug nach Rodrigues bestiegen hat.«

»Wie lang ist Ihr Arm eigentlich, Maguire?«

»Lang genug.«

»Und wie es klingt, auch stark genug.«

»Ich fliege am Montag nach Rodrigues. Kommen Sie mit?«

»Ich hatte bereits Ja gesagt, wenn ich mich recht erinnere.«

Ein paar Sekunden war es still. »Was tun Sie im Augenblick?«

»Ich sitze am Pool und trinke Wein.«

»Hätten Sie Lust auf ein wenig Gesellschaft?«

Warum nicht, dachte Holly in sich hineinlächelnd. »Ja, das hätte ich«, sagte sie ins Telefon.

»Ich bin gleich bei Ihnen.«

Er kam über die Terrasse auf sie zu. Ganz kurz dachte Holly, dass die Natur das Beste von Pierce Brosnan, Mark Philippoussis und Mel Gibson genommen und Connor Maguire geschenkt hatte. Keine Frau in ihrer Nähe begnügte sich mit nur einem Blick, alle kehrten noch einmal zurück, um ein paar weitere Sekunden zu genießen. Manche wagten sogar ein drittes Hinsehen, und mindestens zwei versuchten gar nicht erst, ihr deutliches Interesse zu verbergen. Seine suchenden Augen fanden sie. Er winkte ihr kurz zu und kam zu ihrem Tisch.

Ganz ruhig, ermahnte Holly sich. So bist du doch sonst nicht.

»Hi.« Er ließ sich auf einen Stuhl fallen. Von der wachsenden Unruhe um sie herum und den Seufzern, die Holly sich einbildete zu hören, bemerkte er nichts.

»Hi«, antwortete sie, einem Schwächeanfall nah. Dann riss sie sich zusammen.

Connor bestellte sich ein Bier und für sie noch ein Glas Wein. »Sind Sie mit Ihrer Arbeit fertig geworden?«

»Mit dem größten Teil.«

»Gut.«

»Und wie steht es bei Ihnen?«

»Bei mir?« Er klopfte mit dem Finger auf den Tisch. »Ich habe mich ehrlich gesagt ein bisschen gelangweilt. Wissen Sie, dass ich Sie gerade zum ersten Mal ohne Ihren Schutzpanzer sehe?«

Holly trug einen schlichten schwarzen Badeanzug und darüber ein durchscheinendes Oberteil in derselben Farbe, das ihr bis knapp an die Oberschenkel reichte. Um die Hüfte hatte sie einen Sarong geschlungen. Es war nicht zu übersehen, dass sie zwar zierlich war, jedoch eine gute Figur hatte. Connors Bemerkung wirkte auf sie, als sei sie gerade von einem Traum erwacht, in dem sie völlig nackt gewesen war. Fahrig zupfte sie an ihrer Bluse.

»Hören Sie auf damit, Holly«, sagte er leise. »Was wollen Sie denn verstecken?«

Sie biss sich auf die Lippen. Sie war dünn, und ihre Nase war zu groß. Ihre Kleidung benutzte sie, genau wie er es gesagt hatte, als Schutzschild. In diesem Aufzug fühlte sie sich verletzlich. Sie war schrecklich nervös. Sie verstand nichts mehr. Schließlich war sie mit Justin Parker am Strand gewesen und hatte lediglich einen Bikini getragen, was sie nicht im Geringsten gestört hatte.

Ein Lächeln zauberte Connors Grübchen hervor. Versunken betrachtete Holly seinen Mund. Er war so … sinnlich. Sie dachte an den Abend am Cap Malheureux, sie dachte an … und merkte plötzlich, dass sie ihn schon eine kleine Ewigkeit anstarrte. »Eh … entschuldigen Sie …«

Seine ohnehin dunklen Augen wurden noch eine Spur dunkler.

Irgendetwas war geschehen. Connor Maguire machte sie bereits an, wenn er nur auf sie zukam. Aber Holly Jones traute Männern nicht mehr. Also traute sie auch Connor Maguire nicht. Wieso also gingen ihr all diese Gedanken durch den Kopf? Wieso kribbelte ihre Haut, und wieso hatte sie so ein komisches Gefühl im Bauch? Was zum Teufel war mit ihrem Herzen passiert, das ihr plötzlich bis zum Hals schlug? Sie traute Männern nicht, sie traute Männern nicht, sie ... »Das ist mein Körper, Maguire. Ich kleide ihn so, wie es mir passt, verdammt, und ich wäre Ihnen sehr dankbar, wenn Sie aufhören würden, ständig irgendwelche Bemerkungen darüber zu machen.«

Sie hatte ihn getroffen, das sah sie an seinem Gesicht. Oh Gott! Warum hatte sie das nur gesagt? Sie musste sich schnell etwas Nettes einfallen lassen. »Sie haben meine Frage noch nicht beantwortet.«

»Welche Frage?« Seine Stimme klang deutlich barscher.

»Ob Sie mit Ihrer Arbeit, was immer das auch sein mag, fertig geworden sind.«

»Ja.«

Holly blickte auf ihre Hände hinab. »Es tut mir leid. Ich hatte kein Recht, so zu reagieren.«

Sie hörte ihn tief atmen – ein Seufzer der Erleichterung? Oder versuchte er nur, seinen Ärger unter Kontrolle zu bringen? Er atmete noch einmal tief durch. »Ich weiß nicht, was er Ihnen angetan hat, Holly, aber eines sage ich Ihnen ganz offen, Holly. Ihr Mann ist ein Idiot.«

»Er ist nicht mehr mein Mann«, antwortete sie knapp. »Aber woher wollen Sie wissen, dass ich nicht diejenige bin, die sich idiotisch verhalten hat? Vielleicht ist es ja die Hölle, mit mir zusammenzuleben.« Sie sah ihn herausfordernd an.

Seine Mundwinkel zuckten.

»Könnte doch sein, oder?«

»Ja.« Connor nickte und lächelte schon wieder.

»Was soll das heißen?«

Er schloss die Augen. Als er sie wieder öffnete, blitzten sie amüsiert. »Ja, das könnte sein.« Er beugte sich zu ihr. »Aber irgendwie, Holly Jones, glaube ich, dass Sie nicht halb so unnahbar sind, wie Sie gern wirken wollen.«

Er war schon wieder in ihre Privatsphäre eingedrungen, und sie reagierte mit ihrer häufig praktizierten Abwehr. »Sie wissen nichts von mir, Maguire. Wir können diese blöden psychologischen Spielchen noch endlos weiterspielen, wenn Sie wollen, aber Sie werden auch dann nichts erfahren. Bilden Sie sich bloß nichts ein.« Sie stand auf. »Ich habe meine Meinung geändert. Ich habe doch keine Lust auf Gesellschaft.«

Connor erhob sich mit einer einzigen geschmeidigen Bewegung. »Wie Sie meinen.« Er drehte sich um und ging fort, und sie starrte ihm hinterher und kam sich nun wirklich vor wie ein Idiot. Sie hätte schwören können, dass er immer noch amüsiert lächelte.

Holly ging zurück in ihr Zimmer. An der Rezeption lagen Zeitungen aus, im Vorbeigehen nahm sie sich eine mit. Sie war frustriert und ärgerlich, und auch das Zuschlagen ihrer Zimmertür half da wenig. »Scheiße! Scheiße! Scheiße!«, fluchte sie laut vor sich hin. »Was zum Teufel ist nur los mit mir?« Sie warf sich aufs Bett und fluchte erneut, als ihre Rippen empört aufschrien. In einer sinnlosen Geste riss sie sich ihre Bluse und den Badeanzug vom Körper und zog sich ihr inzwischen arg zerknittertes Leinenhemd über. Danach fühlte sie sich ein bisschen wohler.

Sie hockte sich in einen Sessel und nahm die Zeitung zur Hand, aber sie konnte sich nicht konzentrieren auf das, was sie las. Irgendein Regierungsminister versprach eine Lösung, um endlich Herr über die Viertel Million streunender Hunde auf den Zuckerrohrplantagen zu werden. Ein Mann indischer Abstammung, der letzte Woche am Plaisance Airport verhaftet worden war, weil er versucht hatte, illegal

Drogen ins Land zu schmuggeln, stand nun vor Gericht. Die Leiche eines seit zwei Wochen vermissten Mannes, die in einem Gebüsch in der Nähe des Kanaka-Kraters aufgefunden worden war, war endlich identifiziert worden. Dem obduzierenden Arzt François Prost zufolge war er eines natürlichen Todes gestorben. Ein junges Mädchen, das irgendwo im Süden tot an den Strand gespült worden war, war vor zwei Tagen in Curepipe beerdigt worden. Das Geheimnis um ihren Tod war auf inselweites Interesse gestoßen, und als Zeichen des Respekts hatte die Stadt Curepipe den Geschäftsbetrieb für zwei Stunden unterbrochen, damit die, die es wünschten, an der Bestattungszeremonie teilnehmen konnten. Die Familie des Mädchens hatte ihre Rührung über die Trauernden zum Ausdruck gebracht, die so zahlreich erschienen waren. Die Polizei ging im Falle von Corrine Vitry von einem Mord aus.

Holly überlegte kurz, dass es sich um den Trauerzug gehandelt haben musste, der sie in Curepipe aufgehalten hatte, aber sie war viel zu sehr mit sich selbst beschäftigt, um mehr als einen flüchtigen Gedanken an die Angelegenheit zu verschwenden. Genervt warf sie die Zeitung zur Seite und massierte sich die pochenden Schläfen. Tränen brannten in ihren Augen, sie wusste nicht, ob sie einfach in Selbstmitleid versinken oder hartnäckig dagegen ankämpfen sollte. Unruhig stand sie auf und lief im Zimmer auf und ab. Ein leises Klopfen an der Tür ließ sie innehalten. Die letzte Person auf der Welt, die sie erwartet hatte, war Connor Maguire.

»Oh!«, war alles, was sie herausbrachte.

Er registrierte die veränderte Kleidung und die unvergossenen Tränen. »Holly«, sagte er leise, »darf ich hereinkommen?« Er wartete ihre Antwort nicht ab, sondern betrat einfach ihr Zimmer und schloss die Tür hinter sich.

Sie wich zurück.

Er streckte die Hand aus und berührte sie sanft am Kinn.

Sie stand an der Wand und konnte keinen Schritt weiter.

Sein Blick war voller Wärme, als seine Lippen sich den ihren näherten. Ganz sanft küsste er sie, dann flüsterte er: »Gib deinen Gefühlen einfach nach, Holly.«

Ein Schluchzer schien sie fast zu ersticken, aber es gelang ihr, ihn herunterzuschlucken.

Er küsste sie wieder.

Holly erwiderte den sanften Druck. Ihre Gedanken wirbelten wild durcheinander. Die Welt existierte nicht mehr, es gab nur noch das, was hier und jetzt geschah. Sie spürte, dass sie zitterte.

Seine Hände lagen auf ihrer Schulter, zogen sie näher. Seine Arme umschlangen sie, drückten sie an seinen Körper. Der Kuss wurde intensiver.

»Holly«, flüsterte Connor, als sie auseinanderwichen.

Sie schüttelte den Kopf. Nicht heftig, nur ein Zeichen der Verwirrung, der Nervosität, des Widerstands, ein Ja und Nein zugleich. »Bitte nicht.«

Er zog sie wieder an sich. »Doch.«

Ihre Tränen begannen zu fließen, aber sie kam ihm entgegen, machtlos ihren Gefühlen ausgeliefert. Es wurde ein sehr langer Kuss.

Sie klammerten sich aneinander. Connor strich ihr eine Haarsträhne aus der Stirn, seine Daumen wischten die Tränen vorsichtig fort. »Du hast hier ein kleines Sorgenfältchen«, sagte er und küsste sie zwischen die Augen.

Holly versuchte ein erneutes Schluchzen zu unterdrücken.

»Möchtest du, dass ich gehe?«, fragte er und trat einen halben Schritt zurück.

Wieder schüttelte sie den Kopf. Sie suchte seinen Blick, suchte nach Bestätigung. Und sie bekam sie. Mit einem leisen Seufzer krallte sie sich in sein Hemd und zog ihn zu sich heran. Dieses Mal küsste *sie ihn*.

»Sei dir sicher«, flüsterte er, als sie sich voneinander lösten.

»Ich bin mir sicher«, flüsterte sie zurück. Es gab kein Zögern.

Er drückte sie fest an sich. »Wenn du jetzt deine Meinung änderst, könnte ich damit noch klarkommen. Aber dann sag es bitte sofort.«

Statt einer Antwort küsste Holly ihn wieder.

Er stöhnte, als sich ihre Lippen trennten. »Ich habe nichts zum Schutz dabei, du?«

»Nein.«

Sie sahen sich an, die Gesichter nur Zentimeter voneinander entfernt.

Connor schloss die Augen, drückte seine Stirn an ihre. »Oh Mist.«

Hollys Atem ging stoßweise. Dann fiel die Spannung allmählich von ihr ab, als ihr die Lächerlichkeit ihrer Situation klar wurde. Sie spürte, dass Connor bebte, und sah, dass er lachte. Sie wollte nicht lachen. Es war das Letzte, was sie tun wollte, aber sie kam nicht dagegen an. Sie standen da, hielten sich in den Armen und lachten fast hysterisch. Alles, was Holly einfiel, war, dass sie einen Mann, der in solch einer Situation lachen konnte, unbedingt näher kennenlernen musste.

»Die Geschäfte werden inzwischen geschlossen sein«, brachte Connor schließlich hervor. Er vergrub sein Gesicht an ihrem Hals. »Ich könnte einfach nur schreien«, fügte er in gespielter Verzweiflung hinzu.

Das galt auch für Holly. »Hast du denn auch da, wo du wohnst, nichts?«

»Ich fürchte nicht. Ich bin etwas aus der Übung gekommen.«

Sein Geständnis überraschte sie. Jemandem, der so gut aussah wie Connor, mussten die Frauen doch reihenweise verfallen. Sie sagte das laut.

»Ich bin ein Mann, Holly, keine Sexmaschine. Ich habe es ganz gern, wenn es noch etwas bedeutet«, murmelte er, ehe er den Kopf hob und sie ansah.

Eine schmerzliche Erinnerung verdunkelte ihren Blick, und Connor verstand plötzlich. »Das ist es also.« Er nahm ihre Hände in seine. »Nicht alle Männer sind gleich, Holly. Dein Mann mag dich schrecklich verletzt haben, aber verurteile uns nicht alle. Gib mir eine Chance.« Er setzte sich auf das Bett, schob die Zeitung zur Seite und zog sie neben sich.

Holly lehnte den Kopf an seine Schulter. »Ich habe Angst.«

»Ich weiß.«

»Das macht mich wütend. Und dann öffne ich den Mund und sage Dinge, die ich nicht so meine.«

»Ich weiß.«

»Und dann hasse ich mich selber dafür und werde noch wütender, und dann tauchst du plötzlich in meinem Zimmer auf und … das macht mir einfach Angst.«

»Du musst keine Angst haben, Holly. Ich könnte dir niemals wehtun.«

Sie spürte seine Aufrichtigkeit. Sie bedeutete ihr viel. »Ich möchte es nicht nur halb machen.«

Seine Stimme klang amüsiert. »Ich glaube auch nicht, dass das möglich ist. Ich könnte mich nicht zurückhalten.«

»Hör auf, dich über mich lustig zu machen.«

»Das tue ich nicht. Ich mache mich über uns lustig.«

Uns! Hatte er da wirklich *uns* gesagt? »Dennis war mit vielen Frauen im Bett. Ich weiß nicht, ob er dabei immer …«

»Ich verstehe, Holly. Es ist schon okay.«

»Und ich nehme keine Pille.«

Connor drehte sie zu sich herum und nahm ihr Gesicht in seine Hände. »Ich kann warten.« Er küsste sie auf die Nasenspitze. »Du bist wunderschön.«

»Du auch.«

»Sehr direkt.«

»Das bist du nicht.«

Seine Augen zwinkerten. »Ehrenwert.«

»Hör auf.«

»Reizbar.«

»Einverstanden.«

»Witzig.«

»Hysterisch.«

»Pragmatisch.«

»Was ist das?«

Er küsste sie erneut auf die Nasenspitze. »Du hast eine aristokratische Nase.«

»Unsinn.«

Er ignorierte ihre Bemerkung. »Und einen wunderschönen Körper.«

Sie sah auf ihre zerknitterte Kleidung herab.

»Aber dein Kleidungsstil bedarf einiger Verbesserungen.«

»Wer sagt das?«

Er wurde plötzlich ernst und zog sie an sich. »Du löst in mir den Wunsch aus, dich zu beschützen.«

Eine sarkastische Antwort erstarb ihr auf den Lippen. Der Gedanke war durchaus verlockend.

»Connor?«

»Hm?«

»Wann machen die Geschäfte morgens auf?«

Es war bereits nach Mitternacht, als Connor das Hotel verließ. Sie hatten im Speisesaal gegessen und sich danach noch lange unterhalten.

Connor hatte sehr offen und freizügig über seine beiden Scheidungen gesprochen. Während er damit beschäftigt gewesen war, sein Imperium aufzubauen, hatte seine erste Frau Trost in Alkohol und Kokain gesucht. Er machte sich selbst dafür verantwortlich. »Ich hätte es viel eher merken müssen, aber ich war zu sehr in meine Arbeit vertieft, um es zu sehen. Sie brauchte mich, und ich war nicht da.«

»Aber niemand hat sie dazu gezwungen, Drogen zu nehmen.«

»Das ist nicht der Punkt. Ich hätte es erkennen müssen. Irgendwann hat sie nicht mehr versucht, die Dinge vor mir versteckt zu halten, und sich geweigert, Hilfe von mir anzunehmen. Von da an ging es nur noch abwärts. Ich versprach, weniger zu arbeiten, verbrachte mehr Zeit zu Hause, aber sie machte mir ständig Vorwürfe. Am Ende wurde mir klar, dass sie mich hasste.« Er atmete tief durch. »Es ist das Schlimmste, was man sich vorstellen kann, einer Person, die man liebt, dabei zuzusehen, wie sie sich selbst zerstört.«

Holly stellte ihm dieselbe Frage, die er ihr am Tag zuvor gestellt hatte. »Liebst du sie noch?«

»Nein, nicht mehr.«

»Und was ist mit der zweiten?«

Er wirkte so, als sei es ihm unangenehm, von ihr zu erzählen. »Um es genau zu sagen, es war pure Lust. Sie war unglaublich schön, aber kalt wie ein Eisberg. Sie hat mich auch nie geliebt, lediglich mein Geld und die gesellschaftliche Anerkennung, die sie durch mich bekam.«

Holly sah, wie sehr ihn die Wahrheit schmerzte. Es war nicht leicht für einen Mann, so etwas zuzugeben. »Aber du hast das alles vor den Medien verborgen gehalten. Durch dein Schweigen hast du einen großen Teil der Schuld auf dich genommen. Warum?«

»Ob du es glaubst oder nicht, Holly, ich bin ein Mensch, der sehr auf seine Privatsphäre bedacht ist.« Er sah, dass sie widersprechen wollte. »Wirklich. Natürlich stehe ich häufig in der Öffentlichkeit. Jeder kennt Connor Maguire, aber niemand kommt ihm wirklich nahe. Mein Privatleben ist völlig tabu.«

»Hast du denn nicht Angst, mir das alles zu erzählen? Schließlich bin ich auch Journalistin.«

»Nein.«

Sie lächelte. Er hatte recht. Auch wenn sie für eine gute Story fast alles tun würde, niemals würde sie dieses Vertrauen brechen. Sie war froh, dass er das wusste.

»Du bist sehr loyal. Und das ist es, was am meisten schmerzt, habe ich recht? Dass dein Vertrauen so missbraucht wurde.«

»Psychologie zu dieser späten Stunde?« Holly sah auf die Uhr und gähnte. Es war Viertel nach zwölf. »Eines sage ich dir, Maguire. Ich toleriere diese Befragung nur, weil ich todmüde bin.«

Er grinste, aber er spürte, dass sich ein tiefes Verständnis zwischen ihnen entwickelt hatte.

»Bist du auch loyal?«, fragte sie plötzlich.

Connor fuhr sich mit der Hand durchs Haar und schien nachzudenken. »Ich glaube ja«, antwortete er schließlich. »Wenn man mir die Chance dazu gibt.«

Draußen auf dem Parkplatz wünschten sie sich eine gute Nacht. »Wir sehen uns morgen früh«, flüsterte er ihr ins Ohr. »Sobald es geht.«

Kapitel Acht

Die Zweifel kamen in dem Moment, als sie die Augen aufschlug. Der vergangene Abend war einfach passiert, unerwartet und völlig natürlich. Aber jetzt? Jetzt war alles, was geschah, berechnet. Connor würde im Hotel erscheinen, wo Holly, so war es abgesprochen, im Bett liegen und auf ihn warten sollte. Nein! Das ging nicht! Aber sie wusste nicht, wie sie es verhindern sollte, ihm beibringen, dass er nicht kommen sollte und sie ihre Meinung geändert hatte. Die ganze Situation war fürchterlich verworren. Sie konnte das einfach nicht durchziehen.

»Verflucht, Jones«, beschimpfte sie sich selbst. »Was hast du dir bloß gedacht?«

Sie warf die Decke zurück und stöhnte vor Schmerzen, als ihre Rippen sich sogleich in Erinnerung riefen. Sie mochten so plötzliche Bewegungen noch nicht. Holly nahm eine Dusche, trank eine Tasse Kaffee und suchte ihr unmöglichstes Outfit heraus. Unruhig lief sie im Zimmer auf und ab. »Verflucht, Jones«, wiederholte sie ungeduldig. »Deine verdammte Libido meldet sich, und schon verabschiedet sich dein Verstand komplett von diesem Planeten.«

Das fordernde Schrillen des Telefons ließ sie zusammenfahren. »Holly Jones!« Sie bellte es geradezu heraus.

»Hier ist Connor.«

Am besten war es, sie brachte es gleich hinter sich. »Hör zu, ich … wegen gestern Abend …«

»Es ist schon okay, Holly.«

Sie hörte ihn nicht. »Es ist so, dass … also weißt du, ich habe nachgedacht und …«

»Ich komme nicht.«

»Wie bitte? Was hast du gesagt?«

»Ich komme nicht.«

Verdammt!

»Ich hole dich um elf ab, wie verabredet.«

»Gut.« Ihre Stimme klang hölzern.

»Bis dann.« Er legte auf, und sie stand da und starrte das Telefon in ihrer Hand an.

Ganz langsam legte sie den Hörer auf. Ihre Gedanken überschlugen sich. Machte er diesen Rückzieher, weil ihn dieselben Zweifel plagten? Oder weil das, was gestern Abend noch wie eine gute Idee erschienen war, jetzt eine schlechte war? Bedeutete ihm das Ganze überhaupt irgendetwas? War sie ihm nicht gut genug? Sie sah sich plötzlich im Spiegel. Verwaschene graue Hose, weite weiße Bluse, kein Make-up, ungekämmte Haare. Holly sank aufs Bett, schlug die Hände vors Gesicht und lachte sich halb tot.

Um elf wartete sie an der Rezeption auf ihn. Sie hatte sich umgezogen. Sie trug einen ecrufarbenen Hosenanzug aus Leinen und hatte einen Hauch Make-up aufgelegt. Sie war kurz angebunden. Er auch.

»Hast du die Anfahrtsbeschreibung dabei?«

»Ja. Die Geschenke auch.«

»Dann lass uns fahren.«

Zehn Minuten lang sprach keiner von ihnen ein Wort. Schließlich brach Connor das Schweigen. »Wir müssen reden.«

»Worüber?«

»Über heute.«

Das überraschte sie.

»Ja, dann.«

»Und gestern Abend.«

Holly drehte sich so, dass sie ihm ins Gesicht sehen konnte. »Müssen wir?«

»Ja.«

»Okay.« Sie straffte die Schultern.

Connor trat auf die Bremsen, um einem streunenden Hund auszuweichen. »Es tut mir leid. Es wird nicht wieder vorkommen.«

Die Frage rutschte ihr heraus, ehe sie es verhindern konnte. »Warum nicht?«

Wenn er nicht so konzentriert auf die Straße geschaut hätte, hätte sie das amüsierte Blitzen in seinen Augen gesehen. So blieb ihr nur seine Stimme, und die klang ziemlich neutral. »Weil es uns behindert.«

»Da stimme ich dir zu.«

»Wirklich?«

»Absolut.« Sie sah wieder starr geradeaus.

Er warf ihr einen Seitenblick zu. »Gut.« Seine Stimme war leise.

»Ja.« Sie nickte.

»Ich entschuldige mich nicht, damit du das richtig verstehst.«

»Klar.«

»Und ich sage auch nicht, dass es mir keinen Spaß gemacht hat.«

Er streckte die Hand aus und drückte ihren Arm. »Es gibt nichts, weshalb du verlegen sein müsstest.«

»Ich bin nicht verlegen.«

»Gut. Dann sei es auch nicht.«

»Okay.« Sie wandte sich ab und schaute aus dem Fenster, ohne wirklich etwas zu sehen.

»Holly?«

»Ja.«

»Schau mich an.«

Sie tat es, widerstrebend.

»Du siehst heute sehr hübsch aus. Es fällt mir schwer, meine Hände von dir zu halten. Am liebsten würde ich dich über die Schulter werfen, in meine Höhle schleppen und mich genüsslich über dich hermachen. Bis du um Gnade flehst.«

»Ich bin es nicht gewohnt zu flehen.«

»Also gut, bis du Gnade befiehlst?«

»Befehlen klingt gut.« Sie verspürte plötzlich Zuneigung und Dankbarkeit. Er versuchte, ihr aus ihrem Unbehagen herauszuhelfen. Sie löste ihren Sicherheitsgurt, beugte sich zu ihm und küsste ihn auf die Wange. »Danke.«

»Lass mich bloß in Ruhe.«

Holly lächelte, als sie sich wieder anschnallte.

»Es gibt da nur noch eine Sache«, sagte er.

»Ach was. Und ich dachte schon, du seist endlich fertig.« Sie betrachtete ihn von der Seite und fragte sich, was er ihr noch zu sagen hatte. Er sah so verdammt gut aus.

»Wenn wir zurückkommen, mach dich auf etwas gefasst.«

»Ist das eine Drohung, Maguire, oder prahlst du nur?«

Seine zwei Grübchen waren wieder da, als er sie anlächelte. »Ich könnte mich verdammt an dich gewöhnen, Jones.« Er schüttelte den Kopf, als versuchte er, ihn freizumachen. »Also gut, ein paar Worte zu heute.«

Holly fand es schade, dass er das Thema wechselte, aber sie protestierte nicht. »Was ist mit heute? Raoul hat uns zum Essen eingeladen. Und zwar, weil er dich kennt und weil ich gern einen franko-mauritischen Blickwinkel für meine Story hätte.«

»Okay. Belass es dabei. Das ist eine gute Geschichte.«

»Geschichte? Soweit ich weiß, entspricht es den Tatsachen. Du hast kürzlich das kleine Wörtchen ›Drogen‹ in den Mund genommen, aber seither schweigst du dich über dieses Thema aus. Was ist mit dem Schatz? Weiß Raoul, dass du hinter dem Schatz her bist?«

»Wahrscheinlich. Ich bin ein Maguire, und er ist nicht dumm.«

»Was ist, wenn er mich danach fragt?«

»Wenn er dich anspricht, kannst du ihm ruhig sagen, dass du davon weißt. Madame Liang weiß es ohnehin, und da sie seine Geliebte ist, spricht vieles dafür, dass er es auch längst weiß. Aber sei sehr vorsichtig. Erwähne weder diesen Justin noch Kathleen oder das Tagebuch. Wenn Raoul ebenfalls hinter dem Schatz her ist, wird er alles tun, um mir zuvorzukommen.«

»Du sagtest, er sei ein Geschäftspartner von dir. Was für Geschäfte sind das, die ihr tätigt?«

Connors Stimme wurde eine Spur schärfer. »Schiffsfracht. Hat mich ein Vermögen gekostet, das Unternehmen. Ich hatte einen erstklassigen Partner aus Südafrika, aber wir brauchten noch einen dritten Mann. Raoul schien mir genau der Richtige zu sein. Was für ein Fehler! Er kennt keinerlei Geschäftsmoral. Er hat sich so viel und so oft er konnte bedient. Natürlich hatte ich keine Beweise. Für alles hatte er eine Ausrede. Er weiß, was ich weiß, aber das stört ihn nicht im Geringsten.«

Holly zögerte, dann fragte sie: »Ist Raoul an dieser Drogengeschichte beteiligt?«

Er atmete aus. »Allmählich wünsche ich, ich hätte das nie erwähnt. Kannst du nicht mal davon aufhören?«

»Ist er?«

Seine Antwort überraschte sie. »Es ist kompliziert, aber ich glaube nicht. Nicht, soweit ich … Nein, er ist es nicht.«

»Hoffentlich hast du recht. Du klingst nicht sehr überzeugt. Nach allem, was Kathleen über ihn erzählt hat, ist er jemand, dem man aus dem Weg gehen sollte.«

»Ich weiß nicht. Vielleicht hat sie die Dinge zu sehr vereinfacht.«

»Welche Dinge?«

»Dinge eben. Mehr kann ich jetzt nicht dazu sagen. Sei einfach nur vorsichtig in seiner Nähe.« Connors Stimme klang ruhig, aber es gab keinen Zweifel daran, dass er es ernst meinte. Aus welchen Gründen Connor Maguire sich auch auf Mauritius aufhielt – und Holly war sich ganz sicher, dass er ihr längst nicht die ganze Geschichte erzählte hatte –, Raoul Dulac bereitete ihm ernstlich Kopfzerbrechen.

Ihre Ankunft wurde durch lautes, hysterisches Bellen hinter der Tür angekündigt. Raoul öffnete ihnen persönlich, und Holly wurde von einem aufgeregten Afghanen beinahe umgeworfen, der an seinem Herrchen vorbeistürmte, um die Neuankömmlinge zu beschnüffeln. Als Holly merkte, dass Raoul keinen Versuch machte, diese peinliche Untersuchung zu unterbinden, gab sie ihm einen kurzen Klaps auf die allzu neugierige Schnauze. Sie war der Meinung, dass man Hunden, ebenso wie Kindern, von Anfang an gute Manieren beibringen musste. Derart abgewiesen, richtete das Tier seine Aufmerksamkeit auf Connor, der es, ohne sich um Raoul zu kümmern, heftig am Halsband packte und ruhig, aber bestimmt Nein sagte. Als der Hund gehorchte, klopfte er ihm lobend aufs Fell.

Raoul war ebenso gestylt wie das ganze Haus. »Willkommen. Ich freue mich, dass Sie gekommen sind.« Dem breiten Lächeln und den ausgestreckten Armen folgte ein überschwängliches Wangenküssen und lautstarker Protest, als ihm der Wein und das Konfekt gereicht wurden. Für Hollys Geschmack drückte er sie viel zu eng an sich, und es kostete sie einige Überwindung, ihn nicht von sich zu schieben.

Das Geräusch von klirrendem Eis in einem Glas ließ darauf schließen, dass auch Raouls Frau anwesend war. Solange stand wenige Schritte hinter ihrem Man und wartete darauf, vorgestellt zu werden. Elegant war das Wort, das sich Holly sofort aufdrängte. Sie trug eine korallenfarbene Seidenhose und ein wie eine Tunika geschnittenes Top. Ihr blondes Haar war zu einem schlichten, aber perfekten kinnlangen Bob geschnitten. Sie war ein wenig zu stark geschminkt, aber es gab keinen Zweifel daran, dass sie einmal atemberaubend schön gewesen sein musste. Mit dem Alter war diese Schönheit ein wenig verblasst, ihre Züge waren härter geworden, und um den Mund trug sie Fältchen der Bitterkeit. Ihre ausdruckslosen Augen blickten hart und undurchdringlich.

In dem Kristallglas, das sie in der Hand hielt, befand sich eine honigfarbene Flüssigkeit. Als sie näher kam, um ihnen die Hand zu reichen, identifizierte Holly die Flüssigkeit als Kognak. Solanges Willkommensworte waren laut, aber seltsam holprig, man merkte sofort, dass die Gastgeberin Mühe hatte, ihre Stimme unter Kontrolle zu bringen. Holly nahm an, dass sie ihnen, was den Alkohol betraf, bereits um Längen voraus war.

Die Dulacs bewohnten eine dreistöckige Villa. Sechs Imitationen korinthischer Säulen stützten einen großen Balkon im ersten Stock, von einer Veranda führten sechs Flügeltüren hinaus in den parkähnlichen Garten. Die Wohnräume hatten stuckverzierte Decken und Marmorfußböden und waren mit antiken Möbeln ausgestattet. An den Wänden hingen goldgerahmte Ölgemälde, auf denen Rennpferde, Segelschiffe und Szenen aus der Französischen Revolution abgebildet waren. Kathleen hatte erzählt, dass das ursprüngliche Haus bis auf die Grundmauern abgebrannt sei. An seiner Stelle war ein modernes Gebäude entstanden, das mit altem Mobiliar bestückt worden war. Holly kam sich vor wie in einem Museum. Das Haus der Dulacs verströmte keine Wärme, keine Herzlichkeit – dafür sah man ihm an, dass es Unmengen Geld verschlungen hatte.

Raoul wich nicht von ihrer Seite, zeigte stolz auf Möbelstücke und Bilder und bestand darauf, sie durch den Garten zu führen, ehe die anderen Gäste erschienen. Solange zog sich zurück, nachdem sie gemurmelt hatte, sie müsse sich ums Essen kümmern. Ihre Gastgeberin hätte ihr Desinteresse kaum deutlicher zeigen können. Bis sie schließlich wieder ins Haus zurückkamen, war Hollys Geduld ernsthaft auf die Probe gestellt worden. Den Rest gab Raoul ihr, als er ihr zuflüsterte: »Die Schönheit einer Rose wird nur noch von Ihrer übertroffen, Madame«, was sie zu der Antwort provozierte: »Danke, Raoul, aber denken Sie auch an die Dornen.« Connor zwinkerte ihr anerkennend zu.

Kurz nachdem Raoul ihnen zu trinken angeboten hatte, erschienen die übrigen Gäste. Das Begrüßen der Neuankömmlinge hielt ihn für eine Weile beschäftigt. Connor schaute zu einem Gemälde auf, das die Hinrichtung von Louis XVI. durch die Guillotine zeigte, und flüsterte Holly zu: »Offenbar bist du wenig empfänglich für den guten alten gallischen Charme.« Er grinste.

Holly, die ebenfalls so tat, als bewundere sie eines der alten und zweifellos sehr wertvollen Bilder, warf ihm einen vernichtenden Blick zu.

Mitten in das gegenseitige Vorstellen und die höflichen Plaudereien erschien plötzlich eine Frau auf der geschwungenen Treppe. Sie blieb kurz stehen, warf einen Blick in die Eingangshalle und ging dann hinunter, um in die Gästeschar einzutauchen. Sie war sehr hübsch und außergewöhnlich gekleidet: ein Seidenschal, den sie nach Art der Beduinen um den Kopf geschlungen trug, ein langer seidener Kaftan, cremefarbene offene Sandalen. Dazu trug sie goldenen Schmuck, der die dunkle Farbe ihrer makellosen Haut betonte.

»Ah, da bis du ja, Darling.« Raoul ging mit einer theatralischen Geste auf die junge Frau zu. »Komm, ich stelle dir unsere Ehrengäste vor.«

Noch bevor sie ihnen vorgestellt wurde, wusste Holly, dass Kathleens Tochter vor ihnen stand.

Raoul, Anne-Maries Vater, stellte sie als seine Schwester vor. Aufmerksam betrachtete Holly das schöne Gesicht. Sie hatte wenig von ihrer Mutter. Eine entfernte Familienähnlichkeit, wenn man ganz genau hinsah, aber die Zeit und ihre Arroganz gaben dem Gesicht etwas Kaltes und Unnahbares. Anne-Marie mochte einst Kathleens weiche Züge besessen haben, aber jetzt war davon nichts mehr zu erkennen. Sie hatte die Augen ihrer Mutter, aber nur der Form nach. Der Blick, mit dem sie ihren Vater ansah, war voller Hass.

Raoul ließ Holly und Anne-Marie zusammen stehen, während er weitere Gäste begrüßte. »Habe ich richtig verstanden, dass Sie in Frankreich leben?« Im nächsten Moment hätte Holly sich am liebsten auf die Zunge gebissen. Diese Information stammte von Kathleen.

Anne-Marie schien glücklicherweise nichts zu bemerken. »Ja.«

»Aber Sie sind hier aufgewachsen, nicht wahr?«

Verächtlich ließ Anne-Marie den Blick durch den Raum schweifen. »Nicht in diesem Haus. Das ursprüngliche Haus ist im letzten Jahr niedergebrannt. Meine Eltern sind bei dem Brand ums Leben gekommen.«

»Das tut mir leid.«

Feindliche braune Augen bohrten sich in ihre. »Warum um alles in der Welt sollte Ihnen das leid tun?«

»Es muss …«

Anne-Maries goldberingte Hand wischte Hollys unvollendete Bemerkung fort. »Es hat mir damals nicht leid getan, und es tut mir heute nicht leid. Befriedigt das Ihre Neugier?« Mit einem knappen Nicken entfernte sie sich und ließ Holly einfach allein stehen.

Aus dem Nichts tauchte Connor neben ihr auf. »Ist das diejenige, für die ich sie halte?«, fragte er.

Holly nickte.

»Passt das, was sie sagt, zu ihrem Äußeren?«

»Ich fürchte ja.«

Ein plötzliches Raunen ließ sie beide aufschauen. Holly sah sofort, wer so viel Aufmerksamkeit auf sich zog. Liang Song stand in der Tür, ihr abschätziger Gesichtsausdruck traf jeden, der ihre Anwesenheit in Frage stellen mochte. Solange Dulac erstarrte. Sie umklammerte krampfhaft ihr Kognakglas. Raoul bahnte sich mit dem Blick einer zufriedenen Katze einen Weg zu ihr und rief ihr von weitem einen Gruß zu. Als er sich über die Hand der jungen Chinesin beugte, strotzte sein Blick nur so von Boshaftigkeit.

Eine Frau lachte, und ganz allmählich nahmen auch die anderen Gäste ihre Gespräche wieder auf. Holly ertappte sich dabei, dass sie die ganze Zeit die Luft angehalten hatte. Keuchend atmete sie aus. »Sehr merkwürdig«, flüsterte sie Connor leise zu.

»Ich habe dir ja gesagt, dass er keine Moral hat. Es ist so, wie Kathleen sagte: Er hält sich für unangreifbar.«

»Ich mochte ihn schon nicht, als ich ihn das erste Mal sah. Nach Kathleens Geschichte kann ich es kaum ertragen, ihn anzusehen. Er ist widerwärtig.«

»Das kann man wohl sagen.« Connor schüttelte den Kopf. »Die gesamte Familie Dulac besticht durch ihre Arroganz. Dabei sind die meisten Franko-Mauritier warmherzige, freundliche Menschen.«

»Ich bin froh, dass du das erwähnst«, meinte Holly süffisant und bewegte sich auf eine in der Nähe stehende Gruppe zu. »Ich hoffe bloß, dass ich hier welche finden kann.«

Aber Connor behielt recht, die meisten Gäste waren nett und aufgeschlossen. Nachdem sich herumgesprochen hatte, dass Holly für eine australische Zeitschrift eine Reportage über Mauritius schrieb, waren sie äußerst hilfsbereit. Sie boten sich an, ihre Fragen zu beantworten und ihr Anekdoten über das Leben auf der Insel zu erzählen, die sie in ihrem Artikel würde zitieren können. Dabei registrierte Holly mehrfach, dass die Dulacs bei den meisten nicht sehr beliebt waren.

Sie stand einen Augenblick allein, als ein junger Mann, kaum älter als zwanzig, auf sie zukam und sich vorstellte. »Willkommen an diesem illustren Ort«, begrüßte er sie. »Ich bin Guy Dulac. Ich beobachte Sie schon eine ganze Weile. Sie interessierten mich.«

»Holly Jones.« Er war ausgesprochen groß, fast zwei Meter, und stand so nah vor ihr, dass Holly den Kopf fast ganz in den Nacken legen musste, um ihn anzuschauen. »Sind Sie Raouls Sohn?«

»Das bin ich in der Tat.« Mit blitzweißen Zähnen lächelte er sie an. »Und wer sind Sie, Holly Jones?«

Wenn Holly sich nicht irrte, flirtete er mit ihr. »Ich bin eine australische Journalistin. Ich bin hier, um eine Reportage über Mauritius zu schreiben. Raoul war der Meinung, ich müsste dazu unbedingt einige Franko-Mauritier kennen lernen.«

»Und? Haben Sie das?«

»Ja.«

Er drehte den Kopf, um jemanden zu begrüßen, und Holly registrierte, dass er das blonde Haar wie sein Vater lang trug, mit einem Lederband hinten zurückgebunden. Er machte gar nicht erst den Versuch zu verbergen, dass er sie attraktiv fand. Holly hätte sich möglicherweise geschmeichelt gefühlt, wenn er nicht so unangenehm direkt gewesen wäre. Der Blick aus seinen blauen Augen wanderte unverhohlen über ihr Gesicht und ihren Körper, das Lächeln auf seinen Lippen war selbstsicher, fast intim. Seine Worte waren durchaus zweideutig zu verstehen. »Heute ist Ihr Glückstag. Ich bin Franko-Mauritier und stehe Ihnen voll und ganz zur Verfügung. Ich bin mir sicher, ich kann jeden Ihrer Wünsche erfüllen.«

Ein jüngeres Mädchen wäre auf seine Schmeicheleien sicher sofort hereingefallen. Schließlich war er verdammt attraktiv. »Das ist sehr freundlich von Ihnen, aber …«

»Nichts aber.« Er machte eine tiefe Verbeugung und schwang dabei in ritterlicher Manier den Arm. »Ich bestehe darauf, Ihnen zu helfen. Sie besitzen meine ungeteilte Aufmerksamkeit.« Als er sich wieder aufrichtete, fügte er hinzu: »Den ganzen Tag und auch noch die Nacht, wenn nötig.«

Holly fühlte sich immer unbehaglicher. Er war charmant, das musste sie ihm zugestehen, aber sie hatte sich in Gegenwart von Männern, die etwas aussprachen, während ihre Augen etwas ganz anderes ausdrückten, noch nie wohl gefühlt. Guy Dulac gab ihr unmissverständlich zu verstehen, dass sie ihm gefiel. »Ich werde auf Sie zukommen«, antwortete sie. Es klang wenig überzeugend.

Aber er ließ sich nicht abwimmeln. »Was haben Sie heute noch vor?«

»Ich bin mit einem Freund zum Dinner verabredet.« Die Lüge kam ihr leicht über die Lippen.

»Können Sie das nicht absagen?« Guy sah so enttäuscht aus, dass er ihr fast leid tat.

»Ich fürchte, das ist nicht möglich.«

»Morgen Abend?«

»Da bin ich auf Rodrigues.«

»Dann heute Abend nach dem Dinner. Rufen Sie mich an.«

Holly fühlte sich allmählich genervt. »Es wird sicher spät werden«, beharrte sie.

Guy seufzte theatralisch. »Was für ein glücklicher Mann.«

»Genau genommen«, meinte Holly und setzte ein zuckersüßes Lächeln auf, »ist es eine Frau, die ich treffe. Ich bin nämlich lesbisch.« Sie ging davon und ließ Guy einfach stehen. Sprachlos starrte er ihr nach.

Holly unterhielt sich weiter angeregt mit den anderen Gästen. Irgendwann spürte Connor sie wieder auf. Sobald sie allein waren, beugte er sich zu ihr herunter und flüsterte ihr zu: »Ich habe gerade mit Guy Dulac gesprochen. Hast du ihm tatsächlich gesagt, du seist lesbisch?«

»Habe ich.«

Er zog die Augenbrauen hoch, und als sie seine Grübchen sah, war sie sich nicht sicher, ob er versuchte, ein Lachen zu unterdrücken oder sein Erstaunen verbarg. Das Einzige, was er schließlich sagte, war: »Wie reizend.« Dann ging er wieder davon.

Holly spürte schon seit einiger Zeit, dass Liang Song zu ihr herüberschaute, daher ging sie durch den Raum auf sie zu, um herauszufinden warum. »Wir treffen uns also tatsächlich wieder.«

Liang Song nickte knapp. »So ist es.«

»Entschuldigen Sie bitte, wenn ich das sage, aber bei unserem Interview hatte ich den Eindruck, dass sich die Chinesen, vor allem die, die einer gesellschaftlichen Stellung zugehörig sind wie Sie, keinen engeren Kontakt zu den Franzosen pflegen.«

»Das habe ich nie behauptet.«

»Nein, aber angedeutet. Es ist nämlich etwas, was ich in meinem Artikel erwähne, und es wäre mir unangenehm, wenn es falsch wäre.« Holly sah die Chinesin mit unschuldigem Blick an.

»Monsieur Dulac und ich sind Geschäftspartner. Das ist ein großer Unterschied.«

»Das erklärt natürlich alles«, antwortete Holly eifrig.

Liang Song wechselte das Thema. »Sie scheinen regelmäßigen Kontakt mit Mr. Maguire zu haben. Ich schätze, er hat seine Meinung bezüglich eines Interviews inzwischen geändert?«

»Connor Maguire ist ein prominenter Mann. Das akzeptiert er.«

Ein Lächeln, oder war es eher ein verächtlicher Blick, traf Holly. »Er wird keinen Schatz finden.«

»Vielleicht nicht, aber er wird es auf jeden Fall versuchen. Schließlich geht es dabei um einen guten Zweck.«

Raoul gesellte sich zu ihnen. »Wie ich sehe, kennt ihr zwei euch schon. Gut.« Er schaute rasch zu seiner Frau hinüber. »Solange, Chérie«, rief er so laut, dass die meisten im Raum es hören konnten. »Gesell dich ein wenig zu uns.«

Solange Dulac, der der Unmut deutlich anzusehen war, gehorchte. Sie war charmant, freundlich und – völlig betrunken. Holly hatte großes Mitgefühl mit der Frau. Natürlich ließ sie sich nichts anmerken. Madame Dulac war die Art Frau, die Mitgefühl im nüchternen Zustand verachtete. Betrunken wie sie war, würde sie vermutlich eine Szene machen. In diesem Augenblick trat Anne-Marie zu ihnen.

Na wunderbar, dachte Holly. Jetzt fehlt nur noch der lüsterne Sohn. Und wie auf ein Zeichen erschien Guy Dulac an ihrer Seite.

Aus der nachfolgenden Unterhaltung wurde deutlich, dass sich die fünf nicht allzu viel zu sagen hatten. Holly ertrug ein paar Minuten unverhohlener Feindseligkeiten, ehe sie sich höflich entschuldigte und das Weite suchte.

Das Buffet wurde spät eröffnet, aber das Warten hatte sich gelohnt. Weiß gekleidete Ober reichten Silberplatten voll heißer und kalter Speisen herum. Holly erinnerte sich daran, dass Kathleen erzählt hatte, sie habe früher bei den Dulacs am Tisch serviert. Irgendwie konnte sie sich die fröhliche kleine Nonne an diesem Ort nur schwer vorstellen. Die Gäste häuften sich die Teller voll und suchten sich einen Sitzplatz, alles war ganz zwanglos. Holly saß auf einem Sofa, als sich ein rundlicher Gentleman, der sich als François Prost vorstellte, zu ihr gesellte. Wie sich bald herausstellte, war er der amtierende Polizeiarzt. Er stammte aus Frankreich, hatte auf Mauritius eine Urlaubsvertretung übernommen und würde in ungefähr einem Monat wieder nach Frankreich zurückkehren. Holly hätte gern Näheres über seine Arbeit erfahren, aber leider kam wenig später Anne-Marie hinzu und setzte sich auf seine andere Seite. Die Aufmerksamkeit des Franzosen wurde abgelenkt und konzentrierte sich schließlich nur noch auf Anne-Marie. Holly war sich nicht sicher, ob es Anne-Maries Aussehen oder ihr nicht zu übersehender Reichtum war, der Prosts Interesse auf sich gezogen hatte, aber nach dem gelangweilten Gesichtsausdruck der Frau und nach ihren lustlosen Antworten zu urteilen, verschwendete François Prost bei ihr Zeit und Energie.

Holly beschloss, den Kaffee auszulassen, und machte sich auf die Suche nach einer Toilette. Neben der Eingangshalle gab es eine, aber sie war besetzt. Zwei Personen standen bereits davor und warteten. Als sie ins Speisezimmer zurückkehrte, sah sie Solange Dulac und fragte sie, ob es noch eine weitere Toilette gäbe, die sie benutzen dürfe. Solange zeigte nach oben. Als Holly hochging und die ihr beschriebene Tür öffnete, stellte sie fest, dass sie sich im Schlafzimmer der Dulacs befand. Es war großzügig, hell und luxuriös; zwei Flügeltüren öffneten sich auf einen Balkon. Nirgends lag etwas Persönliches herum. Der Raum wirkte völlig unbenutzt. Eine weitere Tür öffnete sich zu einem Bad, das ebenfalls nicht benutzt zu werden schien. Erleichtert ging Holly hinein und schloss die Tür hinter sich.

Holly kannte derart luxuriöse Bäder nur aus Zeitschriften. Toilette und Bidet, Whirlpool, Doppelwaschbecken, große Kristallspiegel, Marmor vom Boden bis zur Decke, goldene Armaturen, teure, mit Monogrammen bestickte Handtücher – es war fast dekadent. Aber Holly gefiel es!

Sie wollte gerade die Toilettenspülung betätigen, als sie stutzte. Fetzen eines Gesprächs aus dem Schlafzimmer nebenan drangen zu ihr ins Bad. Es waren männliche Stimmen. Sie zögerte, als sie Raoul erkannte. Normalerweise hätte sie ein Geräusch machen und damit auf ihre Anwesenheit hinweisen müssen, aber Hollys siebter Sinn sagte ihr, dass das, was die beiden zu einem privaten Plausch hierher getrieben hatte, möglicherweise interessant sein konnte. Also tat sie das, was sie als eifrige Journalistin des Öfteren tat – sie lauschte. Nach wenigen Sekunden wusste sie, dass der andere Mann Justin Parker war.

»Sie waren doch gar nicht lange genug dort, um das zu erkennen«, bellte Raoul mit wütender Stimme. »Sie wussten doch, dass ich es gern gehabt hätte, wenn Sie dort geblieben wären.«

»Ich versichere Ihnen, Rodrigues ist nicht der richtige Ort. Es passt einfach nicht.«

»Und wieso fliegt Maguire morgen dorthin? Er muss doch einen Grund haben. Und er nimmt diese Reporterin mit.«

Holly stockte der Atem, als sie hörte, dass Raoul auf die geschlossene Badezimmertür zukam. Sekunden später stellte sie erleichtert fest, dass er sich wieder entfernte.

»Sie müssen wieder dorthin. Es war idiotisch, schon zurückzukommen. Ich hatte Sie doch gebeten, auf Maguire zu warten.«

»Ich dachte, ich könnte hier von größerem Nutzen sein.« Justin klang beleidigt.

»Sie sollen nicht denken!« Die Stimme wurde lauter, dann wieder leiser. Raoul schien im Zimmer umherzulaufen. »Tun Sie einfach das, was ich sage. Und kommen Sie nie wieder hierher. Was ist, wenn Maguire oder das Mädchen Sie gesehen hat?«

»Und wenn schon? Dann haben Sie mich eben auch eingeladen.«

»Es ist mir aber lieber, wenn Maguire nichts von der Verbindung zwischen uns erfährt.«

Justin klang verwirrt. »Hören Sie, ich verstehe ja, dass Sie nicht wollen, dass er uns bei dem Schatz zuvorkommt, aber Ihre Angst, jemand könnte uns zusammen sehen, grenzt an Paranoia. Was ist denn so schlimm daran, wenn jemand erfährt, dass wir uns kennen?«

»Maguire ist ein gerissener Hund«, antwortete Raoul knapp. »Je weniger er weiß, desto besser.«

»Was soll er denn tun?«, fragte Justin höhnisch. »Uns umbringen?«

»Seien Sie nicht albern. Und unterschätzen Sie den Mann nicht. Ich habe schon Geschäfte mit ihm gemacht. Er ist clever. Tun Sie, was ich sage, Justin, und behalten Sie unsere Verbindung für sich.«

Die Stimme näherte sich wieder dem Badezimmer.

Holly erstarrte. Bitte, lass keinen von ihnen auf die Idee kommen, das Bad zu benutzen, flehte sie in Gedanken.

Justin sprach wieder. »Ich nehme den Flieger morgen früh. Maguire und Holly werden auch darin sitzen, aber sie werden denken, ich sei auf der Suche nach Dodo-Eiern.«

»Nein. Besser sie merken nicht, dass Sie auch mitfliegen. Vielleicht kommt uns dieses Überraschungsmoment irgendwann noch gelegen. Ich habe sowieso einige Geschäfte auf Rodrigues zu erledigen. Wir nehmen das Boot. Fahren Sie nach Cap Malheureux. Warten Sie dort am Kai auf mich. Ich werde bei Ihnen sein, sobald ich hier loskomme.«

»Wie lange wird die Fahrt dauern?«

»Etwa vierundzwanzig Stunden.«

»Dann werden wir also nicht vor Maguire dort sein?«

Man hörte Raoul seine Frustration an. »Es ist das Beste, was wir tun können. Wenn sich der Schatz auf Rodrigues befindet, wird er keine Zeit verlieren und sich sofort auf die Suche danach machen. Verdammt, Justin! Warum sind Sie nicht dort geblieben?«

Justins Stimme wurde nun ungeduldig. »Das habe ich Ihnen doch schon gesagt. Weil es auf Rodrigues keinen Ort gibt, der zu dem Plan passt.«

»Dann muss es noch etwas anderes geben.« Raoul klang nachdenklich. »Ich kenne den Mann. Er hat Informationen, die wir nicht haben. Maguire ist clever. Er scheut kein Risiko, aber er geht mit Methode vor und überlässt nichts dem Zufall.« Holly hörte, wie er beim Sprechen mit den Fingern schnippte. »Maguire muss noch etwas wissen. Es gab Gerüchte über ein Tagebuch. Vielleicht ist es ihm in die Hände gefallen oder irgendein anderer Hinweis. Vielleicht hat er auch eine Kopie des Plans gefunden.« Raoul seufzte tief. »Egal. Sie müssen ihn ausfindig machen und dürfen ihn dann nicht aus den Augen verlieren, verstanden?«

»Was ist, wenn er den Schatz findet?«

»Lassen Sie es mich wissen. Kommen Sie ihm nicht unter die Augen.«

»Aber die Hälfte davon gehört mir.« Justin klang schon wieder beleidigt. Er schien sich nicht gern herumkommandieren zu lassen.

»Die Hälfte von nichts, mein Freund, ist nichts. Und genau das wird uns erwarten, wenn Sie nicht vorsichtig sind. Denken Sie daran. Wir sehen uns dann also heute Abend. Ich muss jetzt zurück zu meinen Gästen.«

Holly hörte, wie die beiden Männer sich entfernten, und atmete erleichtert auf. Sie wartete noch eine Weile, dann betätigte sie die Toilettenspülung, durchquerte rasch das Schlafzimmer, spähte vorsichtig nach draußen auf den Korridor und machte sich auf die Suche nach Connor. Sie bemerkte nicht, dass Raoul sie aufmerksam ansah, als sie die Treppe hinunterkam.

Connor schien erleichtert, sie zu sehen. »Ich wollte gerade einen Suchtrupp zusammenstellen. Wo warst du so lange?«

»Lass uns ein wenig im Garten spazieren gehen.«

»Nichts lieber als das«, antwortete er trocken.

Sie wartete, bis sie sich weit genug vom Haus entfernt hatten, ehe sie ihm berichtete, was geschehen war. Connor schien es nicht sonderlich zu beunruhigen, dass es tatsächlich eine Verbindung zwischen Justin und Raoul gab. Vielmehr schien er sich darüber Sorgen zu machen, dass Holly fast erwischt worden wäre, als sie das Gespräch der beiden Männer belauscht hatte. »Haben sie noch von etwas anderem gesprochen als von Williams Schatz?«

»Nein.« Holly beugte sich zu ihm und senkte die Stimme. »Du glaubst nicht, dass Justin etwas mit der Geschichte zu tun hat, die ich nicht erwähnen darf?«

»Ich habe auch schon daran gedacht, aber nein, ich glaube nicht.« Sein Blick machte ihr klar, dass das Thema damit erledigt war.

Holly ignorierte es. »Was geht dann vor sich?«

»Zwei Dinge. Sie haben nichts miteinander zu tun.«

»Aber wenn …«

Connor packte sie an den Armen und drehte sie zu sich herum. »Sag mal, hörst du eigentlich nie auf?«

Holly zuckte mit den Schultern. »Ich wittere eine gute Story. Es ist wie bei …«

»Wie bei einem hungrigen Löwen, der Blut gewittert hat«, beendete er den Satz für sie und ließ sie los. »Bist du jetzt fertig hier? Ich habe genug von dieser langweiligen Party.«

»Aber wir sind Ehrengäste. Wir können noch nicht gehen.«

»Ich weiß nicht, wie ich dir das erklären soll«, antwortete Connor kopfschüttelnd, »aber du und ich, wir könnten gemeinsam vor Solange und Raoul in Flammen aufgehen, es würde sie nicht im Mindesten interessieren.«

Holly wusste, dass er Recht hatte.

Sie verabschiedeten sich und benutzten den frühen Flugtermin am nächsten Morgen als Entschuldigung. Raoul tat enttäuscht über ihren zeitigen Aufbruch, während Solange es gar nicht bemerkte, denn sie hatte sich schon zurückgezogen. Anne-Marie vertrat sie. »Es war nett, Sie kennenzulernen«, murmelte sie und hielt ihnen erst die eine und dann die andere parfümierte Wange hin. Guy Dulac sah düster zu, wie sie gingen, machte aber keine Anstalten, zu kommen und Auf Wiedersehen zu sagen.

»Wow!«, meinte Connor, als sie schließlich davonfuhren. »Ich kann einfach nicht glauben, dass sie Kathleens Tochter sein soll. Sie muss doch *irgendetwas* von ihrer Mutter geerbt haben.«

»Wenn, ist es längst tief begraben. Oder besser gesagt, vor langer Zeit gestorben«, antwortete Holly. Auf der Fahrt zurück sagte keiner mehr ein Wort. Es gab zu viel nachzudenken.

Als sie das *Merville Hotel* erreichten, stellte Holly überrascht fest, dass Connor den Wagen parkte. Sie hatte damit gerechnet, dass er sie einfach nur absetzen würde. »Wohin willst du?«, fragte sie erstaunt.

»In dein Zimmer.«

»Gibt es einen besonderen Grund?« Verflucht! Ihr Herz begann zu hämmern.

»Wir haben noch nicht über Rodrigues gesprochen.«

»Das erinnert mich an etwas. Wenn du mir die Ticketdaten gibst, sorge ich dafür, dass *Out of Focus* dir die Kosten erstattet. Das gilt natürlich auch für die Unterkunft.«

»Das ist nicht mein Problem. Wir brauchen einen Plan.«

»Vor ein paar Tagen hast du gesagt, es gäbe auf Rodrigues eine Stelle, zu der der Plan passen könnte. Bist du da ganz sicher?«

Connor gab keine Antwort.

An der Rezeption gab es keine Nachricht für sie. Also gingen sie direkt hinauf in Hollys Zimmer.

Holly schlüpfte aus ihrem Jackett, warf es über einen Stuhl und zog die Schuhe aus. Connor hatte es sich auf dem Sofa bequem gemacht. »Komm und setz dich«, sagte er.

Sie ging zu ihm. »Möchtest du etwas trinken?«

»Nein danke. Ich möchte dir etwas sagen. Ich war nicht ganz ehrlich zu dir.«

Holly grinste. »Überraschung, Überraschung! Ich muss dir sagen, Maguire, ich finde dein mangelndes Interesse an der Bergung des Schatzes seltsam. Du kannst das Gähnen ja kaum unterdrücken, sobald das Thema aufkommt. Es ist doch alles nur ein Vorwand für etwas anderes. Dieses Wort, das mit D beginnt, kommt mir immer wieder in den Sinn.«

»Hattest du nicht gesagt, es sei zu gefährlich, sich an eine Drogenstory zu wagen, ohne sich vorher nach allen Seiten abgesichert zu haben?«

»Das ist wahr.«

»Was hält dich dann noch hier? Wenn du mir nicht glaubst, dass ich einen Schatz suche, warum bleibst du dann noch?«

Holly kaute auf ihrer Unterlippe und dachte nach. »Aus irgendeinem Grund, den du selber kennst und zweifellos auch mein Vater, tust du so, als handele es sich nur mal wieder um irgendeine Wohltätigkeitsveranstaltung. Und in dem dir eigenen unnachahmlichen Stil gelingt es dir, das glaubwürdig erscheinen zu lassen. Du verzichtest auf Publicity, was für dich völlig untypisch ist, und erreichst damit, dass niemand genau hinsieht und herausfindet, dass du in Wirklichkeit etwas ganz anderes treibst. Bei deinem Glück wirst du diesen verdammten Schatz vermutlich sogar finden, dabei spielt es eigentlich gar keine große Rolle. Der bloße Versuch wird schon eine spannende Lektüre ergeben. Du bist die Attraktion, Maguire, nicht der Schatz. Die australische Öffentlichkeit vergöttert dich. Sie finden alles, was du tust, großartig. Und genau das ist der Grund, warum ich immer noch hier bin.«

Connor antwortete erst nach einer ganzen Weile. »Dann hörst du also endlich auf, irgendwelchen Geschichten hinterherzuspüren, die es gar nicht gibt?«

»Warum sollte ich?«

Er sah sie lange an. »Weil ich mir Sorgen mache«, antwortete er schließlich ruhig. »Ich habe Angst, dass du in etwas hineingerätst, wovon du keine Ahnung hast, und das sich als gefährlich erweisen könnte – für dich, für mich oder sogar für uns beide. Das ist der Grund.«

»Ich bin zutiefst gerührt.«

Seine Stimme wurde hart. »Das ist kein Spiel, Holly.«

»Wer bist du wirklich, Maguire?« Als er nicht antwortete, fuhr sie fort. »Du bist mit Sicherheit nicht der abenteuerlustige Playboy, für den du dich ausgibst.«

Er fuhr herum und packte sie an den Armen. In seinen Augen glitzerten Emotionen – Frustration, Ärger? Holly hielt seinem Blick stand, ungerührt. Sie sah seinen beinahe verzweifelten Blick, als er die Hand nach ihrem Gesicht ausstreckte und mit den Fingern sanft über ihre Wange strich. Mit einem Seufzer zog er sie an sich, seine Lippen suchten ihre. In dem Kuss lagen Leidenschaft und so viel Verzweiflung, als habe er Angst vor dem, was auf ihn zukommen würde. Durch den dünnen Stoff seines Hemds spürte sie, dass er zitterte. »Holly!« Seine Stimme klang rau. »Du bist die aufregendste Frau, die ich je kennen gelernt habe.«

»Du hast eine merkwürdige Art, das zu zeigen, Maguire.«

Er schob sie von sich und schaute ihr eindringlich in die Augen. »Fahr nach Hause, Holly. Bitte.«

»Nein.«

Er seufzte, fuhr mit den Lippen sanft über ihre, zog sie dann an sich und küsste sie wieder. Als sie sich voneinander lösten, war Holly kaum mehr in der Lage zu atmen.

»Das ist ein Fehler.« Connor klang ungeduldig. »Fahr nach Hause, verdammt. Versprich's mir, Baby, Holly. Du hast keine Ahnung, worauf du dich da einlässt.«

Aber Holly küsste ihn, anstatt ihm zuzuhören. Er hatte ihr gesagt, sie solle fühlen, nicht denken. Und sie war voller Gefühle. Wenn sie darüber nachgedacht hätte, hätte sie sich gewundert, was nur in sie gefahren war. Was immer es war, es betraf auch Connor. Aber ihre Vernunft verließ sie, ihr Verstand schmolz dahin, ihre persönlichen Probleme waren vergessen, vergangene Verletzungen zählten nicht mehr. Holly Jones und Connor Maguire ließen sich von dem Gefühl forttreiben, sie seien nur für diesen Augenblick geboren.

Sehr viel später rührte Connor sich, liebkoste ihren Nacken und fragte: »Bist du wach?«

Es war eine seltsame Frage. »Du glaubst doch nicht ernsthaft, dass ich schlafe?«

Holly stützte sich auf einen Ellbogen und schaute auf ihn hinab. Was hatte dieser Mann doch für Facetten. Sein Liebesspiel war zärtlich und leidenschaftlich gewesen; er hatte an ihre verletzten Rippen gedacht und sich große Mühe gegeben, ihr nicht wehzutun. Sein Gesicht war besorgt gewesen, aber auch verletzlich und sehr, sehr gefühlvoll. Eine unwiderstehliche Kombination. Holly spürte plötzlich, dass sämtliche Leere in ihr erfüllt war. Das dumpfe Gefühl des Betrogenseins, der Einsamkeit und der Wut war verschwunden. Sie war wieder im Reinen mit sich. Es spielte keine Rolle, ob die Beziehung zu diesem Mann andauern würde. Alles, was Holly sicher wusste, war, dass er ihr das Vertrauen zurückgegeben hatte. Nun konnte sie endlich den ersten Schritt in Richtung Zukunft tun. Keiner ihrer Gedanken drang nach außen. Sie lächelte ihn nur an und sagte: »Maguire, du bist wirklich ein attraktiver Mann.«

»Jones.« Er sah ernst zurück. »Du bist wirklich eine attraktive Frau.«

»Trotzdem«, fuhr sie fort und schmiegte ihren Kopf an seine Schulter, »lasse ich dich nicht so schnell vom Haken. Ich glaube, du hast mir noch etwas zu sagen. Dein Ablenkungsmanöver war gut, aber ich bin nicht dumm. Ich habe ein verdammt gutes Gedächtnis. Und wenn ich mich recht erinnere, hattest du mir gestanden, mir nicht die ganze Wahrheit gesagt zu haben.«

»Hatte ich nicht.«

»Zitatanfang, ich war nicht ganz ehrlich zu dir, Zitatende«, wiederholte sie seine Worte. »Genau so.«

»Was meinst du mit Ablenkungsmanöver?«

»Du versuchst es schon wieder, Maguire. Rede mit mir.«

Sein Widerstand bröckelte. »Ich werde mich morgen früh dafür hassen.« Er versuchte es mit einem Appell an ihr Gewissen.

»Pech gehabt.« Holly fiel nicht darauf herein. Sie hatte kein Problem damit, ihr Gewissen Gewissen sein zu lassen, wenn es darauf ankam.

»Meine einzige Sorge gilt deiner Sicherheit. Das ist der Grund, weshalb ich bereit bin zu reden.«

»Aha.«

Sie hörte ein Lächeln in seiner Stimme. »Ich hätte es dir schon eher gesagt, wenn du mich nicht verführt hättest.«

»Habe ich nicht.«

»Natürlich. Auf schamloseste Art und Weise. Aber das ist dir gleichgültig, habe ich recht?«

»So ist es.«

Er bewegte sich so, dass er über ihr war. »Ich habe nicht gewollt, dass das passiert.«

»Es ist aber passiert.«

»Und wie fühlst du dich jetzt?«

»Ich fühle mich gut.«

»Gut?«

»Okay. Besser als gut.«

Er küsste sie auf die Nasenspitze. »Da du offensichtlich nicht fragen wirst, sage ich es dir so: Ich fühle mich auch besser als gut.«

Connors Lippen glitten über ihre Wange, bis knapp unter ihr Ohr und dann zurück, über ihr Kinn, um sich schließlich fest auf ihre Lippen zu pressen.

»Netter Versuch, Maguire«, murmelte Holly und erwiderte seinen Kuss.

»Es ist nicht meine Schuld«, protestierte Connor und knabberte schon wieder an ihrem Ohr. »Mein Ablenkungsmanöver befindet sich gerade in der Leichenstarre.«

»Ich bin weder ein Agent noch Polizist oder sonst ein Offizieller, das ist das Erste, was du wissen solltest.«

Connor saß gegen die Kissen gelehnt, das Laken bis knapp unter seinen Nabel herabgezogen, ein Glas Wein in der Hand. Holly saß mit überkreuzten Beinen neben ihm, sah ihn an und dachte daran, wie er sich unter ihren Händen angefühlt hatte. Sie hatte sich in ein Handtuch geschlungen, ihr Wein stand auf dem Nachttisch, und sie verspürte schon wieder ein ungeheures Verlangen, sich auf diesen Mann neben ihr zu stürzen und ihn von Kopf bis Fuß zu küssen. Sie widerstand der Versuchung – mit großer Mühe.

Es war sechs Uhr abends, und es versprach, eine lange Nacht zu werden. Connor hatte sich amüsiert, als sie ihm das gesagt hatte, jetzt jedoch war er ernst.

»Ich wollte es dir nicht erzählen, ich wollte mich nicht auf dich einlassen, und ich wollte dich nicht bei mir haben. Wie kommt es nur, dass nichts so gekommen ist, wie ich es beabsichtigt habe?«

Sie zuckte mit den Schultern. »Manche Männer wissen anscheinend ganz genau, wie man das Selbstwertgefühl einer Frau hebt.«

Ein kleines Lächeln huschte über sein Gesicht. »Du weißt genau, wie ich das meine.«

»Okay. Ich weiß nur nicht warum.«

»Ich könnte für eine Zigarette sterben.«

»Und ich für ein paar Informationen, Maguire.«

»Okay.« Er seufzte. »Wie ich bereits sagte, ich bin kein Agent, kein Polizist und auch sonst niemand Offizielles. Ich handele auf eigene Verantwortung, und wenn etwas schiefgeht, stecke ich ziemlich tief drin. Deshalb will ich nicht, dass du in die Sache hineingerätst.«

Ohne Zweifel, er machte sich Sorgen. Erstaunt stellte Holly fest, dass dieser Mann ernstlich um ihre Sicherheit fürchtete. Und um seine. »Also gut, ich höre.«

»Meine erste Frau, Diana, war umwerfend«, begann Connor. »Wir waren beide achtzehn, als wir uns kennenlernten, mit dreiundzwanzig haben wir geheiratet. Sie … ich habe sie sehr geliebt, aber ich war viel zu jung und unerfahren, um zu begreifen, dass sie ständige Aufmerksamkeit brauchte. Wie ich dir schon gestern Abend erzählte habe: Während ich an unserer Zukunft arbeitete, zerstörte sie sich selbst.« Er trank einen Schluck Wein. »Mit dem Alkohol und dem Kokain kamen die unvermeidlichen Probleme. Wir begannen über ihre Freunde zu streiten. Am Ende ist sie mit einem von ihnen weggelaufen.«

Holly konnte sich seine Verzweiflung und seinen Schmerz nur allzu gut vorstellen.

»Eine Zeit lang klammerte ich mich an die Hoffnung, dass sie zu Verstand kommen und zu mir zurückkehren würde. Ich machte mir Vorwürfe und versuchte herauszufinden, was falsch gelaufen war, um denselben Fehler nicht ein zweites Mal zu machen. Aber ich wusste nicht, wo ich anfangen sollte. Ich hatte keine Erfahrung mit Drogenabhängigkeit und Alkoholismus. Das Einzige, was ich wusste, war, dass ich für sie da sein musste, wenn sie wieder nach Hause zurückkehrte.«

Ohne nachzudenken, stand Holly vom Bett auf und hob Connors achtlos zu Boden geworfenes Hemd auf. Sie fand Zigaretten, zündete eine an, inhalierte und reichte die Zigarette dann an Connor weiter. Er nahm sie wortlos und nickte ihr dankbar zu.

»Eines führte zum anderen. Ich lernte alle möglichen Selbsthilfegruppen und -vereinigungen kennen. Manche versuchten es mit Rehabilitation, andere mit Beratung für die Abhängigen und ihre Familien. Es gab nichts, was es nicht gab. Harte Strafen, Entzugsprogramme, Individuen, die auf die Straße gingen und ihr Leben für andere opferten, Ersatzdrogen.« Connor fuhr sich mit der Hand durchs Haar. »Meine Güte, Holly. Die Welt stellt sich auf den Kopf, um diesen Menschen zu helfen, aber nichts scheint zu funktionieren.«

»So würde ich das nicht sehen«, widersprach Holly vorsichtig. »Auch wenn ich verstehe, dass es dir so vorkommen muss.«

»Je mehr Einblick ich bekam, desto hoffnungsloser wurde es. Diana kam nie wieder zurück. Dann bekam ich plötzlich ganz überraschend einen Anruf. Die Person am Apparat repräsentierte ein gewisses Syndikat – ich kann seinen Namen nicht nennen –, das äußerst aktiv war und sehr erfolgreich. Eine der Hauptaufgaben bestand darin, dem Zoll entsprechende Hinweise zu geben, wenn eine besonders große Menge Drogen nach Australien geschmuggelt werden sollte. Offenbar hatte man meinen einsamen Kreuzzug seit einiger Zeit beobachtet. Das Syndikat ist nicht illegal, aber ...«, er zögerte, »sagen wir einfach, sie haben gute Verbindungen, arbeiten mit ungewöhnlichen Methoden und übertreten manchmal das Gesetz, wenn es ihrer Sache dient. Sie meinten, ich könnte ihnen mit meinen Verbindungen und Netzwerken nützlich sein. Erst war ich gar nicht wild darauf, mich auf die Sache einzulassen. Es erschien mir viel zu weit entfernt von meinen wahren Interessen. Außerdem hatte ich ja noch meine Geschäfte zu führen, und für mich ist es nicht einfach, etwas zu tun, ohne dass die Medien etwas davon mitbekommen.« Er warf Holly einen kurzen Blick zu.

Sie hob den Arm. »Schuldig.«

Er lächelte kurz. »Ich habe also Nein gesagt, und sie haben mich nicht weiter bedrängt.«

»Wie kam es, dass du deine Meinung geändert hast?«

»Die Zeit verging. Ich heiratete ein zweites Mal, wahrscheinlich aus Trotz, und bereute es bereits nach zwei Monaten. Was war es, was du gesagt hast? Such dir deine Frau mit dem Gefühl, nicht mit dem Auge aus.«

»Das ist nicht meine eigene Erfindung. Es ist ein Zitat aus einem Buch.«

Connor hielt ihr die Zigarette hin, aber sie schüttelte den Kopf.

»Die Ereignisse überschlugen sich. Unsere Ehe zerbrach, die Presse erfuhr davon, und eine Woche lang standen wir in jeder Klatschspalte. Das Syndikat nahm erneut Kontakt zu mir auf.«

Holly unterbrach ihn. »Ich weiß, dass ich das schon einmal gefragt habe, aber ich muss es noch einmal tun. Hat Raoul etwas damit zu tun?«

Die Antwort war wieder dieselbe. »Wenn ich ganz ehrlich sein soll, ich weiß es nicht. Er hat eine Affäre mit Liang Song, hat die richtigen Verbindungen, er ist gewissenlos und unersättlich. Ich schätze, dass er in ihre europäischen Geschäfte verstrickt ist, aber bei den australischen …« Connor zuckte mit den Schultern. »Ich hätte vermutet, dass er etwas andeutet, ein wenig prahlt, mir zu verstehen gibt, dass er etwas weiß. Er ist so ein Typ.«

»Da stimme ich dir zu.«

»Liang Song brauchte meine Verbindungen in Australien. Raoul hat sie nicht. Bisher hat sich Madame Liang auf Europa konzentriert und dort ein sehr erfolgreiches Netzwerk etabliert. Jetzt versucht sie, es auszuweiten. Afrika ist nicht lukrativ genug. Aber die Westküste Australiens bietet sich förmlich an.«

Holly hatte plötzlich einen Geistesblitz. »Es würde deinen Zwecken dienen, wenn Raoul etwas damit zu tun hätte. Wenn Madame Liang mit ihrem Australiengeschäft unterginge, würden vermutlich auch ihre restlichen Machenschaften ans Licht kommen, und wenn Raoul mit drinhinge, würde er ebenfalls untergehen. Ist es das, um was es dir geht? Um Rache für das gescheiterte Frachtschiffgeschäft?«

Connors Gesichtsausdruck hatte plötzlich etwas tief Emotionales. »Ja«, antwortete er schlicht.

Aber Holly merkte, dass sie enttäuscht war. Für so rachsüchtig hätte sie ihn nicht gehalten. »Als man dich zum zweiten Mal ansprach, hast du also Ja gesagt?«

»Nein, nicht sofort. Ich hatte zunächst dieselben Bedenken wie zuvor. Ich habe versprochen, darüber nachzudenken, und unternahm erst einmal eine lange geplante Reise nach Irland.«

»Und dort hast du dann Williams Tagebuch gefunden?«

»Genau. Es war, als hätte mich das Schicksal in diese Richtung geführt. Ich hatte gar keinen richtigen Plan, aber ich dachte, ich könnte hier so viel Dreck aufwirbeln, um es Raoul heimzuzahlen. Ich kam zu dem Schluss, dass die Suche nach Williams Schatz mir den perfekten Vorwand liefern würde. Nach meiner Rückkehr nach Australien sagte ich meine Hilfe zu, aber nur, wenn sie etwas auf Mauritius für mich hätten. Sie hatten etwas. Und deshalb bin ich hier.«

»Um was genau zu tun?« Holly glaubte es zu wissen, aber sie wollte sichergehen.

Sein dunkler Blick bohrte sich in ihren. »Das ist eine große Frage, Holly.«

»Ich weiß.« Sie hielt seinem Blick stand. »Du kannst mir vertrauen«, fügte sie leise hinzu.

»Ja.« Er nickte. »Ich schätze, du musst es erfahren. Du wirst ohnehin nicht lockerlassen, außerdem bist du schon viel zu sehr in die Sache verstrickt. Wenn das schiefgeht …« Er brach mitten im Satz ab. »Madame Liang und ich werden eine Handelsgesellschaft gründen.«

»Um mit Drogen zu dealen?«

»Das ist der Plan.«

»Moment mal, Maguire. Diese geheimnisvolle Organisation, die dich unbedingt als Frontmann braucht … wie passt sie da hinein? Für die ist das alles schön und gut, du bist schließlich derjenige, der auf dem heißen Stuhl sitzt. Was ist, wenn du geschnappt wirst? In Australien würde man dich einsperren und den Schlüssel wegwerfen.«

»Nicht unbedingt.«

»Aber …«

Connor drückte seine Zigarette aus und beugte sich zu ihr herüber. Dann legte er den Arm um sie und zog sie zu sich herab. Als sie so aneinandergeschmiegt waren, wie er sich das wünschte, sagte er. »Sei still und hör mir zu.«

Holly wollte erst eine Bemerkung machen, beschloss dann aber zu tun, was er verlangte.

»Wie ich bereits sagte, ist die Sache nicht offiziell. Sollte ich alles vermasseln, wird die australische Regierung abstreiten, dass sie etwas von meinen Aktivitäten gewusst hat. Wenn ich Erfolg habe, werden sie natürlich trotzdem davon profitieren. Ich existiere nicht, ebenso wenig wie die Organisation, in deren Auftrag ich arbeite. Inoffiziell haben wir jedoch den Segen von Canberra.«

»Dann brauchst du also nur zu befürchten, dein Leben zu verlieren und in Misskredit zu fallen?«

Er drückte sie an sich. »Dazu wird es nicht kommen. Wenn die Sache schiefläuft, wird mein Name herausgehalten werden.«

»Um Himmels willen, Maguire, du lässt dich auf eine große Sache ein. Du hast mit der Triade zu tun, vergiss das nicht.«

»Ich glaube an diese Geschichte, Holly.«

Sie sah, dass es ihm ernst war. »Für Diana?«

»Ja.«

»Und sie ist zu weit entfernt, um das Risiko zu sehen, das du für sie eingehst?«

»Sie ist tot, Holly. Sie wurde vor ein paar Monaten in einem Hotel in Kings Cross gefunden. Sie hat eine Überdosis genommen.«

»Das wusste ich nicht, es tut mir leid.«

»Wo warst du denn zu dem Zeitpunkt? In Sibirien? Es stand in allen Zeitungen.«

»Vor einigen Monaten habe ich mich für gar nichts interessiert.«

»Die Trennung?«

»Ja.«

»Das kann ich gut nachfühlen.«

Holly küsste ihn auf die nackte Schulter. »Ich mag dich«, sagte sie leise.

»Danke.« Er küsste ihr Haar. »Daran könnte ich mich gewöhnen.«

»Da wäre noch etwas.«

»Das dachte ich mir schon.« Seine Lippen verweilten an ihrem Haar. »Bist du immer so hartnäckig?«

»Immer.«

»Wie lautet also deine Frage?« Er liebkoste ihr Ohr.

Sie rutschte ein wenig tiefer. »He, ich kann nicht nachdenken, wenn du das tust.«

»Das werde ich mir merken.« Er lächelte sie an. »Ich habe das Gefühl, dass du ab und zu ein wenig gezügelt werden musst.«

»Ich bin doch kein Pferd.«

Er grinste.

»Wie weit bist du mit Liang Song vorangeschritten?«

»Das Wesentliche ist erledigt. Das Unternehmen ist gegründet. Alle Verträge abgeschlossen. Bis auf wenige Kleinigkeiten. Madame Liang ist wild darauf, dass die Sache in Gang kommt, aber sie ist verständlicherweise sehr vorsichtig. Sie weiß, was auf dem Spiel steht, wenn etwas schiefgeht. Du darfst das nicht unterschätzen, Holly. Die australischen Behörden würden sofort merken, wenn die Heroinmengen auf dem Markt steigen würden, und nicht lange brauchen, um die Verbindung nach Mauritius zu ziehen. Aus diesem Grund wird die erste Lieferung gigantisch sein, viel größer als alles, was je zuvor versucht worden ist. Und der Zoll wird sich alles schnappen. Madame Liang ist nicht so clever, wie sie sich einbildet. Man wird die Verbindung bis zu ihr ziehen, dafür werde ich sorgen. Und wenn ihr Australiengeschäft hochgeht, müsste ihr gesamtes europäisches Netzwerk ebenfalls zusammenbrechen. Es ist ein K.-o.-Schlag.«

»Was ist mit ihrer Familie? Ist die auch dabei?«

»Ein paar. Aber nicht von der Liang-Seite. Liang Songs Schwiegervater ist ein absolut ehrenwerter Mann. Er hat nicht die leiseste Ahnung von dem, was sie so treibt. Aber sie hat auch einige weniger anständige Verwandte, vor allem zwei ihrer Onkel.«

»Sind das die zwei, die mich verfolgt haben?«

»Genau die.«

Holly dachte einen Moment nach. »Wenn du die Sache durchziehst, welche Garantie hast du, dass du es nicht mit der Triade zu tun bekommst? Wenn ich mich nicht irre, gilt sie als nicht besonders nachsichtig.«

»Dafür ist Sorge getragen.«

»Wie denn?«

»Es ist besser, wenn du das nicht erfährst.«

»Maguire!«

»Ich kann es dir nicht sagen.«

»Okay«, sagte sie langsam. »Wie wäre es damit? Du bist ein sehr kluger Geschäftsmann, ausgesprochen versiert, wenn es darum geht, die Spuren deiner Unternehmungen zu beseitigen. Wenn die australische Regierung dich unterstützt, wenn auch nur inoffiziell, muss es irgendeine Versicherungspolice für dich geben, ein wasserdichtes Auffangnetz. Liege ich da richtig? Die Frage kannst du mir doch wenigstens beantworten.«

»Du bist ziemlich dicht dran. Könntest du jetzt bitte damit aufhören?«

Sie tat ihm den Gefallen. »Raoul?«

»Ihn finanziell treffen. Vielleicht eine kurze Zeit ins Gefängnis bringen. Irgendwie muss ich es ihm heimzahlen.«

Sie sah ihn aufmerksam an. »Das ist das Einzige, das keinen Sinn ergibt. Es passt einfach nicht.«

Wieder huschte ein dunkler Schatten über sein Gesicht. »Vertrau mir Holly, es passt.«

Das war noch etwas, etwas, worauf sie nicht genau den Finger legen konnte. Ein gescheitertes Geschäft hätte Connor Maguire doch längst abgeschüttelt. Es war einfach nicht sein Stil, so nachtragend zu sein. Holly gab auf. Offensichtlich wollte er ihr nicht mehr sagen. »Dann suchst du in Wirklichkeit also gar nicht nach William Maguires Schatz?«

»Doch, eigentlich schon. Es ist für einen guten Zweck, und es ist etwas, das mir Spaß macht.«

»Was ist mit Rodrigues? Geht es da um den Schatz oder um Drogen?«

»Ich wollte schon immer mal dorthin. Du nicht?«

»Maguire!«, fuhr sie ihn an.

»Um den Schatz«, rief er keuchend, als sie ihm die Finger in die Rippen bohrte.

»Maguire!« Ihre Finger bewegten sich auf ein anderes Ziel zu.

»Und Drogen. Es gibt eine Verbindung. Ich beabsichtige, dort jemanden zu treffen.«

Nachdenklich streichelte Holly Connors Brust. »Als du mich allein in dem Restaurant sitzen lassen hast, wen musstest du da so dringend sprechen?«

»Einen Kontaktmann. Er ist Australier, spricht fließend Französisch und arbeitet streng undercover. Er ist … ich kann dir nicht mehr sagen, Holly.«

»Er war nicht der einzige Grund, warum du dieses spezielle Restaurant ausgesucht hattest. Du wusstest, dass Liang Song da sein würde.«

»Ich wollte zwei Fliegen mit einer Klappe schlagen und sie ein wenig aufrütteln.«

»Warum?«

»Sie ist eine sehr gute Geschäftsfrau. Gib ihr einen kleinen Finger, und ehe du dich versiehst, hat sie die ganze Hand. Ich wollte ihr einfach nur klarmachen, dass sie überall und zu jeder Zeit auffindbar ist. Das ist alles.«

»In Ordnung. Aber was, wenn Madame Liang dich zusammen mit deinem Kontaktmann gesehen hat?«

»Hat sie nicht. Sobald er wusste, dass ich ihn gesehen hatte, hat er sich unsichtbar gemacht. Wir haben uns an einem vorher vereinbarten Platz getroffen. Im Übrigen hätte sie keine Ahnung gehabt, wer oder was er ist. Er hat sich in sicherer Entfernung zu ihr und ihren Partnern gehalten.«

Hollys Hand glitt unter die Bettdecke. »Jetzt habe ich nur noch eine letzte Frage, Maguire.«

»Welche?« Er hielt den Atem an, als ihre Finger ihr Ziel gefunden hatten.

»Das alles sollte also nicht passieren.«

»Nein«, stimmte er zu, und seine Arme umklammerten sie fester. »Aber wenn du jetzt aufhörst, stürze ich in eine tiefe Depression, von der ich mich vielleicht nie wieder erholen werde.« Er grinste. »Ein Totalzusammenbruch. Könntest du mit dieser Verantwortung leben?«

Sie lachte. »Um Himmels willen, nein, Maguire. Ich würde auf ewig ein schlechtes Gewissen haben.«

»Dann bin ich beruhigt.«

Kapitel Neun

Der Flieger nach Rodrigues verließ Mauritius am nächsten Morgen um halb acht. Sie benötigten etwas mehr als eine Stunde, um zum Seewoosagur Ramgoolam Airport zu gelangen, und sie mussten eine Stunde vor dem Start der Maschine dort sein. Connor und Holly hatten das Abendessen ausfallen lassen. Es war bereits nach Mitternacht gewesen, als er das Hotel verlassen hatte. Anschließend war Holly zu müde zum Packen gewesen, deshalb hatte sie an der Rezeption darum gebeten, sie am nächsten Morgen um halb fünf zu wecken, und war sofort in tiefen Schlaf gefallen. Es war ihr so vorgekommen, als habe sie gerade erst die Augen geschlossen, als das Telefon klingelte und eine fröhliche Stimme – so fröhlich, dass Holly das Mädchen am liebsten erwürgt hätte – sie weckte.

Sie hatte gepackt, sich mit Kaffee voll gepumpt und ausgecheckt, als Connor schließlich erschien. Er sah frisch und ausgeruht aus, als habe er acht Stunden Schlaf hinter sich. Holly fühlte sich völlig verschlafen. Außerdem hatte sie Hunger. »Du kommst zu spät.«

»Tut mir leid«, entgegnete er und lud ihren Koffer in den Kofferraum.

Holly fiel fast ins Auto, lehnte sich zurück und schloss die Augen. »Ich hoffe, dir ist klar, dass ich dich zutiefst verabscheue.«

»Nein, tust du nicht.«

Sie öffnete die Augen. »Was fällt dir ein, so früh so verdammt gut auszusehen?«

Er grinste, küsste sie auf die Wange und startete den Wagen. »Ich werde dich am Flughafen zum Frühstück einladen. Hilft das?«

»Ein bisschen.«

»Du kannst nachher im Flugzeug schlafen. Ich stelle dir meine Schulter zur Verfügung.«

»Danke.« Ein winziges Lächeln umspielte ihre Lippen.

»Du wirst dich besser fühlen, wenn die Sonne erst richtig scheint.«

»Das bezweifle ich. Ich habe mich noch nie in meinem Leben mieser gefühlt.«

»Du siehst wunderbar aus.«

Plötzlich stellte Holly fest, dass sie sich blendend fühlte. Sie nahm es sogar gelassen hin, als sich herausstellte, dass das Café am Flughafen geschlossen hatte.

Aus der Luft sah Rodrigues für eine nur achtzehn Kilometer lange und acht Kilometer breite Insel überraschend groß aus. Sie flogen tief über eine Reihe baumbestandener Atolle herein, die zum Korallenriff gehörten und eine türkis schimmernde seichte Lagune umschlossen. Dahinter konnte man wie ein weißes Band die unaufhörlich heranrollende Brandung erkennen. Holly erhaschte noch einen flüchtigen Blick auf steil abfallende Klippen ein Stück weiter die Küste hinauf, ehe sie auf der Landebahn von Plaine Corail aufsetzten. Die Air Mauritius ATR 42 nutzte die gesamte Länge des Feldes, ehe sie wendete und zurück zum Flughafengebäude rollte. Holly hatte erwartet, dass Rodrigues, neben Mauritius und Réunion, die dritte Insel der Maskarenen, von ähnlicher geologischer Beschaffenheit sein würde wie ihre beiden Schwestern. Sie hatte sich geirrt. Die Insel war einzigartig und ganz anders als alles, was sie bisher gesehen hatte.

Das Flugzeug hielt ein gutes Stück vom Terminal entfernt, was einen kurzen Spaziergang in der warmen Morgensonne erforderlich machte. Obwohl die Insel zu Mauritius gehörte und auch nur von der Mutterinsel aus zu erreichen war, mussten die üblichen Einreiseformalitäten erledigt werden. Auch der Nachweis des Rückfluges war unerlässlich, ohne wurde die Einreise nicht gestattet. Die Verzögerungen waren ein wenig nervend, aber der freundliche Service entschädigte sie.

»Werden wir abgeholt?«, fragte Holly.

»Nein.«

»Und was passiert nun?« Der Flughafen befand sich an der Südwestspitze der Insel, und von dem wenigen, was man erkennen konnte, war da draußen nichts als karges Gelände, auf dem es weder Spuren von Vegetation noch von Menschen gab.

»Keine Ahnung«, antwortete Connor unbeschwert.

»Wo werden wir wohnen?«

»Am anderen Ende der Insel. In Pointe Coton.«

»Und wie kommen wir dorthin?«

Sein Gesichtsaudruck sagte alles. Auch was das betraf, hatte er keine Ahnung. »Entspann dich. Du hast gerade eine Zeitreise von hundert Jahren gemacht. Es wird sich schon irgendetwas ergeben.«

Und es ergab sich irgendetwas. Sein Name war Henri, und er fuhr einen weißen Transit mit der Aufschrift HENRI TOURS. Er kam auf sie zu, als sie aus dem Flughafengebäude traten. »*Cotton Bay Hotel?*«

Henri nahm ihr Gepäck und warf es lässig auf einen durchgebogenen Dachgepäckträger. Holly dachte daran, wie hastig sie gepackt hatte, und kam zu dem Schluss, dass ihr Aufnahmegerät in ernster Gefahr war. Drei weitere Passagiere stiegen zu, dann ging es los.

»Es könnte ein bisschen dauern«, warnte Connor sie vor.

Achtzehn Kilometer waren nicht sehr viel, aber angesichts der engen, kurvenreichen Straße sowie des Zustands und Alters ihres Gefährts benötigten sie dazu eine Stunde. Das Land stieg stetig an, fiel jedoch zu beiden Seiten steil nach unten ab. Es war fast so, als führen sie über die Wirbelsäule der Insel. Die erste Viertelstunde war um sie herum nur unfruchtbare, öde Weite. Hier und da sah man ein paar

Häuser, abgemagertes, von Fliegen umschwirrtes Vieh, ein paar winzige Gemeinden. Das Erste, was Holly entdeckte, das auf eine Besiedlung der Insel schließen ließ, waren bunt bemalte öffentliche Müllbehälter. Die wenigen Menschen, an denen sie vorbeifuhren, winkten ihnen zu. Henri schien hier jeden zu kennen.

Weiter landeinwärts wurde die Landschaft spektakulärer. Tief bewaldete Schluchten, terrassenförmig angelegte Gärten und atemberaubende Ausblicke auf das Meer zu beiden Seiten der Insel boten sich ihnen. Wohngebiete, Geschäfte und Gasflaschendepots säumten den Weg. Einige Häuser waren überraschend groß, sie befanden sich inmitten von Bananenplantagen, Mangowäldern und Zuckerrohrfeldern. Fünfundvierzig Minuten benötigten sie, um das Dorf Mont Lubin zu erreichen. Dort wurde die Straße wieder kurviger und führte auf Meeresspiegelhöhe hinab. Der letzte Teil der Reise ging durch unebenes Farmland mit kleinen Zwiebel- und Paprikafeldern. Ziegen stritten sich um den besten Platz auf den kargen Weiden.

Nach den vielen Rohrleitungen zu urteilen, die sich überall herschlängelten, schien es auf Rodrigues Wasserprobleme zu geben. Allem Anschein nach schien der Druck von der Schwerkraft abhängig zu sein. Die meisten Häuser hatten flache Betondächer, die von einem niedrigen Geländer umgeben waren. Auf einigen standen Auffangbehälter für Regenwasser.

Endlich kam das *Cotton Bay Hotel* in Sicht. Es war ein niedriges Gebäude mit nur zwei Stockwerken, das hoch über einem von Kasuarinen gesäumten Strand lag, halb verborgen hinter hohen Palmen, die sich sanft im Wind wiegten. Henri fuhr unter den prüfenden Blicken von Sicherheitsposten über eine hölzerne Brücke, dann einen mit Kieselsteinen bedeckten Weg entlang, der sich durch einen üppigen tropischen Garten schlängelte.

Offenbar hatte man sich, was die Namensgebung anging, nicht so recht entscheiden können. Unterwegs kamen sie an Schildern vorbei, die nach Pointe de Coton, Pointe Coton, Point Cotton, Coton Baie,

Coton Bay oder Cotton Bay wiesen. Aber der Empfang im Hotel war freundlich und professionell – einfach, aber herzlich. Ein hübsches junges Mädchen mit Blüten im Haar bot den Neuankömmlingen Guavensaft in Weingläsern mit gezuckertem Rand an, während ihnen ein stattlicher Mann in einem bunten Hemd unaufhörlich zulächelte und eine eingängige Melodie auf seinem Akkordeon für sie spielte. Die Rezeption war klein, aber einladend. Durch große, von tropischen Pflanzen umrahmte Glastüren konnte Holly einen kristallklaren Swimmingpool erkennen, der in der Vormittagssonne glitzerte, dahinter lag der tiefblaue Indische Ozean. Die Luft roch süß, es war angenehm warm, der Himmel war klar und wolkenlos, die Wellen, die vom Riff heranrollten, glitzerten in der Morgensonne – ein tropisches Paradies.

Der Akkordeonspieler trug ihre Koffer, erklärte ihnen, wann die Mahlzeiten eingenommen wurden und wo sie Ausflüge buchen konnten. Alles ging sehr ruhig vonstatten. Trotz der entspannten Atmosphäre an einem der vermutlich sichersten, unverdorbensten und freundlichsten Orte auf diesem Planeten bot das *Cotton Bay Hotel* einen Standard, der sich mit den exklusivsten Häusern der Welt messen konnte. Es gehöre zum Stil des Hauses, erklärte der diensthabende Portier, einen erstklassigen Service anzubieten und dabei trotzdem die für Rodrigues typische Schlichtheit und Bodenständigkeit zu wahren. »Unsere Insel braucht zwar Touristen«, sagte er, »aber nicht so viele, dass sie unsere Lebensweise verändern.«

Holly hatte das Gefühl, wenn sie ihren Koffer an der Straßenseite stehen lassen würde, stünde er eine Woche später nicht nur noch an derselben Stelle, sondern vermutlich würde ein freundlicher Einheimischer ihn bewachen, ohne dafür eine Entlohnung zu erwarten.

Sie wurden zu ihren Zimmern im Erdgeschoss geführt. Holly nahm gleich das erste, Connor das zweite. Ihres war geräumig und sauber, die Möbel aus Zuckerrohr und Bambus. Glastüren öffneten sich auf eine kleine Terrasse, dahinter lag ein gepflegter Rasen. Ein Weg aus feinem weißem Sand führte zur Lagune, die direkt hinter einer niedrigen Steinmauer lag. Holly öffnete die Türen, um die Geräusche und den Duft des Ozeans hereinzulassen. Eine leichte Brise verfing sich in den Vorhängen.

Connor kam aus seinem Zimmer und sah sie. »Reicht das?«, fragte er und machte eine die Umgebung einfassende Armbewegung.

»Zur Not.«

»Pack deinen Koffer aus«, sagte er. »Dann nehmen wir einen Drink und bestellen uns etwas zum Lunch.«

Als Holly wieder in ihrem Zimmer stand, wurde ihr plötzlich klar, dass sie noch vor nur einer Woche ihr Leben unter Kontrolle gehabt hatte. Sie hatte sich elend und einsam gefühlt, ja. Verletzt und unglücklich, gut. Aber sie hatte zumindest ihre eigenen Entscheidungen getroffen. Sie war allein gewesen, unabhängig und in Sydney. Jetzt war sie hier mitten im Nirgendwo, mit einem Mann, der irgendetwas vor ihr verbarg, dafür voller Energie war und ihr ein neues Lebensziel vor Augen hielt. Und als ob das nicht reichte, sagte er ihr auch noch ständig, was sie zu tun und zu lassen hatte, und sie gehorchte ihm. Meistens jedenfalls. Das grenzte an ein Wunder. In ihrem Koffer war nichts kaputt gegangen. Noch ein Wunder. Während sie ihre Sachen auspackte, überlegte sie, dass Connors Begeisterung für das Ungewöhnliche äußerst spannend war. Und als sie in ihre Shorts schlüpfte, hatte sie das Gefühl, dass für die sonst so ernsthafte Holly Jones offenbar gerade die Ferien begonnen hatten.

Als Connor an der Terrassentür erschien, summte sie vor sich hin. »Fertig?«

»So gut wie. Komm herein.«

Er sah ihr zu, bis sie auch den Rest ausgepackt und in den Schubladen verstaut hatte. Dann legte er die Arme um sie. »Gestern Abend, das war etwas ganz Besonderes.«

»Ja. Für mich auch.«

»Aber es wird nicht wieder geschehen. Nicht, bis das hier vorbei ist.«

Sein Gesicht war nur Millimeter von ihrem entfernt. Sein Blick war voller Emotionen. »Mein Gott, Holly. Hilf mir!«

Es machte keinen Sinn, ihn so nah bei sich zu haben und es nicht auszunutzen.

Als sie sich schließlich voneinander lösten, atmete keiner von ihnen mehr ruhig.

»Es gibt auf dieser Erde kein Paradies mehr«, erklärte Connor und beobachtete eine Ameisenkolonne, die in geschlossener Formation an einem Tischbein hinaufkletterte, um dann auszuschwärmen und jeden auch noch so kleinen Krümel an Essensresten ins Visier zu nehmen.

Sie hatten sich für einen Snack in der Bar entschieden und festgestellt, dass das Essen köstlich war.

»Was ist denn aus der Macht positiver Gedanken geworden? Schließlich sind das nur ein paar Ameisen.«

»Ein paar? Hast du die Reserveeinheit schon gesehen?«

Holly schaute hinab. Aus jeder Ritze im Betonboden um den Pool herum schienen Ameisen zu krabbeln. »Woher wissen sie das nur?«

»Sie leben hier. Ganz Rodrigues ist wahrscheinlich von Ameisennestern unterhöhlt. Diese kleinen Biester sind nicht dumm, sie wissen genau, wo sie sich niederlassen. Vermutlich sind sie die besternährten Ameisen der Welt. Komm, lass uns ein bisschen spazieren gehen.«

Sie zogen sich die Schuhe aus und liefen ein Stück am Strand entlang. Der Sand war so fein, dass man bei jedem Schritt tief einsank, was das Gehen immens erschwerte. Ruhig und kristallklar lag die Bucht vor ihnen und wirkte überaus verlockend. Korallen und Vulkanfelsen waren unter der Wasseroberfläche deutlich zu erkennen. Einige Hundert Meter weiter draußen brachen sich die gewaltigen Wellen am Korallenriff, aber hier in der Lagune bewegte sich das Wasser kaum. Connor nahm Hollys Hand. »Da drüben liegt Australien«, sagte er und zeigte aufs Meer hinaus.

»Fünfeinhalbtausend Kilometer entfernt.«

»Ja. Und dazwischen ist nichts als das Meer. Keine Behörden, keine spionierenden Augen, nichts.«

»Ist das der Weg, über den die Drogen transportiert werden? Der Seeweg?«

»So ist es geplant.«

»Von hier aus?«

»Nein. Von einer Stelle zwischen hier und Mauritius. Ein Treffen ist bereits arrangiert.«

»Wie lange bist du noch involviert? Ich meine, in Mauritius, nicht nur in Rodrigues?«

»Ich bin fast fertig, obwohl Australien noch einen Monat braucht.«

»Einen Monat!«

»Es ist ein großes Unternehmen. Ich werde nicht so lange hier bleiben müssen. Es ist alles organisiert. Die Drogen gehen in ungefähr zwei Wochen auf den Weg. Wenn die Yachten in Australien einlaufen, wird der Zoll sie bereits empfangen. Ich werde … tut mir leid … wir werden am Freitag nach Mauritius zurückkehren, wenn du einverstanden bist. Ein paar Tage später können wir dann nach Hause fliegen.«

»Und der Schatz?«

»Lass uns abwarten, bis Justin Parker uns findet.«

Holly blieb abrupt stehen und wandte sich zu ihm um. »Du spielst mit ihm, nicht wahr?«

Connor wurde ernst. »In gewisser Weise ja. Ich möchte sehen, was er tut. Wir wissen, dass er mit Raoul unter einer Decke steckt, jedoch nicht in welchem Ausmaß. Ich mag keine Überraschungen, Holly, vor allem nicht im Umgang mit Typen wie Monsieur Dulac. Parker glaubt, wir wüssten mehr über den Schatz als er. Ich rechne damit, dass er sich an unsere Fersen heftet. Wenn er das tut, kann ich ihn von allem anderen ausschließen.«

»Ich kann mir nicht vorstellen, dass Justin über kriminelle Energien verfügt.«

Connor zuckte mit den Schultern. »Tut er vielleicht auch nicht. Aber die Aussicht auf Reichtum führt bei manchen Menschen zu den wundersamsten Veränderungen. Vergiss die Maguire-Fehde nicht. Ach, und da wir gerade davon sprechen, ich habe deine Informationen über seine Mutter überprüft. Sie ist ein direkter Nachkomme der Kavanagh-Seite. Auch wenn er ein halber Engländer ist, sollten wir Justin Parker meiner Meinung nach nicht unterschätzen.«

»Was ist mit deinem Kontaktmann hier? Wann wirst du ihn treffen?«

»Heute Nachmittag. Ich habe mir einen Wagen gemietet. Ich werde nur ein paar Stunden unterwegs sein.«

»Demnach hast du vor, schon wieder zu verschwinden. Vielen Dank.«

Er drückte ihre Hand. »Weil ich dich ein wenig Schönheitsschlaf nachholen lassen möchte.«

Sie trat einen Schritt zurück. »Oh nein, Maguire, dazu weiß ich schon zu viel. Ich finde, es wird höchste Zeit, dass du den Rest ausspuckst.«

Er lachte. »Du hast manchmal eine ganz unglaubliche Art, dich auszudrücken.«

Holly sah ihn an, ihr Blick wurde frostig.

Connor ließ sich nicht beeindrucken. »Und du hast eine ausgesprochen süße Nase.«

»Maguire!« Sie sah ihn wutentbrannt an. »Da du so wild entschlossen zu sein scheinst, mir das Leben schwer zu machen, lass es mich mit ein wenig weiblicher Logik versuchen. Die Drogen befinden sich auf Rodrigues. Du bist hier, um dafür zu sorgen, dass alles ordnungsgemäß abläuft. Du wirst dich vergewissern, dass das Zeug anständig verstaut ist, vielleicht noch einmal absprechen, wie es von der Insel geschafft wird. Ein Mann, der sich um seine Investition kümmert, so weit so gut. Es käme Madame Liang sicher merkwürdig vor, wenn einer wie du nicht alles doppelt und dreifach prüfen würde. Du tust hier also nichts anderes, Maguire, als einen Mann herauskehren, der niemandem vertraut und nichts dem Zufall überlässt. Wie bin ich bisher?«

Keine Antwort.

»Und nur für den Fall, dass dir jemand dabei zusieht, hast du eine nette kleine Journalistin im Schlepptau, die deine Suche nach dem lange vergessenen Schatz eines Vorfahren in die Zeitung bringen will, was den wahren Grund deines Aufenthaltes hier wunderbar verschleiert.« Die Wahrheit traf sie wie ein Blitzschlag. Wie blind war sie nur gewesen? Connor war nicht einmal im Entferntesten interessiert an ihr – kein Wunder, dass er ständig betonte, dass es nicht wieder vorkommen würde. Sie war für ihn nichts weiter als ein handliches Werkzeug, das er benutzte, um seine persönlichen Ziele zu erreichen. Erzürnt über ihre Naivität fiel Holly über Connor her. »Sag mal, Maguire, wie tief kannst du eigentlich sinken? Wie weit gehst du, um andere für deine Zwecke zu missbrauchen? Ich bin für dich ein perfektes Alibi, sonst nichts. Habe ich recht?«

Er gab immer noch keine Antwort, aber sein Blick warnte sie aufzuhören.

Holly hörte nicht auf. »Es gibt noch einen dritten Teil. Ein weiteres Puzzlestück, das du der Einfachheit halber übersehen hast. Es hat etwas mit Raoul Dulac zu tun. Warum sonst solltest du den wahren Grund für deinen Aufenthalt hier vertuschen? Madame Liang *weiß*, warum du auf Mauritius bist.« Je länger sie darüber nachdachte, desto mehr Sinn ergab das Ganze. Es musste noch einen weiteren Grund geben, warum Connor diese Schatzsuche inszenierte.

Er versuchte sie am Arm zu fassen. »Komm«, sagte er mit zusammengepressten Lippen. »Ich muss los.«

Holly schüttelte ihn ab. »Geh ruhig. Ich bleibe hier.«

Ohne ein weiteres Wort ließ er sie am Ufer stehen.

Das Krachen kam nicht von den Wellen, die gegen das Riff schlugen. Es war ihre neu gefundene Welt, die um sie herum zusammenbrach. Connor hatte sie benutzt. Herrje! Wie hatte sie sich bloß einbilden können, dass sich jemand wie Connor Maguire ernsthaft für sie interessierte? Sie diente seinen Zwecken, ganz einfach. Aber aus welchem Grund? Wen versuchte er zu täuschen?

An dem Tag, als sie sich ihm erstmals genähert hatte, hatte er mit der Chinesin zu Mittag gegessen und war über die Unterbrechung äußerst ungehalten gewesen. Sie hatte damals angenommen, es habe daran gelegen, dass er jegliches Aufsehen scheute. Aber war das wirklich so? Konnte es ein eigens inszeniertes Spiel für Liang Song gewesen sein, für den Fall, dass sie ihn eines ganz anderen Vorhabens verdächtigt hatte? Und wenn ja, warum? Es ergab einfach keinen Sinn.

Tief enttäuscht lief Holly weiter durch den Sand auf eine Felsengruppe zu. Sie kletterte auf ein flaches, grasbewachsenes Plateau, von dem aus sie auf ein dahinter gelegenes menschenleeres Strandstück schauen konnte. Ein guter Platz, um nachzudenken. Die Einsamkeit erzeugte in Holly ein Gefühl völliger Isolation. Plötzlich wurde sie von Angst ergriffen. Sie war total allein, sowohl physisch als auch emotional. Düster blickte sie aufs Meer hinaus. Eine Stunde saß sie so da, der Lösung ihrer Probleme keinen Schritt näher.

Madame Liang Song, eine versierte Drogendealerin, plante, ihre Geschäfte in Richtung Australien auszuweiten. Ein geheimnisvolles Syndikat nutzte diesen Umstand, um ihr das Handwerk zu legen und ihre internationalen Machenschaften zu stoppen.

Connor Maguire war zum idealen Mittelsmann geworden. Ein prominenter Geschäftsmann mit Geld, Beziehungen und einer sauberen Weste.

Es gab keinen Grund für umständliche Verschleierungstaktiken, zumindest nicht für Liang Song.

Liang Song war Raoul Dulacs Geliebte.

Dulac betrog Maguire bei einem gemeinsamen Geschäft – was

Maguire ihm nicht verzieh. Der Franko-Mauritier konnte von dem Drogenhandel wissen oder auch nicht. Maguire hielt das für unwahrscheinlich, schloss jedoch nicht aus, dass Raoul und Liang Song, zumindest was die Geschäfte in Europa betraf, Partner waren. Justin Parker und Dulac steckten unter einer Decke. Und Raoul Dulac war hinter William Maguires Schatz her.

Ebenso wie Justin Parker.

Und ebenso wie Connor Maguire, wenn man ihm glauben durfte.

Maguires Interesse an Raoul Dulac ging über den Schatz hinaus. Wenn es auch über das Geschäft zwischen ihm und der Chinesin hinausging und dem Wunsch, sich an Dulac für den Geschäftsbetrug zu rächen, was bedeutete das dann? Hollys Gedanken standen Kopf. Irgendetwas fehlte da. Aber was? Je intensiver sie nachdachte, desto überzeugter war sie, dass Connor noch etwas anderes im Schilde führte.

Und um die Sache noch komplizierter zu machen, tauchte diese kleine kreolische Nonne – Exkonkubine sowohl von Raoul Dulac als auch von dessen Vater, Mutter von Raouls Tochter und entfernte Verwandte von Maguire – am Horizont auf, und Justin Parkers Mutter.

Irgendwo in diesem ganzen Durcheinander gab es jemanden, vor dem Connor Maguire die Wahrheit verbergen musste, was auch immer das war. Und deshalb spielte er das Spiel mit der Schatzsuche.

Hinzu kam Holly Jones, die, gehorsam wie sie war, seiner öffentlich erklärten Mission die nötige Glaubwürdigkeit verlieh.

Aber wieso war das nötig? Wem, entweder auf Mauritius oder auf Rodrigues, musste eingeredet werden, dass Connor Maguire nur hier war, um das zu tun, was Connor Maguire am besten konnte?

Holly kam zu dem Schluss, dass die Informationen, die Connor ihr gegeben hatte, nur entfernt etwas mit der Wahrheit zu tun hatten. Vermutlich hatte er ihr nur so viel erzählt, wie er für nötig erachtet hatte, um sie auf seine Seite zu ziehen. Lüge durch Unterlassung. Holly fragte sich, ob die Story, die er ihrem Vater aufgetischt hatte, vielleicht auch ein Fünkchen Wahrheit enthielt. Es würde spannend sein, das herauszufinden. Quinn war mit seinen Antworten sehr ausweichend gewesen, war aber zweifellos von einem guten, wenn auch vertraulichen Grund für Connors Aufenthalt auf Mauritius überzeugt gewesen. Holly wusste genau, dass ihr Vater sie niemals hierher geschickt hätte, um über eine Drogengeschichte zu schreiben. Er hätte auch keinen der anderen Journalisten ungeschützt auf etwas so Gefährliches losgelassen. Was immer Quinn wusste, es hatte nichts mit Drogen zu tun.

Sie sah auf die Uhr. Es war fast halb drei. Halb neun abends zu Hause. Quinn arbeitete manchmal bis Mitternacht. Sie konnte es also durchaus versuchen. Holly kehrte in ihr Zimmer zurück.

Angesichts der isolierten Lage und der rudimentären Infrastruktur der winzigen Insel rechnete Holly mit Schwierigkeiten. Der Anruf ging gleich durch, aber das Telefon ihres Vaters klingelte und klingelte, ohne dass jemand antwortete. Zu Hause erreichte sie nur die Stimme ihrer Mutter auf dem Anrufbeantworter. »Ich bin es«, sprach sie auf das Band, »ich wollte mich bloß mal melden.«

Wütend auf sich selbst, weil sie so leicht auf einen offensichtlichen Betrüger hereingefallen war, der sie vermutlich nur für ein nervendes Übel hielt, ging Holly zurück zum Strand, um ihre ganze Frustration herauszulassen. Sie schwamm wie besessen, ohne den pochenden Schmerz in ihrer Rippengegend zu beachten. Sie tauchte, ließ sich treiben, spielte unter vor Anker liegenden Booten Verstecken mit den Fischen. Es half nichts. Völlig erschöpft, aber noch immer wütend, duschte sie, trocknete sich ab, legte sich auf einen Liegestuhl und ließ sich von der allmählich untergehenden Sonne bescheinen. Sie dachte kurz daran, sich Williams Tagebuch noch einmal anzuschauen, entschied sich dann jedoch dagegen. Zur Hölle mit William Maguire! Zur Hölle mit dieser ganzen Sippe! Und vor allem zur Hölle mit Connor Maguire!

Moskitos trieben sie in der einsetzenden Dämmerung ins Hotel zurück. Holly beschloss, allein zu essen und nicht auf Connor zu warten. Sie erinnerte sich, dass der Speisesaal erst um halb acht öffnete, erwog einen Drink an der Bar, entschied sich dagegen, untersuchte schließlich die Auswahl in der Minibar und goss sich einen Scotch ein.

Das viergängige Menü und ein angenehmer Maître d'hôtel, der erstaunt darüber war, dass sie allein speiste, hoben ihre Stimmung etwas. Nach dem Essen sah Holly sich eine von Hotelangestellten dargebrachte traditionelle *sega* an. Die unterschwellige Erotik des Tanzes ließ sie kalt. Um halb elf war sie wieder in ihrem Zimmer. Von Connor hatte sie nichts gehört und gesehen.

Irgendwann gegen Mitternacht wurde Holly von einem Klopfen an der Tür geweckt. »Ich bin es. Bist du noch wach?«

Es verschaffte ihr zumindest ein wenig Befriedigung, sich auf die andere Seite zu drehen und ihn zu ignorieren.

Kapitel Zehn

Ein heftiges Gewitter weckte Holly, noch bevor es richtig hell draußen war. Es gelang ihr nicht, wieder einzuschlafen. Zu viele Gedanken gingen ihr durch den Kopf. Die größte Frage war die, was sie als Nächstes tun sollte. Sie starrte an die Decke und kam zu dem Schluss, dass sie zwei Möglichkeiten hatte: zu packen und nach Hause zu fliegen, die Schatzsuche Schatzsuche sein zu lassen und einfach zu vergessen, dass sie Connor Maguire je begegnet war, oder durchzuhalten, den Job für Quinn zu Ende zu führen und Maguire auf Abstand zu halten. Es gab für sie keinen Zweifel daran, dass er sie nur benutzt hatte. Okay, sie konnte das Spiel natürlich mitspielen und Maguire für den Artikel benutzen.

Holly öffnete die Vorhänge, machte sich einen Becher Kaffee und ging wieder ins Bett, um von dort aus dem Sonnenaufgang zuzusehen. Es hatte Augenblicke gegeben, in denen sie geglaubt hatte, sein Interesse an ihr wäre echt gewesen. Was für ein Witz! Maguire war ein erfahrener Spieler, ein hartherziger Geschäftsmann, einer, der vor nichts zurückschreckte, um seine Ziele zu erreichen. Das ganze Gerede, dass er sie beschützen wolle und ihre gemeinsame Nacht etwas ganz Besonderes gewesen sei, war nichts weiter als Schall und Rauch. Dabei hatte er ganz genau gewusst, wie verletzt sie war und wie vorsichtig gegenüber Männern. Nun, sollte er doch machen, was er wollte. Sie würde seine Schatzsuche begleiten, aber nur, weil sie das interessierte. Sobald Maguire ihr irgendwie zu nahe trat, würde sie ihn abblitzen lassen.

Holly stand auf, duschte und öffnete entschlossen ihren Kleiderschrank. Sie beschloss, einen weißen Hosenanzug aus feinem, durchscheinenden Leinen anzuziehen. Er war ausgesprochen figurbetont, und wenn sie den obersten Knopf offen ließ, erhaschte man sogar einen Blick auf ihr Dekolletee. Zum Teufel mit dem Schutzpanzer. Sollte Maguire doch sehen, was ihm entging.

Sie wartete nicht auf ihn. Das Frühstück wurde in Buffetform serviert, die Auswahl reichte vom leichten kontinentalen Imbiss bis zu frisch zubereiteten englischen Eiern mit Speck und Würstchen. Freche Spatzen hüpften von Tisch zu Tisch und taten sich an jedem Krümel gütlich, den sie erwischen konnten.

Holly nahm Obst und Joghurt, danach Rührei mit Würstchen. Sie war fast fertig, als Connor kam.

»Guten Morgen. Das mit gestern Abend tut mir leid. Ich bin zum Dinner eingeladen worden.« Er sah sie so lange an, bis sie sich gezwungen fühlte, ebenfalls aufzuschauen.

Nach einem kurzem Blickkontakt konzentrierte Holly sich darauf, Milch in ihren Kaffee zu gießen. »Kein Problem.«

»Hast du Lust auf einen Ausflug nach Port Mathurin?« Er klang überraschend unsicher.

»Klar.«

»Holly …«

»Du musst dich selbst bedienen. Das Buffet ist da drüben.« Sie machte eine vage Handbewegung. Dann tupfte sie sich den Mund mit einer Serviette ab und stand auf. »Ich bin fertig. Ich bin in meinem Zimmer, du kannst mich dort abholen, sobald du so weit bist.« Ohne seine Antwort abzuwarten, verließ Holly die Frühstücksterrasse. Sie würde in ihrem Zimmer noch einen Kaffee trinken.

Als er klopfte, hatte sie die Kamera bereits über die Schulter gehängt. »Okay, wir können gehen«, sagte sie knapp.

»Holly …« Connor hob die Hand, um sie zu berühren, ließ sie dann jedoch wieder sinken. »Können wir kurz reden?«

»Es gibt nichts, worüber wir reden müssten. Komm, Maguire, wir haben einen Schatz zu finden.« Sie versuchte an ihm vorbeizugehen, aber er versperrte ihr den Weg.

»Verdammt, Holly. Hör mir zu.«

Holly wirbelte herum, ging wieder ins Zimmer, warf die Kameratasche unsanft aufs Bett und sah ihn herausfordernd an. Ihre Stimme, stellte sie erleichtert fest, klang fest und entschlossen. »Ich lasse mich nicht gern benutzen, Maguire. Und ich lasse mich auch nicht gern belügen. Also halt gefälligst von jetzt an Abstand, und konzentrier dich auf deinen verdammten Schatz. Ich schreibe meine Story, und dann bist du mich los. Können wir so verbleiben?«

Seine Augen blitzten. »Absolut.«

»Dann lass uns jetzt gehen.«

»Ich habe dich nicht benutzt.«

»Unfug, Maguire. Du tust es doch immer noch.«

»Ja«, gab er leise zu. »Aber nicht so wie du denkst.«

»Ich will es gar nicht hören. Deinen Charme kannst du dir für jemand anders aufsparen, ich werde nicht noch einmal darauf hereinfallen.« Sie sah ihn von oben bis unten an, kalt und berechnend. »Aber für einen One-Night-Stand warst du nicht schlecht.«

Er atmete tief durch. Die Bemerkung, das spürte Holly, hatte gesessen. Er nickte knapp. »Lass uns gehen.«

Schweigend gingen sie auf den Jeep zu, den er gemietet hatte. Unterwegs hielt Holly größtmögliche Distanz. »Warum genau fahren wir nach Port Mathurin?«

»William hat dort in der Nähe gelebt.«

»In seinem Tagebuch hat er etwas davon geschrieben, dass er sich ein Haus auf einem der kleinen Atolle gebaut hat.«

»Ich weiß. Vielleicht hat er das. Aber eine Zeit lang hat er auf dem Festland von Rodrigues gewohnt.«

»Woher weißt du das?«

»Das ist hier auf der Insel bekannt. Mein Kontaktmann hat es mir gesagt. William hat sein Haus an einem Ort namens Anse aux Anglais gebaut.«

»Englische Bucht, also. Wo ist sie?«

»Einen kleinen Fußmarsch von Port Mathurin entfernt. Ich dachte, wenn wir in der Stadt parken und laufen, sehen wir … bekommen wir ein Gefühl dafür, wie er hier gelebt haben könnte.«

»Hast du die Karte dabei?«

»Natürlich.«

»Gut.«

Sie verfielen in Schweigen. Die einzige Straße führte hinauf nach Mont Lubin und dann wieder hinab durch einen erstaunlich grünen Wald. Auf dem letzten Stück bis zur Hauptstadt folgte eine Haarnadelkurve der anderen. Port Mathurin war nicht viel mehr als ein Dorf, das im Schutz der Berge an der Küste lag. Ein tiefer Kanal führte zu einem künstlich angelegten Hafen, zwei natürliche Durchlässe im Korallenriff ließen die Schiffe passieren. An der Mole lag ein Hochseefischerboot.

Connor parkte im Schatten in der Nähe des Hafens. »Von hier aus gehen wir zu Fuß.«

Holly gab keine Antwort. Sie stieg aus dem Wagen und nahm ihre Kameratasche vom Rücksitz.

»Soll ich sie für dich tragen?«

»Nein danke.«

Sie kamen an einem Kriegerdenkmal vorbei, das an die Gefallenen der Insel in den beiden Weltkriegen erinnerte. Connor blieb stehen und schaute es an. »Erstaunlich, dass es so etwas hier gibt.«

»Hm.«

»Willst du ein Foto machen?«

»Nein.«

Er zuckte mit den Schultern. »Wie du meinst.«

Die Straßen waren eng und alt und schachbrettartig angelegt. Das Angebot der Geschäfte erinnerte Holly an Port Louis. Alle Läden waren so gut wie leer. »Hier auf Rodrigues stehen die Menschen mit der Sonne auf und gehen mit ihr ins Bett«, erklärte Connor. »Der Hauptgeschäftsbetrieb findet morgens statt. Die einzige Tankstelle befindet sich hier in Port Mathurin, sie schließt um zwei Uhr mittags.«

Holly fand, dass es an der Zeit war, mehr als nur eine einsilbige Antwort zu geben. Sie wusste, dass sie sich ziemlich kindisch benahm. Der Mann hatte ihr zwar ziemlich zugesetzt, aber sie würde ihm nicht auch noch die Befriedigung verschaffen, es ihm zu zeigen. »Die Banken schließen dann ebenfalls. Hast du die Informationsbroschüre in deinem Hotelzimmer gelesen? In der ganzen Stadt werden abends um sechs die Bürgersteige hochgeklappt.«

»Gestern Abend muss hier aber einiges los gewesen sein.« Connor schien erleichtert, dass sie wieder mit ihm sprach. »Ein paar der Bars waren geöffnet.«

Sie überquerten die Winston Churchill Brücke am Rande der Stadt und folgten der Küstenlinie. »Wie weit ist es?«

»Nur ein paar Kilometer.«

Es war ein sehr schöner Spazierweg. Schattenspendende Bäume auf der einen Seite, der Ozean auf der anderen und angenehme Temperaturen um fünfundzwanzig Grad. Holly machte ein paar Fotos mit dem Blick auf Port Mathurin. Plötzlich erstarrte sie. Sie stellte den Kamerazoom auf maximale Schärfe ein. »Wir haben Gesellschaft.«

Connor drehte sich nicht um, er schaute aufs Meer. »Welcher Art?«

»Justin Parker. Er verfolgt uns.«

»Lass ihn ruhig.« Connor zog den Plan aus seiner Hemdtasche. »Im Gegenteil, wir sollten ihm ruhig etwas zum Grübeln geben.« Er tat, als studiere er die Zeichnung, sah sich um und zeigte auf irgendeine beliebige Stelle. Holly zeigte sich ebenfalls scheinbar interessiert.

Unwillkürlich registrierte sie Connors Aftershave, die Lieblingsmarke ihres Vaters, und, wenig überraschend, auch ihre. Abrupt rückte sie von ihm ab.

»Komm weiter«, sagte er, faltete den Plan zusammen und setzte sich wieder in Bewegung. Kurze Zeit später erreichten sie ihr Ziel.

»Wo hat Williams Haus gestanden?« Mit in die Hüfte gestemmten Armen stand Holly da und schaute auf einige Häuser, die sehr alt zu sein schienen.

»Keine Ahnung.«

Sie sah ihn erstaunt an.

»Sein Haus ist unwichtig. Es ist das Gelände, das mich interessiert. Es ist die einzige Stelle sowohl hier als auch auf Mauritius, die zu Williams Plan zu passen scheint.« Connor zog das Papier erneut hervor. Justin Parker schien er völlig zu ignorieren. »Schau nur, dort drüben. Mit ein bisschen Fantasie …« Er schüttelte den Kopf. »Nein, vielleicht doch nicht. Sieh dir die Zeichnung an. Es ist ziemlich ähnlich, aber wo sind die Terrassen? Eigentlich ist es doch zu unterschiedlich.«

Holly fotografierte ihn. Das Aufnahmegerät steckte in ihrer Jackentasche und lief. »Wie kommt es, dass du das alles selber machst? Ich dachte, du hättest jemanden, der die Vorarbeiten für dich leistet.«

»Was ist das schon wieder für eine Frage? Du weißt doch, warum ich in Wirklichkeit hier bin.«

Tatsächlich?, dachte sie. »Ich muss schließlich etwas zu Papier bringen, Maguire«, sagte sie schließlich. Also komm schon. Ich tue so, als sei dies eine echte Frage und als sei ich ernsthaft interessiert an einer Antwort.«

Er verdrehte die Augen. »Wann hörst du endlich damit auf?«

»Sobald ich die Story habe, für die ich hergekommen bin.«

»Das meine ich nicht, und du weißt es ganz genau.«

Sie hockte sich, fotografierte nach oben, gegen den wolkenlosen blauen Himmel. Ein Winkel, mit dem sie Connor Maguire absichtlich unangreifbar machte, ein Fels, ein Wolkenkratzer, ein Riese im Lande der Sterblichen. Es war eine sehr aggressive Perspektive. Holly fand sie perfekt.

»So, das reicht.« Sie erhob sich. »Was deine Frage angeht, ganz gleich wie sie gemeint ist, meine Antwort bleibt dieselbe. Es ist mir völlig egal, was du im Sinn hast. Mein Job ist es, es so aussehen zu lassen, als würdest du einem lange verlorenen Schatz nachspüren. Das willst du doch, oder? Das ist doch der Grund, weshalb du meine Gegenwart hier überhaupt tolerierst.«

Der Nerv über seinem linken Auge zuckte. Er sah sie lange an, ehe er den Kopf drehte und sich abwandte. »Nein. So ist es nicht«, sagte er leise.

»Komm schon, Maguire«, antwortete sie herausfordernd. »Ich bin ein großes Mädchen. Ich kann die Wahrheit vertragen. Und eigentlich«, fügte sie mit scharfer Zunge hinzu, »wäre es mal eine nette Abwechslung, sie zu hören.«

Seine Augen wurden dunkel vor Zorn, er hatte Mühe, seine Stimme zu beherrschen. »Die Wahrheit? Also gut, du sollst sie haben. Ich habe keine Publicity gewollt, die hast du mir aufgezwungen. Nimm deine verdammten Fotos, und verschwinde aus meinem Leben. War das klar und deutlich genug?«

Holly zuckte zurück, als hätte er sie geschlagen. Ihr Gesicht hatte alle Farbe verloren. »Du mieser Kerl«, stieß sie hervor. »Mich zu benutzen ist eine Sache, aber meine Professionalität in Frage zu stellen eine ganz andere.« Sie atmete zitternd ein. »Ich hätte meinen Job hier beendet, ganz gleich ob du mit mir geschlafen hast oder nicht.«

Connor atmete schwer. »Holly … Ich habe es nicht so gemeint.«

Tränen nahmen ihr die Sicht. »Ich warte im Auto.« Sie drehte sich und um ging mit schnellen Schritten davon.

Connor stöhnte und schloss die Augen. »Es tut mir so leid, Baby«, flüsterte er. »Aber ich kann dich einfach nicht mit in diese Sache hineinziehen.«

Wäre Holly in der Stimmung dazu gewesen, hätte sie sich über Justin Parkers Versuche, sich vor ihr zu verstecken, totgelacht. In seinen roten Shorts und dem weißblau gestreiften Hemd hatte er sich hinter einen Baum gestellt und sich eingebildet, unsichtbar zu sein. Unglücklicherweise sah er aus wie eine wandelnde britische Flagge. Er war schlicht nicht zu übersehen. Holly ging zielstrebig auf ihn zu und blieb stehen. Einen Augenblick später spähte Justin vorsichtig hinter seinem Baum hervor. Er zuckte erschrocken zusammen – Holly stand direkt vor ihm.

Sie sprach mit zusammengebissenen Zähnen und ließ ihre ganze Wut und Erniedrigung an ihm aus. »Nur, damit Sie auf dem Laufenden sind, Justin, ich bin mir durchaus bewusst, dass Sie uns gefolgt sind. Ich weiß, dass Sie eine Kopie von William Maguires Plan haben. Ich weiß, dass Ihre Mutter eine Maguire war. Und auch wenn Sie tatsächlich Biologe sind, bin ich mir ziemlich sicher, dass das Klonen eines Dodos mit der wahren Absicht für Ihren Aufenthalt hier wenig zu tun hat. Und jetzt wäre ich Ihnen dankbar, wenn Sie Ihre lächerliche Scharade endlich aufgeben würden. Es wird ziemlich langweilig, ich bekomme Kopfschmerzen davon.« Aufgebracht stapfte Holly davon.

Holly Jones hatte schon viele Fehler in ihrem Leben gemacht. Die Annahme, dass Justin Parker nichts weiter als ein fehlgeleiteter Idiot war, der lediglich aufgrund einer zweihunderfünfzig Jahre alten Familienfehde agierte, war vermutlich ihr größter. Hätte sie das gewusst, und hätte sie den Ausdruck auf seinem Gesicht gesehen, mit dem er ihr nachsah, hätte sie ihre bösen Worte vielleicht bereut.

Als Connor später ans Auto kam, hatte Holly sich wieder etwas beruhigt. Sie versteckte sich hinter ihrem Job und machte ihm mit sachlicher Stimme einen Vorschlag: »Mein Job hier ist ziemlich unangenehm geworden, um es gelinde auszudrücken. Ich brauche noch ein paar Fotos und ein letztes Interview. Wenn wir das heute schaffen, gebe ich dir heute Abend das Tagebuch zurück und verschwinde aus deinem Blickfeld. Von morgen an kannst du tun und lassen, was du willst, was immer das sein mag. Solltest du den Schatz zufällig finden, kannst du mir ein Fax mit ein paar näheren Einzelheiten und ein oder zwei Fotos schicken, das genügt. Damit wäre der Artikel dann fertig zur Veröffentlichung. Was hältst du von dem Vorschlag?«

»Ich dachte, du wolltest noch etwas über Rodrigues schreiben?«

»Das habe ich auch vor. Dazu werde ich aus dem Hotel in eine der Pensionen hier in Port Mathurin ziehen. Das liegt zentraler.«

»Abgemacht.« Er klang erleichtert.

Sie nickte knapp. »Solltest du keinen Schatz finden, wird der Artikel in der Hauptsache Fiktion und Hörensagen sein. Ist das okay für dich?«

Seine Stimme war ebenso neutral wie ihre. »Solange du den guten Zweck herausstellst.«

»Das ist eines der wenigen wahren Details, die mir bekannt sind.«

»Kann ich vor der Veröffentlichung eine Kopie des Artikels sehen?«

»Wende dich an Quinn.« Holly merkte, dass ihr Aufnahmegerät noch lief. Sie stellte es ab. »Können wir ins Hotel zurückfahren?«

»Noch nicht. Wir sind jetzt einmal hier, lass uns noch ein paar Nachforschungen anstellen.«

»Komm schon, Maguire. Du brauchst meine Gesellschaft ebenso wenig, wie ich deine brauche.«

Ganz kurz flackerte Bedauern in seinen Augen auf. »Eine Küstenstraße führt von hier zum Flughafen. Sie ist neu. Ich würde sie mir gern anschauen. Hast du etwas dagegen?«

»Wie du willst.« Sie nahm ihre Kameratasche und wartete darauf, dass er den Wagen aufschloss.

Er wollte etwas sagen, zögerte dann jedoch, seufzte und öffnete die Beifahrertür.

Holly stieg ein, beugte sich hinüber und öffnete ihm die Tür an der Fahrerseite. »Hast du Justin vorhin gesehen?«

»Er war nicht zu übersehen. Du scheinst ihm einen gehörigen Schreck eingejagt zu haben. Er stand hinter einem Baum versteckt.«

»Ich schätze, er wird uns auf dem gesamten Weg zum Flughafen und zurück verfolgen.«

»Das kann er gern tun.«

»Merkwürdig, dass wir nirgends eine Spur von Raoul gesehen haben. Ich frage mich, ob er noch hier ist.«

Connor zuckte mit den Schultern.

Holly fragte nicht, warum er sich diese Straße unbedingt anschauen wollte. Es hatte sicher nichts mit dem Schatz zu tun. Und dem, nahm sie sich fest vor, würde von nun an ihr einziges Interesse gelten.

Es schien, als hätte er tatsächlich nur Sightseeing im Sinn. Sie fuhren in Richtung Westen, blieben fast auf Meereshöhe und kamen durch das Wohngebiet von Baie aux Huitres, das inmitten von Kasuarinenwäldern lag, am Fuße von baumbestandenen Hügeln. Auf einem von ihnen befand sich zu ihrer Verblüffung ein großes Schild. HOLLYWOOD stand dort genau in derselben Schreibweise wie bei dem etwas glamouröseren Gegenstück in Kalifornien.

Holly schaltete erneut ihr Aufnahmegerät ein. Sie tat das im Auto nicht gern, weil sie meist mehr Motorengeräusche als alles andere auf dem Band hatte, was das Abhören erschwerte. In diesem Fall jedoch wollte sie die Angelegenheit gern möglichst schnell hinter sich bringen. Außerdem brauchte sie sich nicht zu unterhalten, wenn sie arbeitete. Ohnehin fielen nur noch böse Worte zwischen ihnen.

Während Connor ihre Fragen beantwortete, versuchte Holly, auch die vorbeifliegende Landschaft in sich aufzunehmen. Hier an der Nordküste, wo das Korallenriff bis zu drei Kilometer breit war, gab es etliche kleine Sandinseln. Das Festland fiel spektakulär steil zum Meer hin ab, in kleinen Buchten mit weißen Sandstränden lagen vereinzelt winzige Fischerorte. Die Straße war kaum befahren; nachdem sie Port Mathurin hinter sich gelassen hatten, waren ihnen nur wenige Autos begegnet.

Rodrigues war eine noch völlig unberührte Insel. Ein Paradies für

Liebende. Es gab hier keine Ablenkungen, man konnte nichts anderes tun, als sich gegenseitig zu genießen. Besucher, die nicht gern schnorchelten, tauchten oder einfach nur am Strand lagen, hatten hier nur sehr begrenzte Möglichkeiten. Sie konnten die örtlichen Fischer bitten, sie mit zum Fischen zu nehmen. Sie konnten spazieren gehen, reiten oder einen der wenigen zur Auswahl stehenden Ausflüge unternehmen – eine Bootstour zur Île Cocos, einem Vogelschutzgebiet etwa drei Kilometer vor der Westküste der Insel, eine Sightseeingtour nach Port Mathurin und an die Nordküste oder eine Führung durch Plaine Corail und Caverne Patate, einem Höhlenkomplex mit Stalaktiten und Stalagmiten, der sich ungefähr achtzehn Meter unterhalb des Meeresspiegels befand und sich fast einen Kilometer lang hinzog.

Die Straße führte inseleinwärts in Richtung La Ferme, an der Abzweigung zum Flughafen vorbei und dann weiter in Richtung Südküste. Als sie einen Hinweis zur Caverne Patate am Straßenrand sahen, schlug Connor vor, sich einer Führung anzuschließen und die Höhle zu besichtigen. Justin Parker hatte längst alle Bemühungen aufgegeben, unerkannt zu bleiben. Er folgte ihnen mit geringem Abstand über einen unebenen Weg, der zum Höhleneingang führte. Der Gruppe, mit der Holly und Connor schließlich die Höhle besichtigten, schloss er sich jedoch nicht an. Der unterirdische Rundgang dauerte etwa eine Dreiviertelstunde.

Holly, die nach einer Weile Platzangst bekam, war froh, dass die Caverne Patate hoch und weitläufig genug war, um sie nicht in Panik zu versetzen. Der Ausstieg, bei dem sie bröckelnde, glitschige Steinstufen überwinden mussten, um ans Tageslicht hinaufzugelangen, war ziemlich anstrengend. Er verdeutlichte ihnen, wie tief unter der Erde sie gewesen waren.

»Was mag dein Freund nur denken?«, fragte Connor, als sie zum Wagen zurückkehrten. Justin Parker sah zu ihnen hinüber und trommelte mit den Fingern aufs Lenkrad. Die unverhohlene Art, mit der er sie beobachtete, wirkte albern, und vermutlich wusste er das.

»Er denkt an Höhlen und Schätze.« Holly hatte fast ein wenig Mitleid mit ihm.

»Offensichtlich.«

»Ich hoffe bloß, er versucht nicht, die Höhle auf eigene Faust zu erkunden. Ohne Taschenlampe und Führer wäre er dort hoffnungslos verloren. Wir würden ihn vermutlich nie wiedersehen.«

»Der ideale Ort für Spuren von Dodo-Eiern«, bemerkte Connor. »Vielleicht sollte ich ihn darauf hinweisen?«

»Lass ihn in Ruhe. Er tut doch niemandem was.« Es war unglaublich, dass sie nach ihrem Streit so ruhig miteinander umgehen konnten. Holly verzog das Gesicht. Sie hatte wirklich Glück. Erst Dennis und seine Eskapaden und nun diese Enttäuschung mit Connor. Sie kam zu dem Schluss, dass es wirklich das Beste wäre, den Männern für alle Zeiten abzuschwören. Das würde ihr viele Probleme und viel Herzschmerz ersparen.

Von der Höhle fuhren sie weiter in Richtung Südküste nach Port Sud-Est, wo Connor vorschlug, zu Mittag zu essen. Sie fanden ein kleines, etwas dubioses Café und setzten sich an einen der Tische draußen. Der Eigentümer, der offenbar hocherfreut war, dass sich Touristen in sein Etablissement verirrt hatten, nahm ihre Bestellung persönlich entgegen. Justin Parker war nirgends zu sehen; Holly vermutete, dass er sie von irgendwoher beobachtete.

Vor der Küste lag eine weitere winzige Insel. »Das ist Hermitage Island. Wenn man den Gerüchten trauen darf, könnte dort durchaus ein Schatz verborgen liegen«, erklärte Connor. »Vielleicht sollten wir versuchen, ein Boot zu mieten.«

Holly sah ihn an: »Warum tust du das alles?«

»Ich versuche nur, dir zu helfen.«

Holly schüttelte den Kopf. »Du scheinst es ja wirklich eilig zu haben, mich loszuwerden. Auf diese Weise schlägst du gleich zwei Fliegen mit einer Klappe. Du lieferst mir nicht nur mein Interview, sondern auch noch viele Informationen über die Gegend. Sag mir eines,

Maguire, warum versuchst du, meine Abreise plötzlich so zu beschleunigen?« Sie klang weder enttäuscht noch sauer, auch nicht bitter.

Sein Blick war unergründlich. »Ich will, dass du gehst, ja. Aber nicht aus den Gründen, die du mir unterstellst. Glaub mir das.«

»Du hast mir das schon einmal vorgespielt, es ist ein netter Versuch. Aber es hat damals nicht funktioniert, und es funktioniert auch jetzt nicht.«

Seine Stimme war kaum hörbar. »Ich hoffe, dass du eines Tages die Wahrheit erfahren wirst, Holly.«

»Du hast mir bereits gezeigt, was das ist.«

Connor blickte auf seine Hände. »Weißt du«, sagte er dann mit merkwürdig belegter Stimme, »die Wahrheit hat viele Seiten. Merk dir, dass ich dir das gesagt habe.«

Holly sprang auf. »Entschuldige mich. Ich bin in einer Minute zurück.« Sie machte sich auf die Suche nach einer Toilette, sie musste jetzt einen Moment allein sein. Im einen Augenblick verabscheute sie Connor, im nächsten verwirrte er sie völlig. Manchmal, so wie jetzt, wollte sie ihn am liebsten in die Arme nehmen und dafür sorgen, dass alles wieder in Ordnung kam.

Die Toilette, ein kleines separates Häuschen hinter dem eigentlichen Gebäude, war verschlossen, aber der Eigentümer des Cafés hatte ihr den Schlüssel gegeben. Als Justin Parker plötzlich wie aus dem Nichts auftauchte, war Holly völlig ahnungslos. Er packte ihre Arme und drehte sie ihr grob auf dem Rücken zusammen.

»Mein Auto steht dort hinten«, zischte er. »Machen Sie jetzt bloß kein Theater.«

Sie versuchte, sich zu ihm umzudrehen. »Justin, was zum Teufel fällt Ihnen ein?«

Er wich ihrem Blick aus. »Sie kommen jetzt mit mir.«

»Nein, das tue ich nicht. Lassen Sie mich sofort los.«

Er atmete tief ein. »Ich fürchte, ich muss darauf bestehen.«

Holly versuchte, ihre Arme wegzuziehen. »Lassen Sie mich in

Ruhe, Justin. Das ist einfach lächerlich.« Sein Griff war schmerzhaft. »Sie tun mir weh.«

»Tut mir leid. Hier entlang.«

Hollys Gedanken überschlugen sich. Der Boden war sandig. Connor würde ihre Fußspuren erkennen können. Als sie vor Justins Auto standen, gelang es ihr, den Toilettenschlüssel fallen zu lassen. Ein Teil ihres Verstandes versuchte, in Ruhe einen Fluchtweg zu ersinnen, der andere Teil überlegte, wie viel Angst sie haben musste. Weder sah Justin aus wie jemand, der ihr etwas antun könnte, noch verhielt er sich so. Andererseits machte er einen sehr entschlossenen Eindruck.

Mit dem Körper presste er sie gegen das Auto. Holly spürte, dass er ihre Hände mit Klebeband fesselte. Das ist nicht wahr!, dachte sie plötzlich panisch. Es müssen doch irgendwo Leute sein.

Justin zwang Holly ins Auto und befestigte ihren Sicherheitsgurt.

Sie versuchte, ruhig zu bleiben. »Wohin bringen Sie mich?«

»Port Mathurin.«

»Warum? Was soll das alles?«

»Ich will mit Ihnen reden, das ist alles.«

»Justin, das ist doch Wahnsinn. Das ist Kidnapping. Sie glauben doch nicht, dass ich mir das gefallen lasse. Außerdem wird Maguire nach mir suchen.«

»Seien Sie still«, fuhr er sie an. »Seien Sie einfach nur still.« Nervös blickte er sich zum Café um, ehe er ins Auto stieg und davonschoss. Holly konnte kein weiteres Wort aus ihm herausbekommen. Schweigend fuhr er mit ihr quer über die Insel.

Auf der Hälfte des sich abwärts windenden Wegs von Mont Lubin bog Justin nach links in einen schmalen, lehmigen Pfad ein. Nach weniger als hundert Metern fuhr er in eine Einfahrt und hielt an. Ein kleiner, einstmals weißer Bungalow, der durch dichtes Gebüsch und eine wild wachsende Hecke von der Straße abgeschirmt war, stand inmitten eines vernachlässigten Gartens. Der Ausblick über Port

Mathurin und das Meer war großartig, aber Holly war nicht in der Stimmung, ihn zu genießen. Justin öffnete ihren Sicherheitsgurt und zerschnitt das Klebeband, mit dem ihre Handgelenke gefesselt waren. »Ins Haus.«

Sie musste jetzt unbedingt die Ruhe bewahren. »Wessen Haus ist das?«

»Drinnen. Wir reden drinnen.«

Die Einrichtung war sehr spartanisch und hatte schon bessere Tage gesehen.

»Setzen Sie sich.«

Holly wählte einen Sessel, und Justin drehte einen Stuhl mit hoher Rückenlehne herum und setzte sich rittlings ihr gegenüber.

»Ich werde Ihnen nicht wehtun«, erklärte er hastig, und sein Blick bat um Verständnis. »Bitte, haben Sie keine Angst. Ihnen passiert nichts.«

»Was wollen Sie, Justin?« Seine Versprechungen halfen ihr nicht viel. War er so erpicht darauf, zu erfahren, was Maguire über den Schatz wusste, dass er bereit war, sie zu entführen? Oder war er zu Schlimmerem fähig?

»Informationen«, stieß er hervor. »Ich werde Ihnen nichts tun«, wiederholte er, »es sei denn …«

»Es sei denn was?«

Er wirkte plötzlich sprunghaft, unsicher. »Ich muss kurz telefonieren. Es tut mir leid, dass ich das machen muss.« Mit der Rolle Klebeband band Justin Hollys Hände und Füße zusammen. Dann verließ er das Haus mit den Worten: »Ich bin in einer Viertelstunde zurück.«

Holly sah sich rasch um. Es musste doch hier irgendwo ein Messer geben. Sie erhob sich mühsam und hüpfte in die Küche. Auf einer Seite der Spüle befanden sich drei Schubladen. Holly schaffte es irgendwie, dorthin zu gelangen, und versuchte seitlich mit dem Ellbogen an der ersten zu zerren. Es war schwieriger, als sie erwartet hatte. Es gelang ihr, den Griff zu berühren, aber um die Schublade herauszuziehen, musste sie sich nach vorn bewegen. Schließlich gelang es ihr, die Position zu finden, bei der sie nahe genug stand, um die Schublade herauszuziehen, und zugleich weit genug entfernt, um nicht das Gleichgewicht zu verlieren. Millimeterweise bewegte sich die Schublade vorwärts. Holly wiederholte diesen Vorgang drei- oder viermal, ehe sie die Schublade weit genug offen hatte, um hineinsehen zu können. Leider brachte sie nur ein paar Kerzen und einige Papiertüten zu Tage.

Die mittlere Schublade war leichter, enthielt jedoch lediglich Schnüre und Ersatzglühbirnen. Um an die unterste zu gelangen, musste Holly sich auf die Seite legen, dann zog sie und schlängelte sich vorwärts. Nichts. Völlige Leere. »Irgendwo muss doch etwas sein«, murmelte sie vor sich hin und sah sich weiter um. Sie hüpfte zu einem Eckschrank hinüber, nahm den Türknauf in den Mund, rutschte mit ihren gefesselten Füßen zur Seite und arbeitete sich so Millimeter für Millimeter voran. Mit dem Knauf im Mund fiel ihr das Atmen schwer. Als sie die Tür endlich offen hatte, ließ sie sie einen Moment los, um Luft zu holen. Federscharniere zogen sie sofort wieder zu. Nach einer Reihe weiterer frustrierender Versuche musste Holly sich geschlagen geben.

Vielleicht sollte ich es in einem anderen Zimmer versuchen, dachte sie. Eine Tür war verschlossen, der Griff unmöglich zu erreichen. Der zweite Raum entpuppte sich als nur spärlich möbliertes Schlafzimmer, das offenbar von Justin benutzt wurde. Damit blieb nur noch das Bad, das auch nichts Nützliches zu Tage brachte. Holly war gerade mühsam ins Wohnzimmer zurückgehumpelt, als sie Justins Auto hörte. Hastig hüpfte sie zum Sessel zurück und ließ sich hineinfallen, in der Hoffnung, dass er den Schmutz an ihrer weißen Kleidung nicht bemerkte. Er kam offensichtlich nervös ins Haus gerannt und schien erleichtert zu sein, dass sie noch da war.

»Lassen Sie mich das entfernen.« Seine Hände zitterten, als er das Klebeband durchschnitt.

Dankbar rieb Holly sich die Hand- und Fußgelenke, um die Blutzirkulation wieder in Gang zu bringen.

Erneut setzte Justin sich rittlings auf den Stuhl. Er wirkte fast ein wenig verlegen. Holly vermutete, dass er das Telefongespräch mit Raoul Dulac geführt hatte. »Wie kommt es, dass Sie so viel über mich wissen?«, fragte er plötzlich.

Holly zögerte, dann schlug sie, weil sie wütend war, alle Vorsicht in den Wind. »Ich habe Sie überprüfen lassen.«

»Warum?«

»Weil ich eine Kopie von William Maguires Plan in Ihrer Tasche gesehen habe.«

»Damals am Strand?«

Sie nickte. »Außerdem schienen Sie den Namen Solitär noch nie gehört zu haben. Und das ist für jemanden, der an einem Dodo-Forschungsprojekt arbeitet, ziemlich merkwürdig, finden Sie nicht auch?«

Justin lächelte. »Ich fürchte, das war nur professionelle Nachlässigkeit. Es gibt einigen Grund zu der Annahme, dass der Solitär und der Dodo zwar miteinander verwandt sind, aber nicht derselben Gattung angehören. Ich sah keinen Grund, Ihrer Überzeugung, dass es sich um ein und dasselbe Tier handelt, zu widersprechen. Die meisten Menschen begehen diesen Fehler.« Er legte seine Hände übereinander und verbarg sein Gesicht dahinter, sodass nur noch seine Augen sichtbar waren. Seine Stimme klang gedämpft. »Ich wollte das nicht tun. Sie haben es sich selbst zuzuschreiben.«

»Wirklich? Ich wüsste nicht wieso.«

»Sich und diesem Mann.«

»Connor Maguire, meinen Sie?«

Justin nickte.

Holly ließ ihrer Wut freien Lauf. »Das ist einfach lächerlich. Ich schreibe lediglich eine Reportage über seine Schatzsuche, zu der er ebenso große Berechtigung hat wie Sie. Warum zum Teufel arbeiten Sie nicht mit ihm zusammen, anstatt hier den Helden zu spielen?

Wenn es tatsächlich einen Schatz gibt, wird er groß genug sein, um ihn durch zwei zu teilen. Und was meine Entführung angeht, Justin, könnte ich Sie dafür ins Gefängnis bringen.« Das war riskant. Warum konnte sie nur nicht ihren Mund halten?

Auf seinem Gesicht machte sich erst Panik und dann Entschlossenheit breit. Holly war sich nicht ganz sicher, was ihr lieber war. Beides konnte sich als ziemlich gefährlich erweisen.

Justin runzelte die Stirn. »Ich habe Sie nicht entführt.«

»Dann lassen Sie mich gehen.«

»Das kann ich nicht. Es gibt jemanden, der Sie sprechen möchte.«

»Raoul Dulac, schätze ich.«

Er kniff die Augen zusammen. »Wie kommen Sie auf diese Idee?«

»Sie waren am Sonntag in seinem Haus. Ich habe Ihr Gespräch belauscht.«

»Dann wissen Sie zu viel.«

»Nur, dass Sie hinter derselben Sache her sind wie Connor Maguire. Abgesehen von dieser kleinen Entführungsnummer haben Sie bisher nichts Illegales getan. Sind Sie sicher, dass Sie die Sache weiter durchziehen wollen?«

»Ich muss.« Justin sah sie entschlossen an.

»Heißt das, Sie sind bereit, mich gefangen zu halten, bis Dulac kommt?«

»Er wird bald hier sein.«

Holly bemühte sich um Ruhe. »Während wir warten, könnten Sie mir doch erzählen, wie Sie von dem Schatz erfahren haben.«

Seine Bereitschaft, ihr zu antworten, überraschte sie. »Ich schätze, das schadet nicht. Anne-Marie hat es meiner Mutter erzählt.«

»Anne-Marie!«

»Ja.« Er lächelte. »Raouls Schwester.«

»Sie meinen, seine Tochter?«

Jetzt sah Justin überrascht aus. Er ließ die Hände sinken. »Seine Tochter? Anne-Marie sagte, sie sei seine Halbschwester.«

»Das wundert mich nicht. Die Dulacs spielen diese Scharade nun schon seit über dreißig Jahren.«

»Das bedeutet also …«

»… dass Raoul Dulac bereits mit vierzehn ein neunzehnjähriges Dienstmädchen geschwängert hat.« Holly witterte plötzlich eine Chance, Justin von seiner Besessenheit von dem Schatz abzulenken. »Um ganz genau zu sein, hat er sie vergewaltigt.«

Eine Mischung aus Überraschung und Abscheu spiegelte sich auf Justins Gesicht wider. »Großer Gott, davon hatte ich keine Ahnung.«

»Nette Gesellschaft, in der Sie sich befinden.«

Aber es funktionierte nicht. Justin sah sie trotzig an. »Ich habe nichts mit seiner Vergangenheit zu tun. Wir sind erst seit kurzem Partner. Außerdem, warum sollte ich Ihnen das alles glauben?«

Holly zuckte mit den Schultern. »Ich schätze, die Dulacs haben Ihnen die Kopie des Plans gegeben?«

»Anne-Marie war es.«

»Sie gehört ebenfalls zur Familie. Warum haben sie Sie da hineingezogen?«

»Was soll das heißen?«

»Warum sollte Raoul Dulac noch jemand Drittes mit ins Boot nehmen? Er kommt mir nicht vor wie jemand, der gern teilt.«

»Hat er ja gar nicht. Wie ich bereits sagte, hat Anne-Marie es meiner Mutter erzählt.«

»Und Anne-Marie kann Raoul nicht ausstehen«, sagte Holly langsam. Sie musste an den hasserfüllten Gesichtsausdruck denken, den sie am Sonntag bemerkt hatte. »Als sie daher von dem angeblich existierenden Schatz erfuhr und merkte, wie ernst Raoul die Sache nahm, überlegte sie sich, wie sie ihm einen Knüppel zwischen die Beine werfen könnte. Hat sie sich einfach nur irgendeinen aus der Familie Maguire herausgepickt, oder kannte sie Ihre Mutter bereits?«

»Anne-Marie hat zwölf Monate als Austauschstudentin in England verbracht. Während dieser Zeit hat sie sich mit der Geschichte der Maguires beschäftigt.«

»Dann wusste sie also schon damals von ihrer wirklichen Mutter?«

»Mrs. Dulac hat es bei jeder Gelegenheit erwähnt. Sie war nie besonders nett zu Anne-Marie. Aber, um Ihre Frage zu beantworten, Anne-Marie stellte fest, dass sie eine ganze Schar von Verwandten in Großbritannien hat. Wenn diese Sache mit dem Schatz nicht herausgekommen wäre, hätte sie vermutlich niemals Kontakt zu einem von uns aufgenommen. Als sie von dem Plan erfuhr, witterte sie eine Gelegenheit, alte Schulden zu begleichen. Ich glaube, ihre ursprüngliche Absicht war es, so viele Maguires wie möglich davon in Kenntnis zu setzen und sich dann zurückzulehnen und dem Spaß zuzusehen. Meine Familie hatte das Glück, dass sie es als Erste erfuhr. Ein Zufall im Grunde. Anne-Marie hatte sich ein Auto gemietet und wollte sich langsam durch Irland hindurcharbeiten und unterwegs die Maguires besuchen. Unsere Familie lebt am weitesten südlich.«

Holly dachte rasch nach. Anne-Marie war Kathleens Tochter und daher ein Nachkomme von William. Justins Mutter jedoch stammte von der Seite der Kavanaghs. Das bedeutete, zumindest nach dem Denkschema der Maguires, dass sie erbitterte Feinde sein konnten. War es also möglich, dass Anne-Marie auf diese Weise versucht hatte, sich an Kathleen zu rächen, weil diese sie gleich nach der Geburt weggegeben hatte?

»Warum hat sie den Plan Ihrer Mutter gegeben? Sie gehört doch zur anderen Seite der Familie.«

Justin bestätigte das. »Anne-Marie hatte nichts von dem Streit gewusst, bis meine Mutter ihr davon erzählte. Als sie davon erfuhr, änderte sie ihre ursprünglichen Absichten. Indem sie uns die Kopie der Zeichnung gab, konnte sie zwei Dinge erreichen.«

»Raoul in die Quere kommen und es ihrer Mutter heimzahlen, meinen Sie? Warum? Wenn der Schatz gefunden wird …«

Justin schnitt ihr das Wort ab. »Sie ist nicht interessiert. Für sie ist es nicht mehr als ein Gedankenspiel. Anne-Marie glaubt nicht daran, dass der Schatz existiert.«

»Und was ist, wenn er es doch tut? Sie schneidet sich doch ins eigene Fleisch.«

»Verstehen Sie denn überhaupt nichts?« Justin erhob die Stimme. Er strich sich die Haare aus der Stirn. »Wir sind Raoul ein Dorn im Auge, das ist alles. Es ist genau so, wie Anne-Marie es beabsichtigt hat. Raoul hat sie eingeweiht, um sie ruhig zu stellen. Aber sie hat genau das Gegenteil getan, was ihn dazu zwang, mich als gleichwertigen Partner zu akzeptieren.«

»Hören Sie, Justin, seien Sie bloß vorsichtig. Raoul Dulac ist nicht zu unterschätzen. Er kennt keine Skrupel.«

Er schüttelte heftig den Kopf. »Dafür haben Sie keine Beweise. Sie sagen das lediglich, um mich von der Sache abzuhalten.«

»Nein, tue ich nicht. Sie sind in etwas hineingeschlittert, was Ihnen über den Kopf wächst. Es ist nicht der Schatz, es ist Raoul. Sie sind ein netter Kerl, aber Sie sind Typen wie ihm nicht gewachsen. Im besten Fall können Sie darauf hoffen, dass er ein falsches Spiel mit Ihnen treibt.« Holly hatte Justin nun so weit, dass er ihr seine gesamte Aufmerksamkeit schenkte. Er tat ihr fast ein bisschen leid. Der Traum von unermesslichem Reichtum hatte seinen Verstand getrübt, er litt an ernsthaftem Realitätsverlust. Sie sah ihn eindringlich an: »Steigen Sie aus der Sache aus, Justin – bevor Ihnen ernster Schaden entsteht.«

»Dafür ist es bereits zu spät.«

»Nein, ist es nicht. Sie können auf der Stelle aufhören, wenn Sie das wollen.«

»Kann ich nicht.« Er klang fast ein wenig verzweifelt. »Es geht nicht nur um den Schatz.«

»Um den Familienstreit? Doch sicher nicht.«

»Nein. Es geht um meine Ehre.«

»Herrje!« Holly sah ihn verständnislos an. Allmählich begann er sie zu nerven. »Das liegt doch Jahrhunderte zurück, meine Güte.«

»Das spielt keine Rolle. Der Schatz gehört der Familie meiner Mutter.«

»Tatsächlich? Sind Sie sich da ganz sicher, Justin?«

»Was meinen Sie damit?«

Holly schüttelte den Kopf. »Nichts. Es war nur so ein Gerede.« Connor Maguire hatte sie gebeten, Raoul nichts von dem Tagebuch zu erzählen. Das galt mit Sicherheit auch für Justin.

Justin sah auf seine Uhr, stirnrunzelnd. Raoul Dulac ließ sich Zeit. Er stand auf, ging zum Fenster und schaute ungeduldig hinaus, ehe er zurückkam und sich wieder zu ihr setzte.

»Dann tauchte Connor Maguire auf«, mutmaßte Holly und brach das Schweigen. »Das muss Sie erschüttert haben.«

»Ich habe nicht damit gerechnet«, gab Justin zu. »Und deshalb sind Sie hier. Ihr Freund scheint eine Menge mehr zu wissen als Raoul und ich. Und wir wollen einfach nur herausfinden wie viel.«

»Wie kommen Sie auf die Idee, dass ich Ihnen helfen kann?«

»Was haben Sie vorhin in der Höhle gemacht?«, fragte Justin, anstatt ihre Frage zu beantworten.

»Sie besichtigt.«

»Erwarten Sie nicht von mir, dass ich Ihnen das glaube.«

»Wir waren in Begleitung eines Führers und einer Busladung Touristen, erinnern Sie sich?«

»Maguire hat dort irgendetwas gesucht.«

»Ich hatte nicht diesen Eindruck.«

Er sah sie verächtlich an. »Es wäre besser für Sie, wenn Sie mir die Wahrheit sagten.«

Die Wahrheit! Holly hatte allmählich genug! Justin war nicht der Einzige, der versuchte, sie herauszufinden. »Also, schauen wir mal, was ich tun kann. Connor Maguire ist ein egoistischer, vergnügungssüchtiger Playboy, der sich in selbstdarstellerischen Publicityspektakeln sonnt. In Wirklichkeit ist es ihm scheißegal, ob es irgendeinen Schatz gibt oder nicht. Die Idee gefällt ihm einfach, das ist alles. Und da er weder von William noch von Kavanagh direkt abstammt, interessiert ihn auch die Familienfehde nicht. Ihr Hauptgegner hat nicht die geringste Ahnung, wo der Schatz versteckt sein könnte, und er reißt sich auch nicht unbedingt ein Bein aus, um ihn zu finden. Ich begleite hier irgendwelche aussichtlosen Eskapaden eines Spinners, der nicht einmal weiß, wie man Geldverdienen schreibt, und so ganz allmählich kotzt es mich an, dass ich mit ihm meine Zeit verschwende.« Sie merkte nicht, wie schrill ihre Stimme wurde. »Und jetzt kommen Sie auch noch mit einem alten Familiendrama, das niemanden mehr interessiert. Das genau ist die unverkürzte beschissene Wahrheit. Könnten wir das Thema jetzt also wechseln? Im Übrigen würde ich es sehr zu schätzen wissen, wenn Sie mich von diesem lausigen Ort hier entließen, ehe ich völlig durchdrehe.«

»Wie dramatisch.« Von der offenen Tür hörte man ein dumpfes Händeklatschen.

Holly wirbelte auf ihrem Stuhl herum. Lächelnd betrat Raoul Dulac den Raum. »Justin, guter alter Junge, was haben Sie nur mit diesem entzückenden Kind gemacht? Sie scheint ja völlig außer sich zu sein.« Er richtete seine Aufmerksamkeit wieder ganz auf Holly. »Ich muss mich für das unhöfliche Benehmen meines Partners entschuldigen. Der Junge ist in Panik geraten. Sie können natürlich jederzeit gehen.«

»Dann bitte«, fauchte Holly und versuchte aufzustehen.

Energisch drückte Raoul sie auf ihren Stuhl zurück. »Nicht ganz so hastig. Zuerst habe ich noch ein paar Fragen.« Er setzte sich auf die Armlehne ihres Sitzmöbels. »Ihrem Ausbruch habe ich entnommen, dass Connor Maguire nicht näher an dem Schatz ist als wir. Können Sie mir das bestätigen?«

Holly schloss die Augen. »Das kann ich nicht. Ich habe keine Ahnung, wie nah Maguire tatsächlich dran ist. Persönlich glaube ich, dass er nichts finden wird, aber er ist ein solcher Geheimniskrämer, dass ich das unmöglich sicher sagen kann. Außerdem weiß ich nicht, wie nah Sie ihm sind. Wie könnte ich da also Ihre Frage beantworten?«

»Sie waren heute an der Anse aux Anglais. Wieso?«

»Angeblich, weil William Maguire dort gelebt hat.«

»Woher wissen Sie das?«

Ich kann jetzt nicht sagen, dass Maguires Drogenkontaktmann ihm das erzählt hat, dachte sie. Tut mir leid, Maguire, jetzt wird es Zeit für ein Geständnis. »Maguire besitzt ein Tagebuch …«

»Aha.« Zufrieden lehnte Raoul sich zurück. »Das Tagebuch. Dann existiert es also tatsächlich. Was steht denn noch in diesem Tagebuch?«

Holly sah keinen Sinn darin zu lügen. »Nicht viel. Willkürliche Erlebnisse. Dann gibt es noch eine Art Inventarliste. Ein Bericht über Kavanaghs Verrat. Ein wenig über Rodrigues und der Hinweis auf einen Plan, der offenbar herausgerissen worden ist. In dem Tagebuch steht jedenfalls nicht, ob William seinen Schatz hier oder auf Mauritius versteckt hat.«

Aufmerksam beobachtete Raoul ihr Gesicht. »Sie sagen die Wahrheit. Gut. Aber Sie hatten einen Plan. Wo hat Maguire ihn her?«

Holly zögerte. Kathleen hatte ihn von Raoul zurückgestohlen. Sie wollte die Ordensschwester nicht in Schwierigkeiten bringen. »Ich habe keine Ahnung.«

Raoul schüttelte den Kopf. »Falsche Antwort.«

»Nein.«

Er wirbelte augenblicklich herum und packte sie an den Schultern. »Ich sagte, falsche Antwort.« Sein Blick fiel in ihre Brusttasche, und er griff nach dem Aufnahmegerät. »Was haben wir denn hier? Mal sehen, was Sie und Maguire so alles zu besprechen haben.«

Holly wurde es eiskalt. Jäh befiel sie lähmendes Entsetzen. Es blieb ihr nichts anderes übrig, als mit anzuhören, wie das Tonband alles preisgab, was Connor unbedingt hatte geheim halten wollen:

Wie kommt es, dass du das alles selber machst? – Du weißt, warum ich in Wirklichkeit hier bin. – Ich muss schließlich irgendetwas zu Papier bringen, Maguire. Komm schon. Ich tue so, als sei dies eine echte Frage und als sei ich ernsthaft interessiert an einer Antwort. – Wann hörst du endlich damit auf? – Es ist mir völlig egal, was du im Sinn hast. Mein Job ist es, es so aussehen zu lassen, als würdest du einem lange verlorenen Schatz nachspüren. Das willst du doch, oder? … Ich hätte meinen Job hier beendet, ganz gleich ob du mit mir geschlafen hast oder nicht.

Und ein wenig später im Auto:

Von morgen an kannst du tun und lassen, was du willst – was immer das sein mag.

Raoul stellte das Gerät ab. »So so. Es sieht so aus, als würden manche Menschen für eine gute Story alles tun.«

Justin wirkte nervös, und auch Raoul schien über das, was er gehört hatte, beunruhigt zu sein. »Mal sehen – ›Du weißt, warum ich in Wirklichkeit hier bin.‹ Können Sie uns bitte erklären, was das heißt?«

Holly musste jetzt unbedingt glaubwürdig wirken. Eine gute Lüge musste achtzig Prozent Wahrheit enthalten. »Connor Maguire ist ein äußerst erfolgreicher Geschäftsmann. Mauritius bietet Investoren einige sehr attraktive Steuervergünstigungen. Er interessiert sich für ein Joint Venture.« Sie setzte einen geheimnisvollen Blick auf. »Aber mehr darf ich Ihnen wirklich nicht sagen.«

Raoul war nicht überzeugt, das konnte man an seinem Gesicht ablesen.

»Die Zeitschrift, für die ich arbeite, *Out of Focus*, das wissen Sie sicher, veröffentlicht gern ungewöhnliche Storys. Über Maguire berichten wir regelmäßig, was natürlich nicht bedeutet, dass wir von allem, was er treibt, überzeugt sind. Dieses Mal witterten wir hinter seinem Vorhaben ernsthafte Geschäftsinteressen. Wir wussten, dass eine Kooperation mit einem mauritischen Unternehmen gescheitert war …«, Holly dachte angestrengt nach. Die Sache war riskant, »… aber wir gingen fest davon aus, dass er es ein zweites Mal versuchen würde. Also überlegten wir uns, uns hinter der Schatzsuche zu verstecken, um an Ort und Stelle zu sein, falls es zu einem erneuten Joint Venture kommen würde. Wir wollten als Erste mit der Geschichte herauskommen. Sie müssen wissen, Maguire ist in Australien ziemlich prominent.«

Raoul schüttelte den Kopf. »Und was meinten Sie dann mit Ihrem Nachsatz ›was immer das sein mag‹?«

»Ich weiß, dass es einige wichtige Meetings gegeben hat. Es geht definitiv um ein Joint Venture, auch wenn Maguire mir nichts weiter darüber sagen will. Das ist verdammt frustrierend. Ich habe wirklich alles versucht. Trotzdem besteht er darauf, so lange zu warten, bis der Deal perfekt ist. Und deshalb hatten wir diese Auseinandersetzung.«

Der Franko-Mauritier schien zufrieden. »Ich habe bereits Geschäfte mit Maguire gemacht. Er hat es nicht gern, wenn Reporter ihre Nasen in geheime Verhandlungen stecken. Der Mann sonnt sich gern in Publicity, aber nur, wenn er dazu bereit ist.«

Holly erhob sich. »Wenn Sie nichts dagegen haben, würde ich jetzt gern gehen.« Sie zeigte mit dem Finger auf Justin. »Ich habe große Lust, Sie wegen Freiheitsberaubung anzuzeigen.«

»Moment noch.« Raoul war noch nicht fertig. »Sie haben uns immer noch nicht gesagt, wie Maguire in den Besitz des Plans gekommen ist.«

»Das weiß ich auch nicht.«

»Machen Sie uns nichts vor, Miss Jones. Sie sind Journalistin. Ich bin sicher, dass Sie ihn gefragt haben.«

»Natürlich habe ich gefragt«, gab Holly bissig zurück. »Aber er hat gesagt, es sei besser, wenn ich das nicht erführe.«

»Vielleicht könnten Sie Ihren, nun, wie soll ich es nennen, weiblichen Charme benutzen, um ihm diese Information zu entlocken?«

Holly wurde rot. »Das heißt, ich soll für Sie spionieren?«

»Spionieren? Also wirklich, Miss Jones. Es handelt sich höchstens um ein wenig investigativen Journalismus, das ist alles.«

»Es kann Ihrer Aufmerksamkeit nicht entgangen sein, dass Maguire und ich nicht gerade die dicksten Freunde sind.«

»Für mich sah es so aus, als hätten Sie ein ziemlich enges Verhältnis«, mischte Justin sich plötzlich ein.

»Wir sind beide Profi genug, um diesen Eindruck zu erwecken, aber wenn Sie es genau wissen wollen, kann ich es kaum erwarten, bis dieser Auftrag endlich erledigt ist.«

Raoul stand auf und reichte ihr das Aufnahmegerät. »Ich fahre Sie ins *Cotton Bay Hotel* zurück. Justin, mein Freund, Ihr Enthusiasmus in Ehren, aber Sie sind ein wenig fehlgeleitet. Versuchen Sie, sich zu beherrschen.« Die Drohung in seiner Stimme war nicht zu überhören. Er wandte sich wieder an Holly. »Ich vertraue darauf, dass Sie uns diesen kleinen Zwischenfall nachsehen. Justin hat nicht nachgedacht, und das bereut er nun zweifellos. Sollten Sie sich dazu entschließen, diesen Vorfall der Polizei anzuzeigen, werde ich natürlich Maßnahmen ergreifen, um meinen Partner zu schützen. Der Name Dulac hat auf Mauritius und Rodrigues einen nicht unbeträchtlichen Einfluss. Sie werden feststellen, dass eine Klage ins Nichts führt.«

Ohne ein Wort ging Holly zur Tür.

»Sollte Maguire irgendeine Information herausrutschen … Nun, ich kann sehr großzügig sein.«

Sie wirbelte herum und sah ihn an. »Sie werden daran vielleicht schwer zu schlucken haben, Dulac, aber ich werde es Ihnen trotzdem sagen. Ich mag Sie nicht. Und ihn mag ich auch nicht.« Sie zeigte auf Justin. »Ich mag keine Drohungen, und ich lasse mich nicht bestechen. Sie können sich Ihre Großzügigkeit sonst wohin schieben. Und jetzt würde ich gern gehen.«

Auf dem ganzen Weg zurück ins Hotel schwieg Holly, obwohl Raoul Dulac mehrfach den Versuch machte, ein Gespräch mit ihr anzufangen. Welches auch immer Connor Maguires wirkliche Absichten waren, Holly war sich nun sicher, dass er ihr zur Abwechslung einmal die Wahrheit gesagt hatte. Es hatte etwas mit dem Franko-Mauritier zu tun.

Sie ignorierte Raouls Abschiedsgruß, schlug die Autotür mit einem lauten Knall zu und marschierte zur Rezeption. Connors Zimmerschlüssel befand sich noch dort. Holly hatte keine Ahnung, wie sie ihm mitteilen konnte, dass es ihr gut ging, vermutete jedoch, dass er irgendwann ins Hotel zurückkommen würde.

Das Wasser in der Dusche wurde nur lauwarm, aber es half. Als Holly hin und her überlegte, was sie als Nächstes tun sollte, riss sie ein Klopfen an der Tür aus ihren Überlegungen. »Holly, ich bin es. Lass mich bitte herein.«

Sie war immer noch ärgerlich und hatte immer noch Angst, und als er mit besorgtem Gesicht ins Zimmer gestürmt kam, tat sie das Einzige, was ihr blieb. Sie brach in Tränen aus.

Wortlos hob er sie in seine Arme und trug sie zum Bett. Dann legte er sich neben sie, während sie an seiner Brust schluchzte. Die emotionalen Schleusen waren geöffnet. Holly weinte eine halbe Ewigkeit.

»Ausgeweint?«, fragte er schließlich, als ihr nur noch gelegentlich ein Schluchzer entwich.

Holly nickte.

Sie spürte seine Lippen an ihrem Haar. »Ich bin fast verrückt geworden vor Sorge.«

»Es war Justin«, flüsterte sie.

»Ich weiß.«

»Er hat mich gefesselt.«

»Hat er dir wehgetan?«

»Nein, das nicht. Er hat mir einfach nur schreckliche Angst gemacht. Er hat mich in ein Haus oberhalb von Port Mathurin geschleppt. Dann kam Raoul.«

»Ich weiß.«

Sie wich zurück und sah ihm ins Gesicht. »Du weißt es? Woher denn?«

»Ich habe ungefähr eine halbe Stunde in dem Café auf dich gewartet. Als du nicht zurückkamst, habe ich mich auf die Suche nach dir gemacht. Es hat ein wenig gedauert, aber an den Fußabdrücken habe ich gesehen, dass jemand bei dir gewesen war. Es konnte nur Justin gewesen sein. Dann habe ich den Schlüssel gefunden. Ich habe zwei und zwei zusammengezählt und mir gedacht, dass er dich nach Port Mathurin gebracht haben musste.«

»Wenn du dir so sicher warst, wo ich mich befand, wieso hast du mich denn nicht dort herausgeholt?«

»Ich hatte eine Reifenpanne, und der Ersatzreifen war platt. Es gab weit und breit keine Tankstelle, aber nachdem ich ein wenig Geld locker gemacht hatte, hat mir der Cafébesitzer einen anderen Reifen besorgt. Das hat mindestens eine Stunde gedauert. Glücklicherweise war meine Vermutung richtig. Ich habe es wirklich genossen, deinen Freund Justin kennen zu lernen, auch wenn die Freude vielleicht nicht auf Gegenseitigkeit beruhte. Ich habe keine große Überzeugungsarbeit leisten müssen, bis er mir die ganze Geschichte erzählt hat.«

»Raoul sagte, ich würde meine Zeit verschwenden, wenn ich Justin anzeigen würde.«

Seine Finger spielten mit ihrem Haar. »Er hat recht.«

»Woher wusstest du von dem Haus?«

»Es gehört Raoul.«

Holly rückte von ihm ab und setzte sich auf.

»Was ist los?«, fragte er mit einem Anflug von Unsicherheit.

»Sag es mir«, forderte sie.

»Was?«

»Sag es mir, verdammt!«, wiederholte sie.

»Ich habe einige Erkundigungen eingeholt.«

»Unsinn, Maguire.«

»Jemand anders hat sie für mich eingeholt.«

»Du hattest gar keine Reifenpanne, habe ich recht?«

»Nein.«

»Also wieder eines deiner kleinen Ablenkungsmanöver. Du möchtest nicht, dass ich dich frage, mit wem du Kontakt aufgenommen hast, oder? Also gut, ich frage dich nicht. Aber ich hätte umkommen können. Glaubst du nicht, dass du mir da einige Antworten schuldig bist?«

»Doch.«

Sein Blick machte ihr deutlich, dass sie sie von ihm nicht bekommen würde. Holly sah ihn an, und ihre Gefühle waren mehr in Aufruhr, als sie es je gewesen waren. Er war unberechenbar, unnachgiebig und darüber hinaus weich, witzig, frustrierend, ein Geheimnis, ein offenes Buch und der attraktivste, erotischste, begehrenswerteste, unzuverlässigste, unangenehmste Mann, dem sie je begegnet war. Zwei dicke Tränen rollten ihre Wangen hinab. »Geh weg«, flüsterte sie in ihrem Elend. »Geh weg, und lass mich in Ruhe. Ich brauche dich nicht in meinem Leben. Ich war noch nie so durcheinander.«

Connor streckte die Arme aus und zog sie zärtlich zu sich herab. Lange sah er sie an. »Ich beginne mich in dich zu verlieben, Holly«, sagte er mit rauer Stimme. »Und ich habe Angst um dich.«

Sie starrte ihn an, schüttelte den Kopf. »Nein«, antwortete sie und versuchte ihn von sich zu schieben. »Nein, nicht diese Masche. Wie kannst du das nur versuchen?«

Sie hätte noch mehr gesagt, aber seine Lippen fanden ihre. Holly versuchte ihn zu hassen, aber alles in ihr wollte diesen Mann lieben. Sie erwiderte seine Zärtlichkeiten und ließ sich in ihrer Verwirrung verzweifelt fallen. Sie liebten sich wild und leidenschaftlich, und jeder Stoß seines Körpers war wie ein Messer, das sie heimtückisch verletzte und in ihr zugleich die Sehnsucht weckte, es möge niemals aufhören.

»Holly«, keuchte er atemlos an ihrem Ohr, wieder und wieder, bis er mit ihr zusammen den Höhepunkt erreichte.

Eine Zeit lang lagen sie eng umschlungen und schweigend zusammen. Dann fiel Holly das Aufnahmegerät wieder ein. Es war wichtig, und so ungern sie den Augenblick verderben wollte, sie wusste, dass sie es ihm sagen musste. Er hörte ihr aufmerksam zu.

»Verdammt!«, schimpfte Connor leise, als sie fertig war.

»Ich musste ihm irgendetwas sagen.«

»Ich weiß. Du hast dein Bestes getan. Ich habe dir ja gesagt, er ist teuflisch. Und er ist zudem gierig. Eine geringe Summe Geld, und er tut alles in seiner Macht Stehende, um sich einen Anteil daran zu sichern. Je länger ich darüber nachdenke, desto unwahrscheinlicher scheint es mir, dass er weiß, dass ich in Verhandlungen mit seiner Geliebten stehe. Aber Mauritius ist klein, die Leute reden. Wenn Dulac auch nur den geringsten Verdacht hegt, dass es zwischen mir und Liang Song eine Verbindung geben könnte, wird er sofort wissen, dass es um Geld geht, und versuchen, sich über sie in die Sache hineinzudrängen. Das würde zu Verzögerungen führen. Und ich mag keine Verzögerungen, Holly. Je länger bestimmte Dinge brauchen, um auf den Weg gebracht zu werden, desto mehr kann schiefgehen. Dieser verdammte Dulac! Warum muss er mir in die Quere kommen?«

»So wie ich?«, fragte Holly leise. Benutzte er sie immer noch? Die Gefühle in seiner Stimme konnte er doch unmöglich vorgetäuscht haben.

Seine Arme umschlangen sie fester. »Kannst du ein Geständnis für dich behalten? Schwöre beim Grab meiner Mutter.«

»Deine Mutter ist doch gar nicht tot.« Sie war erleichtert, offenbar hatte sie ihr Verstand doch noch nicht gänzlich verlassen.

Connor lächelte und küsste sie auf die Nase. »Ich weiß, dass du dir nicht sicher bist, ob du mir vertrauen kannst«, sagte er schließlich, »aber ich werde daran arbeiten. Du wirst es irgendwann sein.«

»Darauf würde ich mich nicht verlassen. Du hast mir bisher mehr Lügen präsentiert als jeder Politiker.«

»Aber nur, weil ich das tun musste.«

»Was war denn zum Beispiel mit deinem ›Nimm deine verdammten Fotos, und verschwinde aus meinem Leben‹?«

»Das war keine Lüge. Ich will dich hier forthaben. Aber es muss ja nicht für immer sein. Außerdem hat mich deine Bemerkung über den One- Night-Stand fürchterlich aufgeregt.«

Holly lächelte bösartig. »Das war gut, nicht?«

»Ein Volltreffer.« Er liebkoste ihren Nacken.

Schließlich stieß Holly ihm mit dem Ellbogen in die Rippen.

Connor schnappte nach Luft.

»Wegen dieses Geständnisses …«

Ihre Blicke trafen sich. »Ich bin auf dem besten Weg, mich in dich zu verlieben. Ich wehre mich dagegen, aber ich verliere. Das ist mein Geständnis.«

Holly sah ihn prüfend an und suchte in seinen Augen nach Zeichen der Unaufrichtigkeit. Aber alles, was sie sah, war sie selbst. Ihre Finger fuhren über seine Lippen. »Ich bin mir nicht sicher«, gestand sie schließlich, »aber irgendwie sendest du ständig widersprüchliche Signale aus.«

Er drehte sich auf den Rücken, schob einen Arm unter ihren Nacken und zog sie an sich, sodass sie an seine Seite geschmiegt dalag. »Das ist mein verzweifelter Versuch, wenigstens ein wenig Distanz zwischen uns zu halten. Das Problem ist nur, dass du ständig unter meinen Barrieren hindurchkrabbelst.« Sein freier Arm umschlang ihre Hüfte. »Deshalb ist es wohl vernünftiger, wenn ich meinen Versuch aufgebe.«

»Bedeutet das, dass du mich nicht mehr benutzen wirst?«

»Nein, es bedeutet, dass ich einen Kampf aufgeben werde, bei dem ich ohnehin keine Chance habe zu gewinnen.«

»Dann gibst du also zu, dass du mich benutzt hast?«

»Ich habe das schon ein paar Mal zugegeben, aber du hast mir nicht zugehört.«

»Ich höre dir jetzt zu.«

Er küsste ihre Stirn. »Ich brauchte eine Tarnung, aber sie musste gut sein. Und du bist genau im richtigen Moment aufgetaucht.«

»Als du mit Liang Song zusammen warst?«

»Das Timing hätte nicht perfekter sein können.«

»Das verstehe ich nicht. Sie weiß doch, warum du hier bist.«

»Die Sache ist kompliziert. Und ich kann dir noch immer nicht alle Einzelheiten erklären.«

»Es gibt einen weiteren Grund, weshalb du es auf Raoul Dulac abgesehen hast, nicht? Es geht nicht nur um dieses gescheiterte Geschäft.«

»Kein Kommentar. Du siehst doch, was heute geschehen ist. Du bist noch einmal davongekommen, aber Lügen ist nicht deine Stärke. Du bist einfach zu ehrlich.«

»Ist diese Sache, die du mir nicht sagen kannst oder willst, gefährlich?«

»Sie könnte es sein.«

Ihre Finger krallten sich in seinen Rücken. »Das heißt?«

Er hielt sie fest. »Das heißt, sie könnte es sein.«

»Was ist, wenn ich weiter so tue, als würde ich nur über deine Schatzsuche berichten?«

»Das will ich nicht. Ich möchte dich in Sicherheit wissen.«

»Aber, wenn es hilft …«

Sein Kuss war lang und fordernd und voller Zärtlichkeit.

»Ich habe dir noch ein weiteres Geständnis zu machen«, raunte Connor. »Ich gebe zu, dass ich eine freie Journalistin brauchte, die meinen Zwecken dienlich war. Ich habe nicht damit gerechnet, dass ich mich in sie verlieben könnte. Jetzt, wo das geschehen ist, möchte ich sie aus der Gefahrenzone herausschaffen.«

»Was ist, wenn sie einfach nicht geht?« Es fiel Holly nicht schwer, ebenfalls in der dritten Person zu sprechen.

»Wenn sie mich liebt, geht sie.«

»Das ist nicht fair.«

Mit einem seiner Finger zeichnete er ein Muster auf ihre Haut, das sie erschauern ließ. »Und?«, fragte er.

»Tu das nicht. Ich gehe nirgends hin, solange du das tust.«

Sein Blick sagte alles. »Ich brauche dich«, flüsterte er. »Ich habe nie jemanden mehr gebraucht.« Er sah ihren unsicheren Gesichtsausdruck. »Nein, Baby.« Seine Lippen hatten die ihren schon wieder gefunden, und seine Stimme war kaum zu vernehmen, als er murmelte: »Ich benutze dich nicht.«

Kapitel Elf

Am Donnerstag verließ Holly Rodrigues. Sie und Connor hatten den gesamten vorherigen Tag zusammen verbracht und ihr Interesse an der Insel mit dem überwältigenden Bedürfnis nach gemeinsamer Nähe verbunden. Gemessen an den Umständen war es ein außergewöhnlicher Tag gewesen. Noch immer unbeantwortete Fragen hätten leicht zu Spannungen zwischen ihnen führen können, aber beide waren fest entschlossen gewesen, alles zu ignorieren, was auch nur im Entferntesten zu einem Konflikt hätte führen können. Sie verhielten sich wie zwei Liebende, die an nichts anderem Interesse hatten als an sich selbst. Nicht einmal die Anwesenheit Justin Parkers, der immer irgendwo lauerte, konnte ihr Glück trüben. Im Gegenteil, Connor gewann seiner Nähe sogar eine positive Seite ab, weil sie, so bemerkte er, verhinderte, dass er sich wie ein verliebter, Händchen haltender Teenager aufführte.

Erst als Holly Bedenken äußerte, dass sie ihren hartnäckigen Begleiter im entscheidenden Augenblick nicht rechtzeitig würden abschütteln können, wurde er ernst. Er lächelte und meinte nur: »Dafür werde ich schon sorgen.«

Als die Air Mauritius ATR 42 in den Himmel stieg und über das Korallenriff in westliche Richtung bog, fragte Holly sich, wann sie Connor wiedersehen würde. Sie hatten eine Abmachung getroffen. Sie brauchte noch etwas Zeit auf Mauritius, um ihren Bericht über die Insel fertigzustellen, und Connor würde so lange auf Rodrigues bleiben. Mit gekreuzten Fingern hatte Holly eingewilligt, keinen

Kontakt zu ihm aufzunehmen und sich nicht in das einzumischen, was er tat.

Connor wollte, dass sie nach Australien zurückkehrte. Sie verstand das. Er konnte besser agieren, wenn er sich nicht ständig Sorgen um ihre Sicherheit machen musste. Aber Holly wollte in seiner Nähe bleiben. Sie wollte erreichbar sein, falls etwas schieflief, auch wenn sie keine Ahnung hatte, was sie dann tun würde.

Sobald es erlaubt war, schnallte Holly sich ab, brachte ihren Sitz in Liegeposition und starrte aus dem Fenster. Sie dachte angestrengt nach und kam zu dem Schluss, dass sie in eine unberechenbare Welt eingedrungen war. Angesichts der vielen Fehlstarts und Missverständnisse hatte sie die Tatsache, dass sie auf dem besten Weg war, sich in Connor zu verlieben, einigermaßen überrascht. Aber genau das geschah. Nein, falsch. Es *war* geschehen. Der Prozess beschäftigte sie zwar immer noch, aber er war abgeschlossen. Holly wusste noch nicht, welches der entscheidende Grund für seinen Aufenthalt auf Mauritius war. Sie war nicht in der Lage, sich vorzustellen – vorausgesetzt er hatte die Drogensache gemeint –, was daran so gefährlich sein konnte, dass er sie aus dem Weg haben wollte, aber sie vertraute nun voll und ganz auf ihre Instinkte. Wenn er sagte, dass er sie liebte, stimmte das. Gut, er hatte sie benutzt, aber ihre Beziehung hatte damit nichts zu tun gehabt.

Holly kam zu dem Schluss, dass sie die Gesellschaft eines Mannes noch nie so sehr genossen hatte. Es gab vieles an ihm, was sie berührte, echte Gefühle, die er auf vielfältige Weise zeigte – und die er unmöglich vorspielen konnte. Bevor sie am Dienstagabend eingeschlafen waren, hatte er die Arme fest um sie geschlungen und gesagt: »Bleib in meiner Nähe, Holly Jones. Sobald du dich entfernst, werde ich dich zurückholen.«

»Tatsächlich?«

»Tatsächlich.«

Am Morgen war sie aufgewacht, als er ganz sanft ihre Wange berührt hatte. Sie hatte die Augen geöffnet, und er hatte sie zärtlich geküsst.

»Ich bin immer noch in deinen Augen«, flüsterte sie.

»Du wirst es immer sein«, erwiderte er leise.

Und so war es. Während des gesamten Tages spürte sie, was er für sie empfand. Auch wenn er in mancher Hinsicht ein Rätsel war, hinterließ er bei Holly nicht den leisesten Zweifel daran, dass ihre Gefühle voll und ganz erwidert wurden. Und Rodrigues – als ahnte die Insel, dass etwas Besonderes geschah – präsentierte sich ihnen von seiner schönsten Seite.

Sie sprachen über so viele Dinge. Hand in Hand liefen sie am Strand entlang und diskutierten über Musik – er mochte Opern, sie Jazz. Auf einem Hügel hinter dem Hotel unterhielten sie sich über die jüngsten Wahlergebnisse in Australien. Sie erklommen den Mont Limon, den höchsten Punkt der Insel, um die atemberaubende Rundumaussicht zu genießen. Eine lebhafte Auseinandersetzung über politische Korrektheit im Journalismus zeigte ihnen, dass sie bei diesem Thema einer Meinung waren.

Mittags saßen sie in Port Mathurin, im Restaurant *Le Capitaine*. Sie entschieden sich für kreolisches Lamm.

»Ziege«, verkündete Connor nach dem ersten Bissen.

»Das ist mir gleichgültig«, antwortete sie. »Es schmeckt auf jeden Fall ganz hervorragend.«

»Wird es immer so gut sein?«, fragte er plötzlich. Holly wusste, dass er nicht das Essen meinte.

Sie lächelte. »Wahrscheinlich nicht. Ich kann manchmal eine ziemliche Nervensäge sein.«

»Wirklich?«

Sie ignorierte seinen spöttischen Unterton. »Was ist mit dir?«

Er grinste. »Ich bin der ausgeglichenste Mann auf der ganzen Welt.«

»Gut«, antwortete sie lächelnd. »Ich hasse nämlich launische Menschen.«

In jener Nacht waren sie wieder unzertrennlich gewesen.

»Wenn ich nachts aufwache, weil ich zur Toilette muss«, beklagte sie sich, »habe ich Mühe, mich aus deinen Fesseln zu befreien.«

»Damit wirst du leben müssen, Baby«, antwortete er nur lächelnd.

Holly tauchte aus ihren Erinnerungen auf und stellte fest, dass ihr ein idiotisches Grinsen auf dem Gesicht stand. Der Grund hieß Connor Maguire. Er war der Mann ihrer Träume. Sie liebte die Art, wie er sprach. Sie liebte seinen Geruch und seinen Geschmack. Seinen Sinn für Humor, der ihrem entsprach, seine Hände auf ihrem Körper, die sie wild machten. Und sie fand ihn darüber hinaus so attraktiv. Wenn ihre Körper sich vereinten, empfand sie das höchste Glück, das sie je empfunden hatte.

Okay, sie war nicht ganz objektiv. So etwas kam vor. Und nun musste sie ihn für unbestimmte Zeit auf Rodrigues zurücklassen, zu einer unbekannten und gefährlichen Mission aus einem unbekannten und dennoch wichtigen Grund. Sie musste aus seinem Kopf verschwinden!

Während sich das Flugzeug Mauritius näherte, schweiften Hollys Gedanken weiter.

Sie hatten eine Menge gemeinsam, waren aber dennoch häufig genug anderer Meinung, um Diskussionen zu führen, die sie beide herausfordernd und spannend fanden. Connor Maguire schreckte vor Widerspruch nicht zurück. Und wenn sie ihn zu weit trieb, war er mehr als fähig, so heftig auszuteilen, wie sie es tat. Holly wusste, dass sie das bei einem Mann brauchte. Männer mit weniger starkem Charakter mochten auf den ersten Blick unkomplizierter in ihrer Art erscheinen, aber ihre Nachgiebigkeit verlor sehr bald an Reiz.

Sie seufzte. Wann würde er nach Mauritius zurückkehren? Und wann sollte sie nach Australien zurückkehren? Würde Connor sich mit ihr in Verbindung setzen? Er wusste, dass sie in ihr altes Hotel zurückgehen würde.

Als sie auf Mauritius landete, waren Hollys Gedanken noch immer sechshundertfünfzig Kilometer entfernt auf Rodrigues. Aber sie musste zugeben, dass es lange her war, seit sie so angenehme Gedanken gehabt hatte.

Da sie inzwischen über recht gute Ortskenntnisse verfügte, hielt Holly es für Zeitverschwendung, sich ein Auto zu mieten. Das *Merville Beach Hotel* besaß einen Busservice zum Flughafen und zurück. Sobald sie ihr Gepäck hatte, erkundigte sie sich und fand heraus, dass der nächste internationale Flug erst in zwei Stunden angekündigt war. Das bedeutete mindestens eine Stunde Wartezeit, ehe der Hotelbus abreisende Passagiere zum Flughafen bringen würde. Holly suchte sich einen Platz, von dem sie die Busse heranfahren sehen konnte, und machte es sich bequem.

»Sie waren am Sonntag nicht ganz ehrlich zu mir.« Die Stimme dicht hinter ihr ließ Holly zusammenfahren. Sie war so tief in Gedanken versunken gewesen, dass sie niemanden bemerkt hatte.

Sie wirbelte herum. Guy Dulac hatte ein triumphierendes Glitzern in den Augen.

»Raouls Sohn also«, meinte Holly und versuchte, freundlich zu klingen.

Er setzte sich auf den Stuhl neben ihr, beugte sich dicht zu ihr herüber und flüsterte verschwörerisch. »Sie sind gar nicht lesbisch.«

»Woher wollen Sie das wissen?« Holly wäre gern weggerückt, aber sie saß bereits am äußersten Ende der Stuhlreihe.

»Meine Spione informieren mich über alles.«

Seine Nähe war ihr unangenehm. Vielleicht war er Mädchen gewohnt, die diese Art von Intimität mochten, Holly gehörte jedenfalls nicht zu ihnen. »Könnten Sie vielleicht ein bisschen rücken? Sie nehmen mir den Platz.«

»Entschuldigung.« Er rückte ein winziges Stück. »Also, wann können wir uns treffen?«

Sein jugendlicher Enthusiasmus amüsierte Holly fast ein bisschen. Sie lächelte. »Gar nicht. Ich habe zu viel zu tun.«

Er lächelte nicht zurück. Im Gegenteil. Seine Stimme wurde einen Ton schärfer. »Ach, hören Sie auf. Ihr Journalisten seid doch alle gleich. Ihr tut doch nichts anderes als herumsitzen und trinken.«

Holly seufzte. Höchste Zeit, ihn loszuwerden. »Tut mir leid, Guy. Ich bin nicht interessiert.«

Er blinzelte. Offenbar hatte er nicht damit gerechnet, dass sie Nein sagen und Nein meinen würde. »Nur auf einen Drink. Das ist doch völlig unverfänglich.«

Sie stand auf. »Ich sagte Nein. Aber trotzdem vielen Dank.«

»Moment noch.« Er sprang ebenfalls auf und nutzte seine Größe, um ihr erneut den Raum zu nehmen. »Was ist eigentlich Ihr Problem?«

Holly machte einen Schritt zurück. Sie hatte versucht, nett zu sein, und es hatte nicht funktioniert. Jetzt war sie gespannt, wie er auf eine härtere Gangart reagierte. »Mein einziges Problem sind Leute wie Sie, die ein Nein nicht akzeptieren können.« Sie drehte sich um und ging hoch erhobenen Hauptes fort, auch wenn der polternde Koffer, den sie hinter sich herzog, ihren Abgang ein wenig verdarb.

Weder Holly noch Guy Dulac hatten den schmal gebauten, elegant gekleideten Inder bemerkt, der im Flughafengebäude hinter einem Blumenstand lauerte. Detective Sham hielt die beiden aufmerksam im Auge. Als Holly mit ihrem Koffer davonzog, entfuhr ihm unwillkürlich ein Seufzer der Erleichterung. Er hatte die Touristin schon zuvor bemerkt und festgestellt, wie attraktiv sie war. Als Guy Dulac seinen Annäherungsversuch gestartet hatte, war er enttäuscht gewesen. Detective Sham war normalerweise ein guter Menschenkenner, und er hätte alles darauf verwettet, dass sie einen besseren Geschmack hatte. Doch an der Überraschung der Frau und an ihrer Körpersprache hatte er bald gemerkt, dass ihr die Begegnung unangenehm war.

Sham war besorgt. Guy Dulac gehörte nicht zu der Sorte Männer, die eine Abfuhr so einfach hinnahmen.

Der Detective war mit dem Fall Corrine Vitry sehr beschäftigt gewesen, seit François Prost ihm bestätigt hatte, dass das Mädchen an einer Überdosis Heroin gestorben war, die man ihr vermutlich gegen ihren Willen verabreicht hatte. Starke Blutergüsse an der Stelle, wo die Nadel in den Arm gedrungen war, und Verletzungen der Vene selbst waren ein zuverlässiger Hinweis darauf, dass Corrine sich verzweifelt gegen die Injektion gewehrt hatte. Vermutlich war sie friedlich gestorben, aber ganz sicher nicht aus freien Stücken. Sie hatte vor der Überdosis Sex gehabt; alles wies darauf hin, dass sie es freiwillig getan hatte. Ihre letzte Mahlzeit hatte aus einem Hühnerschenkel und ein paar Stücken Käse bestanden. Sie war ein junges, gut aussehendes Mädchen in ausgezeichnetem körperlichen Zustand gewesen, und irgendein Schwein hatte sie um ein langes Leben gebracht. Und Sham, der eine Nase für solche Dinge besaß, war sich ziemlich sicher, dass Guy Dulac dieses Schwein war.

Seine Nachforschungen hatten ihn rasch zu ihm geführt, aber er hatte keine Beweise, nichts, das er vor Gericht gegen ihn verwenden konnte. Es war nicht schwierig gewesen, lediglich frustrierend langsam. Ein Ausschlussverfahren, ein paar Verhöre, Nachfragen bei Familienmitgliedern und Freunden. Bei allen eigentlich, die das Mädchen gekannt hatten.

Corrines Freund war der Erste gewesen. Detective Sham hatte dem jungen Mann seine offensichtliche Trauer abgenommen. Der Junge war am Boden zerstört gewesen, hatte sich Vorwürfe gemacht, einen Streit verursacht zu haben, der dazu geführt hatte, dass sie sich eine Woche lang nicht gesehen hatten.

»Um was ging es bei diesem Streit?«, hatte Sham gefragt.

»Um nichts Besonderes. Da war nur dieser Typ, der immer um sie herumscharwenzelte. Zunächst hat sie ihm keine Beachtung geschenkt, aber dann …«

»Sein Name?«

»Dulac. Guy Dulac.«

Und dann war er bei ihrem Arbeitgeber gewesen.

»Sie war in Ordnung«, hatte Corrines Chef gesagt. »Ein bisschen unzuverlässig, aber das ist bei unseren Gelegenheitsarbeiterinnen ganz normal. Ich schätze, sie hat zu gern Partys gefeiert, um ihren Job wirklich ernst zu nehmen.«

»Hatte sie Männergeschichten?«, hatte Sham gefragt.

»Nein eigentlich nicht. Sie hatte einen festen Freund, aber ich glaube, da war noch jemand, mit dem sie sich ab und zu traf.«

»Sein Name?«

»Guy Soundso. Seinen Nachnamen kenne ich nicht. Ein blonder, sehr großer, gut aussehender Junge um die zwanzig, würde ich sagen. Wohlhabende Familie, nach seinem Auto zu urteilen. Franzose, glaube ich.«

Eine ihrer Kolleginnen, eine ältere Frau, die behauptete, Corrine sei für sie wie eine Tochter gewesen, hatte weitere Einzelheiten zu erzählen gehabt. »Sie kam mit ihrer Mutter nicht zurecht, wissen Sie. Wenn sie etwas auf dem Herzen hatte, kam sie zu mir.«

»Und hatte sie etwas auf dem Herzen?«

»Nein. Das heißt … doch. Sie hatte Männerprobleme.«

»Welche Art Männerprobleme?«

»Sie konnte sich nicht entscheiden. Sie wissen ja, wie das bei jungen Mädchen manchmal so ist. Sie hatte einen netten Freund, und sie hat ihn geliebt, da bin ich mir sicher. Aber da war noch dieser andere Junge. Er war sehr aufmerksam, was ihr schmeichelte, und er hat eine Menge Geld für sie ausgegeben. Er hat ihr Unmengen an Geschenken gekauft.«

»Sein Name?«

»Guy Dulac.«

Dann war da die Aussage von Corrines bester Freundin gewesen. »Ich habe ihr immer gesagt, dass Guy Dulac nicht gut für sie ist. Es würde mich nicht überraschen, wenn er etwas damit zu tun hätte. Er ist unberechenbar.«

»Was heißt das?«

»Er trinkt. Raucht Haschisch. Ich weiß nicht, was mit harten Drogen ist. Corrine war fasziniert von ihm.«

Und schließlich von Guy Dulac selbst. »Wer?«

»Corrine Vitry.«

»Hab noch nie etwas von ihr gehört.«

»Ich kann Ihnen ein Dutzend zuverlässige Zeugen nennen, die behaupten, dass Sie sie sehr gut kennen.«

»Wie war noch mal ihr Name?«

»Corrine Vitry.«

»Ah, Corry. Klar, kenne ich sie. Was hat sie denn angestellt?«

»Nichts. Sie ist tot.«

»Wie schade. Brauche ich meinen Anwalt sofort oder erst später?«

Detectice Sham hätte am liebsten seine Faust in diese weiche, überhebliche Visage geschlagen und das hämische Lächeln damit für immer ausgelöscht. Er war solchen Typen schon früher begegnet. Die Reichen und Mächtigen schafften es fast immer, ein wasserdichtes Alibi aus hundert Prozent Lüge zu stricken. Und natürlich hatten Solange und Raoul Dulac die Story ihres Sohnes, er habe in Corrines letzten Stunden auf dieser Erde krank zu Hause im Bett gelegen, bestätigt. Shams Nase kribbelte. Guy Dulac war sein Kandidat, da gab es kein Vertun.

Er brauchte einen zuverlässigen Zeugen, möglicherweise auch mehr als einen, oder Beweise, die so erdrückend waren, dass Dulacs Alibi zusammenbrach. Aber die Sache musste hieb- und stichfest sein. Die Dulacs dieser Welt bildeten sich ein, über dem Gesetz zu stehen und waren der einen oder anderen Lüge nicht abgeneigt, wenn es ihren Zwecken diente.

Als peinlich genauer und gründlicher Polizist, der er war – mit der festen Überzeugung, dass anständige Menschen, ganz gleich, wie das

Lotteriespiel des Lebens für sie ausging, in der Lage sein sollten, ein friedliches Leben zu führen, ohne Angst vor Gewalt oder Einschüchterung –, hatte Sham begonnen, Informationen über Guy Dulac zu sammeln. Von einem widerstrebenden Händler in Port Louis erfuhr er, dass sein Hauptverdächtiger regelmäßig braunen Zucker kaufte – indisches Heroin.

Zwei Prostituierte und eine Exfreundin erzählten ihm, dass Guy Dulac mehr als einen Abstecher in die Unterwelt hinter sich hatte. Gruppensex, Cannabis, Speed, Heroin, Schnee, Drogenhandel, Erpressung, Bestechung. Ganz gleich was es war, Guy hatte es schon auprobiert.

Sham stellte bald fest, dass Guy Dulac auch im Hinblick auf Frauen keine Skrupel kannte. Es interessierte ihn nicht einmal, wie alt sie waren. Ein erzürnter Ehemann hatte eine Bemerkung Dulacs zitiert, nachdem er ihn mit seiner Frau, mit der er seit fünfzehn Jahren verheiratet war, im Bett erwischt hatte. »Wenn du sie nicht feucht und fröhlich halten kannst, muss ich es eben tun.«

Sowohl Guy Dulac als auch die übrigen Mitglieder seiner Familie waren überall ausgesprochen unbeliebt, das hatte Sham rasch festgestellt. Die meisten Leute, mit denen er gesprochen hatte, waren zu Anfang sehr vorsichtig gewesen, als fürchteten sie sich vor möglichen Konsequenzen dieser einflussreichen Sippe. Erst als sie erfuhren, dass Sham in einem Mordfall ermittelte, lösten sich ihre Zungen allmählich.

Im Laufe seiner Ermittlungen hatte Sham genügend Beweise gesammelt, um den Dulac-Jungen für zehn Jahre hinter Schloss und Riegel zu bringen. Aber er wollte mehr. Er wollte das überhebliche Lächeln aus seinem Gesicht wischen – für immer. Er wollte Corrine Vitrys Mord rächen. Das war das Mindeste, was er für ihre Familie tun konnte.

Der Detektiv machte keinerlei Anstalten, sich zu verstecken, als Guy Dulac zu ihm herüberschaute und ihn erkannte. Er nickte kurz, als die Augen des Jungen seine Anwesenheit registrierten. Anstatt die Geste zu erwidern, stand Guy Dulac auf und kam auf den Blumenstand zu. »Verfolgen Sie mich?«

Schon wieder dieser spöttische Tonfall, den Sham so verabscheute. »Sollte ich das tun?«

»Wenn es Ihnen Spaß macht, bitte. Dies ist ein freies Land, und ich habe nichts zu verbergen.« Ausführlich begutachtete Dulac die Fingernägel seiner linken Hand.

»Das werden wir noch sehen«, antwortete Sham und drehte sich um.

Guy Dulac gab keine Antwort.

Im *Merville Beach Hotel* bekam Holly wieder dasselbe Zimmer wie vor ihrer Reise nach Rodrigues. Sie packte ihren Koffer aus und setzte sich dann mit einer Karte von Mauritius an den Schreibtisch, um ihre Strategie für die nächsten Tage zu planen. Über die Chinesen, Franzosen und Kreolen, die auf Mauritius lebten, hatte sie genügend Material. Was ihr noch fehlte, waren Informationen über die indische Gemeinde. Sie hatte Mahébourg, Grand Baie, Cap Malheureux, Poudre d'Or, die Gegend um Flacq, die Montagne Bambous und Port Louis gesehen, nun musste sie sich auf den Süden und Westen Mauritius' und das Hochland im Inselinnern konzentrieren.

Sie warf einen Blick auf die Uhr. Zwanzig nach zwölf. Zwanzig nach sechs in Sydney. Donnerstag. Der Tag, an dem Quinn fast immer ein Geschäftsessen hatte. Gewöhnlich kehrte er anschließend noch einmal in sein Büro zurück. Holly wählte seine Nummer. Quinn arbeitete noch.

»Ich bin es.«

»Hallo Süße. Wir haben deine Nachricht zu Hause gehört. Wie läuft es?«

»Gut. Ich war in den letzten Tagen auf Rodrigues. Maguire ist immer noch dort. Mehr kann ich, was den Schatz betrifft, im Moment nicht tun. Ich glaube nicht, dass Connor Erfolg haben wird, er macht sich nicht mal die Mühe, richtig zu suchen.«

»Was soll ich da herauslesen?«

»Keine Ahnung. Ich habe ja noch nichts geschrieben. Aber ansonsten läuft alles nach Plan. Ich habe gutes Material über seinen Vorfahren.«

»Den wahnsinnigen Piraten? Gute Story, so etwas mag ich.«

»Daddy?«

Stille. Quinn hatte ganz plötzlich in den Verteidigungsmodus geschaltet.

»Was hat Connor dir sonst erzählt, warum er hier ist?« Sie sollte diese Frage nicht stellen, sie wusste, dass sie das nicht tun sollte. Holly richtete sich auf eine einsilbige, hartnäckige Antwort ein und bekam sie.

»Nichts.«

Diesmal ließ sie sich nicht abwimmeln. »Ich weiß, dass er dir etwas erzählt hat.«

»Wie kommst du darauf, dass …?«

»Weil er nicht verstehen konnte, wieso du ausgerechnet mich nach Mauritius geschickt hast.«

Neuerliches Schweigen.

»Und? Komm schon, Quinn. Was hat er gesagt?«

»Warum willst du das wissen?«

»Er glaubt, ich sei in Gefahr.«

»Er hat mein Wort …«

Höchste Zeit, die Schrauben etwas anzuziehen, dachte Holly. »Maguire will unbedingt, dass ich von Mauritius verschwinde. Er will nicht, dass ich in das, was sich hier abspielt, verwickelt werde.«

»Dann tu, was er sagt, Holly. Verschwinde.«

»Tut mir leid. Ich bin noch nicht bereit zu fliegen. Das ist einer der Gründe für meinen Anruf. Ich bleibe auf eigene Kosten, unter dem

Vorwand, Material für einen Reisebericht zu sammeln. Das Dumme ist nur, dass mir hier ständig irgendwelche unangenehmen Kumpels von Maguire über den Weg laufen. Verstehst du also, Quinn, es würde mir eine Menge Ärger ersparen, wenn jemand ... und zwar du, Quinn ... mir endlich erklären würde, was hier passiert. Dann bin ich wenigstens gewappnet, wenn hier etwas hochgeht. Dann kann ich meinen Hals retten. Dann weiß ich, was ich tun soll und was ich besser lasse. Verstehst du, was ich meine, Quinn?«

Dieses Mal zögerte er keine Sekunde. Wie Holly vermutet hatte, war ihm die Sicherheit seiner Tochter um einiges wichtiger als seine berufliche Ethik. »Er hat mir auch nicht viel gesagt. Es hat etwas mit einer Organisation mit dem Namen Scylla zu tun.«

»Scylla! Wie die Ungeheuer aus der Mythologie, Scylla und Charybdis?«

»Genau.«

Holly dachte an ein Sprichwort, das mit den beiden Namen zu tun hatte – mit der Entscheidung zwischen zwei Übeln, bei der man sich dem einen stellen musste, um dem anderen zu entgehen. »Wer sind sie? Was tun sie?«

»Es handelt sich um ein internationales Netzwerk, das für Regierungen in der ganzen Welt arbeitet. Sie operieren als legale Handelsgesellschaft. Konzessionen im Gegengeschäft für geleistete Dienste, so etwas. Hauptsächlich Söldner. In Westaustralien gibt es einen Stützpunkt, der eine Menge ehemaliger Südafrikaner rekrutiert. Sie besitzen Land im Nordwesten, das zu Trainingszwecken genutzt wird.«

»Und was hat Maguire mit alledem zu tun?«

»Das hat er mir nicht gesagt.«

»Quinn ...«

»Ehrlich, Süße. Er hat es mir nicht gesagt.«

»Und dir ist auch nicht in den Sinn gekommen zu fragen?«

»Nein.«

»Wieso nicht?«

Sie hörte ihn tief atmen. »Es mag aus meinem Mund ein wenig seltsam klingen, aber ich mag den Mann. Wir haben ein gutes Verhältnis. Wenn er mir damals nicht mehr sagen wollte, dann hatte er gute Gründe dafür. Das ist alles, was ich weiß. Ich bin nicht davon ausgegangen, dass das für dich von Belang sein könnte.« Ein kurzes Zögern. »Bist du tatsächlich in Gefahr?«

»Lass es mich so formulieren, Quinn. Wegen dieser verdammten Geschichte bin ich überfallen worden, gekidnappt und …«

»Gekidnappt!«, schrie Quinn.

Holly schaltete einen Gang zurück. »Nun ja, so ähnlich jedenfalls. Hör zu, diese Story über den Schatz wird nie fertiger sein als jetzt. Maguire will mir nicht verraten, was er wirklich im Schilde führt, aber da ist irgendetwas, und du hast es mir gerade bestätigt. Wenn ich mich von der Sache fernhalte, dürfte alles okay sein. Ich wollte nur einfach wissen, was er sonst noch so vorhat, damit ich nicht in noch mehr Schwierigkeiten stolpere. Danke, dass du es mir gesagt hast … endlich.«

Er ignorierte ihren Sarkasmus.

»Wann kommt Maguire nach Mauritius zurück?«

»Ich weiß es nicht.«

»Die Sache gefällt mir nicht, Holly.«

»Quinn, ich gehe kein großes Risiko ein, wenn ich noch ein paar Tage hier bleibe, um mehr Material über Land und Leute zu sammeln.«

»Wie bist du gekidnappt worden?«

»Eigentlich ziemlich einfach. Von hinten gepackt, Hände gefesselt, in ein Auto gestoßen, all diese Dinge.«

»Holly!« Quinn war außer sich.

Wieder gab sie nach. »Es gibt noch zwei weitere Personen, die ebenfalls auf der Suche nach diesem Schatz sind. Sie arbeiten zusammen. Einer ist Justin Parker, der Dodo-Typ, über den Mrs. Hammond mir die Informationen geschickt hat. Er hat es sich in den Kopf gesetzt herauszufinden, wie nahe Connor an dem Schatz dran ist.«

»Hast du es ihm gesagt?«

»*Ihnen*, wie sich später herausstellen sollte. Und du kennst mich, Quinn. Ich lasse mich leicht an der Nase herumführen.«

»Wurdest du verletzt?«

»Nein. Sie haben mich laufen lassen, nachdem ich ihnen alles erzählt habe, was ich weiß. Es war allerdings nicht sehr viel.«

»Diese Schweine!«, fluchte Quinn wütend. »Wo war Maguire?«

»Es war nicht seine Schuld. Er versucht seit Tagen, mich loszuwerden.«

»Großartig!« Trotz seiner Beunruhigung gelang es Quinn, die witzige Seite daran zu sehen. »Da hat er schlechte Karten. Er kennt dich schließlich nicht so gut wie ich.«

»Ich denke, er hat meine Botschaft verstanden.«

»Du klingst, als hättest du deine Meinung über ihn geändert.«

»Tatsächlich?« Sie versuchte, gleichgültig zu klingen, aber sie hatte Quinn noch nie täuschen können.

»Nun?«, drängte er.

»Nun was?« Sie lächelte und wusste, dass er das an ihrer Stimme hören konnte.

»Aha.« Er klang zufrieden.

»Was soll das denn heißen?«

»Das heißt, meine Süße, dass du einen Blick auf Connor Maguire geworfen und entschieden hast, dass er perfekt ist für ein verletztes kleines Mädchen. Deshalb habe ich so hartnäckig darauf bestanden, dass du ihn dazu kriegst, ein Interview mit dir zu führen. Ich wollte unbedingt, dass du ihn kennenlernst. Aber das konnte ich dir ja nicht sagen, oder?«

»Ich fürchte nicht. Und wieso diese ganze Geheimnistuerei?«

»Die Aidsforschungsleute kamen zu mir und baten mich, über seine Schatzsuche zu berichten. Ich habe ja gesagt, unter der Bedingung, dass Maguire nichts dagegen hat. Also habe ich ein Treffen mit ihm arrangiert.«

»Und er wollte nicht?«

»Das war das Merkwürdige an der Sache. Normalerweise wäre er begeistert gewesen. Dann hat er mir gestanden, dass der Schatz nur ein Deckmäntelchen für etwas anderes sei. Dabei erwähnte er den Namen Scylla. Ich habe ihn nicht weiter bedrängt. Denn wie ich bereits sagte, ich vertraue ihm. Also habe ich beschlossen, dich zu schicken. Ich ging davon aus, dass Maguire sich anstrengen würde, um die Schatzstory interessant zu machen. Außerdem fand ich, dass es nicht schaden könnte, einen Journalisten vor Ort zu haben, für den Fall, dass die Scylla in Erscheinung treten würde.«

»Warum hast du mir das nicht vorher erzählt? Wie soll ich etwas decken, wovon ich keine Ahnung habe?«

»Maguire hat mich gebeten, nicht darüber zu sprechen.«

»Rate mal was.«

»Was?«

»Du bist reingelegt worden.« Holly lächelte. Quinn war Maguire auf den Leim gegangen.

»Wie meinst du das?«

»Er wollte die Publicity, wollte es jedoch nicht zugeben.«

Quinn lachte kurz. »Dieser Bastard. Das werde ich ihm heimzahlen.«

»Ich schätze, du hast einen würdigen Gegner getroffen, Quinn.«

»Die Frage ist nur, Süße, ob du es auch hast. Ich meine, verzeih meine Frage, aber hast du? Nicht dass ich mich in etwas einmischen wollte. Dein dich immer liebender Vater würde das niemals wagen. Schließlich weiß er, dass seine Tochter so stur ist wie ein Kutscherpferd, das Temperament eines tasmanischen Teufels besitzt und die Unabhängigkeit einer Katze. Aber ein Mann kann immer hoffen. Ein tropisches Paradies, eine fantastische Insel, eine Schatzsuche und die Tatsache, dass Jungs Jungs sind und Mädchen Mädchen, dass alles zusammen, nun … Sagen wir mal, ich habe fest die Daumen gedrückt.«

Holly lächelte. »Du hinterhältiger alter Kuppler.«

»Gib es mir.«

»Nicht am Telefon! Warte, bis ich zu Hause bin. Bis dahin.« Holly hängte ein. Das Letzte, das sie hörte, war, dass er energisch protestierte.

Aufgewühlt von den neuen Informationen lief Holly in ihrem Zimmer umher und zermarterte sich das Gehirn über diese Scylla. Das war es! Das Ungeheuer war in einen Stein verwandelt worden, einen gefährlichen Felsen auf der italienischen Seite der Straße von Messina. Und Charybdis wurde zu einem tückischen Strudel auf der anderen, der sizilianischen Seite. Die beiden standen sich gegenüber und zwangen die Seeleute, eine Entscheidung zu treffen – den Felsen oder den Strudel. Zwei Übel. Um dem einen zu entgehen, musste man sich dem anderen stellen. Scylla. Kein schlechter Name für ein Unternehmen, das die Dienste von Söldnern anbot. Aber wie war Maguire darin verwickelt? Sofern er es denn tatsächlich war. Konnte es sein, dass die Scylla und dieses geheimnisvolle Syndikat ein und dasselbe waren?

Holly hatte plötzlich ein schlechtes Gewissen. Sie hätte nicht fragen sollen. Sie hatte versprochen, Connor Maguire in Ruhe zu lassen. Auch wenn … Holly wurde das Gefühl nicht los, dass sie gerade den wesentlichen Grund für seinen Aufenthalt auf Mauritius erfahren hatte. Es sagte ihr nicht viel, und sie hatte nicht die Absicht, es näher zu erforschen. Sie hoffte lediglich, dass er in Sicherheit war.

Kapitel Zwölf

Immer wieder hatte Holly es vor sich her geschoben, über Connor zu schreiben, doch nun, nachdem sie ihm endgültig und bedingungslos Zugang zu ihrem Herzen gewährt hatte, konnte sie es kaum erwarten, endlich anzufangen. Allein in ihrem Hotelzimmer zu sitzen und an dem Artikel zu arbeiten, brachte ihn näher. Sie brauchte das. Das Schreiben fiel ihr leicht. Gestützt auf ihre Interviews, die vielen Notizen und Erinnerungen an zahlreiche Gespräche brachte sie problemlos beinahe sechstausend Worte zu Papier – ohne das Material aus William Maguires Tagebuch. Und als sie den bereits fertig gestellten Text aus dieser Quelle eingefügt hatte, kam Holly zu dem Schluss, dass die Redaktion in Ohnmacht fiel, wenn sie die Textmenge sah.

Das Einzige, was nun noch fehlte, war der Schatz selbst. Es war wirklich bedauerlich, dass er noch nicht gefunden war. Holly zweifelte nicht daran, dass er einmal existiert hatte. Ob er es immer noch tat, war reine Spekulation. Angesichts des Fortschritts, den es auf Mauritius gegeben hatte, hätte man ihn mithilfe moderner Technologien doch längst entdecken müssen.

Sie überlegte, ob sie Raoul Dulac und Justin Parker in ihrem Artikel erwähnen sollte, entschied sich dann jedoch dagegen. Connor würde davon nicht begeistert sein, außerdem würde es zu sehr von wesentlichen Dingen ablenken. Wenn sie über Connor schrieb, musste sie diszipliniert bleiben; musste sich dazu zwingen, unparteiisch zu sein. Denn es war allzu verlockend, mehr über ihn selbst zu schreiben als über das, was er tat.

Nachdem sie ihre Arbeit für diesen Tag erledigt hatte, bestellte Holly sich für acht Uhr am nächsten Morgen ein Taxi. Es gab viele Ecken von Mauritius, die sie noch nicht gesehen hatte. Vielleicht konnte sie sie an einem Tag besichtigen. Dann würde sie ihre Mauritiusreportage fertigstellen. Ihr fehlten noch ein paar Informationen über die auf der Insel lebenden Inder, eine wichtige Gruppe, die siebzig Prozent der Bevölkerung ausmachte. Sie würde herausfinden, ob es unter den Hotelangestellten jemanden gab, der bereit war, ihr ein paar Fragen zu beantworten. Und dann? Dann kam im Grunde nur noch Réunion in Frage, aber Holly zögerte. Sie hatte das Gefühl, auf ein Abstellgleis gefahren worden zu sein.

Am frühen Abend trieb sie der Hunger ins Restaurant. Holly ließ den Blick über das Außengelände des Hotels schweifen. Die Bar war gut besucht, dennoch entdeckte sie Guy Dulac sofort. Er beobachtete sie. Als ihre Blicke sich trafen, hob er sein Glas und prostete ihr zu. Es war eine spöttische Geste, und Holly nickte nur kurz und sah dann weg.

Sekunden später spürte sie, dass er neben ihr stand. »Wir begegnen uns schon wieder. Das muss Schicksal sein.« Er setzte sich auf den freien Platz ihr gegenüber.

Schicksal? Holly war davon überzeugt, dass es nicht so war. Sie hatte den Verdacht, dass er auf sie gewartet hatte, und das beunruhigte sie. »Sie geben nicht auf, habe ich recht?«

Er lächelte. »Nicht, wenn es um eine schöne Frau geht. Sie sitzen hier so allein. Haben Sie nicht Lust auf ein wenig Gesellschaft?« Guy legte siegesbewusst einen Arm auf ihre Stuhllehne.

Holly blieb, wenn sie keine Szene machen wollte, nichts anderes übrig, als seine Anwesenheit hinzunehmen. Aber sie würde ihm deutlich zu verstehen geben, dass der Abend nicht nur im Speisesaal begonnen hatte, sondern auch dort endete. »Wenn Sie sich patout nicht abwimmeln lassen«, antwortete sie knapp. »Aber nur zum Essen.«

»Selbstverständlich. Was sonst?« Sein Blick sagte ihr alles.

Holly war selten jemandem begegnet, der so aufdringlich war. Sie hoffte nur, dass sie keine Mühe haben würde, ihn später loszuwerden.

Er beugte sich über den Tisch zu ihr herüber. »Wo ist denn Ihr Lover?«

»Wer?« Sie sah ihn kalt an.

»Maguire. Der, mit dem Sie am Sonntag zusammen waren.«

»Keine Ahnung.« Das war nicht einmal gelogen. Er konnte schließlich überall auf Rodrigues sein.

Ein Ober kam an ihren Tisch. Guy bat um die Karte, bestellte eine Flasche Rotwein und wies den Mann an, alles auf seine Rechnung zu schreiben. Der Ober wandte sich zum Gehen.

»Moment noch«, meinte Holly kühl. »Ich hätte gern ein Glas Weißwein.«

Der Ober wirkte unsicher.

»Trinken Sie mit von meinem Wein.«

»Ich bevorzuge es, wenn ich vorher gefragt werde«, antwortete Holly fest. Sie sah den Ober an. »Einen trockenen Weißwein, bitte.«

Dulac zuckte mit den Schultern, sein Gesichtsaudruck blieb unbewegt. »Ändern Sie die Bestellung«, befahl er knapp. »Bringen Sie eine Flasche Chardonnay.«

Holly runzelte die Stirn, als der Ober davonging.

»Entspannen Sie sich«, meinte Dulac. »Es geht doch nur um einen Drink.« Er lächelte. Unverkennbar war er sich seiner selbst äußerst sicher. »Man könnte ja fast glauben, ich hätte versucht, in Ihr Höschen zu fassen.«

Das genügte Holly. Sie war siebzehn gewesen und noch völlig unerfahren, als sie sich zuletzt derart sexuell belästigt gefühlt hatte. Guy Dulacs Charme war tatsächlich nur Fassade.

Sie wollte gerade den Mund öffnen und ihm kontern, als er plötzlich einen verächtlichen Laut ausstieß. »Das geht wirklich zu weit«, stieß er hervor, und seine Augen blitzten böse.

Überrascht drehte Holly sich um, um zu sehen, was ihn so erzürnte. Ein schlanker Inder im blauen Anzug beobachtete sie von einem Tisch ganz in der Nähe. Sein ausdrucksloser Blick fiel erst auf Holly und dann auf Guy Dulac. Er tippte sich mit zwei Fingern in spöttischem Gruß an die Stirn.

Dulacs Reaktion folgte unverzüglich. Er sprang auf und lief zum Tisch des Inders, wo er sich mit in die Hüften gestemmten Händen aggressiv aufbaute. Holly hatte noch nie jemanden so schnell so wütend werden sehen. Wer immer dieser Inder war, er hatte Guy Dulac in Sekundenschnelle aus der Fassung gebracht. Aufmerksam beobachtete sie die beiden Männer, wie fast alle Restaurantgäste um sie herum. Denn auch wenn noch kein Wort gewechselt worden war, gab es keinen Zweifel daran, dass sich hier in Kürze irgendein Drama abspielte.

Guy hatte die Hände auf den Tisch gestützt und beugte sich wutentbrannt über den Mann. Sein Gesicht war verzerrt, die Augen blitzten. Der Inder hingegen wirkte völlig ungerührt. Er starrte Dulac an, unbewegt, furchtlos und mit herausforderndem Ausdruck in seinen dunklen Augen.

Endlich fand Guy die Sprache wieder. Mit schriller Stimme, die an Hysterie grenzte und so laut war, dass auch die wenigen Gäste, die noch nicht auf die sich anbahnende Konfrontation aufmerksam geworden waren, aufschauten, stieß er hervor: »Lassen Sie mich in Ruhe, Sie Bastard! Das ist Belästigung. Ich werde Sie dafür belangen.«

Die Antwort des Inders war so leise, dass Holly sie nicht verstand, aber nach seiner Miene zu urteilen, schien ihn die Drohung nicht weiter zu bekümmern.

Ohne Warnung packte Dulac den Mann am Kragen, zerrte ihn vom Stuhl und schüttelte ihn heftig. Und dann schlug er ihn mitten ins Gesicht. Es ging so schnell, dass Holly glaubte, ihren Augen nicht zu trauen. Guy sah zornerfüllt um sich. Der Inder fiel benommen auf einen Stuhl, der Stuhl begann zu schwanken und kippte polternd um. Auf dem Boden ausgestreckt lag der Mann da, aus seiner Nase lief Blut.

Guy Dulac kam nur langsam zur Besinnung. Als ihm klar wurde, dass alle Augen auf ihn gerichtet waren, drehte er sich um und rannte aus dem Restaurant.

Holly stand auf, um dem Inder beizustehen, der sich mühsam aufzusetzen versuchte. Einige andere Gäste, die durch die plötzliche Attacke wie gelähmt waren, kamen ihm ebenfalls zu Hilfe.

»Nein, nein, bitte, es ist schon gut«, wehrte er ab. »Das war nur ein Missverständnis. Bitte, ich entschuldige mich.«

Nach und nach kehrten die Leute an ihre Tische zurück. Holly setzte sich ohne Aufforderung dem Inder gegenüber. Er tupfte sich vorsichtig die Nase. »Ist sie gebrochen?«

»Ich glaube nicht.« Neugierig sah er Holly an.

Sicher wollte er wissen, wieso sie in Guy Dulacs Gesellschaft gewesen war. »Ich kenne ihn kaum«, beeilte Holly sich zu erklären. »Er hat mich belästigt, es hat ihn nicht im Mindesten interessiert, dass ich Nein gesagt habe.«

Der Inder zog sein Jackett zurecht. »Das ist ypisch für ihn. Er führt sich auf, als gäbe es für ihn keine Gesetze.« Seine dunklen Augen sahen sie zuversichtlich an. »Er wird bald feststellen, dass er sich irrt.«

Sie registrierte, dass er zitterte. »Sind Sie sicher, dass mit Ihnen alles in Ordnung ist?«

»Ich glaube schon.« Er fuhr sich mit der Hand durchs Haar und strich es sich aus der Stirn.

»Ich habe eine Flasche Wein bestellt. Möchten Sie ein Glas?«

»Das wäre mir ein Vergnügen.«

Sie gab dem Ober ein Zeichen, der den Kühler, den Wein und Gläser an ihren Tisch brachte.

»Ich heiße übrigens Sham«, sagte der Inder. »Danke, dass Sie sich um mich kümmern.«

»Keine Ursache. Ich bin Holly Jones.«

Sham nickte.

»Ist Sham Ihr Vor- oder Nachname?«

Er antwortete nicht sofort, sondern sah zu, wie der Ober die Flasche öffnete und den Wein einschenkte. Zwischendurch warf er Sham, der einen spektakulären Anblick bot, einen neugierigen Blick zu. Seine Nase schwoll langsam blau an, sein weißes Hemd war blutbefleckt. »Ist das alles, Mademoiselle?«, fragte der Ober.

»Im Augenblick ja, danke. Lassen Sie die Speisekarte hier, ich bestelle später etwas zu essen.« Der Ober zog sich zurück.

»Zum Wohl.« Sham hob sein Glas und trank. Als er es auf den Tisch zurückstellte, sagte er. »Nur Sham. So nennt mich jeder. Es ist mein Nachname.«

»Zum Wohl, Sham.« Holly prostete ihm zu.

»Ich bin Kriminalbeamter«, erklärte er ganz plötzlich.

»Oh!« Mehr brachte Holly nicht heraus.

»Ich habe Sie mit diesem Mann zusammen am Flughafen gesehen.«

»Ich war nicht mit ihm zusammen dort. Ich habe ihn zufällig dort getroffen. Er hat mich zu einem Drink eingeladen, aber ich habe abgelehnt. Heute Abend jedoch … ich weiß auch nicht … ich hatte den Eindruck, dass er heute Abend absichtlich auf mich gewartet hat. Er wird wirklich zu einer Belästigung.«

Sham lächelte verständnisvoll.

»Können Sie ihn für diesen Angriff nicht verhaften?«

»Doch, könnte ich.« Sein Gesichtsaudruck sagte ihr, dass er es nicht tun würde.

»Aber Sie tun es nicht. Warum nicht? Weil er ein Dulac ist?«

Sham lächelte grimmig. »Sein Name wird ihn nicht mehr lange schützen.«

»Sie verfolgen ihn, nicht wahr? Und Sie sorgen dafür, dass er es mitbekommt. Darf ich fragen warum?«

Er sah sie an. Holly spürte, dass er sich unbehaglich fühlte. »Tut mir leid.«

»Also gut. Dann stelle ich Ihnen eine andere Frage. Habe ich Recht, wenn ich ihm nicht vertraue?«

»Allerdings. Halten Sie ihn so weit wie möglich auf Abstand.«

»Das würde ich gern tun.«

Sham nahm das blutige Taschentuch von seiner Nase und wechselte das Thema. »Was machen Sie denn auf Mauritius?«

Holly erzählte ihm von ihrer Reisereportage.

Er nickte, als sie zu Ende gesprochen hatte. »Wie lange haben Sie noch vor zu bleiben?«

»Ich weiß es nicht«, gab Holly zu. »Ich schätze, ein paar Tage.«

»Wie haben Sie Guy Dulac kennen gelernt?«

»Ist das jetzt ein Verhör?«

»Vielleicht. Es kommt darauf an.«

»Ein Freund von mir, der sich gerade auf Rodrigues befindet, kennt seinen Vater. Wir waren letzten Sonntag dort zum Mittagessen eingeladen. Bei der Gelegenheit wurde er mir vorgestellt.«

Sham nickte immer noch. »Aha.« Er schien zufrieden. »Dieser Freund von Ihnen, stammt er von Mauritius?«

»Nein, er ist Australier.«

»Woher kennt er Raoul Dulac?«

Sie erinnerte sich an Connors Worte, ihre Fähigkeit zu lügen betreffend, und beschloss, die Wahrheit zu sagen. »Connor Maguire stammt aus Australien und hatte geschäftlich mit Raoul Dulac zu tun. Soweit ich weiß, ist diese Verbindung jedoch inzwischen beendet. Auf jeden Fall scheint er den Mann nicht sonderlich zu mögen.«

»Einen guten Geschmack hat Ihr Freund.« Sham lächelte sie an. »Es gibt nicht viele, die die Dulacs sympathisch finden.«

»Wie fühlen Sie sich?«, fragte Holly besorgt. Das Lächeln schien ihm Schmerzen zu bereiten.

Sham betastete vorsichtig seine Nase. »Ich war schon in besserer Verfassung.«

Er tat ihr aufrichtig leid – offenbar war er ehrlich. »Werden Sie heute Abend noch einmal versuchen, Guy Dulac ausfindig zu machen?«

»Ich schätze, er wird sofort nach Hause gehen.«

Holly zog die Augenbrauen in die Höhe. »Dann kennen Sie ihn also recht gut?«

»Er ist nervös«, erklärte Sham. »Es ist nicht das erste Mal, dass ich ihn aus der Fassung gebracht habe. Der Junge ist wie ein verwundetes Tier, das sich sofort schützend in seine Höhle verkriecht.« Er zuckte mit den Schultern. »Aber ich denke, ich habe für heute genug.«

»Das glaube ich Ihnen gern. Es war ein gewaltiger Schlag.«

Holly wäre erstaunt gewesen über den plötzlich aufflackernden Zorn in seinen Augen, aber Sham senkte den Blick.

Guy Dulacs aggressives Verhalten hatte den Detective nicht im Mindesten überrascht. Die Erkundigungen, die er über den jungen Mann eingeholt hatte, hatten eindeutig ergeben, dass Guy zu plötzlicher Gewalttätigkeit neigte, die er nicht mehr kontrollieren konnte. Was Sham am meisten ärgerte, war jedoch seine Überheblichkeit, und die hatte er heute Abend noch einmal deutlich zum Ausdruck gebracht. Seine Gewaltbereitschaft war die Reaktion eines Menschen gewesen, der völlig unbeherrscht war. Wer außer den geistig Verwirrten konnte sich den Luxus leisten, sich einzubilden, keinerlei Konsequenzen für das eigene Handeln befürchten zu müssen? Sham ging nicht davon aus, dass Guy Dulac verrückt war, also blieb nur noch eine von zwei Möglichkeiten übrig. Der Junge war entweder bösartig – und nach Shams Erfahrung war das wahrhaft Böse nichts weiter als völlige Gewissenslosigkeit –, oder, und das war am wahrscheinlichsten, er war ein selbstgefälliger Schwächling, der sich für unberührbar hielt. Gepaart mit diesen unberechenbaren Wutausbrüchen ergab das eine Mischung, die Sham auf jeden Fall für extrem gefährlich hielt.

Zumal die überraschend einflussreiche Familie bis zum Äußersten dazu bereit war, ihn zu schützen.

Dulacs Alibi für die Nacht, in der Corrine Vitry gestorben war, schien wasserdicht zu sein. Noch. Niemand hatte die beiden gemeinsam gesehen. Sham war sich inzwischen relativ sicher, dass sie von einem Boot ins Meer gestoßen worden war. Wäre sie vom Land aus ins Wasser gelangt, hätte man sie früher aufgefunden. Irgendein Fischer, Hubschrauberpilot oder Windsurfer hätte sie entdecken müssen, denn das Wasser in den Lagunen um Mauritius herum war viel zu seicht, um etwas so Großes wie eine menschliche Leiche länger verborgen zu halten. Also hatte Sham sich auf diese Vermutung konzentriert. Aber niemand hatte das Mädchen an Bord von Raouls Yacht gesehen, und Sham hatte auch noch keinen Zeugen gefunden, der oder die beobachtet hatte, dass das Boot Grand Baie überhaupt verlassen hatte. Guy Dulac schien den Mord perfekt vertuschen zu können. Was Sham nun Sorgen machte, war die Tatsache, dass der Typ versucht war, es wieder zu tun, nachdem er einmal davongekommen war. Und diese junge Frau konnte durchaus sein nächstes Opfer sein.

Er sah Holly an. Er hatte sie auf Anhieb sympathisch gefunden. »Hüten Sie sich vor Guy Dulac«, warnte er erneut und griff nach seinem Glas. Er trank den Wein in einem Zug aus und stand auf. »Dem Jungen kann man nicht trauen.« Er wollte noch etwas sagen, zögerte jedoch. Stattdessen sah er Holly mit schmerzverzerrtem Lächeln an. »Gute Nacht. Und danke für den Wein. In meiner Religion ist das zwar nicht erlaubt, aber heute Abend …«, er zuckte mit den Schultern und warf einen raschen Blick zum Himmel, »wird man mir das sicher verzeihen.« Mit einer knappen höflichen Verbeugung ging er davon.

Holly merkte plötzlich, wie hungrig sie war. Sie entschied sich für ein leichtes Essen aus gegrilltem Fisch und Salat, danach saß sie vor ihrem Weinglas und schaute nachdenklich über das dunkle Wasser. Ihre Gedanken wanderten unwillkürlich zu Connor Maguire. Das

Wort Scylla kam ihr wieder in den Sinn. Welche Beziehung gab es da? Und was noch interessanter war, warum gab es diese Beziehung? Was führte Connor in Wirklichkeit im Schilde?

Der Ober kam zurück. Statt des Essens brachte er Holly ein Telefon an den Tisch. Am anderen Ende der Leitung war der Mann, der seit kurzem unaufhörlich ihre Gedanken beherrschte.

»Ich wollte nur mal hören, wie es dir geht«, sagte er.

»Wir hatten vereinbart, keinen Kontakt zu haben. Wie nennst du das hier?«

»Stell dir einfach vor, ich wäre es nicht.«

»Das ist ziemlich viel verlangt.«

»Komm schon, Jones, du schaffst das.«

»Okay.« Holly lächelte. »Ich sitze hier einsam und allein und unterhalte mich *nicht* mit demjenigen, der *nicht* am anderen Ende eines Telefons ist, das ich *nicht* in der Hand halte. Und deshalb wundere ich mich, warum mich alle so seltsam anstarren. Reicht das?«

»Auf jeden Fall. Weißt du, weshalb ich anrufe?«

»Keine Ahnung.«

»Ich wollte deine Stimme hören. Ist alles in Ordnung?«

»Es ist alles bestens.« So war es auch. Scylla, Drogen, Guy Dulac, der Schatz, dies alles zählte jetzt nicht mehr. Ihr Universum beschränkte sich auf den Menschen, der am anderen Ende der Leitung sprach. Alles andere war unwichtig geworden.

»Wie war dein Flug?«

»Gut.« Das war einfach lächerlich. Seit Ewigkeiten hatte ein Telefonanruf ihr nicht mehr so viel bedeutet. »Was hast du in der Zwischenzeit herausgefunden?«

»Psst. Wann lernst du das endlich?«

»Tut mir leid. Ich wusste nicht, was ich sonst sagen sollte.«

Er lachte. »Kommst du dir genauso albern vor wie ich?«

»Ich schätze ja. Es ist ziemlich lange her, seit mich ein Gespräch, das zu nichts führt, so in Atem gehalten hat. Du hast wirklich eine seltsame Wirkung auf mich, Maguire.« Holly hielt den Kopf gesenkt, um ein, so vermutete sie, ziemlich albernes Grinsen zu verbergen.

»Was hast du heute Nachmittag gemacht?«

»Den Text über die Schatzsuche geschrieben. Er ist gut geworden. Quinn wird begeistert sein.«

»Gut. Wann fährst du nach Hause?«

»Wann fährst du?«

»Oh nein, Jones. Das ist *mein* Trick.«

»Sonntag in einer Woche.«

»Warum so spät?«

»Ich habe für diesen Sonntag keinen Flug mehr bekommen. Außerdem brauche ich noch einige Informationen für meinen Reisebericht. Und ich wollte mir Réunion noch anschauen. Vielleicht fahre ich am Montag hin.«

»Eines solltest du noch wissen.«

»Nämlich?«

»Raoul Dulac ist heute Nachmittag an Bord seiner Yacht gegangen. Justin Parker war bei ihm. Sie müssten morgen Mauritius erreichen. Halt dich von ihnen fern, Holly.«

»Das tue ich.«

»Versprochen?«

»Versprochen.«

»Holly, ich … ich mache jetzt besser Schluss.« Er zögerte. »Pass auf dich auf.«

»Du auch.«

Sie verabschiedeten sich.

Holly hielt immer noch den Hörer umklammert. Sie fühlte sich plötzlich irgendwie leer. Sie hatte Connor absichtlich nichts von Guy Dulac erzählt, weil sie ihn nicht beunruhigen wollte. Aber es gab Worte, die sie gern gehört hätte, und Dinge, die sie gern gesagt hätte. Die Neuartigkeit ihrer Beziehung verunsicherte sie beide und führte dazu, dass sie sich wie Pubertierende aufführten. Warum hatte sie ihm nicht sagen können, dass sie ihn vermisste, dass sie Angst um ihn hatte, dass sie ihn liebte? Holly redete sich ein, dass sie ihn noch nicht gut genug kannte, um ihre wahren Gefühle preiszugeben. Das war merkwürdig.

Sie fragte sich, ob Connor genauso empfand.

Das Taxi sollte tausend Rupien pro Tag kosten, das entsprach ungefähr sechzig australischen Dollars. Gut angelegtes Geld, wie Holly fand. Der Fahrer entpuppte sich als sehr auskunftsfreudiger Inder. Sein Name, so informierte er sie, sei Herro. Sie fragte ihn, ob er etwas dagegen habe, wenn sie einen Teil ihrer Unterhaltung aufnähme. Die Ansichten eines Taxifahrers über Mauritius könnten interessant sein. Er schien nicht begeistert von dieser Idee.

»Was wollen Sie damit?«

»Ich bin Journalistin und schreibe für eine australische Zeitschrift eine Reportage über Mauritius.«

»Australien?« Er schien auf einmal fasziniert.

»Der Bericht wird Touristen herbringen.«

»Ah! Touristen. Das bedeutet mehr Arbeit für mich.«

»Genau.«

Mr. Herro runzelte die Stirn. »Aber Sie sollten Ihre Fragen jemandem stellen, der klüger ist als ich. Ich bin nur ein einfacher Taxifahrer. Ich kenne mich in vielen Dingen nicht aus.«

»Wurden Sie hier geboren, Mr. Herro?«

»Und ob.«

»Wurde Ihr Vater ebenfalls hier geboren?«

»Ja. Und sein Vater und Großvater auch.«

»Damit sind Sie der perfekte Interviewpartner für mich. Ich verspreche Ihnen, dass meine Fragen nicht zu schwierig sein werden. Ich möchte nur ein wenig über die indische Bevölkerung in Erfahrung bringen.«

Er wurde neugierig. »Was zum Beispiel?«

»Nun, mal sehen. Fühlen Sie sich als Indo-Mauritier eher Indien oder Mauritius zugehörig? Oder haben Sie vielleicht sogar das Gefühl, zu Afrika zu gehören?«

Mr. Herro antwortete, ohne zu zögern. »In erster Linie zu Afrika, dann zu Mauritius.«

»Was ist mit Indien?« Holly schaltete das Aufnahmegerät ein und vergewisserte sich, dass er es mitbekam.

Er sah sie misstrauisch an, ehe er langsam antwortete. »Ich war noch nie in Indien.«

»Aber Sie sind doch Inder? Haben Sie denn gar keine Beziehung zu Indien?«

Er antwortete mit einer Gegenfrage. »Sie sind Australierin?«

»Ja.«

»Woher stammen Ihre Vorfahren?«

»Aus Großbritannien.«

»Fühlen Sie sich britisch?«

Holly lachte. »Jetzt verstehe ich, was Sie meinen. Haben Sie noch eine Frage?«

Mr. Herro zuckte mit den Schultern.

»Sind Sie Hindu, Tamile oder Moslem?«

»Hindu. Die meisten Inder auf Mauritius sind Hindus.« Er sah sie an. »Fragen Sie weiter.«

»Ich habe in einigen Gärten rote und gelbe Flaggen gesehen. Was bedeuten sie?«

»Wir glauben daran, dass unsere Häuser beschützt werden, wenn wir den Göttern einen Altar errichten. Hinter den Altar hängen wir zwei Flaggen.«

»Warum?«

»Aus Tradition.« Er sah sie verunsichert an. »Ist die Antwort gut genug?«

»Absolut. Möchten Sie gern weitermachen?«

Er zögerte erst, dann nickte er.

Die Straße, auf der sie unterwegs waren, war dieselbe, auf der sie mit Connor nach Mahébourg gefahren war. Holly nutzte die Gelegenheit, um sich auf ihr Interview zu konzentrieren. Mr. Herro entspannte sich zusehends, als er merkte, dass Holly ihn keine Fakten zu Mauritius abfragte, sondern eher an seiner persönlichen Meinung interessiert war. Er sprach über seine Zukunftspläne, seine Frau und Kinder und seine erweiterte Familie. Als er sich warm geredet hatte, erzählte er Holly von den religiösen Festen, die das gesamte Hindu-Volk feierte. Holly stellte enttäuscht fest, dass die meisten in den Sommermonaten stattfanden und sie keines von ihnen miterleben konnte.

»Thaipoosam Cavadee«, erklärte Mr. Herro, »ist ein Fest zu Ehren von Subramanya, der ein Sohn des Gottes Shiva ist. Wir fasten zehn Tage lang, dann tragen wir auf einem hölzernen Bogen Kuhmilch in unseren Tempel. Sie darf unterwegs nicht gerinnen. Der Bogen wird mit frischen Blumen geschmückt.«

»Was ist der Zweck dieser Zeremonie?«

»Wir bitten um Verzeihung und um geistige Reinigung. Gleichzeitig stecken wir uns viele Spieße unter die Haut.«

»Tut das denn nicht weh?«

Der Taxifahrer machte eine Kopfbewegung, und Holly war sich nicht sicher, ob das ein Ja oder ein Nein bedeuten sollte.

»Ich werde sie zum Grand Bassin fahren«, schlug er ihr vor. »Das ist ein heiliger See. Wir müssen uns jedes Jahr in seinem Wasser waschen. Wir tragen weiße Kleidung und bringen Opfer ... kennen Sie den Ausdruck *Guru*?«

Holly nickte. »Das sind geistige Führer, nicht wahr?«

Mr. Herro strahlte sie an. »Genau. Sie sind die Wächter des Sees. Es ist ein sehr wichtiges Fest für uns.«

»Hat dieses Fest einen Namen?«

»Maha Shivaratri. Es findet zu Ehren des Gottes Shiva statt.«

»Warum ist der See heilig?«

Die Antwort erfolgte mit so großer Ernsthaftigkeit, dass Holly klar wurde, dass Mr. Herro nicht im Traum daran dachte, die Geschichte anzuzweifeln. »Als der Gott Shiva nach Indien kam und die Welt erschuf, gestattete er einem Teil des Wassers aus dem Ganges an dieser Stelle zu bleiben. Aus diesem Grund könnte es sein, dass Sie Leute bei der Anbetung sehen, auch wenn heute kein heiliger Tag ist.«

»Und was genau tun sie dort?«

»Kerzen anzünden und sie auf Blättern über den See schicken.«

Holly war fasziniert. Was für eine Vielfalt! Allein innerhalb der indischen Bevölkerung gab es drei große und völlig unterschiedliche religiöse Gruppierungen, die je nach Kaste, Muttersprache und nach ihrer indischen Herkunft weiter unterteilt waren. Die Chinesen legten großen Wert auf ihre unterschiedlichen Familien und Clans. Trotz ihrer langen Bindung an Großbritannien waren fast alle weißen Mauritier französischen Ursprungs. Und als ob das nicht genügte, bezeichnete der Ausdruck *kreolisch* diejenigen mit gemischtem Blut, aber selbst diese Gruppe war noch einmal in zwei völlig unterschiedliche Kategorien unterteilt – in jene, die afrikanisch aussahen und jene, die es nicht taten.

»Sie sollten einmal die Zeremonie erleben, bei der man auf glühenden Kohlen läuft«, erklärte Mr. Herro. »Sie wird Teemeedee genannt. Besucher sind immer willkommen.«

»Wann findet sie denn statt?«

»Ungefähr zu der Zeit, in der Sie Weihnachten feiern. Mauritius ist berühmt für diese Zeremonie, viele Touristen kommen extra dazu hierher.«

»Ich habe gehört, dass in Indien Menschen über glühende Kohlen laufen. Sie scheinen sich dabei nicht ernsthaft zu verbrennen.«

Wieder machte der Taxifahrer eine undefinierbare Kopfbewegung. »Das stimmt. Ich habe es selber häufig erlebt. Sie verspüren keinen Schmerz, nicht einmal dann, wenn sie auf den Kohlen liegen. Wahre Gläubige werden durch ihren Glauben geschützt.«

Er berichtete Holly noch von einigen anderen Hindu-Traditionen. Sie musste ihn häufig unterbrechen, um sich ein Wort buchstabieren oder die Funktion einer der Götter erklären zu lassen. Mr. Herro tat dies nur allzu bereitwillig.

Inzwischen näherten sie sich dem Ort Curepipe, der im Hochland lag. Übersetzt bedeutete dieser Name »Pfeifenreiniger«, und Holly wollte wissen warum.

»Ich weiß es nicht«, gestand Mr. Herro. »Französische Soldaten haben auf ihrem Weg zwischen Port Louis und Grand Port hier angehalten. Vielleicht haben sie eine Pause gemacht und Pfeife geraucht.«

Das war nachvollziehbar. Viele Männer rauchten damals Pfeife. Da war es durchaus möglich, dass sie nach einem langen Tagesmarsch als Erstes ihre Pfeifen reinigten und neu stopften.

»Waren Sie schon am Krater Trou aux Cerfs?«, fragte Mr. Herro.

»Nein. Aber ich würde ihn mir gern einmal ansehen.« Holly war begeistert von Mr. Herro. Er war der perfekte Fahrer, Interviewpartner und Touristenführer – alles in einer einzigen Person. »Wo liegt er?«

»Nicht weit von hier.« Er bog in eine schmale Straße.

Es gab keinerlei Hinweisschilder, auf denen ein Krater erwähnt wurde. Sie fuhren einen steilen Hügel hinauf und kamen auf eine Straße, die um den hundert Meter tiefen, längst erloschenen Vulkan herumführte. Er war nicht besonders groß, aber seine Form war so perfekt, es sah aus, als wäre er aus Fiberglas. Die Abhänge waren dicht bewaldet und führten hinab zu einem kleinen grünen, schlammigen See. Was Holly noch mehr faszinierte als der Krater, den sie pflichtbewusst fotografierte, war der Ausblick. Es war ein herrlicher klarer Tag, und der Blick reichte fast über ganz Mauritius.

Mr. Herro zeigte in südwestlicher Richtung auf einen verschwommenen dunklen Schatten am Horizont. »Das ist Réunion«, erklärte er. »Die Berge dort sind höher als unsere.«

Holly war beeindruckt. Die Insel lag zweihundert Kilometer entfernt.

Von Curepipe aus fuhren sie auf der Hauptstraße weiter südlich in Richtung Plaisance und Mahébourg, ehe sie kurze Zeit später rechts abbogen, um nach Souillac zu gelangen. Hier war Holly bisher noch nicht gewesen. Mr. Herro fuhr wie versprochen einen Umweg über Grand Bassin. Der heilige See entpuppte sich als ein weiterer Krater, dieser war allerdings gefüllt mit kristallklarem Wasser. Die dicht bewaldete Landschaft hatte einen fast alpinen Charakter, sie sah aus wie aus dem Bilderbuch. Dann ging es endgültig hinab zur Küste nach Souillac, wo Mr. Herro Holly auf La Roche qui Pleure hinwies – der Fels, der weint –, einen Felsen, der tatsächlich so aussah, als habe ein weinender Mann ihm Modell gesessen. Als sie Le Morne erreichten, erzählte er ihr die Geschichte einer Gruppe hungernder Sklaven, die auf der Flucht vor ihren Herren einen sechshundert Meter hohen schwarzen Basaltfelsen hinaufgeklettert waren, um sich zu verstecken. Als sie oben angekommen waren, erblickten sie zu ihrem Entsetzen eine Gruppe Soldaten, die auf sie zukam. Um einer erneuten Gefangennahme zu entgehen, sprangen alle in den Tod. Die Ironie des Schicksals war, dass die Soldaten unterwegs zu ihnen gewesen waren, um ihnen mitzuteilen, dass die Sklaverei abgeschafft worden war und sie als freie Männer den Berg würden hinabsteigen können.

Von Le Morne folgten sie der Straße in Richtung Norden. »Sicher möchten Sie den bunten Sand sehen«, sagte Mr. Herro.

»Natürlich«, antwortete Holly. Mr. Herro war einfach wunderbar.

Sie hielten an einer Stelle mit vulkanischen Ablagerungen. Der Sand wies alle Farbschattierungen auf – rot, blau, violett, grau und gelb. Straßenhändler versuchten Holly eine kleine Glasflasche mit gemischtem Sand zu verkaufen, die jedes Mal, wenn man sie schüttelte, neue Farbmischungen ergab. In Cascade Chamarel stürzte ein doppelter Wasserfall in die Baie du Cap River hinab. Wieder einmal wusste Mr. Herro genau Bescheid. »Dreiundneunzig Meter«, erläuterte er. »Der Fluss fließt von hier direkt ins Meer.«

»Jetzt werden wir erst mal etwas zu Mittag essen«, erklärte Holly, als sie sich der Stadt Tamarin näherten. »Ich lade Sie ein.«

Mr. Herro machte seine typische Kopfbewegung.

»Wo kann man gut essen?«, fragte sie.

»Mögen Sie gern Fisch?«

»Und ob.«

Es schmeckte großartig, der Fisch war frisch gefangen und perfekt zubereitet. Mr. Herro lehnte Wein ab, nahm jedoch gern ein Glas Bier. »Als Nächstes werden wir uns die Tamarin Falls ansehen«, verkündete er, als sie schließlich wieder im Auto saßen.

Sie fuhren über einen Kiesweg durch Zuckerrohrplantagen. Wieder einmal war Holly froh, dass sie so einen guten Führer hatte. Allein hätte sie diesen Ort niemals gefunden. Mr. Herro parkte den Wagen und erklärte ihr, dass sie den Rest des Wegs zu Fuß gehen müssten.

Auf dem Boden nahm Holly etwas wahr, das aussah wie winzige Blutlachen. »Das sind die Blüten des Nouroukbaums«, wurde sie aufgeklärt. Holly, die von diesem Baum noch nie etwas gehört hatte, sah, dass seine Äste mit erbsenförmigen tiefroten Blüten beladen waren. Auf Bali hatte sie ähnliche Bäume gesehen, die von den Einheimischen dort Korallenbäume genannt wurden.

Ganz plötzlich standen sie vor den Wasserfällen, umgeben von üppiger Vegetation. Das Wasser lief nur noch in einem Rinnsal hinab, so zugewachsen war alles um sie herum.

»Das neue Wasserkraftwerk hat diesen Fluss zerstört«, erklärte Mr. Herro. »Es kommen kaum noch Touristen hierher, manchmal werden sie von den Landbesitzern sogar fortgejagt.« Ihr Interesse spornte ihn an. »Sehen Sie die Stelle, die das Wasser zuerst passiert? Man bezeichnet sie als Fenster.« Er zeigte weiter hinab. »Schauen Sie genau hin. Dieser Wasserfall besteht aus sieben Stufen.«

Aber Holly hörte ihm nicht mehr zu. Sie war plötzlich wie elektrisiert. William Maguires Plan, so hatte man bisher angenommen, zeigte ein Stück der Küstenlinie. Er hatte eine muschelförmige Klippe gezeichnet, die über mehrere Stufen zum Wasser hin abfiel, das durch einige Wellenlinien gekennzeichnet worden war. Was, wenn seine Zeichnung ein Gebiet im Landesinnern darstellte? Zum Beispiel diesen Wasserfall? Der Steilabbruch, der als Fenster bezeichnet wurde, war, soweit sie sich erinnern konnte, auch auf dem Plan zu erkennen. Und da waren die einzelnen Stufen – wie eine Treppe! Sie konnte es nicht glauben. Sie hatte den Ort gefunden, wo der Schatz vergraben lag! Irgendwo da unten im dichten grünen Unterholz lag seit zweihundertfünfzig Jahren Williams Schatz versteckt. Das musste sie unbedingt Connor erzählen.

»Ich glaube, das reicht für einen Tag, Mr. Herro. Sie waren ein großartiger Führer.«

Mr. Herro strahlte und zog eine Visitenkarte aus seiner Brieftasche. »Wenn Sie wieder einmal einen Fahrer brauchen, ich kann Ihnen sicher einen guten Preis machen.«

»Danke. Ich werde mich bei Ihnen melden.« Holly warf einen Blick auf die Visitenkarte. Der Mann fuhr nicht nur Taxi, sondern war offenbar auch Mitinhaber eines Ladens, der den Namen *Just Shirts* trug, und wenn man der Karte glauben konnte, vermietete er auch Unterkünfte. Holly fragte ihn danach.

»Das Haus gehört mir«, erklärte er. »Im ersten Stock gibt es zwei Apartments und darüber noch ein kleines Studio.«

Insgeheim wünschte Holly ihm viel Erfolg. Er hatte es verdient.

Auf dem Rückweg nach Norden wollte Mr. Herro ihr noch den Jardin de Casela, einen Vogelpark in der Nähe von Bambous zeigen, die World Spiritual University in Vacoas und einen Hindu-Tempel in Port Louis. Er war so bemüht, dass Holly ihre Ungeduld zügelte. Um kurz nach fünf nachmittags kam sie schließlich wieder zurück in ihr Hotel.

Zwei Nachrichten erwarteten sie. Guy Dulac wollte sie abends um acht in der Bar treffen. Den Teufel würde sie tun! Und Madame Liang Song würde später noch einmal anrufen.

Von ihrem Zimmer aus wählte Holly die Nummer des *Cotton Bay Hotel*, bat darum, mit Connor verbunden zu werden, und war nicht sonderlich überrascht, dass niemand an den Apparat kam. Sie hinterließ eine Nachricht, er möge sie bitte zurückrufen. Anschließend suchte sie die Telefonnummer der Polizeistelle in Port Louis heraus, wählte und fragte nach Sham.

»Detective Sham?«

»Ist das sein Titel?«

»Darf ich fragen, wer am Apparat ist?«

»Holly Jones.«

»Einen Augenblick bitte.«

Ein kurzes Klicken, und dann, wenige Sekunden später: »Sham.«

»Hallo, hier spricht Holly Jones.«

»Was kann ich für Sie tun?« Er wirkte überrascht.

»Guy Dulac hat eine Nachricht für mich im Hotel hinterlassen. Er möchte mich heute Abend um acht treffen. Ich dachte, das interessiert Sie vielleicht.«

»Haben Sie vor hinzugehen?«

»Nein. Ich weiß allerdings noch nicht genau, wie ich ihm aus dem Weg gehen kann.«

»Machen Sie sich keine Gedanken. Ich werde in Ihrer Nähe sein und dafür sorgen, dass er mich auch sieht.«

»Danke. Sind Sie sicher, dass das okay ist? Ich meine, fühlen Sie sich dem gewachsen?«

»Das gehört zum Service, Mademoiselle. Also dann, bis später.«

Gut so!, dachte Holly, als sie den Hörer auflegte. Das geschieht dem Rotzbengel recht.

Holly stand gerade unter der Dusche, als das Telefon klingelte. »Mist!«, fluchte sie, eine Seifenspur auf dem Boden des Bads hinterlassend. »Holly Jones!«

»Hier ist Liang Song. Wo ist Connor Maguire?« Diese Frau ließ wirklich nichts anbrennen.

»Auf Rodrigues.«

»Ah! Danke!« Ohne ein weiteres Wort wurde die Verbindung unterbrochen.

»Unhöfliche Zicke!«, schimpfte Holly in den Hörer und ließ ihn neben dem Apparat liegen, um erst einmal in Ruhe zu Ende zu duschen. Sie hatte gerade wieder aufgelegt, als es erneut klingelte. »Holly Jones!«, rief sie fröhlich in den Hörer, in der festen Überzeugung, es sei Connor.

»Ich bin es.« Guy Dulac.

Er war der Letzte, den sie jetzt brauchte! »Ich habe Ihre Nachricht erhalten. Danke, nein.«

»Wegen gestern Abend, das kann ich Ihnen erklären ...«

Sie schnitt ihm das Wort ab. »Das bezweifle ich. Aber es hat auch nichts mit gestern Abend zu tun. Meine Antwort lautet Nein, jetzt und in Zukunft. Wenn Sie mich jetzt bitte entschuldigen würden ...«

»Ich muss ständig an Sie denken.«

»Das ist Ihr Problem. Ich wäre Ihnen sehr verbunden, wenn Sie mich künftig nicht mehr belästigen würden.«

Seine Stimme klang einen Ton schärfer. »Wenn ich vorhabe, Sie zu belästigen, werde ich es Sie wissen lassen. Alles, was ich im Moment vorhabe, ist, Sie zum Essen einzuladen.«

Sie hätte ihn am liebsten in Stücke gerissen. »Ich umgebe mich nicht mit Schlägern, Mr. Dulac.« Ihre Stimme war eiskalt. »Um es offen zu sagen, ich finde Sie abstoßend.«

Dulac merkte, dass er verloren hatte. »Dieser Kerl hat das bekommen, was er schon lange verdient hat. Sie wissen ja nicht die Hälfte von dem ...«

»Ich will es auch nicht wissen. Dies hier ist komplette Zeitverschwendung ... Ihre und meine. Auf Wiederhören.«

»Moment noch.« Seine Stimme klang drängend. »Legen Sie nicht auf. Ich ... ich habe einige Informationen ... wegen des Schatzes. Das wird Sie sicher interessieren.«

»Ich glaube nicht.« Er log, dessen war sie sich ganz sicher.

Guy Dulac war ein selbstgefälliger, arroganter, verzogener Flegel, der mit einer Abfuhr nicht umgehen konnte. »Jetzt hören Sie mir genau zu, Miss Hochwohlgeboren. Was bilden Sie sich eigentlich ein, wer Sie sind?«

»Dieselbe Frage könnte ich Ihnen auch stellen«, konterte Holly. »Rufen Sie mich nicht wieder an.« Mit diesen Worten knallte sie den Hörer auf die Gabel.

Der Anruf hatte sie Nerven gekostet. Guy Dulac litt an völliger Selbstüberschätzung, er war zudem aufbrausend und gewaltbereit. Holly hatte Detective Shams eindringliche Warnung noch genau im Ohr. Plötzlich fühlte sie sich unwohl. Sie hatte keine Ahnung, weshalb Sham ihm auf den Fersen war, aber wenn er bereit war, die Attacke vom Vorabend hinzunehmen, um ein Verbrechen aufzuklären, das dieser Typ begangen haben konnte, musste es etwas Ernstes sein.

Es war kurz vor sechs. Ob Dulac trotzdem auftauchte? Zutrauen würde sie es ihm. Vielleicht, so überlegte Holly, sollte sie etwas früher zum Essen gehen, dann konnte sie spätestens gegen halb acht wieder in ihrem Zimmer sein. Allerdings störte es sie ganz gewaltig, dass sie sich von einem zwanzigjährigen Lümmel den Abend verderben ließ.

Sollte sie Sham informieren? Nein, besser nicht. Wenn Guy Dulac um acht Uhr aufkreuzte, würde es gut sein zu wissen, dass die Polizei in der Nähe war. Eine Viertelstunde später wünschte Holly, sie hätte den Detective doch verständigt. Guy kam durch das Restaurant geschlendert und schien nach ihr Ausschau zu halten.

»Ich habe mir gedacht, dass Sie so reagieren würden.« Er klang verstimmt, so als hätte sie ihn auf irgendeine Weise betrogen.

»Na und?« Holly schüttelte energisch den Kopf, als er sich zu ihr an den Tisch setzen wollte. »Ich habe Ihnen doch gesagt, dass ich nicht mit Ihnen essen möchte.«

Er setzte sich trotzdem, stützte die Ellbogen auf den Tisch und beugte sich weit zu ihr herüber. »Machen Sie allen Männern das Leben so schwer?«

Jetzt reichte es. Holly war nun richtig wütend. Was musste sie denn noch alles tun, um diesen arroganten Kerl loszuwerden? Mit verdächtig ruhiger Stimme sagte sie. »Männern? Nein.« Sie sah ihn abschätzend an. »Nur unerzogenen Flegeln, wie Sie es einer sind.« In dem Moment, als ihre Worte heraus waren, erkannte sie den Fehler, den sie gemacht hatte. Wie hatte sie nur so dumm sein können.

Die Beleidigung saß. Guy Dulac kniff die Augen zusammen und atmete heftig. »Das wird Ihnen noch leid tun.« Er stand auf und blickte auf Holly herab. »Sehr leid.« Damit drehte er sich um und ging. An der Bar schwang er sich auf einen Hocker und starrte sie an.

Holly ärgerte sich über ihr Verhalten. Bei dem Einfluss, den er hatte, würde es ihm nicht schwerfallen, ihre Zimmernummer in Erfahrung zu bringen und sich möglicherweise sogar einen Zweitschlüssel zu besorgen. Und dann? Würde er ihr in einer dunklen Ecke auflauern? Davon gab es hier genügend. Würde er vor ihr im Zimmer sein und sich verstecken? Warten, bis sie eingeschlafen war und dann … Nervös blickte Holly auf ihre Uhr. Erst zwanzig nach sechs. Es würde noch mindestens anderthalb Stunden dauern, bis Sham kam.

Mit äußerlicher Gleichgültigkeit, die ganz und gar nicht ihrer wahren Verfassung entsprach, bestellte Holly sich ein Glas Wein. Angestrengt suchte sie nach einem Ausweg aus der Lage, in die sie sich selbst gebracht hatte. Sie konnte das Hotel am nächsten Morgen verlassen und sich ein neues suchen. Nein, das würde nichts nützen. Guy Dulac hatte sie schließlich auch hier mit Leichtigkeit ausfindig gemacht. Vielleicht ein Apartment, ein Zimmer bei einer Familie, wie Connor? Mr. Herro konnte ihr da vielleicht weiterhelfen. Möglicherweise war sogar eines seiner Apartments frei. Oder war sie hier sicherer, wo sie wenigstens von anderen Menschen umgeben war?

Ihre Gedanken überschlugen sich, aber Holly tat alles, um nach außen ruhig zu wirken. Sie bestellte sich etwas zu essen, plauderte mit dem Ober und benahm sich, als sei alles in bester Ordnung. Ohne in Guy Dulacs Richtung zu sehen, spürte sie, dass er sie nicht aus den Augen ließ. Sie hörte, wie er einen Scotch nach dem anderen bestellte. Mit ein wenig Glück würde er sich bis zur Besinnungslosigkeit betrinken.

Um zwanzig vor acht stand Dulac plötzlich von der Bar auf und ging mit schwankenden Schritten in Richtung Rezeption. Holly überlegte kurz, ob sie eilig in ihr Zimmer rennen sollte, entschied sich dann jedoch dagegen. Stattdessen lehnte sie sich zurück und hoffte verzweifelt, dass Sham bald auftauchte.

Er kam, Gott sei Dank. Und er tauchte nicht nur persönlich auf, sondern war zudem in Begleitung eines uniformierten Beamten. Guy Dulac war nicht wieder erschienen, und Holly, die es fürchterlich genervt hatte, dass er sie die ganze Zeit von der Bar aus beobachtet hatte, fand es noch unangenehmer, ihn nicht mehr sehen zu können.

Sham kam direkt zu ihr an den Tisch. »Ist er hier?«

»Er war hier. Vor zwanzig Minuten hat er die Bar verlassen, völlig betrunken.«

Sham sah sie besorgt an. »War er in Begleitung?«

»Nein.«

Der Detective zeigte auf ihren leeren Teller. »Sind Sie fertig? Dann bringe ich Sie zu Ihrem Zimmer.«

Holly wäre ihm am liebsten um den Hals gefallen.

Zum zweiten Mal seit ihrer Ankunft im *Merville Beach Hotel* wurde Hollys Zimmer vollständig durchsucht. Unwillkürlich drängte sich ihr der Gedanke auf, dass es eigenartig war, dass sie diesen Service auf dieser angeblich und wahrscheinlich sonst auch tatsächlich so friedlichen Insel gleich zweimal in Anspruch nehmen musste.

Probleme, die man einmal überschlief, erledigten sich häufig von selbst. Am nächsten Morgen hatte Holly einen Plan. Sie würde auch während ihres restlichen Aufenthaltes auf Mauritius im *Merville* wohnen. Dafür gab es zwei gute Gründe. Eine gewisse Sicherheit war der eine, der andere war der, dass Connor damit rechnete, dass sie entweder hier war oder auf Réunion. Die Tatsache, dass sie noch immer nichts von ihm gehört hatte, beunruhigte sie ein wenig, aber sie rechnete fest damit, dass er sich bald bei ihr melden würde.

Heute war Samstag. Also musste sie noch eine Woche totschlagen, ehe sie nach Hause fliegen konnte. Sie rief bei Air Mauritius an, buchte für die folgende Woche einen Flug nach Australien und erkundigte sich nach Verbindungen nach Réunion. Solange sie sich in Touristengegenden aufhielt, konnte Guy Dulac nicht an sie heran. Und mit ein bisschen Glück würde er bald die Lust daran verlieren.

Holly schob alle Gedanken an ihn weit von sich und verbrachte den restlichen Vormittag damit, an ihrem Reisebericht zu arbeiten. Gegen elf klingelte das Telefon. Es war Justin Parker. »Bitte, legen Sie nicht gleich wieder auf. Ich muss dringend mit Ihnen reden.«

Zu ihrer Überraschung stellte Holly fest, dass sie sich freute, von ihm zu hören. Trotz der Vorfälle auf Rodrigues ging sie davon aus, dass er relativ harmlos war. »Wo sind Sie?«

»Wieder im *Merville Hotel*. Seit gestern Abend.«

»Also, was gibt's?«

Er war plötzlich verwirrt. »Wie meinen Sie das?«

»Sie haben doch gesagt, Sie müssten mit mir reden.«

»Oh … ja. Eigentlich wollte ich mich entschuldigen. Hören Sie, können wir uns vielleicht auf der Terrasse am Pool treffen?«

Sie verabredeten sich für zwölf Uhr.

Holly überlegte, ob diese Entscheidung richtig war. Connor hatte ihr geraten, sich von ihm fernzuhalten. Folge deinem Instinkt, sagte sie sich. Trotz allem, was geschehen war, zog sie Justins Gesellschaft der von Guy Dulac um Längen vor.

Mit unsicherem Lächeln erhob Justin sich, als Holly an seinen Tisch trat. Sie registrierte, dass die Spuren des Überfalls am Strand fast völlig verheilt waren. Eine leichte Verfärbung unter dem einen Auge war alles, was davon übrig geblieben war. Aber er wirkte gehetzt und nervös. Er kam gleich zur Sache, um das loszuwerden, was ihm offenbar auf der Seele brannte. »Ich möchte mich für das entschuldigen, was ich getan habe. Das war sehr dumm. Ich weiß gar nicht, was mich dazu getrieben hat.«

»Gier.« Hollys Ton klang ganz nüchtern. Sie hatte das Gefühl, ihm vertrauen zu können, aber das bedeutete nicht, dass sie es ihm leicht machen würde.

Justin schien nicht beleidigt. »Wahrscheinlich.« Mit seinen langen, schlanken Fingern strich er sich das Haar aus der Stirn. »Ich werde mich aus der Sache herausziehen. Ich traue Raoul Dulac nicht mehr. Sie hatten recht, er ist kein Umgang für mich.« Er beugte sich zu ihr herüber. »Aber in einem haben Sie sich geirrt. Ich bin tatsächlich auf der Suche nach Dodo-Spuren. Dieses Projekt liegt mir sehr am Herzen.« Er lehnte sich zurück und fügte hinzu: »Sie können das Interview mit mir gern führen, wenn Sie möchten.«

Holly spürte, dass er versuchte, sein Verhalten wiedergutzumachen. Aber ob er ihr die Wahrheit sagte? »Mein Artikel ist so gut wie fertig. Aber ein paar persönliche Bemerkungen können nicht schaden.« Sie beschloss, ihn auf die Probe zu stellen. »Was hatten Sie denn damals mit Liang Song zu besprechen?«

Justin sah sie an. »Raoul wollte nicht mit mir zusammen gesehen werden. Als er auf Maguire stieß, zählte er zwei und zwei zusammen und kam zu dem Schluss, dass Ihr Freund ebenfalls hinter Williams

Schatz her ist. Und das hat ihn, gelinde ausgedrückt, beunruhigt. Er hat mir über Madame Liang eine Nachricht zukommen lassen, um sich mit mir zu treffen. Das war alles.«

»Wo?«

Justin sah sie erstaunt an. »Was wo?«

»Wo haben Sie sich getroffen?«

»Am Cap Malheureux. Hinter der Fischerkooperative.«

»Connor und ich haben Raoul dort irgendwann abends gesehen. Er hat jemanden am Strand getroffen und ist dann in dem Gebäude verschwunden. Waren Sie das?«

»Ja.«

»Wir haben vermutet, dass die andere Person ihm den Schlüssel zu dem Gebäude gegeben hat. Woher hatten Sie den?«

»Das war ich nicht. Es war noch jemand anders dort. Ein Angestellter. Er hatte den Schlüssel.«

Das ergab Sinn. In der Dunkelheit hatten zwei Zigaretten geglimmt, und Justin rauchte nicht.

»Was hat Raoul da drinnen gewollt?«

Justin zuckte mit den Schultern und wirkte plötzlich verlegen. »Alles, was ich sicher sagen kann, ist, dass er sehr zufrieden aussah, als er wieder herauskam. Er hatte uns gebeten, am Strand auf ihn zu warten. Er war nur für wenige Minuten weg, dann gab er den Schlüssel zurück, und der andere Mann verschwand ohne ein Wort zu sagen. Anschließend hat Raoul mich noch vor Connor Maguire gewarnt und mir geraten, vorsichtig mit dem zu sein, was ich anderen erzähle, dann ist er ebenfalls weggegangen. Wieso er mir das nicht am Telefon sagen konnte, weiß ich auch nicht. Er verlangte sogar von mir, so lange im Dunkeln zu warten, bis ich seinen Wagen davonfahren hörte. Er scheint besessen davon zu sein, aus jeder Sache ein großes Geheimnis zu machen. Ich war mit dem Taxi ans Cap Malheureux gekommen und musste anschließend zu Fuß zurückgehen, aber das schien Raoul völlig gleichgültig zu sein.«

Holly wusste, dass es die Wahrheit war. »Weiß Raoul, dass Sie die Schatzsuche aufgeben?«

»Nein«, antwortete Justin zerknirscht. »Ich weiß nicht, wie ich es ihm sagen soll. Er wird nicht besonders erfreut sein.«

»Das kann ich mir denken. Schließlich hat er sich bisher bequem zurückgelehnt und Sie die ganze Arbeit machen lassen.«

»Anfangs hat es mich nicht gestört, ausgenutzt zu werden. Wir sind Partner, und er hat so viel anderes zu tun. Raoul ist sehr überzeugend, aber ich glaube nicht, dass Anne-Marie das, was sie tut, allzu sorgfältig durchdenkt. Ihre Absicht war es, ihn zu ärgern, aber sie hat keine Ahnung …« Justin senkte seine Stimme und fuhr fort: »Hinter Raoul steckt eine Menge mehr, als die meisten Leute wissen. Er hat seine Hände überall im Spiel, und er mag es gar nicht, wenn die Leute zu viel über ihn wissen. Er kann ziemlich unangenehm werden, wenn etwas nicht so läuft, wie er es möchte. Auf dem Rückweg von Rodrigues hat er eine Seite an sich gezeigt, die ich zuvor noch nie erlebt hatte.«

»Was meinen Sie damit?«

»Raoul bewahrt alle möglichen Dokumente in einem Schließfach auf seinem Boot auf. Ich betrat die Kajüte, als er eines davon auf dem Tisch ausgebreitet hatte. Er war außer sich – er hat mich beschuldigt, ihm hinterherzuspionieren, mir gedroht, mich über Bord zu werfen, und dann musste ich beim Leben meiner Mutter schwören, dass ich niemandem etwas darüber erzählen würde. Nach einer Weile hat er sich wieder beruhigt und mir erklärt, es sei ein geheimer Geschäftsplan. Ich habe nichts gesagt, aber ich wusste, dass das gelogen war.«

»Woher?«

»Ich habe die Aufschrift auf dem Aktenordner gesehen. Er stammte vom Verteidigungsministerium der Zentralafrikanischen Republik und trug den Vermerk *Top Secret*. Irgendwer hatte SCYLLA in eine Ecke geschrieben. Zumindest glaube ich, dass das da stand. Raoul hat versucht, das Wort mit der Hand zu verdecken, als er merkte, dass ich hineingekommen war.« Justin schüttelte den Kopf. »Ich habe keine Ahnung, was das bedeutet und wieso ich es nicht sehen sollte.«

Aber Holly wusste es! Einige Teile des Connor-Maguire-Puzzles waren gerade an die richtige Stelle gerutscht – was sein Verschwinden umso merkwürdiger machte.

Kapitel Dreizehn

Das Gespräch mit Justin bestätigte Hollys Verdacht, dass Connor in Wahrheit einen ganz anderen Grund für seinen Aufenthalt auf Mauritius gehabt hatte. Raoul Dulac versteckte an Bord seiner Yacht eine Akte mit dem Vermerk Scylla. Verbarg sich hier das wahre Motiv für Connors Interesse an dem Franko-Mauritier? Und wenn es so war, warum? Hatte es etwas mit der Schatzsuche zu tun? Und wie passte Madame Liang Song ins Bild? Eines war sicher: Der gemeinsame Nenner, der sich durch das gesamte Netz aus Betrug, Intrigen und Doppelspielen zog, hieß Connor Maguire.

Holly grübelte weiter. Was bedeutete das für ihre Beziehung zu ihm? Konnte sie ihm vertrauen? Entscheide dich endlich, und bleib dann bei deiner Entscheidung!, versuchte sie sich einzureden. Ich vertraue ihm, ich vertraue ihm nicht, vertraue ihm, vertraue ihm nicht – das konnte doch nicht ewig so weitergehen. Ach verflucht! Sie beschloss endgültig, ihm zu vertrauen.

So brach sie dann das lange Schweigen. »Was machen Sie nach dem Mittagessen?«, fragte sie Justin.

»Nichts. Wieso?«

»Wie wäre es mit Pamplemousses?«

Er schien sich über ihren Vorschlag zu freuen, wenn auch weniger wegen der Gelegenheit, den Botanischen Garten zu besichtigen, sondern weil er davon ausging, dass sie ihm ganz offensichtlich verziehen hatte.

Es war eine angenehme Art, den Nachmittag zu verbringen. Von Bäumen gesäumte Wege führten von einem sorgsam gepflegten Blumenbeet zum nächsten. Der berühmte Teich, in dem riesige Königin-Viktoria-Seerosen wie übergroße Tortenböden schwammen, erfüllte all ihre Erwartungen. Er sah genauso aus wie auf den Postkarten und in den Werbeprospekten. Riesige hundertjährige Aldabra-Schildkröten von den Seychellen äußerten ihr Unbehagen über ihre Gefangenschaft, indem sie jeden, der vor ihnen stand und sie anstarrte, böse anzischten. Palmen in allen Formen und Größen bestimmten das Bild des Parks, darunter auch die seltene Schattenpalme, die zwischen ihrem vierzigsten und sechzigsten Lebensjahr genau einmal blüht und dann abstirbt.

Während ihres gemütlichen Rundgangs schaltete Holly immer mal wieder ihr Aufnahmegerät ein, um Hintergrundinformationen über ihren Begleiter festzuhalten. Es fiel ihr nicht schwer, die Vorfälle aus der Vergangenheit zu verdrängen. Justin erwies sich als besonders zuvorkommend, witzig und gebildet. Als sie um halb fünf ins Hotel zurückkehrten und er vorschlug, sich zum Abendessen wiederzutreffen, sagte Holly bereitwillig zu. Denn eines stand fest, in Justins Gesellschaft würde sie vor Guy Dulac sicher sein.

Wieder lagen an der Rezeption zwei Nachrichten. Detective Sham bat um Rückruf, und Quinn hatte versucht, sie zu erreichen. Er würde es am nächsten Morgen noch einmal probieren. Holly befürchtete das Schlimmste. Höchstwahrscheinlich würde ihr Vater die sechsstündige Zeitverschiebung ignorieren und sie mitten in der Nacht anrufen. Sobald sie in ihrem Zimmer war, wählte sie Shams Nummer. Der Detective schien erleichtert, etwas von ihr zu hören.

»Ich versuche seit Stunden, Sie zu erreichen. Wo waren Sie die ganze Zeit?«

Holly verkniff sich eine schnippische Antwort. Der Mann schien sich Sorgen um sie zu machen. Und das war unter den Umständen ein beruhigender Gedanke. »In Pamplemousses.«

»Ich rufe an, um Sie zu warnen. Guy Dulac hat Vorräte auf das Boot seines Vaters gebracht und aufgetankt. Es sieht so aus, als bereite er sich auf eine längere Reise vor. Lassen Sie sich von ihm bloß nicht dazu verleiten, an Bord zu gehen.«

»Keine Angst, das werde ich nicht. Ich treffe mich heute Abend mit einem Bekannten zum Abendessen im Hotel. Bei ihm bin ich sicher.« So sehr sie Justins Informationen über Raoul und die Scylla-Dokumente interessierten, Holly würde im Leben nicht riskieren, allein mit seinem Sohn zu sein, um vielleicht eine Gelegenheit zu haben, einen Blick darauf zu werfen.

Detective Sham schien zufrieden. Mit einem abschließenden »Seien Sie vorsichtig!« beendete er das Telefonat.

Holly fragte sich, was Quinn von ihr wollte. Zu Hause war es kurz vor elf. Sie versuchte es und hatte ihn sofort am Apparat. »Was ist denn mit dir los? Hast du neben dem Telefon gesessen und darauf gewartet, dass es klingelt?«

»Nein. Ich wollte es gerade wieder bei dir probieren. Ist alles in Ordnung?«

»Gibt es einen Grund, warum das nicht so sein sollte?«

»Mehrere.« In dem Wort schwang eine Menge Ironie mit.

Holly grinste. Quinn würde wahrscheinlich erfreut sein über das, was sie ihm nun sagen würde. »Ehrlich gesagt bin ich mich mit dem Mann, der mich auf Rodrigues entführt hat, heute Abend zum Essen verabredet.«

»Du bist was?«

Sie hatte es gewusst. »Er ist im Grunde kein schlechter Kerl. Bloß in etwas verstrickt, was ihm nicht besonders gefällt. Er ist übrigens der Dodo-Mann. Heute Nachmittag habe ich ein Interview mit ihm gemacht.«

»Hast du den Verstand verloren?« Quinns Stimme klang nun erheblich schärfer.

»Möglich. Das sind sicher die Auswirkungen des tropischen Klimas. Ach ja, wo du schon am Apparat bist, kann ich dir auch gleich alles andere erzählen. Ein netter indischer Polizist kümmert sich um mein Wohlergehen, Connor Maguire ist verschwunden, und die Scylla ist echt.«

»Ich weiß, dass die Scylla echt ist. Aber was bedeutet diese Sache mit dem Polizisten?«

»Das ist eine lange Geschichte, Quinn.«

»Ich habe die ganze Nacht Zeit.«

Also berichtete sie ihm von dem Zusammentreffen mit der Familie Dulac, von Raouls Interesse an Williams Schatz und von Guys Hartnäckigkeit. Er hörte ihr in Ruhe zu. Als sie längst fertig war, schwieg er immer noch. »Hallo? Bist du noch da?«, fragte Holly schließlich.

»Das alles gefällt mir nicht.«

»Mach dir keine Sorgen. Ich halte mich von dem Jungen fern. Übrigens, ich glaube, ich habe herausgefunden, wo der Schatz sein könnte. Das Problem ist nur, dass ich Connor nicht erreichen kann, um es ihm zu erzählen.«

»Süße, ich habe selbst einige Recherchen angestellt. Ich finde, du solltest nach Hause kommen.«

»Ich habe erst noch vor, nächste Woche nach Réunion zu fliegen, um meinen Reisebericht fertigzustellen. Aber es wird dich freuen zu hören, dass ich für nächsten Sonntag einen Rückflug gebucht habe. Was für Recherchen waren das?«

»Scylla.« Quinn zögerte, dann fuhr er fort. »Hast du je den Ausdruck SATCOM SIGNIT gehört?«

»Was ist das denn? Ein Computerspiel oder ein modernes Theaterstück?«

»Bitte. Es ist verdammt ernst, Holly. Es handelt sich um die Abkürzung für Satellite Communications And Signals Intelligence Station, das ist ein Geheimdienststützpunkt in der Nähe von Darwin. Er wird Larkswood genannt und gehört zu einem elektronischen Abhörnetzwerk mit Großbritannien und Amerika. Kürzlich hat man dort

Signale von Mauritius an die Scylla-Basis in Westaustralien aufgefangen. Sie stammten von Raoul Dulac.«

»Quinn, woher zum Teufel weißt du das alles?«

»Kontakte«, antwortete er bloß.

Holly hinterfragte das nicht weiter. Quinn hatte in der Vergangenheit häufig genug bewiesen, dass er nur ein paar Telefongespräche zu führen brauchte, wenn er irgendwelche Informationen benötigte. Seine Kontakte waren immens und längst nicht mehr nur auf Australien beschränkt.

»In was um alles in der Welt bist du da verstrickt?«, fragte ihr Vater.

»Ehrlich gesagt weiß ich es nicht. Ich gebe mir jedenfalls große Mühe, mich da herauszuhalten, was immer es ist.«

»Und woher weißt du dann, dass die Scylla echt ist?«

Sie erklärte ihm auch das. »Justin hat keine Ahnung von der Scylla. Er weiß nur, dass er die Akte auf keinen Fall sehen sollte.«

»Und er ist derjenige, mit dem du heute Abend zum Essen verabredet bist, ja? Der Partner von Raoul Dulac? Ein Mann, der keine Hemmungen hatte, dich zu entführen? Bist du eigentlich völlig übergeschnappt, Mädchen?«

Holly ignorierte seinen Ausbruch. »Erzähl mit mehr über die Scylla.«

Sie hörte ihn seufzen. »Wie ich bereits sagte, handelt es sich um die Rekrutierungs- und Trainingseinheit einer internationalen Söldnertruppe. Unser Geheimdienst hat gewisse Botschaften aufgefangen, die darauf schließen lassen, dass in der Zentralafrikanischen Republik eine ziemlich große Sache passiert.«

Holly erinnerte sich an ihren Artikel über Elefantenwilderei, den sie vor Jahren geschrieben hatte. Sie wusste ein wenig über dieses Land. Die Zentralafrikanische Republik war ein französisch sprechender Binnenstaat, der an einige der unbeständigsten Länder auf dem afrikanischen Kontinent grenzte: Tschad, Sudan, Kongo, Zaire und Kamerun. Bisher war das Land ziemlich unauffällig geblieben. Aber wenn in einem der Nachbargebiete Söldnertruppen benötigt würden, wäre die Zentralafrikanische Republik eine perfekte Basis- und Ausbildungsstation. Teile des Landes waren so abgelegen und so zerklüftet, dass man nur zu Fuß dorthin gelangen konnte. Verkehrswege außerhalb der Hauptstadt Bangui gab es nicht.

»Das ist noch nicht alles«, berichtete Quinn weiter. »Ich habe auch ein wenig in Connors Leben herumgeschnüffelt.«

»Und?«

»Erinnerst du dich, dass ich dir erzählt habe, sein Halbbruder sei bei einem Anschlag auf den Seychellen getötet worden?«

»Ich erinnere mich.«

»Es sieht so aus, als wäre er ein Scylla-Söldner gewesen.«

»Aha!« Das konnte es sein. Wenn Maguire Raoul Dulac die Schuld am Tod seines Bruders gab, suchte er möglicherweise Vergeltung. »Du glaubst also, dass Connor aus persönlichen Rachegründen hier sein könnte?«

»Möglich. Ich kenne die Einzelheiten nicht, aber der Bruder, Brian Anderson, hatte eine Frau, die bei einem Autounfall um etwa dieselbe Zeit ums Leben kam. Das erscheint mir alles ziemlich rätselhaft. Mehr habe ich leider nicht herausfinden können. Die Polizei hat nie eine Erklärung für ihren Unfall finden können. Maguire könnte einen Racheakt im Sinn haben. Ihr Tod hat ihn jedenfalls damals schwer getroffen. Vielleicht war dieses gescheiterte Geschäft mit Dulac damals nur ein Vorwand, um an ihn heranzukommen.«

»Bist du dir all dessen ganz sicher, Quinn?«

»Absolut.«

»Aber ich sehe nicht, wieso das ein Risiko für mich bedeuten könnte.«

»Das tut es vielleicht auch gar nicht, Süße. Aber es gefällt mir trotzdem nicht. Was meinst du übrigens damit, dass Maguire verschwunden ist?«

»Er hat sich schon ziemlich lange nicht mehr gemeldet.«

Sie hörte, wie Quinn sich eine Zigarre ansteckte. »Das könnte bedeuten, dass er untergetaucht ist.« In der Leitung war erst nichts und dann das leise Knistern von Tabak zu hören, als Quinn einen tiefen Zug zu nehmen schien. Holly hatte das Gefühl, den Rauch riechen zu können. »Wann sagtest du, willst du nach Réunion fliegen?«

»Montag oder Dienstag. Donnerstag komme ich zurück. Bis dahin bleibe ich im Hotel. Das müsste einigermaßen sicher sein.«

»Dieser Polizist scheint das nicht so zu sehen.«

»Das ist eine ganz andere Geschichte. Er versucht nur, mich vor einem gewalttätigen, in die Jahre gekommenen Teenager mit übersteigerter Libido zu schützen.« Holly wechselte das Thema. »Warum belauschen die Australier Gespräche zwischen Raoul Dulac und der Scylla?«

»Sie sind nach dem Sandline-Fiasko in Neuguinea ein bisschen nervös. Das hat Australien damals auch nicht kommen sehen. Wenn Dictionary daher auch nur etwas entfernt Interessantes auffängt …«

»Moment mal. Dictionary?«

»Entschuldige. Das ist ein Computerprogramm, das in der Lage ist, internationale Telefongespräche, Faxe und sogar E-Mails abzuhören. Es reagiert auf bestimmte Schlüsselwörter. Sobald eines dieser Schlüsselwörter in einer Nachricht auftaucht, zeichnet das Programm sie sofort auf. Und alles Interessante wird dann an das DSD weitergeleitet.«

»Könntest du dich etwas verständlicher ausdrücken, Quinn? Was bedeutet DSD?«

»Defence Signals Directorate.«

»Aber dessen einzige Sorge gilt doch sicher nur der Sicherheit Australiens?«

»Das ist richtig. Doch wie ich sagte, seit dem Sandline-Vorfall ist man ein bisschen unruhig geworden. Dictionary hat die Kommunikation mit der Scylla aufgezeichnet, und die Leute vom DSD haben sich das so lange angehört, bis sie absolut sicher waren, dass unsere nationale Sicherheit nicht tangiert ist.«

»Du bist ein echtes Juwel. Wahrscheinlich weißt du mehr über Australiens Geheimdienst als der Premierminister.«

»Das bezweifle ich. Die Informationen sind relativ leicht zu bekommen.«

»Okay, Quinn. Danke dafür. Es scheint alles überhaupt nichts mit mir zu tun zu haben.«

»Sei vorsichtig, Süße. Für meinen Geschmack bist du viel zu nah an der ganzen Sache dran.«

Holly fragte sich, was er wohl sagen würde, wenn er erst von Connors Beziehung zu Liang Song erführe. »Ich rufe dich von Réunion aus wieder an.«

»Ich liebe dich.«

»Ich liebe dich auch. Bis dann.«

An diesem Abend war weder von Guy Dulac noch von Detective Sham etwas zu sehen. Justin war entspannt, aber fest entschlossen, über Dinge zu sprechen, die Holly am liebsten vergessen hätte.

»Wie geht es eigentlich Ihren Rippen?«

»Sie sind noch immer etwas blau angelaufen, aber nicht mehr so arg. Es tut nur noch weh, wenn ich mich ganz plötzlich bewege. Bei Ihnen scheint auch alles gut verheilt zu sein.«

»Mein Auge ist noch ein bisschen empfindlich, das ist alles. Es ging mir eigentlich ganz gut, bis Maguire …«, er brach ab. »Er hatte keinen Grund, so hart zu sein«, sagte er schließlich.

Holly ließ seine Beschwerde nicht durchgehen. »Das hat Connor offenbar anders gesehen. Immerhin war ich mit ihm zusammen, als Sie mich entführt haben. Er hat sich große Sorgen gemacht.«

Justin sah zur Seite.

»Das werden Sie doch sicher verstehen«, drängte Holly weiter.

»Ich schätze, es muss ausgesehen haben wie …« Er zögerte, dann wechselte er auf sichereres Terrain. »Raoul hat diesen Angriff am Strand arrangiert. Den Einbruch ebenfalls. Er hat sich sogar damit gebrüstet. Er wollte meine Kopie von Williams Plan.«

»Hat er gesagt warum?«

»Es wären zu viele davon im Umlauf, meinte er. Ich habe mich gefragt, ob er … Nun, vielleicht hatte er ja vor, sein Wort zu halten. Ohne Plan bin ich aufgeschmissen. Gut, dass ich zwei laminierte Kopien mitgebracht habe und nicht bloß eine.«

»Wie kamen Sie auf die Idee, das zu tun?«

Justin zuckte mit den Schultern. »Eine reine Vorsichtsmaßnahme für den Fall, dass eines meiner Gepäckstücke verloren gegangen wäre. Ich hatte eine Kopie im Koffer und eine zweite im Handgepäck.«

»Wusste Raoul das?«

»Nein. Als er die Zeichnung in meinem Zimmer nicht fand, ging er davon aus, dass ich sie bei mir trug. Deshalb wurden wir am Strand überfallen.«

»Wo befand sich denn die andere Kopie?«

»Im Hotelsafe.«

»Was für ein Glück.« Holly lehnte sich zurück und klopfte abwesend mit dem Finger auf den Tisch. Als sie merkte, was sie tat, runzelte sie die Stirn und hörte auf. »Wie kam Raoul dazu, Ihnen das zu erzählen? Mit so etwas prahlt man doch normalerweise nicht.«

Es dauerte eine Weile, ehe Justin antwortete. Holly fragte sich wieso, aber als er sprach, wurde ihr klar, dass er nur ungern auf den Vorfall auf Rodrigues zu sprechen kam. »Nachdem Raoul Sie ins *Cotton Bay Hotel* zurückgebracht hatte, war er ziemlich wütend. Er beschimpfte mich und nannte mich einen verdammten Idioten oder so ähnlich. Dann sah er meinen Plan … mein Duplikat. Er war einigermaßen überrascht. Er sagte, er hätte geglaubt, alle Kopien an sich genommen zu haben. Als ich wissen wollte, was er damit meinte, erklärte er mir in aller Seelenruhe, der Einbruch und der Überfall am Strand seien auf seine Anweisung geschehen.«

»Dieser arrogante Bastard!«

»Da stimme ich Ihnen zu.« Justin holte tief Luft. Holly spürte, dass Raouls Taten ihn trotz seiner äußerlichen Gelassenheit erschüttert hatten. »Ich werde einfach nicht schlau aus ihm. Er muss immer alles unter Kontrolle haben, erklärt nie etwas und erwartet absoluten Gehorsam.« Seine Stimme wurde scharf. »Ich traue ihm nicht.«

»Moment mal. Sie haben doch gesagt, Sie würden sich von der Schatzsuche zurückziehen. Für mich klingt es aber so, als seien Sie immer noch mit ihm verbandelt.«

Justin schaute zur Seite. »In gewisser Hinsicht bin ich das auch. Aber nur durch Anne-Marie. Ich kann dem Mann nicht ganz aus dem Weg gehen.«

Holly fragte sich, ob er die volle Wahrheit sagte. »Bei Connor Maguire wurde ebenfalls eingebrochen.«

Justin nickte. »Auch das hat Raoul arrangiert. Er wollte unbedingt herausfinden, weshalb Maguire nach Mauritius gekommen ist.«

»Warum hat er ihn nicht einfach gefragt? Connor hat seine Absichten ja nicht verschleiert.«

»So ist Raoul nun mal. Der Mann hat einen Hang zur Heimlichtuerei und zum Betrug. Vermutlich hält er das für normal. Das sehen Sie doch an meiner Beziehung zu ihm. Verstehen Sie es nicht falsch, aber die Tatsache, dass er auf Rodrigues so sauer auf mich war, hatte nichts mit Ihnen zu tun. Er war böse, weil unsere Verbindung ans Licht gekommen war.« Justin nahm einen Schluck. »Ich habe mir allergrößte Mühe gegeben, aber ich kann einfach keinen Grund erkennen, warum niemand wissen darf, dass wir Partner sind.«

»Ich schon.« Holly wurde es eiskalt, als sie daran dachte. »Was, wenn Sie den Schatz gefunden hätten? Wenn niemand von Ihrer Verbindung gewusst hätte, hätte er sie ganz leicht beseitigen können.«

Justin dachte kurz nach, dann schüttelte er den Kopf. »Anne-Marie wusste Bescheid.«

»Anne-Marie gehört zur Familie. So sehr sie ihren Vater auch hasst … verstehen Sie denn nicht, Justin? Raoul ist durchaus fähig, Sie für immer aus dem Weg zu schaffen, um alles für sich zu behalten. Es wäre nicht schwer für ihn, einen kleinen Unfall zu inszenieren.«

Justin sah sie zweifelnd an. »Jetzt dramatisieren Sie aber ein wenig, oder?«

»Raoul Dulac ist nicht zu unterschätzen«, wiederholte Holly Connors Warnungen. »Ich frage mich nur, wieso er so hinter dem Schatz her ist. Klar, er ist vermutlich ein Vermögen wert, aber er hat doch gar keine Verbindungen zur Familie Maguire. Ich kann mir nicht vorstellen, dass ihm ein Anteil zusteht.« Sie brach plötzlich ab, weil sie verstand. »Ah, Anne-Marie. Deshalb hat er sie auch auf sein Boot eingeladen, habe ich recht?«

Justin nickte. »Er wollte das gar nicht. Aber sie hat Wind von der ganzen Sache bekommen und gedroht, seine Rechte an allem anzufechten, was er finden würde.«

»Aber wieso diese ganze Mühe und Geheimnistuerei? Er gehört doch schließlich nicht zu den Armen.«

»Angeblich sind die Dulacs gar nicht so reich, wie sie tun. Anne-Marie hat etwas von massiven Schulden erwähnt. Mit der Zuckerindustrie geht es auf und ab. Raoul hat mit hohen Preisen kalkuliert und schwer verloren, als der Markt einbrach.« Justin trank sein Bier aus. »Er führt ein aufwändiges Leben, ebenso seine Frau. Allein das Anwesen verschlingt ein Vermögen.«

»Die beiden tun mir so leid«, bemerkte Holly spöttisch.

Justin lächelte. »Anne-Marie ist nichts vorzuwerfen.«

»Wenn Sie das sagen.«

Er blickte auf ihr Glas. »Noch eins?«

Sie schüttelte den Kopf. »Noch nicht, danke.«

Justin winkte einen Ober herbei und bestellte sich ein neues Bier.

Als der Mann wieder weg war, sagte er: »Sie haben auf Rodrigues eine Menge vernünftiger Sachen gesagt. Dass die Fehde so alt ist, meine ich. Vorher hatte ich darüber nicht wirklich nachgedacht. Ich bin mit der Geschichte aufgewachsen – sie war für mich immer sehr real.«

»In dem Tagebuch steht das aber ganz anders.«

Justin runzelte die Stirn. »Ich kenne beide Seiten. Meine Mutter glaubt der Darstellung der Kavanaghs.«

»Kein Wunder.«

»William Maguire könnte gelogen haben.«

»In seinem Tagebuch? Das kann ich mir nicht vorstellen.«

»Er könnte alles erfunden haben. Woher wollen Sie wissen, dass es nicht so ist?«

Darauf hatte Holly keine Antwort. Es war durchaus möglich, dass William, in der Absicht, das Tagebuch nach Irland zurückzuschicken, etwas erfunden hatte, um seinen eigenen Betrug zu decken. Sie zuckte mit den Schultern. »Spielt das eine Rolle? Es ist so lange her. Wen interessiert das noch?«

Justin sah sie entsetzt an. »Jeden lebenden Maguire natürlich. Diese Geschichten sind in unserer Familie von einer Generation zur nächsten weitergereicht worden. Meine Güte! Finden Sie Piraten und Schätze denn nicht aufregend?«

Holly zuckte mit den Schultern. »Das muss etwas typisch Männliches sein.«

Er lächelte. »Eher irisch, würde ich sagen. Wir Iren sind alle sehr emotional.«

»Hat nicht irgendwer einmal gesagt, dass ein Ire niemals im Frieden mit sich selber ist, wenn er nicht kämpft?«

»Keine Ahnung. Ich kenne nur den folgenden Spruch: Wenn man einen Iren aufspießt, findet sich immer ein anderer Ire, der bereit ist, ihn mit Fett zu begießen.«

Holly lachte. Justin Parker war wirklich sehr unterhaltsam, wenn er entspannt war.

Dann verdarb er alles wieder. »Sagen Sie mal ehrlich, hat Connor etwas gefunden?«

»Aha, wir sind wieder beim Thema. Ich dachte, das interessiert Sie nicht mehr.«

»Es war ja nur eine Frage, sonst nichts.«

Tatsächlich?, dachte Holly. »Soweit ich informiert bin, ist er nicht weiter als Sie.«

Justin schien zufrieden. »Vielleicht gibt es ja auch gar nichts. Oder es hat etwas gegeben, aber das ist schon lange gefunden.«

»So etwas Ähnliches habe ich vor einer Woche auch zu Connor gesagt.«

»Dann glaubt er also immer noch daran, dass dieser Schatz existiert?«

»Connor Maguire ist ein hoffnungsloser Romantiker. Die Vorstellung fasziniert ihn einfach.« Holly konnte nicht verhindern, dass ihre Augen zu glänzen begannen.

Justin runzelte die Stirn, als er es bemerkte, und wechselte dann das Thema. »Ich weiß, dass ich das schon mal getan habe, aber ich möchte mich für das entschuldigen, was auf Rodrigues geschehen ist.«

»Bitte.«

»Können Sie … werden Sie mir verzeihen?«

»Ich weiß nicht. Sie haben mir große Angst eingejagt.« Es gab keinen Grund, ihn zu belügen.

Er blickte vor sich auf den Tisch, dann wieder zu ihr. »Ich weiß. Ich habe noch nie in meinem Leben einer Frau Angst eingejagt. Ich fühle mich ganz schrecklich deswegen.«

Zu Hollys Entsetzten hatte er plötzlich Tränen in den Augen.

»Es tut mir wirklich außerordentlich leid.«

»Das sehe ich. Beruhigen Sie sich. Ich werde sicher darüber hinwegkommen.«

Justin gab sich alle Mühe, seine Tränen wegzublinzeln. Er streckte die Hand aus und legte sie auf ihre. »Ich wünschte, ich könnte das wiedergutmachen.«

Holly entzog ihm schnell ihre Hände und umfasste ihr Weinglas. Justin sollte nicht denken, dass sich zwischen ihnen etwas entwickeln könnte, aber das war nicht alles. Für einen kurzen Moment war es ihr so vorgekommen, als spiele Justin Parker ihr etwas vor, als habe sie aus seinem Gesichtsausdruck etwas Berechnendes herausgelesen. Wenn das so war, dann war vielleicht alles, was er ihr seit ihrer Rückkehr von Rodrigues erzählt hatte, eine Lüge gewesen. Holly kam zu dem Schluss, dass es in jedem Fall klüger war, Justin Parker mit Vorsicht zu begegnen. Um das plötzliche Schweigen zwischen ihnen zu brechen, sagte sie: »Wie lange werden Sie noch auf Mauritius bleiben?«

»Zwei Wochen.« Wenn ihn der plötzliche Wechsel des Themas überraschte, ließ er es sich nicht anmerken. »Und was ist mit Ihnen?«

»Ich werde noch für ein paar Tage nach Réunion fliegen. Am Donnerstag komme ich zurück, und am Sonntag geht es dann wieder nach Australien.«

»Warum Réunion?«

»Weil ich die Insel in meinen Reisebericht einbeziehen möchte. Da ich schon einmal hier bin, kann ich schließlich auch über alle drei Maskarenen-Inseln schreiben.«

»Was wird denn aus der Story über Connor Maguire?«

Sie sah ihn forschend an, aber er schien mit dieser Frage nichts Hintersinniges zu verbinden. »Sie ist fertig. Sollte er den Schatz noch finden, kann ich das leicht einfügen. Und wenn nicht«, sie zuckte mit den Schultern, »ist der Artikel auch so interessant.«

»Werden Sie auch etwas über … über Raoul und mich schreiben?«

»Nein. Mein Verleger interessiert sich lediglich für Maguire.«

Justin nickte. »Verstehe. Und danke. Ich bin nicht sonderlich scharf darauf, als Schurke dargestellt zu werden.«

War er einer oder nicht? Holly war sich nicht sicher. Sie wusste nicht, was sie von ihm halten sollte. Auf den ersten Blick schien er diese Dummheit auf Rodrigues wirklich zu bereuen, aber irgendetwas an seinem Verhalten beunruhigte sie. Wenn sie tatsächlich nach Réunion flog, würde sie Justin – zu ihrem Glück – wahrscheinlich nie wiedersehen. Er hatte erwähnt, dass er am nächsten Tag nach Port Louis wollte. Dort sollte es ein kleines Museum geben, das an das Mauritius National Institute angeschlossen war und in dem man ein Skelett und die Nachbildung eines Dodos besichtigen konnte.

Um kurz nach zehn verabschiedete Holly sich von Justin. Sie hatte ihren Zimmerschlüssel nicht abgegeben und das Licht angelassen. Guy Dulac war ihr nicht geheuer. Als sie jetzt die Tür zu ihrem Zimmer aufschloss, sah sie, dass ein Umschlag unter der Tür hindurchgeschoben worden war. Sie hob ihn auf. Ein einzelnes Blatt Papier befand sich darin. Gespannt las sie die Nachricht.

Mr. Connor hat um 21:20 Uhr angerufen. Er bittet Sie, ihn in der Kirche am Cap Malheureux zu treffen. Zeitpunkt spielt keine Rolle. Er erwartet Sie.

Holly las die Nachricht zweimal. Sie fand es merkwürdig, dass man ihr das Telefon nicht an den Tisch gebracht hatte, das war so üblich. Die Botschaft selber wunderte sie nicht weiter, schließlich wusste sie inzwischen, dass Maguire ein großer Geheimniskrämer war. Auch die Tatsache, dass er Rodrigues verlassen hatte, beunruhigte sie nicht. Und doch war irgendetwas an dem Schreiben, das sie irritierte. Sie kam nicht darauf, was es war.

Holly erinnerte sich gut an die Kirche – sie befand sich auf der gegenüberliegenden Straßenseite des Restaurants, in dem sie und Connor an dem Abend gewesen waren, als sie Raoul Dulac in der Fischerkooperative gesehen hatten. Genau genommen lag sie direkt neben der Kooperative. Was tat Connor dort?

Konnte es sich um einen Trick von Guy Dulac handeln? Holly las die Nachricht ein drittes Mal. Nein. Guy hatte keine Ahnung, dass sie am Cap Malheureux gewesen war, und die Zeilen lasen sich so, als stammten sie von jemandem, der wusste, dass sie sich an den Ort erinnern würde.

In der Überzeugung, dass die Botschaft nur von Connor stammen konnte, ging Holly zurück zur Rezeption und bestellte ein Taxi. Als es schließlich vorfuhr, stellte sie erfreut fest, dass Mr. Herro am Steuer saß. Sie erklärte ihm, wo sie hinwollte, und er sah sie zweifelnd an. »Es ist schon spät. Um diese Zeit gibt es dort nichts mehr zu sehen.«

»Ich bin mit jemandem verabredet.«

Das schien ihn zufrieden zu stellen.

Bei Nacht und fernab der Tourismuszentren war Mauritius so ausgestorben wie der arme Dodo. Die Straßen waren verlassen, die Häuser dunkel, nur sehr wenige Menschen waren noch unterwegs. Holly fragte sich plötzlich, wieso Connor nicht zu ihr ins Hotel kommen konnte.

Die Fahrt zum Cap Malheureux dauerte nur zehn Minuten. Mr. Herro bog auf einen Parkplatz zwischen Kirche und Kooperative. Ein weiteres Fahrzeug stand dort, aber als die Scheinwerfer des Taxis darüber hinwegglitten, konnte Holly niemanden darin erkennen.

»Ich werde warten, bis die Person kommt, mit der Sie verabredet sind«, verkündete Mr. Herro.

»Das ist nicht nötig«, wehrte Holly ab. Sie war sich nicht sicher, ob Connor sich zeigen würde, solange sie nicht allein war.

»Nun dann …« Wieder sah Mr. Herro sie zweifelnd an.

»Machen Sie sich keine Sorgen.« Holly zeigte auf das leere Auto neben ihnen. »Das ist sein Wagen. Er wartet sicher am Strand auf mich.«

»Ah!« Mr. Herro strahlte plötzlich. »Jetzt verstehe ich.«

Holly sagte nichts. Wenn Mr. Herro glaubte, dass sie amouröse Absichten hatte, umso besser. Sie zahlte, stieg aus dem Wagen und wartete, bis er davonfuhr. Als das Taxi weg war, war es um sie herum pechschwarz. Nur mühsam gewöhnten sich Hollys Augen an die Dunkelheit. Und dann schoss ihr jäh durch den Kopf, was sie an der Botschaft irritiert hatte: Sie war nicht auf dem Hotelbriefpapier geschrieben gewesen.

All ihre Sinne stellten sich auf Alarmbereitschaft ein. Holly horchte angestrengt in die Finsternis, starr vor Entsetzen. Plötzlich nahm sie Schritte wahr. Lauf weg!, schrie ihr Verstand ihr zu, aber bevor sie auch nur einen klaren Gedanken fassen konnte, wurde sie unsanft gepackt. Jemand presste ihr die Arme fest an den Körper. In diesem Moment löste sie sich aus der Erstarrung. Holly kämpfte wild, um dem eisernen Griff zu entkommen, und holte tief Luft, um zu schreien. Es war zu spät. Alles, was sie wahrnahm, waren ein dunkler Schatten, der auf sie zukam und der Geruch von Äther. Sie merkte, wie ihre Kräfte nachließen, und spürte, wie sie langsam das Bewusstsein verlor.

Grelles Licht aus einer Neonröhre an der Decke war das Erste, was sie registrierte, als Holly die Augen aufschlug. Sie drehte sich zur Seite, um dem gleißenden Schein zu entgehen, und versuchte, sich zu orientieren. Ihre Gedanken rasten. Wo war sie? In welchem Land, in welcher Stadt, in welchem Hotel? Dann erinnerte sie sich.

Alles schmerzte – Rippen, Kopf, Arme –, und sie schmeckte Äther. Mit der zurückkehrenden Erinnerung kehrte auch die Angst zurück.

Als sie feststellte, dass sie sich bewegen konnte, richtete Holly sich vorsichtig auf und schwang ihre Beine über den Rand des Doppelbetts. Die Bewegung intensivierte den Schmerz und erzeugte zusätzlich eine Welle der Übelkeit. Trotzdem sah sie sich sorgfältig um, suchte nach einem Anhaltszeichen dafür, wo sie sich befand. Der Raum bot ihr so gut wie keine Hilfe. Er war spärlich möbliert und wirkte unpersönlich wie viele Hotelzimmer.

Sie massierte ihre Schläfen und versuchte angestrengt, sich an irgendetwas zu erinnern, das ihr dabei helfen konnte zu bestimmen, wo sie war und warum. Unsichtbare Hände, eine Silhouette, Stille bis auf ein gelegentliches Schlurfen, keine Stimmen. Keinerlei Anhaltspunkte. Das Auto war nicht mehr als ein Schatten gewesen. Sie hatte mit Connors Mietwagen gerechnet, aber sie konnte sich an keine Einzelheit entsinnen. Lebendig war nur der Geruch des Äthers. Dann das schreckliche Gefühl ihrer einsackenden Knie, ihres Sturzes ins Schwarze. Wer hatte sie gepackt? Holly bemühte sich, nicht in Panik zu geraten. Guy Dulacs Name ging ihr unaufhörlich durch den Kopf.

Sie stand auf und ging mit schwankenden Schritten auf die Tür zu. Sie bückte sich und horchte angestrengt, versuchte Laute zu identifizieren, die von der anderen Seite zu ihr drangen. Irgendwer sah entweder fern oder hörte Radio. Vorsichtig drückte Holly die Klinke herunter und stellte zu ihrer freudigen Überraschung fest, dass die Tür nicht verschlossen war. Geräuschlos ließ sie sich öffnen. Zögernd trat sie aus dem Zimmer, gegen erneute Wellen der Übelkeit ankämpfend. Wer immer sie betäubt hatte, hatte ihr eine gehörige Dosis verpasst.

Holly stützte sich mit einer Hand an der Wand ab, um nicht das Gleichgewicht zu verlieren. Sie sah sich um und stellte fest, dass sie sich in einem Privathaus befand. Von dem Korridor, in dem sie stand, gingen vier Türen ab. An einem Ende befand sich eine Wand, am anderen Ende schien sich der Flur offenbar in einen Salon zu öffnen. Ein schwacher Lichtschein drang von dort herüber, das flackernde Licht eines Fernsehgeräts. Vorsichtig probierte Holly die drei übrigen Türen. Alle waren verschlossen. Sie kehrte zum ersten Raum zurück und zog die Vorhänge ein Stück zur Seite. Draußen war es stockdunkel. Die Fenster waren vergittert, aber geöffnet. Der Geruch von Seetang hing in der Luft. Holly atmete die frische Luft ein und überlegte, was sie als Nächstes tun sollte.

»Sie sind wach. Gut. Kommen Sie mit.«

Holly wirbelte herum. Madame Liang Song stand in der Tür. Sie nickte ihr knapp zu und ging. Holly wusste nicht, ob sie erleichtert oder erschrocken sein sollte. Fest stand, dass ihr der Anblick der Chinesin angenehmer war als der von Guy Dulac. Aber nur deshalb, sagte sie sich, weil sie es, sollte sie umgebracht werden, vorzog, zuvor nicht auch noch vergewaltigt zu werden. Langsam folgte Holly Liang Song zum Ende des Korridors.

Die Chinesin stand mit verschränkten Armen mitten im Raum. Der Fernseher war jetzt ausgeschaltet. »Setzen Sie sich!«

Holly setzte sich auf ein Sofa. Makabererweise passte der Bezug desselben zu seiner mutmaßlichen Besitzerin. Sie erkannte Schlangen- und Drachenmotive. »Wo bin ich?«, wollte Holly wissen.

»Das spielt keine Rolle.«

»Für mich schon.« Der Zorn verlieh ihr Kraft. »Wie können Sie es wagen, mich so zu behandeln?«

Liang Song setzte sich Holly gegenüber. »Ich kann es wagen«, antwortete sie, »weil ich es kann.«

»Was soll das heißen?«

»Ich denke, das wissen Sie ganz genau.« Ihre Mandelaugen waren ausdruckslos. »Wo ist Connor Maguire?«

Aha, darum ging es also. »Auf Rodrigues. Das habe ich Ihnen doch schon am Telefon gesagt.«

»Ich habe ihn dort nicht erreicht.«

»Das ist Ihr Problem.«

»Ich verfüge über eine Menge Kontakte«, fuhr Liang Song fort und ignorierte Hollys Bemerkung. »Er wird seit zwei Tagen vermisst.«

Aus Zorn wurde plötzlich Angst. »Da kann ich Ihnen nicht weiterhelfen. Meine Arbeit mit ihm ist beendet.«

»Sie lügen.« Ein kalter Blick durchbohrte Holly. »Sie haben mit ihm geschlafen. Natürlich wissen Sie, wo er ist.«

Woher weiß sie das?, rätselte Holly. Vielleicht hatte Raoul es ihr erzählt, vielleicht vermutete sie es nur, vielleicht hatte sie sie auch beschatten lassen. Holly bemühte sich um eine ruhige Stimme. »Mit einem Mann zu schlafen bedeutet nicht, ihn zu besitzen oder zu kontrollieren. Ich bin mir sicher, dass Sie wissen, was das heißt.«

Liang Songs Augen wurden noch kälter.

»Wissen Sie zum Beispiel, wo Raoul Dulac im Augenblick ist?« Holly war zufrieden mit sich. Ihre Stimme war unter Kontrolle, sie klang fast beiläufig.

Liang Song warf einen raschen Blick über ihre Schulter. »Seien Sie still«, zischte sie. »Sie haben keine Ahnung, was Sie da sagen.« Sie sah Holly erneut an. »Sie waren darauf vorbereitet, Maguire heute Abend zu treffen. Heißt das, dass er wieder zurück ist? Sagen Sie die Wahrheit.«

Holly versuchte, sich so gleichgültig wie möglich zu geben. »Ich habe Maguire auf Rodrigues zwei telefonische Nachrichten hinterlassen, auf die er nicht reagiert hat. Als ich Ihre Botschaft erhielt, dachte ich, er sei zurück. Ich bewache diesen Mann nicht. Ich kann nur wiederholen, ich habe nicht die geringste Ahnung, wo er ist.«

Zwei unverkennbar asiatisch aussehende Männer kamen aus einem Raum, bei dem es sich um die Küche zu handeln schien, und sprachen in ihrer Muttersprache mit Liang Song. Sie antwortete auf Englisch. »Unser Gast behauptet, es nicht zu wissen. Wir werden ihn aus seinem Versteck locken müssen.«

Holly war sich nicht ganz sicher, aber sie hatte den Eindruck, dass es sich um dasselbe Gespann handelte, das sie damals zusammen mit Madame Liang in dem Restaurant gesehen hatte und später dann noch einmal in Port Louis. Connor hatte sie als ihre Onkel bezeichnet. Er hatte auch gesagt, dass sie keine Ahnung hätten, dass ihre Nichte Geschäfte mit ihm mache. Gehörten sie zur Triade? Wie weit waren sie in die Drogengeschäfte dieser Frau verstrickt? Hatte sich das Spiel verändert? Liang Song hatte einige Anstrengungen unternommen, um Holly in ihre Gewalt zu bekommen, und ging trotz ihrer Gleichgültigkeit dem Gesetz gegenüber ein erhebliches Risiko ein. Dies hier war kein Spaß. Die drei meinten es ernst.

Die Unterhaltung, die nun gänzlich auf Chinesisch geführt wurde, wurde zunehmend hitzig. Holly unterbrach sie. »Was meinen Sie damit, ihn aus seinem Versteck locken? Er ist doch kein Fuchs, verdammt noch mal.«

Die Männer verstummten. Sie sahen sie vorwurfsvoll an. Holly nahm an, gegen die chinesische Etikette verstoßen zu haben, aber sie war viel zu wütend, sich darum zu kümmern. »Und wie soll es helfen, mich gewaltsam hierher zu verschleppen?«

»Sie sind unser Köder«, antwortete Liang Song abschätzend, als sei Holly irgendein Objekt ohne besonderen Wert. »Wir werden dafür sorgen, dass er mitbekommt, wo Sie sind.«

»Wenn Sie ihn nicht finden können, wie um alles in der Welt wollen Sie das schaffen?«

»Das überlassen Sie ruhig uns. Sie werden vorläufig hier bleiben. Wie komfortabel Ihr Aufenthalt sein wird, liegt an Ihnen. Im Augenblick können Sie sich noch frei im Haus und im Garten bewegen. Sollten Sie Probleme machen, werden Sie sofort in ein Zimmer gesperrt.« Madame Liang entließ die beiden Männer, die eine Verbeugung machten und sich entfernten. »Möchten Sie etwas trinken?«

Plötzlich schoss Holly durch den Kopf, dass sie an diesem Ort zumindest vor Guy Dulac sicher war. Der Gedankengang schien ihr makaber. »Warum ist es Ihnen so wichtig, Maguire ausfindig zu machen, dass Sie mich gefangen halten?«

Holly hatte auf Liang Songs Frage nicht geantwortet, aber die Chinesin ging auf eine offenbar gut bestückte Bar zu, goss aus einer geöffneten Flasche ein Glas Weißwein ein und reichte es ihr. »Ich führe gerade einige sehr prekäre Geschäfte mit Ihrem Mr. Maguire. Es gefällt mir nicht, dass er so einfach verschwunden ist. Das gibt mir das Gefühl, ihm nicht vertrauen zu können.«

»Sie müssen tatsächlich wichtig sein, wenn Sie so weit gehen, mich gegen meinen Willen hier festzuhalten. Wenn ich Ihnen einen Rat geben darf, wir Australier führen unsere Geschäfte nicht auf diese Weise. Der Schuss wird nach hinten losgehen. Denn ich garantiere Ihnen, nach dieser Aktion wird Maguire *Ihnen* nicht mehr trauen.«

Die Chinesin antwortete nicht. Sie schenkte auch sich ein Glas Wein ein.

Holly sah sie eindringlich an. »Sie riskieren, dass Ihre gemeinsame Unternehmung völlig zusammenbricht. Ist es das wert?«

»Seien Sie still! Sie haben keine Ahnung, was auf dem Spiel steht.«

»Nein, das habe ich nicht. Aber nichts ist es wert, dass ...«

»Seien Sie einfach nur ruhig!«, fauchte sie erneut.

Liang Song war aufgebracht, und Holly hielt es für klüger, das Thema zu wechseln. »Ist dies Ihr Haus?«

»Halten Sie mich für naiv?«

Holly zuckte mit den Schultern. »Ich weiß nicht, wofür ich Sie halten soll. Genau genommen weiß ich überhaupt nichts mehr. Ich bin zum zweiten Mal innerhalb einer Woche gekidnappt worden und versuche, eine Erklärung dafür zu bekommen. Ich finde, das ist nicht allzu viel verlangt.«

»Ihr Verleger sollte sich besser überlegen, über wen er seine Redakteure berichten lässt.« Madame Liang ließ sich Holly gegenüber auf einen Sessel fallen und schlug die Beine übereinander. »Wer hat Sie denn sonst noch entführt?«

»Ein Bekannter von Ihnen. Justin Parker.«

Liangs Augen blitzten amüsiert auf. »Raouls kleiner Freund. Ja, er hat davon gesprochen. Aber es schien mir keine sehr ernsthafte Affäre gewesen zu sein.«

»Ist das nun anders?«

»Da können Sie sicher sein«, antwortete Madame Liang. »An Ihrer Stelle würde ich beten, dass Maguire sich bald zeigt.« Sie trank von ihrem Wein. »Da wäre noch etwas. Erwähnen Sie in Gegenwart meiner beiden Onkel niemals den Namen Raoul Dulac. Wenn Sie das tun, könnte es ziemlich gefährlich werden. Verstanden?«

»Wieso?«

»Ich schätze, das wissen Sie ganz genau. Wir haben während des Interviews darüber gesprochen. Wie haben Sie es herausgefunden?«

»Ob Sie es glauben oder nicht, diese Frage war pure Spekulation. Ich habe sie gestellt, weil ich sehen wollte, welche Antwort ich darauf bekommen würde.«

Madame Liang wirkte plötzlich irritiert. »Ich habe gefragt, woher Sie es wussten.«

»Jeder weiß es. Als Sie letzten Sonntag auf Dulacs Party auftauchten, sprach der gesamte Raum darüber. An einem solchen Ort kann man so etwas nicht geheim halten. Es würde mich nicht überraschen, wenn Ihre Onkel längst Bescheid wüssten.«

»Sie haben nicht viel Kontakt zu Europäern. Sie würden es nicht verstehen.« Die Chinesin warf den Kopf in den Nacken und sah Holly ungeduldig an. »Es geht Sie nichts an. Sie werden es nicht wieder erwähnen, haben Sie mich verstanden?«

Holly lächelte. Es war kein freundliches Lächeln. »Absolut. Sagen Sie mir nur noch eines. Wie wollen Sie Ihrem Mann weismachen, Sie seien noch Jungfrau?«

Die Geschwindigkeit, mit der die Chinesin von ihrem Sessel aufsprang und Holly ins Gesicht schlug, war atemberaubend. Dann setzte sie sich wieder, nahm noch einen Schluck von ihrem Wein und sagte ruhig: »Ich glaube, wir haben uns sehr gut verstanden, nicht wahr?«

Kapitel Vierzehn

Angesichts der Ernsthaftigkeit ihrer Lage hätte Holly es nie für möglich gehalten, aber im Laufe des nächsten Tages wurde ihr sterbenslangweilig. Madame Liang Song war nirgends zu sehen, aber sie hatte Holly eine Nachricht hinterlassen, sich frei zu bedienen. Der Kühlschrank, die Speisekammer und die Bar waren bestens gefüllt, überall lagen Zeitschriften, und zwei Bücherregale boten eine breite Auswahl an Literatur. Frische Kleidung lag für sie bereit, und in einem angrenzenden Bad fand sie sämtliche Toilettenartikel, die sie benötigte. Es gab keinerlei Hinweis auf ein Telefon. Holly hatte am vergangenen Abend registriert, dass Liang Song ein Handy am Gürtel trug. Die Außenwelt war also unerreichbar. Holly konnte sich ungehindert in Haus und Garten bewegen, allerdings wurde sie jedes Mal, wenn sie hinausging, von den beiden Männern mit Argusaugen beobachtet. Die beiden sprachen kein einziges Wort mit ihr. Holly taufte sie insgeheim Chop und Suey. Sie schienen ihr so weniger bedrohlich.

Das mauritische Fernsehprogramm beschränkte sich sonntags auf geistliche Inhalte, und im Radio lief Sport, womit beiden Religionen Genüge getan wurde. Eine Weile beschäftigte Holly sich damit, ein Omelett aus geräuchertem Lachs, Hüttenkäse und Bohnensprossen zuzubereiten. Als sie versuchte, es zusammenzuklappen, fiel es auseinander. Kurzerhand schob sie die unansehnliche Masse auf eine Scheibe Toast und aß.

Mit einem Stapel Zeitschriften ging Holly dann in den Garten. Sie fand eine Bank und versuchte, ein wenig zu lesen. Es war hoffnungslos. Sie konnte sich auf nichts konzentrieren. Schließlich gab sie die Idee auf und machte einen Spaziergang.

Es war unmöglich auszumachen, wo sich das Haus befand. Es war von einer hohen Mauer umgeben, das schwere Tor war aus Holz und fest verschlossen. Holly vermutete, dass es sich um ein Ferienhaus der Liang-Sippe handelte. Haus und Garten waren sauber und ordentlich, aber nicht sonderlich liebevoll gepflegt. Man konnte Verkehrsgeräusche hören, die jedoch weit entfernt waren. Orientierungspunkte gab es nirgends, aber es roch nach Seetang, und Möwen segelten kreischend durch die Luft. Holly schloss daraus, dass das Meer nicht weit entfernt war. Sie fand es seltsam, dass man ein Ferienhaus, das vermutlich in der Absicht gebaut worden war, seinen Besitzern einen einzigartigen Blick auf die Lagune zu ermöglichen, eben dieser Aussicht beraubt hatte. Sie setzte ihren Rundgang durch den Garten fort, fand jedoch keinen Weg nach draußen. Enttäuscht und genervt durch die ständige Anwesenheit der beiden Chinesen ging sie ins Haus zurück; einer von ihnen folgte ihr und räumte mit vorwurfsvoller Miene die Zeitschriften an ihren Platz zurück.

Der Sonntag zog sich dahin. Um sechs kehrte Liang Song zurück. Holly freute sich geradezu, sie zu sehen.

»Ich hoffe, Sie hatten einen angenehmen Tag.«

»Hören Sie, ich habe für morgen einen Flug nach Réunion gebucht.« Das war eine Lüge, aber ein Versuch lohnte sich.

»Tut mir leid.« Der Ton der Chinesin signalisierte deutlich, dass es sie nicht im Geringsten kümmerte. »Sie werden sich noch ein wenig gedulden müssen. Ich habe von Maguire noch kein Wort gehört.«

Holly zuckte mit den Schultern, dabei gab ihr Connors fortgesetzte Abwesenheit zunehmend Anlass zur Sorge. Sie musste unbedingt wissen, ob es ihm gut ging.

»Wie lange haben Sie vor, mich hier zu behalten?«

»Solange bis er auftaucht.«

»Und wenn er das nicht tut?«

»Er wird es.«

Holly wünschte, sie könnte sich ebenso sicher sein. Wenigstens leistete Madame Liang ihr Gesellschaft, auch wenn sie nicht gewillt war, etwas von sich zu erzählen. Den meisten Dingen gegenüber zeigte sie eine aristokratisch arrogante Haltung. Die Unterhaltung war entsprechend steif, trotzdem fanden die beiden Frauen eine Art Gesprächsbasis, und die endlose Langeweile des Tages war zumindest ein wenig gemildert. Als Liang Song sie fragte, wo der geräucherte Lachs geblieben sei, berichtete Holly schadenfroh, dass sie sich ein Omelett daraus gemacht habe.

Die Chinesin sah sie entsetzt an. »Ein Omelett? Eine Schande. Er war eigentlich für das Abendessen bestimmt.«

Holly grinste in sich hinein. Das war eine kleine Genugtuung, aber mehr als gar nichts. Sie fürchtete, vor Langeweile umzukommen. Um kurz nach zehn entschuldigte Madame Liang sich. Holly wurde für eine weitere Nacht in ihrem Zimmer eingeschlossen. Sie duschte und ging ins Bett. Lange starrte sie gegen die Decke. Ob sie schon irgendjemand vermisste und sich um sie sorgte? Im Hotel vielleicht? Oder Detective Sham? Vermutlich hatte er heute versucht, sie zu erreichen. Holly schöpfte Hoffnung, auch wenn sie sich keinerlei Illusionen über ihr Schicksal machte. Ob Connor auftauchte oder nicht, es war keinesfalls sicher, dass die Chinesin sie freilassen würde. Es würde davon abhängen, wie einflussreich und unbesiegbar sie sich fühlte. Was war mit Quinn? Sie hatte ihm versprochen, ihn von Réunion aus anzurufen, aber wahrscheinlich würde er frühestens am Freitag anfangen, sich zu wundern. Und Justin? Keine Chance. Er wusste, dass sie ein paar Tage wegwollte, schließlich hatte sie ihm von ihren Reiseplänen erzählt.

Der Montag verlief genau wie der Sonntag. Holly war im Nichtstun noch nie besonders gut gewesen. Sie begann eine Reihe von Büchern zu lesen, fand aber keines besonders spannend. Aus Verzweiflung stürzte sie sich in Gartenarbeit. Sie unternahm ernsthafte Anstrengungen, sich im Fernsehen eine ziemlich schlechte Hindu-Seifenoper anzusehen, zumindest glaubte sie, dass es sich um eine Seifenoper handelte, denn sie war nach dem gleichen Muster gestrickt wie die australischen. Sie bemühte sich, das melodramatische Geschehen auf dem Bildschirm in der unbekannten Sprache zu verstehen und fand darin einen wenigstens halbwegs unterhaltsamen Zeitvertreib.

Am Nachmittag zog sie sich, um nicht völlig verrückt zu werden, zu einem zweistündigen Mittagsschlaf zurück, aus dem sie zerschlagen erwachte. Auch diesmal kehrte Liang Song um sechs zurück. Holly stand kurz vor einem Nervenzusammenbruch.

»Sie können mich hier nicht länger festhalten. Maguire kommt nicht. Bitte lassen Sie mich gehen.«

Madame Liang merkte man den Stress nun ebenfalls an. »Sie bleiben so lange hier, wie ich es wünsche.«

»Ich werde hier verrückt.«

Die Chinesin sah Holly aus kalten Augen an. »Hören Sie auf zu jammern. Ich kann Ihnen versichern, die Alternative wäre wesentlich unangenehmer.«

Das war keine leere Drohung. Liang Song war skrupellos. Sie würde nicht davor zurückschrecken, sie für immer verschwinden zu lassen. Ein herausforderndes »Das werden Sie nicht wagen!« lag Holly auf der Zunge, aber sie wusste, dass es Madame Liang kalt ließ.

Als Holly in der dritten Nacht eingeschlossen war, fand sie keinen Schlaf. Unruhig warf sie sich hin und her und verfluchte ihren Mittagsschlaf. Ihre Gedanken standen Kopf. Je länger sie über ihre Situation nachdachte, desto mehr wuchs in ihr die Erkenntnis, dass sie sich in ernsten Schwierigkeiten befand. Was konnte Connor tun? Würde er überhaupt etwas tun? Vielleicht kam er zu dem Schluss, dass es sicherer war, sich nicht blicken zu lassen. Aber das würde Liang Song noch misstrauischer machen. Was, wenn er ihr gar nicht helfen konnte? Wenn er auf Rodrigues selber in Gefahr schwebte?

Von welcher Seite aus sie ihre Lage auch betrachtete, es gab für Connor und sie keinen Ausweg aus der Gefahr. Als sie schließlich doch in den Schlaf sank, zerstörte plötzlich ein ohrenbetäubender Lärm den nächtlichen Frieden. Vom Eingangstor ertönte eine Hupe, lange penetrante Töne verlangten nach sofortiger Aufmerksamkeit. Es funktionierte. Holly hörte Chop und Suey, die sich aufgeregt etwas auf Chinesisch zuriefen. Auch Liang Songs schrille Stimme war zu hören. Holly sprang aus dem Bett und lief zum Fenster. Scheinwerfer erhellten den Garten. Das Gehupe hörte nicht auf. Einer der Männer lief zum Tor und öffnete es. Liang Song stand an der Tür. Als das Gehupe endlich aufhörte, heulte ein Motor auf, Reifen quietschten, ein Auto kam durch das Tor geschossen und bremste abrupt vor dem Eingang. Holly schrie auf, als sich die Wagentür öffnete: Kein anderer als Connor Maguire stand dort im hell erleuchteten Garten. Er ließ sich nicht anmerken, ob er ihren Schrei gehört hatte.

»Was zum Teufel wird hier gespielt?«, schrie er.

Holly hatte noch nie jemanden so wütend gesehen. Sie lauschte angestrengt. Er redete hektisch auf Liang Song ein. Er musste wissen, dass Holly hier war. Irgendetwas an dem, was er sagte oder wie er es sagte, ließ sie aufhorchen. Wollte er ihr ein Zeichen geben oder sie vor irgendetwas warnen?

Liang Song stand schweigend da, den Morgenmantel eng um den Körper gewickelt. Im Scheinwerferlicht wirkte sie plötzlich unsicher.

»Ins Haus«, fuhr Connor sie an. »Wenn Sie ihr auch nur ein einziges Haar gekrümmt haben …«

»Nein.« Liang Song schüttelte den Kopf. Sie schien sehr nervös. »Sie ist unversehrt. Bitte, überzeugen Sie sich selbst.« Sie drehte sich um und verschwand aus Hollys Blickfeld. Connor schaute sich kurz um, dann folgte er ihr.

Türen knallten, und das Gespräch wurde so leise, dass Holly nichts mehr verstehen konnte. Dann vernahm sie wieder Connors wütende Stimme. »Was fällt Ihnen eigentlich ein? Das war eine riesengroße

Dummheit. Sie ist Journalistin, um Himmels willen. Sie wird mich zu Hause kreuzigen. Was zum Teufel haben Sie sich nur dabei gedacht?«

Holly hörte Liang Songs Antwort nur als gedämpftes Gemurmel. Dann folgte erneut Connors lautstarke Reaktion. Er wollte, dass Holly ihn hörte. Was versuchte er ihr zu sagen?

»Und selbst wenn ich mit ihr geschlafen habe. Das ist nicht der Grund, weshalb ich hier bin. Ich weiß nicht, ob sie mir das abkauft, aber ich muss sie dazu kriegen, den Mund zu halten. Das ist Ihre Schuld! Ein falscher Artikel von dieser Frau, und ich bin erledigt. Verflucht! Sie haben sich völlig idiotisch benommen. Schaffen Sie sie hier weg!«

Das klang ganz und gar nicht nach dem Connor Maguire, den Holly kannte.

»Was sollen wir jetzt mit ihr tun? Sie weiß zu viel.«

Übertreib es nicht, Maguire!, dachte Holly. Nicht auf meine Kosten.

Ein Schlüssel drehte sich im Türschloss, und einer der Chinesen bat Holly heraus. Sie warf sich rasch einen Kimono über, den sie im Schrank gefunden hatte, und folgte dem Mann in den Salon. Sie hörte, wie Liang Song beschwörend auf Connor einredete.

Er warf Holly einen knappen Blick zu, als sie den Raum betrat. Holly entspannte ein wenig. Sie kannte seinen Gesichtsausdruck inzwischen recht gut. Connor war gar nicht so zornig, wie er tat. Er wollte die Chinesin irritieren, und es schien zu funktionieren. Holly spielte das Spiel sofort mit.

»Was zum Teufel geht hier vor sich? Du hast wirklich entzückende Bekannte, Maguire. Wegen ihr habe ich meinen Flug nach Réunion verpasst und meine Reisereportage vermasselt. Du bereitest mir mehr Scherereien als alles andere. Ich habe genug von dir und deinen Schuljungenstreichen. Ich wünschte, ich wäre dir nie begegnet.«

»Sei still«, fuhr er sie an, ehe er sich wieder an Liang Song wandte.

»Zufrieden? Hier bin ich also. Was war so verdammt dringend, dass Sie diese nervtötende Frau hier festhalten mussten? Besitzen Sie eigentlich gar keinen Funken Verstand? Wenn Sie die Dinge so handhaben, dann können Sie unseren Deal vergessen. Ich bin bei meinen Geschäftspartnern wesentlich mehr Professionalität gewohnt.«

»Wo waren Sie?« Madame Liangs Arroganz und Beherrschtheit hatten sie tatsächlich verlassen. Sie wirkte nervös und unsicher.

»Was, zum Teufel, glauben Sie, wo ich war?«

»Im Hotel hat man mir gesagt, Sie seien verschwunden.«

Er schloss die Augen und schlug die Hände vors Gesicht. Er wirkte sehr erschöpft.

Holly wünschte sich nichts sehnlicher, als ihn in die Arme zu nehmen. Aber das Spiel hatte gerade erst begonnen, und es war noch ein langer Weg bis zum letzten Vorhang. Alles hing vom Erfolg oder Versagen des nächsten Aktes ab. »Du hast neue Erkenntnisse über den Schatz, stimmt es, Maguire? Du hast gewartet, bis ich weg war, dann hast du dich auf die Suche danach gemacht. Herrje, was für ein hinterhältiges Schwein du doch bist! Was soll das? Ich sollte doch dabei sein, wenn du den Schatz hebst.« Holly machte eine dramatische Pause. »Nun? Hast du ihn gefunden?«

Er nahm seine Hände vom Gesicht, schüttelte den Kopf und sah sie an. »Nein«, antwortete er knapp. »Habe ich nicht.«

»Ich habe es dir immer wieder gesagt, Maguire. Er existiert nicht. Dieses Mal ist dein Abenteuer gescheitert, und das kannst du einfach nicht akzeptieren, habe ich recht?« Sein Blick ermunterte sie weiterzumachen. »Du interessierst dich lediglich dafür, was die australische Öffentlichkeit von dir denken könnte. Was bist du doch für ein selbstgefälliger armer Kerl. Du bist bereit, alles zu tun, nur um den Schatz zu finden. Sieh dich doch an. Was hast du getan? Ganz Rodrigues umgegraben?«

»Ich habe dir gesagt, du sollst den Mund halten. Ich kann deine negative Einstellung nicht mehr ertragen. Es überrascht mich nicht, dass dieser … wie war noch sein Name? … Dennis, genau, dass er die Nase voll hatte und dich zum Teufel gejagt hat. Warum verpisst du dich nicht einfach dahin zurück, wo du herkommst?«

Wow, Maguire, dachte sie halb bewundernd, halb amüsiert. Das war ziemlich unter der Gürtellinie. Aber sie spielte weiter mit und sah ihn mit blitzenden Augen an. »Vielleicht erinnerst du dich daran, dass ich mich nicht um diese Aufgabe gerissen habe. Du bist nichts weiter als ein dämlicher Möchtergerncowboy! Ich habe große Lust, dein Bild in der Öffentlichkeit einmal gerade zu rücken.« Hör gut zu, Maguire, das ist wichtig, fügte sie in Gedanken hinzu.

»Woher weiß ich, dass du das nicht tun wirst?«

Danke!, dachte Holly. Laut sagte sie: »Ist das zu glauben? Du würdest doch in Windeseile kontern und eine Story verbreiten über Frauen, die eine Abfuhr nicht ertragen können. Ich bin nicht blöd, Maguire. Die Leute sind völlig verblendet. Sie lieben dich. Meinen Namen haben sie noch nie gehört. Ehe ich mich versähe, würde ich zur Lachnummer der Nation.«

Er nickte knapp. »Frauen wie du verzeihen und vergeben nicht. Was ist dein Preis? Was verlangst du von mir?«

Holly zögerte keine Sekunde. »Ein ganz und gar offenes und ehrliches Interview über deine Scheidungen. Die Australier würden jedes Wort aufsaugen. Du lieferst mir das, und ich lasse dich dafür wie einen Superstar erscheinen, wenn es das ist, was du willst. Was hältst du davon?«

Liang Song unterbrach sie. »Vertrauen Sie ihr?«

»Nein.« Connor sah die Chinesin an. »Doch in diesem Fall hat sie recht. Die falsche Publicity würde mir das Leben zur Hölle machen, aber ich könnte ihrem Ruf noch viel mehr schaden. Sie würde nie mehr einen Job kriegen. Ich schätze, wir können zu einer Einigung kommen.«

Mit einer gebieterischen Handbewegung entließ Madame Liang Chop und Suey. Sie setzte sich auf einen Stuhl und forderte Holly und Connor auf, ebenfalls Platz zu nehmen. Holly entschied sich für das eine Ende des Sofas, Connor hockte sich an das andere. Er war der Erste, der etwas sagte.

»Wir haben einige Dinge zu besprechen.« Er machte eine Kopfbewegung in Richtung Holly. »Wir können nicht offen reden, solange sie hier ist. Ihre beiden Bodyguards sollen sie ins Hotel zurückbringen.«

Madame Liang schüttelte den Kopf. »Nicht so hastig. Sie haben vielleicht die Möglichkeit, Ihre Haut zu retten. Aber was ist mit mir? Vielleicht war ich ein wenig ... voreilig. Nun, was geschehen ist, ist geschehen. Nichts wird sie davon abhalten, zur Polizei zu gehen. Sie hat zwar keine Beweise, aber eine Ermittlung würde uns unerwünschte Aufmerksamkeit bescheren. Und das ist das Letzte, was ich brauche.«

Connor sprang auf und lief unruhig umher. »Super, absolut super.« Er fuhr sich mit der Hand durchs Haar. »Wie in Gottes Namen kamen Sie dazu, das hier zu tun?«

»Ich habe mir Sorgen gemacht. Ich wusste nicht, wo Sie waren. Und es steht so viel auf dem Spiel.« Madame Liang warf einen Blick in Hollys Richtung. »Wie viel weiß sie?«

»Nur, dass wir kurz davor stehen, ein gemeinsames Geschäft zu tätigen. Miss Jones ist eine mittelmäßige Journalistin, die ständig auf der Suche nach einer Story ist, irgendeiner Story. Sie weiß absolut nichts von unseren Plänen.« Er blieb stehen und wagte, mit dem Rücken zu Holly, einen riskanten Schritt. »Allerdings weiß sie, dass das Frachtgeschäft mit Dulac gescheitert ist. Die gesamte Geschäftswelt in Australien ist darüber informiert.«

Holly kam ihm sofort zu Hilfe. »Das ist es also. Ich habe mich gefragt ... Hör zu, Maguire, ich verstehe deinen Wunsch nach Diskretion in diesem Stadium. Wie wäre es mit einem Exklusivvertrag?«

Er wirbelte herum und sah sie an. In seinen Augen blitzte Anerkennung. »Und woher soll ich wissen, ob ich dir trauen kann?«

Holly verschränkte die Arme vor der Brust und versuchte, listig auszusehen. »Wir machen es so. Ich schreibe nur das, was du mir sagst.« Sie war nie eine gute Schauspielerin gewesen, fand jedoch, dass sie ihre Sache im Moment ziemlich gut machte. »Um Himmels willen, Maguire, du bist ein viel zu wichtiger Mann für uns. Du hast mein Wort. Ich werde nichts veröffentlichen, wozu du nicht bereit bist, vorausgesetzt ich kriege die Exklusivrechte. Ich biete dir einen Handel an. Du gibst mir, was ich will, und ich lasse die persönliche Story unter den Tisch fallen.«

Er tat, als müsse er über ihr Angebot nachdenken.

»Da wäre immer noch ein Problem«, wandte Madame Liang ein, deren Selbstsicherheit allmählich zurückkehrte.

»Ja.« Connor nickte. »Ich stimme Ihnen zu. Das Letzte, was wir brauchen, ist, dass sie zur Polizei rennt.«

Holly hielt den Atem an. Bitte Maguire. Mach jetzt keinen Fehler, flehte sie im Stillen.

»Es gibt nur eines, was wir tun können«, meinte Liang Song eiskalt.

Zufriedenheit blitzte in Connors Augen auf. Er hatte die Chinesin in die Falle gelockt, hatte gehofft, dass sie diese Drohung aussprechen würde. Geschickt machte er sich ihre Abhängigkeit zunutze. »Das habe ich nicht gehört. So arbeite ich nicht. Wenn Sie so Geschäfte machen, dann sollten Sie sich besser nach einem anderen Partner umsehen.«

Liang Song zuckte mit den Schultern, als kümmere sie das alles nicht. »Haben Sie eine bessere Lösung?«

Ja, Maguire. Hast du das? Vor Anspannung wagte Holly kaum zu atmen.

»Das Geschäft hat sich erledigt«, antwortete er knapp. »Sie tun, was Sie tun müssen, ich verzichte auf eine Beteiligung. Ich möchte nicht, dass jemand mit dem Finger auf mich zeigt. Ich werde William Maguires Schatz suchen, das ist alles. Sie sind ab sofort allein auf sich gestellt, und möge Gott Ihnen helfen, wenn Sie erwischt werden. Glauben Sie mir eines, Madame, wenn es plötzlich heiß wird, sind Sie die Einzige, die sich die Finger verbrennt.«

Herrje, Maguire. Das ist verdammt riskant! Holly biss sich auf die Zunge, um sich zurückhalten zu können.

Connor fuhr fort. »Es geht nicht nur um sie, es geht auch um ihren Vater. Wenn er Wind von der Sache bekommt, werden Sie die Länge seines ausgestreckten Arms bis hierher spüren. Es gibt keine Möglichkeit, ihm zu entkommen. Er wird Sie innerhalb von zehn Minuten in den Medien fertig machen. Ich hoffe, das ist Ihnen klar.« Er sah Liang Song an. »Nicht einmal die Familie Ihres Mannes hat genügend Einfluss, um ihn zu stoppen. Ihnen wird Ihr ganzes sorgfältig aufgebautes Imperium um die Ohren fliegen.« Allmählich drang er zu ihr durch. »Lassen Sie sich auf meinen Vorschlag ein, und ich bin dabei. Bleiben Sie bei Ihrer Entscheidung, und die Sache ist für mich gelaufen.«

Madame Liang zog die Brauen hoch. »Was ist Ihr Plan?«

»Sie kommt mit mir. Ich werde dafür sorgen, dass sie nichts sagt.«

Das würde nicht funktionieren, und Connor wusste das. Er drehte sich wieder zu Holly um und baute sich vor ihr auf. »Du steckst ganz schön in der Klemme, meine Kleine. Es tut mir leid, aber Madame Liang Song hat recht. Wir müssen sicher sein können, dass du nicht zur Polizei rennst. Weder hier noch in Australien.«

Holly merkte, dass er sich verzweifelt bemühte, ihr zu helfen, aber einfach keinen Ausweg fand. Sie sah ihn an, mit ausdrucksloser Miene.

Ganz unerwartet kam ihr Madame Liang zu Hilfe. »Sie haben den Vater des Mädchens erwähnt. Ich habe Kontaktleute hier, die gewisse Personen in Australien kennen. Ein Wort von mir und …« Ihre langen, rot lackierten Nägel gruben sich in das Polster ihres Sessels, während sie angestrengt nachdachte. Ihr Blick war auf Holly gerichtet. »Wenn Ihnen das Leben Ihres Vaters etwas bedeutet, schweigen Sie. Haben Sie das verstanden?«

Holly dachte nach. Dafür, dass sie sich vermeintlich in dem Glauben befand, Maguire und die Chinesin planten ein Joint Venture in einem Frachtgeschäft, benahm sie sich viel zu ruhig. Sie musste dringend Wut und Entschlossenheit zeigen, ehe Madame Liang misstrauisch wurde. »Sie wollen meinen Vater bedrohen?« Holly sprang auf und drängte sich an Connor vorbei. »Ist das die Art, wie Sie Geschäfte machen? Mein Gott! Man könnte fast meinen, Sie beide hüteten ein Staatsgeheimnis. Was glauben Sie eigentlich, wie wenig Leute sich einen Dreck für Ihre dämliche Partnerschaft interessieren?« Sie wirbelte herum und sah Connor an. »Du giltst in Australien als fairer Mensch. Dieses Mal hast du es zu weit getrieben. Du hast dich mit einer Kriminellen eingelassen. Wie tief kannst du noch sinken?«

»Wie können Sie es wagen!« Madame Liang sprang ebenfalls auf.

Holly drehte sich um. »Sie mögen hier auf Mauritius die Queen sein, für mich sind Sie es ganz sicher nicht. Ich werde schweigen. Aber nicht wegen Ihrer verdammten Drohungen, auch wenn ich keinen Zweifel daran habe, dass sie ernst gemeint sind.« Sie zeigte mit dem Daumen auf Connor. »Und auch nicht, weil ich seinen Arsch retten will. Ich werde schweigen, weil ich meine Story will. Und ich will Exklusivität. Versprechen Sie mir das, und ich werde Ihr mieses Spiel vergessen. Wenn jemand anders Wind von der Story bekommt, werde ich Sie beide hochgehen lassen. Verstanden?«

Funktioniert das, Maguire, fragte sie ihn in Gedanken. Dann fügte sie hinzu: »Kann ich jetzt gehen?«

»Gehen Sie in Ihr Zimmer. Ziehen Sie sich an. Warten Sie dort, bis ich Sie holen lasse.«

Madame Liang würde ihre arrogante Art schon noch vergehen.

Unter der Bewachung von Chop, der vor der geschlossenen Zimmertür wartete, zog Holly sich an und setzte sich dann mit überkreuzten Fingern aufs Bett. Von unten drangen gedämpfte Stimmen zu ihr herauf. Sie hatte das Gefühl, eine Ewigkeit sei vergangen, als Liang Song sie wieder nach unten befahl.

Connor stand mit dem Rücken zu ihr und schaute aus einem der Fenster. Seine Haltung gab Holly keinen Hinweis darauf, ob sie nun frei war oder nicht.

»Wir haben entschieden, dass Sie ein Exklusivangebot bekommen, wenn die Zeit reif dazu ist«, sagte Madame Liang endlich, und Holly spürte, wie die Anspannung begann nachzulassen. Liang Song würde niemandem Exklusivrechte anbieten, den sie vorhatte umzubringen. »Sollte unsere Partnerschaft aus irgendeinem Grund scheitern, verspricht Ihnen Maguire ein persönliches Interview. So oder so werden Sie also Ihre Story bekommen. Wenn Sie damit einverstanden sind, können Sie jetzt gehen. Ich hoffe, Sie haben Ihren Aufenthalt bei mir genossen.«

Holly verkniff sich eine patzige Antwort. »Ich bin einverstanden.«

Connor drehte sich zu ihr um. »Bist du bereit?«

Sie nickte. Sie konnte es kaum erwarten, wegzukommen.

»Eine letzte Sache noch.« Madame Liang hatte wieder alle Fäden in der Hand. »Vergessen Sie unsere Diskussion nicht. Es mag an meinem Geschäft mit Mr. Maguire Dinge geben, die Ihnen nicht gefallen, aber ich warne Sie, auf eine schlechte Presse würde ich äußerst ungehalten reagieren. Nehmen Sie meine Worte ernst.«

Holly hätte ihr am liebsten gesagt, wo sie sich ihre Worte hinschieben sollte. Das, was sie schließlich aussprach, kam dem wenigstens sehr nahe. »Entspannen Sie sich. Auch wenn Sie sich für unglaublich wichtig halten, in Wahrheit interessiert sich niemand für Sie, am allerwenigsten ich. Ich bin Journalistin, das heißt, ich interessiere mich nur für Themen, die sich auch verkaufen. Und Sie, meine Liebe, sind ungefähr so interessant wie ein Stein.« Sie sah zu Connor hinüber. »Können wir jetzt gehen? Ich habe nun wirklich genug.«

Er nickte. Dann sah er zu Liang Song hinüber. »Ich werde Sie morgen anrufen.«

»Vier Uhr wäre mir angenehm.«

Holly folgte Connor zum Auto. »Sag jetzt nichts«, zischte er ihr leise zu. Als sie einstiegen, lief Chop los, um die Tore zu öffnen. Eine Weile fuhren sie ohne ein Wort zu sagen, und Connor schaute immer wieder in den Rückspiegel, um sich zu vergewissern, dass ihnen niemand folgte. Erst als er sicher sein konnte, dass es so war, fuhr er an den Straßenrand und nahm eine Taschenlampe aus dem Handschuhfach. Er ließ den Lichtschein durch das Innere des Wagens schweifen, um auszuschließen, dass jemand während seines Aufenthaltes im Haus eine Wanze angebracht hatte.

»Okay, wir können reden.« Er streckte die Arme nach ihr aus. »Eine Sekunde noch.«

Als sie sich voneinander lösten, atmete er tief aus. »Das war ziemlich knapp. Sie wollte dich unbedingt aus dem Weg schaffen.«

»Maguire?«

»Du warst großartig, genau das richtige Maß an Empörung.«

»Maguire?«

»Eine Weile dachte ich, wir würden es nicht schaffen.«

»Maguire!«

»Was denn, Baby?«

»Wenn du mich noch einmal ›Kleine‹ nennst, kannst du dich auf etwas gefasst machen.« Holly packte ihn am Kragen und zog ihn zu sich heran. Dann schlang sie die Arme um seinen Hals. »Danke«, flüsterte sie. »Ich hatte ziemliche Angst. Aber deine Bemerkung über Dennis war wirklich mies.«

Er hielt sie fest umschlungen. »Und was war mit dem ›selbstgefälligen armen Kerl‹? Ich meine, ein bisschen Würde muss einem Mann doch bleiben.«

»Tut mir leid. Irgendetwas muss da über mich gekommen sein.«

»Du bist doch wirklich okay, oder? Ich meine, sie haben dir nicht wehgetan?«

»Sie sind ziemlich großzügig mit dem Äther umgegangen. Ansonsten habe ich mich lediglich schrecklich gelangweilt, aber ich wurde anständig behandelt. Wo warst du? Wann bist du zurückgekommen?«

»Das erzähle ich dir später.«

»Tatsächlich, Maguire? Du willst mir tatsächlich etwas erzählen? Das wird eine nette kleine Abwechslung werden.«

Sie spürte, dass er in sich hineinlachte. »Kannst du stricken?«, fragte er sie schließlich.

»Natürlich nicht.« Das war der Maguire, den sie liebte.

»Schade. Glaubst du, du könntest es lernen?«

»Nicht in Millionen Jahren.« Sie hatte ihr Gesicht an seiner Schulter vergraben und grinste. »Nicht einmal für dich.«

Er löste sich von ihr. In der Dunkelheit spürte sie, wie sich sein Blick in sie bohrte. »Trotzdem, meine liebe Holly, wird mir nichts anderes übrig bleiben, als dich den ganzen Tag in einen Zwinger zu sperren, damit ich mir um dich keine Sorgen mehr zu machen brauche.«

Sie tat so, als müsse sie über seinen Vorschlag nachdenken. »Führst du mich denn auch Gassi, wenn du nach Hause kommst?«

»Ich verspreche es.« Seine Stimme war voller Wärme und Zärtlichkeit.

»Vergiss es, Maguire.«

»Ich liebe dich, Baby.«

»Ich liebe dich auch.« Sie küsste ihn. »Aber nenn mich nie mehr Kleine, ja?«

»Nicht ein einziges Mal?«

»Nicht ein einziges Mal.«

Sie fuhren zurück ins *Merville Beach Hotel*. »Dein Zimmer müsste für diese Nacht sicher genug sein«, sagte Connor. »Aber ich möchte nicht riskieren, dass Liang Song erneut auf falsche Gedanken kommt. Bis Sonntag wirst du nicht mehr von meiner Seite weichen.«

Holly konnte sich nicht vorstellen, dass ihr das sonderlich schwer fallen würde.

Sie ignorierte den Umschlag, der unter ihrer Tür hindurchgeschoben worden war. Es war viel zu spät, Kontakt mit jemandem aufzunehmen. Wer immer da etwas von ihr wollte, würde warten müssen. Außerdem hatte sie jetzt andere Dinge im Kopf.

Holly zeigte auf das Sofa. »Setz dich.« Sie goss Connor einen Scotch ein und nahm sich dann ebenfalls einen. »Rodrigues zuerst.« Er nahm den Drink, und sie setzte sich neben ihn.

»Zuerst?«

»Du hast richtig verstanden, Maguire. Es wird eine lange Nacht werden.«

»Ich bin müde«, protestierte er schwach.

»Fang an.«

Er holte tief Luft. »Es gibt Dinge, von denen du nichts weißt.«

»Dann erzähl mir von ihnen. Ich habe mit Quinn gesprochen. Und ehe du auf die Idee kommst, er hätte ein Geheimnis ausgeplaudert, möchte ich dich daran erinnern, dass ich sein einziges Kind bin. Wenn man ihn vor die Wahl stellt, ein Geheimnis zu wahren oder meine Sicherheit aufs Spiel zu setzen, was glaubst du, wofür er sich entscheidet?«

Connor nickte. »Ich kann es mir denken.«

»Ich weiß also Bescheid über die Scylla.«

Er nickte.

»Aber ich habe auch erfahren, dass Raoul Dulac geheime Scylla-Dokumente an Bord seiner Yacht versteckt hält.«

»Wie um alles in der Welt hast du das herausgefunden? Du hast doch hoffentlich nicht herumgeschnüffelt, oder?«

»Was denkst du von mir? Nein, Justin Parker hat Raoul auf dem Rückweg von Rodrigues damit erwischt. Er hat es mir erzählt.«

»Du hast mit Parker gesprochen?« Connor sah sie ungläubig an. »Bist du völlig verrückt geworden?«

Holly grinste. »So etwas Ähnliches hat Quinn auch gesagt. Ich habe am Samstagabend mit Justin zu Abend gegessen. Er ist völlig harmlos.«

»Du irrst dich, Parker ist keineswegs völlig harmlos. Er ist hinter diesem Schatz her – er ist völlig darauf fixiert. Ich stimme dir zu, dass er kein Krimineller ist, aber ich wäre trotzdem vorsichtig.«

»Wenn du meinst. Könnten wir jetzt auf die eigentliche Geschichte zurückkommen? Ich würde gern noch ein paar Fakten erfahren.«

»Wie viel hat Quinn dir erzählt?«

»Dein Halbbruder hat für die Scylla gearbeitet. Er wurde auf den Seychellen getötet. Raoul Dulac ist in die Sache verstrickt. Ach ja, und an einem Geheimdienststützpunkt in Nordaustralien wurden Gespräche zwischen Raoul und der Scylla abgehört. In der Zentralafrikanischen Republik geht irgendetwas vor sich, was die Sachkenntnisse von Scylla erfordert.«

»Ich werde dir die ganze Geschichte erklären, Holly, ich verspreche es. Aber nicht heute Nacht. Ich bin wirklich hundemüde.«

»Was hat dich wirklich nach Rodrigues geführt? Das könntest du mir doch wenigstens noch verraten.«

»Es hatte hauptsächlich mit Raoul zu tun. Ich bleibe ihm so dicht auf den Fersen wie möglich. Aber nachdem du fort warst, habe ich noch einen Tag mit der Kontaktperson von Liang Song verbracht. Ich bin nun fast so weit. Die Puzzlestücke sind an ihrem Platz, und das Spiel kann beginnen. Australien kennt die Einzelheiten über den Lieferumfang, den Namen des Schiffes, sie wissen, wo die Drogen versteckt sein werden und wann sie ausgeladen werden sollen. Undercoveragenten werden die Lieferung beobachten, und wenn das alles gut läuft, werden schon bald die ersten Verhaftungen vorgenommen. Es gibt noch ein oder zwei Dinge, um die ich mich kümmern muss, aber danach werde ich mich zurückziehen und von der ganzen Sache distanzieren.« Er rieb sich die Augen. »Soweit ich weiß, tut die Scylla nichts Illegales. Söldner sind gesellschaftlich nicht besonders anerkannt, aber solange sie sich halbwegs an die Genfer Konventionen halten, kann ihnen keiner etwas vorwerfen. Davon abgesehen steckt Raoul noch in ein oder zwei anderen dubiosen Geschäften, die ihn in Schwierigkeiten bringen könnten. Da bin ich nun hinterher. Ich brauche genügend Beweise, um ihn dingfest zu machen.«

»Hast du in Rodrigues irgendetwas herausgefunden?«

»Informationen sind fast immer käuflich. Ich bin Raoul quer über die ganze Insel gefolgt. Als er sie schließlich wieder verließ, habe ich mir seine so genannten Handlanger geschnappt und einen gefunden, der mit ihm noch eine Rechnung offen hatte. Raoul zahlt nicht besonders gut, und er zahlt auch nicht pünktlich. Wie auch immer, dieser Mann bestätigte mir, dass Monsieur Dulac unter anderem in Diamantenschmuggel, Drogenhandel und Geldwäschereien verstrickt ist.«

»Aber Beweise gibt es keine?«

»Noch nicht.«

»Wie hast du denn erfahren, dass ich verschleppt worden bin?«

»Liang Songs Kontaktmann auf Rodrigues hat das ausgespuckt. Es ist eine kleine Insel, er konnte mich leicht finden.«

»Gehst du denn nicht ein ziemlich großes Risiko ein, dass Raoul von deinem Interesse an seinen Aktivitäten erfährt?«

»Dieses Risiko bin ich bereit, auf mich zu nehmen. Aber ich setze ganz auf seine Unbeliebtheit. Niemand kann ihn leiden.« Connor hielt sein inzwischen leeres Glas hoch. »Gibt es eine Chance, noch eins zu bekommen?«

Holly stand auf, um ihm den Wunsch zu erfüllen.

»Bist du jetzt zufrieden? Ich weiß, dass ich dir die Sache mit meinem Bruder erklären sollte, aber kann das nicht warten?«

»Doch.« Sie kehrte mit dem Scotch zurück. »Danke, dass du mir wenigstens ein paar Informationen gegeben hast.«

»Ich wollte nicht, dass du in irgendetwas hineingerätst und Liang Song oder Raoul Dulac in die Hände fällst. Sie sind beide verdammt gefährlich. Hm, das ist gut.«

Sie wartete, bis er sein Glas abgestellt hatte. »Es gibt ein paar Dinge, die du wissen solltest.«

»Klingt unheilvoll.«

»Guy Dulac ist zu einer echten Nervensäge geworden. Ein Detective, der ihn beschattet, hat mich dringend vor ihm gewarnt. Er glaubt offenbar, ich sei in ernster Gefahr.« Holly erzählte ihm die ganze Geschichte. »Ich weiß nicht, was Sham von Guy will, aber er lässt ihn nicht aus den Augen.«

»Ein weiterer Grund, weshalb du und ich verschwinden sollten.«

»Einverstanden. Vor Guy Dulac graut mir.« Sie machte eine Pause. »Es gibt da noch etwas.«

»Warum überrascht mich das nicht?«

»Ich glaube, ich habe deinen Schatz gefunden.«

Connor stöhnte und schloss die Augen.

Holly sah ihn an. Als klar wurde, dass er nichts weiter dazu sagen würde, sagte sie: »Willst du nicht wissen wo?«

»Nicht unbedingt.«

»Maguire!«

»Also gut, wo?«

Sie erklärte es ihm. »Wir müssen uns den Plan ansehen und uns noch einmal vergewissern, aber ich bin mir ziemlich sicher, dass es die richtige Stelle ist. Das Wasser fließt über eine Reihe von Felsvorsprüngen herab. Das könnten die Treppenstufen sein.«

Connor sah sie lediglich schläfrig an. »Sonst noch etwas?«

»Warum bist du so müde?«

»Ich hatte viel zu tun. Raoul Dulac scheint überhaupt keinen Schlaf zu benötigen.«

»Weiß ich jetzt alles? Gibt es wirklich keine weiteren Geheimnisse mehr? Immer wenn ich das Gefühl habe, dich endlich richtig zu kennen, explodiert ein neues atemberaubendes Ding.«

»Im Grunde ja. Es gibt noch ein paar kleine Lücken zu füllen, aber das ist alles.«

»Das, was du kleine Lücken nennst, sind wahrscheinlich Löcher von gigantischen Ausmaßen. Aber ich kann warten. Du wirst mir ohnehin früher oder später alles erzählen müssen.«

»Später ist gut.« Er grinste und nahm sein Glas zur Hand. »Hast du deine Fragestunde jetzt beendet? Kann ich endlich schlafen?«

Holly stellte ihr eigenes Glas ab, nahm Connor seins aus der Hand und stellte es daneben. »Du hast es selbst gesagt, Maguire. Später ist gut.«

Die Nachricht unter ihrer Tür las Holly am nächsten Morgen als Erstes. Sie stammte von Justin Parker. Er wünschte ihr viel Glück auf Réunion und schrieb, er hoffe, sie noch einmal wiederzusehen, ehe sie wieder nach Australien zurückflog. Connor verzog das Gesicht, als sie ihm das vorlas. Er war weniger geneigt, Justin zu vertrauen als Holly. Nach einer Reihe von Telefonaten mieteten sie schließlich ein Apartment in Flic en Flac, einem Ort an der Küste nördlich von Tamarin, in der Nähe der Wasserfälle. Holly checkte aus dem Hotel aus und wartete an der Rezeption, während Connor das Auto holte. Drei Personen beobachteten ihre Abreise mit unterschiedlichen Reaktionen.

Guy Dulac hing seit zwei Tagen in der Nähe des Hotels herum. Das Personal an der Rezeption hatte ihm versichert, Holly habe das Hotel noch nicht verlassen. Diensteifrig hatten sie ihm angeboten, Holly eine Nachricht zu übermitteln, was Dulac jedoch abgelehnt hatte. Guy wusste, dass seine permanente Anwesenheit ohnehin bereits zu Spekulationen führte. Als Holly schließlich auftauchte, saß er in seinem Auto und überwachte den Eingang, das Gesicht hinter einer Zeitung verborgen. Seine freudige Erregung verwandelte sich rasch in Frustration, als er ihren Koffer sah, und dann in Wut, als sie in einen Wagen stieg, an dessen Steuer ausgerechnet Connor Maguire saß.

Sham, der sich auf dem Hotelgelände aufhielt, um den jungen Dulac im Auge zu behalten, war ebenfalls überrascht, als er Holly sah. Sie sollte doch auf Réunion sein. Er schloss richtig, dass ihr Begleiter der Freund war, den sie erwähnt hatte und der auf Rodrigues gewesen war. Sham hatte den Eindruck, der Australier könne durchaus auf sich allein aufpassen. Und das war gut so angesichts des Interesses, das Dulac an Holly zeigte.

Justin Parker, der gerade vom Schwimmen zurückkam, runzelte missmutig die Stirn, als er sah, dass Holly einem Portier folgte, der ihren Koffer zur Rezeption trug. Warum hatte sie ihn angelogen? Sie wollte doch schon längst auf Réunion sein? Flog sie jetzt dorthin? Er hielt sich im Hintergrund und wartete, bis er sie in Connor Maguires Auto steigen sah. Also war dieser verfluchte Maguire wieder aufgetaucht. Justin sah weder, dass Guy Dulac ihrem Wagen folgte, noch dass Sham sich an das Hinterteil von Dulacs Wagen heftete.

Guy wusste, dass Sham hinter ihm war. Aber er konnte es nicht ändern. Er musste unbedingt herausfinden, wo Holly hinfuhr. Sobald er das wusste, würde er sich um Sham kümmern. Und danach würde er dieser zickigen Australierin zeigen, wo es langging.

Das dunkelblaue Porsche-Cabrio von Guy Dulac – dessen Kaufpreis das Auto zu einer Rarität überall auf der Welt und ganz besonders auf Mauritius machte – erregte keinerlei Verdacht, als es Connor und Holly in gleichmäßigem Abstand folgte. Das elektronisch gesteuerte Dach war geschlossen, die stark getönten Scheiben machten es unmöglich, den Fahrer zu identifizieren. Zwischen Grand Baie und Port Louis herrschte starker Verkehr, und die wenigen Blicke, die Connor auf den Wagen hinter ihm warf, waren Blicke der Bewunderung. Er vermutete richtig, dass das Auto jemandem gehörte, der der privilegierten Klasse der Zuckerrohrplantagenbesitzer angehörte.

Nachdem sie die Hauptstadt hinter sich gelassen hatten, ließ der Verkehr etwas nach. Connor überlegte, dass es eine Verschwendung war, auf den engen Straßen von Mauritius ein derart schnelles Auto zu fahren. Weder er noch Holly wussten, was für einen Wagen Guy Dulac fuhr. Als sie nach rechts in Richtung Flic en Flac abbogen, überholte der Porsche sie und verschwand aus ihrem Blickfeld.

Guy Dulac wusste, dass die Straße hinter Flic en Flac etwa einen Kilometer weiter geradeaus ging, ehe sie in der kleinen Ortschaft Wolmar nach Osten führte und dann auf die Autobahn mündete. Wenn Maguire und Holly vorhatten, sich ein neues Quartier zu suchen – und die Tatsache, dass sie Koffer dabeihatten, sprach dafür –, würden sie leicht zu finden sein. Jetzt musste er sich erst einmal um Detective Sham kümmern. Dulac beschleunigte und ließ den Polizisten rasch hinter sich. Fünf Minuten später fand er eine Stelle, an der er wenden konnte, und raste zurück in Richtung Norden.

Sham war überrascht, dass Guy Holly nicht nach Flic en Flac folgte. Sein Erstaunen nahm noch zu, als ihm der dunkelblaue Porsche plötzlich entgegengerast kam. Auch wenn er durch die getönten Scheiben des Sportwagens nur schlecht ins Innere sehen konnte, konnte Sham gut erkennen, dass ihm dieser arrogante Scheißkerl auch noch zuwinkte. Er trat mit aller Macht auf die Bremsen, wendete ebenfalls unter erheblichem Risiko für sich und den Gegenverkehr und nahm erneut die Verfolgung auf.

Als Sham die Abbiegung nach Flic en Flac erreichte, war von dem jungen Dulac längst nichts mehr zu sehen, Sham hielt sich links und fuhr rasch der Küste entgegen. Die Tatsache, dass Guy Dulac Holly Jones folgte, bereitete ihm große Sorgen. Zumindest musste er das Mädchen warnen. Die Zuckerrohrstauden wuchsen zu beiden Seiten bis dicht an den Straßenrand und nahmen ihm die Sicht. Sham konzentrierte sich ganz aufs Fahren. Als Guy Dulacs Porsche plötzlich aus einem Seitenweg geschossen kam, riss Sham instinktiv das Steuer zur Seite. Er sah weder den Graben neben der Straße noch den Telegraphenmasten. Sein letzter bewusster Gedanke war, dass er gleich Schmerz spüren würde.

Guy fand rasch heraus, wo Connor und Holly sich einlogiert hatten. Er wartete so lange, bis er Maguire aus einem der Apartments kommen, einen Koffer aus dem Kofferraum holen und wieder hineingehen sah. Zufrieden wendete er seinen Porsche und fuhr in Richtung

Heimat. Unterwegs kam er an einer aufgeregten Menschenmenge vorbei, die sich um Shams demoliertes Auto versammelt hatte.

Alles lief nach Plan!

Weit draußen im Indischen Ozean hatte sich ein ungewöhnliches Phänomen ereignet. Wie Kathleen Maguire bereits einige Tage zuvor bemerkt hatte, war es für Passatwinde noch zu früh. Aber die Wassertemperatur war für Anfang September außergewöhnlich hoch, und für die Jahreszeit nicht angemessene Schneefälle in Asien hatten zu einem vorzeitigen Wintereinbruch auf der nördlichen Halbkugel geführt. Als nun kalte Winde in Richtung Süden bliesen, wo sie auf warme Luft vom Ozean stießen, kollidierten die Luftströme und begannen, das Vakuum zu füllen, das der jeweils andere hinterlassen hatte.

Das Tiefdruckgebiet aus dem Norden brachte ergiebige Regenfälle. Kumuluswolkenbänder ergossen ihren feuchten Inhalt mit zunehmender Heftigkeit über der Südsee. Der Regen stürzte zur Erde, der Druck führte zum Ansteigen der Lufttemperatur. Dort wo Aufwinde vom Meer auf absteigende Luftmassen trafen, bildete sich eine Inversion. Als der Regen stürmische Ausmaße annahm, brachen die absteigenden Luftmassen durch, der atmosphärische Druck in Meeresspiegelhöhe sank unverzüglich. Den Rest besorgte die Erdrotation, die die alljährlichen Passatwinde dazu brachte, sich im Uhrzeigersinn ineinanderzudrehen. Ein Zyklon war geboren.

Die Wetterpropheten beobachteten die ungewöhnliche Depression sehr sorgfältig. Sie gaben ihr zu Identifikationszwecken eine Zahl. Und als die Tiefdruckrinne ihren tiefsten Punkt erreicht hatte und der Sturm zur ernsten Gefahr für den Schiffsverkehr wurde, gaben sie ihr einen Namen.

Der Zyklon Yvette würde sich in fünf Tagen ausgetobt haben. Er stellte keine Bedrohung für das Landesinnere dar. Erwähnenswert war er nur aufgrund des ungewöhnlichen Zeitpunkts seines Auftretens. Aber die ihn begleitende Sturmfront mit Wellen, die bis zu fünfzehn Meter hoch waren, und Winden, die eine Geschwindigkeit von hundertzwanzig Stundenkilometern erreichten, hatte Auswirkungen auf das Containerschiff *Lady Elise*, benannt nach der Frau des ehemaligen Premierministers von Südafrika, wo der Frachter beheimatet war. Zu irgendeinem Zeitpunkt während des Höhepunkts des Zyklons wurden drei sechs Meter lange und zwei Tonnen schwere Stahlcontainer, die leer in ihren Heimathafen zurückkehrten, aus ihrer Verankerung gerissen und stürzten in den Indischen Ozean.

Sie trieben dort wie Eisberge, der größte Teil von ihnen befand sich unter Wasser. In der Weite der grauen, schäumenden Wassermassen war das, was aus dem Meer herausragte, kaum noch zu erkennen. Bis die Container an Land trieben oder versanken, würden sie sich nicht an die Regeln halten und anderen Schiffen, ganz gleich ob unter Segeln oder motorisiert, Vorfahrt gewähren.

Nachdem Justin Parker beobachtet hatte, wie Holly ausgecheckt hatte, ging er in sein Zimmer und führte ein Telefongespräch. Sein Gesprächspartner war Raoul Dulac. Als er den Hörer auflegte, runzelte er verärgert die Stirn. Raoul war seiner Meinung. Die Journalistin allein war eine Sache. In Begleitung von Maguire war sie zu einer völlig anderen geworden.

Justin war nicht ganz ehrlich zu Holly gewesen. Es stimmte, er bereute das, was auf Rodrigues vorgefallen war, ernsthaft – die ganze Sache war idiotisch gewesen. Es tat ihm leid, dass er ihr einen Schrecken eingejagt hatte. Denn genau genommen fühlte Justin sich zu der hartnäckigen Australierin hingezogen. Aber dass er ihr erzählt hatte, er hätte die Suche nach William Maguires Schatz aufgegeben, war eine Lüge gewesen. Er war noch genauso scharf darauf wie zuvor. Auch wenn er Raoul Dulac nicht mochte und ihm nicht vertraute, er hatte nicht die Absicht, die Finger von der Sache zu lassen, bis er alle Versuche, den Schatz doch noch zu finden, ausgeschöpft hatte. Raoul besaß die Kontakte, die Ortskenntnisse und den Einfluss, über die Justin nicht verfügte. Er hatte keinen Zweifel daran, dass Raoul beabsichtigte, ihn an der Nase herumzuführen, aber das beeindruckte ihn nicht. Wenn Raoul das versuchte, würde er schnell merken, dass auch Justin ein paar Tricks beherrschte.

Die Reaktion seines Partners auf die Tatsache, dass Holly und Maguire erneut ein Team waren, war typisch, und sie beunruhigte ihn. Der Franzose hatte geantwortet: »Warten Sie im Hotel. Sorgen Sie dafür, dass ich Sie jederzeit erreichen kann. Ich werde herausfinden, wo sie hinwollen, und mich dann sofort bei Ihnen melden. Wir müssen irgendwie versuchen, Maguire von dem Schatz abzulenken. Bereiten Sie sich darauf vor, sie im Auge zu behalten, bis wir sie voneinander getrennt haben.«

Justin hatte keine Ahnung, was genau er damit meinte, er zweifelte jedoch nicht daran, dass Raoul Dulac jedes Mittel recht sein würde, sein Ziel zu erreichen. Er wurde das Gefühl einfach nicht los, dass Holly in Gefahr schwebte.

Raouls Worte gaben Justin Anlass zu der Befürchtung, dass der Franzose nicht davor zurückschrak, die beiden notfalls für immer voneinander zu trennen. Das gefiel ihm ganz und gar nicht.

Justin lief nachdenklich in seinem Zimmer auf und ab. Er war mit dem Zwist zwischen William und Kavanagh Maguire aufgewachsen – das gehörte ebenso zu seinen Kindheitserinnerungen wie die Spiele, die sie gespielt hatten, die Geschichten, die ihnen vorgelesen wurden, wie Windpocken und Masern. Die Feindschaft zwischen den beiden Familienzweigen war etwas, was er nie in Frage gestellt hatte. Sie war da, sie war real, und er hatte aus Prinzip keinen Kontakt mit irgendwelchen Abkömmlingen von William Maguire. Die einzige Ausnahme war Anne-Marie.

Der Schatz, wenn er existierte, gehörte seiner Mutter. Daran gab es gar keinen Zweifel. Connor Maguire hatte keinerlei Ansprüche darauf. Die Tatsache, dass er von Wiliams Bruder abstammte, spielte da keine Rolle, fand Justin. Es war keine Frage der Moral – Justin war davon überzeugt, das Recht auf seiner Seite zu haben.

Auf einer eher persönlichen Ebene beabsichtigte er seinen Anteil an dem erhofften Vermögen zur Verwirklichung seines lang gehegten Traumes zu nutzen. Er war davon überzeugt, dass der Dodo erneut zum Leben erweckt werden könne. Er sehnte sich nach dem wissenschaftlichen Ruhm, der ihm dann beschert sein würde. Wie viele Wissenschaftler suchte Justin nach öffentlicher Anerkennung, und das Hinterzimmerimage der Biologen war ihm zutiefst zuwider. Dies würde sein Opus magnum werden, der Sinn seines Lebens, ein Beitrag zur Wissenschaft, der garantierte, dass sein Name auf ewig in den Datenbanken der Welt eingeprägt sein würde.

Dann war da noch Holly. Justin war Frauen gegenüber immer unsicher gewesen. Sie stellten für ihn eine Bedrohung dar, die ihm Angst machte. Immer erwarteten sie mehr, als er zu geben bereit war, nahmen mehr, als er zu geben glaubte, stellten mehr in Frage, als ihnen zustand, und gruben Kriegsbeile aus, wo es keinen Grund für eine Auseinandersetzung gab. Holly war da anders. Bei ihr hatte er dieses Gefühl der ständigen Herausforderung nicht.

Während Justin auf Raouls Anruf wartete, versuchte er, zwei Interessen miteinander zu verbinden. Wie die kalten Winde aus Asien, die auf die warme Luft des Indischen Ozeans stießen, befanden sich auch Justins Emotionen auf Kollisionskurs.

Holly und Connor waren sich der Gefahren, die auf sie lauerten, nicht bewusst. Sie waren glücklich. Sie waren zusammen – und sie genossen es. Ein Tag nur für sie allein. Um vier Uhr am Nachmittag erinnerte Holly Connor daran, dass Madame Liang Song seinen Anruf erwartete.

»Ach verdammt«, antwortete er. »Sie kann warten.«

Connor Maguire konnte ernsthaft und konzentriert sein, wenn die Umstände es erforderten. Er konnte stark, hartnäckig, kompetent und berechnend sein. Er konnte wütend, hart und sarkastisch werden, wenn es sein musste, aber wenn das Jungenhafte aus ihm herausbrach und sich mit dem Liebhaber in ihm vereinte, wurde er zu einem unwiderstehlichen, erotischen, zärtlichen, gefühlvollen und durch und durch begehrenswerten Wesen, das Holly an einen geheimen Ort trug, an dem nichts und niemand sonst mehr wichtig war, nur noch die Tatsache, dass sie zusammen eins waren. Und das war alles, was zählte.

Alles andere konnte warten.

Kapitel Fünfzehn

Holly erwachte beim ersten Sonnenstrahl, drehte sich zur Seite und betrachtete die stille Schönheit des Meeres. Connor lag zusammengerollt neben ihr, einen Arm um ihre Hüften geschlungen. Sie konnte seinen Atemzug in ihrem Nacken spüren. Wenn sie sich bewegte, würde er erwachen, und das wollte sie nicht, noch nicht. Sie wollte diesen Augenblick noch ein wenig genießen. Die Lagune sah aus wie silbergrauer Satin. Schon bald würde eine leichte Brise die Wasseroberfläche kräuseln. Sie würde zur Leinwand werden, auf der die aufgehende Sonne neue Farben malen konnte, bernsteinfarben erst, dann türkis. Aber im Moment war das Wasser noch ruhig und regungslos – wie der Mann, in dessen Armen sie lag.

Die Realität kam in Form einer Möwe, die sich auf einem Einbaum niederließ und sich eifrig die Federn putzte, um den neuen Tag zu begrüßen. Jenseits des Korallenriffs erstreckte sich der ruhelose Indische Ozean bis ins Unendliche – heute und morgen und an all den Tagen, die danach folgten. Gefangen von der stillen Szenerie da draußen und dem Mann, dem sie ihr Herz geschenkt hatte, wünschte sich Holly, der Moment würde sich unauslöschlich in ihre Seele brennen und auch noch dort sein, wenn die Realität nicht mehr perfekt war und das Leben Schmerzen und Enttäuschungen brachte.

Irgendetwas hatte den Vogel erschreckt. Er flog auf, kreischend. Connor regte sich, küsste ihre nackte Schulter und schmiegte sich noch enger an sie. Nichts und niemand würde Holly den vergangenen Moment nehmen können. Er war ein kostbares Geschenk; sie hatte es genießen dürfen, sie würde die Erinnerung daran hegen und pflegen und für immer als ihr Geheimnis bewahren. Sie rollte sich herum, und als Connors Arme sie fester umfingen und sie auf seine Bedürfnisse reagierte, kam es Holly vor, als habe sich ein Engel eine Auszeit genommen, um ihr wahres Glück zu bringen.

Sie frühstückten im Bett, Connor hinter ihr, die Arme und Beine um sie geschlungen, und sahen zu, wie die Lagune die Farben des Tages annahm.

»Weißt du was«, sagte Connor schließlich, die Lippen an ihr Haar gedrückt. »So könnte ich ewig sitzen bleiben.«

»Hm. Ich auch.«

»Wenn das alles vorbei ist und wir wieder zu Hause sind, sollten wir uns viel Zeit für solche Momente nehmen. Ganz viel Zeit.«

Holly stellte ihre halb leere Kaffeetasse ab und drehte sich zu ihm um. »Ja«, flüsterte sie an seinen Lippen. Dann erinnerte sie sich an ihre gute Erziehung. »Bitte.«

Allmählich holte die Realität sie ein und stellte ihnen unangenehme Forderungen.

»Einen Tag. Mehr Zeit haben wir nicht für Williams Schatz.«

»Dann sollten wir uns jetzt lieber beeilen.«

Connor seufzte. »Hm.« Er nahm ihre Hände in seine. »Komm, dusch mit mir.«

»Hältst du das für eine gute Idee?«

»Wahrscheinlich nicht.« Er zog sie hoch und schlang seine Arme um sie. »Sei stark. Wir schaffen das.«

Holly legte ihre Hände in seinen Nacken. »Schaffen wir das wirklich? Bist du dir sicher?«

»Benimm dich, Jones.«

Sie küsste ihn auf die Brust und spürte, wie er erschauerte. »Das werde ich«, versprach sie.

»Wann?« Seine Stimme klang rau und atemlos. »Herrje, Holly!«

Holly holte tief Luft und schob ihn von sich. »Jetzt.«

In seinen dunklen Augen stand erneutes Verlangen. »Jetzt ist gut.« Er bewegte sich widerstrebend in Richtung Bad. »Was das Duschen angeht – ich traue dir nicht.«

»Kein Wunder …«, Holly folgte ihm, »… ich traue mir selber nicht.«

Die Realität. Sie schoben sie noch einmal weit von sich. Aber sie erwies sich als unglaublich hartnäckig.

Um kurz nach neun rief Connor bei Liang Song an. Nach seinem Gesichtsausdruck und dem einseitigen Gespräch zu urteilen schien sie nicht freundlich zu sein. Er verabredete sich für den nächsten Morgen mit ihr und hängte ein. Dann verzog er das Gesicht. »Wenn die Sache hochgeht, werde ich mich am besten in eine Fliege an der Wand verwandeln. Sie wird außer sich sein.«

»Geschieht ihr ganz recht.«

Er grinste über Hollys mangelndes Mitgefühl. »Komm schon, Jones. Zeit zum Aufbruch.«

Sie verließen das Apartment fröhlich Hand in Hand. Nicht einmal das Telefongespräch mit Liang Song konnte ihr Glück trüben. Justin Parker, der ein Stück die Straße herunter in seinem Auto saß, sahen sie nicht.

Der Anruf war am späten Nachmittag des Vortags gekommen. »Sie sind in Flic en Flac«, hatte Raoul gesagt. »Sie werden sie leicht finden, sie haben ein Apartment mit Blick aufs Meer gemietet.«

»Ich habe mir bereits ein Auto besorgt. Ich werde sofort hinfahren.«

»Heute werden Sie nirgends mehr hingehen. Seien Sie morgen früh dort.«

Justin fragte nicht, wie Raoul die beiden ausfindig gemacht hatte. Vermutlich hatte er nur ein oder zwei Telefonate geführt und dafür gesorgt, dass jede einzelne Bewegung des Australiers verfolgt werden würde. Es irritierte ihn, dass Holly sich so bedingungslos an Maguire band. Er hätte ihr einen besseren Geschmack zugetraut.

Justin parkte so, dass er ihr Apartment leicht im Blick halten konnte. Für die Schönheit des heranbrechenden Tages hatte er nichts übrig. Stattdessen quälte er sich mit der Vorstellung, was sich auf der anderen Seite der geschlossenen Tür abspielen könnte. Schließlich tauchten Holly und Maguire auf, Händchen haltend, und stiegen in Maguires Auto. Der verfluchte Typ lachte über irgendetwas, das sie gesagt hatte. Justin folgte ihnen, wartete, während sie in eine Bäckerei gingen, danach zu einem Metzger und schließlich in ein Obstgeschäft. Danach steuerten sie wieder die Hauptstraße an.

»Das sieht aber übel aus«, bemerkte Holly, als sie am Wrack von Shams Zivilwagen vorbeifuhren. Das Auto lag auf der Seite, die Windschutzscheiben waren zersplittert, Dach und Türen eingedrückt. Ein paar Lumpensammler hatten alles mitgenommen, wovon sie glaubten, es könne sich verkaufen lassen oder ihnen irgendwie nützlich sein.

Der Detective, der sich die ganze Nacht an der Schwelle zum Tod befunden hatte, kehrte endlich ins Leben zurück. Seine Vitalfunktionen waren stärker geworden, und irgendwann um die Zeit des Sonnenaufgangs war er vom Koma in den Schlaf hinübergeglitten. Dass er überhaupt überlebt hatte, grenzte an ein Wunder. Sham konnte sich an die Einzelheiten des Unfalls nicht erinnern, er wusste lediglich noch, was ihn verursacht hatte. Er war zu schnell gefahren, war ins Schleudern geraten, weil er einem Porsche hatte ausweichen müssen, und dann von der Straße abgekommen. Sein Auto war zuerst in den Graben gerast, dann in die Luft geschleudert worden und schließlich gegen einen Telegrafenmast geprallt. Der Aufprall hatte dem Wagen praktisch das Genick gebrochen. Es war im Nu vorbei gewesen. Das zerstörte Wrack war zurück in Richtung Graben gerutscht, doch zu diesem Zeitpunkt hatte Sham bereits jegliches Interesse verloren.

Herumfliegende Splitter hatten erhebliche Verletzungen verursacht, aber der schlimmste Schaden war entstanden, als sein Sicherheitsgurt bei dem Aufprall aufgesprungen war. Sham hatte einen Schädelbruch, sein rechter Arm und das Handgelenk waren ebenfalls gebrochen. Die Brust war hinter dem Steuer eingeklemmt worden, weshalb einige Rippen gebrochen waren und ein Lungenflügel durchbohrt. Er hatte einen Riss in der Leber, beide Hüften waren gebrochen, und ein Knöchel so böse zertrümmert, dass er für immer hinken würde. Und zu allem Überfluss hatte ein Splitter des geborstenen Rückspiegels ihm das linke Augenlicht genommen.

Sham kehrte mit wenig Enthusiasmus in das Land der Lebenden zurück. Gewaltige, lebensbedrohliche Ereignisse haben die Fähigkeit, vor allem anderen ins Bewusstsein vorzudringen. Er wusste, noch ehe er Schmerz verspürte oder sich bewusst wurde, dass sein gesamter Körper bandagiert war, dass ihm das nicht gefiel.

Seine Augen waren verbunden. Er hörte seine Frau irgendwo im Raum leise schluchzen. Sein unversehrter Geruchssinn sagte ihm, dass er sich in einem Krankenhaus befand.

»Was …?«, krächzte Sham.

Seine Frau brach in Tränen aus. Eine nüchterne Frauenstimme erklärte ihm, er habe einen Autounfall gehabt. Sham fragte sich wo.

Er versank wieder in Schlaf und erwachte, ohne zu wissen, wie spät es war und welcher Tag. Obwohl er unter dem Einfluss starker Medikamente stand, die seine Schmerzen lindern sollten, wusste der Detective, als sein Chef ihn nachmittags besuchen kam, dass es etwas gab, was er ihm sagen musste. Das Problem war nur, dass er sich nicht erinnern konnte, was es war. Ohne ein Wort zu sprechen, erlag Sham erneut der wohligen Wirkung der schmerzstillenden Medikamente, und die Gelegenheit war vertan.

Connor war ebenfalls der Meinung, dass die Steilstufe, über die der Wasserfall in die Tiefe stürzte, mit der Zeichnung von William identisch war. Auch wenn das gesamte Gebiet zugewachsen und unzugänglich war, war der terrassenförmige Abfall nicht zu übersehen.

»Mein Taxifahrer hat mir erzählt, dass das neue Wasserkraftwerk den Fluss praktisch zerstört hat«, erklärte Holly. »Als William damals seine Karte gezeichnet hatte, war er sicher viel breiter und reißender.«

»Wenn seine Richtungsanweisungen stimmen, müsste sich der Schatz irgendwo dort unten befinden.« Connor zeigte zur gegenüberliegenden Seite hinunter. Das Wasser fiel ungefähr zehn Meter tief herab, floss dann über einen steil abfallenden Felssockel, ehe es sich zwischen zwei weiteren Felsen hindurch in ein großes Bassin ergoss. Danach verzweigte es sich in eine Reihe kleinerer Wasserfälle. Connor zeigte auf eine Stelle, wo das dichte Unterholz bis ans Wasser reichte. Vor der Einwirkung des Menschen musste sich der Wasserfall über die gesamte Breite der Steilstufe ausgedehnt haben, eine Art Miniaturausgabe der hufeisenförmigen Niagarafälle. Nun, wo das Wasser sehr viel spärlicher floss, hatte sich die Vegetation überall dort ausgebreitet, wo sie Halt fand. »Es könnte ein bisschen schwierig werden, dort hinunterzugelangen. Wie kommst du mit Höhe zurecht?«

»Gut.« Holly log. Sie hasste Höhen.

»Ich würde auf eine Stelle irgendwo oberhalb des zweiten Bassins tippen. Wir müssen zuerst an die andere Seite gelangen.« Connor nahm ein Stück Seil aus dem Wagen und hängte es sich über die Schulter. Es war die einzige Ausrüstung, die er mitgebracht hatte.

Der Abstieg war sehr mühsam. Es gab keinerlei Weg, der Untergrund war uneben und rutschig. Die Vegetation war so dicht, dass sie manchmal nicht einmal mehr den Wasserfall sehen konnten. Connor erwies sich als einigermaßen trittsicher, aber Holly hatte große Probleme und dachte mit Schrecken an den späteren Aufstieg. In dieser Phase ihrer Beziehung war es denkbar ungünstig, Connor gestehen zu müssen, dass sie vollkommen untrainiert war!

Als Justin Parker die Stelle erreichte, an der Holly und Connor das Gelände mit der Zeichnung verglichen hatten, kam er zu derselben Schlussfolgerung wie Holly, als sie die Tamarin Falls zum ersten Mal gesehen hatte. Er kannte den Plan auswendig und war gleichfalls der Ansicht, dass man auf der gegenüberliegenden Seite mit der Suche beginnen müsste. Seit er nicht mehr mit der Verfolgung beschäftigt war, hatte Justin nur noch den Schatz im Kopf. Er musste ihn vor den beiden anderen erreichen. Anstatt Holly und Connor zu folgen, machte Justin sich daher in umgekehrter Richtung auf den Weg.

Connor besaß Justin gegenüber zwei entscheidende Vorteile. Die letzten fünf Schuljahre hatte er als Internatsschüler in der Armidale School verbracht, einer privaten anglikanischen Einrichtung in den Northern Tablelands von New South Wales, in der nicht nur der normale Lernstoff vermittelt wurde, sondern darüber hinaus auch praktische Fähigkeiten wie Überlebenstechniken im Busch. Problemlos hatte Connor die Outbacks erobert, sowohl die Berge als auch die Wüste. Justins Fähigkeiten hingegen beschränkten sich auf gelegentliche Spaziergänge im Universitätsgelände von Oxford. Darüber hinaus war Connor von Natur aus sehr sportlich, Justin nicht. In dem schwierigen Gelände machte er eine denkbar schlechte Figur.

Man konnte unkompliziert an das untere Ende der Wasserfälle gelangen, indem man einfach nur dem Kamm folgte, bis er zur Küste hin abfiel und einen leichten Abstieg ermöglichte. Wesentlich schneller war man jedoch, wenn man gleich neben den Wasserfällen den Steilhang hinunterkletterte. Genau dies hatte Connor vor. Er wollte sich die üppige Vegetation zunutze machen, um sich mit Händen und Füßen daran festzuhalten. Justin dachte nicht so weit. Das Einzige, was er wusste, war, dass Maguire den Fluss oberhalb des Wasserfalls überquert hatte. Wenn er sich beeilte, glaubte Justin, würde er den Grund auf dieser Seite erreichen, dann auf die andere Seite hinüberwechseln und weit vor Holly und Maguire am Ziel sein.

Die Oberkante des Steilhangs war tückisch. Connor, der in seiner erhöhten Position einen guten Überblick hatte, konnte sich gut vom Abgrund fernhalten. Justin hingegen musste in seiner Nähe bleiben, um nicht die Orientierung zu verlieren. Er stolperte über Steine und rutschte auf dem unebenen Boden aus. Der Schweiß tropfte ihm in die Augen, dann verlor er plötzlich den Halt, stürzte zu Boden und rutschte auf den Abgrund zu. In Panik griff er nach einem Schössling, um sich daran festzuhalten. Aber der junge Baum war noch nicht fest im steinigen Untergrund verwurzelt. Die Pfahlwurzel reichte nicht mehr als drei Zentimeter hinab, die Pflanze ernährte sich über ein feines Gewebe aus Flachwurzeln, von denen sich ein Teil über der Erdoberfläche befand. Unter Justins Gewicht wurde der kleine Baum entwurzelt, und er entglitt ihm. Seine Hände griffen plötzlich ins Leere. Justin schrie entsetzt auf, als er den Boden unter den Füßen verlor. Es gab nichts, woran er sich festklammern konnte, nichts, was ihn aufhalten konnte. Panisch um sich schlagend rutschte er über die Kante.

Er schlug auf dem Felsplateau zehn Meter tiefer auf. Sein Kopf bekam die volle Wucht des Schlages ab. Ehe er Schock oder Schmerz verspüren konnte, rollte er weiter und stürzte ins Nichts. Er prallte auf die Felsen, die das erste Bassin umgaben, dann rutschte er über den Rand, um mit dem Kopf zuerst in das zweite zu stürzen. Langsam veränderte das Wasser seine Farbe. Sein Schädel war gespalten. Justin war bereits tot, ehe er aufhörte zu fallen.

»Was war das?«, fragte Holly.

»Vermutlich ein Vogel.« Connor klang zweifelnd. Der Schrei war hoch und schrill gewesen und ganz abrupt abgebrochen.

Sie wartete, aber sie hörten das Geräusch nicht wieder. Sie hatten inzwischen den Fluss überquert und kamen auf ihrem Weg um das äußere Ende des Hufeisens nur langsam voran. »Noch ein kleines Stück«, erklärte Connor. »Dann werden wir versuchen abzusteigen.«

Holly konnte es kaum erwarten!

Es war unmöglich bis nach unten zu sehen. Bäume und Sträucher versperrten die Sicht. Schließlich entdeckte Connor eine geeignete Stelle. »Hier könnte es gehen«, rief er ihr zuversichtlich zu.

Holly spähte über den Abgrund. Ich schaff das, redete sie sich ein. Was war das schon? Knappe fünf Meter Abgrund, ein Felsvorsprung, der sie halten würde oder auch nicht, ein paar Felsblöcke darunter, dann ein tief abfallender Steilhang, der ziemlich rutschig aussah. Das, was danach folgte, war, soweit sie das von ihrem Standpunkt aus durch das dichte Laub erkennen konnte, ein wesentlich einfacher zu bezwingendes, wenn auch immer noch recht steiles Gefälle. Für Holly bedeutete das den Abstieg in die Hölle. Oh, Scheiße!, schoss ihr durch den Kopf. Sie war der Verzweiflung nahe. »Wie lang ist dieses Seil?«, fragte sie.

»Lang genug. Es müsste bis nach unten reichen.« Connor blickte zu ihr hinauf, während er sich hinkniete, um das eine Ende des Seils an einem dicken Baumstamm zu befestigen. »Ist das okay für dich? Wenn es dir lieber ist, steige ich allein ab.«

Holly verzog das Gesicht. »Du hast keine Ahnung, Maguire, wie gern ich dieses Angebot annehmen würde.« In ihrem Magen drehte sich alles. »Aber im Interesse unerschrockener Berichterstattung, fürchte ich, wirst du mich so leicht nicht los.«

»Bist du schon einmal geklettert?«

»Klar. Jeden Tag. Ins Bett und wieder heraus.« Sie zeigte auf das Seil. »Sorg bloß dafür, dass es fest ist. Es wäre mir unangenehm, wenn es sich plötzlich lösen würde. Irgendwie, glaube ich, würde mir das den Tag verderben.«

»Keine Sorge, du kannst dich auf mich verlassen.«

»Das tue ich. Aber dieses blöde Seil macht mich trotzdem misstrauisch.«

Connor warf das andere Ende des Seils in die Tiefe. Dann rutschte er ein Stück den Abhang hinunter. Eine Lawine kleiner Steine löste sich und stürzte polternd in die Tiefe. »Warte hier. Ich werde den Felsvorsprung testen, dann gebe ich dir ein Zeichen.« Er nahm das

Seil mit beiden Händen, stellte die Füße an den Rand des Abgrunds, lehnte sich zurück und machte einen Schritt nach hinten.

Jones, das ist absoluter Wahnsinn!, versuchte Holly sich zu beruhigen. Halt dich besser zurück. Sie hörte Connor fluchen. »Bist du okay?«

»Bestens.« Seine Stimme schallte zu ihr hinauf. »Ich bin jetzt auf dem Felsvorsprung angekommen. Er scheint stabil zu sein, aber sei trotzdem vorsichtig. Hier sind überall spitze Steine und abgebrochene Äste. Es ist nicht ungefährlich.«

»Wunderbar«, zischte Holly. »Genau das, was ich brauche.«

»Möchtest du vielleicht doch lieber oben bleiben?«

»Auf keinen Fall.« Holly nahm das Seil in die Hand. Sieh nicht nach unten!, redete sie stumm auf sich ein. Sie sah nach unten. Connors Kopf war nur wenige Meter unter ihr. »Das könnte jetzt etwas dauern.«

»Lass dir Zeit. Leg dein Gewicht auf deine Füße. Lehn dich nach außen. Super, das machst du gut. Nicht zu weit. So ist es richtig. Weiter so. Gut. Bist du okay?«

»Ja.«

»Taste dich mit dem Fuß vor, Holly. Halt die Beine auseinander, und versuch dein Gewicht zu verlagern. Bist du so weit? Dann bring jetzt den nächsten Fuß herunter.«

Holly verdrehte die Augen. Bei diesem Tempo würde sie den Felsvorsprung wohl nicht vor Sonnenuntergang erreichen. Immer wieder verlagerte sie ihr Gewicht falsch, einmal hing sie hilflos in der Luft, bis Connor sie wieder zurück in Position bringen konnte.

Hollys Hände waren so feucht vor Angst, dass sie befürchtete, das Seil könne ihr entgleiten. Das Gefühl seiner Hände an ihren Beinen, die sie leiteten und stützten, war äußerst beruhigend. Nach einem weiteren Stück bekam Connor ihre Taille zu fassen und hob sie herab. Fragend sah er sie an. Offenbar zweifelte er inzwischen doch an ihrer Fähigkeit, bis nach unten zu kommen.

Holly, die noch nie in ihrem Leben geklettert war, hatte das Seil wie eine Rettungsleine und nicht wie eine Vorsichtsmaßnahme benutzt. Sie hatte sich so fest darangeklammert, dass die Haut ihrer Handinnenfläche aufgescheuert worden war. Jetzt brannten Hollys Hände wie Feuer. Wenn das so weiterging, würde sie überall Blasen haben, ehe sie auch nur ein Viertel des Abstiegs hinter sich gebracht hatte. Connor registrierte die Schweißperlen auf ihrer Stirn. »Baby, du musst das nicht machen.«

Holly lehnte sich an ihn. Ihr Mund war ausgetrocknet, ihr Herz schlug wild. »Ich will es aber.«

»Du bist wirklich eine tapfere …

»Wenn du jetzt Kleine sagst, liegst du unten.«

Er lachte und legte die Arme um sie. »Ich liebe dich, Holly Jones. Du heiratest mich doch, oder?«

Typisch Maguire, ihr hier einen Heiratsantrag zu machen. »Wenn ich das überlebe.«

»Das wirst du, dafür werde ich schon sorgen. War das jetzt ein Ja?«

Sie sah ihn an. Sein Gesicht war dicht vor ihr. Eine Locke war ihm in die Stirn gefallen, und neben einer seiner Augenbrauen sah sie eine dünne Blutspur. Offenbar hatte er sich an einer der dornigen Pflanzen verletzt, die aus den Felsspalten herauswuchsen. Ansonsten war er unversehrt. Er wirkte völlig gelassen. Zärtlich sah er sie an.

»Das war ein Ja.«

Er küsste sie auf die Stirn. »Gut«, sagte er dann, als hätte er nur die Bestätigung für etwas gesucht, was er ohnehin längst gewusst hatte. »Dann lass uns jetzt das nächste Stück in Angriff nehmen.«

»Ist das alles? Ich habe dir gerade gesagt, dass ich dich heiraten werde. Hast du dazu nicht mehr zu sagen?«

Connor lächelte und schüttelte den Kopf. »Ich traue dir nicht, Jones. Du bewegst den Mund, und ehe ich mich versehe, ertrinke ich darin. Kann das nicht warten, bis wir unten sind?«

Ihr Fuß trat einen Stein los, der polternd nach unten fiel. Schlagartig wurde ihnen klar, dass ein Felsvorsprung an einem Steilhang wohl nicht der richtige Ort für mehr als eine kurze Pause war.

Holly sah sich den Felsen genauer an. Sie mochte nicht an den weiteren Abstieg denken. »Lass uns weitermachen«, sagte sie abrupt, so als könnte sie dadurch verhindern aufzugeben.

»Hey«, sagte er leise und zog sie erneut an sich. »Es ist nicht so schlimm, wie es aussieht. Ich bin doch bei dir.«

Sie holte tief Luft.

Eine halbe Stunde später hatten sie das Ende des Seils fast erreicht. Das letzte Stück hinunter rutschten sie. Holly sah hinunter aufs Wasser, und im gleichen Moment zerriss ihr entsetzter Schrei die Stille.

Connor fuhr zusammen. »Was ist los?«, stieß er aus.

»Da.« Sie zeigte mit zitternden Händen an ihm vorbei nach unten. Ihre Augen waren vor Panik weit aufgerissen. Durch das Laub hindurch konnte man einen Körper erkennen. Er lag mit dem Gesicht im Wasser. Sein Blut hatte es rot verfärbt. »Ich glaube, das ist Justin«, stammelte Holly.

Connor schaute genauer hin. »Oh, mein Gott. Das Geräusch, das wir gehört haben, das war Justin.«

»Kannst du irgendwie zu ihm gelangen? Ich komme schon klar. Du bist ohne mich viel schneller.«

Connor reagierte sofort. Er rutschte das letzte Stück blitzschnell nach unten. Erst da wurde Holly klar, wie sehr sie ihn aufgehalten hatte.

An den Felsen vorbei rannte er auf Justin zu. »Er ist tot«, rief er zu ihr hinauf. »Er scheint von oben heruntergestürzt zu sein.«

Holly blickte hinauf. Es war ein verdammt langer Weg. Connor kam wieder zum Fuß des Steilhangs zurück. »Das letzte Stück ist nicht besonders schwierig.«

Sie rutschte so schnell sie konnte weiter herunter. Ihre Hände brannten, aber sie ignorierte die Schmerzen. Es kam ihr vor, als gäbe sie alle Sicherheit auf. Widerstrebend ließ sie das Ende des Seils los.

Der Schock über Justins Tod half ihr, die letzten Schwierigkeiten zu überwinden. Sie dachte nur noch an ihn. Er tat ihr so leid. Er musste ihnen erneut gefolgt sein.

Connor fing sie auf, als ihr plötzlich die Beine wegsackten. Fest hielt er sie an sich gedrückt. »Ich denke nicht, dass du zu ihm gehen solltest. Es ist kein sehr schöner Anblick.«

Holly begann zu weinen. Sie hatte Justin Parker nicht getraut, aber merkwürdigerweise hatte sie ihn trotzdem gemocht. Und keiner sollte sterben, ohne dass jemand Tränen um ihn vergoss.

»Was sollen wir denn jetzt tun? Wir können ihn doch nicht einfach dort liegen lassen.«

»Das müssen wir. Wir können ihn nicht bewegen. Die Polizei muss verständigt werden.«

»Dann geh du. Ich behindere dich nur. Es macht mir nichts aus, hier zu warten.«

»Bist du sicher?«

Er wollte sich vergewissern, dass es okay war, wenn sie mit Justin zurückblieb. »Ganz sicher.«

»Ich komme so schnell ich kann zurück, aber es kann einige Stunden dauern. Versuch unter gar keinen Umständen, allein hinaufzusteigen. Warte auf mich, okay?«

»Ich verspreche es. Pass auf dich auf.«

Eine Weile konnte sie ihn noch hören, dann gab es um sie herum kein Geräusch mehr außer dem des tropfenden Wassers. Holly setzte sich an den Fluss und lauschte in die Stille. Sie fühlte sich leer und einsam.

Zweihundertfünfzig Jahre zuvor war Mauritius von dem größten Zyklon seiner Geschichte heimgesucht worden. Er hatte wochenlangen strömenden Regen mitgebracht. Angeschwollene Flüsse traten über die Ufer und überschwemmten das Land. Sie suchten sich neue, bisher unbekannte Wege ins Meer. Unter normalen Umständen hätte William Maguires Schatz dennoch sicher sein müssen. Er lag etwa auf der Hälfte des Abhangs ein gutes Stück hinter den herabstürzenden Wassermassen verborgen. Selbst in Hochwasserzeiten war der Schatz unversehrt geblieben. Er befand sich in einer niedrigen Höhle, deren Eingang von einem überhängenden Felsen vor Regen und neugierigen Augen geschützt wurde. Nur ein paar vorwitzige Eidechsen und Ameisen wussten von seiner Existenz.

Aber William hatte weder die Heftigkeit jenes Zyklons vorhersehen können noch die Auswirkungen des pausenlosen Regens, der auf die Insel herunterprasselte. Ein gewaltiger Erdrutsch führte dazu, dass sich der Tamarin River oberhalb des Wasserfalls auf mehreren Kilometern staute. Eine Wand aus Geröll, Schlamm und entwurzelten Bäumen ließ den Wasserspiegel auf das Zehnfache seiner normalen Höhe anschwellen, ehe sie schließlich unter dem Druck des Wassers nachgab. Die Fluten bewegten sich weiter, langsam und träge erst und dann mit rasender Geschwindigkeit. Das Wasser trieb voran, riss alles mit sich, was ihm in den Weg kam, bis die gurgelnden, tobenden Wassermassen schließlich über den Abhang schossen und in freiem Fall in den Ozean stürzten.

Noch immer war der Schatz in Sicherheit, aber als aus Tagen Wochen wurden, bildete sich aus dem Schmutz und Unrat, der sich am Fuße des Wasserfalls sammelte, erneut ein Damm, und dieses Mal begann sich das Tal von unten zu füllen. Das schäumende Wasser erreichte schließlich die Höhle und schwemmte zwei kleine Kisten heraus, alles, was von Williams Schatz übrig geblieben war. Sie trieben vorwärts, gingen unter und verhakten sich schließlich dort, wo sich normalerweise das zweite Bassin des Wasserfalls befand, genau das, in dem Justin nun lag.

Als der Regen nachließ und der Fluss in sein ursprüngliches Bett zurückkehrte, verdunstete das überschüssige Wasser des Bassins, und die beiden Kisten waren dem unaufhörlichen Prasseln des Wasserfalls ausgesetzt. Es dauerte lange, aber dann zerbarst erst die eine, wenig später die andere Kiste. William hatte das nie erfahren. Er war während des Zyklons an einem natürlichen Tod gestorben. Der Inhalt der Kisten – Münzen und wertvolle Steine – war von einem Bassin ins nächste gespült worden, bis er im Flussbett liegen blieb. Schon bald wurden die Schätze vom Schlamm umspült, um schließlich für immer von ihm verborgen zu werden. Sie wurden nicht ins Meer gespült, denn der Bau eines neuen Wasserkraftwerks verringerte die Wassermenge des einst so mächtigen Flusses, bis nur noch ein feines Rinnsal übrig blieb. Im Laufe der Jahrhunderte wurden drei der Goldmünzen an die Oberfläche zurückgeschwemmt.

Holly saß auf dem Felsen und starrte auf das Wasser. Die Sonne stand senkrecht über ihr und wärmte den eigentlich so friedlichen, entlegenen Ort, der Justin das Leben gekostet hatte. Ein Glitzern im Wasser riss sie aus ihren Gedanken. Holly beugte sich vor und versuchte zu erkennen, was es war. Schlagartig wurde es ihr klar, und eine große Ruhe überkam sie. Was hatte Kathleen Maguire gesagt? Ich habe das starke Gefühl, dass das Schicksal es will, dass es zu einer Begegnung zwischen irgendjemandem und dem Schatz kommt. Damals hatten ihre Worte keinen Sinn ergeben. Eine Begegnung zwischen irgendjemandem und dem Schatz? War Justin dieser Jemand? Holly rührte sich nicht vom Fleck. Sie war der Meinung, dass Justin, der für sein Streben nach Reichtum den höchsten Preis gezahlt hatte, dieses Geheimnis für immer bewahren sollte – und sie hatte das Gefühl, dass Connor ebenso dachte wie sie.

Sie hatte keinen Zweifel daran, dass sich das, was von Williams Schatz übrig war, da unten im Wasser befand. Sollte es dort bleiben. Sollten vergangene Streitereien dort begraben werden und gegenwärtige Streitereien endlich verstummen. Sollte die Erde das zurücknehmen, was der Mensch ihr einst entrissen hatte.

Fast drei Stunden vergingen, ehe Connor mit der Nachricht zurückkehrte, dass ein Polizeiteam zu ihnen unterwegs sei. »Wir müssen hier warten, bis sie eintreffen.«

Wortlos zeigte Holly auf die Münzen.

Er blickte sie lange an. Dann legte er den Arm um ihre Schultern. »Weißt du, das eigentlich Befriedigende an der Entdeckung eines Schatzes ist die Entdeckung selbst.«

Sie nickte und wartete darauf, dass er weitersprach.

»Natürlich könnte es sein, dass die Münzen gar nicht von William stammen. Aber wenn, könnten sie eine Menge Gutes bewirken.«

»Ja.«

»Sie könnten ebenso gut verflucht sein.«

»Ich bin mir nicht sicher. Kathleen schien das nicht so zu sehen.«

»Aber sie hat etwas Böses gespürt. Vielleicht war es eine Vorahnung wegen Justin.«

»Vielleicht.«

Connor umarmte Holly. »Ich werde den Scheck ausstellen.«

Zwei Mitglieder des Polizeiteams seilten sich direkt neben dem Wasserfall ab. Justins Leiche wurde fotografiert, vorsichtig aus dem Wasser gehoben, auf eine Bahre geschnallt und die Steilwand hinaufgezogen. »Wir werden uns hier unten ein wenig umsehen«, sagte einer der Polizisten. »Oben ist ein Detective, der Ihnen gern ein paar Fragen stellen würde. Können Sie allein hinaufklettern?«

»Kein Problem«, versicherte Connor ihm.

Holly seufzte. Das Hinaufsteigen erforderte noch mehr körperliche Anstrengung als der Abstieg. Bei Letzterem hatte wenigstens die Schwerkraft nachgeholfen, und mit jedem Schritt hatte sich die mögliche Fallhöhe verringert. Connor ging abwechselnd vor und blieb zurück für den Fall, dass sie stürzte. Als sie schließlich wieder oben ankamen, hatte Holly das Gefühl, ihre Lungen stünden in Flammen.

Sie hatte Kratzer im Gesicht und auf Armen und Beinen, ihre Hände waren von Blasen übersät, einige waren aufgeplatzt und bluteten. Erschöpft und mit vor Anstrengung hochrotem Kopf ließ sie sich zu Boden fallen.

Detective Rafe Jolliffe, ein schwerer, breitschultriger Mann mit misstrauischem Blick und skeptischer Stimme, befragte sie eingehend. Er fand, es sei ein merkwürdiger Zufall, dass an einem derart einsamen Ort, an den sich nur selten Touristen verliefen, zur gleichen Zeit zwei Personen Leib und Leben riskierten, um ein wenig herumzuklettern, und eine dritte Person in den Tod stürzte. Zumal alle drei sich auch noch gekannt hätten.

»Wir haben nicht gewusst, dass er uns gefolgt ist«, sagte Holly.

»Warum hätte er Ihnen folgen sollen?«, fragte Jolliffe.

Holly sagte das Erste, was ihr in den Sinn kam. »Weil er eifersüchtig war.«

»Auf Sie, Monsieur?« Jolliffe sah Connor an.

»Ja.«

»Aber wieso sind Sie hier überhaupt heruntergeklettert?«, fragte der Detective zum zweiten Mal. Offenbar erschien ihm ihre Erklärung nicht ganz glaubhaft. Er warf Holly einen vorwurfsvollen Blick zu. »Sie sind sehr unerfahren. Das war eine äußerst dumme Idee.«

»Okay, okay.« Abwehrend hielt Connor beide Hände hoch. »Es war meine Schuld. Ich wollte ihr einen Heiratsantrag machen. Und es sollte besonders spektakulär sein, das war alles.«

»Ah!« Die intelligenten Augen des Mannes wanderten von Connor zu Holly. Er sah, dass die beiden einen raschen Blick tauschten. Es gab keinen Zweifel daran, dass sie verliebt waren, aber sie verbargen auch etwas. »Mademoiselle?«

»Sie hat Ja gesagt«, fügte Connor hinzu.

Holly wurde tatsächlich rot. Sie sah verlegen zu Boden.

In dem Moment fiel dem Detective ein, dass die beiden vielleicht nur ein leidenschaftliches Rendezvous vertuschen wollten. Er wollte gerade eine entsprechende Andeutung machen, als Holly vorschlug, er könne sich bei Detective Sham nach ihr erkundigen.

Jolliffe sah sie erstaunt an. »Sie kennen Sham?«

»Ja.«

»Woher?«

»Haben Sie schon von Guy Dulac gehört?«

»Ja.«

»Sham ermittelt gegen ihn.«

»Und was haben Sie damit zu tun?«

»Dulac hat mich eine Zeit lang belästigt. Sham wusste das und hat dafür gesorgt, dass Dulac mich in Ruhe lässt.«

Der Detective nickte langsam. »Verstehe.« Er dachte kurz nach, dann zuckte er mit den Schultern und sagte: »Ich werde mich später noch mit ihm unterhalten.« Er sah keinen Grund, Holly zu erzählen, dass Sham schwer verletzt im Krankenhaus lag, halb bewusstlos war und keinesfalls in der Lage, auch nur irgendetwas Sinnvolles von sich zu geben. Aber er war beruhigt. Wenn dieses Mädchen annahm, Sham würde sich für sie verbürgen, dann sagte sie vermutlich auch die Wahrheit über den Toten. Sham täuschte sich so gut wie nie in anderen Menschen.

Holly und Connor hinterließen ihre aktuelle Adresse und Telefonnummer, dann durften sie gehen. »Ich werde mich mit Ihnen in Verbindung setzen, wenn ich weitere Informationen benötige. Kommen Sie morgen zur Polizeistation nach Curepipe. Sie müssen dort die Aussagen unterschreiben, die Sie zu Protokoll gegeben haben.« Mit diesen Worten entließ er sie.

»Eifersüchtig?« Lächelnd zog Connor das Seil nach oben, wickelte es auf und schwang es über die Schulter.

Holly zuckte mit den Schultern. »Es war das Erste, das mir einfiel.«

»Tu mir bitte einen Gefallen.«

»Was denn?«

»Wenn du das nächste Mal so eine faustdicke Lüge auftischst, dann warn mich vorher.« Er legte seinen freien Arm um ihre Schulter, und sie setzten sich in Bewegung. »Noch besser, lass es ganz bleiben.«

»Aber ich konnte ihm schließlich nichts von der Schatzsuche erzählen.«

»Nein«, stimmte Connor ihr zu. »Aber du hättest einfach sagen können, dass er hinter uns abgestürzt ist.«

»Ja.« Er kannte sie inzwischen. Vermutlich würde sie ihn jetzt wieder mit einem ihrer Spezialausdrücke bedenken.

»Verzeihung.«

Connor lächelte wieder. Offenbar kannte er sie doch noch nicht so gut. Aber es würde ihm verflucht viel Spaß machen, sie kennenzulernen.

Als sie wieder im Auto saßen, fiel ihnen ein, dass sie seit dem Frühstück nichts gegessen hatten. Die Aufregung und der Schock über Justins Tod hatten sie nicht an Essen denken lassen, aber jetzt spürten sie ihre Erschöpfung und den Hunger. Holly war überrascht, wie anstrengend die Kletterei gewesen war. Sie wollte weder Connor noch sich selbst eingestehen, wie wenig Kondition sie hatte. Es war eine Frage des Stolzes. Die Wahrheit war, sie war nicht belastbar und hatte große Angst gehabt.

Sie standen neben dem Auto und aßen Baguette mit Käse. »Hast du heute Abend Lust auf einen kleinen Ausflug?«, fragte Connor beiläufig.

»Wohin?«

»Grand Baie.«

»Gibt es einen Grund?«

»Ich dachte, eine kleine Abwechslung würde uns gut tun.«

Holly sah ihn an. »Geht es auf die Yacht einer bestimmten Person? Hattest du nicht genug Aufregung für einen Tag?«

»Mir läuft die Zeit davon.«

»Was wirst du tun, wenn du etwas findest?«

»Das hängt davon ab, was es ist.«

Sie schwieg eine Zeit lang. »Willst du mir jetzt ein wenig darüber erzählen?«

Connor sah an ihr vorbei. »Ja, ich schätze, das sollte ich tun.«

»Du musst nicht«, sagte sie leise. »Nicht, wenn es dir wehtut.«

»Es tut immer weh.« In seiner Stimme lag Dankbarkeit. »Aber ich will keine Geheimnisse zwischen uns.«

»Ich schätze, dann sollte ich dir auch von Dennis erzählen.«

»Wenn du dazu bereit bist. Wahrscheinlich habe ich das meiste ohnehin längst erraten.«

Connor sammelte sich kurz, dann begann er zu sprechen. »Brian war sechzehn Jahre älter als ich. Als meine Mutter seinen Vater heiratete, war sie noch sehr jung. Er starb an Krebs, als mein Bruder elf war. Ein paar Jahre später heiratete sie meinen Vater, und dann kam ich auf die Welt. Brian war für mich wie ein zweiter Vater. Er war für mich immer eine Art Held. Solange ich zurückdenken kann, waren wir uns sehr nah, auch wenn wir uns im Grunde kaum gesehen haben.« Connor unterbrach seine Erzählung einen Moment. Tiefe Furchen auf der Stirn zeugten davon, dass ihm die Erinnerung schwer fiel. »Brian war ein wilder Bursche, und er und mein Vater kamen nie so richtig klar miteinander. Ich schätze, es lag daran, dass er nicht verwinden konnte, dass meine Mutter sich neu verliebt hatte, auch wenn er sich immer rührend um mich kümmerte.«

Holly sagte nichts. Sie ließ ihm viel Zeit, um diese Geschichte zusammenzutragen, die er, da war sie sich sicher, noch nie zuvor in voller Länge erzählt hatte. Die Worte schienen ihm nur schwer über die Lippen zu kommen. Offenbar musste er große Widerstände überwinden, um die schmerzhaften Erinnerungen neu zu beleben, die er so lange vergraben hatte. Sie wollte ihm erneut versichern, dass er nicht weiter zu sprechen bräuchte, wenn er nicht wollte, aber sie hatte das Gefühl, er würde es dennoch tun. Der Zeitpunkt war der richtige.

»Als ich drei war, zog Brian aus. Die Situation zu Hause war sehr schwierig geworden. Dad konnte verdammt stur sein, und das galt auch für Brian. Sie kamen einfach nicht auf einen Nenner. Ich sagte ja schon, er war ein wilder Bursche. Nein, wild ist nicht der richtige Ausdruck. Er war ein Einzelgänger. Und wie viele Einzelgänger schien er ständig auf der Suche nach etwas zu sein, das seinem Leben Sinn gab. Er war nur dann zufrieden, wenn alles perfekt lief, schien aber nicht zu wissen, wie er es erreichen konnte. Brian schaffte es nicht, einem regelmäßigen Job nachzugehen. Er machte alles Mögliche. Mal jobbte er als Barmann, dann war er plötzlich auf dem Bau oder fuhr Taxi. Er hat sich sogar bei einer Fluggesellschaft beworben, weil er gern Flugbegleiter werden wollte, aber die haben ihn nicht genommen. Danach ist er nach Nord-Queensland gegangen und hat dort Arbeit als Cowboy gefunden. Meine arme Mutter ist vor lauter Sorge fast verrückt geworden.« Ein kurzes Lächeln huschte über Connors Gesicht. »Das Besondere an Brian war, dass er unglaublich charmant sein konnte. Mein Vater sagte immer, er würde es sogar schaffen, Margaret Thatcher zu becircen, wenn er das wollte.«

Holly lächelte. »Dann muss er verdammt gut gewesen sein.«

»Als ich ungefähr zwölf war, kam er an einem Wochenende zu Besuch nach Hause. Er erzählte, er sei der Reserveeinheit der Armee beigetreten. Niemand in der Familie glaubte daran, dass er lange dort bleiben würde.«

»Und ist er?«

»Ja. Er hatte endlich etwas gefunden, was ihm Spaß machte und was er konnte. Er liebte den körperlichen Einsatz und das Abenteuer. Das Einzige, womit er nicht besonders zurechtkam, war die Disziplin, aber das hat ihn nicht abgehalten. Der Job gefiel Brian so gut, dass er nach ein paar Jahren beschloss, der normalen Armee beizutreten.«

»Es gibt für jeden eine sinnvolle Aufgabe«, sagte Holly nachdenklich. »Manche Leute brauchen nur etwas länger, um sie zu finden.«

Connor schüttelte den Kopf. »So einfach ist es leider nicht. Die Disziplin hat ihm schließlich das Genick gebrochen. Brian war ein Freigeist, der für die harten Regeln des Armeelebens nicht geeignet war. Es dauerte nicht lange, da begann er bei jeder Gelegenheit, das System zu hinterfragen. Das bedeutete Ärger. Irgendwann hat man ihn schließlich rausgeschmissen.«

»Wie lange war er insgesamt bei der Armee?«

»Drei Jahre.« Connor wog seine nächsten Worte sorgfältig ab. »Brian war kein schlechter Mensch. Es war nur so, dass er ... sich nicht einfach führen ließ ... immer auf der Suche nach einem Abenteuer war. Er war das geborene Scylla-Mitglied. Er hatte ein hartes militärisches Training hinter sich, scherte sich nicht allzu sehr um Moral und brauchte ständig Aufregung. Sie sprachen ihn an, und er trat ein. Es war der Job, nach dem er sein ganzes Leben lang gesucht hatte. Alles war perfekt auf ihn zugeschnitten.«

»Waren die meisten Söldner früher Soldaten?«

»Viele. Die Scylla hat Scouts in den Armeen vieler Länder.«

»Ist die Scylla legal?«

»Soweit ich weiß ja. Sie arbeiten sehr unauffällig. Brian hat mir nicht viel darüber erzählt, aber was er mir sagte, ist, dass der Unterschied zwischen der Scylla und der regulären Armee seiner Meinung nach derjenige sei, dass die Scylla immer Arbeit habe. Es spiele keine Rolle für wen. Ich habe damit ein ethisches Problem, Brian jedoch nicht. Er fühlte sich absolut frei.«

Connor sah Holly an, als erwarte er eine Stellungnahme. »Es steht mir nicht zu, ihn zu verurteilen«, sagte sie nur.

»Das wäre dann noch etwas, was dich einzigartig macht.«

Sie lachte leise und nahm dem Gespräch für einen kurzen Moment etwas von seiner Ernsthaftigkeit. »Ich weiß, dass Brian auf den Seychellen getötet wurde. Ist das der Grund, weshalb du hinter Raoul Dulac her bist? Persönliche Rache?«

»Nein. Brian wusste um die Risiken. Ob uns das gefiel oder nicht, aber wir als Familie mussten das akzeptieren.« Connor machte eine Pause.

Sie wartete.

»Brian war mehrere Jahre bei der Scylla, ehe er Emma kennenlernte. Sie war nicht einmal halb so alt wie er – erst siebzehn. Er verliebte sich Hals über Kopf in sie.« Connor brach sich noch ein Stück Brot ab. »Sie war sehr hübsch und ein äußerst sanftes Wesen. Und das hatte Konsequenzen für Brian. Er musste sich entscheiden. Emma oder die Scylla.«

»Hat sie das von ihm verlangt?«

»Nein, überhaupt nicht. Es kam von Brian. Seine Einstellung, so zu leben als gäbe es kein Morgen, musste einfach ein Ende finden. Er beschloss, sesshaft zu werden und den Rest seines Lebens mit Emma zu verbringen. Ich glaube nicht, dass sie so richtig wusste, womit er seinen Lebensunterhalt verdiente. Er hatte ein bisschen Geld gespart und plante irgendwo in Northern Territory, einen Pub zu eröffnen.«

»Das war natürlich ein echtes Wagnis für ein junges Mädchen. Northern Territory ist nichts für Zartbesaitete, schon gar nicht, wenn man dort einen Pub betreiben will.«

»Emma stammte aus Darwin. Sie war in Territory geboren und aufgewachsen. Sie liebte es.«

»Und sie liebte auch Brian?«

»Sehr. Trotz des Altersunterschieds waren sie wie füreinander geschaffen. Emma akzeptierte, dass Brian sich nie ganz anpassen würde, und erwiderte seine völlige Hingabe zu ihr. Sie war ein sehr schüchternes Mädchen. Brian schaffte es, sie aus ihrem Schneckenhaus hervorzulocken. Im Gegenzug gab sie ihm Sicherheit, sein Leben bekam einen neuen Sinn. Mein Bruder wäre für sie gestorben. Und am Ende ist er das auch.«

»Was meinst du damit?«

Connor schnitt sich ein Stück Käse ab. »Er versuchte, die Scylla zu verlassen. Inzwischen war er für sie ein sehr wertvoller Mann geworden. Die anderen respektierten ihn und vertrauten ihm. Seine Kaltschnäuzigkeit, die er auch dann bewahrte, wenn er bei einem Einsatz unter Druck geriet, machte ihn zu einem Vorbild für die anderen.« Connors Stimme wurde plötzlich schneidend. »Dann erschien Raoul Dulac auf der Bildfläche. Er brauchte Männer, die junge Rekruten ausbildeten. Für einen Putschversuch auf den Seychellen. Zumindest behauptete er das. Das Training sollte in Südafrika stattfinden. Was er verschwieg, war die Tatsache, dass auch eine Scylla-Einheit in den Kampf geschickt werden sollte. Das wusste keiner der Männer, bevor die Mission losging. Mein Bruder war genau das, wonach Dulac gesucht hatte, und er sorgte dafür, dass Brians Entlassungsgesuch abgelehnt wurde.

»Aber Brian hätte sich doch einfach weigern können.«

Connor nickte. »Vermutlich schon. Aber vergiss nicht, dass Brian immer noch glaubte, es handele sich bloß um eine Trainingseinheit, und dass er das Geld gut gebrauchen konnte. Er hat sich erst ein wenig geziert, aber am Ende ist er mitgegangen …«

»… und wurde getötet, weil Raoul die Wahrheit verschwiegen hatte?«

»Das hätte ich akzeptieren können. Die Seele eines Söldners ist für die meisten von uns völlig fremd. Brian hatte sich für sein Leben entschieden, und wir mussten uns damit abfinden. Nein, es war nicht sein Tod, der mich so aus der Bahn geworfen hat, auch wenn der Verlust damals weiß Gott verdammt hart war. Dulac, dieses Schwein, hatte beschlossen, sich eine zusätzliche Sicherheit zu verschaffen. Brians Entlassungsgesuch gefiel ihm nicht. Er brauchte ihn, sobald der Kampf losging. Es war kein Geheimnis, warum Brian die Scylla verlassen wollte – Männer allein im Busch, da gibt es nichts, was man nicht voneinander weiß. Dulac erfuhr von Emma und ordnete an, dass sie eliminiert wurde.« Connor machte eine Pause. Ein Muskel in seinem Unterkiefer zuckte. »Das ist der Grund, weshalb ich ihn haben will«, sagte er schließlich.

Holly war entsetzt. Sie hatte gewusst, dass Raoul Dulac kein Gewissen hatte, aber das war kaltblütiger, vorsätzlicher Mord. »Hast du dafür Beweise?«

»Nichts, was vor einem Gericht standhalten würde.«

»Und wie kommst du auf die Idee, dass …«

»Es wurde mir berichtet. Nach Brians Tod hat mir ein Kollege, einer, der mit ihm zusammen gekämpft hatte, erzählt, dass Emmas Tod kein Unfall gewesen sei.«

»Quinn hat einen Autounfall erwähnt.«

»Ihr Wagen kam ohne erkennbaren Grund von der Straße ab.«

»Hatte dieser Kollege noch mehr Informationen?«

»Dem Gerücht nach war Brians Freundin auf Dulacs Anordnung hin aus dem Weg geschafft worden. Man sagte, er habe ihr eine Nachricht zukommen lassen, dass Brian schwer erkrankt sei. Daraufhin hatte Emma, ganz wie Raoul gehofft hatte, alles stehen und liegen lassen, um bei ihm sein zu können. Brian war angeblich in Katherine im Krankenhaus. Es war schon spät, aber sie wollte nicht bis zum nächsten Tag warten. Von Darwin ist das eine vierstündige Fahrt, nichts besonderes Schwieriges. Sie kam nie an.«

»Aber es gibt keinen Hinweis auf Raoul, oder? Die Scylla operiert doch von Westaustralien aus. Wie hätte er den Unfall von dort aus arrangieren können?«

»Kontakte. Für jemanden wie ihn dürfte das kein Problem gewesen sein. Ein Telefongespräch hätte gereicht.«

»Das ist doch alles reine Spekulation.«

»Ja. Aber es gibt noch ein paar weitere Punkte. Brians Kollege hat mir noch mehr erzählt. Ein Südafrikaner im Camp hatte etwas über Raoul Dulacs Methoden verlauten lassen. Offenbar hatte er in ganz Afrika einen ziemlich schlechten Ruf. In Angola war er unter dem Namen *Kishi* bekannt, das ist ein böser Geist mit zwei Gesichtern. In Zaire nannte man ihn *Mongo* oder Gott des Todes. Die Nigerianer hatten ihm den Namen *Bori* gegeben, ein Geist, der Böses verbreitet und Leute besessen macht, und im Sudan galt er als *Adandara*, eine wilde Katze mit Hexenkräften.«

»Ich verstehe immer noch nicht wieso …«

»Das sind nicht nur Gerüchte, Holly. Ich weiß, dass einem wie Dulac schnell etwas nachgesagt wird, aber jedes Gerücht gründet auf irgendwelchen Tatsachen. Viele Einzelheiten summieren sich einfach. Emmas Eltern haben bestätigt, dass sie einen Anruf von jemandem erhalten hat, der sich als Brians Freund ausgab. Dieser vermeintliche Freund habe ihr erzählt, Brian sei von einer Schlange gebissen worden und befände sich im Krankenhaus in Katherine. Später haben wir erfahren, dass das Krankenhaus in Katherine den Namen Brian Anderson noch nie gehört hatte. Dulac erhielt etwa zwei Stunden nachdem Emma Darwin verlassen hatte, einen Anruf. Daraufhin ließ er Brian zu sich holen und überbrachte ihm die Nachricht von ihrem Unfalltod. Aber zu diesem Zeitpunkt war das Auto noch nicht einmal gefunden. Am nächsten Tag wurde Raoul dabei belauscht, wie er zu jemandem sagte: Machen Sie sich keine Sorgen um Anderson, er wird jetzt wieder zur Vernunft kommen. Dafür habe ich gesorgt.« Connor holte tief Luft. »Von alldem abgesehen habe ich keine weiteren Beweise.«

»Du wirst vermutlich auch keine finden.«

»Ich weiß.«

»Was hoffst du also zu erreichen?«

»Raoul Dulac ist ein Mörder. Und nicht nur das. Er ist ebenso ein Betrüger. Irgendwo muss es doch was über ihn geben. Das muss ich finden, und zwar so viel, dass ich die Behörden dazu bringen kann, gegen ihn zu ermitteln. Sobald sie ihn genauer unter die Lupe nehmen, werden sie wahrscheinlich feststellen, dass er bis zum Hals im Dreck steckt. Er muss irgendwo ein dickes illegales Bankkonto haben, wahrscheinlich sogar mehr als eins, da bin ich mir absolut sicher. Das wird das Finanzamt sicher interessieren. Sie werden kurzen Prozess mit ihm machen. Dulac soll so richtig leiden. Und die einzige Möglichkeit, die ich dafür sehe, ist, ihn finanziell zu ruinieren und für ein oder zwei Jahrzehnte ins Gefängnis zu stecken.«

»Um Emma zu rächen?«

»Wenn es einen Grund gibt, dann diesen. Sie war erst achtzehn, fast noch ein Kind. Nach Emmas Beerdigung haben wir Brian nie wieder gesehen, aber er ist natürlich durchgedreht. Irgendwann muss er schwer depressiv geworden sein. Wie ich meinen Bruder kannte, war ihm alles gleichgültig geworden, nachdem man ihm das einzig Perfekte in seinem Leben genommen hatte. In diesem Zustand ist er dann auf die Seychellen geflogen. Raoul Dulac hat sein Leben zerstört.«

Holly schwieg.

»Da ist noch etwas, was ich ihm vorwerfe. Der Tod meines Bruders hat meiner Mutter das Herz gebrochen. Sie ist seither nicht mehr die Alte. Dulac hat also nicht nur Emma und Brian umgebracht, er hat auch meine Mutter auf dem Gewissen. Ich hasse diesen Mann zutiefst.«

»Aber du hast doch nicht etwa vor, ihn dir selbst vorzunehmen?«

»Nein. Ich möchte, dass er eine gerechte Strafe erhält, aber ich werde mich nicht auf sein Niveau herablassen.«

»Ist das der Grund, weshalb du dieses Frachtgeschäft eingefädelt hast und die Rache der Triade riskierst?«

»Den Frachtdeal habe ich arrangiert, um mir Raoul Dulac einmal genauer ansehen zu können. Dabei erfuhr ich dann von seiner Beziehung zu Liang Song. Ich habe auch entdeckt, dass er ein oder zwei illegale Nebengeschäfte betreibt, die ihn in ernsthafte Schwierigkeiten bringen könnten, wenn ich genügend Beweise hätte. Das Geschäft mit Madame Liang war eigentlich mehr ein Zufall, aber ehe ich so richtig begriff, mit wem ich es zu tun hatte, steckte ich bereits mittendrin. Ich hatte ja mit eigenen Augen erlebt, was Drogen anrichten können. Als ich erfuhr, dass Madame Liang eine Verbindung nach Australien suchte, hielt ich es für wahrscheinlich, dass auch Raoul irgendwie an der Sache beteiligt sein würde. Also habe ich die Gelegenheit beim Schopf ergriffen.«

»Wenn er merkt, dass du ihm auf den Fersen bist, könnte es gefährlich für dich werden.«

»Auch dieses Risiko bin ich gewillt einzugehen. Ich bin zwar kein Söldner, Holly, aber wenn Dulac sich entschließt, mich zu jagen, wird er sich an mir die Zähne ausbeißen. Ich kann sehr gut auf mich aufpassen.«

Das war kein leeres Gerede. Sie hatte gesehen, in welch guter körperlicher Verfassung er war. »Was wirst du tun, wenn du auf seiner Yacht etwas findest?«

»Ich werde es an die entsprechenden Behören übergeben.«

»Das ist alles?«

»Es kommt darauf an.«

»Wird die Sache damit für dich beendet sein?«

»Ja. Wenn er eine angemessene Strafe bekommt. Ein Typ wie er wird es im Gefängnis unerträglich finden.«

»Selbst dort wird er die Kontakte haben, um sich an dir zu rächen.«

»Wie sollte er wissen, dass ich dahinterstecke? Er hat doch keine Ahnung, dass Brian mein Bruder war. Und Liang Song hat mir bestätigt, dass Raoul nichts von ihren Expansionsplänen nach Australien weiß. Es wird ihm also gar nicht in den Sinn kommen, mich zu verdächtigen.«

»Ich hoffe, du hast recht, Maguire. Die Triade hat dich ohnehin schon im Visier.«

Connor grinste. »Das kann sie eigentlich gar nicht. Die Liang-Song-Geschichte ist so ausgeklügelt, dass sie gar nicht merken wird, dass ich sie hinters Licht geführt habe. Und nicht nur das. Ich habe alles so arrangiert, dass es aussieht, als hätte Raoul seine Finger im Spiel.«

»Das ist ja ganz schön, aber glaubst du nicht, dass es sie misstrauisch machen wird, wenn sie hinter Schloss und Riegel muss und du nicht?«

»Sie wird annehmen, dass ich meine Spuren besser verwischt habe.«

Als Connor Hollys zweifelnden Gesichtsausdruck sah, nahm er ihre Hände in seine. Sie zuckte vor Schmerzen zusammen.

»Um Gottes willen!«, entfuhr es Connor entsetzt.

Holly versuchte hastig, ihre Hände zurückzuziehen, aber er hielt sie an den Armen fest. »Lass mich sehen.«

Vorsichtig untersuchte er die Wunden. »Warum hast du mir nichts gesagt? Mein Gott, Holly. Das muss ja höllisch wehtun.«

»Es sieht schlimmer aus, als es ist. Ein bisschen Wundcreme, dann ist alles wieder okay.«

Connor zog sie an sich.

»Maguire?« An seiner Brust klang ihre Stimme gedämpft. »Hast du das mit dem Heiraten eigentlich ernst gemeint?«

Er schob sich ein Stück zurück und küsste sie zärtlich. »Jedes einzelne Wort.«

»Wir kennen uns noch nicht sehr lange.«

»Hast du plötzlich Zweifel?«

»Nein, ich bin nur vorsichtig. Unsere Leben sind bisher nicht sehr parallel verlaufen.«

Er sah sie lange an. »Ich weiß, was ich will, Holly. Ich war mir noch nie so sicher.«

»Wann?«, murmelte sie.

»Wann wir heiraten? Jederzeit.«

»Nächste Woche? Nächsten Monat? Nächstes Jahr? Nächstes Jahrhundert? Nein, das dauert ja noch hundert Jahre.«

»Wann immer du möchtest.«

»Bist du immer so gefügig?«

»Nein.«

Sie fuhr mit dem Handrücken sanft über seine Wange. »Gut. Das wäre mir auch zu langweilig.«

Er öffnete die Autotür. »Wir müssen in eine Apotheke, Jones. In diesem Zustand kann ich dich nicht nach Hause schicken. Dein Vater würde mich umbringen.«

»Connor?«

»Ja, Baby?«

»Nichts. Ich wollte dich das nur noch einmal sagen hören.«

Kapitel Sechzehn

Guy und Raoul Dulac hatten eine ihrer regelmäßigen lautstarken Auseinandersetzungen. Keiner von ihnen gab auch nur ein Jota nach. Raoul gewann diese hitzigen Wortgefechte zwar am Ende meist, aber nur unter Einsatz unlauterer Mittel – mit Drohungen. Auch wenn viele davon an Guys nicht gerade schmalen Schultern abprallten, konnte Raoul sich darauf verlassen, dass ihm das Damoklesschwert zum Sieg verhalf. Einschüchterung war seine Waffe, und Guy hatte seit frühesten Kindertagen gelernt, dass sein Vater keinen anderen Weg kannte. Für ihn gab es weder ein Gewissen noch väterliche Loyalität. Wenn sich Raoul von seinem Sohn in die Enge getrieben fühlte, griff er zu Drohungen, vor deren Umsetzung er nicht zurückscheute, wenn ihm der Gehorsam verweigert wurde.

Dieses Mal ging es um die Yacht. Guy wollte sie benutzen, und sein Vater hatte Nein gesagt.

Ihre Auseinandersetzung hatte die Phase persönlicher Beleidigungen erreicht, das Wortgefecht wurde schärfer, beide versuchten, den jeweils anderen zu treffen und die Oberhand zu gewinnen.

»Pass bloß auf, was du sagst, junger Mann. Ich bin dein Vater. Ich kann dir jegliche finanziellen Mittel entziehen.«

Das hatte Guy schon häufig gehört. »Bitte sehr. Du bist ohnehin bankrott.« Er wusste, dass die Anspielung auf die finanzielle Lage der Familie seinen Vater aufs Höchste erzürnte.

Und so war es. Raoul kniff die Augen zusammen. »Du bewegst dich auf dünnem Eis, du kleiner Idiot. Das letzte Mal, als du die

Yacht benutzt hast, mussten wir anschließend die Polizei belügen. Das werden wir nicht noch einmal tun.«

Guy überkam ein Angstschauer. Es beunruhigte ihn, dass dieser verfluchte Detective trotz des Alibis, das seine Eltern ihm geliefert hatten, ihn immer noch nicht in Ruhe ließ. Okay, er hatte sich Sham vom Hals geschafft, aber das bedeutete nicht, dass der Fall Corrine Vitry nun zu den Akten gelegt würde. Er wollte nicht, dass diese Angelegenheit so laut diskutiert wurde. Die Hausangestellten bekamen vieles mit, und auf ihre Loyalität konnte er sich nicht verlassen. Sein Vater hatte ihn gedeckt, gut, und er würde es wieder tun. Aber Guy war sich nicht sicher, ob ihm sein Vater auch dann noch den Rücken stärkte, wenn er die Wahrheit erfuhr. Besser, er provozierte ihn nicht weiter. Guy lenkte ein, doch nicht, ohne seinem Vater auf seine unnachahmliche Art noch einen letzten Seitenhieb zu verpassen. »Du brauchst das Boot doch nur, um diese kleine Hure zu vögeln.« In diesem Moment betrat Anne-Marie das Zimmer. Guy sah sie ungeduldig an, die Unterbrechung machte ihn nervös. »Merkst du nicht, dass wir beschäftigt sind?«

Anne-Maries Gesicht war blass, ihre Augen weit aufgerissen. »Holly Jones hat gerade angerufen. Justin Parker ist tot.«

»Was?« Raoul war sichtlich geschockt, weniger über den Tod an sich als über die Unannehmlichkeiten, die er mit sich bringen würde. »Was ist passiert?«

»Er ist irgendwo abgestürzt. Mehr Einzelheiten weiß ich auch nicht. Sie hat angerufen, damit ich seine Mutter informieren kann.«

Raoul rannte zum Telefon. »Ich werde ein paar Erkundigungen einholen. Es könnte wichtig sein, wie und wo er starb.«

Guy packte die Gelegenheit beim Schopf und nutzte die Ablenkung seines Vaters zu seinem Vorteil. »Was ist jetzt mit dem Boot?«

»Verdammt, dann nimm dir das verfluchte Ding. Aber sorg dafür, dass es bis Samstag zurück ist.«

So kam es, dass Justin Parkers Tod auf indirekte Weise beängstigende Konsequenzen für Holly hatte.

Guys Pläne waren vage, aber eines hatte er kristallklar vor Augen. Holly Jones.

Die Yacht war fertig zum Ablegen. Normalerweise nahm Guy sich die dreizehn Meter lange *Chris Craft* wann immer er Lust dazu verspürte, und sein Vater hatte nie etwas dagegen. Aber am Tag zuvor hatte er Raoul am Telefon sagen hören: Sie sind in Flic en Flac. Sie werden sie dort leicht finden. Da er selber an jenem Morgen dort war, hatte Guy die Ohren gespitzt. Finden Sie heraus, wo sie hinwollen, und lassen Sie es mich wissen. Wenn nötig, können Sie das Boot nehmen, hatte Raoul hinzugefügt. So war Guy davon ausgegangen, dass er die Schlüssel niemals bekommen würde, und hatte sie sich einfach genommen.

Guy hatte vermutet, dass sein Vater mit diesem albernen englischen Freund von Anne-Marie gesprochen hatte. Es ging ganz offensichtlich um Holly Jones und Connor Maguire. Und wenn es eines gab, dessen Guy sich ganz sicher war, dann war es die Tatsache, dass das Leben sich nur um Raouls Bedürfnisse drehte und um sonst keine.

Als Guy am nächsten Morgen außer Haus war, hatte Raoul zufällig festgestellt, dass die Bootsschlüssel aus seiner Schreibtischschublade verschwunden waren. Er hatte sie zusammen mit einer Reistasche mit Wechselkleidung in Guys Zimmer gefunden. Als Guy zurückkehrte, sagte sein Vater ihm, dass er das Boot nicht haben könne. Und das war der Auslöser für den Streit gewesen.

Anne-Marie hatte ihn gerettet – zumindest war der erste Teil seiner Mission unter Dach und Fach. Dass sich die kleine australische Journalistin wieder in der Gesellschaft von Maguire befand, war allerdings weniger erfreulich. Allein würde er sie leicht an Bord bekommen, aber solange Maguire nicht von ihrer Seite wich, waren Guy mehr oder weniger die Hände gebunden. Er konnte im Moment nichts weiter tun, als auf eine günstige Gelegenheit warten.

Seine Pläne, was mit Holly geschehen sollte, sobald sie in seiner

Gewalt war, waren erheblich präziser. Guy war eine Abfuhr weder gewohnt, noch nahm er sie sang- und klanglos hin. Die Bemerkung, er sei ein unerzogener Flegel, hatte ihn tief getroffen, und ihre fortdauernde Kälte war eine echte Herausforderung für ihn. Und, das hatte auch Corrine Vitry leidvoll erfahren müssen, man beugte sich entweder Guy Dulacs Wünschen oder zahlte den Preis.

Corrines einziges Vergehen war es gewesen, dass sie das Heroin verweigert hatte. Guy hatte gewollt, dass sie mitmachte, war davon ausgegangen, dass sie das tun würde, und dann schrecklich wütend geworden, als sie Nein gesagt hatte. Als sie nach einem Joint richtig high war, hatte er ihr einen Schuss gesetzt. Das Mädchen hatte sich erstaunlicherweise heftig gewehrt, aber dann hatte die Nadel gesessen. Vielleicht war das Zeug verunreinigt gewesen, vielleicht hatte er ihr auch zu viel gespritzt, auf jeden Fall hatte er ziemlich schnell gemerkt, dass sie sehr übel reagierte. Guy war in Panik geraten. Er hatte die restlichen Drogen über Bord geworfen, und als Corrine aufgehört hatte zu atmen, hatte er auch sie über die Reling gehievt. Es war ihm keine Sekunde in den Sinn gekommen, ihr zu helfen. Dazu war er viel zu sehr damit beschäftigt gewesen, sich eine gute Ausrede auszudenken.

Seinen Eltern hatte er eine abenteuerliche Story erzählt, als klar wurde, dass die Polizei ihn verdächtigte. Corrine habe sich selbst Heroin gespritzt, hatte er gesagt, ohne zu wissen, dass es sich um harte Drogen handelte. Er hatte zugegeben, sie anschließend ins Meer gestoßen zu haben. Das war alles. Solange und Raoul hatten zwar ungehalten reagiert, aber seine Geschichte geglaubt.

Seither hatte Guy kein Heroin mehr angerührt. Er schwor sich, in Zukunft die Finger von Drogen zu lassen. Aber an einem geheimen Versteck auf der Yacht besaß er noch einen Vorrat an Amphetaminen und Barbituraten. Und er freute sich schon auf die Wirkung, die sie auf Holly Jones haben würden. Guy Dulac, der Corrine getötet hatte und auch Sham für tot hielt, war davon überzeugt, der Arm des

Gesetzes könne ihn nicht treffen. Wenn diese arrogante Australierin nicht kooperierte, so plante er, würde er von seinem Vorrat Gebrauch machen. Es lag an ihr. War sie einverstanden, mit ihm ein wenig Spaß zu haben, würde er sie zurück an Land bringen. Wenn nicht, würde er dieses Mal darauf achten, weit genug herauszufahren, ehe er sie in die Fluten warf. Die Haie ließen sich eine solche Mahlzeit sicher nicht entgehen.

Raoul Dulac war kein glücklicher Mensch. Wie Guy angedeutet hatte, war er so gut wie bankrott. Die Banken drohten damit, seine Kredite zu kündigen. Er lief Gefahr, sein Anwesen zu verlieren. Raoul musste Williams Schatz unbedingt finden. Es war nie seine Absicht gewesen, ihn mit Justin zu teilen. Jetzt hatte er ein Problem weniger am Hals. Tamarin Falls. Raoul wusste, dass er nun selber dorthin fahren musste, aber er wollte noch ein paar Tage warten, für den Fall, dass die Polizei in der Gegend herumschnüffelte. Er wollte gar nicht erst irgendeinen Verdacht erregen.

Ob Maguire und diese Journalistin schon etwas entdeckt hatten? Vielleicht war es klüger abzuwarten, bis sie Mauritius verlassen hatten. Raoul fragte sich, welche Art Geschäfte Maguire wohl auf der Insel trieb, aber dann schob er den Gedanken rasch wieder von sich. Selbst wenn er es wüsste, würde er sich eine Beteiligung nicht leisten können.

Die Yacht, die Luxuslimousinen, die Renovierung seiner Villa – Kosten, die seine Versicherung auch nicht annähernd gedeckt hatte –, in den Keller gefallene Zuckerpreise und ein extravaganter Lebensstil hatten seine Finanzen aufgefressen. Raoul besaß jede Menge Geld außerhalb von Mauritius – in den letzten Jahren waren seine Geschäfte mit der Scylla, mit Diamanten und Drogen, sowie die eine oder andere Unternehmung extrem gut gelaufen, und das Geld lag gut verwahrt auf den Konten in der Schweiz und in Hongkong. Aber er brauchte es jetzt hier.

Raoul hatte einen unverzeihlichen Fehler gemacht und sich in seine Geliebte verliebt. Er wusste, dass sie seine Gefühle nicht erwiderte. Aus ihrer Geschäftsverbindung war kurz nach Songs arrangierter Heirat eine intimere Beziehung geworden. Sie war eine Frau voller Leidenschaft, und ihr Körper hatte nicht mehr warten können. Liang Song hatte in Raoul den perfekten Kandidaten gesehen, um sie in die Freuden des Liebesspiels einzuführen. Er hatte nicht vorgehabt, sich in sie zu verlieben. Als offensichtlich wurde, dass sie seine Gefühle nicht erwiderte, war Raoul klar geworden, dass er nur eine einzige Chance hatte, seine Geliebte zu halten: indem er ihren teuren Geschmack befriedigte. Er besaß außerhalb von Mauritius mehr als genug Geld, um sie glücklich zu machen.

Solange war diejenige, die Raoul zu schaffen machte. Er wollte sie gern loswerden, aber wenn sie ging, würde sie es als ihre moralische Pflicht ansehen, ihn fertig zu machen. Und dann war es mehr als wahrscheinlich, dass seine Auslandskonten entdeckt würden. Wenn es ihm gelang, sie so zu verlassen, dass sie finanziell gut versorgt war, würde sie ihn vermutlich nur allzu gern von hinten sehen – vorausgesetzt sie schaffte es, ihre Nase lange genug aus dem Kognakglas zu halten! Und so wartete er ungeduldig in der Hoffnung, dass die Tamarin Falls die Lösung für all seine Probleme sein würden und er den Wettlauf um den Schatz nicht verlor.

Raoul zweifelte nicht daran, dass William Maguires Schatz existierte. Als seine Eltern ihm erzählt hatten, dass Kathleen versucht hatte, einen Plan einzutauschen gegen eine Gelegenheit mit Anne-Marie sprechen zu können, war Raoul sofort hellhörig geworden. Er hatte der Nonne einen Besuch abgestattet, aber sie hatte sich geweigert, mit ihm zu verhandeln. Es war Raoul nicht schwergefallen, sich Zugang zu Kathleens Safe zu verschaffen. Er hatte zwar nur den Plan entwendet, aber er hatte auch die Notiz gelesen, die dabeilag: *Ich habe das getan, was offensichtlich Williams Wunsch war, und sein Tagebuch nach Irland zurückgesandt. Den Plan habe ich vorsichtshalber herausgenommen.* Das hatte Raouls Hoffnungen bestätigt. Ungeahnte Reichtümer hatten einst existiert. Und es bestand die Möglichkeit, dass sie es immer noch taten.

Dann der Einbruch. Die Zeichnung war zusammen mit dem größten Teil von Solanges Schmuck verschwunden. Irgendein blöder Dieb, der wahrscheinlich keine Ahnung hatte, um was es sich handelte, hatte sie zweifellos einfach weggeworfen. Glücklicherweise hatte Raoul, vorsichtig wie er war, Williams Plan vorher fotokopiert.

Raoul war klar, dass er keinerlei rechtliche Ansprüche geltend machen konnte, wenn er den Schatz fand. Daher hatte er Anne-Marie ins Spiel gebracht. Als eine Maguire stand ihr ein Anteil zu, auch wenn Raoul natürlich nicht die Absicht hatte, ihr den zu überlassen. Dieses undankbare Weib! Anstatt ebenso aufgeregt zu reagieren wie er, hatte Anne-Marie ihn hintergangen und war ihm in den Rücken gefallen. Das war der Moment gewesen, als Justin in Erscheinung getreten war. Und, als ob das nicht schon gereicht hatte, war kurz darauf auch noch Connor Maguire aufgetaucht. Raoul hatte das Gefühl gehabt, seine ganzen Pläne seien zunichte, aber als Opportunist, der er immer gewesen war, witterte er schließlich eine Chance, den Schatz zu finden, ohne selber einen Finger zu krümmen.

Justin hatte gesagt, Anne-Marie hätte ihm eine Kopie des Plans gegeben, und Connor Maguire hatte offensichtlich Grund zur Annahme, dass der Schatz tatsächlich existierte, denn er tat nie etwas nur halbherzig. Raoul begann, sich Sorgen zu machen. Zu viele Leute wussten Bescheid. Wenn Justins Plan, oder was immer es war, das sich in Maguires Besitz befand, in falsche Hände fiel, würden noch mehr Leute hinter dem Schatz herjagen. Und das war Raoul ganz und gar nicht recht.

Es war nicht schwer gewesen, die Einbrüche zu arrangieren. Der Afrikaner war ein Scylla-Söldner, der keine Fragen stellte und jeden Befehl bis ins kleinste Detail ausführte. Er war mit leeren Händen aus Maguires Zimmer zurückgekehrt, aber der Überfall auf Parker hatte ihm wenigstens den Plan des Engländers verschafft. Parker würde abhängiger sein und leichter zu kontrollieren, wenn er sich auf Raouls Zeichnung verlassen musste. Und das passte perfekt zu Raouls restlichem Plan.

Blieb nur noch Connor Maguire. Aber der würde nicht allzu viel Zeit auf die Schatzsuche verwenden, schließlich war er ein sehr beschäftigter Mann mit vielen Verpflichtungen. Mit ein bisschen Glück würde er Mauritius mit leeren Händen verlassen. Und die kleine Journalistin durfte man auch nicht unterschätzen.

Raoul wurde klar, dass er wieder ganz am Anfang stand. Kein Schatz, kein Partner, kein Geld. Und wenn er nicht verdammt viel Glück hatte, bald auch keine Geliebte mehr – und Song war diejenige, auf die er am wenigsten verzichten konnte.

Am späten Nachmittag machten Holly und Connor sich auf den Weg nach Grand Baie. Eine Salbe aus der Apotheke am Ort linderte die Schmerzen an Hollys Händen, aber sie wusste, dass es einige Zeit dauern würde, ehe sie nicht mehr bei jeder Berührung zusammenzuckte. Trotzdem hatte sie entschieden protestiert, als Connor vorgeschlagen hatte, sich allein auf Raouls Boot umzusehen.

»Bist du immer so stur?«

»Nur wenn es nötig ist.«

»Es wäre viel besser für dich, früh schlafen zu gehen.«

»Nein, wäre es nicht. Ich würde mir viel zu viele Sorgen um dich machen und könnte doch nicht schlafen.«

»Was ich tue, ist illegal.«

»Guter Versuch, Maguire.«

Schließlich hatte er die Arme gehoben und sich geschlagen gegeben.

Holly spürte, wie nervös er war. Sie hoffte, dass Connor an diesem Abend einen Weg fand, um endlich mit dem Tod von Emma und seinem Stiefbruder abzuschließen. Sein Bedürfnis nach Vergeltung war verständlich, und sie wusste, dass er, wenn dieser Versuch scheiterte, so lange weitersuchen würde, bis er eine neue Gelegenheit fand. Seine Entschlossenheit würde ihn früher oder später zum Erfolg führen.

Sie fanden ein ruhiges Plätzchen in einer kleinen Taverne in einer Seitenstraße. Nur zwei weitere Tische waren besetzt. Nachdem sie ihre Bestellung aufgegeben hatten, kam Connor, der schrecklich unruhig wirkte, auf ihre Rückkehr nach Australien zu sprechen.

»Hast du … eh … noch weitere Aufträge in Übersee zu erfüllen?«

»Soweit ich weiß, nicht. Wieso?«

»Würdest du wieder einen annehmen?«

»Das ist mein Job.«

»Wenn wir verheiratet sind, willst du dann weiter arbeiten?«

Er stellte sie ohne Frage auf die Probe. »Ja.«

Er nickte. »Das dachte ich mir.«

»Und du?«, konterte Holly mit einem Anflug von Sarkasmus in der Stimme.

Seine dunklen Augen sahen sie amüsiert an. »Dir entgeht nichts, oder?«

Sie zog den Kopf ein. Als sie wieder aufschaute, lächelten sie beide. »Das ist die Macht der Gewohnheit.«

»Das gefällt mir. Es hält mich wach. Du verkörperst eine faszinierende Mischung aus feministischer Unabhängigkeit und weiblicher Abhängigkeit.«

»Pass auf, was du sagst, Maguire.«

Sein Lachen klang tief und amüsiert. Holly stimmte mit ein. Bei keinem Mann hatte sie sich je so entspannt und zugleich so angezogen gefühlt. Aber die Sache mit ihrem Job musste noch ausdiskutiert werden. Holly befürchtete, dass Connor nach den Erfahrungen mit seiner ersten Frau ein bisschen zu viel von ihrer Zeit beanspruchen könnte. Das war zwar einerseits schmeichelhaft, andererseits jedoch kannte sie sich gut genug, um zu wissen, dass das leicht zu Reibereien führen konnte. Es gab nur eine Lösung für das Problem. Starke, solide Beziehungen basierten auf Kompromissen auf beiden Seiten.

»Stört es dich, wenn ich arbeite?«

»Wie häufig bist du denn von zu Hause weg?«

»In der Regel ungefähr vier Monate im Jahr.«

Er kämpfte mit sich – sie konnte fast hören, wie es in ihm arbeitete.

»Natürlich«, fuhr Holly fort, »könnte man über Jobs in der Nähe nachdenken.« Das war jetzt wohl Kompromiss Nummer 1.

Er schüttelte den Kopf. »Das könnte ich dir nicht antun, Holly. Du musst dahin gehen, wo dich dein Job hinzieht. Alles andere wäre frustrierend für dich.«

Er würde also auch Kompromisse machen. »Bist du sicher, dass du damit klarkommen könntest?«

Connor dachte nach. »Ich versuche es. Aber ich werde dich vermissen.«

»Es gäbe noch eine andere Möglichkeit.« Was sie ihm jetzt gestehen würde, war kein richtiger Kompromiss, vielmehr ein lange gehüteter Traum.

Er wartete, dass sie weitersprach.

»Nun ...« Sie hatte diesen Wunsch noch nie laut ausgesprochen, nicht einmal vor Quinn. »Ich wollte immer versuchen, ein Buch zu schreiben.« Holly rechnete damit, dass er in Gelächter ausbrach. Er tat es nicht.

»Was für ein Buch?«

»Einen Roman. Einen historischen Roman. Irgendein australisch-amerikanisches Thema. Ein romantisches Abenteuer.«

»Das ist ein ziemlich beliebtes Genre.«

»Ich weiß. Aber ich würde es trotzdem gern tun.«

Ehe sie sich versah, erzählte sie ihm alles. Seit Jahren hatte Holly die grobe Story im Kopf. Das Buch sollte im späten 18., frühen 19. Jahrhundert spielen und locker auf der nur wenig bekannten

Tatsache basieren, dass Herbert Hoover, Präsident der Vereinigten Staaten von 1929 bis 1933, zwischen 1897 und 1907 viel Zeit in Australien verbracht und in den Goldminen im Westen verschiedene leitende Positionen bekleidet hatte. Dies allein war schon interessant genug, dazu kam jedoch noch, dass Hoovers Universitätsabschlüsse als Bergbauingenieur zweifelhaft waren, er sich seinen Job als Sachverständiger für Bergbau bei dem Londoner Unternehmen Bewick Moreing & Company mit gefälschten Zeugnissen erschlichen und sich später in Australien ungeniert von Aktionärsgeldern bedient hatte – in nicht unbeträchtlichem Umfang.

»Er wurde Partner bei Berwick Moreing«, erklärte Holly Connor, »indem er in einen Treuhandvertrag bei einer Fusion mit einem großen chinesischen Minenwerk einfach seinen Namen einsetzte. Wenn ich diese Fakten benutze und ein paar Details dazuerfinde, müsste sich der Roman praktisch von allein schreiben.«

»Würdest du Hoover zur zentralen Figur machen?«, fragte Connor ehrlich interessiert.

»Nein, aber er könnte sich als einer der Bösewichte durch das Buch ziehen. Er hatte eine leidenschaftliche Affäre mit einem Barmädchen aus Kalgoorlie«, fügte Holly hinzu. »Ich hatte daran gedacht, die Geschichte aus ihrer Perspektive zu erzählen.«

»Du wirst verdammt viel recherchieren müssen.« Connor streckte den Arm aus und nahm vorsichtig ihre Hände. »Wird dir das reichen?«

»Mehr als das. Ich behaupte nicht, dass ich gut sein werde, und ich gebe zu, dass ich nie ernsthaft damit gerechnet hätte, einmal die Gelegenheit dazu zu haben. Es würde einige Jahre ohne Einkommen bedeuten und ohne Erfolgsgarantie.«

»Das Geld ist nicht das Problem, das weißt du.«

Holly sah ihn unbehaglich an.

»Ich bin reich, Holly. Gewöhn dich daran.«

»Es ist nur so, dass …«

»Du bist es gewohnt, selbst für dich zu sorgen?«

»Ja«, gab sie zu.

Er grinste. »Vergiss das Geld. Überzeug mich davon, dass es wirklich das ist, was du tun möchtest.«

»Okay. Die Geschichte unseres Landes hat mich schon immer fasziniert, und die vielen schillernden Persönlichkeiten, die damals lebten. Herbert Hoover war ein Hochstapler ohne jegliche Qualifikation, und trotzdem ist er Präsident der Vereinigten Staaten geworden. Wenn man diese Tatsachen mit der aufregenden Goldgräberzeit in Australien verbindet, das hübsche Barmädchen dazunimmt und ein paar andere spannende Einzelheiten, würde das eine gute Story. Und ich schreibe furchtbar gern. Wir müssten uns nicht trennen, darüber hinaus hätte ich einen Job, der mich glücklich macht.« Sie grinste. »Vielleicht denke ich zwischen den Büchern auch an das eine oder andere Kind.«

Connors Anspannung schien mit einem Mal verschwunden. Seine Augen leuchteten plötzlich. »Mehr als eins? Bücher, meine ich.«

»Wer weiß?«

Er nahm ihre Hände vorsichtig in seine und küsste sie sanft. »Wenn es jemand schaffen kann, dann du.«

Gott, wie sie ihn liebte! »Danke. Connor …«

Er war ihr bereits um Längen voraus. »Sag jetzt nichts. Ich würde jederzeit hinter dir stehen, aber der Gedanke, dich zu Hause zu haben, erscheint mir sehr attraktiv.«

»Es widerstrebt mir, das zuzugeben, aber ich bin ganz und gar kein Heimchen am Herd. Im Gegenteil, in dieser Rolle habe ich noch nie gut funktioniert.

»Was ist mit Computern?«

»Computer sind gut. Das klappt viel besser.«

»Ich habe kein Problem damit. Wir können jederzeit einfach ausgehen, um etwas zu essen.« Er war einen Moment ganz still. »Bist du dir deiner Sache wirklich ganz sicher, Holly? Ich möchte auf keinen

Fall, dass du deine Karriere aufgibst, nur um mir einen Gefallen zu tun. Bedränge ich dich zu sehr?«

»Falscher Ausdruck, Maguire.«

»Wie meinst du das?«

»Bedrängung bedeutet, jemanden zu zwingen, etwas zu tun, was er oder sie nicht will.«

Er grinste. »Ich liebe dich, Jones.«

»Gut«, antwortete sie leise. »Es wäre auch schrecklich, wenn ich mit meiner neuen Euphorie ganz allein dastünde.«

Es war bereits halb zehn, als Holly und Connor die Taverne schließlich verließen. An Wochentagen war Grand Baie zu dieser Uhrzeit praktisch menschenleer. Die Einheimischen waren längst ins Bett gegangen, und die meisten Urlauber hatten sich in ihre luxuriösen Fünf-Sterne-Hotels zurückgezogen. Das hämmernde Pulsieren der Tanzmusik war das einzige Geräusch, das an ihre Ohren drang. Dort, wo normalerweise Raouls Yacht an seinem Liegeplatz dümpelte, war nichts als Schwärze auszumachen.

Connor fuhr um die Bucht herum. Viele Mauritier, die ein Privathaus besaßen, benutzten es nur als Wochenendhaus. Und fast alle hatten ein Boot. Connor hielt Ausschau nach einer Jolle, die sie sich für ein oder zwei Stunden ausleihen konnten.

Die Auswahl war groß, allerdings bewahrten die meisten Bootsbesitzer die Ruder hinter Schloss und Riegel auf. Schließlich fanden sie einen kleinen Einbaum mit einem einzelnen Paddel.

Dunkle Kumuluswolken zogen über den Nachthimmel und verdeckten den Mond. Regen lag in der Luft. Der Wind war unangenehm frisch. Wenn es regnete, würden sie sehr schnell frieren, sie hatten keinerlei Schutz. Nachdem sie zum Boot hinausgewatet waren, waren sie bereits nass bis zur Hüfte.

»Fertig?«, flüsterte Connor.

»Ja.«

Connor hielt das Boot und ließ Holly hineinklettern, dann schob er es ein Stück voran und sprang selbst hinein. Mit nur einem Paddel war es schwierig, die Bewegungen zu koordinieren. Connor saß hinten und ruderte im Kanustil. Der Einbaum war sehr breit, aber Connor tat sein Bestes. Um ihm zu helfen, versuchte Holly, mit ihren Händen zu paddeln. Sie brannten, als sie mit dem Salzwasser in Berührung kamen, auch wenn sie dessen Heilwirkung nicht in Frage stellte.

Bis auf das unaufhörliche Klingeln der Fallleinen im Wind war es mucksmäuschenstill. Die Yachten aller Formen und Größen – Kabinenyachten, Charterboote und Fischerboote – hatten die Bucht nachts für sich allein. Sie schaukelten träge an ihren Ankerplätzen. Mehr als einmal musste Connor hastig den Kurs wechseln, weil plötzlich ein Schatten aus der Dunkelheit auftauchte. Immer wenn sich Wolken vor den Mond schoben, war die Sichtweite noch weiter eingeschränkt. »Erkennst du das Schweinwerferlicht dort drüben?«, fragte er leise.

»Ja.«

»Raouls Boot liegt ungefähr auf halber Höhe. Wir müssen direkt Kurs zwischen dieser Stelle und dem roten Leuchtfeuer hinter uns halten.«

Sie kamen nur langsam voran. Eine Zeit lang hatte Holly das Gefühl, nie irgendwo anzukommen. Sie hatten Mühe, Kurs zu halten, weil die hereinkommende Flut versuchte, das Boot abzutreiben.

»Wir müssen fast da sein«, sagte Connor außer Atem.

Für einen kurzen Augenblick blitzte der Mond zwischen den Wolken hindurch. Connor hörte auf zu paddeln und sah sich um. Überall um sie herum waren Boote, aber das von Raoul Dulac war verschwunden.

Holly hörte, wie er tief einatmete. »Verdammt! Es war vorhin noch da, ich habe es gesehen, als wir durch Grand Baie hindurchfuhren.«

In diesem Augenblick verschwand der Mond wieder hinter den Wolken, und der Regen machte seine Drohung wahr. Holly und Connor waren ihm hilflos ausgeliefert. Dicke Tropfen prasselten plötzlich auf sie herab, so heftig, dass sie innerhalb weniger Sekunden bis auf die Haut durchnässt waren. Zu allem Überfluss wurde auch noch der Wind stärker.

Der Zyklon Yvette weit draußen im Indischen Ozean sandte seine erste Botschaft. Sie war knapp und präzise und kündigte das Heraufkommen einer stürmischen See an. Die Rückfahrt dauerte nicht so lange – die Flut half ihnen –, aber als Holly und Connor den Einbaum schließlich wieder fest vertäut hatten, zitterten sie beide vor Kälte.

Sie zogen sich Schuhe, Socken und Jeans aus und machten sich halb nackt und mit voll aufgedrehter Heizung auf den Rückweg nach Flic en Flac. Das war besser als zu erfrieren, aber Holly fragte sich trotzdem, was die Polizei wohl sagte, wenn sie so in einen Unfall verwickelt würden.

Als ihre Zähne endlich aufhörten zu klappern, kehrten ihre Gedanken zu Raouls Boot zurück. »Er muss inzwischen von Justins Tod erfahren haben«, sagte sie zu Connor. »Anne-Marie wird es ihm erzählt haben. Vielleicht hat er irgendwie herausgefunden, was geschehen ist. Ich wette, sein Boot liegt morgen früh draußen vor Flic en Flac vor Anker.«

Es war das Erste, was sie am nächsten Morgen prüften. Und tatsächlich befand sich Raouls Yacht genau dort, wo sie sie erwartet hatten. Sowohl Holly als auch Connor machten den Fehler anzunehmen, dass Raoul selbst sie dort hingeschafft hatte. Das Boot wirkte verlassen. »Sicher ist er inzwischen längst am Wasserfall«, vermutete Connor.

»Vielleicht gelingt es ihm nicht, bis unten abzusteigen.«

»Raoul wird schon einen Weg finden. Er ist jetzt nicht mehr zu stoppen.« Connor machte sich für sein Treffen mit Liang Song fertig. »Kommst du mit nach Port Louis?«

»Ich habe genug von dieser Frau. Ich bleibe lieber hier.«

Er zog sie in seine Arme. »Aber bleib auch wirklich hier. Keine Spaziergänge. Du hast großes Talent, dich in Gefahr zu bringen. Versprochen?«

»Versprochen.« Aber sie hatte die Finger überkreuzt. Wenn Raoul Dulac sich in gut zehn Kilometern Entfernung auf Schatzsuche befand, konnte ein kleines Bad im Meer doch wirklich nicht so gefährlich sein.

»Wenn ich zurück bin, fahren wir nach Curepipe zur Polizei, um unsere Aussage zu unterschreiben«, sagte Connor. »Ich schätze, es wird nicht lange dauern.«

Sham dämmerte im Halbschlaf vor sich hin. Er stand noch immer unter dem Einfluss starker Medikamente und war sehr benommen. In den letzten zwei Tagen waren ständig irgendwelche Leute ins Zimmer gekommen und wieder gegangen. Manchmal war er allein in seinem Zimmer aufgewacht, manchmal hatte der Detective gespürt, dass jemand an seinem Bett gesessen hatte. Seine Augen waren weiterhin bandagiert, aber sein Gehör und sein Geruchssinn hatten ihn nicht verlassen. Gegen elf Uhr registrierte er, dass ein Kollege aus Curepipe – Rafe Jolliffe – da war und eine Zeitung las. Sham erkannte sein Aftershave. Er hätte wetten können, dass Rafe den Sportteil studierte. »Welcher Tag ist heute?«, krächzte er.

»Freitag. Du bist seit gestern wach.«

»Was ist passiert?« Er hatte noch immer keinerlei Erinnerungen an den Unfall.

»Es könnte ein geplatzter Reifen gewesen sein, aber so wie das aussah, würde ich sagen, du bist von der Straße abgedrängt worden.«

Die Versuchung, erneut in Schlaf zu versinken, war überwältigend, aber Sham wusste plötzlich, dass er sich unbedingt an etwas Wichtiges erinnern musste. Die Bilder aus seinem Gedächtnis kamen verlockend nahe, lösten sich aber im letzten Moment immer wieder auf. »Wo?«

»In der Nähe von Flic en Flac. Was hast du da gemacht?«

Er hatte nicht die geringste Ahnung. Seine letzte Erinnerung war die an das Frühstück mit seiner Frau. »Ich weiß es nicht. Mon Dieu! Wenn ich doch nur klar denken könnte.«

»Lass dir Zeit. Du kannst von Glück sagen, dass du am Leben bist. Das Auto ist nur noch ein Schrotthaufen.«

Sham stöhnte auf, als ihn trotz der intravenösen Analgetika eine Schmerzwelle durchflutete. Sie hatten ihm nicht gesagt, wie schwer seine Verletzungen waren, aber er machte sich keine Illusionen, dass der Ausdruck *lebensgefährlich* zutreffend war. Er wollte lieber nicht darüber nachdenken. »Was passiert jetzt? Wer übernimmt jetzt meine Fälle?«

»Sie wurden aufgeteilt. Ein oder zwei bearbeite ich jetzt.«

»Wer kümmert sich um die Vitry-Ermittlungen?« Sein Erinnerungsvermögen ließ ihn doch noch nicht ganz im Stich, Gott sei Dank.

»Ich.«

Irgendein Gedankenfetzen tauchte ganz kurz in Shams schmerzendem Kopf auf, aber er war nicht in der Lage, ihn festzuhalten.

»Ich hatte noch keine Gelegenheit, mir die Akte anzusehen. Gestern ist ein Tourist an den Tamarin Falls abgestürzt. Das hat mich den ganzen Tag beschäftigt, und das ist auch der Grund, weshalb ich hier bin. Eine australische Journalistin, die zufällig am Unfallort war, behauptet, du könntest dich für sie verbürgen. Holly Jones. Sagt dir der Name etwas? Ich würde das Mädchen und ihren Begleiter gern von meiner Liste der verdächtigen Personen streichen.«

In diesem Moment kam das, woran Sham sich mühsam zu erinnern versuchte, mit Macht zurück. Holly Jones Das *Merville Hotel.*

Guy Dulac. Ein blauer Porsche. Flic en Flac. Zuckerrohrfelder. »Dulac«, keuchte er hastig, aus Angst, die Erinnerung könne ihn wieder verlassen. »Guy Dulac. Er ist mir gefolgt. Er hat mich absichtlich von der Straße gedrängt.«

»Okay, beruhige dich. Wir werden ihn zum Verhör vorladen.«

»Er hat das Vitry-Mädchen umgebracht, da bin ich mir ganz sicher. Aber ich habe keine Beweise«, sprudelte es aus Sham hervor, der sich verzweifelt bemühte, alles, an das er sich erinnern konnte, herauszubringen. »Holly Jones könnte die Nächste sein. Du musst …«

»Ist schon gut, alter Freund.«

Aber Sham gab keine Ruhe, bis er sicher war, dass seine Befürchtungen ernst genommen wurden. »Sie ist in Gefahr. Dulac weiß, wo sie ist. Du musst sie warnen.« Er stöhnte. »Ich habe keine Ahnung, wo sie hinwollten.«

»Ich aber. Wir haben die Adresse bekommen, als wir sie befragt haben. Ich werde sofort dort hinfahren. Mit Miss Jones ist sicher alles in Ordnung.«

Sham war sehr aufgeregt. Er streckte eine Hand aus und umklammerte Jolliffes Arm. Er zitterte. »Sie muss gewarnt werden. Guy Dulac ist ein Tier. Er ist äußerst gefährlich.«

»Ich bin schon unterwegs. Ruh dich jetzt ein wenig aus. Ich werde morgen wiederkommen.«

Shams Griff lockerte sich, und seine Hand sank herab. Die Anstrengung hatte ihn alle Kraft gekostet, die er besaß. »Verhafte Dulac«, murmelte er. »Lass ihn bloß nicht in die Nähe des Mädchens kommen.« Erschöpft schloss er die Augen.

Sham war wieder in die Welt der Träume eingetaucht.

Guy Dulac kannte die Gewässer um Mauritius wie seine Westentasche. Selbst in der Nacht und trotz des unvorhersehbaren Wetters bereitete es ihm keinerlei Probleme, die Yacht durch den tiefen Kanal von Grand Baie aus dem Riff heraus ins offene Meer zu navigieren. Er wusste genau, wie weit er hinausmusste, um ungehindert an der Westküste entlangzufahren und sich dabei sowohl vor den Untiefen bei Port Louis zu schützen als auch vor den aufmerksamen Blicken der Küstenwache. Er hatte das Leuchtfeuer von Flic en Flac vor sich, manövrierte sein Boot in eine sichere Liegeposition und ging dort vor Anker. Er schlief ein paar Stunden und ruderte beim ersten Tageslicht in Richtung Küste.

Der Besitzer der Ferienwohnanlage, in der Holly und Connor sich aufhielten, war ein Freund seines Vaters. Ungeachtet der frühen Stunde weckte Guy den Mann und mietete sich ein Einzimmerapartment. Wenig später saß er dort am Fenster und wartete.

Um neun sah er Connor allein das Haus verlassen. Von Holly war keine Spur zu sehen. Um kurz vor elf beobachtete er, wie sie zum Strand ging. Sie warf ihr Handtuch in den Sand und ging sofort ins Wasser. Guy brauchte ein paar Minuten, ehe ihm klar wurde, dass sie auf die Yacht seines Vaters zuschwamm. Er sah, wie sie gegen die Brandung kämpfte, das Boot schließlich erreichte und sich an der Heckleiter hochzog. Sie verschwand sofort in der Kajüte.

»Was zum Teufel hat sie vor?«, murmelte er ungläubig. Er hatte nicht erwartet, dass Holly es ihm so leicht machen würde. Er verließ das Zimmer, lief rasch zum Strand hinunter und ruderte zur Yacht hinaus.

Holly zitterte im kühlen Wind, als sie die letzte Sprosse der Leiter überwand. Sie lief direkt auf die Kajütentür zu, sie war unverschlossen. Um ihre Fußspuren machte sie sich keine Gedanken. Bis Raoul zurückkam, würden sie längst getrocknet sein. Holly gestattete sich eine kurze Atempause. Es war schwieriger gewesen, hierher zu schwimmen, als sie gedacht hatte. Die Wellen waren so hoch, dass sie ihre gesamte Kraft aufwenden musste und nun ziemlich erschöpft war. Das Wetter war umgeschlagen, sie hatte das Gefühl, in einem anderen Land zu sein.

Nur eine einzige Schublade war mit einem Schloss versehen. Holly fand einen Hobel, ein Messer und einen Schraubenzieher. Mit erstaunlicher Kaltblütigkeit brach sie das Schloss auf. In der Schublade fand sie einen einzelnen weißen Plastikumschlag. Holly machte sich nicht die Mühe, ihn zu öffnen. Das Wort *wasserdicht* stand darauf geschrieben. Sie drehte ihn kurz in den Händen. Er schien hermetisch verschlossen zu sein.

Unter normalen Wetterbedingungen wäre sie in der Lage gewesen, auf dem Rücken zurück zum Strand zu schwimmen und den Umschlag halbwegs trocken zu halten. Heute war das unmöglich. In der Hoffnung, dass der Aufdruck hielt, was er versprach, schob Holly ihn vorne in ihren Badeanzug. Rasch warf sie noch einen Blick in die anderen Schubladen und sah sich ein letztes Mal in der Kajüte um, dann ging sie zurück an Deck.

Guy Dulac, der jäh aus dem Schatten trat, war die letzte Person, mit der sie gerechnet hätte. Sie stieß einen Angstschrei aus.

»Na, haben Sie etwas Brauchbares gefunden?« Er lächelte bösartig. »Das hätte ich von Ihnen nicht erwartet.«

Holly stand zur Salzsäule erstarrt da, ihr Herz hämmerte wild. Beim Stehlen erwischt worden zu sein war nichts gegen die Person, die es getan hatte.

»Haben Sie nichts zu Ihrer Verteidigung zu sagen?« Langsam kam er näher. »Ich frage mich, was Sie in Ihrem Badeanzug versteckt haben. Es wird sicher spannend, das herauszufinden.«

Die Yacht schaukelte in der heftigen Brandung. Guy geriet aus dem Gleichgewicht und strauchelte. Das war Hollys Chance. Sie reagierte instinktiv – sie wagte einen riskanten Sprung über Bord. Verzweifelt schnappte sie nach Luft, als sie endlich wieder an die Oberfläche kam, und schwamm so schnell sie konnte in Richtung Strand. Aber Holly hatte keine gute Kondition. Sie war noch von der Anstrengung, das Boot zu erreichen, geschwächt. Guy Dulac war stark wir ein Ochse. Er holte sie rasch ein und zwang sie mit seiner schweren Hand unter Wasser. Holly wehrte sich verzweifelt. Als sie glaubte, ihre Lungen würden platzen, ließ der Druck nach. Sie tauchte auf, rang nach Luft und hatte gerade so viel Zeit, Guys grinsendes Gesicht vor sich zu sehen, ehe er sie erneut unter Wasser drückte. Holly hatte kaum noch Kraft, der Sauerstoffmangel machte sie schwindelig, und sie wusste instinktiv, dass ihr nur noch eine Möglichkeit blieb. Nach Luft japsend hob sie mit allerletzter Kraft das Knie und rammte es in Guys Unterleib.

Sie hatte nicht mit seiner schnellen Reaktion gerechnet. Er drehte ab, und ihr Knie traf lediglich sein Bein. Ohne zu zögern, versetzte Guy Dulac Holly einen heftigen Schlag ans Kinn. Sie fiel sofort in eine tiefe Ohnmacht.

Kurz nach elf, zu der Zeit, als Detective Sham endlich einfiel, was ihn die ganze Zeit beunruhigt hatte, startete Guy Dulac den Motor und fuhr aufs Meer hinaus.

Um die Mittagszeit kehrte Connor nach Flic en Flac zurück, fand Hollys Handtuch am Strand und registrierte, dass Raouls Boot verschwunden war.

Connor rannte zurück ins Hotel und stieß auf Rafe Jolliffe, der gekommen war, um Holly vor Guy zu warnen. Der drängende Unterton in Shams Stimme hatte ihn zutiefst beunruhigt. Connors Sorge über Raoul Dulacs verschwundene Yacht war gerechtfertigt, aber aus wesentlich ernsteren Gründen, als er zunächst vermutet hatte.

Nach einem kurzen Telefongespräch mit Raoul ordnete der Detective eine umfangreiche Suchaktion nach Holly Jones an. Alle Polizeistationen erhielten eine Mitteilung, dass nach Guy Dulac gefahndet würde, wegen versuchten Mordes an einem Polizeibeamten und Entführung einer Touristin.

Connor Maguire, der nicht nur herumsitzen und warten konnte und der große Angst um Holly hatte, ergriff selbst Initiative und beteiligte sich am frühen Nachmittag ebenfalls an der Suchaktion. Er raste quer über die Insel nach Mahébourg, in der Hoffnung, Kathleen Maguire dort anzutreffen. Ihre übersinnlichen Fähigkeiten waren jetzt alles, was er hatte – eine letzte verzweifelte Hoffnung, dass Kathleen vielleicht in der Lage sein würde, die Frau zu retten, die er so liebte.

Kapitel Siebzehn

Als Holly wieder zu Bewusstsein kam, dachte sie zunächst, sie hätte einen Albtraum gehabt. Die Illusion wurde rasch zerstört. Die Koje, in der sie lag, schwankte heftig hin und her, sie wurde von einer Seite auf die andere geworfen. Sie fuhren mit voller Motorkraft, aber die schäumende See schien die Yacht in ihrer Gewalt zu haben. Sie schleuderte sie von Woge zu Woge. Jedes Mal, nachdem das Boot hart in einem Wellental aufgeschlagen war, kämpfte es sich zum nächsten Kamm empor, um dann erneut mit einem Übelkeit erregenden Satz hinunterzustürzen. Wellen schlugen über den Bug, und der Dieselmotor ächzte und stöhnte laut, während die Schiffsschraube sich durch das tosende Meer pflügte. Das Heck schlingerte durch das Wasser wie der Rumpf eines gemächlich vor sich hin trottenden Elefanten.

Holly hielt sich ihre zitternden Finger vor das Gesicht. Sie waren blutverklebt. Der Schmerz in ihrem Kiefer war so stark, dass sie befürchtete, er könne gebrochen sein. Ihr Kopf pochte, ihre Rippen taten weh, und die Blasen an den Händen waren aufgeplatzt. Sie versuchte, sich aufzusetzen, aber die Anstrengung schmerzte sie viel zu sehr. Sie hatte große Angst.

Der Zyklon Yvette, der sich zu einem kräftigen Sturm über dem Indischen Ozean zusammengebraut hatte, wütete nun schon den dritten Tag. Die Wellen, die viel höher waren als gewöhnlich, würden den weißen Sandstränden, die geschützt hinter dem Korallenriff lagen, nichts anhaben können. Yvette ließ die zyklonerfahrenen Mauritier relativ ungerührt. Die Meteorologen hatten Sturmwarnung gegeben – an allen öffentlichen Gebäuden wurde die rote Flagge gehisst. Die Lage des Zyklons und die genauen Windstärken wurden ständig über Radio und Fernsehen durchgegeben und diejenigen, die sich noch auf See befanden, erhielten warnende Funkmeldungen, aber sonst lief das Leben seinen gewohnten Gang. Die Vergnügungsboote und Fischerkutter wurden gut abgedichtet und sicher an Land vertäut. Yvette war unangenehm, aber nicht sonderlich Besorgnis erregend. Dennoch war niemand bereit, ein Risiko einzugehen, was die Sicherheit der Wasserfahrzeuge anging. Zyklone galten als äußerst tückisch.

Guy Dulac dachte nicht an die Sicherheit seiner Yacht. In einem Zustand der Euphorie kämpfte er gegen die Wellen an. Er hatte Holly in die Koje geworfen, ein paar Amphetamine eingeschmissen und dann den Anker gelichtet. Jetzt steuerte er in westlicher Richtung aufs offene Meer hinaus. Zu einem Zeitpunkt, da jeder vernünftige Mensch längst erkannt hatte, dass das Meer gefährlich rau wurde, war Guy trunken vor Wagemut. Er hatte den Kopf in den Nacken geworfen und stand mit gespreizten Beinen da, um nicht das Gleichgewicht zu verlieren. Er war beherrscht von dem irren Glauben, unbesiegbar zu sein. Nichts – weder das Meer, noch das Gesetz – konnte ihm etwas anhaben. Lachend, sexuell erregt und erfüllt von der Kraft, die durch seine Glieder strömte, forderte Guy die Elemente heraus.

Die kleine Australierin konnte warten. Sie würde seine Belohung sein, er würde sie mit Genuss nehmen, später wenn sein Blut abgekühlt war und der Adrenalinrausch nachließ, das Gefühl, das er so gut kannte, diese Sucht nach Männlichkeit, dieses Bedürfnis, sich selbst beweisen zu müssen.

Kathleen Maguire war an diesem Morgen mit einem merkwürdigen Gefühl des Unbehagens erwacht. Sie hatte sofort gesehen, dass die roten Flaggen gehisst waren, und im Radio von Yvette gehört. Die

Luft war schwül, der Himmel im Osten verdunkelt und schwer von Feuchtigkeit. Zyklonisch eben. Kathleen schob ihre Übelkeit auf das Wetter und begann mit ihren allmorgendlichen Reinigungszeremonien und Gebeten.

Die Grundschule, an der sie unterrichtete, gehörte zum Kloster. Kathleen hatte erst Aufsicht auf dem Schulhof und anschließend drei Unterrichtsstunden. Sie konzentrierte sich auf ihre Arbeit, und bald war das Gefühl der Übelkeit verschwunden. Um elf saß sie im Lehrerinnenzimmer, genoss eine kurze Pause und trank eine Tasse Tee. Plötzlich verspürte sie einen Schmerz im Unterkiefer. Erschrocken hob sie die Hand und presste sie fest darauf.

»Was ist los, meine Liebe?«, fragte eine der anderen Schwestern, die Kathleens ungläubigen Gesichtsausdruck bemerkt hatte.

»Ich glaube, mein Zahn«, stieß sie hervor. Nachdem sich der erste scharfe Schmerz gelegt hatte, verspürte sie ein dumpfes Pochen.

»Du solltest vielleicht besser zum Zahnarzt gehen.«

Es war auf jeden Fall ausgeschlossen, in diesem Zustand weiter zu unterrichten. Kathleen konnte kaum den Mund öffnen. Sie konnte sich nicht erinnern, wann sie sich zuletzt so schlecht gefühlt hatte. Sie war leichenblass, Schweißperlen traten ihr auf die Stirn.

»Kathleen, du siehst fürchterlich aus. Geh und leg dich hin. Ich werde Dr. Kenny benachrichtigen.«

Der pensionierte Zahnarzt, der sich zu einem günstigen Tarif um die Zähne der Nonnen kümmerte, war im Augenblick nicht in der Stimmung für Hausbesuche. »Geben Sie ihr Aspirin. Wenn es morgen nicht besser ist, soll sie zu mir in die Praxis kommen. Es klingt nach einem Abszess.«

Mit einer Wärmflasche, zwei Aspirin und dem unangenehmen Gefühl, dass sich ihr so genannter Abszess als Zeichen einer drohenden Vorahnung entpuppen könnte, ging Kathleen ins Bett. Sie konnte jetzt ohnehin nichts tun. Das Beste war, sich ruhig zu halten und zu sehen, was als Nächstes geschah.

Connor Maguire schaffte es in Rekordzeit auf die andere Seite der Insel. Er erreichte das Kloster kurz nach Mittag. Die Bitte, Kathleen sprechen zu dürfen, wurde ihm mit dem Hinweis auf ihr Unwohlsein verweigert. Aber Connor ließ sich nicht aufhalten. Ohne weitere Erklärungen marschierte er einfach hinein. Es dauerte nicht lange, bis er den Schlaftrakt der Ordensschwestern gefunden hatte. Die schweren Holztüren standen offen. Er betete kurz, dass ihn niemand sah, und schlüpfte rasch hinein. Er vermutete, und wie sich herausstellen sollte, war diese Vermutung richtig, dass die Wohnquartiere der Nonnen um diese Zeit verlassen sein würden. Auf halbem Weg durch den Korridor entdeckte er Kathleens Namen.

Inzwischen hatte Kathleen noch weitere Symptome entwickelt. Das Übelkeitsgefühl hielt an, und sie fror. Jedes Mal, wenn sie die Augen schloss, verwandelte sich das Zimmer in eine Achterbahn. Das Atmen tat ihr weh, ihr Herz raste, und ihr Mund war trocken. Sie warf einen Blick auf Connors Gesicht, als er in der Tür stand, und wusste sofort und mit absoluter Klarheit, dass er oder jemand, der ihm nahe war, für ihr mysteriöses Unwohlsein verantwortlich war.

»Es geht um Holly«, erklärte er ihr knapp. »Sie ist verschwunden. Guy Dulac hat sie verschleppt.«

Kathleens Herz tat einen Sprung, als sie Connors Angst spürte. »Setz dich.«

Er gehorchte, sprang aber sofort wieder auf. »Kannst du mir helfen?«

»Ja, ich glaube schon. Aber du musst dich beruhigen. Du hast eine Menge nervöser Energie in diesen Raum gebracht.«

Connor kehrte zu dem einzigen Stuhl im Zimmer zurück.

»Ich weiß, dass das schwer ist«, sagte Kathleen leise. »Ich benötige ein oder zwei Minuten, um alles zusammenzufügen.«

Er nickte und sah sie dann mit hoffnungsvollen Augen an.

Kathleen schloss ihre. Der Schmerz in ihrem Kiefer – ein Schlag vielleicht? »Deine Freundin ist verletzt worden«, sagte sie schließlich behutsam. »Hier.« Kathleen tippte sich an den Unterkiefer. »Es geschah ganz plötzlich und unerwartet. Vielleicht ein Faustschlag.«

Ein verzweifeltes Stöhnen entfuhr Connor.

Übelkeit. Kälte. Der sich drehende Raum. Das Meer? Es musste das Meer sein. »Sie ist auf einem Boot. Es befindet sich jenseits des Riffs, glaube ich.« Warum schmerzte das Atmen so? »Sie könnte gefesselt oder verletzt sein. Das Atmen tut ihr weh.« Kathleen öffnete die Augen wieder. »Es tut mir leid. Das ist alles, was ich im Moment erkennen kann.«

Das Atmen tut ihr weh. Hollys Rippen. Sie musste eine Auseinandersetzung gehabt haben. Connor wusste, dass Kathleen auf der richtigen Spur war. »Lebt sie?«, fragte er und fürchtete die Antwort.

»Oh ja. Ganz sicher. Wenn nicht, würde ich diese Signale nicht empfangen. Aber sie hat Angst vor etwas. Sie schwebt in fürchterlicher Gefahr.«

»Ich brauche ein Telefon.« Connor war schon wieder auf den Beinen. »Ich muss die Polizei anrufen.«

Ganz allmählich ließ die Wirkung der Amphetamine nach. Guy hatte die Yacht seines Vaters so weit ins Meer hinausgesteuert wie noch nie. Mauritius lag weit entfernt am Horizont. Guy Dulac begann, sich zu fürchten. Noch nie hatte er ein derart tobendes Meer erlebt. Sie mussten dringend wenden und an Land zurück. Aber wie? Sich mit der Breitseite in den Wind zu stellen würde Selbstmord bedeuten. Den Motor zu drosseln war nicht gut. Er musste das Boot im Gleichgewicht halten. Was, wenn er die Umdrehungen erhöhte und mit voller Kraft zurückkehrte? Es war einen Versuch wert.

Guy versuchte, in dem Chaos um ihn herum ein Schema zu erkennen. Drei hohe Wellen, eine nicht so hohe, drei hohe, eine nicht so hohe, drei hohe. Jetzt! Er riss das Steuer herum und raste mit voller Geschwindigkeit los. Das Schiff kenterte fast, als es nach vorn, vorbei an einer hoch aufsteigenden Wand aus Wasser schoss, über den Wellenkamm stieg und dann wieder hinabstürzte. »Komm schon, du Luder! Beiß an! Drei hohe rollen heran. Komm schon, komm schon!«, murmelte Guy vor sich hin.

Die erste Woge erwischte Dreiviertel des Hecks. Sie drehten sich. Die Welle trug sie vorwärts, mit dem Bug nach unten, und drohte das Boot in die schwarzen Fluten zu werfen. Guy gelang es, das Steuer in die Mitte zu reißen, ehe die Schiffsschrauben aus dem Wasser kamen. Er drosselte das Tempo, als das Boot rücklings in die Fluten schoss. Er drehte den Motor auf volle Kraft voraus, und sie waren herum, ehe die nächste Welle sie treffen konnte.

Guy steuerte in Richtung Küste. Er hatte keine Ahnung, wie weit sie herausgefahren waren. Treibstoff war kein Problem. Er hatte den Tank in Grand Baie gefüllt, mehr als zweitausend Liter Diesel, die für weit über tausend Kilometer ausreichten. Unter normalen Umständen verbrauchte die Yacht etwa fünfzig Liter in der Stunde.

Umso überraschte war er, als er feststellte, dass der Haupttank nur noch knapp ein Viertel gefüllt war. Rasch überprüfte er den Reservetank und nickte zufrieden, als der Zeiger die volle Menge anzeigte. Da sie nun mit der Brandung fuhren, würden sie nicht mehr so viel verbrauchen.

Was sollte er mit dem Mädchen machen? Ursprünglich hatte er vorgehabt, irgendwo auf der Leeseite einer der vielen unbewohnten kleinen Inseln nördlich von Mauritius Anker zu werfen. Bei diesem Wetter kam das nicht in Frage. Es wäre das Beste, das verdammte Weib jetzt und hier über Bord zu werfen. Wenn er sie zurückbrachte, würde sie ihn wahrscheinlich wegen Kidnapping und Körpermisshandlung anzeigen. Je länger er darüber nachdachte, desto mehr Sinn ergab es.

»Bist du schon wach?«, brüllte er.

Holly hatte mehr Angst als je zuvor in ihrem Leben. Sie wusste nicht, was schlimmer war – das dumpfe Pochen in ihrem Kopf oder der scharfe Schmerz in ihren Händen, als sie sich an ihre Koje klammerte, während das Boot mit jeder neuen Welle von einer Seite auf die andere geworfen wurde.

Sie wusste, dass sie die Richtung gewechselt hatten. Das Fahrgeräusch hatte sich verändert, dafür hatte sie nun bei jedem Wellenkamm das Gefühl abzuheben. In gewisser Hinsicht war dies noch Besorgnis erregender. In der Kajüte hing ein penetranter Ölgeruch. Holly musste dringend hinauf an Deck, etwas frische Luft schnappen und sehen, was geschah. Sie ignorierte Guys Brüllen und erhob sich schwankend von ihrer Pritsche. Öliges Wasser schwappte ihr um die Füße. Durch zwei kleine Bullaugen sah sie das wilde, gurgelnde Schäumen des dunkelgrauen Meeres. Aber Holly war so sehr damit beschäftigt, sich auf den Beinen zu halten, dass sie nur einen kurzen Blick riskierte.

Plötzlich entdeckte sie etwas Glitzerndes in dem Spalt zwischen Matratze und Kojenrahmen. Sie hob es auf. Es war ein feines goldenes Gliederarmband mit einem herzförmigen Schloss. Der Verschluss war gerissen, eine Öse verbogen. Sie wusste nicht, wieso sie das tat – es war eine Art Instinkt. Holly legte das Schmuckstück um ihren Arm und drückte den Verschluss zu. Sie hatte keine Ahnung, was es bedeutete, aber irgendwie hatte sie das Gefühl, dass es wichtig war. Mit taumelnden Schritten machte sie sich auf den Weg in Richtung Deck.

»Schön, dass du mich besuchen kommst.« Guy sah sie nicht an, seine ganze Konzentration galt dem tobenden Ozean. Holly ignorierte seine Bemerkung. Sie klammerte sich an das Treppengeländer, um sich auf den Beinen zu halten, und sah sich entsetzt um. Wasserberge wohin sie auch schaute. Ihre Knie drohten zu versagen. Als sich das Boot unter einer weiteren Welle auf die Seite legte, spürte sie, wie ihr übel wurde. Mit allergrößter Anstrengung versuchte sie, an Deck zu gelangen. Sie griff nach der Reling und klammerte sich fest, als sie in die nächste Welle eintauchten.

Genau in diesem Augenblick rammte der Bug der Yacht den Container.

Der zwei Tonnen schwere und sechs Meter lange Stahlcontainer war beschädigt worden, als er sich auf dem Containerschiff *Lady Elise* aus der Verankerung gelöst hatte, und hatte sich ganz langsam mit Wasser gefüllt. Er trieb nun schon seit Tagen umher und war inzwischen so tief im Wasser versunken, dass nur noch eine Ecke aus den Wellen herausragte. Als Spielball von Yvette trieb er auf Mauritius zu. Guy Dulac war nicht vorgewarnt worden. Der Container bohrte sich in den Bug der Yacht und spaltete ihn in zwei Teile. Der plötzliche Zusammenprall riss Guy von den Füßen und katapultierte ihn nach vorn auf das Steuerrad. Mit der Stirn schlug er hart auf dem Messingkompass auf. Holly wurde zur Seite geschleudert und stürzte ins Wasser.

Keiner von ihnen hatte die geringste Ahnung von der Kette der Ereignisse, die der Kollision folgen sollte.

Wenn seine Sinne nicht von den Nachwirkungen des Drogenrausches vernebelt gewesen wären, wäre Guy der Ursache für den niedrigen Stand im Treibstofftank nachgegangen und hätte festgestellt, dass ein feiner Riss zum Austritt des Diesels geführt hatte, das in den Kielraum geflossen war und zu einer gefährlichen Anreicherung von Dieselgasen im Motorbereich geführt hatte. Und zwar genau an der Stelle, wo sich die Hochleistungsbatterien des Bootes befanden.

Als Guy sie das letzte Mal überprüft hatte, war es nötig gewesen, eine dünne Korrosionsschicht an den Klemmschrauben zu entfernen. Es war typisch für ihn, dass er den Holzdeckel anschließend nicht wieder festgedreht hatte. Ein justierbarer Schraubenschlüssel, der für die Arbeit an den Batterien benötigt wurde, hing an einem Haken an der Wand gleich daneben. Durch den Zusammenstoß mit dem Container fiel er herab, sprang einmal auf und rutschte dann vorwärts, um eine Brücke zwischen zwei sauberen Verbindungen gegensätzlicher Polarität zu schaffen.

Der daraus resultierende Funke fand Gefallen an den Dieselgasen, und eine Flammenwand züngelte im Kielraum von einem Ende bis zum anderen. Natürlich entzündete sich der ausgelaufene Treibstoff, der dort auf dem Seewasserbett schwamm.

Der bewusstlose Guy Dulac spürte nichts, als die spontane Verpuffung die Yacht seines Vaters aus dem Wasser katapultierte. Die *Chris Craft* und sein einziges Besatzungsmitglied wurden kurz nach dem Zusammenprall mit dem Container in Stücke gerissen.

Holly, die sich gerade wieder an die Wasseroberfläche gekämpft hatte, sah die umherfliegenden Trümmerteile auf sich zukommen. Sie war geistesgegenwärtig genug, um sofort wieder abzutauchen und so lange wie nur irgend möglich unter Wasser zu bleiben. Schließlich zwang sie das Bedürfnis nach Sauerstoff wieder nach oben. Das Meer unmittelbar um sie herum schien in Flammen zu stehen. Von der Yacht war nichts mehr zu sehen. Ein paar qualmende Holzplanken und ein wenig Treibgut war alles, was davon übrig war. Die Kollision und nachfolgende Explosion hatten dem Container nichts anhaben können. Sie konnte ihn im Wasser treiben sehen. Holly wusste, dass ihre einzige Chance darin bestand, den Container zu erreichen. Die Brandung hob sie in Schwindel erregende Höhen. Holly richtete ihre ganze Konzentration auf diese eine verzweifelte Hoffnung und schwamm wie noch nie zuvor in ihrem Leben. Der Container war höchstens zwanzig Meter entfernt, aber es dauerte beinahe eine halbe Stunde, bis sie ihn erreichte. Als es so weit war, war Holly am Ende ihrer Kräfte.

Detective Rafe Jolliffe war engagiert, willensstark, logisch denkend und vorsichtig. Spontane Entscheidungen zu treffen war nicht sein Stil. Das Leben des Mädchens war in Gefahr, daran hatte er keinen

Zweifel, aber niemand, nicht einmal Guy Dulac, würde so wahnsinnig sein, sich bei diesen Verhältnissen aufs Meer zu wagen. Die Tatsache, dass sein Boot verschwunden war, bedeutete seiner Meinung nach lediglich, dass der Dulac-Junge irgendwo ein Stück die Küste herunter Schutz gesucht hatte. Es gab unzählige Stellen, wo er sein konnte. Als Connor Maguire ihn angerufen und ihm erzählt hatte, er fürchte, das Jones-Mädchen sei irgendwo auf offener See, hatte der Detective ihn daher gar nicht ernst genommen, zumal Maguire auf Drängen auch noch zugegeben hatte, dass er seine Informationen von einer Nonne erhalten hatte, die angeblich übersinnliche Fähigkeiten besaß.

Frustriert hatte Connor anschließend das *Royal Palm Hotel* angerufen, um zu versuchen, einen der hoteleigenen Helikopter zu mieten. Aber die erhielten wegen des Wetters keine Starterlaubnis. Verzweifelt fuhr er zum Flughafen. Nach einigem Hin und Her, langen Diskussionen und offener Bestechung willigte ein Pilot schließlich ein, Connor zu einem einstündigen Rundflug mitzunehmen. Als sie endlich in der Luft waren, blieben nur noch achtzig Minuten Tageslicht. Ich komme, Baby. Halt durch!, flehte er im Stillen.

Nachdem sie mit letzter Kraft ihr Ziel erreicht hatte, klammerte Holly sich an eine Blende des Containers. Der Stahlbehälter ritt wie ein Delfin auf den Wogen. Die Wellen brachen sich darüber, das salzige Spritzwasser brannte in ihren Augen. Sie hatte nicht die geringste Ahnung, in welche Richtung sie trieb – aber es hätte auch keinen Unterschied gemacht, wenn sie es gewusst hätte.

Es war unmöglich zu sagen, wie lange sie schon an den Container geklammert wartete. Ihre Arme und Beine waren taub, Schulter und Oberschenkel völlig verkrampft, und zweimal hatte sie den innigen Wunsch niedergekämpft, einfach die Augen zu schließen und loszulassen. Wann immer es ihr irgendwie möglich war, suchte Holly den

Horizont ab, ob nicht doch irgendwo Land zu erkennen war. Aber sie sah in jeder Richtung nichts als graue Wassermassen. Der Plastikumschlag steckte noch in ihrem Badeanzug. Holly hätte ihn längst vergessen, aber eine Ecke hatte sich in ihre Haut gebohrt, und mit jeder Bewegung des Containers wurde der stechende Schmerz heftiger. Irgendwie musste sie den Umschlag dringend loswerden. »Lieber Gott«, betete sie. »Bitte mach, dass mich jemand findet.«

Sobald sie in der Luft waren, ließ Connor die Bombe platzen. »Sie wollen wohin?« Der Pilot war erstaunt über seinen plötzlichen Sinneswandel. »Auf keinen Fall. Da draußen ist doch nichts als Wasser.«

»Ich werde die Summe, die wir vereinbart haben, verdoppeln«, antwortete Connor ungeduldig. »Tun Sie, was ich sage, bitte!«

Der Pilot zuckte mit den Schultern. Es würde ein wenig unruhig werden, aber nicht gefährlich. Sollte er doch seinen Willen kriegen. Der Mann war offensichtlich verrückt. »Das Meer ist groß. In welche Richtung wollen Sie?«

»Von Flic en Flac aus in nordwestliche Richtung.«

Sie flogen über die Insel und dann aufs offene Meer zu. In der Zwischenzeit informierte Connor den Piloten, auf dessen Kooperation und Erfahrung er angewiesen war, kurz über die wesentlichen Fakten. Ihm wurde rasch klar, dass sein Passagier es ehrlich meinte, und spätestens als Guy Dulacs Name genannt wurde, wurde der zunächst so bizarre Vergnügungsflug zu einem Rennen gegen die Zeit. Von oben gesehen schien die Größe ihres Suchgebiets gigantisch.

»Wir müssen systematisch vorgehen«, erklärte Connor dem Piloten.

»Wann ist das Boot in Flic en Flac ausgelaufen?«

»Ich bin mir nicht sicher. Irgendwann zwischen neun und zwölf Uhr.«

Der Pilot rechnete kurz nach. »Also gut. Dann versuchen wir es ein bisschen weiter westlich.«

»Uns bleibt nur noch eine Dreiviertelstunde. Dann wird es zu dunkel, um noch etwas zu sehen.«

»Konzentrieren Sie sich.« Connors Stimme war angespannt. Er starrte aufmerksam auf den Ozean hinab.

Sie flogen eine weitere Kurve in Richtung Westen, und in diesem Moment sah Connor etwas Weißes im Wasser aufblitzen. »Da.« Er zeigte aufgeregt hinunter. »Sehen Sie das? Können wir uns das näher anschauen?«, schrie er.

Der Pilot hatte nichts entdeckt, änderte jedoch den Kurs und flog tiefer.

»Guter Gott, das muss sie sein«, brüllte Connor gegen den Lärm der Rotoren an. Es war beinahe unmöglich, Holly in den grauen Wassermassen auszumachen. »Gehen Sie runter!«

»Sind Sie verrückt geworden? Sehen Sie sich diese Wellen an. Wir sind jetzt schon viel zu tief.«

»Dann funken Sie Hilfe an.«

Ehe er ihn davon abhalten konnte, sah der Pilot fassungslos zu, wie Connor seinen Sicherheitsgurt löste und sich rückwärts durch die geöffnete Tür hinabfallen ließ.

Holly war erschöpft, sie hatte Schmerzen und große Angst. Zweimal war sie beinahe von dem langsam sinkenden Container hinuntergespült worden. Sie hatte den Hubschrauber weder gesehen noch gehört, aber dann wurde ihr plötzlich klar, dass das Meer zusätzlich zur Brandung von irgendeiner unsichtbaren Kraft aufgewühlt wurde. Holly hatte den Umschlag mühsam aus ihrem Badeanzug gezogen. Krampfhaft hielt sie ihn fest. Sie verlor fast die Balance, konnte sich aber im allerletzten Moment noch halten.

Sie befand ich in einem furchtbaren Zustand. Sie hatte viel Wasser geschluckt, sie war taub vor Kälte und hatte kaum noch Gefühl in den Fingern. Es war nur noch eine Frage der Zeit, bis sie sich nicht mehr würde halten können. Sie war fast blind vom Salzwasser, und Angst und Schmerz wichen langsam lähmender Resignation. Holly spürte, dass sie kurz vor der Bewusstlosigkeit stand, aber sie hatte keine Kraft mehr, sich dagegen zu wehren.

Als Connor auf sie zugeschwommen kam, glaubte sie, ein Hai würde sie angreifen. Sie schlug mit letzter Kraft um sich, dann wurde ihr klar, was geschah. Sein Gesicht, verzerrt aber erkennbar, erschien ihr unwirklich. Sie wollte es gern glauben, wagte es jedoch nicht.

Er zeigte nach oben, und sie sah den kreisenden Hubschrauber. Zwei Objekte fielen aus der offenen Tür und klatschten in ihrer Nähe ins Wasser. »Schwimmwesten«, schrie Connor. »Halt durch, Baby, ich hole sie.«

Connor legte ihr die Schwimmhilfe an, und sie sank kraftlos in seine Arme. Der Hubschrauber über ihnen drehte, sodass sie den Piloten erkennen konnten. Er hob zehn Finger, schloss dann die Hand und hielt erneut zehn Finger hoch. »Zwanzig Minuten.« Connor signalisierte ihm, dass er verstanden hatte. »Zwanzig Minuten, Baby, dann kommt Hilfe. Halt durch.« Er zeugte auf den weißen Plastikumschlag, den sie immer noch umklammert hielt und der ihr das Leben gerettet hatte. »Was ist das?«

»Scylla.« Das war alles, was sie herausbrachte.

Wenn sein Gesicht nicht so nass vom Meerwasser gewesen wäre, hätte sie die Tränen der Rührung gesehen.

Der Hubschrauberpilot warf ein wasserdichtes Funkgerät und eine Lampe herab. Dann flog er davon. Mit seiner Zeitangabe war er nicht ganz ehrlich gewesen. Er hatte geahnt, wie erschöpft das Mädchen da unten im Wasser sein musste, und hatte ihr Hoffnung geben wollen. Die Küstenwache benötigte doppelt so lange, um sie zu erreichen. Als es so weit war, war es stockdunkel. Holly hatte das Bewusstsein verloren. Aber Connor, der sie fest im Arm hielt, wusste, dass nichts auf der Welt sie ihm mehr nehmen konnte.

Holly wurde ohne es zu ahnen in das gleiche Krankenhaus gebracht, in dem auch Sham lag. Wie der Polizist ruhte sie warm und sicher in den Armen schmerzstillender Medikamente.

Überraschenderweise hatte sie ihr Martyrium ohne schwerwiegende Folgen überstanden. Sie war erschöpft und litt an einer leichten Unterkühlung, ihr Unterkiefer war geschwollen, aber nicht ernsthaft verletzt. Ihre Rippen waren leicht geprellt, und ihre Hände würden rasch heilen. Eine Schnittwunde an ihrer Stirn, die von den umherfliegenden Trümmern der Yacht verursacht worden war, brauchte nicht genäht zu werden, ebenso die Wunde an ihrem Bauch. Sie hatte an Armen und Beinen Prellungen und Schürfwunden davongetragen, aber die waren nur oberflächlich.

»Sie muss eine Nacht durchschlafen, außerdem werden wir ihren Flüssigkeitsverlust ausgleichen«, erklärte der Arzt Connor. »Wenn keine Komplikationen auftreten, kann sie morgen nach Hause entlassen werden.«

Connor weigerte sich, von ihrer Seite zu weichen, Er schlief auf einem Stuhl neben ihrem Bett ein. Als am nächsten Morgen bei Tagesanbruch die ersten Lichtstrahlen ins Zimmer krochen, wachte Holly auf, öffnete die Augen und sah ihn an. Er war unrasiert, sein Haar zerzaust, er trug ein weißes Krankenhaushemd und hatte dunkle Ringe unter den Augen. Noch nie in ihrem Leben hatte sie etwas Schöneres gesehen.

»Connor«, krächzte sie.

Er war sofort hellwach. »Baby?«

»Ich liebe dich«, murmelte sie.

Er wollte ihre Hände in seine nehmen, besann sich dann jedoch eines Besseren, überlegte sie zu küssen, hielt jedoch inne, als er an ihren Unterkiefer dachte. Schließlich hauchte er nur einen Kuss auf ihr Haar. »Ich liebe dich auch«, flüsterte er. »Mehr als ich es je für möglich gehalten hätte.«

Sie lächelte schwach. »Ich bin so müde.«

»Dann schlaf wieder ein, Baby. Ich werde bei dir sein, wenn du aufwachst.« Er stand auf und ging zur Tür. »Ich sage nur rasch dem Arzt Bescheid, dass du wieder bei uns bist.«

Das Krankenhaushemd schloss am Rücken nicht richtig. Sie wollte es ihm sagen, aber der Schlaf hatte sie schon wieder eingeholt. Wenigstens waren ihr damit schöne Träume gewiss.

Später an diesem Tag gab Holly bei Rafe Jolliffe eine Aussage zu Protokoll. Sie war immer noch geschwächt, konnte es jedoch kaum erwarten, das Krankenhaus zu verlassen. Connor wollte, dass sie noch eine Nacht blieb, aber Holly hatte schon immer eine Abneigung gegen Klinikgeruch gehabt. Sie war bereits angezogen und startbereit, als der Detective kam. Er machte ihr klar, dass niemand irgendwo hinging, ehe er über jede Einzelheit informiert war.

Schließlich klappte Jolliffe sein Notizbuch zu.

»Können Sie Sham über alles unterrichten?«, fragte Holly.

»Kommen Sie mit mir. Das können Sie selbst übernehmen«, sagte er.

Holly und Connor folgten ihm den Flur hinunter. Sie fragten sich, was er mit ihnen vorhatte. Er öffnete eine Tür und schob sie hinein. Der Mann im Bett drehte seinen verbundenen Kopf in ihre Richtung. »Rafe?«

»Woher weißt du das?«

»Ich habe es an den Schritten gehört. Wer ist noch bei dir?«

Rafe Jolliffe zog Holly näher. »Sagen Sie es ihm.«

Holly starrte ihn an. »Hallo, Sham. Was ist mit Ihnen passiert?«, brachte sie schließlich heraus.

»Miss Jones. Gut, dass ich Ihre Stimme höre. Ich hatte eine kleine Begegnung mit unserem gemeinsamen Freund Guy Dulac.«

»Oh, mein Gott!«

»Ich bin froh, dass Sie in Sicherheit sind. Ich hatte große Angst, er könnte Ihnen etwas antun.«

»Das hat er. Aber nicht so viel wie Ihnen.«

Sham hob seine unversehrte Hand. »Ich werde schon wieder in Ordnung kommen. Und dann werde ich ihn mir schnappen. Was ist denn genau passiert?«

Holly berichtete es ihm.

»Er ist tot?« In Shams Stimme lag Bedauern. Er schüttelte den Kopf. »Der Vitry-Fall, Rafe. Wie sollen wir den jetzt schließen?«

»Vitry?« Holly war plötzlich ganz aufgeregt.

»Corrine Vitry. Wir gehen davon aus, dass Guy Dulac sie ermordet hat.«

Holly streckte ihren Arm aus, dann wurde ihr klar, dass der Detective nichts sehen konnte. »Ich habe auf der Yacht ein Armband gefunden, mit den eingravierten Initialien CV.

»Haben Sie es mitgenommen?«

»Ja, ich habe es hier.«

Sham zerrte ungeduldig an seiner Augenbinde. »Bitte.« Er streckte die Hand aus, und Holly gab ihm das schmale Goldkettchen. Der Detective schaute es lange an, ehe er es Rafe reichte und den Verband wieder über sein rechtes Auge zog. Dann atmete er zitternd ein. »Danke.«

»Hilft Ihnen das?«, fragte Holly.

Jolliffe antwortete an Shams Stelle. »Es beruhigt ihn, das ist alles. Leider lässt sich nun nichts mehr beweisen. Aber auf Mauritius …«, er zuckte mit den Schultern, »… sagen wir einmal so, diese Insel lebt vom Gerede. Sie haben uns einen großen Dienst erwiesen. Danke. Ich hoffe, und mein Freund wird mir da sicher zustimmen, dass es der Familie des Mädchens helfen wird.«

Sham nickte. »Ich hätte Guy Dulac gern lebend geschnappt. Das wäre eine wesentlich größere Strafe für ihn gewesen. Andererseits«, fügte er mit einer gewissen Befriedigung hinzu, »hat der Junge teuer bezahlt. Wir werden unsere Arbeit jetzt fortsetzen.«

»Falsch«, widersprach Jolliffe. »*Ich* werde unsere Arbeit fortsetzen. Du bleibst noch eine Weile hier.«

Sham gab einen ungeduldigen Laut von sich. »Und was ist mit Ihnen, Miss Jones? Wann fliegen Sie nach Hause zurück?«

»Morgen.«

Eine zitternde Hand näherte sich suchend der ihren. »Dann auf Wiedersehen. Ich hoffe, Sie werden uns trotz allem in guter Erinnerung behalten.«

»Das werde ich«, versprach Holly herzlich. »Ich werde Ihnen meinen Artikel schicken, sobald er veröffentlicht ist.«

Zurück in ihrem Apartment in Flic en Flac rief Holly als Erstes ihren Vater an. »Wie war es auf Réunion?«, fragte er.

»Eh …«

»Du weißt, wie sehr ich dieses Wort verabscheue.«

»Ich bin gar nicht dort gewesen.«

»Warum nicht?«

»Eh …« Sie warf Connor einen verzweifelten Blick zu.

Er nahm ihr vorsichtig den Hörer aus der Hand. »Quinn? Connor Maguire hier. Holly geht es gut, sie ist nur noch ein bisschen mitgenommen. Wir werden morgen zurückfliegen und Montag in Sydney sein. Unser Flieger landet um 11:45 Uhr. Ich werde Holly nach Hause bringen. Nein, nein dazu besteht kein Grund. … Tatsächlich? Okay, dann sehen wir uns am Flughafen.« Er zwinkerte Holly zu, während er weiter zuhörte, was Quinn sagte. »Nein, nein, es geht ihr gut … nun, also, ziemlich gut jedenfalls. Ich gebe sie Ihnen sofort wieder, aber vorher, eh … Quinn … Sir. Es ist so, dass ich sie heiraten werde, und ich weiß, dass ich Sie vorher um Ihre Zustimmung hätte fragen müssen, aber irgendwie sind mir die Dinge hier aus den Händen geglitten und … nun, zum Teufel, Quinn, haben Sie was dagegen?« Connor hörte wieder zu. »Ja. Ja natürlich. Hier ist sie.« Er gab Holly den Hörer zurück.

Quinn war voll in Fahrt. Sie ließ ihn eine Weile toben.

»Fertig?«, fragte sie dann.

»Du erzählst mir jetzt sofort alles, was geschehen ist.«

Sie tat es. Zumindest fast alles. Holly hatte das Gefühl, dass ihr Vater vorerst nicht mehr verkraften konnte.

Als sie fertig war, entstand am anderen Ende ein langes Schweigen. »Geht es dir wirklich gut, Süße?«

»Ja. Ich bin noch ein bisschen müde, aber sonst ist alles in Ordnung.«

»Und diese Sache mit dem Heiraten?« Das war die alles entscheidende Frage.

»Hm.«

»Was heißt das?« Quinns Sorge und sein ganzer Frust verschafften sich nun Luft. Er brüllte so laut, dass Holly den Hörer ein Stück von ihrem Ohr entfernt halten musste.

»Tu mir einen Gefallen«, sagte sie schließlich, als sie den Hörer wieder näher halten konnte. »Schrei nicht so. Ich habe Kopfschmerzen.«

»Gib mir Maguire.«

Sie gehorchte. Es dauerte eine kleine Ewigkeit, bis er zu Wort kam. Dann endlich konnte er etwas sagen. »Das werde ich nicht. Ich habe Sie voll und ganz verstanden. Ich weiß, Sir. Ja. Okay, Quinn, tut mir leid. Bis bald.« Er legte auf. »Dein Vater wollte dich nicht mehr sprechen.«

»Ich kann mir nicht vorstellen, dass er das wirklich gesagt hat.« Holly hatte die Arme vor der Brust verschränkt. Sie war verärgert und peinlich berührt.

»Was er gesagt hat?« Connors Lächeln wirkte ein bisschen amüsiert. »Dass er dich nicht mehr sprechen wollte?«

»Ja.« Sie machte eine betont gleichgültige Handbewegung. »Er war sicher gerührt. Nein, das andere. Du musstest dir die gesamten väterlichen Ermahnungen anhören, stimmt's? Wenn du mir wehtust, bringt er dich um. Er hat sicher gesagt, ich sei sein kleines Mädchen, und er würde mich sehr lieben. Und danach …«, sie erstickte fast vor Lachen, »… hat er dich gefragt, ob du auch ehrliche Absichten hast?«

Connor nickte grinsend. »Du hast etwas Entscheidendes vergessen.«

Sie dachte kurz nach. »Tut mir leid. Mein Verstand arbeitet noch nicht richtig.«

»Er sagte, die Tatsache, dass ich dich gerettet hätte, brächte mir keine Punkte ein, weil ich dich schließlich in diese Lage gebracht hätte.«

»Das ist nicht fair.«

Er trat näher und küsste sie zärtlich. »Ist schon okay, Baby. Ich werde die Schelte einstecken. Aber lass das bloß nicht zur Gewohnheit werden.«

Holly schmiegte sich an ihn. »Ich werde dich immer lieben«, flüsterte sie. »Glaubst du, du kannst das aushalten?«

»Ja«, antwortete er heiser. »Ich bin schon ein großer Junge. Ich kann das sehr gut aushalten.«

Wenn Holly geglaubt hatte, sie könnte den letzten Tag auf Mauritius in Ruhe genießen, hatte sie sich geirrt. Connor setzte dieser Illusion bald ein Ende. »Du weißt, dass ich alles für dich tun würde, oder?«

Sie warf ihm einen misstrauischen Blick zu.

»Und du weißt auch, dass ich dich nie wieder aus den Augen lassen werde? Nie mehr im Leben?«

Ein irritiertes Stirnrunzeln.

»Und dass ich dir um nichts auf der Welt wehtun würde?«

Sie stemmte die Hände in die Hüften. »Komm schon, spuck es aus.«

Er seufzte. »Ich muss wirklich an deiner Ausdrucksweise arbeiten.«

Sie wartete.

»Wir haben noch einiges zu tun.«

»Wir?«

»Du kannst im Auto schlafen.«

In Connors Gesicht lag ein selbstzufriedenes Lächeln. Es erinnerte Holly an ein Krokodil, das gerade eine leckere Mahlzeit im Blick hatte. »Es gibt noch das eine oder andere zu erledigen. Ich habe einige Anrufe getätigt, ein paar Dinge ins Laufen gebracht. Ich weiß, dass du noch ein bisschen geschwächt bist, aber wir müssen jetzt los.«

»Wohin?«

»Verschiedene Dinge regeln.«

Er würde es ihr sagen, wenn er so weit war. »Ehe es losgeht, noch eine Frage, Maguire. Wie hast du mich eigentlich gefunden?«

Er sah sie ein wenig verlegen an. »Ich glaube nicht, dass ich dir das jetzt schon sagen kann.«

»Probier es.« Sie sah ihn an, und es gab für ihn kein Entrinnen mehr.

»Ich war bei Kathleen.«

Sie schüttelte ungläubig den Kopf.

»Das war das Einzige, was mir einfiel«, erklärte er. »Ich musste eine schlechte Nachricht nach der anderen verdauen. Du warst verschwunden. Es hatte eine Warnung gegeben, dass Guy Dulac wüsste, wo wir uns aufhielten, und dann erfuhr ich, dass Raoul zu Hause war. Ich habe zwei und zwei zusammengezählt und mir ausgerechnet, dass sein Sohn dich entführt hat. Und da die Polizei nicht vorankam, musste ich es selbst versuchen.«

»Kathleen hat dir gesagt, wo ich war?« Holly konnte kaum glauben, dass das möglich war.

»Sie sagte, du seiest verletzt worden, und sie wusste sogar, dass es dein Unterkiefer war. Sie spürte, dass du frorst, Angst hattest und auf unruhiger See warst. Das war alles, was ich hatte.«

Holly erschauerte. Plötzlich wurde ihr klar, wie viel Glück sie gehabt hatte.

»Wenn du nicht diesen weißen Umschlag in der Hand gehalten hättest, hätten wir dich wahrscheinlich gar nicht entdeckt. Es wurde ja schon dunkel. Selbst so war es schwer, dich nicht wieder aus den Augen zu verlieren.«

»Habe ich eigentlich schon danke gesagt?«, fragte sie leise.

Er tat, als müsse er erst darüber nachdenken. »Ich glaube nicht.«

»Komm her, Maguire.«

»Baby, dir tut doch alles weh.«

Eine bandagierte Hand strich sanft über seine Wange. »Dann such nach der Stelle, die nicht wehtut.«

Kapitel Achtzehn

Es tut mir leid, dass ich dir das antun muss«, sagte Connor und half Holly ins Auto. »Ich weiß, dass du im Bett besser aufgehoben wärst. Du siehst grauenhaft aus.«

»Danke, Maguire.« Holly wusste selbst, wie sie aussah. Ihr Unterkiefer war angeschwollen, die Schnittwunde auf ihrer Stirn war vom Jod gelb gefärbt, beide Hände verbunden. Und das waren nur die Körperteile, die man sehen konnte. Sie ging schwerfällig, weil ihre Rippen erneut schmerzten. Und nach der enormen Anstrengung, sich in der aufgewühlten See an dem Container festzuklammern, fühlte Holly sich, als hätte sie eine Woche auf einem Pferderücken verbracht. »Ich hoffe, du bist ein geduldiger Mann«, sagte sie, als sie losfuhren, »denn Sex wird für eine Weile indiskutabel sein.«

Sie hörte ihn leise lachen. »Typisch Jones. Mitten ins Herz!«

Holly lachte ebenfalls. Dann fiel ihr etwas anderes ein. »Wie hast du eigentlich das Auto zurückbekommen? Soweit ich weiß, hattest du es doch am Flughafen stehen lassen.«

»Der Pilot hat es mir ans Krankenhaus gebracht. Er wollte sich danach erkundigen, wie es dir geht.«

»Das ist wirklich nett.«

»Sehr«, stimmte Connor zu. »Als ich versuchte, ihn zu bezahlen, hat er sich geweigert. Er meinte, das ginge aufs Haus.«

»Nun, ich schätze, er erlebt nicht jeden Tag, dass sich einer seiner Passagiere ins Meer stürzt. Davon wird er eine Weile zehren.«

»Es steckt noch etwas anderes dahinter. Ebenso wie dem Krankenhauspersonal und den Polizisten ist es ihm peinlich, dass eine Touristin hier so schlecht behandelt wurde. Alle geben sich größte Mühe, deinen Eindruck von Mauritius doch noch irgendwie zu retten.«

»Darum brauchen sie sich keine Sorgen zu machen.«

»Es hat nicht nur damit zu tun, dass du Journalistin bist. Ihre Sorge ist ganz ehrlich.« Er warf ihr einen Blick zu.

»Der Artikel ist längst geschrieben.«

»Was bedeutet das?«

»Es bedeutet, dass ich keinen Grund sehe, etwas daran zu ändern.«

»Ist das deine höfliche Art, mir zu sagen, dass du die Journalistin bist und ich mich um meine eigenen Sachen kümmern soll, anstatt mich in deine Arbeit einzumischen?«

»Ja.«

»Also gut.«

Holly unterdrückte ein Lächeln. Auf einmal fiel ihr auf, dass Connor quer über die Insel fuhr und sie sich inzwischen ein ganzes Stück südlich von Port Louis befanden. »Wohin fahren wir?«

»Zu Raoul Dulac.«

»Bist du verrückt?«

»Er ist wahrscheinlich nicht zu Hause. Ich habe dir gesagt, dass ich ein paar Anrufe getätigt habe. Eine ganze Reihe von Leuten interessiert sich für den guten Raoul. Die Unterlagen in dem Umschlag betrafen nicht nur die Scylla. Raoul war ein viel beschäftigter Mann.« Connor boxte spielerisch in die Luft. »Ja! Es gibt doch einen Gott. Die Jungs von der internationalen Fahndung können es gar nicht erwaten, das eine oder andere Wort mit unserem Freund zu sprechen. Aber mach dir keine Sorgen um ihn, er ist nicht der Grund, warum wir dort hinfahren. Wir holen Anne-Marie.«

»Warum?«

»Sie möchte gern ihre Mutter treffen.«

Die kalte arrogante Franko-Mauritierin und eine warmherzige

kleine kreolische Nonne. Würde das funktionieren? »Hältst du das wirklich für eine gute Idee?«

»Sie hat sich verändert. Justins Tod hat sie sehr getroffen. Wir haben heute Morgen lange zusammen gesprochen. Ich hatte das Gefühl, Kathleen etwas schuldig zu sein, und ein Versuch konnte ja nicht schaden. Nach einigen vergeblichen Anläufen hat sie mir dann endlich zugehört. Offenbar haben ihre Pseudoeltern Anne-Marie nur die halbe Wahrheit erzählt. Man hatte ihr immer gesagt, dass Kathleen Raouls Vater verführt hätte und dann, als sie schwanger war, versucht hätte, die Familie zu erpressen. Anne-Marie wuchs in dem Glauben auf, Kathleen habe aus rein finanziellem Interesse ein Dulac-Kind in die Welt gesetzt.«

»Hast du ihr von Raoul erzählt?«

»Das brauchte ich nicht. Die Wahrheit kam bereits letztes Jahr ans Licht. Anne-Marie hat mit angehört, wie Raoul und seine Mutter darüber gesprochen haben. Danach hatte sie einen Nervenzusammenbruch.«

Irgendetwas in Connors Stimme ließ Holly aufhorchen. »Das Feuer?«

»Ja. Man vermutete Arsen, was jedoch nie bewiesen wurde.«

»Das heißt, es geht um einen Mord? Und du bist wirklich ganz sicher, dass es eine gute Idee ist, wenn sie ihre Mutter trifft?«

»Anne-Marie hatte nie vor, jemanden umzubringen. Es tut ihr ernsthaft leid. Sie kam nie mit der Familie zurecht, vor allem nicht mit Raoul. Als sie erfuhr, dass er ihr Vater ist, und davon überzeugt war, Kathleen hätte sie praktisch verkauft, musste sie ja verzweifeln. Genau genommen ist es eher Totschlag als Mord, aber ich finde, sie hat einen hohen Preis für das bezahlt, was sie getan hat. Ich möchte ihr gern dabei helfen, wenigstens etwas Seelenfrieden zu finden.«

»Glaubst du, dass das möglich ist?«

»Mit Kathleens Hilfe schon.«

»Und du kommst damit zurecht, dass zwei Menschen wegen ihr gestorben sind?«

»Ja.«

Holly verfiel in Schweigen. Aber sie kam zu dem Schluss, dass ihr kein Urteil zustand. Ihre eigene Kindheit war so ganz anders verlaufen als die von Anne-Marie. Sie erinnerte sich lebhaft an den Tag, als sie Dennis mit einer ihrer so genannten Freundinnen erwischt hatte. Wenn sie damals eine Waffe zur Hand gehabt hätte, wer weiß, vielleicht wären die beiden heute nicht mehr am Leben.

»Schockiert dich das?«, fragte Connor.

»Nein. Aber ich musste darüber nachdenken.«

»Gut. Ich hätte dich nämlich gern auf meiner Seite.«

»Warum? Weil du dich dann nicht so anstrengen musst?«

Er ignorierte ihre Bemerkung. »Auf meiner Seite, an meiner Seite. Da fällt mir etwas ein. Ich fliege erster Klasse nach Australien zurück. Was sagst du dazu?«

»Du Dreckskerl!«

»Ich habe mir die Freiheit genommen, dein Ticket umzubuchen. Aber achte bitte auf deine Ausdrucksweise.«

Holly grinste. Sofort wünschte sie, sie hätte es nicht getan. Ihr Körper schmerzte bei der kleinsten Bewegung. »Du solltest dich daran gewöhnen, Maguire.«

Sie sah ihn von der Seite an. Noch vor drei Wochen war er für sie nicht mehr gewesen als ein Fremder, der ihr nicht sonderlich sympathisch war. Und wenn man es genau bedachte, war sie vor drei Wochen noch kaum mehr gewesen als eine verbitterte Frau, abweisend und ohne Vertrauen. Ihre Arbeit und sein Lebensstil hatten sie zusammengebracht. Sie hatten sich aneinander gerieben, sich gegenseitig beleidigt und ganz allmählich gelernt, sich zu respektieren. Sie hatten sich gestritten und versöhnt, nur um dann erneut zu streiten und sich ein weiteres Mal zu versöhnen. Er hatte sie zweimal gerettet. In drei kurzen Wochen hatte sie gelernt, den Mann zu mögen, ihm zu vertrauen und ihn zu lieben. Connor spürte, dass sie nachdenklich geworden war. »Was ist?«

»Nichts. Ich habe mich nur gefragt, wo Dennis hingegangen ist, das ist alles.«

Er verstand sie sofort. »Es tut mir leid, dass ich dir da nicht helfen kann.«

Sie nickte und lächelte.

»Ich habe noch ein Geständnis zu machen«, sagte er dann.

Holly wartete.

»Der Schatz.«

»Was ist damit?« Sie spürte einen Hauch der Enttäuschung. Würde er ihn doch noch bergen wollen?

»So oder so wird Raoul danach suchen. Wenn er im Gefängnis landet, und das ist mehr als wahrscheinlich, braucht er irgendeine Form der Absicherung für den Tag, an dem er dort entlassen wird. Und ich will auf gar keinen Fall, Holly, dass er ihn findet. Kannst du das verstehen?«

»Natürlich. Aber können wir das verhindern?«

»Das ist bereits geschehen. Ich habe Anne-Marie gesagt, wo sie suchen muss. Sie wird dafür sorgen, dass er Raoul nicht in die Hände fällt.«

»Wie denn?«

»Indem sie ihn selbst birgt. Wenn die Behörden keine Ansprüche erheben, will sie die eine Hälfte Justins Mutter geben und die andere Hälfte Kathleens Kloster spenden.«

Obwohl Holly die Idee gut fand, musste sie an Justins Mutter und diese verfluchte Familienfehde denken. Die Hälfte des Wertes würde dem alten Familienkrieg nur neue Nahrung geben. Andererseits konnte das Kloster mit seinem Anteil eine Menge Gutes tun. »Ich schätze, so ist es gerecht verteilt«, sagte sie schließlich.

»Ein bisschen Gewinn, ein bisschen Verlust«, antwortete Connor. »Das ist kein schlechter Kompromiss.«

Und Holly wurde klar, dass er recht hatte. Er hatte eine gute Lösung gefunden. Aber etwas anderes hatte sie von ihm auch nicht erwartet. Sie lehnte den Kopf zurück und schloss die Augen. Sie war erschöpft, aber tief in ihrem Innern empfand sie Ruhe und Frieden und das Gefühl, dass alles gut werden würde.

»Geht es dir gut, Baby?«

Sie öffnete schläfrig die Augen. »Und wie.«

»Du hast drei ziemlich hektische Wochen hinter dir. Und das alles nur wegen mir. Es tut mir leid.«

»Schon verziehen.«

»Ich werde es wiedergutmachen, das verspreche ich dir.«

»Ich werde dich daran erinnern, Connor Maguire. Frühstück ans Bett, jeden Sonntag.«

»Wird mir ein Vergnügen sein. Was magst du denn am liebsten?«

Sie lächelte.

»Benimm dich, Jones.«

Holly gehorchte. Fürs Erste jedenfalls. Schließlich ließ ihr Zustand ohnehin nichts anderes zu. »Hast du deine Geister nun vertrieben, Connor? Die Drogengeschichte? Und Raoul?«

Er nickte. »Das Gefängnis wird die beiden umbringen. Sie werden alles verlieren – Geld, ihren Besitz, ihre Position. Ich bin kein rachsüchtiger Mensch, Holly, aber Raoul und Liang Song verdienen wirklich eine lebenslange Strafe.«

»Hat Anne-Marie etwas zu Guy gesagt?«

»Sie hat es gut verkraftet, aber Solange und Raoul hat sein Tod offenbar sehr getroffen. Erstaunlich, nicht wahr? Ich hätte nie geglaubt, dass sich die Dulacs so nahe waren.«

»Sie müssen gewusst haben, wie er war.«

»Vermutlich, wenn man bedenkt, wo er seine Gene her hat.«

Hollys erschöpfter Verstand hatte fast abgeschaltet. »Es gibt keine Möglichkeit, dass Raoul irgendeine Verbindung zu dir ziehen kann, oder?«

»Nein, keine Chance. Er wird vermuten, dass sämtliche Beweise mit dem Boot untergegangen sind. Wahrscheinlich wundert er sich, wer ihn verpfiffen hat. Die Liste möglicher Kandidaten muss endlos sein. Raoul hat sich im Laufe der Jahre viele Feinde gemacht.«

»Was ist mit der Triade?«

»Es ist erstaunlich, was man mit einer Datenspur alles machen kann. Vor allem wenn es von offizieller Seite aus abgesegnet ist. Sie werden nichts finden, was mich mit der Razzia in Australien in Verbindung bringen könnte.«

Holly legte eine Hand auf seine Schulter. »Mission beendet. Was kommt als Nächstes?«

»Hast du denn nicht genug bis ans Ende deines Lebens?«

Sie grinste. »Komm schon, Maguire. Du hast doch noch was im Ärmel.«

»Absolut nichts. Ehrlich nicht.«

Sie ließ die Hand sinken. Dann schloss sie die Augen wieder und murmelte: »Wie kommt es, dass ich dir nicht glaube?«

Er legte seine Hand auf ihr Knie. »Wie klingt eine vierwöchige Mittelmeerkreuzfahrt?«

»Verdammt gut.«

Und dann schlief Holly ein. Sie wachte erst auf, als Connor vor dem Anwesen der Dulacs hielt. Anne-Marie schien bereits auf sie gewartet zu haben, denn sie kam sofort die Treppe heruntergelaufen. Connor lehnte sich nach hinten und öffnete ihr die Hintertür des Wagens.

»Ich bin so nervös«, gestand sie. Dann stieß sie einen erschrockenen Schrei aus, als sie Hollys Gesicht sah. »Du meine Güte. Hat Guy das getan? Es tut mir so unendlich leid.«

Holly konnte nicht anders. Ihr erster Eindruck von Anne-Marie war nicht besonders positiv gewesen. »Er war Ihr Halbbruder.«

Erstaunt registrierte sie, dass die Französin plötzlich Tränen in den Augen hatte. »Ich weiß. Die meiste Zeit meines Lebens habe ich geglaubt, er wäre mein Neffe. Trotzdem habe ich ihn nie gemocht.«

»Es ist nun vorbei«, sagte Connor. »Versuchen Sie, es zu vergessen.«

Er hat recht, dachte Holly. Es ist wirklich nicht Ann-Maries Schuld.

»Weiß Kathleen, dass wir kommen?«, fragte Anne-Marie schließlich.

»Sie erwartet uns.«

»Aber wieso … ich meine, will sie mich wirklich sehen?«

»Zweifellos. Sie hat sehr lange auf diesen Tag gewartet.«

»Es wird alles gut gehen«, meinte Holly zuversichtlich. »Seien Sie nur ganz Sie selbst.«

»Das können Sie leicht sagen«, antwortete Anne-Marie schroff. »Ich habe gerade erst herausgefunden, wer ich eigentlich bin.«

Kathleen hatte das verlassene Grundstück von William Maguire gewählt, um sich das erste Mal mit ihrer Tochter zu treffen. Holly wartete im Auto, während Connor Anne-Marie den Weg zeigte. Als er zurückkam, lag ein warmherziges Lächeln auf seinem Gesicht.

»Es war kein bisschen unangenehm«, sagte er. »Kathleen hat die Arme ausgestreckt, und Anne-Marie hat sich einfach hineinfallen lassen.« Er schüttelte den Kopf. »Was für eine langer Weg, um sein eigenes Kind in den Armen halten zu können.«

»Komm.« Holly öffnete ihre Tür. »Ich möchte diesen Ort noch ein wenig in mir aufnehmen. Schließlich fliegen wir morgen zurück.«

Connor half ihr aus dem Auto und legte den Arm um Hollys Schulter. Sie schmiegte sich eng an ihn. Schweigend genossen sie die Landschaft. Weit draußen auf dem Meer bauten sich unter dem bedeckten Himmel gigantische Wellenberge auf, so weit das Auge reichte. Wasser donnerte gegen das Riff, sprudelnd, weiß schäumend, spritzend, ehe es über den Korallen zusammenfiel. Der Wind zerrte an ihrer Kleidung. Das sonst kristallklare Wasser der Warwyck Bay war trüb von aufgewühltem Sand. Holly zitterte, und Connor drückte sie noch enger an sich.

Ihre Gedanken waren bei William Maguire. Niemand hatte ihn dazu gezwungen, Pirat zu werden. Sein selbst auferlegtes Exil konnte nicht leicht für ihn gewesen sein, aber der eigensinnige dritte Sohn einer irischen Aristokratenfamilie, der in der Zanjsee geplündert, vergewaltigt und getötet hatte, hatte zweifellos seine Spuren hinterlassen. Und sein Sperma. Holly fragte sich, was der einstige Korsar wohl dazu gesagt hätte, wenn er gewusst hätte, dass die Spuren seines Lebens auch zweihundertfünfzig Jahre nach seinem Tod noch nicht ausgelöscht sein würden.

Connor dachte auch an William. »Weißt du«, sagte er leise und drehte Holly vorsichtig zu sich herum. »Wenn William nicht gewesen wäre, hätte ich dich nie kennen gelernt.«

Sie schmiegte die Wange gegen seine Brust. »Ich bin mir nicht sicher. Ich glaube, nach Kathleens Theorie hätte uns das Schicksal trotzdem zusammengeführt.«

Irgendwann kehrten eine lächelnde Kathleen und eine zutiefst gerührte Anne-Marie Arm in Arm zu ihnen zurück. »Connor, ich würde gern mit euch fahren«, sagte Kathleen. »Anne-Marie will ihre Sachen packen und nach Mahébourg ziehen. Wir werden dann mit ihrem Auto zurückfahren.«

»Wo werden Sie wohnen? Doch sicher nicht im Kloster?«

»Nein«, antwortete Kathleen an Anne-Maries Stelle. »Mein Bruder Thomas hat ein recht großes Haus. Ich bin mir sicher, dass er uns aufnimmt. Ich werde eine Auszeit nehmen, um Anne-Marie bei der Bergung von Williams Schatz zu helfen.« Sie lächelte Connor und Holly an. »Ich habe gesehen, dass dies zwischen euch passieren würde. Es musste so kommen.«

»Sie sagten, wir würden uns noch einmal wiedersehen. War es das?«

»Ja.« Kathleen ließ den Blick über Hollys verletztes Gesicht schweifen. »Es ist jetzt vorbei. Sie brauchen keine Angst mehr zu haben. In Ihrer Zukunft sehe ich nur noch Glück.«

»Um ganz ehrlich zu sein, habe ich nie an Ihren siebten Sinn geglaubt. Jetzt verdanke ich ihm mein Leben. Ich weiß nicht, wie ich Ihnen danken soll.«

»Erzählen Sie es eines Tages Ihren Kindern.«

»Kindern? Werden wir viele haben?«

»So viele wie Sie möchten. Mehr kann ich nicht sagen.«

Anne-Marie hatte sich bei ihrer Mutter untergehakt, als hätte sie Angst, Kathleen könnte sie wieder verlassen. »Wusstest du, dass dieser Augenblick kommen würde, Mutter?«

»Ich sehe nur selten Dinge, die mich selbst betreffen«, antwortete Kathleen. »Zu leicht verwechselt man dabei Vorsehung mit Hoffnung.«

Anne-Marie wandte sich an Connor. »Danke für das, was Sie mir heute Morgen gesagt haben. Zum ersten Mal hat in meinem Leben etwas Sinn ergeben.«

»Und was nun?«

»Als Erstes werden wir Williams Schatz finden. Ich habe ein wenig eigenes Geld. Davon werde ich ein Haus in der Nähe meiner …« Sie stolperte über das Wort, »… Mutter kaufen. Es gibt eine Menge Dinge, auf die ich nicht besonders stolz bin und die ich gerade rücken muss. Es wird Zeit, mich selbst neu zu finden.«

Connor nickte. »Klingt gut. Was ist mit Solange? Was wird sie tun?«

»Sich zu Tode trinken«, antwortete Anne-Marie scharf. Dann seufzte sie. »Versteht ihr nun, was ich meine?«

Kathleen klopfte ihrer Tochter auf die Schulter. »Man kann die Dinge nicht überstürzen, meine Liebe.«

Dann gab Connor Kathleen Williams Tagebuch. »Es gehört dir und Thomas«, sagte er. »Ihr seid die rechtmäßigen Besitzer.«

Kathleen strich mit den Fingern über den alten Ledereinband. »Wenn das nicht gewesen wäre …« Sie lächelte. »Wie seltsam all die Zufälle waren, die zu diesem Augenblick geführt haben.« Sie sah Holly an. »Verstehen Sie mich? Schicksal ist Schicksal. Wenn in all den Jahren nur eine Person ein wenig anders gehandelt hätte, würden wir jetzt nicht hier stehen.«

Raoul war außer sich vor Wut. Er versuchte, seinen Hass hinter einer Fassade von Arroganz und Überheblichkeit zu verbergen. Die zwei Männer von der internationalen Drogenfahndung ignorierten seinen stechenden Sarkasmus ebenso wie die beiden Zivilbeamten. Raouls Arbeitszimmer war sorgfältig durchsucht worden. Solange, deren Gesicht Gleichgültigkeit spiegelte, hatte mit übertriebener Langeweile zugesehen. Nur ihre Augen verrieten, dass sie das Drama, das sich vor ihr abspielte, genoss. Von der angeblichen Trauer über den Tod ihres Sohnes war jedenfalls im Augenblick wenig zu spüren.

Als Holly und Connor mit Anne-Marie und Kathleen kamen, erreichten Raouls Wut und Frustration gerade einen neuen Höhepunkt.

»Was zum Teufel wollt ihr denn hier?« Niemand wusste so ganz genau, wen er eigentlich meinte.

»Ich wollte meine Sachen abholen«, erklärte Anne-Marie ihm in aller Ruhe. »Ich werde bei meiner Mutter bleiben.«

Raoul starrte Kathleen an. »Mutter«, wiederholte er geringschätzig. »Das ist doch wohl ein Witz. Hure wäre eine bessere Bezeichnung.«

Das war, wie Connor später spekulierte, der Todesstoß für Anne-Marie. Raouls gedankenlose Worte schadeten ihm selber mehr, als er je für möglich gehalten hätte. Sie wandte sich an die Männer, die gerade einen der Aktenschränke durchsuchten. »Ich glaube, Sie werden das, wonach Sie suchen, im Schlafzimmer finden. Dort ist ein Tresor in den Fußboden eingelassen – unter dem Teppich. Die Kombination des Zahlenschlosses lautet 260949. Das ist der Geburtstag meines Vaters.«

Sie sah Raoul regungslos an, dann lächelte sie spöttisch. »Oh, und er hat noch einen weiteren Tresor im Wintergarten. Er glaubt, niemand wüsste davon. Ich habe ihn durch Zufall entdeckt. Ich habe sogar die Kombination gefunden – er hat sie auf seine Schreibtischunterlage gekritzelt.« Sie durchquerte den Raum und zeigte auf einen voll beschrieben Block. »Hier – 007711. Das sind zugleich die ersten sechs Ziffern eines Nummernkontos bei der Union Banque Suisse in Genf.«

Raoul wurde blass. »Du verdammtes widerliches Biest.«

Anne-Marie sah ihn von oben bis unten an. »Du Schwein!« Sie lächelte Kathleen zu. »Entschuldige Mutter.«

»Ich stimme dir absolut zu«, murmelte Kathleen. »Komm, Liebes, lass uns deine Sachen holen.« Sie neigte den Kopf zur Seite und lauschte. »Ich könnte mich täuschen«, sagte sie zu Raoul, »aber ich glaube, es klopft jemand an die Haustür.«

Eine Lawine mag mit einem kleinen Schneeball beginnen, aber sie reißt rasch alles mit, was ihr in den Weg kommt. Etwas Ähnliches geschah mit Raoul Dulacs Leben. Die internationalen Fahndungsbehörden, die sich ganz sicher nicht darüber im Klaren waren, dass Raoul noch in anderen Schwierigkeiten steckte, hatten die Scylla seit einigen Monaten im Visier. Eine Söldnerorganisation erregt immer die Aufmerksamkeit der Behörden, und im Laufe einer Untersuchung, die zunächst reine Routineangelegenheit war, stellte sich heraus, dass der Verantwortliche für die Afrikaeinsätze bei der Zusammenstellung seiner Einheiten nicht wählerisch war. Gesuchte Verbrecher und Terroristen wurden ebenso unter Vertrag genommen wie wagemutige Abenteurer. Die hinzugezogenen Agenten von Interpol hofften auf weitere Einzelheiten. Dank Anne-Marie fanden sie in dem Versteck im Wintergarten mehr Informationen, als sie sich je hätten träumen lassen. Die Akten über einige der meistgesuchten Männer und Frauen reichten, um Raoul der Behinderung polizeilicher Fahndungen in einem Dutzend verschiedener Länder zu beschuldigen. Diejenigen, die trotz der überwältigenden Beweislast davonkamen, würden den Verrat nicht einfach hinnehmen. Und wie bei vielen suspekten Personen waren ihre Arme sehr lang. Raouls Aussichten, die Zeit im Gefängnis zu überleben, waren nicht besonders gut.

Auch die Prognosen dafür, dass Raoul auch nur einen einzigen Cent in der Tasche haben würde, wenn er seine vermutlich ziemliche lange Haftstrafe überleben sollte, sahen nicht sonderlich rosig aus.

Er wusste das. Während ein Dokument nach dem anderen das wahre Ausmaß seiner illegalen Aktivitäten enthüllte, wurde er aschfahl, begann zu zittern, und Schweißperlen traten auf seine Stirn.

Solange, die bereits angetrunken war, feierte die finanzielle und persönliche Vernichtung ihres Mannes, indem sie eine Flasche Dom Pérignon öffnete. Es störte sie nicht im Mindesten, dass keiner mit ihr trinken wollte. Die verheerenden Auswirkungen, die Raouls Verhaftung auf ihre eigene finanzielle Situation haben würde, waren ihr noch nicht klar – ihr Hirn war zu sehr vom Alkohol vernebelt. Sie verfiel in dumpfes Stieren.

Holly und Connor standen draußen und warteten darauf, sich von Anne-Marie und Kathleen verabschieden zu können. »Ist das, was Raoul deinem Bruder und Emma angetan hat, nun für dich vergolten?«

»Ein Stück weit ja.«

»Du hast das erreicht, was du erreichen wolltest. Er ist jetzt ein gebrochener Mann.«

Connor seufzte. »Die menschlichen Emotionen sind etwas Merkwürdiges. Es fühlt sich nicht halb so gut an, wie ich erwartet hatte. Er tut mir fast ein bisschen leid.«

Sie sahen ein Auto in die lange Einfahrt einbiegen. Es hielt neben ihnen, und die getönten Scheiben des Seitenfensters glitten hinab. Madame Liang Song saß am Steuer. »Ist es wahr?«, fragte sie. »Ist Raoul verhaftet worden?«

»Es sieht so aus«, antwortete Connor.

»Was tun Sie denn hier?« Sie kniff die Augen zusammen. »Was haben Sie mit alledem zu tun?«

»Nichts«, log Connor. »Ich bin mit Anne-Marie und ihrer Mutter hier.«

»Und ihrer Mutter? Sie starb doch letztes Jahr bei dem Feuer.«

»Ich meine ihre biologische Mutter«, erklärte Connor. »Oder wussten Sie nicht, dass Anne-Marie Raouls Tochter und nicht seine Schwester ist?«

Liang Songs schönes Gesicht zeigte keinerlei Regung. »Ich wiederhole noch einmal. Was haben Sie damit zu tun?«

»Anne-Maries Mutter ist eine Maguire.«

Liang Songs Blick wanderte zu Holly, dann wieder zurück zu Connor. »Ich mag derartige Überraschungen nicht.«

»Ich auch nicht.« Connors Stimme war hart wie Stahl. An der Bedeutung seiner Worte gab es keinen Zweifel.

Liang Song blickte erneut zu Holly. »Ich habe das getan, was ich für das Beste hielt.«

»Nun«, schaltete Holly sich ein und lächelte süffisant. »Ich schätze, das sagt eine Menge über Sie.«

In diesem Augenblick wurde Raoul in Handschellen, schwitzend und mit weit aufgerissenen Augen die Treppe zu einem der wartenden Polizeiautos hinuntergeführt. Er warf einen kurzen Blick in Liang Songs Richtung. Tränen rannen seine Wangen hinab. »Song«, schluchzte er voller Verzweiflung.

Die Chinesin bedachte ihn mit eisigem Blick. Sie legte den ersten Gang ein und sah starr geradeaus. Ihre Worte waren an Connor gerichtet. »Ich werde Sie nächste Woche anrufen. Bis dahin sollten die letzten Vorbereitungen getroffen sein.« Das Fenster glitt wieder nach oben, stoppte jedoch zehn Zentimeter, bevor es völlig geschlossen war. »Adieu.«

»Song! Ma chérie!« Raoul geriet ins Straucheln. Er wäre gestürzt, wenn die Polizisten ihn nicht gehalten hätten.

Das Fenster schloss sich vollständig, und Liang Song fuhr davon. Raoul verschwand wenige Sekunden später in einem Polizeiwagen.

Holly sah ihnen nach. »Sie hat sich nicht gerade verzehrt vor Trauer um ihren Lover, oder?«

»Sie ist knallhart«, stimmte Connor ihr zu. »Herzlichen Glückwunsch übrigens.«

»Wozu?«

»Zu deiner Zurückhaltung. Ich habe fest mit einer deiner kleinen Pfeilspitzen gerechnet.«

»Wovon sprichst du?«

»Von deinem Abschiedsschuss gegen Liang Song.«

»Maguire, ich bin müde. Ich würde gern noch etwas Schlaf bekommen, bevor wir fliegen. Gibt es noch etwas zu erledigen, oder kann ich auf deine Gesellschaft zählen? Am liebsten ganz eng neben mir. Wenn du hinter kleinen Pfeilspitzen her bist, könntest du später noch einmal darauf zurückkommen?«

Er küsste sie sanft. »Manche Frauen würden alles dafür tun, um mich in ihr Bett zu kriegen.«

Holly verzog den Mund. »Ach, verpiss dich, Maguire.«

Er lachte sie einfach aus.

Epilog

Quinn wartete am Flughafen von Sydney auf sie. Von weitem warf er einen kurzen Blick auf Holly und brachte dann lautstark seinen Unmut zum Ausdruck. »Gute Güte!«, rief er so, dass es auch die Umstehenden in zehn Metern Entfernung noch deutlich hören konnten. »Was zum Teufel haben Sie mit meiner Tochter angestellt? Was ist da drüben vor sich gegangen?«

Sie luden ihn als Erstes auf einen Drink ein, denn noch ehe ihr Flugzeug zur Landung angesetzt hatte, hatte Holly Connor prophezeit, dass es eine Weile dauern würde, bis sich ihr Vater beruhigte.

Und so war es auch. Erst nach der Hälfte seines zweiten Gin Tonic hörte Quinn langsam auf zu toben. »Du hast mich belogen«, warf er Holly vor.

»Nein, habe ich nicht.«

»Du hast mir nur die Hälfte erzählt. Das ist dasselbe.«

»Tut mir leid, Dad.«

Quinns Augenbrauen zuckten. Die unerwartete Entschuldigung nahm ihm vorübergehend den Wind aus den Segeln.

Holly ergriff die Gelegenheit beim Schopfe. »Ich wollte nicht, dass du dir Sorgen machst.«

»Du vergisst, wie gut ich dich kenne. Ich habe mir Sorgen gemacht. Und du bist ein ziemliches Risiko eingegangen. In Gottes Namen, Mädchen, wie konntest du nur auf die wahnsinnige Idee kommen, an Bord dieses Bootes zu gehen?«

»Eh …«

»Sag dieses Wort nicht. Du weißt, dass ich es verabscheue.«

Connor sprang ihr zu Hilfe. »Sie wusste nicht, dass es Guy gewesen war, der das Boot dorthin gebracht hatte.«

Quinn bedachte ihn mit einem vernichtenden Blick. »Sie haben mich auch angelogen. Dieses ganze Gerede über die Scylla und den Piratenschatz. Die Drogengeschichte haben Sie praktischerweise einfach weggelassen. Die Triade, meine Güte. Meine Tochter hätte sterben können.«

»Es tut mir leid, Quinn. Ich hatte ja keine Ahnung, dass Sie Holly schicken würden.«

Quinn trank noch einen großen Schluck. »Offenbar habe ich mich bei einigen Dingen geirrt«, gab er dann widerstrebend zu. »Abgesehen von ihren Händen scheint sich meine Tochter die restlichen Verletzungen selbst beigebracht zu haben.«

»Danke, Quinn«, sagte Holly trocken.

»Du wirst jetzt eine Auszeit nehmen, meine Süße. Vorerst kriegst du keine Aufträge mehr. Jedenfalls nicht von mir.« Er wartete auf ihre Reaktion. Als keine kam, wiederholte er seine Ankündigung noch einmal. »Hast du mich gehört? Ich sagte, du kriegst von mir keine Arbeit mehr.«

Holly und Connor warfen sich einen Blick zu.

»Was ist los?«, fragte Quinn.

Holly lächelte Connor an. »Sieht so aus, als sei Ihre Tochter eine hoffnungsvolle Schriftstellerin.«

»Wie bitte?« Das war Quinn neu.

»Sie hat sogar schon eine Idee für einen Roman im Kopf.«

»Tatsächlich?« Quinn machte keinen Hehl daraus, seine Zweifel zu zeigen.

»Sobald wir verheiratet sind, wird sie anfangen, daran zu arbeiten.«

»Wirklich?« Er schien ehrlich erleichtert. »Und wann wird das ungefähr sein?«

»Bald. Irgendwer muss ja schließlich auf sie aufpassen.«

»Das können Sie wohl sagen.«

Die beiden Männer sahen Holly an. Sie hatte der Unterhaltung lächelnd zugehört.

Quinn wagte einen Vorstoß. »Wollt ihr auch Kinder haben? Delia und ich hätten gern Enkelkinder, ehe wir zu alt dazu sind.«

Connor nickte. »Auf jeden Fall.«

»Perfekt.« Wieder warf Quinn einen Blick auf Holly, die einfach nur dasaß und nichts sagte. »Sie wird nächste Woche neunundzwanzig, wussten Sie das?«

»Nein.«

»Sie wird allmählich ein bisschen zu alt für Kinder.« Man sah Quinn das pure Vergnügen an.

Connor wunderte sich. Es war gar nicht typisch für Holly, solche Bemerkungen einfach zu ignorieren. »Sobald wir verheiratet sind, werden wir uns alle Mühe geben.«

»Habt ihr eine große Hochzeit geplant?«

»Ich glaube nicht. Eher etwas ganz Privates. Zusammen haben wir schließlich schon drei Versuche hinter uns.«

Holly registrierte plötzlich, dass Quinn und Connor sie besorgt ansahen. »Was ist los? Habe ich etwas verpasst?«

»Wir warten«, antwortete Quinn.

Holly sah irritiert von ihrem Vater zu Connor. »Worauf?«

»Alle Achtung.« Quinn sah Connor anerkennend an. »Ich weiß nicht, wie Sie das geschafft haben.«

Connor verkniff sich ein Lächeln. »Ich fürchte, sie ist lediglich müde.«

»Wovon zum Teufel redet ihr da eigentlich?« Holly hatte allmählich genug von den beiden Männern, die sich gegen sie verschworen zu haben schienen. »Was wollt ihr von mir? Hört endlich auf, in Rätseln zu sprechen, um Himmels willen. Ich habe keine Lust auf diese blöden Spielchen.«

»Aha, meine Süße«, antwortete ihr Vater. »Willkommen zurück.«

Eine fesselnde Familiensaga: Liebe, Hass, Rachegefühle, Sehnsucht und Glück auf dem schwarzen Kontinent.

Beverly Harper
DAS FLÜSTERN
DES WINDES
Roman
540 Seiten
ISBN 978-3-404-15640-5

Die Idylle auf der Farm von Robert und Lorna Granger-Acheson wird jäh gestört, als der »Krieg des weißen Mannes« im Süden Afrikas losbricht: Holländische Siedler kämpfen gegen die britische Krone. Es geht um Gold, Diamanten und die Vorherrschaft in diesem faszinierenden Land. Lorna fürchtet um die Sicherheit dieser Familie: Welches Schicksal wartet auf ihre drei Söhne und ihre beiden Töchter? Und wird sie ihren Mann Robert abermals verlieren, wie damals vor vielen Jahren, als er sie und ihre gemeinsame Heimat Schottland so plötzlich verlassen musste?

Bastei Lübbe Taschenbuch